KB054782

해상화열전 下

해상화열전 下

초판 1쇄 발행 2019년 4월 10일

지은이 한방경
옮긴이 김영옥
펴낸이 강수걸
편집장 권경옥
편집 이은주 윤은미 강나래
디자인 권문경 조은비
펴낸곳 산지니
등록 2005년 2월 7일 제333-3370000251002005000001호
주소 부산시 해운대구 수영강변대로 140 BCC 613호
전화 051-504-7070 | 팩스 051-507-7543
홈페이지 www.sanzinibook.com
전자우편 sanzini@sanzinibook.com
블로그 http://sanzinibook.tistory.com

ISBN 978-89-6545-585-1 04820
978-89-6545-583-7 (세트)

* 책값은 뒤표지에 있습니다.
* 이 도서의 국립중앙도서관 출판예정도서목록(CIP)은 서지정보유통지원시스템 홈페이지(http://seoji.nl.go.kr)와 국가자료공동목록시스템(http://www.nl.go.kr/kolisnet)에서 이용하실 수 있습니다.(CIP제어번호: CIP2019008746)

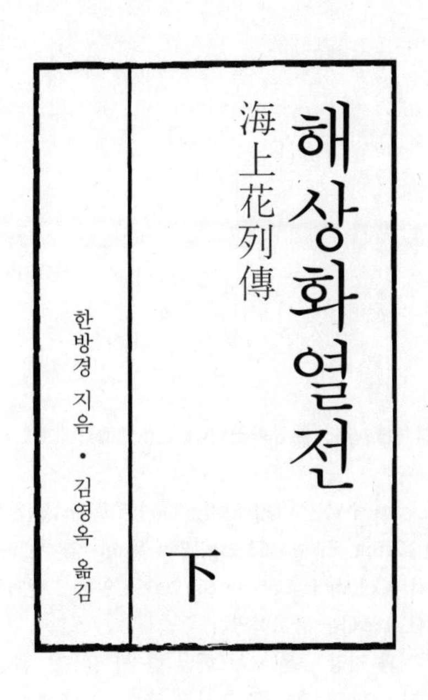

산지니

일러두기

1. 이 번역은 한방경(韓邦慶) 저, 『해상화열전(海上花列傳)』[北京: 人民文學出版社, 1999]을 완역한 것이다.
2. 아울러 장아이링(張愛玲) 주역본 『海上花開』, 『海上花落』[哈爾濱: 哈爾濱出版社, 2003], 영어 번역본 Ailing Zhang, Eileen Chang, Eva Hung 역, 『The Sing-Song Girls of Shanghai』[New York: Columbia Univ Press, 2005], 일본어 번역본 太田辰夫 역, 『海上花列傳』[東京: 平凡社, 1969]을 참고하였다.
3. 소설에 등장하는 인명과 지명 등은 모두 한글 한자음을 표기하였다. 다만 해제에서는 1911년 신해혁명을 기준으로 이후 생존 인물은 국립국어원 중국어 표기법에 따랐다.
4. 책의 서두에 한방경의 자서를, 말미에는 후기를 부록으로 붙여 독자들의 이해를 돕고자 했다.
5. 본문 중 각 회마다 사용된 삽화는 장아이링 주역본 『海上花開』, 『海上花落』[北京: 北京出版社, 2010]과 1894년 석인초간 영인본 『海上花列傳』(『古本小說集成』, 上海古籍出版社, 1994)에 실린 공개된 삽화를 다듬어 사용하였다.
6. 책 제목은 『 』, 시는 「 」, 희곡, 노래 제목 등은 〈 〉로 표시하였다.
7. 장아이링 주역본과 영어 번역본에 빠져 있는 시, 문장 등은 저본에 따라 충실히 빠짐없이 번역하였다. 특히 장아이링 주역본, 영어 번역본뿐 아니라 저본에도 빠져 있는 제51회 「예사외편(穢史外編)」은 『해상화열전 하』[湖南: 岳麓出版社, 2005]에 실린 원문에 따라 독자의 이해와 원전의 의미를 살려 모두 번역하였다.
8. 주석은 저본의 주석과 기타 문헌을 참조여 각 회의 말미에 실었다. 장아이링 주역본의 주석은 [장]으로 표기하고 일본어 번역본의 주석은 [일]이라고 표기하였다. 역자 주석은 따로 구별해 밝히지 않았다.
9. 본문에서 처음 나오는 인명, 지명, 특징적 사물에는 한자를 병기하였다. 그리고 시(詩), 사(詞), 곡(曲) 등 문학작품과 성어(成語), 역자 주 내용, 동음이의어 등에도 필요하다고 판단되는 부분에 역시 한자를 병기하였다.

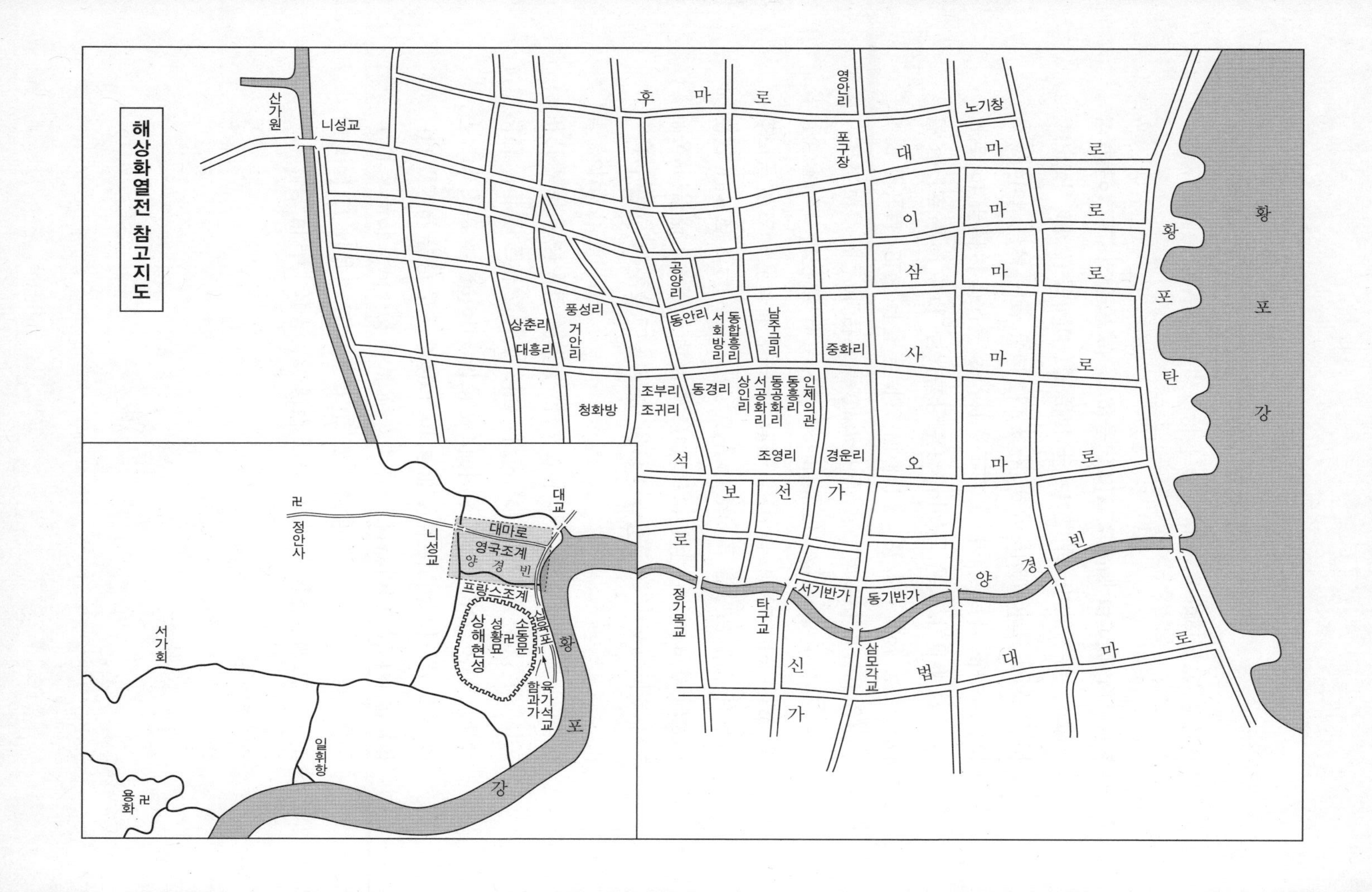
해상화열전 참고지도
산가원
니성교
후 마 로
영안리
노기창
포구장
대 마 로
이 마 로
삼 마 로
사 마 로
오 마 로
황포탄
황포강
공양리
동안리
서회방리
동합흥리
남주금리
중화리
풍성리
상춘리
거안리
대흥리
청화방
조부리
조귀리
동경리
상인리
서공화리
동공화리
동흥리
인제의관
조영리
경운리
석 보 선 가
로
양 경 빈
정가목교
타구교
서기반가
동기반가
삼모각교
신 가
법 대 마 로
대마로
영국조계
양경빈
니성교
정안사
대교
프랑스조계
상해현성
성황묘
소동문
십육포
함과가
육가석교
황포강
서가회
일휘항
용화

서(序)[1]

이 책은 타일러 깨우치기 위해 지은 것으로, 치밀하게 묘사한 곳은 마치 그 사람을 보는 듯하고, 그 소리를 듣는 듯하다. 독자들은 그 말을 깊이 음미하며 풍월장 속을 들여다보면서도 싫어서 회피하거나 혐오할 틈은 없을 것이다. 이 책에 실린 인명과 사건은 모두 허구이며 결코 특정인이나 사건을 가리키는 바는 없다. 어떤 사람은 어떤 사람을 숨긴 것이고, 어떤 사건은 어떤 사건을 숨긴 것이라고 망언을 하면 독서를 제대로 하는 것이 아니며, 더불어 이야기하기 부족하다 할 것이다.

탄사(彈詞)[2]에 실린 소주(蘇州) 방언 대부분은 속자(俗字)이지만 오랫동안 통용되어 모두 알게 되었다. 그리하여 소주 방언을 사용하였고, 대체로 연의(演義)소설은 고증에 얽매일 필요도 없었다. 다만 소리는 있으나 글자가 없는 것, 예를 들면 '하지 마라'라는 뜻의 '물요(勿要)' 두 글자는 소주 사람들이 매번 다급하게 부를 때면 한 음으로 소리를 내는데, 만약 물요(勿要) 두 자로 적으면 당시의 상황에 맞지 않는다. 또한 다른 글자로 대체할 수 없기도 하여 물요(勿要)를 하나로 붙여 썼다. 독자들은 물(覅)이라는 글자가 원래 없는 글자로, 이 두 개의 한자를 하나의 음으로 읽어야 된다는 것을 알아야 할 것이다. 다른 예를 들면, '口 + 殳' 음은 안(眼)이고, '嘎'음은 가(賈)이다. '내(耐)'는 너(你)를 말하며, '리(俚)'는 저(伊) 등을 말한다. 독자들이 스스로 뜻을 알 수 있을 것이므로 이에 더 이상 덧붙이지 않는다.

소설 전체의 서사법은 『유림외사』에서 발전된 것이지만, 천삽장섬법(穿插藏閃法)만은 기존의 소설에 없었다.

물결 하나가 다 끝나기도 전에 또 다른 물결이 일어나거나 혹은 연이어 십여 개의 물결이 일어난다. 동에서, 서에서, 남에서, 북에서 갑자기 일어나고 손 가는 대로 서술하여 완결된 사건은 결코 하나도 없지만, 작품 전체에서 한 오라기도 빠짐이 없게 된다. 그것을 읽어보면 문자로 표현되지 않은 뒷면에 많은 문자가 있음을 알게 된다. 비록 명백하게 서술하지 않았지만, 마음으로 깨달을 수 있게 된다. 이것이 천삽법이다.

갑자기 허공을 가르고 와 독자로 하여금 그 까닭을 모르게 만드는데, 급히 뒷 문장을 보지만 뒷 문장에서는 또 그건 버려두고 다른 사건을 서술하고 있다. 다른 사건에 대한 서술이 끝날 때쯤 그 까닭이 다시 설명되는데 그 까닭이 여전히 완전히 밝혀지지 않다가 전체가 드러나고 나서야 앞에서 서술한 것 중 어느 한 글자도 헛된 것이 없다는 것을 알게 된다. 이것이 장섬법이다.

이 책에서 드러나는 문장은 읽는 바와 같이 그대로이지만, 드러나지 않는 문장이 반을 차지하며 자구(字句) 사이에 감춰져 있어 수십 회를 읽고 나서야 비로소 이해할 수 있다. 독자들이 조급하여 기다리지 못할까 봐 특별히 먼저 한두 가지를 알려주고자 한다. 예를 들어 왕아이의 이야기 곳곳에는 장소촌이 감춰져 있고, 심소홍의 이야기 곳곳에는 소류아가 감춰져 있으며, 황취봉의 이야기 곳곳에는 전자강이 감춰져 있다. 이 외에 모든 등장인물의 생애와 사실을 대조해보면 구절들이 서로 호응하며 어느 한 곳 빠진 부분이 없다. 독자들은 자세히 살펴보면 알게 될 것이다.

기존의 소설은 반드시 대단원이 있었다. 대단원은 드러나는 문장의 정신이 응축된 곳으로 결코 모호하게 처리할 수 없는 부분이다. 이 책은 비록 천삽장섬법을 운용하였지만, 그럼에도 그 속에서 결말을 찾을 수 있다. 예를 들면 제9회에서 심소홍은 그처럼 큰 소란을 일으켰지만, 이후 서서히 정리가 되면서 한 올의 실도 새어나가지 않는 것이, 가지런하면서도 여유롭게 대단원을 맞이한다. 그러나 이 대단원 중간에도 천삽장섬법을 운용하면서 소설 전체를 연결하였다.

소설이라는 장르에서 제목은 결론이고, 본문은 서사이다. 종종 제목은 사건을 이야기해준다. 그러나 장편일 경우 이야기를 본문 내에 담아낼 수 없기도 한데, 기존의 소설에서도 이러한 예가 있었다. 『해상화열전』에서 제13회의 제목과 제14회 제목 역시 그 예에 해당한다.

이 책은 한담(閑談)으로 되어 있다. 그러나 정말 한담이라면 굳이 문장으로 적을 이유가 있겠는가? 독자들은 잡담 속에서 그 단서를 찾아낼 수 있을 것이다. 예를 들면 주 씨의 쌍주, 쌍보, 쌍옥 그리고 이수방, 임소분의 결말은 이 두 회에서 생각해볼 수 있을 것이다.[3]

제22회의 경우 예컨대 황취봉, 장혜정, 오설향 모두 두 번째 묘사에 해당한다. 그곳에 실린 사건과 언어는 당연히 앞과 뒤가 서로 호응하고 있다. 성격, 기질, 태도, 행동에 있어서 어느 것 하나라도 일치되지 않는 게 있는가?

누군가 소설 속에서 오직 기루 이야기만 하고 다른 사건을 다루지 않아 독자들이 지루해하지 않을까 하고 묻는다면, 나는 그렇지 않다고 말할 것이다. 소설의 작법은 팔고문[4]과 같다. 연장제(連章題)는 포괄해야 한다. 예를 들면 『삼국연의』는 한(漢)나라와 위(魏)나라 사이의 사건을 서술하되, 역사적 전장 제도와 인물사를 눈으로 보는 듯 명확하게 다루지만 그 간략함을 꺼리지 않는다. 고군제(枯窘題)는 발전해야 한다. 예를 들면 『수호지』의 강도들, 『유림외사』의 문사들, 『홍루몽』의 규방의 여인들의 경우 한 주제가 끝까지 가면서도 이야기의 전개가 굴곡을 이루며 설명이 덧붙지만, 그 세세함을 꺼리지 않는다. 어떤 경우에는 충효, 신선, 영웅, 남녀, 부패관리, 도적, 악귀, 여우요괴에서 거문고, 바둑, 서화, 의술, 별자리까지 한 책에 모아놓고 스스로 다양하며 박식함을 보여준다고 말하지만, 사실은 재능이 막혀 있다는 사실을 깨닫지 못하는 것일 뿐이다.

합전체는 세 가지 어려움이 있다. 하나는 뇌동(雷同)하지 않아야 한다(無雷同). 한 작품 안에 백여 명의 인물이 그 성격과 언어, 생김새, 행동에 있어서 서로 조금씩이라도 비슷하면 바로 뇌동이다.

또 하나는 모순되지 않아야 한다(無矛盾). 한 인물이 앞과 뒤에서 여러 번 등장하는 경우, 앞과 뒤가 조금이라도 서로 부합되지 않으면 모순이다.

마지막 하나는 누락된 부분이 있어서는 안 된다(無挂漏). 한 인물에 대해 결말 없이 쓰는 것은 누락된 것이고, 한 사건에 결말이 없으면 또한 역시 누락된 것이다.

---

1 이 글은 『해상기서』의 뒤표지에 게재된 것이다. 잡지의 뒤표지 공백을 활용한 광고에 해당되는 것이므로, 64회로 출판하였을 때는 수록하지 않았다. 그러나 작가의 창작 사상과 작품의 서사기법을 이해하는 데 중요한 자료에 해당되므로 본서에서는 서두에 실었다.

2 중국 전통 곡예이다. 비파와 삼현의 연주를 반주로 한 설창문학형식으로, 남방지역에 유행하였다.

3 17, 18회를 의미한다.

4 명청대(明淸代) 과거시험의 문체로, 제의(制義), 제예(制藝), 시문(時文), 팔비문(八比文)이라고도 불렀다. 팔고 문장은 사서오경에서 제목을 취하며, 내용은 반드시 옛사람의 어기를 사용해야 하는데, 절대로 자유로운 생각을 서술해서는 안 되었다. 문장의 길이, 글자의 모양, 성조의 고저 역시 대구를 이루어야 하며, 자수도 제한되었다.

차례

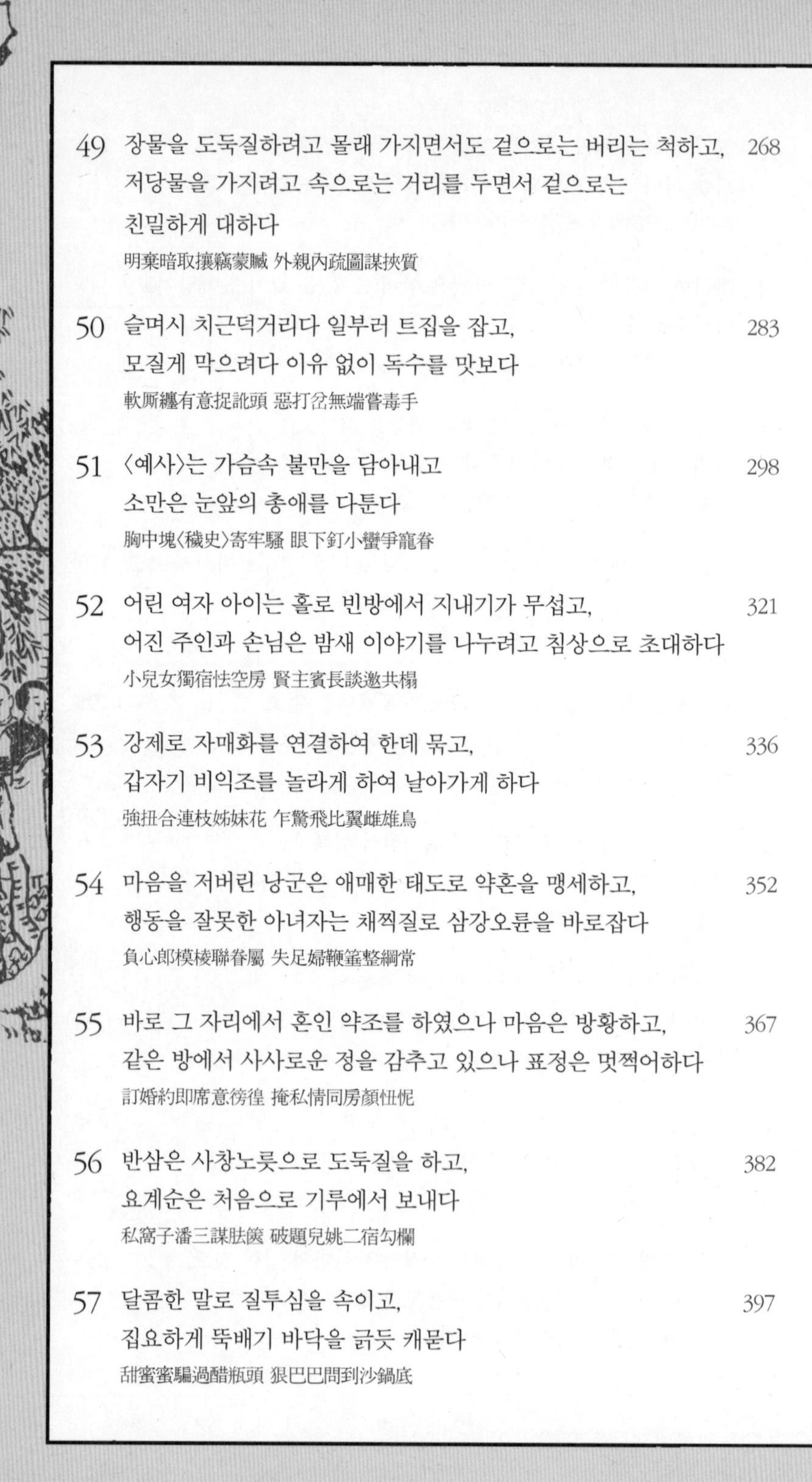

33

고아백은 자신이 쓴 시구를 찢어 바닥에 뿌리고, 왕연생은 술에 취하여 분노가 하늘을 찌른다

高亞白塡詞狂擲地 王蓮生醉酒怒沖天

홍선경은 왕연생과 술을 마시다가 소피를 보러 갔다. 소피를 보고 방문 앞을 지나가려는데, 장혜정이 응접실에서 고갯짓하며 그를 불렀다. 선경은 바로 천천히 걸어 들어갔다. 혜정은 나직한 목소리로 말했다.

"홍 나리, 번거로우시겠지만 그의 말대로 비취 머리장신구 한 벌 사다 주세요. 왕 나리는 심소홍이 막무가내여서 무서워해요! 못 보셨죠, 왕 나리의 팔이며 허벅지며 심소홍 손톱에 긁혀서 온통 핏자국이에요. 비취 머리장신구를 사주지 않으면, 심소홍이 또 그에게 무슨 짓을 할지 몰라요! 그러니 그냥 사다 주세요. 왕 나리는 돈 좀 더 쓰는 거 신경 안 쓰셔요."

선경은 살짝 웃기만 하고 조용히 자리로 돌아가 앉았다. 왕연생은 얼핏 장혜정의 말을 들었지만 모르는 체했다. 왕연생과 홍선경 두 사람은 술 한 병을 비우고 식사를 올리라고 했다. 혜정은 치장을 하고 가장자리에 앉아 시중을 들며 그들과 같이 식사를 했다.

식사를 마치고 선경은 곧바로 시내에 있는 보석점으로 갔다. 연생은 혜정에게 아편에 불을 붙이라고 하고 충분히 취할 정도로 계속해서 열 번을 피웠다. 자명종이 정확하게 다섯 번을 울리자, 선경이 서둘러 돌아왔다. 그는 팔찌와 머리핀을 사백 원 조금 더 주고 사왔고, 나머지 장신구는 색이 맞지 않아 다음 날 사기로 했다고 말했다. 연생은 아주 만족스러워하며 그의 노고를 반겼다.

홍선경은 영창삼점에 처리해야 할 일이 있어 작별인사를 하고 남쪽으로 돌아갔다. 왕연생도 장혜정에게 작별인사를 하고 가마를 타고 서회방리로 갔다. 그는 직접 심소홍에게 건네주었다. 소홍은 보자마자 물었다.

"홍 나리는요?"

"돌아갔어."

"사러 갔었어요?"

"두 가지는 사 왔어."

그리고 종이상자를 열어서 비취 팔찌와 머리핀을 꺼내 탁자 위에 펼쳐놓았다.

"봐, 팔찌 정말 멋지잖아. 머리핀이 조금 못하지만. 마음에 안 들면 다시 가져가서 다른 걸로 골라도 돼."

심소홍은 전혀 눈길을 주지 않고 담담하게 대답했다.

"다 갖추어진 게 아니군요. 그냥 거기에 놔둬요."

연생은 황급히 그녀의 말대로 싸서 화장대 서랍 안에 넣고 나서 다시 말했다.

"다른 건 마음에 들지 않아 안 샀어. 며칠 후에 내가 가서 직접 고를 거야."

"저한텐 고르고 남은 물건을 줄 텐데, 좋을 리가 있겠어요!"

"누가 고르고 남은 거라는 거야?"

"그러면 왜 먼저 가져가려 한 거죠?"

연생은 속이 타서 보석점의 영수증을 꺼내 소홍의 눈앞에 갖다 댔다.

"봐, 영수증 여기 있잖아."

소홍은 손으로 걷어치우며 말했다.

"보고 싶지 않아요."

연생은 기분이 언짢아져서 물러났다. 마침 아주가 찻잔을 가져오며 깔깔 웃었다.

"왕 나리, 장혜정한테 지나치게 기분을 내시다가 한마디 들으셨나 보죠?"

연생도 하는 수 없이 멋쩍게 웃을 뿐이었다. 날이 저물자 내안이 초대장 한 장을 올렸다. 갈중영이 오설향의 집에서 마련하는 술자리에 초대하는 것이었다. 연생은 소홍의 안색이 좋아 보이지 않아 그 틈에 작별인사를 하고 술자리로 갔다. 소홍은 붙잡지도 배웅하지도 않고 그냥 내버려두었다. 연생은 가마를 타고 동합흥리 오설향의 집으로 갔다. 술자리의 주인 갈중영이 그를 맞이하며 자리로 안내했다. 연생보다 먼저 두 사람이 와 있었으나 모두 모르는 사람들이었다. 서로 인사를 나누고 나서야 한 사람은 고아백이고, 또 한 사람은 윤치원(尹痴鴛)이라는 것을 알게 되었다. 연생은 비록 초면이지만 일찍이 고아백과 윤치원이 강남과 강서의 뛰어난 인물이라는 것을 익히 들었던 터라 공수하고 인사를 올렸다. 이어 남자 하인이 아뢰었다.

"호중천의 손님은 먼저 시작하라고 하셨습니다."

갈중영은 자리를 준비하라고 일렀다. 왕연생이 누구를 초대했냐고 물었다. 갈중영이 화철미(華鐵眉)라고 말했다.

화철미도 왕연생의 집안과 대대로 교분이 있는 사람이었다. 갈중영은 특별히 정성을 다해 그를 초대했는데, 그가 떠들썩한 것을 좋아하지 않기 때문에 세 사람만 불러 시중들게 했다.

조금 뒤, 화철미가 손소란을 데리고 들어왔다. 갈중영은 국표 세 장을 쓰고 나서 그들을 자리로 안내했다. 화철미는 고아백에게 물었다.

"마음에 드는 사람 만났는가?"

아백은 고개를 저었다. 화철미가 말했다.

"자네처럼 다정한 사람이 혼자라는 게 의외네!"

윤치원이 말했다.

"아백의 성격은 내가 잘 알지. 아쉬운 건 내가 기녀가 아니라는 거야. 내가 기녀였다면 아백은 분명 상사병으로 이 상해에서 죽고 말았을 거야!"

고아백이 크게 웃었다.

"자네가 기녀가 아니어도 난 자네를 그리워한다네!"

치원도 자기도 모르게 그만 웃음이 튀어나왔다.

"자네에게 싼값에 팔리고 말았군."

화철미가 말했다.

"사람이 간절히 부부가 되기를 원하면 하늘이 다시 인연이 되게 엮어준다고 했는데, 이 또한 아름다운 이야기 아닌가."

윤치원은 또 고아백에게 말했다.

"자네는 날 싼값에 샀으니 자네에게 벌을 내려야지!"

갈중영은 곧장 소매저에게 계항배를 가져오라고 했다. 윤치원이 말했다.

"잠깐! 아백은 주량이 세기 때문에 벌주를 내린다고 해도 전혀 개의치 않을 거야. 술을 마시게 하지 말고 장선산[1]의 시의(詩意)에 맞게 시 두 수를 짓게 하세. 만약 장선산보다 잘 지으면 용서를 해주고 그렇지 못하면 벌주를 내리는 거야!"

"자네가 나에게 술수를 부릴 줄 알았어! 어쩐지 기루에서 모두 자네를 '죄수'[2]라고 하더라니."

"모두들 들어봐! 내가 그에게 시를 지으라고 했다고 나를 '죄수'라고 욕을 하고 있어. 만약 내가 학정(각 성의 교육행정 장관)이나 주고(향시 시험관)가 되어서 문장을 지으라고 하면, '거북이', '돼지'라고 날 욕하겠어!"

그러자 자리에 있는 모든 사람들이 한바탕 웃었다. 고아백은 직접 계항배에 술을 따르며 말했다.

"그러면 먼저 한 잔 마시고 시상의 배를 채우겠네."

"그것도 괜찮지. 우리도 자네를 따라 마시겠네."

모두 계항배에 술을 마셨다. 윤치원은 필묵과 종이를 가져왔다.

"내가 받아쓸 테니, 읊어봐."

고아백이 말했다.

"장선산의 두 수는 그의 뜻으로 쓴 것이니, 나는 가사를 바꾸어보겠네."

화철미는 고개를 끄덕이며 그렇게 하라고 했다. 그러자 아백이 읊고 치원이 써 내려갔다.

> 샌님들아 그만두게나! 서생의 이 복록은 몇 생을 닦아야 할까나? 잘생긴 남자 모두 싫어하고, 아리따운 소녀를 원한다네. 수토끼 암토끼, 검은 수말 누런 암말, 평상의 모습을 잊고 쾌락을 즐기거늘. 이같이 사랑에 빠지니, 원앙 따위 넘어지는 것에 무엇 하러 마음 쓰겠는가?

"너무 짓궂은데, 벌을 받아야겠어!"

다른 사람들은 이해를 하지 못했다. 아백은 계속 읊고 치원은 써 내려갔다.

> 그래도 질투가 무서워 창경을 삶아 먹고,[3] 두견새를 눈이 빠지

도록 기다리나, 제비가 돌아올 날 아득하다. 꽃을 모아 팔면 구슬이 열 말[4]이니, 은둔자의 아내는 한 번 웃음을 지어 보이네. 두목(杜牧)은 삼생[5] 동안, 위고(韋皐)는 재세[6] 동안 백발이 얼마나 더 늘었을까? 파도가 한 번 밀려오는 사이에 눈썹 그려주는 이[7]가 갑자기 늙어버렸음에 놀라네![8]

고아백이 다 읊고 나서 갑자기 윤치원에게 물었다.

"장선산보다 어때?"

윤치원이 말했다.

"자네 낯짝이 있긴 있는 거야? 정말 장선산과 비교하려고 하나!"

아백은 만족하며 크게 웃었다.

왕연생은 그 사(詞)[9]를 받아 들고 화철미, 갈중영과 함께 읽었다. 윤치원은 술병을 쥐고서 고아백에게 말했다.

"자네가 잘 썼다고 생각하니까 나 역시 개의치 않겠네. 그러나 '눈썹을 그리다'의 '화미(畵眉)' 두 자는 평측이 바뀌었어. 그러니 자네는 벌로 두 잔 마셔야 해!"

"마셔, 마신다구!"

아백은 또 계항배 두 잔을 한번에 다 마셔버렸다.

갈중영은 그 사를 읽고 나서 말했다.

"「백자령(百字令)」[10] 말구의 평측은 엄격하게 지키지 않아도 돼."

"치원이 내게 벌주를 주는데 내가 마시지 않으면 그 마음이 불편하겠지. 평측 때문에 마신 게 아니네."

화철미가 물었다.

"'제비가 돌아올 날 아득하다(燕燕歸來杳)'라는 문장은 어느 전고에서 사용한 건가?"

아백이 잠시 생각하고 나서 말했다.

"바로 소동파의 시 '공자가 돌아오니 제비가 바삐 난다(公子歸來燕

燕忙)'에서 끄집어왔네."

철미는 가만히 있는데, 윤치원이 냉소를 지으며 말했다.

"자네 또 속여! 자네가 사용한 전고는 포송령의 '일찍이 알고 있는 듯 제비가 돌아오네(似曾相識燕歸來)'라는 문장이잖아. 우리가 모를까 봐 그래!"

아백이 손뼉을 쳤다.

"치원은 대단해!"

철미가 영문을 몰라 치원에게 물었다.

"난 자네 말을 이해를 못하겠네. '일찍이 알고 있는 듯 제비가 돌아오네'라는 문장은 구양수와 안수의 시사집에 있는데, 포송령과 무슨 관계가 있나?"

"자네가 이 전고를 알려면 이 년 동안 책을 읽어야 하네!"

아백이 철미에게 말했다.

"저 말 믿지 말게! 전고는 무슨!"

치원이 말했다.

"전고가 아니라고 했나. 그러면 '저자의 사람들은 빠른 칼솜씨에 환호하고, 안회는 어떻게 재산을 강탈하였던가(入市人呼好快刀, 回也何曾霸産)'라는 문장은 어떤 전고를 사용한 것인가?"

철미가 말했다.

"내가 오히려 가르침을 받아야겠는걸. 자네 무슨 말을 하고 있나? 난 아예 한 마디도 모르겠네!"

아백이 말했다.

"『요재지이(聊齋志異)』의 「연향(蓮香)」편을 찾아 읽어보게."

치원이 말했다.

"그리고 『요재지이』를 다 읽으면 「이승(里乘)」과 「민소기(閩小紀)」를 읽어보게. 그러면 '빠른 칼솜씨(快刀)'와 '강탈당한 재산(霸産)'을 알 수 있을 거네."

왕연생은 다 읽고 나서 그 사(詞)를 한쪽에 놓고 갈중영에게 말했다.

"내일 신문에 실어도 좋겠는걸!"

중영이 대답을 하려는데 고아백이 다급하게 시구를 가져가서 갈기갈기 찢어 바닥에 뿌렸다.

"말은 고맙지만 싣지 않을 거네! 신문은 봉호 같은 사람이 있잖아. 우리와는 어울리지 않아."

중영은 봉호가 누구냐고 물었다. 아백은 웃기만 할 뿐이었다. 윤치원이 말했다.

"봉호는 먹을 갈게 하는 게 더 좋아!"

이 말에 아백이 말했다.

"나에게 향을 올리고 벼루를 받들어 올리는 것은 아무래도 치원이 자네가 하니까, 봉호에게는 어쩔 수 없이 요강이나 비워 오라고 해야 하겠는걸."

화철미가 웃으며 말했다.

"무슨 괴상한 짓이야! 술이나 마시지!"

일제히 계항배를 들어 제창하고 선을 깔았다.

그때, 기녀들이 모두 왔다. 윤치원이 부른 임소분, 고아백이 부른 이완방은 모두 어린 기녀들이었다. 왕연생은 건너편의 장혜정을 불렀다. 화권을 시작하자, 모두들 다투어 술을 마셨다. 고아백은 윤치원에게 일부러 술을 먹이려고 대신 마시는 것을 허락하지 않았다. 왕연생은 그 뜻을 알아채고 거들었다. 그러나 치원은 눈치가 빠르고 손놀림이 재어 화권 실력 하나는 최고였다. 그러니 반대로 연생이 먼저 취하고 말았다.

장혜정은 연생이 선을 잡고 나서야 일어났고, 돌아가면서 연생에게 더 이상 술을 마시지 말라고 당부했다. 그러나 화철미는 주량이 거의 고아백과 맞먹어 모든 사람들과 돌아가며 화권을 하고, 기녀

海上花列傳
第三十三回
高亞白填詞
狂擲地

들이 전부 돌아간 후에도 다시 '칠치기(拍七)'[11]로 술내기를 하자고 했다. 사람들은 마지못해 그의 뜻에 맞추어주었다. 취한 왕연생은 여러 차례 틀려서 계속 벌주를 마시다가 순간 더 이상 버틸 수 없다는 것을 느끼고 끝나기도 전에 자리에서 일어나 아편침대로 가서 누웠다. 화철미는 이것을 보고 대충 끝을 냈다.

갈중영이 왕연생에게 죽을 먹으라고 하자 연생은 손을 내젓고 꼬챙이를 가져와 아편에 불을 붙이려고 하였다. 그런데 불을 제대로 붙이지 못해 아편액이 소반에 쏟아지고 말았다. 오설향은 그것을 보고 황급히 소매저를 불러 아편을 채우라고 하였다. 연생은 또 필요없다고 손을 내젓더니 갑자기 일어나 공수하고 작별인사를 하고 먼저 나갔다. 갈중영은 더 이상 붙잡지 않고 문 입구까지 배웅하며 내안에게 조심해서 모시도록 당부했다.

내안은 연생이 가마에 오르자 주렴을 걸고 팔걸이를 내리며 물었다.

"어디로 모실까요?"

"서회방."

내안은 가마를 잡고 서회방리 심소홍의 집으로 갔다. 가마는 응접실 한가운데에서 멈추었다. 연생은 가마에서 내리자마자 곧장 이층으로 올라갔다. 아주는 뒤쪽 주방에서 황급히 쫓아가며 큰 소리로 불렀다.

"아휴! 왕 나리, 잠시 기다리세요!"

연생은 대답하지 않고 뛰어올라 갔다. 아주는 바짝 따라붙어 쫓아왔다.

"왕 나리, 깜짝 놀랐어요! 안 넘어지신 게 다행이네요!"

연생은 사방을 둘러보아도 심소홍이 보이지 않아 아주에게 물었다.

"아마 아래층에 있을 거예요."

연생은 더 이상 묻지 않았다. 한 번 휘청거리더니 큰 침대 앞 가죽 의자 위로 뻣뻣하게 드러누웠다. 그러고는 장삼도 벗지 않고 아편도 피우지 않고 그대로 몽롱하게 잠들었다. 남자 하인이 물주전자와 수건을 가지고 오자 아주가 나직한 목소리로 불렀다.

"왕 나리, 얼굴 닦으세요."

연생이 대답이 없자 아주는 남자 하인에게 눈짓으로 차만 따르고 나가라고 했다. 그 뒤 아주도 조용히 방을 나와 손가락으로 정자간의 판자벽을 세 번 두드렸다.

"왕 나리께서는 잠드셨어요."

아주의 이 행동은 무슨 일이 있음이 분명한 것이었다. 왕연생은 코를 골고 있었지만 완전히 잠든 것은 아니었다. 아주의 말을 듣고 이상하다고 생각했다. 아주가 아래층으로 내려간 후 연생은 황급히 일어나 조용히 응접실 뒤쪽으로 걸어갔다. 정자간 안에 불빛이 보였다. 손으로 문을 밀어보았다. 그러나 문은 안에서 잠겨 있었다. 주위를 살펴보니 판자벽에 비둘기 알만 한 구멍이 있어 안을 들여다보았다. 정자간에는 탑상이 있는데 휘장이 없어 한눈에 선명하게 들어왔다. 연생은 그 탑상 위에 엉겨 있는 두 사람을 보았다. 한 사람은 분명 심소홍이었고 다른 한 사람 역시 낯익은 얼굴이었다. 자세히 보니, 다름 아닌 대관원 소속의 배우 무소생 소류아였다.

연생은 이번만큼은 평소와 달리 참을 수 없었다. 그는 몸을 홱 돌려 방으로 뛰어들어 갔다. 먼저 침대 앞 화장대를 힘껏 밀쳤다. 화장대가 넘어지자 등, 거울, 자명종, 유리 화병들이 쨍그랑 쨍그랑 소리를 내며 산산조각이 나며 바닥에 흩어졌다. 그러나 서랍 속에 넣어둔 새로 산 비취 팔찌와 머리핀은 떨어지지도 깨지지도 않았다. 아래층에서 아주가 그 소리를 듣고는, 일이 단단히 잘못된 것을 알고 황급히 이 층으로 올라왔다. 여자 하인 아금대와 서너 명의 남자 하인들도 모여들었다. 연생은 또 탑상 위에 놓여 있는 아편 소반을 들어 아편 도구들을 바닥에다 내동댕이쳤다. 마치 콩이 마구 흩뿌려지듯 중앙에 있는 둥근 탁자 위로 물건들이 튕겨나갔다. 아주는 목숨을 걸고 뒤에서 연생을 안았다. 연생은 겁 많고 유약한 사람이지만 지금은 포효하는 범처럼 사나워 누구도 그를 막을 수 없었다. 오히려 아주가 연생에게 걷어차여 넘어졌다. 그러자 아금대도 뒷걸음을 치고 말았다.

연생은 담뱃대를 손에 꽉 쥐고 앞뒤좌우로 방 전체를 휘저었다. 걸려 있던 남포등 두 개를 제외하고 유리등, 유리 벽등, 유리 족자, 유리 옷장, 침대에 상감된 유리 장식 모두 박살이 났다. 비록 남자 하인 서너 명이 있었지만, 멀찍이서 말리기만 할 뿐 적극적으로 나서지는 못했다. 내안과 두 명의 가마꾼도 주렴 밑에서 엿보기만 하고 들어가지 않았다. 아금대는 한쪽에서 우두커니 서서 벌벌 떨고 있었다. 아주도 더 이상 말리지 못하고 조바심만 내며 말했다.

"왕 나리! 그러지 마세요!"

연생은 아랑곳하지 않고 부수고 또 부수었다. 더 이상 부술 게 없어질 무렵 갑자기 어떤 사내가 방으로 들어와 바닥에 무릎을 꿇고 머리를 땅에 찧으며 조아렸다.

"왕 나리, 살려주십시오! 왕 나리, 살려주십시오!"

연생은 이 젊은이가 심소홍의 남동생이라는 것을 알고 있었다. 그가 이렇게까지 하자 연생은 마음이 조금 누그러져 숨을 몰아쉬고 담뱃대를 놓고 사람들 틈을 비집고 밖으로 뛰어나갔다. 내안과 두 명의 가마꾼은 너무 놀라 막지도 못하고 뒤따라 내려왔다. 연생은 가마에 오르지 않고 대문 밖으로 뛰어 나갔다. 내안은 가마꾼들을 신경 쓸 틈도 없이 빠른 걸음으로 그를 쫓아갔다. 연생이 동합흥리로 들어가자 내안이 다시 돌아와 가마를 들고 갔다.

연생은 장혜정의 집으로 뛰어들어 갔다. 그는 통보도 하지 않고 바로 방으로 뛰어들어 가서 의자에 앉고 숨을 몰아쉬었다. 장혜정은 깜짝 놀라 멍하니 쳐다볼 뿐이었다. 무슨 영문인지 감히 물어볼 엄

王蓮生醉酒怒沖天

두도 내지 못했다. 잠시 후 먼저 한마디를 했다.

"술자리는 끝났나요?"

연생은 매서운 눈으로 쏘아보기만 하고 한마디도 대답하지 않았다. 혜정은 살짝 아주머니를 불러 내안한테 가서 물어보라고 하였다. 마침 내안이 가마를 들고 도착하여 몇 마디를 알려주었다. 아주머니는 다시 이 층으로 올라가 혜정의 귀에 대고 속삭였다. 혜정은 그제야 마음을 놓고 연생의 답답한 마음을 풀어주려고 말을 꺼내려고 했지만 어떻게 해야 할지 몰라서 아편을 채워 연생에게 주고 연생의 비단 마고자 단추를 풀어 벗겨주었다.

연생은 연거푸 아편을 열 번 피우는 동안에도 말 한마디 하지 않았다. 혜정도 방해하지 않으려고 조심스럽게 시중을 들었다. 한 시쯤 되어, 혜정이 조용히 물었다.

"죽 드시겠어요?"

연생은 고개를 저었다.

"그러면 잘까요?"

연생은 고개를 끄덕였다. 혜정은 내안에게 돌아가라고 하고 아주머니에게는 침상을 정리하라 했다. 혜정은 직접 연생의 옷과 버선을 벗기고 같이 잠자리에 누웠다. 몽롱한 와중에도 연생은 한숨을 쉬며 이리저리 뒤척였다.

혜정이 잠에서 깨자, 새벽빛이 창문으로 비쳐 들어왔다. 연생은 옆에서 얼굴을 들고 눈을 뜬 채 침대 천정을 멍하니 바라보고 있었다. 혜정은 묻지 않을 수 없었다.

"안 주무셨어요?"

연생은 대답이 없었다. 혜정은 일어나 대충 머리를 매만지고 다시 얼굴을 맞대고 엎드리며 물었다.

"왜 그래요? 화는 건강에 안 좋아요. 굳이 그럴 필요 있나요?"

연생은 이 말을 듣고 갑자기 한 가지 생각이 떠올라 혜정을 밀치고 일어나 앉았다. 그리고 성난 목소리로 물었다.

"내가 물어볼 게 있어. 자네가 나를 위해 복수를 해줄 수 있겠어?"

혜정은 그 의중을 이해하지 못하고 다급해져 얼굴이 붉어졌다.

"무슨 말씀이세요? 제가 대접이 소홀했나요?"

연생은 그녀의 오해에 웃으며 혜정의 목을 끌어안고 누워 소홍의 추태를 천천히 이야기해주었다. 그리고 혜정에게 혼인하겠다는 뜻을 내비치었다. 혜정이 어떻게 마다할 수 있을까, 만 번을 좇고 천 번을 따를 수 있는 일이 아닌가. 그러니 순식간에 결정이 났다.

두 사람은 일어나 세수를 했다. 연생은 아주머니에게 내안을 불러오라고 했다. 부름을 받고 내안은 곧바로 왔다. 연생이 먼저 물었다.

"무슨 특별한 공무가 있는가?"

"없습니다. 심소홍 남동생이 아주머니와 함께 공관으로 와서 울며불며 머리를 바닥에 찧어가며 나리의 방문을 청하고 있습니다."

연생은 그 말을 끝내기도 전에 크게 소리쳤다.

"누가 네게 그런 소리 하라고 했느냐!"

내안은 '예, 예, 알겠습니다.' 연신 대답을 하고 두 걸음 물러나 섰다. 조금 지나자 연생이 말했다.

"홍 나리를 모시고 오너라."

내안은 명을 받들어 아래층으로 내려가 가마꾼에게 당부하고 갔다. 그는 먼저 심소홍의 집으로 가서 소식을 전해주며 공을 가로채는 것이 상책이라고 생각하고 동합흥리의 북쪽을 경유하여 서회방리 심소홍의 집으로 갔다. 심소홍의 남동생은 아주 기쁘게 그를 맞이하며 뒤쪽 장방으로 안내하고 물담뱃대를 올렸다. 내안은 담배를 피우며 말했다.

"난 다른 생각은 없고 말로만 도와줄 수밖에 없어. 지금 나에게 홍 나리를 모셔오라고 하셨는데 지금 나와 함께 가서 홍 나리께 묘안을 짜달라고 하면 나보다야 훨씬 나을 거야."

심소홍의 남동생은 감격하여 아주에게 그 말을 전하고 세 사람이 동행했다. 먼저 공양리 주쌍주의 집으로 가서 물어보았지만 홍선경은 그곳에 없었다. 다시 골목길을 빠져나와 각각 인력거를 타고 소동문 육가석교까지 갔다. 그런 다음 걸어서 함과가 영창삼점으로 갔다. 점원은 내안을 알아보고 급히 알렸다. 홍선경이 응접실로 나오자 심소홍의 남동생이 먼저 머리를 땅에다 박고 콧물 눈물을 쏟아내며 아뢰었다.

"어제 밤 왕 나리께서 왜 화가 나셨는지 모르겠습니다."

그리고 그날의 상황을 세세히 설명했다. 선경이 그 말을 듣고 십중팔구 눈치를 채고 내안에게 말했다.

"왜 왔느냐?"

"저희 나리께서 장혜정의 집으로 홍 나리를 모셔 오라고 하셨습니다."

선경은 고개를 숙이고 잠시 생각해보더니 내안과 심소홍의 남동생 두 사람은 응접실에서 기다리게 하고 아주만 안으로 불러들여 자세하게 의논했다.

---

1 張船山 : 청대의 걸출한 시인이며 서예와 그림에도 뛰어났다.
2 남의 결점을 꼬치꼬치 따지며 괜한 생트집을 잡는다는 의미이다.[장]
3 창경(倉庚)은 꾀꼬리를 말한다. 전설에 의하면 창경으로 죽을 만들어 먹으면 질투를 치료할 수 있다고 한다.
4 斛 : 열 말이 한 곡(斛)이다.
5 당대(唐代)의 두목은 관직을 박탈당한 후 뜻을 얻지 못해 우울하게 세월을 보냈는데, 양주(揚州)로 가서 기루에서 놀며 풍류로 이름을 날렸다. 그래서 '삼생두목'은 기루를 드나드는 풍류객을 비유한다. 두목이 절서(浙西)에 있을 때, 호주(湖州)에 미인이 많다는 소리를 들었지만 마음에 드는 명기가 없었다. 자사 장수희(張水戲)는 사람들을 모아놓고 인물을 찾았다. 어떤 할머니가 열 살 되는 여자 아이를 데리고 왔는데 아주 예뻤다. 그러나 그 할머니와 아이가 두려워하자 두목은 훗날을 약속했다. "내가 십 년이면 반드시 이곳의 군수가 될 것이다. 만약 오지 않으면

내가 가는 곳을 따르라."라고 하여 많은 폐물을 주어 약혼을 했다. 그리고 관직을 찾아 다른 곳으로 갔다. 그의 친구 주토서(周土犀)가 재상이 되자, 그에게 호주의 군수가 되게 해달라고 했다. 군수가 되어 그곳에 가니 14년 전 약혼을 한 그 여자 아이는 이미 다른 사람에게 시집간 지 3년이 되었고, 자식 두 명이 있었다.[장]

6 위고는 서천 절도사가 되어 젊은 시절 강하(江夏)로 여행하다 강군수의 집안 별관에서 묵었다. 그 집안에는 형보(荊寶)라는 아들이 있었고 겨우 열 살 되는 시녀 옥소(玉簫)를 두고 있었다. 형보는 옥소에게 위고를 모시라고 하였다. 이후 위고와 옥소 두 사람 사이 애정이 생겨났으나 헤어지게 되었다. 위고는 증표로 옥가락지를 주었다. 그러나 5년이 지나고, 다시 2년이 지나도 위고는 오지 않았고 8년째 되는 봄에 옥소는 식음을 끊고 죽었다. 강 씨 집안에서는 옥가락지를 그녀의 중지에 끼운 채 묻었다. 이후 15년 뒤에 위고는 노래 부르는 기녀를 알게 되었는데 옥소라고 했다. 중지는 마치 옥가락지를 끼고 있는 것처럼 살이 도톰하게 올라 있었다.

7 한대(漢代) 장창(張敞)은 관료티를 내지 않고 조례가 끝나면 걸어서 집으로 돌아갔다. 그는 아내와 사이가 특히 좋았는데, 그의 아내는 어린 시절 상처로 인해 눈썹 끝에 흠이 있었다. 그는 매일 아내에게 눈썹을 그려주고 난 후에 공무를 보러 갔다. 장창은 매일 아내의 눈썹을 그려주다 보니 기술이 능숙해져서 눈썹을 아주 아름답게 그리게 되었다. 한나라의 선제는 이들 부부를 은애로운 부부의 모범으로 삼았다.

8 장창이 아내를 위해 눈썹을 그려준 고사를 들어 윤치원이 내세에 여자와의 약조를 지키지 못하고 뒤늦게 집에 돌아오자, 늙어버린 그를 보고 그의 아내가 놀란다는 내용이다.[장]

9 시의 또 다른 양식으로 악곡에 맞게 가사를 쓰는데, 시의 곡조를 사패(詞牌)라고 한다. 송대(宋代)에 전성기를 이루었다.

10 100자의 문장. 고아백의 문장은 모두 100자로 되어 있다.

11 1~99까지의 숫자를 차례대로 돌아가며 말하다가 7혹은 7의 배수가 나오면 다음 사람의 뒤통수를 친다. 뒤통수를 맞은 사람은 그다음 수를 말해야 한다.

34

음흉함으로 자신의 죄를 달게 인정함에 따라 진실을 걸러내고, 원한으로 갑작스레 혼인하였다는 소식에 놀라다

瀝眞誠淫凶甘伏罪 驚實信仇怨激成親

내안과 심소홍의 남동생은 응접실에서 한참 동안 기다렸다. 아주가 나오더니 심소홍의 남동생을 데리고 들어갔다. 내안은 또 한참을 기다렸다. 이윽고 홍선경이 나오며 내안에게 말했다.

"나보고 왕 나리를 설득해달라고 하는데 우리는 친구 사이라서 조금 난처하네. 왕 나리와 함께 심소홍의 집으로 가면 그때 직접 말해야지. 안 그런가?"

내안이 어떻게 틀리다고 하겠는가. 그는 전적으로 동의했다. 선경은 내안과 동행하여 인력거를 타고 사마로 동합리 장혜정의 집으로 갔다.

그때 왕연생은 네 가지 요리를 시켜놓고 혼자 술을 마시며 답답함을 풀고 있었다. 선경이 들어오자 연생이 자리를 권했다. 선경이 웃으며 말했다.

"어젯밤 고생했지?"

연생은 웃고는 있지만 성난 어투로 말했다.

"자네 날 놀리고 있나. 저번에 자네에게 물었는데 자네는 말해주지 않았잖아."

"뭘 물어봤었지?"

"기녀가 배우와 놀아났다는데, 알아볼 곳이 없는지 말이야."

"자네 불찰이지. 그녀와 마차를 탔잖은가. 모두 마차 위에서 벌어진 일이잖아. 내가 자네에게 심소홍은 마차를 타기 때문에 비용이 많이 든다고 말하지 않았나? 자네가 내 말의 의미를 몰랐을 뿐이야."

연생이 손을 내저었다.

"그만해! 술이나 마셔!"

아주머니가 술잔과 젓가락 한 벌을 더 올리자 장혜정은 직접 술을 따랐다. 연생은 이에 선경에게 말했다.

"비취 머리장신구 사지 마."

왕연생은 다른 품목이 적힌 종이를 홍선경에게 주었다. 홍선경이 펼쳐보니 파란색 옷과 붉은색 치마 종류로, 왕연생은 선경에게 최대한 서둘러 준비해달라고 부탁했다. 선경은 혜정을 보며 웃었다.

"축하합니다."

혜정은 부끄러워 다른 곳으로 가버렸다. 선경은 정색을 하고 연생에게 말했다.

"지금 자네가 장혜정을 맞이하는 것은 괜찮아. 다만 이 일로 심소홍의 집에 발길을 끊으면 어쨌든 모양새는 보기 좋지 않을 것 같네."

연생은 짜증을 내며 말했다.

"자네가 무슨 상관인가!"

선경은 멋쩍게 웃으며 완곡하게 말했다.

"그건 아니야. 심소홍에게 손님은 자네 한 명뿐이야. 자네가 가지 않으면 손님은 한 명도 없어. 이제 곧 명절이 될 텐데, 그 많은 비용을 감당하지 못할 거야. 집에는 또 부모 형제까지 있잖아. 가족들도 먹고 써야 하는데, 소홍이 무슨 수가 있겠나? 사방에서 압박해 오면… 목숨을 내놓으라는 거지. 아니, 심소홍 목숨도 뭐 그리 중요하겠어. 돌아 돌아서 원점으로 돌아가면, 결국 자네를 위해서야. 자네가 죄를 짓는 거잖아. 우리가 기녀들과 놀면서 죄를 짓는 게 말이 돼?"

연생은 생각에 잠겨 있다가 고개를 끄덕이며 말했다.

"자네도 도와주고 있잖나!"

선경은 발끈하여 안색을 바꾸며 말했다.

"자네 참 이상하게 말을 하네. 내가 왜 도와줘?"

"자네가 나더러 소홍 집에 가야 한다고 하는 게 돕는 게 아닌가?"

선경은 '하' 하고 길게 한숨을 쉬더니 오히려 웃는 낯으로 바꾸어 말했다.

"자네가 심소홍과 사귈 때 난 재미없다고 계속 말했었어. 그런데 자네는 내 말은 듣지 않고 소홍에 푹 빠져 있지 않았나. 그런 자네가 지금은 화가 나서 내가 소홍을 돕는다고 말하면 정말 이건 말이 안 되지!"

"그러면 왜 나보고 가야 한다는 건가?"

"다시 그녀와 사귀어야 된다는 뜻이 아니네. 자네는 한 번만 가면 돼."

"한 번 가서 뭐하나?"

"바로 자네를 위한 계산이야. 무슨 일이 있을지도 모르잖아. 자네가 가면 그쪽에서도 일단 안심할 테고 자네도 그쪽 상황을 살필 수 있잖아. 사오 년 사귀는 동안 만 원이나 썼고 조금이라도 장부에 빚이 남아 있으면 안 되니까 자네가 가서 정리해주면 생활비로도 쓸 수 있고, 명절도 그럭저럭 넘길 수 있겠지. 그다음 명절은 도와주든 말든 자네 마음대로 하면 되지. 안 그래?"

연생은 듣기만 하고 말이 없었다. 그래서 선경은 더욱 부추겼다.

"나중에 나와 함께 가서 무슨 말을 하는지 들어보세. 만약 말도 안 되는 소리를 한마디라도 하면 바로 나와."

연생은 벌떡 일어서며 발끈했다.

"난 안 가겠네!"

선경은 하는 수 없이 겸연쩍게 웃으며 말을 끊었다.

두 사람은 각자 술을 몇 잔 더 마시고 혜정과 함께 점심을 먹었다. 선경은 연생 대신 물건을 사러 가야 했고, 연생 또한 잠시 공관으로 돌아가야 했다. 그래서 연생은 선경에게 저녁에 이곳에서 다시 만나자고 했다. 선경은 대답하고 먼저 나갔다.

연생은 아편을 잠깐 피우다가 가마를 불러서 오마로 공관으로 돌아갔다. 이 층 방에 앉아 초대장 두 장을 쓰고, 내안은 옆에서 시중을 들었다. 갑자기 딸랑딸랑 방울소리가 들려왔다. 누군가 문에 들어와 연생의 조카와 마당에서 이야기를 나누고 있는 것 같았다. 잠시 후 가마 한 대가 문 앞에서 멈추었다. 연생은 손님인 줄 알고 내안에게 나가보라고 했다. 내안은 나가더니 돌아오지 않고 뜻밖에 자박자박 이 층으로 올라오는 작은 발소리가 들려왔다.

연생은 직접 밖을 내다보았다. 누가 심소홍인 줄 알았을까, 그 뒤로 아주도 따라오고 있었다. 연생은 그들을 보자마자 날벼락을 치듯 격노하며 소리를 쳤다.

"무슨 낯으로 나를 보러 왔어! 썩 나가!"

그는 소리를 치며 발을 굴렀다. 심소홍은 두 눈에 눈물을 머금은 채 한마디도 하지 않았다. 아주가 앞으로 나서며 해명을 해보았지만 그의 화를 누그러뜨리지 못했다. 연생은 무슨 말인지 알아듣지도 못할 말들로 한차례 난리를 쳤다. 아주는 아예 자리에 앉아 연생의 화가 조금이라도 가라앉을 때까지 기다렸다. 그리고 또박또박 말을 하기 시작했다.

"왕 나리, 가령 나리께서 관리로 계시고 우리가 고소를 한다면 나리께서도 잘 들으셔야 벌을 줘야 할지 제대로 판단을 하실 수 있죠. 그런데 지금 말 한마디도 못 하게 하시면, 혹 억울한 사정이 있는지 나리께서 어떻게 아시겠습니까?"

연생은 화를 내며 물었다.

"내가 무슨 누명을 씌웠다고 그래?"

"나리께서 누명을 씌웠다는 게 아니에요. 우리 선생이 조금 억울해서 나리께 말씀을 올리려고 하니 들어주십시오."

"그래도 억울하다는 말을 하려면 차라리 배우에게 시집이나 가!"

그러나 아주는 태연하게 '흥' 하고 냉소를 지었다.

"우리 선생이 남동생 때문에 억울하면 부모에게 말할 수 있고, 부모 때문에 억울하면 나리께 말할 수 있지요. 그런데 왕 나리 때문에 억울하면 정말이지 우리 선생은 어디에 가서 하소연한단 말이에요!"

그러고는 소홍을 돌아보며 말했다.

"우리는 갑시다. 더 이상 무슨 말을 해요?"

소홍 역시 교의에 앉아 손수건으로 얼굴을 가리고 흐느끼며 울고 있었다. 연생은 한차례 난리를 치고 그들을 내버려두고 침실로 뛰어들어 가버렸다. 소홍과 아주는 바깥방에서 조용히 있었다.

연생이 붓을 가져와 편지를 쓰려고 했지만 한참 동안 한 자도 쓸 수 없었다. 그런데 바깥방에서 소곤거리는 소리가 나더니 소홍이 침실로 들어와 책상을 사이에 두고 마주 앉았다. 연생은 고개를 숙이고 쓰는 데만 몰두했다. 소홍은 떨리는 목소리로 말했다.

"무슨 말을 하셔도 전 괜찮아요. 제가 잘못했으니 당신에게 미안할 뿐이죠. 당신이 원하는 대로 처벌하셔도 달게 받겠어요. 그런데 왜 제 말을 들어주시지 않죠? 제가 억울하게 죽었으면 좋겠어요?"

이 말을 하고 나자 목이 메여 울음이 쏟아지려고 했다. 연생은 붓을 내려놓고 그녀가 무슨 말을 하는지 들었다. 소홍이 계속 말을 이어나갔다.

瀝真誠淫凶
甘伏罪
第三十四回

"전 엄마 때문에 다 망쳤어요! 처음에는 엄마 때문에 이 일을 하게 되었고, 지금은 이전의 손님이 찾아오기 때문에 마지못해 하고 있어요. 전 엄마가 시키는 대로 했을 뿐이고, 이 억울함도 하소연하지 못하고 있는데 당신까지 배우와 놀아났다고 억울하게 누명을 씌우면 어떡합니까!"

연생이 반박하려는데 내안이 총총걸음으로 올라와 아뢰었다.

"홍 나리께서 오셨습니다."

연생은 일어나며 소홍에게 말했다.

"난 네게 할 말이 없다. 용무가 있으니, 알아서 돌아가."

왕연생은 말을 끝내고 심소홍은 방에, 아주는 바깥방에 그대로 내버려두고 아래층으로 내려가 홍선경과 함께 동합흥리 장혜정의 집으로 갔다.

장혜정은 선경이 사 온 물건을 연생과 함께 훑어보았다. 연생은 심소홍이 사죄하는 모습을 혜정에게 말해주었다. 모두 웃으면서도 탄식을 했다. 그날 밤 선경은 저녁을 먹고 갔다.

혜정은 잠자리에 들기 전에 연생에게 웃으며 물었다.

"당신 또다시 심소홍 만날 거예요?"

"지금부터는 소류아와 만나라고 해."

"당신이 만나지 않는다고 차버리지는 말아요. 선경 나리가 가라고 했으니 가보는 것도 괜찮아요. 다만 이렇게만 해줘요."

장혜정은 그에게 어떻게 해야 하는지 알려주었다. 왕연생이 말했다.

"처음에는 심소홍이 나와 아주 잘 맞다고 생각했는데 지금은 왜 그런지 모르겠어. 앙칼스럽게 굴지 않는데도 내가 무시하게 돼."

"아마도 인연이 다 된 모양이에요."

이런 이야기를 하다 자기도 모르는 사이에 잠이 들었다.

다음 날은 오월 초사흘로, 홍선경은 오후에 연생을 찾아와서 모든 일을 의논하고, 대충 정리하고 나서 이야기를 나누다 다시 심소홍 이야기가 나오게 되었다. 선경은 여전히 이전에 말한 바와 같이 그를 설득했다. 연생은 혜정의 말을 들었던 터에 흔쾌히 승낙했다.

이에 홍선경과 왕연생은 함께 심소홍의 집에 가게 되었다. 장혜정은 방문 앞에서 배웅하며 연생에게 눈짓을 하였다. 연생은 웃으며 알았다는 뜻을 내비쳤다. 서회방리 심소홍의 집 문 앞에 이르자 아주가 그들을 맞이하며 기뻐서 헤헤거리며 말했다.

"저희들은 왕 나리께서 안 오실 줄로만 알았어요. 그나마 우리 선생이 애가 타서 죽지 않은 게 다행이에요."

아주는 멋쩍게 웃으며 이 층 방으로 한달음에 올라갔다.

심소홍은 일어나며 감히 눈을 들지 못하고 '홍 나리', '왕 나리' 부르며 인사만 하고 조용히 물러나 앉았다. 연생이 보니 소홍은 월백색 죽포 저고리만 입고 화장을 하지 않아 유난히 수수하고 깔끔해 보였다. 또 방 안은 썰렁하게 텅 비어 있었다. 오직 한쪽 모서리가 부서진 거울만이 벽에 붙어 있는데, 금석지감에 자기도 모르게 긴 한숨을 쉬었다. 아주는 찻잔을 가져오면서 멋쩍게 웃으며 말했다.

"우리 하인이 왕 나리께서 우리 선생이 어떻고 저떻다고 하시는 걸 듣고, 나에게 '무슨 말이에요?'라고 묻기에 '왕 나리께서는 속으로 알고 계셔. 지금이야 화가 나셔서 그냥 뱉은 말이지 정말 선생이 배우랑 놀아났다고 했겠어!'라고 말해주었죠."

"놀아났든 아니든 중요한 게 아니니까 그만해!"

아주는 할 일을 하고 나갔다. 선경은 이야기나 나눌까 하고 웃으며 소홍에게 물었다.

"왕 나리가 오지 않았을 때는 많이 그리워했을 텐데, 오니까 아무 말이 없구나!"

소홍이 억지로 한번 웃어 보이며 탑상으로 가서 꼬챙이를 가져와 아편에 불을 붙이고 담뱃대를 내려놓았다. 연생이 누우며 아편을 피우자 소홍이 말했다.

"이 아편 소반은 제가 열네 살 때 우리 엄마에게 아편을 채워줄 때 사용한 건데, 여태껏 사용하지 않다가 지금 쓰게 되네요."

선경은 이것저것 물어보며 생각나는 대로 말을 했다. 아주는 날이 저물기도 전에 요리 주문을 청했다. 연생이 대답을 하지 않자 결국 선경이 알아서 요리 네 가지를 주문했다. 연생은 그저 선경이 하는 대로 내버려두었다.

저녁을 먹고 난 후 아주는 일찌감치 내안과 가마꾼을 돌려보내고 연생을 어디에도 가지 못하게 붙잡아두었다. 선경이 작별인사를 하고 혼자 돌아가자 연생과 소홍 두 사람만 방에 남게 되었다. 소홍이 연생에게 말했다.

"제가 당신을 알고 지낸 지도 사오 년이 다 되어가지만 이번처럼 화를 내시는 건 한 번도 본 적이 없어요. 지금 저에게 화를 내는 것도 저와 사이가 좋아서 이렇게까지 하신다는 거 알고 있어요. 엄마 말만 듣고 당신과 상의하지 않은 건 제가 잘못했어요. 그래도 배우와 놀아났다고 누명을 씌우시면 억울해서 죽어서도 눈을 감지 못할 겁니다! 잘나가는 기녀야 재미삼아 배우와 사귀기도 하겠지만 제가 손님이 많아요? 또 철없는 어린아이도 아니고 배우와 놀아나면 손님들이 많이 찾아오기나 해요? 다른 사람들은 제가 당신하고 사이가 좋아서 부러워해요. 장혜정을 들먹일 필요도 없이, 당신 친구들도 저를 험담하잖아요. 지금 당신이 제가 배우와 놀아났다고 말하면 누가 저를 위해 억울함을 풀어주겠어요. 염라대왕전에 가야 밝혀지겠지요."

연생은 미소를 지으며 말했다.

"자네가 놀아나지 않았다면 그만이지, 뭐가 중요하겠어."

"이 몸뚱이는 부모에게서 받은 것입니다. 이 몸뚱이 말곤 천 한 조각, 실 한 올조차 모두 당신이 마련해준 것들이니 당신이 죄다 때려 부숴도 괜찮아요. 그렇지만 당신이 저를 버리신다면, 제 입장을 생각해보세요. 전 뭘로 살아가죠? 죽는 일 외에는 살아갈 길이 없죠. 제가 죽는다고 당신을 원망하진 않을 거예요. 우리 엄마 잘못이니까요. 그렇지만 당신을 생각하면, 당신은 가족들도 없이 혼자 상해로 부임해 왔고, 공관에는 집사 한 명만 있죠. 이마저도 손발이 서툴러서 일 처리도 제대로 못하죠. 친구들이 당신을 잘 알고 있을 거라고 생각하겠지만, 역시 믿을 수 없어요. 오직 저 한 사람만이 당신 성격을 잘 알고 있어서 당신 속마음을 바로 알아채고 당신 마음을 맞춰주며 유쾌하게 이야기를 나누니 늘 좋았죠. 장혜정이 아무리 잘해도 저처럼 잘하겠어요? 저는 당신 한 사람하고만 사귀었고 물론 저를 데려가지는 않았지만, 당신의 사람이라고 생각하고 당신을 의지하며 살아왔어요. 당신도 저 말고는 기분을 맞춰줄 사람이 없다고 생각하실 거예요. 지금 당신이 순간 화가 나서 저를 버리시면 저는 죽으면 그만이에요. 다만 당신이 걱정이지요. 당신 올해 마흔하고도 몇 살 되지만 자식 하나 없고, 몸은 원래 허약한데 아편까지 피우잖아요. 물론 누군가가 당신 옆에서 시중을 들어주는 것도 한 생을 즐겁게 보내는 거긴 하죠. 그런데 당신이 비정한 마음으로 당신 기분을 맞춰주는 사람을 억울하게 죽게 내버려두고, 그 이후에 당신이 불편하기라도 하면 누가 당신을 위해 걱정해주겠어요? 한마디로 누가 당신 마음을 알아주겠어요? 눈을 뜨고 가족을 불러봐요, 어디라도 부를 곳이 있는가. 그때가 되면 이 심소홍이 생각나겠지요. 그때는 제가 아무리 빨리 인간의 몸으로 다시 태어나서 당신을 모신다고 해도 이미 늦어버릴 테니까요!"

심소홍은 다시 흐느끼며 울기 시작했다. 연생은 여전히 미소를 지으며 말했다.

"그런 말은 해서 뭐 하나?"

소홍은 연생이 예전과 다르게 전혀 마음이 없다는 것을 알고 울음을 참으며 또다시 말했다.

"제가 이렇게까지 말을 해도 당신은 마음을 돌리지 않을 텐데 무슨 말을 하겠어요. 그런데 아무리 제가 잘못을 했어도 사오 년을 지내왔는데 하나라도 좋은 점은 있겠죠. 좋은 점을 생각하셔서 우리 부모님은 조금이라도 돌봐주세요. 아버지 어머니께는 제가 죽으면 선당(善堂)[1]에 넣어달라고 할 거예요. 언젠가 누명이 벗겨져서 이 심소홍이 배우와 놀아나지 않았다는 걸 알면 당신이 저를 거두어주셔야 해요. 꼭 기억해주세요."

소홍은 말을 하다 말고 그만 울음을 터뜨리고 말았다. 그러나 연생은 미소만 짓고 있었다. 소홍은 더 이상 연생의 마음을 움직일 방법이 없었다. 잠자리에 들며 베개 머리맡에서 또 어떤 부드러운 말들을 했는지 모르지만 더 이상 자세히 쓰지 않겠다.

다음 날, 연생은 정오가 지나자 떠나려고 했다. 소홍이 붙잡으며 물었다.

"당신 갔다가 오실 거예요?"

연생이 웃었다.

"응."

"속일 생각 말아요. 어쨌든 전 할 말을 다 했으니 당신 마음대로 하세요!"

연생은 짐짓 웃음을 보이며 떠났다.

얼마 후, 내안이 장부에 달아놓은 돈을 보내왔다. 소홍은 보낸 돈을 받고 명함을 돌려보냈다. 그 후 사흘 동안 왕연생은 오지 않았다. 소홍이 아주와 아금대를 보내어 여러 번 청했지만 끝내 얼굴을 비추지 않았다.

초파일이 되자 아주가 다시 청하러 갔다가 돌아와서 황급히 소홍에게 아뢰었다.

"오늘 왕 나리께서 장혜정을 맞이한대요."

소홍은 도무지 믿기지 않아 다시 아금대를 보냈다. 아금대도 돌아와서 큰 소리로 말했다.

"정말이에요! 예배당에서 식을 올렸고 지금은 아주 시끌벅적하게 술자리를 펼치고 있어요. 잠깐 물어보기만 하고 들어가지는 못했어요."

소홍은 여간 화가 나지 않았다. 발을 구르며 원통해하며 말했다.

"다른 사람도 아니고 왜 하필 장혜정이야!"

당장 공관으로 쳐들어가서 따지고 싶었지만 한 번 더 생각을 해 보고 결국 가지 않았다. 아주와 아금대는 풀이 죽어서 방을 나가고 소홍은 밤새도록 울어서 호두처럼 눈이 퉁퉁 부었다.

이날 초아흐레에 소홍은 울화가 나서 몸져 눕고 말았다. 그런데 열두 시가 되자 내안이 국표를 가지고 와서 심소홍을 찾았다. 공관에서 부르는 술자리라고 했다. 아주는 내안을 불러 세워 물었으나 내안은 시간이 없다는 핑계를 대며 황급하게 뛰어나갔다. 소홍은 국표를 받아 들고 안 갈 수도 없어서 겨우 일어나 단장을 하고 가볍게 요기를 하고 나갔다. 오마로 왕공관에 도착하니 벌써 기녀들의 가마가 여러 대 있었다. 아주는 소홍의 손을 붙잡고 이 층으로 올라갔다. 바깥방에 쌍대를 마련하고 모아희 패가 정자간에서 곤극 〈도장착기(跳墻着旗)〉[2]를 공연하고 있었다. 소홍은 자리에 앉아 있는 사람들 모두 왕연생의 친구인 것을 보고, 필시 친구들이 왕연생이 부인을 맞이한 것을 축하하기 위해 마련한 자리라고 생각했다.

홍선경은 소홍의 눈이 부은 것을 보고 일부러 불러서 몇 마디를 하며 담담하게 달래주었다. 그러나 그의 말은 오히려 소홍의 마음을 헤집고 말았다. 소홍의 눈에서 금세 눈물이 뚝 떨어졌다. 하마터면 울음이 터져 나올 뻔했다. 선경은 얼른 어물쩍 넘겼다. 자리에 있는 사람들도 고개를 끄덕이며 조용히 한숨을 쉬었다. 화철미, 고아백, 윤치원 세 사람만 사정을 모르고 있어 개의치 않았다.

고아백이 부른 기녀는 청화방의 원삼보였다. 갈중영은 고아백이 아직 마음에 둔 기녀가 없다는 것을 알고서 물었다.

"자네와 함께 장삼서우를 모두 한 번씩 찾아가 볼까?"

아백은 손을 내저으며 말했다.

"자네 말은 더욱 잘못되었네. 그런 건 '우연히 만나야지, 만남을 억지로 만들어서는 안 되는' 일이네."

화철미가 말했다.

"강함과 부드러움을 갖춘 아백 자네가 일생을 헛되이 보내게 되는 게 아쉽군."

아백은 생각이 나서 나자부에게 말했다.

"자네 애인 쪽에 있는 제금화라는 기녀를 친구가 내게 추천해주었는데, 뭐라고 좋다고 할 만한 게 전혀 없던데."

"제금화는 원래 안 돼. 지금은 요이 기루로 옮겨갔어."

이때, 무대는 〈취병산〉으로 바뀌었다. 석수를 맡은 배우는 강개하고 격앙된 동작을 연기하며 목소리와 표정 모두 빼어났다. 술집 장면에서도 단도를 휘두르는데 진짜 실력은 아니겠지만 공력은 상당했다.

심소홍은 이 연극을 보고 마음에 느낀 바가 있어 얼굴이 붉어졌다. 고아백은 '좋아' 하고 갈채를 보냈지만 배우 이름은 몰랐다. 갈중영은 그 배우를 알고 있어서 동합흥리 대각요집의 요문군(姚文君)이라고 말해주었다. 윤치원은 아백이 칭찬하는 것을 보고 그 배우가 무대에서 내려오자마자 아주머니를 불렀다.

"고 나리께서 요문군을 부르시네."

아주머니는 황급히 요문군을 데리고 고아백의 뒤에 앉혔다. 아백이 요문군을 자세히 살펴보니 미간에 사람을 압도하는 영리하고 진취적인 기상이 있었다.

그때 기녀들이 모두 모이자 왕연생은 갑자기 신방으로 가서 한참을 의논하고 나오더니 오설향, 황취봉, 주쌍주, 요문군, 심소홍 다섯

驚實信
仇恨
結成親

사람을 신부가 있는 방으로 청했다. 심소홍은 난처하기 그지없었지만 다른 사람들을 따라 들어갈 수밖에 없었다. 장혜정은 싱글벙글 웃으며 일어나 그들을 맞이하며 자리를 권하고 이야기를 나누었다. 심소홍은 수치스러우면서도 화가 나서 입을 꾹 다물고 있었다. 돌아갈 때 장혜정은 모든 사람에게 선물을 주었다. 오설향, 황취봉, 주쌍주, 요문군 네 사람에게는 비취 연밥 머리장신구를 주고, 심소홍에게는 그중에서도 가장 비싸고 귀한 귀고리 한 쌍과 반지 하나를 주었다. 심소홍은 또 한 번 다른 사람들을 따라 감사의 인사를 하고 받았다. 바깥방으로 물러나오자 기녀들의 절반은 이미 가고 없었다. 고아백은 요문군이 맡은 극 하나를 또 청했다. 이 무대가 끝나자 기녀들은 모두 돌아가고 잔치 자리도 정리되었다.

---

1 옛날 각 지방에 있던 자선단체. 장례 치를 능력이 없으면 이곳에 무료로 관을 맡겨두었다.

2 원대(元代)의 희곡『서상기(西廂記)』를 윤색한 곤극이다. 장생이 담을 넘어 앵앵과 만나는 장면과 앵앵이 하녀 홍랑과 바둑을 두는 장면을 연결하여 1막으로 만들어 공연한다.

35

가난을 벗어나려 기루를 열었으나 뾰족한 수가 없고, 잦은 병치레로 살풍경이지만 안쓰러운 마음이 생긴다

落煙花療貧無上策 煞風景善病有同情

왕공관에서는 자리를 정리하였다. 손님들도 속속 작별인사를 하고 떠나갔다. 홍선경만 소소한 일을 챙기느라 저녁이 되어서야 나갔다. 그는 공양리 주쌍주의 집으로 향해 걸어가는 내내 곰곰이 생각해보니 세상사를 어떻게 예측할 수 있을까, 심소홍의 자리가 그렇게 쉽게 장혜정에게 빼앗길 줄을 누가 알았을까, 심소홍에게 냉담해진 연생의 의중을 짚어보면 이전만큼 친밀하지 않으니 어쩌면 관계가 끝나겠다는 생각이 들었다.

이런저런 생각을 하고 있는데, 갑자기 '외삼촌' 하고 부르는 소리가 들렸다. 선경이 걸음을 멈추고 바라보니 다름 아닌 조박재였다. 그는 마 재질의 하얀 여름 장삼을 입고 비단 신발에 깨끗한 버선을 신고 있었는데 그 모습이 화려했다. 선경은 자기도 모르게 고개를 끄덕이며 인사를 받았다. 박재는 기쁜 나머지 선경에게 한두 마디 더 안부 인사를 여쭙고 옆으로 비켜서서 홍선경이 남주금리를 지나가기를 기다렸다.

조박재는 선경이 멀리 사라지자 사마로 화중회 화연관으로 가서 시서생을 찾았다. 서생은 다른 말 없이 돈뭉치 하나를 박재에게 건네주며 말했다.

"가지고 가서 어머니께 드리세요. 장수영에게는 보이지 말고요."

박재는 대답을 하고 그 돈을 가지고 청화방 거처로 갔다. 누이 조이보와 모친 홍 씨가 정자간 안에서 마주보고 앉아 있었다. 홍 씨는 한숨을 쉬고 있는 것 같고, 조이보는 눈물을 닦으며 만면에 노기를 띠고 있었지만 그 까닭을 알 수 없었다. 이보가 갑자기 입을 열었다.

"우리가 자기 집에 살고 있는 것도 아니고 자기 돈을 쓰는 것도 아닌데 왜 내가 비위를 맞춰야 돼? 이 삼십 원이 자기 건가? 무슨 낯짝으로 나한테 요구해!"

박재는 그 말을 듣고 장수영과 틀어진 이유를 눈치챘다. 그는 히히거리며 돈뭉치를 꺼내 모친에게 건네주었다. 홍 씨는 다시 이보에게 주며 말했다.

"잘 넣어둬."

이보는 홱 뿌리치고 화를 내며 말했다.

"뭐 하러!"

박재는 도무지 이해가 안 되어 한참 멍하니 있었다. 이보는 박재를 향해 말을 하기 시작했다.

"쓸 돈이 있으면 고향으로 돌아가는 데나 써. 돌아가지 않을 거면 아예 간판 내걸고 일을 하든가. 오빠 생각 따를 테니까, 여기서 뭘 할 생각이야?"

박재는 중얼거렸다.

"내가 무슨 생각이 있겠어? 누이를 따라야지."

"지금은 내게 미뤄놓고 나중에 오빠한테 손해를 끼쳤다고는 하지 마!"

박재는 웃으며 말했다.

"그럴 일은 없을 거야."

박재는 그 자리에서 나왔다. 혼자 생각해보아도 뾰족한 수가 없으니 장계취계할 수밖에 없었다.

며칠 후 이보는 직접 정풍리(鼎豐里)에서 방을 전세 내어 삼백 원을 걸어놓고 돌아와서 장수영에게 말했다. 장수영은 말릴 수 없음을 알고 이보가 하는 대로 내버려두었다. 십육 일을 택하여 이사를 하고 홍목 가구 일체를 임대하여 먼저 배치해놓고 생활용품들을 마련하였다. 여자 하인 아교는 데리고 가고 또 아호(阿虎)라는 아주머니 한 명과 남자 하인 한 명을 고용했다. 그 두 사람도 각각 이백 원씩 투자했다. 박재는 붉은 종이를 가져와 친필로 '조이보우(趙二寶寓)' 넉 자를 큼직하게 쓰고 문 입구에 붙였다. 그날 밤 바로 시서생이 술자리를 마련하였다. 그가 초대한 손님들은 진소운, 장여보 무리여서 홍선경의 귀에 들어가게 되었다. 선경은 그 소식을 듣고 개탄했지만 전혀 상관하지 않았다.

조이보가 기루를 열자 성업을 이루어 끊임없이 마작이나 술자리가 이어져 이보는 절로 흥이 나서 일을 해나갔다.

조박재도 의기양양하여 걱정 없이 이 일을 즐겁게 했다. 이보는 시서생이 큰 힘이 되어주기에 그를 각별하게 대접했다. 뜻밖에 장수영은 이것을 질투하여 가마를 타고 서시(西市)에 있는 시서생의 집으로 가서 수양어머니에게 일러주었다. 수양어머니는 내막은 모르면서 다짜고짜 서생을 꾸짖었다. 서생은 화가 나서 아예 두 집 모두 발길을 끊어버리고 어린 기녀 원삼보에게 갔다.

장수영은 서생의 도움 없이 생활비를 감당하지 못하기도 했고 득의양양한 조이보를 보고 그녀도 이보의 뒤를 따를 생각에 사마로 서공화리(西公和里)로 이사를 갔다. 그 집은 바로 담여연의 집으로, 담여연과 방을 마주하고 있어 그녀와 아주 친밀하게 지냈다. 도운보는 장수영을 보고 뜻밖의 칭찬을 했다. 담여연이 말했다.

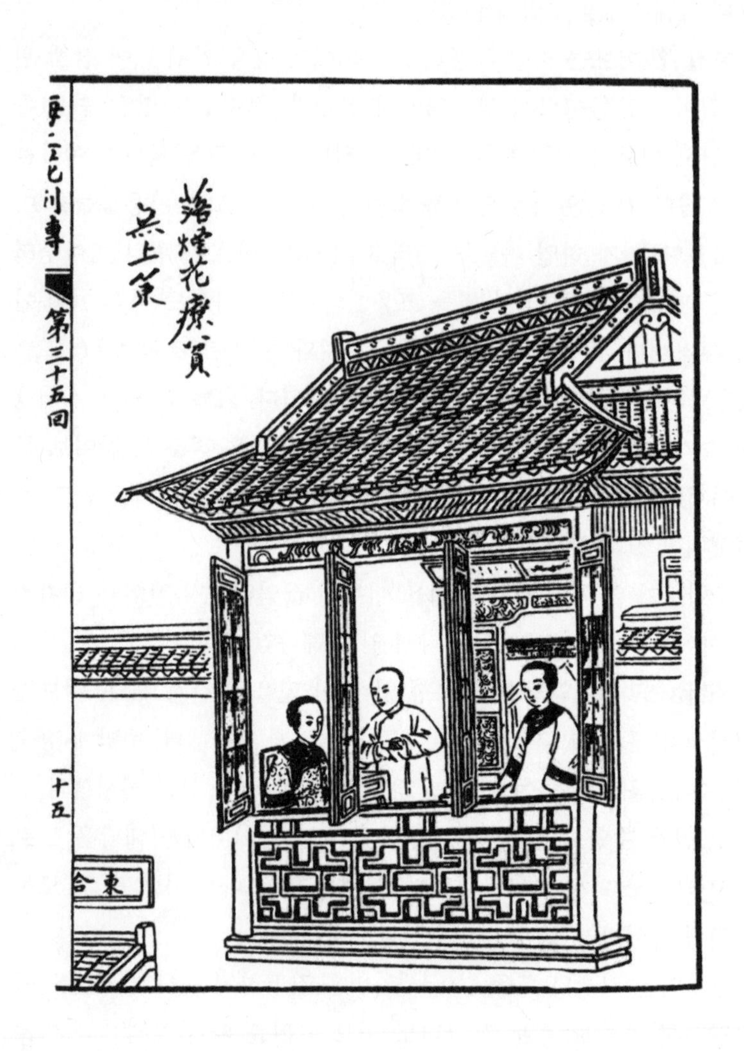
落燈花療貧
無上策
第三十五回
十五
東合

"새로 왔으니까, 당신 친구가 있으면 중매를 서줘요."

운보는 대충 대답을 했다. 수영은 자신의 외모를 믿고 매일 마차를 타고 손님을 끌어올 계획을 세웠다.

유월 중순이 되자 날씨가 갑자기 더워졌다. 방 안에는 납풍(拉風)[1]이 있지만 땀이 줄줄 흘러내렸다. 도운보는 마차를 타고 바람을 쐴까 하고 하인을 보내며 동생 도옥보에게 갈 마음이 있는지 물어보라고 했다. 하인은 동흥리 이수방의 집으로 가서 이 말을 전하였다.

도옥보는 이수방의 병세가 조금 나아졌으니 야외 정원으로 놀러 가는 것도 보양의 한 방법이라고 생각했다. 그러나 수방의 마음이 어떨지 몰랐다. 수방이 말했다.

"형님께서 마차 타러 가자고 몇 번이나 부르셨는데 한 번은 가야죠. 저도 지금은 괜찮아졌어요."

이완방은 그 말을 듣고 따라 나오며 말했다.

"형부, 저도 갈래요!"

"당연히 함께 가야지. 벌써 강철바퀴 마차 두 대를 불렀어."

수방이 말했다.

"그런 마차를 타면 또 당신 형님에게 비웃음을 사게 될 텐데, 가죽덮개 마차 타고 가요."

그리고 하인에게 전했다.

"간다고 전해라."

명원의 서양관에서 만나기로 약속을 하고 이곳 하인 계복에게 강철바퀴 마차, 가죽덮개 마차를 한 대씩 부르게 하였다.

완방이 제일 신이 나서 화장을 다시 고쳤다. 수방은 머리를 간단하게 매만지고 비녀와 잠을 다시 꽂고 나서 직접 뒷방 어머니 이수저에게 가서 말했다. 수저는 일찍 돌아오라고 신신당부했다.

수방이 방으로 돌아오니 여자 하인 아초와 옥보는 먼저 나가 밖에서 기다리고 있었다. 수방은 한참 거울을 마주하고 자신의 모습을 요리조리 비춰보고 나서 완방의 손을 잡고 함께 나갔다. 동흥리 입구에 이르자 완방이 옥보와 같이 가죽덮개 마차를 타려고 해서 수방은 아초와 함께 강철바퀴 마차에 올라탔다. 니성교를 지나자 양쪽에는 가로수의 가지가 서로 얽혀 녹음이 우거지고 울창하여 그늘을 드리우고 있었다. 게다가 선선한 바람이 소맷자락을 건드리자 더위가 한결 가셨다.

명원에 도착하자 마차에서 내려 누각으로 올라갔다. 도운보와 담여연이 먼저 와 있었다. 그래서 도옥보와 이수방은 바로 맞은편에 자리를 잡고 차를 주문했다. 이완방은 옥보 옆에 꼭 달라붙어 한 발자국도 떨어지지 않았다. 옥보가 그녀에게 말했다.

"내려가서 놀아."

그러나 완방은 우물쭈물하며 말을 듣지 않았다. 그러자 수방이 말했다.

"내려가 봐, 그렇게 붙어 있으면 덥지 않니?"

완방은 그제야 마지못해 멋쩍어하며 아초의 손을 잡고 내려갔다. 도운보는 누렇게 뜬 이수방의 얼굴을 보고 병세가 여전하다는 것을 알았다.

"아직도 아픈가?"

"지금은 많이 나아졌어요."

"얼굴색이 좋지 않은데 건강에 신경을 써야겠어."

도옥보가 말을 이었다.

"근래에는 의사도 힘들어해요. 처방대로 약을 먹어도 듣지를 않아요."

담여연이 말했다.

"두소산이 정말 잘하는데 그에게 진찰 받아봤어요?"

수방이 말했다.

"두소산은 말도 꺼내지 말아요. 그가 처방해준 약이 얼마나 많은

지 제대로 먹어내지도 못했어요."

운보가 말했다.

"전자강에게 들었는데 고아백이라는 자가 진찰은 하지 않지만 의술이 아주 뛰어나다고 하더군."

옥보는 좀 더 물어보려고 하는데 이완방이 아초와 함께 비틀거리며 돌아와서 배시시 웃으며 말했다.

"돌아갈 거죠?"

"방금 왔잖아. 조금 더 놀아."

"놀 거리가 없어서 싫어요."

완방은 이 말을 하고 옥보에게 감겨들며 무릎 위로 올라앉기도 하고, 가슴팍에 파고들기도 하며 좀체 편안한 곳을 찾지 못했다. 옥보가 고개를 숙이고 정색을 하며 왜 그러는지를 물었다. 그러자 완방은 귀에 대고 속삭였다.

"우리 돌아가요."

수방은 완방이 멋대로 구는 걸 보고 화를 냈다.

"대체 뭐 하는 거야, 이리로 와!"

완방은 수방의 말을 거스르지 못하고 황급히 수방 쪽으로 갔다. 수방은 자기도 모르게 그만 소리를 질렀다.

"네 얼굴이 왜 이렇게 빨개졌어? 술 마셨니?"

옥보가 보니 정말로 완방의 두 볼이 연지를 찍어놓은 듯 빨갰다. 얼른 손을 가져가 이마를 짚어보았다. 손이 댈 정도로 뜨겁고 손바닥 또한 그랬다. 옥보는 깜짝 놀랐다.

"너 왜 말하지 않았어? 열나잖아!"

완방은 배시시 웃기만 했다. 수방이 말했다.

"이렇게 다 큰 아이가 열이 나는 것도 모르고 마차를 타겠다고 했다니!"

옥보는 완방을 안고 바람이 없는 곳으로 가서 앉았다. 수방은 아

煞風景、害病
有同情

초에게 마차를 부르라고 했다. 아초가 간 후 도운보가 이수방에게 웃으며 말했다.

"자네 둘은 자주 아프니 정말이지 잘 어울리는 자매야."

담여연은 수방이 의심이 많다는 것을 들었기 때문에 황급히 운보에게 눈짓을 했다. 그러나 수방은 대답할 겨를이 없었다. 잠시 후 아초가 돌아와 아뢰었다.

"마차 왔어요."

옥보와 수방은 운보와 여연에게 작별인사를 했다. 아초는 앞장서서 이완방을 부축하고 아래층으로 내려갔다. 수방은 완방을 강철바퀴 마차에 태우려고 하였다. 그러자 완방이 말했다.

"난 형부와 같이 탈래요."

"그러면 내가 아초와 가죽덮개 마차에 탈게."

모두 마차에 올라타자 서서히 출발했다. 완방은 마차 안에서 옥보의 가슴에 머리를 묻고 옥보는 소매로 이마를 단단히 덮어주었다. 사마로 동흥리에 도착하고 마차에서 내려 집으로 갔다. 수방은 완방에게 어서 자러 가라고 재촉했지만 완방은 떨어지기 싫다며 언니 방에서 자려고 했다.

"탑상에서 자도 괜찮아요."

수방은 그녀의 고집을 잘 알고 있기에 아초에게 이불을 하나 가져와 덮어주라고 했다. 그때, 깜짝 놀란 이수저가 대아금에게 어떻게 아픈지 물어보았다. 수방이 대답해주었다.

"아마도 마차를 타다가 한기가 든 모양이에요."

그 말을 들은 이수저는 마음을 놓았다. 수방은 아초를 내보내고 옥보와 함께 완방을 보살폈다. 완방은 탑상의 왼쪽에 비스듬히 누워 있었다. 방 안이 조용하자, 이불 끝을 들추고 고개를 내밀며 불렀다.

"형부, 여기로 와요."

옥보는 탑상으로 와서 몸을 숙이며 물었다.

"필요한 거 있어?"

완방은 애원하듯 말했다.

"형부, 여기에 와서 앉아 있으면 안 돼요? 제가 자는 동안 형부가 여기 앉아 보고 있어요."

"여기 앉아 있을 테니, 어서 자."

옥보는 오른쪽에 앉았다. 완방은 잠시 잠이 들었다가 마음이 놓이지 않아 눈을 뜨고 보았다.

"형부, 가면 안 돼요! 저 혼자는 무서워요!"

"안 갈 테니, 어서 자."

완방은 다시 수방을 불렀다.

"언니도 여기에 오지 않을래요?"

"형부가 앉아 있으니 됐어."

"형부가 앉아 있질 못하잖아요. 언니가 여기로 와서 앉아요. 그래야 형부가 안 가요"

수방도 웃으며 그녀 말대로 아편 소반을 밀어놓고 완방의 다리 쪽으로 가서 앉으며 이불을 다시 덮어주었다. 한참을 조용히 앉아 있는 동안 날이 저물었다. 수방은 완방이 전혀 미동도 않자 깊이 잠들었다고 생각하고 조용히 물러나 주렴 아래로 손짓하며 아초를 불러 조용히 말했다.

"남포등 켜서 가져와 봐."

아초는 그 뜻을 알아채고 등을 가져와 등반에 올려놓고 조용히 물러갔다. 수방은 옥보에게 나지막하게 말했다.

"이 어린 아이가 기녀 노릇을 한다고. 정말 불쌍해요! 손님들이 이 아이가 잘 노는 줄 알고 좋아하니까 여기저기서 불러서 정말 바빠요. 지금 열이 나는 것도 전날 밤 자다가 다시 불려 나가서 날이 밝아서야 돌아왔기 때문이에요. 그러니 한기가 들죠."

옥보도 나지막하게 말했다.
“그래도 여기에 있으니 그나마 복이 있는 셈이야. 친딸이라도 이렇게 지내진 못해.”
“나에게도 이 아이가 있어 다행이죠. 그 많은 손님들을 나 혼자 접대하려고 했다면 난 죽어났을 거예요.”
그때, 아초가 저녁을 들고 들어왔다. 중앙의 둥근 탁자 위에 올려놓고 또 다른 남포등 하나를 켰다. 옥보도 조용히 내려와 수방과 마주 보고 앉아 함께 식사를 했다. 아초는 옆에서 식사 시중을 들었다. 모두들 조심한다고 했지만 움직이는 소리가 나지 않을 수 없다 보니 완방을 깨우고 말았다. 수방은 밥그릇을 내려놓고 얼른 달래러 갔다. 완방은 멍하니 바라보고 있다가 정신을 차리고 나서 말했다.
“형부는요?”
“형부는 저녁 먹고 계셔. 네 시중드느라고 저녁도 먹지 말라는 거니?”
“저녁 먹는데 왜 안 깨웠어요?”
“열이 있어서 먹으면 안 돼.”
완방은 조바심이 나서 벌떡 일어났다.
“먹을 거예요!”
수방은 아초에게 그녀를 부축하라고 했다. 완방은 천천히 탁자 앞까지 걸어왔다. 옥보가 완방에게 물었다.
“내 거 먹을래?”
완방은 고개를 끄덕였다. 옥보는 그릇을 완방의 입가에 대고 한 입 먹였다. 완방은 한참 밥을 오물거리다 천천히 삼켰다. 옥보가 다시 먹이려는데 완방은 고개를 저으며 먹지 않았다. 수방이 말했다.
“못 먹겠지? 말해도 믿지 않더니. 꼭 내가 먹이지 않으려는 것처럼 말이야.”
잠시 후, 옥보와 수방이 식사를 끝내고 아초가 세숫물을 가져왔다. 아초는 온 김에 완방에게 이수저가 한 말을 전해주었다.

"엄마가 자래요. 술자리는 이 층에 있는 두 명을 대신 보냈대요."

완방은 옥보에게 물었다.

"언니 침대에서 자고 싶은데 형부가 재워줄래요?"

옥보는 흔쾌히 승낙했다. 수방은 말리지 않고 직접 완방의 얼굴을 닦아주며 어서 자라고 했다. 아초는 탁자 위 등불을 켜고 침상을 정리했다. 수방은 아직 돗자리를 사용하지 않아 침대 안쪽의 면이불 몇 장을 걷어내고 탑상 덮개 겹이불을 깔았다. 그리고 그 위쪽에 작은 베개를 가져다 놓았다.

완방은 화장실에 다녀와서 바로 잠들지 않고 옥보를 바라보며 생각에 잠긴 것 같았다. 옥보는 그 뜻을 알아채고 웃었다.

"내가 도와줄게."

그는 침대로 다가와 완방 대신 끈을 풀어 옷을 벗겨주었다. 그때 완방은 옥보의 귀에 대고 소곤거리며 부탁을 했다. 그러나 옥보는 웃으며 허락하지 않았다. 수방이 물었다.

"뭐라고 해요?"

"너도 같이 침대에 올라오라고 하네."

"꾀부리지 말고 빨리 자!"

완방은 침대에 올라가 이불 속으로 파고들며 큰 소리로 말했다.

"형부, 언니에게 이야기 해줘요."

"무슨 이야기?"

"아무 이야기라도 해줘요."

옥보가 대답도 하기 전에 수방이 웃으며 말했다.

"침대에 오라고 별별 꾀를 다 부리는구나. 정말!"

수방은 그러곤 정말 옥보와 나란히 침대 가장자리에 앉았다. 완방은 이불을 머리까지 올려 덮고 혼자 낄낄거리며 웃었다. 옥보도 따라 웃었다.

완방은 언니와 형부 모두 옆에서 자신을 보살펴주니 마음이 푸근해져서 금세 흑첨향에 빠져들었다. 옥보는 특별한 일이 없어 열한 시가 되자 수방과 나란히 누웠다. 그러나 수방은 뒤척이며 오랫동안 잠을 이루지 못했다. 옥보는 완방 때문인 줄 알고 부드러운 말로 달래주었다.

"어린 아이라서 열이 좀 나도 괜찮아. 오히려 네가 나아진 지 며칠 안 됐으니까 좀 조심해야지."

"아뇨. 내 마음이 왜 그런지 모르겠어요. 무슨 일이든 머리에 들어왔다 하면 계속 그 생각만 하니까 잠도 못 자고, 아무리 떨쳐버리려고 해도 안 돼요."

"다 병 때문이니까 이제부터는 생각하지 마."

"지금은 나 아픈 것만 생각해요. 내가 아프면 오히려 이 아이가 제일 먼저 초조해져서는, 당신이 오지 않을 때마다 내 시중을 들어줬어요. 다른 사람들은 보기만 해도 싫을 텐데. 시중만 드나요, 온갖 꾀를 내서 나를 즐겁게 해주려고까지 하니. 지금 이 아이의 병은 별거 아니어서 쉬면 된다는 것쯤 나도 아는데 마음이 어쩐지 편치 않은 것 같아요."

옥보가 다시 달래려고 하는데 갑자기 완방이 뒤척이는 소리가 들렸다. 완방은 바깥쪽으로 얼굴을 돌렸다. 수방이 일어나 앉으며 '완방' 하고 불렀는데 대답이 없었다. 다시 그녀의 이마를 짚어보니 아직 열이 있었다. 겹이불이 반쯤 내려와 있어 다시 올려 덮어주고 수방은 자려고 돌아누웠다. 옥보는 계속 달래며 말을 이어갔다.

"이 아이에게 마음 쓰는 건 좋지만, 너무 쓸데없이 신경 쓰지 마. 밤새도록 생각한다고 해서 이 아이 병이 낫는 게 아니야. 만에 하나 네가 잠을 자지 못해 병이라도 나면 더 안 좋아지겠지?

수방이 긴 한숨을 쉬었다.

"이 아이도 괴로워요! 아파도 나 혼자만 이 아이를 걱정해주니!"

"그러면 걱정만 조금 해줘, 너무 많이 생각하지 마!"

이 말 끝에 갑자기 완방이 깨어나 눈을 비비며 설핏 듣고 부드러운 소리로 불렀다.

"언니."

수방은 얼른 물었다.

"차 마실래?"

"아뇨."

"그러면 계속 자."

완방은 알겠다는 대답을 하고 한참 후 다시 '언니' 하고 불렀다.

"나 무서워요!"

옥보가 끼어들었다.

"우리가 여기 있는데 뭐가 무서워?"

"뒷문 밖에 누가 있어요."

"뒷문은 잠겨 있어. 네가 꿈을 꾼 거야."

또 한참 있다 완방이 이제는 '형부' 하고 불렀다.

"돌아누워서 형부와 같이 자고 싶어요!"

수방이 끼어들었다.

"안 돼. 형부가 여기서 자라고 허락까지 했잖아. 그런데도 소란스럽게 하고 그래!"

완방은 더 이상 억지를 부리지 못하고 잠자코 있었다. 또 한참 후 완방이 신음소리를 내는 것 같았다. 옥보가 말했다.

"내가 돌아누워서 그 애를 보살필게."

수방도 그렇게 하라고 했다. 옥보는 작은 베개를 가져와 잠자는 방향을 바꾸었다. 완방은 기뻐하며 손발을 오므려 옥보의 가슴팍으로 파고들었다. 옥보는 더위를 타는 편은 아니지만 이불을 한쪽으로 걷어붙였다. 완방은 잠을 자려다 말고 머리를 들고 옥보에게 물었다.

"형부, 방금 언니와 무슨 말 했어요?"

옥보는 얼버무렸다. 그러자 완방이 말했다.

"제 이야기 했죠?"

"조용히 해. 언니가 너 때문에 잠도 못 잤는데 또 시끄럽게 할 거야!"

완방은 그제야 소리를 내지 않았다.

다음 날 수방은 충분히 잠을 자고 먼저 깨어났다. 그런데 몸이 나른하여 계속 침대에 누워 있었다. 열한 시쯤 옥보와 완방이 일어났다. 수방은 완방의 열이 좀 내렸는지를 물었다. 그러자 옥보가 말해주었다.

"좋아졌어. 아침이 되니까 열이 많이 내렸네."

완방도 한결 개운해졌다고 느끼며, 옥보와 옷을 입고 침대에서 내려왔다. 세수를 하고 머리를 빗고 가볍게 식사를 하고 나자 또다시 평소처럼 활발한 여자 아이가 되었다. 그러나 수방은 나른하니 힘이 풀리고 기운이 없어 피곤했다. 다른 사람들은 그 모습이 익숙해서 평소와 다름없어 보였지만 옥보만은 열이 한 번 나면 병세가 더욱 악화되는 수방의 상태를 너무나 잘 알고 있기에 겉으로는 당황하는 기색을 드러내지 않았지만 속으로는 초조해졌다.

점심 먹을 때가 되자 완방은 친밀하게 불렀다.

"언니, 일어나요."

수방은 입 여는 것도 귀찮아서 완방이 여러 번 부르는 소리를 들어도 못 들은 체하고 내버려두었다. 완방은 큰 소리로 말했다.

"형부, 와봐요! 언니가 대답을 하지 않아요."

수방은 귀찮았지만 억지로 한마디 뱉었다.

"자고 싶으니까, 조용히 해."

옥보는 얼른 완방을 끌고 와서 말했다.

"소란 피우지 마. 언니가 지금 기분이 안 좋아."

"왜요?"

"바로 너 때문이야. 네 병이 언니에게 옮겨서 네가 나은 거야."

완방은 초조해졌다.

"그러면 언니의 병을 도로 내게로 옮기면 되겠네요. 난 아파도 전혀 아무렇지도 않아요. 형부가 옆에 있어주고 언니와 이야기 나누면 기분이 좋아져요."

옥보는 자기도 모르게 웃음이 나왔다.

"우리는 밥 먹으러 가자."

완방은 먹고 싶지 않았지만 옥보의 시중을 들기 위해 갔다.

식사를 마치고 나니 이수저가 소식을 듣고 직접 와서 위로해주었다. 얼굴에는 걱정이 가득했다. 옥보가 이야기를 꺼냈다.

"어제 전해 듣기로 선생이 한 명 있다고 하는데, 한번 청해볼까 해."

수방은 그 말을 듣고 손을 내저었다.

"당신 형님께서는 그렇지 않아도 내가 아픈 걸 좋아한다고 하시는데, 또 형님께 여쭤서 선생을 청하려고요!"

"내가 직접 전자강에게 가서 물어보면 돼."

수방은 더 이상 아무 말 하지 않았다. 이수저는 전자강에게 얼른 가서 그 선생을 청하라고 옥보를 부추겼다.

---

1 拉風 : 실내에 아주 큰 천을 걸어놓고 하인들이 끌어당겨 바람을 만들었다.

36

세상에 없는 기이한 감정은 아름다운 짝을 몰아붙이고, 어려운 상황을 만회할 신력은 훌륭한 의사에게 의지한다

絕世奇情打成嘉耦 回天神力仰仗良醫

도옥보는 가마를 타고 후마로 전공관에 가서 명함을 내고 뵙기를 청했다. 전자강은 그를 서재로 안내하며 자리를 내주고 차를 내놓으며 몇 마디 인사를 나누었다. 옥보는 다시 공수를 하며 이수방의 병을 치료해줄 고아백을 청해달라고 전자강에게 간절하게 부탁하였다. 자강은 승낙하면서도 다음 말을 덧붙였다.

"아백 이 사람은 조금 까다로워서 확신할 수는 없네. 마침 오늘 밤 아백이 동합흥리에서 술자리를 마련하여 나를 초대했는데, 그때 만나면 직접 말해보겠네. 그리고 편지로 자네에게 통보해주겠네. 어떤가?"

도옥보는 거듭 감사의 인사를 올리며 정중하게 작별인사를 하고 나갔다.

저녁이 되자 전자강은 술자리 왕림을 재촉하는 초대장을 받고 마차를 한 대 대절하여 동합흥리 대각요의 집으로 갔다. 요문군의 방은 이 층이었는데, 바로 이전에 장혜정이 지내던 곳이었다. 전자강이 들어가니 갈중영과 주인 고아백 두 사람이 인사를 하며 자리를 권했다. 전자강은 손님들이 다 모이기 전에 도옥보가 부탁한 일을 고아백에게 전해주었다. 전자강이 예상한 대로 고아백은 승낙하지 않았다. 그래서 전자강은 도옥보와 이수방의 사랑 이야기를 구구절절하게 해주었다. 그 이야기를 듣던 갈중영도 탄식했다. 마침 요문군이 옆에서 함께 듣고 깜짝 놀라며 물었다.

"동흥리의 이수방 말인가요? 둘째 도 씨 도련님과 아주 사이가 좋잖아요. 제가 몇 번인가 만난 적이 있는데 언제나 같이 오고 같이 돌아가더군요. 근데 왜 병이 났죠? 아직도 낫지 않았나요?"

전자강이 말했다.

"낫지 않았으니까 자네 고 나리를 청하려는 거잖아."

요문군은 고아백을 돌아보며 말했다.

"그렇다면 당신이 꼭 가셔서 진찰해줘야죠. 상해 기루[1]에서는 손님은 기녀들을 속이고, 기녀들도 손님을 속이고, 모두들 체면은 안중에도 없잖아요. 그런데도 이렇게 사이가 좋은 두 사람이 있구나 하고 생각했는데, 하필이면 제대로 엮어보지도 못하고 병이 나고 말았네요. 당신이 치료해줘서 몰염치한 손님들과 기녀들에게 좋은 본보기가 되도록 해주세요."

갈중영은 자기도 모르게 웃음이 나왔다. 전자강도 웃으며 고아백에게 어떻게 할 건지를 물었다. 아백은 이미 속으로는 승낙했지만 일부러 고개를 저었다. 그러자 요문군이 조바심이 나서 고아백에게 달려들며 그의 손목을 잡고 물었다.

"왜 안 가시려는 거예요? 죽어도 좋다는 거예요?"

고아백이 웃으며 말했다.

"안 간다고 하면 안 가는 거지. 무슨 이유가 있나?"

문군은 눈을 부릅뜨고 큰 소리로 말했다.

"안 되죠. 그런 이유로 안 가겠다니요!"

갈중영이 웃으며 중재에 나섰다.

"문군이 또 속았네! 그도 이수방을 잘 알고 있는 것 같으니, 흔쾌히 봐줄 거야."

요문군은 손을 놓고 나서도 고아백을 쳐다보며 중얼거렸다.

"안 가겠다고 해봐요. 끌고서라도 갈 테니까."

아백은 손뼉을 치고 껄껄껄 웃음을 터뜨리며 말했다.

"내가 너에게 잡히고 말았구나!"

"당신이 잘못했잖아요."

전자강이 아백에게 바로 약속 날짜를 정하자고 하니 고아백은 '내일 아침'으로 정하였다. 자강은 자신의 마부에게 이수방의 집으로 가서 이 말을 전하라고 했다. 명을 받고 간 마부는 금방 돌아왔다. 그리고 도옥보의 초대장 두 장을 전자강에게 올렸다. 초대장을 보니, 고아백과 전자강 두 사람을 초대하는 것으로 위쪽에는 '다음 날 정오 변변치 못한 차를 한 잔 대접하고자 하오니 왕림하여 주십시오'라고 쓰여 있고 아래에는 '동흥리 이수방 집에서 자리를 준비하겠습니다.'라고 작은 글씨로 쓰여 있었다.

"그러면 지금 우리가 먼저 그를 청하세."

고아백은 급히 초대장을 써서 하인을 통해 보냈다. 도옥보는 두말할 것도 없이 참석의 뜻을 전했다. 공교롭게도 먼저 초대한 화철미, 윤치원과 동시에 도옥보도 도착했다. 고아백은 물수건을 올리라고 하고 모두들 자리에 앉았다. 고아백은 주인으로서 정성을 다해 술을 권했다. 찔끔찔끔 술을 마시는 도옥보를 제외하고 그 술자리에서는 화철미가 기세등등하게 아백에게 도전하였다. 윤치원도 화권은 자부하기에 추호도 양보하려 하지 않았다. 갈중영과 전자강은 시끌벅적하게 응수할 뿐이었다. 그때 기녀들이 도착하자 고아백은 계항배를 가져오라고 해서 먼저 모두를 상대하여 승부를 내는 통관을 하자고 제안했다. 그러나 상석에 앉아 있던 도옥보가 자신은 빼달라고 하자 이내 아백이 말했다.

"벌주는 대신 마시게 하면 돼."

옥보는 마지못해 받아들였다. 그래서 그가 지면 이완방이 대아금에게 가져다주며 대신 마시게 했다. 윤치원은 자신의 차례가 되자 이의를 제기했다.

"자네 쪽은 대신 마셔주는 사람이 너무 많아. 나는 임취분 한 사람인데 손해잖아."

그러자 아백이 말했다.

"그러면 모두 대신 마시지 않기야."

치원은 찬성했다. 아백은 연달아 세 번을 져서 벌주 석 잔을 연거푸 마셨다. 나머지 세 사람과는 사정에 따라 대신 마시게 하거나 하지 않거나 하였다. 아백은 계항배를 화철미 앞으로 옮겨 놓았다. 그러자 철미가 말했다.

"자네 통관은 통관이라고 할 수 없네. 다시 선을 깔게. 어떤가?"

아백이 말했다.

"나중에 할게."

그래서 철미는 자신이 스무 잔을 깔았다. 윤치원은 고아백에게만 장난을 걸고 손소란이 화철미 대신 술을 마셔도 아무 말 하지 않았다. 잠시 후 스무 잔을 다 마시자 화철미가 물었다.

"이제 누가 깔 거야?"

모두들 아무 말 없이 서로 바라보기만 하는데 고아백이 윤치원을 추천했다. 그러자 치원이 말했다.

"자네가 먼저 하면 내가 대적하겠네."

아백은 화철미와 똑같이 스무 잔으로 했다. 치원은 팔을 걷어붙이고 대찬 기세로 대적했다. 아백은 계속해서 졌다. 요문군이 대신 술을 마시려고 했지만 치원이 허락하지 않았다. 아백은 다섯 번을 한 후부터 더욱 엄중하게 경계하며 상대방의 틈을 파고들어 세 번을 이겼다. 두 잔은 치원이 마시고 나머지 한 잔은 임취분이 대신 마셨다. 아백은 쓴웃음을 지었지만 치원은 모르는 체했다. 요문군은 화가 나서 다른 쪽으로 고개를 돌렸다. 치원은 다 마시고 나서 웃으며 말했다.

"다음은 누구로 할까."

치원과 나란히 앉은 사람은 전자강이었지만 황취봉과 소곤소곤 비밀스러운 이야기를 하느라고 화권을 할 겨를이 없었다. 그래서 치원은 갈중영에게 손을 내밀었다. 갈중영은 계항배가 커서 매번 질 때마다 반만 마시고 반은 오설향이 마시도록 했다. 그래도 윤치원은 개의치 않았다. 그러나 고아백이 질 때는 재빨리 대신 술을 부어서 아백에게 주었다.

"자네는 주량이 세니까 직접 마시게."

아백은 그 잔을 받아 들고 마시려고 했다. 그런데 갑자기 요문군이 비집고 나와 한 손으로 그 잔을 붙잡았다.

"천천히 마셔요! 다른 사람들은 대신 마시는데 왜 우리는 대신 마시면 안 된다는 거죠? 가져와요!"

"내가 마셔. 지금 마셔야 돼."

"술을 마시려면 나중에 술자리가 끝나고 나서 혼자 마셔요. 지금은 대신 마셔야죠!"

요문군은 아백의 소매를 잡아당겼다. 아백은 미처 손을 떼지 못해 '쨍그랑' 하고 백정요(白定窯)[2]를 본떠 만든 계항배를 깨뜨리고 말았다. 그 바람에 아백의 온몸에 술이 튀었다. 순간 술자리의 사람들은 모두 깜짝 놀랐다. 전자강과 황취봉의 밀담도 멈칫했다. 술자리 시중을 드는 아주머니는 잔의 파편을 주워 담고 수건을 짜서 고아백의 비단옷을 닦아주었다. 윤치원도 깜짝 놀라서 연신 다독거렸다.

"대신 마셔. 대신 마셔도 돼. 싸움은 나중에 둘이 있을 때 해. 난 놀랄 일은 감당 못해!"

絕世奇情打成嘉耦
海上花列傳
第三十六回
二十二

그리고 얼른 술잔에 술을 부어서 요문군에게 주었다. 문군이 단숨에 마시자 치원은 갈채를 보냈다. 전자강은 윤치원의 말이 이해가 되지 않아 의아해하며 물었다. 그러자 치원이 말했다.

"자네 모르긴 뭘 몰라. 저 두 사람은 싸우다가 됐잖아. 처음에는 저 정도는 아니었어. 한 번 싸울 때마다 사이가 더 좋아지더니 지금은 떨어지질 않아."

"굳이 왜 싸우려고 해?"

"난들 어떻게 알겠나. 한마디라도 서로 맞지 않으면 싸우는 거지. 싸워도 다들 안 말려. 싸우고 나면 또다시 사이가 좋아지니까. 이런 꼬맹이들은 정말 짜증난다니까!"

문군은 콧방귀를 끼며 치원을 흘겨보았다.

"우리가 꼬맹이면 당신은 몇 살이죠?"

치원은 말이 나오는 대로 뱉었다.

"나이로 치자면 몇 살 안 되지만 그래도 쓸모는 있지! 한 번 보겠어?"

문군이 '아휴' 소리 내며 말했다.

"너를 데려와 이만큼 키웠더니 흥정도 할 수 있구나! 누가 너를 이렇게 똑똑하게 가르쳤대?"

서로 농담을 주고받는 사이에 고아백이 전자강에게 져서 요문군이 두 잔을 더 마시게 되었다. 전자강은 파죽지세로 연거푸 이기더니 세 잔을 남겨놓고 화철미를 부르고 뒤로 물러났다. 이 판이 끝나자 기녀들은 떠나가고 윤치원은 스무 잔에서 반을 줄여 열 잔을 깔았다. 갈중영과 전자강은 둘이 합쳐서 열 잔을 깔았다. 고아백이 도옥보를 돌아보니, 데면데면 술을 마시고 흥겨워 보이지 않았다. 그래서 식사를 하기 위해 술자리를 물렸다. 도옥보는 떠나가면서 다음 날 약속을 다시 한번 챙겼다. 고아백은 대답을 하고 계단까지 그를 배웅해주었다.

도옥보는 동흥리 이수방의 집으로 돌아왔다. 그는 응접실 앞까지 와서 가마에서 내려 천천히 방으로 걸어 들어갔다. 방 안은 어두웠다. 화장대 위 등만 켜져 있고 침대 앞 진홍색 비단 휘장이 겹겹이 내려져 있었다. 이수저와 아초가 방에서 시중을 들고 있었다. 옥보는 작은 소리로 수방의 상태가 어떤지를 물었다. 수저는 대답은 하지 않고 손짓으로 침상을 가리켰다. 옥보는 서양식 수촉을 가져와 불을 붙여서 휘장을 걷어 올리고 보았다. 이수방이 쌕쌕 숨을 몰아쉬고 있었다. 잠든 듯 만 듯했는데 이전에 아플 때와는 달랐다. 옥보가 수촉을 들고 얼굴색을 살피자 수방은 눈을 뜨고 말없이 옥보를 바라보기만 했다. 옥보는 그녀의 이마를 짚어보고 손바닥을 만져보니 미열이 있었다.

"괜찮아?"

수방은 한참 뒤에 겨우 '아니요'라고만 대답했다.

"어디가 불편한 것 같아?"

수방은 또 한참 있다 대답했다.

"걱정하지 말아요. 괜찮아요."

옥보는 휘장 밖으로 나오며 수촉의 불을 끄고 수저에게 물었다.

"저녁은 먹었어요?"

"한참을 죽 좀 먹어보라고 하니까 겨우 한 모금만 먹고, 밥 한 톨도 넘기지 못했어요."

옥보는 그 말을 듣고 수저와 서로 바라보며 아무 말 없이 한참을 있었다. 갑자기 침대에서 수방이 '엄마' 하고 불렀다.

"엄마는 아편이나 피우러 가세요."

"알았다. 너도 자."

마침 이완방이 술자리에 갔다가 돌아오자마자 언니를 보러 왔다. 이완방은 이수저와 도옥보가 같이 있는 것을 보고 언니의 병이 위중한 줄 알고 깜짝 놀랐다. 옥보는 손을 내저으며 조용히 말했다.

"언니는 잠들었어."

완방은 그제야 마음을 놓고 옷을 갈아입으러 건넛방으로 갔다. 수방은 또 침대에서 '엄마' 하고 불렀다.

"엄마, 어서 가세요."

"그래, 갈게."

수저는 옥보를 보며 물었다.

"잠시 뒤쪽으로 오시겠어요?"

옥보는 방에 아무 일도 없다고 생각되어 아초에게 당부를 하고 수저와 함께 뒤쪽으로 돌아 수저의 방으로 건너갔다. 두 사람은 자리에 앉았다. 그러자 수저가 말을 꺼냈다.

"둘째 도련님, 뭐 좀 물어볼 게 있어요. 지난 번 아플 때는 본인이 초조해져서 말만 하면 울더니 지금은 한 마디도 하지 않고 물어보면 입을 다문 채 우는 것 같은데 눈물은 없어요. 왜일까요?"

옥보가 고개를 끄덕이며 말했다.

"이전과 다르다고 말하려던 참이었어요. 내일 선생에게 여쭤봐야죠."

"둘째 도련님, 그 애가 어렸을 때 향 피우러 성황묘에 갔다가 거지들에게 둘러싸여 아주 놀란 적이 있었어요. 지금 도사에게 삼일기도를 청해 성황할아버지께 도움을 구하면 어떨까요?"

"그것도 괜찮겠죠."

그때 이완방도 옥보를 찾아 뛰어들어 왔다. 옥보가 물었다.

"방에 누가 있니?"

"아초가 있어요."

수저가 완방에게 말했다.

"그러면 너도 가서 도와줘."

옥보는 완방이 머뭇거리는 것을 보고 일어났다. 그리고 수저에게 인사를 하고 완방의 손을 잡고 수방의 방으로 들어갔다. 발소리를 죽이며 침대 앞까지 걸어가서 완방을 안아 함께 가죽의자에 앉았다. 아초는 그 틈에 잠시 밖으로 빠져나갔다. 그러자 순간 조용해졌다. 완방은 옥보에게 안겨 멍한 표정으로 쳐다보며 생각에 잠긴 듯 손톱을 물어뜯고 있었다. 옥보는 그냥 가만히 완방을 쳐다보았다. 완방의 눈가가 점점 붉어지고 수정처럼 눈동자가 반짝거렸다. 옥보는 황급히 어깨를 툭 치고 웃으며 물었다.

"너 무슨 억울한 일이라도 생각하고 있는 거야?"

완방도 웃음이 터져 나왔다. 아초는 밖에서 제대로 듣지 못하고 옥보가 부르는 소리인 줄로만 알고 대답하며 들어갔다. 옥보가 말했다.

"아무 일도 아니야."

아초가 돌아서서 나가려고 하였다. 그런데 뜻밖에 수방이 아직 잠들지 않고 있었다. 그녀가 '아초' 하고 불렀다.

"일 끝났으면 자러 가."

아초는 대답을 하고 옥보에게 물었다.

"죽 드시겠어요?"

"아니."

아초는 찻잎만 다시 넣었다. 수방이 완방을 불렀다.

"너도 가서 자."

완방은 가지 않으려고 버텼다. 그러자 옥보가 그녀를 보내려고 구실을 만들었다.

"어젯밤에 네가 소란을 피우는 바람에 언니가 병이 났잖아. 또다시 여기서 잔다고 하면 엄마가 한소리 할 거야."

마침 아초가 찻주전자를 들고 오면서 완방을 불렀다.

"엄마가 자러 가래요."

완방은 어쩔 수 없어 아초와 함께 나갔다. 옥보는 자지 않고 지켜보고 있다가 수방이 불안해할까 봐 마지못해 방문을 걸어 잠그고 바깥 침대에 누워서 자는 척했다. 수방이 뒤척이기만 해도 세심하고 극진하게 보살폈다.

날이 밝아올 때 수방은 새근거리는 숨소리를 내며 잠이 들었다. 옥보도 그제야 잠깐 눈을 붙여보려고 하였다. 그러나 밖에서 남자 하인이 왔다 갔다 하는 바람에 잠이 깨고 말았다. 수방은 옥보에게 잠을 더 청했다.

"더 자요."

옥보는 핑계를 대며 거절했다.

"다 잤어."

옥보는 수방이 조금 호전된 기미가 보이고 어제보다 짜증을 덜 내는 것 같아 이른 아침 아무도 없는 틈을 타서 자상하게 물었다.

"마음에 들지 않는 게 또 있으면 말해줄래?"

수방이 냉소를 지으며 말했다.

"내 마음이 좋을 리 없는데 당신도 물어볼 필요 없어요!"

"만약 별다른 게 없고 병 다 나으면 성안에 좋은 집을 세내어 당신 어머니와 함께 이사 가자. 기루는 회계 선생에게 맡겨놓고 당신 동생이 같이 관리하게 하면 되잖아. 어때?"

가만히 듣던 수방은 그의 의견에 완강하게 반대하며 '쿨럭' 기침을 했다. 수방의 마음은 더욱 언짢아졌다. 옥보는 당황하여 멋쩍게 웃으며 자기가 잘못했다고 인정했다. 수방은 더욱 화를 내었다.

"누가 당신이 잘못했다고 했어요?"

옥보는 얼버무릴 새 없이 몸을 돌려 방문 쪽으로 가서 문을 열고 아주머니 대아금을 불렀다. 뜻밖에 일찍 일어난 완방이 뒤에서 뛰어나와 '형부' 하고 불렀다. 그리고 언니의 병세를 물어보고 호전된 것을 알고 역시 기뻐했다. 아초는 일어나서 대아금과 함께 대충 정리를 하였다. 옥보는 초대장 두 장을 남자 하인에게 주며 고아백과 전자강 두 사람을 청하라고 했다.

정오쯤, 전자강이 고아백을 데리고 왔다. 옥보는 그들을 맞이하며 건넛방 이완방의 방으로 모셨다. 서로 인사를 하고 자리에 앉자 차가 나왔다. 고아백이 먼저 입을 열었다.

"상해에 진료를 하려고 온 것은 아니네만, 자강 형님께서 특별히 부탁을 하시니 감히 거절할 수 없어서 그 뜻을 받아들였네. 진맥을 하고 나서 다시 이야기 나누세."

도옥보는 '예, 예' 하며 그 뜻을 따랐다. 아초는 재빠르게 정리를 해놓고 옥보를 모셨다. 옥보는 이완방에게 전자강을 모시도록 당부하고 고아백과 함께 이수방의 방으로 갔다. 수방은 희미한 목소리로 '고 나리' 하고 인사를 하며 손을 뻗어 서양식 작은 베개를 아래쪽에 놓았다. 아백은 침대 가장자리에 걸터앉아 조용히 호흡을 가다듬고 세심하게 진맥을 했다. 왼쪽, 오른쪽 양손 모두 진맥을 하고 나서 창문 주렴을 걷어 올리고 설태를 살펴보고 나서 건넛방으로 갔다. 이완방이 직접 붓, 벼루, 시첩을 탁자 위에 가지런히 늘어놓자 아초는 먹을 갈기 시작했다. 전자강은 한쪽으로 물러났다. 도옥보는 고아백을 자리로 안내하고 이야기를 해주었다.

"수방의 병은 작년 구월에 시작되었습니다. 감기에 걸려 몇 번 한열이 있긴 했지만 그렇게 심하지는 않았습니다. 금년 봄부터 안 좋아지기 시작했는데 좋아졌다가 다시 나빠지고, 늘 병을 달고 있었습니다만, 그렇다고 해서 한열은 아닌 것 같았습니다. 식욕이 없어지면서 식사량도 점점 줄어들고 때로는 전혀 먹지를 못하다 보니 앙상하게 야위었지요. 이번 여름 오뉴월에 조금 나아지는 듯싶었습니다. 열은 여전히 조금 있지만 못 일어날 정도는 아니었으니까요. 수방 자신도 조금 나아졌다고 기분이 좋아져서 그저께 마차를 타고 명원에 갔는데, 다녀온 뒤 어제 드러눕고 말았습니다. 기력이 전혀 없습니다. 마음이 초조해질 때는 거칠게 숨을 쉬고, 정신이 혼미할 때는 물어봐도 한마디 대답도 못합니다. 하루 종일 먹는 거라곤 죽 반 그릇인데 그것도 가래로 변해버리고, 밤에는 잠을 자지 못하

回天神力
仰仗良醫

고 잠들 때도 식은땀을 흘립니다. 자기도 안 좋다고 느끼는지 자꾸 울려고만 하니 어떻게 해야 할지 모르겠습니다."

"폐결핵 증상이네. 작년 구월에 병이 났을 때 '보중익기탕(補中益氣湯)'을 먹였더라면 전혀 문제 없었을 텐데. 한열이라고 생각한 것도 일을 그르치게 했어. 지금 이 병은 마차를 탄 것 때문에 생긴 게 아니네. 어차피 재발할 거였어. 선천적으로 허약해서 그래. 기혈이 부족하고, 비위가 원래 약하기 때문이지. 그러나 비위가 약하다고 폐병에 걸리는 건 아니야. 아마도 이 사람은 틀림없이 아주 총명한 데다 과도하게 신경을 써서 근심걱정이 쌓이다 보니 비위가 크게 상했을 거야. 비위가 상하면 야위어지고, 사지는 힘이 없고, 기침하고 가래가 끓고, 위에 신물이 고여 트림을 하고, 음식이 적게 들어가고, 오한과 신열이 왔다 갔다 하지. 이것을 폐결핵이라고 하네. 그다음부터는 어찌 비위뿐이겠는가. 심장과 신장도 많이 상하게 되지. 짜증을 내고 식은땀을 흘리는 것도 바로 그 증세 중 하나야. 그러다가 며칠 지나면 허리와 무릎이 시리고 아프고, 심장이 두근거리고, 악몽으로 잠을 제대로 못 자게 돼. 여기저기 이상이 생길 것이네"

옥보가 그의 말을 자르며 말했다.

"맞아요. 지금 이런 증상이 있어요. 잠을 자면 늘 깜짝깜짝 놀라 소리 지르고 깨어나서는 꿈을 꾸었다고 해요. 허리와 무릎 아픈 건 한참 됐습니다."

아백은 붓을 들고 먹물을 찍고 나서 잠시 생각해보더니 말했다.

"위가 이미 약해졌으니 약 먹는 것도 어려울 거야."

옥보가 미간을 찌푸리며 말했다.

"맞아요. 제일 안 좋은 버릇이 병을 감추고 진료를 거부하는 겁니다. 의사 선생을 청해서 처방을 받아 서너 첩 먹고 조금 나아졌다 싶으면 더 이상 안 먹고 환약은 아예 먹지 않아요."

그러자 고아백은 재빠르게 붓을 휘갈기며 처방전을 썼다. 위쪽에는 진맥에 대한 의견을 쓰고 아래쪽에는 약제를 열거하면서 섞으라든지 볶으라든지 하나하나 설명을 덧붙인 다음 도옥보에게 주었다. 전자강도 다가와 탁자에 기대어 함께 보았다. 이완방은 재미있는 게 있는 줄 알고 옥보의 팔을 잡아당기며 보려고 했다. 그러나 흘겨 쓴 서체만 종이 위에 가득한 것을 보고 그만두었다. 옥보는 대충 눈으로 훑어보고 두 손을 맞잡고 감사의 인사를 하며 또다시 물었다.

"또 여쭤볼 게 있습니다. 아프면 울기도 잘하고 초조해하기도 했는데 지금은 울지도 않고 초조해하지도 않아요. 혹시 증상이 바뀐 건가요?"

"아닐세. 이전에는 초조했던 거고, 지금은 혼미하고 나른해서야. 모두 심장에서 생긴 병이야. 만약 근심걱정이 없고 몸조리만 잘할 수 있다면, 약 먹는 것보다 훨씬 낫지."

자강도 물었다.

"이 병은 나을 수는 있는가?"

"낫지 않는 병은 없어. 그런데 병을 오래 끌면 회복도 좀 늦어져. 지금 당장 한 달은 괜찮아. 대략 추분이 지나면 가닥이 잡힐 텐데, 완전히 나을지는 그때 알 수 있을 거야."

도옥보는 이 말을 듣고 잠시 멍해졌다. 정신을 차리고 고아백과 전자강을 편히 앉도록 청하고 직접 처방전을 이수저의 방으로 가져갔다. 수저가 막 일어나 침상에 앉아 있었다. 옥보는 처방전과 약제를 읽어주었다. 그리고 고아백과 나눴던 대화도 전해주었다. 이수저도 멍해졌다.

"도련님, 이제 어쩌죠?"

옥보는 아무 말도 못하고 그 자리에서 멍하니 서 있었다. 바깥에서는 술자리 준비를 마치고 물수건만 기다리고 있었다. 대아금이 '둘째 도련님' 하고 부르자 그제야 옥보는 처방전을 내려놓고 나갔다.

1 원문에서는 '把勢里'라고 되어 있다. '把勢'의 의미는 많지만, 여기서는 직업으로 기녀를 택한 이들이 모여든 곳을 의미한다.

2 정요(定窯)는 송(宋)나라 때 정주(定州)에서 만든 자기이다.

37

잘난 제자는 스승의 가르침을 잘못 받아 참혹하게 벌을 받고, 새파란 허풍쟁이는 몰래 계집질하다 엉겁결에 빚을 덮어쓰다

慘受刑高足枉投師 強借債闊毛私狎妓

도옥보는 고아백과 전자강을 이완방의 방으로 안내하며 자리를 권했다. 세 사람은 대작을 하며 가벼운 이야기를 나누었다. 다른 손님이 없기도 하지만 따로 기녀도 부르지 않았다. 이완방이 비파의 현을 조율하고 노래를 부르려고 하자 고아백이 말했다.

"그럴 필요 없다."

그러자 전자강이 말했다.

"아백 형님은 대곡을 좋아하니 대곡 한 곡 불러보거라. 피리는 내가 대신 불어줄 테니."

아초가 피리를 올렸다. 전자강은 피리를 불고 이완방은 〈소연(小宴)〉[1] 중 '천담운한(天淡雲閑)'[2] 두 소절을 불렀다. 고아백은 뜻밖에도 흥이 나서 그 자신도 〈상하(賞荷)〉[3] 중 '좌대남훈(坐對南薰)'[4] 두 소절을 이어 불렀다. 전자강이 도옥보에게 물었다.

"노래하는 것 좋아하는가?"

"목소리가 별로 좋지 않아요. 제가 피리를 불겠으니 노래하십시오."

자강은 피리를 건네주며 〈남포(南浦)〉[5]를 불렀다. 마지막으로 '가없는 이별의 정, 부부가 된 지 두 달 만에 하루아침에 홀로 남았네'라는 소절을 모두 끝내자, 고아백이 갈채를 보냈다. 영리한 이완방은 큰 술잔에 술을 가득 따라 아백에게 올렸다. 아백은 도옥보가 술 마실 기분이 아니라는 것을 알기에 이 잔을 비우고 밥을 먹으려고 했다. 옥보는 송구스러운 마음에 다시 큰 잔으로 세 번 연이어 권했다.

잠시 후 술자리를 끝내고 손님들이 일어나니 도옥보는 응접실까지 배웅하고 다시 종종걸음으로 안으로 들어갔다. 고아백은 전자강과 나란히 동흥리를 걸어 나왔다. 걸어가며 아백이 자강에게 물었다.

"난 도무지 모르겠네. 이수방의 생모나 형제자매, 게다가 도옥보까지 모두 잘해줘서 불만족스러운 게 없을 텐데, 왜 이런 병이 생겼을까?"

자강은 대답도 하기 전에 먼저 한숨부터 지었다.

"이수방 그 사람은 기루에서 살지 말아야 했어. 이게 모두 생모 잘못이야. 기루를 열었으니까 안 할 수는 없었어. 그래도 오직 옥보 한 사람만 만나며 그에게 시집가려고 했지. 만약에 옥보가 첩으로 데려가려고 했으면 수방도 굳이 마다하지는 않았을 거야. 옥보가 정실로만 생각하니 이번에는 그쪽 백부, 숙부, 형, 형수, 이부, 외삼촌, 모든 친척들이 반대하고 나섰지. 말인즉 기녀를 정실로 삼으면 체면이 서지 않는다는 거야. 수방이 그 사실을 알게 되었어. 수방도 처음부터 기녀가 되고 싶었던 것도 아니고 실제로 기녀로 살아가는 것 같지도 않지만, 모두 기녀라고 하니 자신 스스로도 '난 기녀가 아니다'라고 당당하게 말할 수 있겠나? 그렇게 기가 억눌러져서 병이 생겨난 거야."

아백 역시 한숨을 쉬었다. 두 사람은 이야기를 나누며 걸어가다 마침 상인리 입구에 이르게 되었다. 고아백은 다른 일이 있어서 인사를 하고 전자강과 헤어졌다.

전자강은 혼자 골목을 들어섰다. 황취봉의 집 가까이 가니 앞에 어떤 기녀가 아주머니의 부축을 받으며 담벼락을 따라 걸어가고 있었다. 자강은 처음에는 무심하게 보다가 집 앞에 이르러서야 제금화라는 것을 알게 되었다. 금화는 '전 나리' 하며 인사를 하고 뒤쪽에 있는 황이저의 작은 방으로 들어갔다. 자강이 이 층으로 올라가자 황주봉, 황금봉이 서로 다투듯 맞이하며 '형부' 하고 부르며 방으로 몰려들어 갔다. 황취봉이 물었다.

"제금화는 어디 있어요?"

자강이 대답했다.

"아래층에."

금봉은 자강에게 비밀스러운 용무가 있을 것임을 염려하여 일부러 제금화를 보러 가는 척하며 주봉을 끌고 아래층으로 피했다. 취봉과 자강이 앉아 잠깐 이야기를 나누고 있는데 괘종시계가 세 번을 울렸다. 자강은 나자부가 매일 오는 것을 알고 있기에 바로 일어났다.

"그래도 잠깐 앉아요. 뭐가 바빠요?"

자강이 머뭇거리는 사이 마침 주봉과 금봉이 제금화와 함께 취봉을 보러 왔다. 자강은 도로 앉지 않고 작별인사를 하고 나갔다. 제금화는 취봉을 보자마자 눈물을 머금고 떨리는 목소리로 '언니' 하고 불렀다.

"며칠 전부터 언니 보러 오려고 했지만 걷지를 못해서 오늘에서야 겨우 올 수 있었어요. 언니 날 좀 살려줘요."

제금화는 이 말을 하다 말고 목이 메었다. 취봉은 도무지 짐작이 가지 않아 물었다.

"무슨 일이야?"

금화는 바지를 걷어 올려 취봉에게 보여주었다. 양쪽 종아리가 시

퍼렇게 멍들어 있었다. 모두 가죽채찍 자국이었다. 게다가 밤하늘 별자리처럼 군데군데 시뻘건 피멍까지 들어 있었다. 아편 불쏘시개로 지져낸 상처였다. 취봉은 참담한 마음을 금할 길이 없었다.

"말했잖아. 일을 할 때는 비위를 맞춰야지. 내 말 안 들었으니까 이 지경이 되도록 맞았지!"

"아녜요. 우리 엄마는 여기 엄마와 달라요. 일할 때 비위를 안 맞췄다면야 때린다지만 비위를 맞췄는데도 때려요. 이번에는 손님 한 사람이 서너 번 왔다고 엄마가 내가 그 사람한테만 너무 비위를 맞춘다면서 때리잖아요."

취봉은 갑자기 화가 치밀어 올랐다.

"제대로 말은 한 거니?"

"했죠. 언니가 해준 말 그대로 했어요. 일을 하면 절대로 때려서는 안 되고 때리면 일을 안 하겠다고 했죠! 그런데 엄마가 이 말을 듣고 나서 아예 방문을 걸어 잠그고 곽효파를 불러와서 나를 아편침대에 꽁꽁 묶어놓고 날이 샐 때까지 때리면서 그래도 일 안 하겠냐고 으름장을 놓잖아요."

"다그쳐도 넌 절대 일을 안 하겠다고 해야지! 계속 때려도 말이야."

금화는 미간을 찌푸렸다.

"그래도 언니, 너무 아픈데 어떡해요! 하지 않겠다고 말하려고 해도 말이 나오질 않는걸요."

취봉은 냉소를 지으며 말했다.

"아픈 게 무서우면 관리 집안의 마님이나 아가씨나 하지, 뭐 하러 기녀를 한다고 그래?"

금봉과 주봉이 옆에서 비웃었다. 금화는 부끄러워 고개를 숙이고 잠자코 있었다. 취봉이 또 물었다.

"아편은?"

"아편은 한 통 있어요. 조금만 맛봐도 엄청 쓴데 어떻게 들이켜요!

惨受刑
高足
枉投
師
第三十七回
二十九

들어보니까, 생아편 먹었다간 창자가 끊어져서 죽을 정도로 정말 괴롭다고 하던데요."

취봉은 금화를 손가락질하며 이를 갈았다.

"이 못난 것!"

취봉은 이 말을 꺼내다 말고 입을 다물었다. 누가 이들 말을 듣고 있을 줄이야, 황이저와 조가모가 그때 마침 바깥 응접실에서 탁자 두 개를 놓고 풀 먹인 홑이불을 펼쳐놓고 깁고 있었다. 황이저는 취봉의 말을 듣다 참지 못하고 방으로 들어와 취봉에게 웃으며 말했다.

"네 능력으로 이 애를 가르치려면 이생에서는 못해내! 생각해봐. 지난 달 초순에 들어갔는데 제십전의 손님이라지 아마, 진 뭐라고 하던데, 술자리 한 번 차려줘서 겨우 체면을 세웠대. 한 달이 넘어도 손님 하나에 마른안주만 시키고 세 번을 차 마시러 왔다는 거야. 누가 알았겠어. 이 손님이 글쎄 얘 애인이었다는 거야. 양화점 계산대에서 일하는 모양인데 저녁 먹고 나서 열두 시가 되어서야 간다는 거야. 그래서 그 가게 주인이 불평을 하니까 제삼저가 때렸던 거지."

취봉이 말했다.

"술자리는 없었어요? 몇 번 나갔대요?"

황이저는 양손을 다 펴 보이며 웃으며 말했다.

"모두 마른안주가 다야. 어디서 불러주겠어!"

취봉은 갑자기 벌떡 일어나 금화에게 물었다.

"한 달 넘는 동안 일 원 벌었다고? 네 엄마보고 똥이나 먹으라는 거냐?"

금화는 감히 대답할 엄두를 내지 못했다. 취봉은 계속 몇 마디 묻다가 금화의 머리를 밀었다.

"말해봐! 네 엄마더러 똥이나 먹으라는 거냐? 차라리 광대를 찾아 애인으로 삼지 그래?"

황이저는 취봉을 달랬다.

"그 애한테 말해서 뭐해?"

취봉은 화가 나서 눈을 부릅뜨고 소리를 질렀다.

"제삼저 이 쓸모없는 사람! 힘이 있으면 죽을 때까지 때려야지! 아주 대놓고 돈을 물어내라고 해야지!"

황이저는 발을 구르며 말렸다.

"됐어!"

그리곤 취봉을 진정시키고 앉혔다. 취봉은 손으로 탁자를 내리치며 말했다.

"당장 쫓아내! 보고 있으면 열만 받아."

황취봉이 이 말을 하며 더 세게 내리치자 금을 상감한 대모(玳瑁)[6] 팔찌가 세 동강이 났다. 황이저가 '윽' 소리를 냈다.

"이런, 불길하게!"

황이저는 재빨리 금봉에게 눈짓을 했다. 금봉은 금화를 데리고 건넛방으로 가려고 했지만 금화는 볼 낯이 없어 돌아가려고 했다. 황이저 역시 말리지 않았다. 도리어 정이 많은 금봉이 안타까워하며 뜰 앞까지 바래다주었다. 마침 입구에서 나자부가 가마에서 내리고 있었다. 금화는 부딪히지 않으려고 한쪽으로 피해 숨었다. 자부가 들어가자 금봉과 인사를 하고 아주머니의 손을 잡고 천천히 상인리를 빠져나갔다. 그리고 보선가 동쪽 동기반가 회춘당 옆 득선당으로 돌아갔다.

제금화는 불운이 덮치는 거야 어찌할 순 없겠지만 그저 제삼저가 더 이상 심문하지 않고, 그럭저럭 편안하게 지낼 수 있기만을 바랄 뿐이었다.

그런데 뜻밖에 다음 날 식사를 마친 후 금화가 응접실에 앉아 남자 하인들과 욕설을 섞어가며 떠들고 웃으며 놀고 있는데, 갑자기 곽효파가 손으로 더듬어가며 문 앞까지 와서 손짓으로 금화를 불렀다. 금화는 깜짝 놀라며 황급히 갔다. 곽효파가 말했다.

"아주 좋은 손님이 두 사람 있는데, 내가 중매를 설 테니 이번에는 비위를 잘 맞춰봐, 알았지?"

"손님이 어디에 있어요?"

"어디긴, 여기 있지."

금화가 고개를 들어 보니 한 사람은 깡마른 젊은 사람이고 또 수염 난 한 사람은 한쪽 다리를 절고 있었다. 모두 설청색 관사(官紗)[7] 장삼을 입고 있었다. 금화가 그들을 맞이하며 방으로 안내하고 나서 이름을 물었다. 젊은 사람은 장 씨이고 수염이 있는 사람은 주 씨라고 했다. 모두 금화가 모르는 사람들이었다. 곽효파도 장소촌 한 사람만 알고 있었다. 남자 하인이 마른안주를 들고 왔다. 금화는 늘 하던 대로 마른안주를 올리고 아편 침대로 가서 아편에 불을 붙였다. 곽효파는 장소촌에게 바짝 다가가 조용히 말했다.

"저 애는 내 외질녀인데 잘 좀 보살펴줘. 돈은 되는 대로 줘도 돼."

소촌은 고개를 끄덕였다. 곽효파가 말했다.

"술자리를 준비하라고 해?"

장소촌은 정색을 하며 말렸다. 곽효파는 잠깐 머뭇거리다 다시 말했다.

"그러면 옆에 있는 친구에게 물어볼까?"

소촌이 곽효파에게 되물었다.

"이 친구 알아요?"

곽효파가 고개를 저었다. 소촌이 말해주었다.

"주소화라고 해요."

곽효파는 그 이름을 듣고 그만 얼굴이 굳어져서 슬그머니 빠져나갔다. 금화는 아편을 채워서 주소화에게 올렸다. 주소화는 아편에 중독되지는 않아서 장소촌에게 먼저 양보했다. 장소촌은 제금화의 얼굴이며, 노래실력이며, 접대하는 걸 봐도 뭐 하나 잘하는 게 없었다. 그래서 그는 아편만 실컷 피우고 주소화와 함께 득선당에서 천천히 걸어 나와 사마로 입구에서 멈춰 섰다. 그는 그곳에서 오고 가는 마차를 보며 화중회에 가서 차를 한 잔 시켜놓고 시간을 보내는 것도 괜찮다고 생각했다.

두 사람이 자리를 잡고 앉아 있는데 우연히 혼자 걸어 들어오는 조박재가 눈에 들어왔다. 조박재는 설청색 관사 장삼을 입고 상아 담뱃대를 물고 선글라스를 쓰고 있었다. 혈색이 좋은 게 분위기가 예전과 달랐다. 그는 곧장 이 층으로 올라와 두리번거렸다. 소촌은 그에게 빌붙어 볼까 하고 손짓을 했다. 박재는 전혀 알아채지 못하고 뒤쪽 아편방 주위를 빙빙 돌다가 앞쪽 탁자로 걸어와서야 장소촌을 보았다.

"시서생 봤어?"

소촌이 일어나며 말했다.

"서생은 오지 않았는데 그를 찾고 있는 거야? 여기서 잠시 기다려 봐."

박재는 실은 소촌과 교제를 끊을까 했는데 주소화 면전에서 자랑을 하려고 자리에 앉았다. 소촌은 종업원을 불러 다시 차를 따르게 했다. 소화는 직접 종이 불쏘시개에 불을 붙여서 물담뱃대를 주었다. 박재는 소화가 발을 절뚝절뚝 저는 것을 보고 그 이유를 물었다. 소화가 대답했다.

"이 층에서 떨어져서 다쳤어."

소촌은 박재를 가리키며 소화에게 말했다.

"우리 중에 박재가 운이 제일 좋아. 우리 두 사람은 재수 옴 붙었어. 자네는 다리가 부러지고 난 빈털터리가 되었잖아."

박재는 오송교가 어떻게 지내는지 물었다. 소촌이 말했다.

"송교도 안 좋아. 순포방에 며칠째 갇혀 있다가 최근에 나왔어. 그 아버지가 그에게 돈을 빌리려고 하다가 소란을 피웠는데 외국인들이어서 다행이지. 안 그랬으면 일자리도 잃었을 거야."

소화가 말했다.

"이학정 돌아왔을까?"

소촌이 말했다.

"곽효파가 그러는데 곧 온다고 하더군. 그 숙부가 매독에 걸려 치료 받는다고 상해로 함께 온다고 했어."

박재가 말했다.

"어디서 곽효파를 봤어?"

소촌이 말했다.

"곽효파가 우리 여관으로 찾아와서 자기 외질녀가 요이라면서 나를 청하길래 소화와 함께 가서 마른안주 하나만 시켰지."

소화가 깜짝 놀라며 말했다.

"방금 그 사람이 곽효파였구나. 내가 몰라봤다니, 대단히 큰 실례를 했군! 재작년에 내가 곽효파 유괴 사건 소송을 맡았었어."

소촌은 이제야 알겠다는 듯이 말했다.

"어쩐지 자네를 보고 조금 무서워하더라."

"왜 무서워하지 않겠어! 다시 잡아 감옥에 가둬야 하는데. 고소장도 있어!"

박재는 갑자기 다른 생각이 나서 고개를 갸웃하고 생각하느라 더 이상 말참견을 하지 않았다. 소화와 소촌도 아무 말 하지 않았다. 세 사람은 대여섯 번 차를 우려 마셨다. 날이 저물자, 조박재는 시서생이 노는 곳이 일정하지 않으니 더 이상 찾기 어렵다고 생각했다. 그래서 그는 주소화와 장소촌에게 작별인사를 하고 화중회를 떠났다. 삼마로 정풍리에 있는 집으로 돌아가 누이 조이보에게 시서생을 찾지 못했다고 전해주었다. 이보가 말했다.

"내일 일찍 그의 집으로 가서 초대해요."

"오지 않는데 그를 초대해서 뭐 하려고? 우리도 여기에 손님들 많잖아."

이보는 언짢은 표정을 지었다.

"손님을 초대하라고 하는데 안 가겠다는 거예요? 배불리 밥 먹고 나가 놀기만 하면 어쩌겠다는 거죠!"

박재는 황급히 말을 바꾸었다.

"갈게. 간다고! 그냥 한번 해본 말이야."

이보는 그제야 화를 풀었다.

지금은 조이보의 인기가 아주 대단하여 매일 밤 술자리가 끊이지 않았다. 술자리에서 남은 작은 요리들은 홍 씨의 방으로 보내졌고 조박재는 실컷 먹고 마시다 곤드레 취해서 침대에 쓰러져 세상천지 모르고 잠이 들었다. 그 스스로는 분명 극락세계라고 여겼을 것이다.

그다음 날 조박재는 누이의 명을 받들고 직접 시서생을 초대하러 남시로 갔다. 그러나 서생은 집에 없어서 초대장만 전했다. 조박재는 지금 돌아가서 말해주면 분명 누이가 일을 못한다고 타박할 것이니 차라리 왕아이의 집으로 가서 옛 애인을 만나는 게 낫겠다고 생각했다. 신가 입구에 다다르자 지난번 횡포에 이마가 깨졌기 때문에 이번에는 특별히 조심하려고 우선 이웃집 곽효파를 방문하여 곽효파를 앞장세우고 언제든지 도망갈 준비를 했다. 곽효파는 하늘에서 떨어진 것처럼 반색을 하며 그를 맞이하였다. 그리곤 뒤쪽 방에서 잠시 기다리라고 하고 직접 왕아이를 부르러 갔다.

왕아이가 박재를 보고 눈웃음을 지으며 살랑살랑 앞으로 다가와 '오빠' 하고 애교 섞인 목소리로 불렀다.

"방으로 가세요."

"여기서 해."

조박재는 푸른 비단 장삼을 벗어 대나무 옷걸이에 걸었다. 왕아이는 곽효파에게 늙은 아주머니에게 알리라고 하고 박재를 밀며 침대에 앉혔다. 그녀는 박재 위에 앉아 목을 끌어안았다.

"난 늘 당신 생각만 했는데 당신은 돈 벌었다고 내 생각도 안 하고, 안 할래요!"

박재는 두 손으로 꼭 껴안으며 물었다.

"장 선생 왔었어?"

"또 장 선생이야. 빈털터리 됐잖아요! 우리한테 진 빚이 십 원이 넘어도 한 푼도 갚지 못하고 있어요."

박재가 어제 소촌을 만났던 이야기를 해주었다. 왕아이는 벌떡 일어나 말했다.

"돈만 있으면 요이와 붙어먹으려고 해! 내일 따지러 가야겠어요!"

박재는 그녀를 진정시켰다.

"가더라도 내 이야기는 꺼내지 마!"

"당신 일 아니니까 걱정 말아요."

그때 늙은 아주머니가 아편과 차를 갖다주고 다시 옆방으로 돌아가 빈방을 지켰다. 곽효파는 바깥에서 두 사람의 말소리가 들리지 않자 이미 항구로 들어갔다는 것을 알고 다른 사람이 그 둘을 방해하지 못하게 직접 문 앞에서 망을 보았다. 잠시 후, 갑자기 뒤쪽 방에서 자박자박 발걸음 소리가 들려왔다. 무슨 일인지 몰라 안으로 들어가 보니 조박재는 장삼을 입으려고 하고 왕아이는 빼앗으려고 하며 서로 한데 엉켜 실랑이를 벌이고 있었다. 곽효파가 말리며 말했다.

"왜 그렇게 서둘러요?"

왕아이가 성난 목소리로 일러바쳤다.

"내가 십 원을 빌려주면 그걸 아편값으로 칠 테니 어떻겠냐고 물었더니 글쎄 줄 돈이 없다며 갑자기 가겠다고 일어나잖아요."

박재는 봐달라며 애원했다.

"지금 나한테는 돈이 없으니까 나중에 가져올게. 됐지?"

왕아이는 박재의 말을 무시하며 계속 말했다.

強借債
濶毛私
押妝

"그렇다면 장삼은 여기에 두고 십 원 가지고 오면 그때 가져가요."
박재는 속이 타서 발을 동동거리며 말했다.
"네가 내 명을 재촉하는구나! 나는 집에 가서 뭐라고 말을 해?"
곽효파는 이래저래 달래가며 자기가 보증을 서겠으니 박재에게 날짜를 정하라고 했다. 박재가 월말로 정하자 곽효파가 말했다.
"월말이라도 괜찮아요. 월말에 꼭 가져와야 해요."
왕아이는 장삼을 돌려주며 한 번 더 못을 박았다.
"월말에 가져오지 않으면 내가 정풍리로 찾아가서 따질 거예요."
박재는 연신 대답을 하고 얼른 도망치듯 빠져나왔다. 걸어가는 동안 생각해보니 후회스럽기도 하고 원망스럽기도 하지만 어떻게 할 방법이 없었다. 징풍리 입구에 이르러 멀리서 보니 집 앞에 고급 가마 두 대가 있고 백마 한 필이 매어 있었다. 응접실로 들어서니 집사 한 명이 교의에 앉아 있고 네 명의 가마꾼은 양쪽으로 나란히 앉아 있었다. 박재가 이 층으로 올라가 시서생 초대 건을 전하려고 하는데, 마침 조이보가 손님을 모시고 한담을 나누고 있어서 감히 끼어들 수가 없었다. 그래서 주렴 사이로 몰래 들여다보았다. 손님 가운데 자신이 알고 있는 사람은 오직 갈중영 한 사람뿐이었다. 낯선 그 손님은 박재 눈에 여태껏 한 번도 본 적이 없다고 생각될 정도로 외모가 준수하고 행동이 반듯했다. 곧바로 아래층 응접실로 조용히 내려가서 그 집사를 뒤쪽 회계실로 불렀다. 물어보니, 주인은 아주 부귀하기로 이름이 난 사삼(史三)공자였다. 본적은 금릉(金陵)이고 한림원 출신으로, 나이는 약관이며 별호는 천연(天然)이었다. 최근에 그는 요양차 잠시 상해에 여행 삼아 와서 대교(大橋)에 있는 크고 쾌적한 서양식 집 한 채를 빌려 그곳에서 매일 두세 명의 친구들과 술잔을 기울이며 마음을 터놓고 이야기를 나누며 보내고 있었다. 다만 보름이 지나도록 그의 마음을 잘 헤아려 술자리에서 시중을 들어주고 즐거움을 나눌 수 있는 이를 만나지 못한 채 꽃피는 아침과 달

밝은 저녁을 마냥 보낼 수만은 없어서 찾아왔다는 것이었다.

박재는 그 말을 듣고 온갖 알랑거리는 말을 쏟아부었다. 집사의 이름을 물어보니 왕 씨로 소왕(小王)으로 불린다는 것을 알게 되었다. 집사는 삼공자의 시중을 들며 돈을 관리하고 있었다. 박재는 그의 환심을 사려고 차와 아편 그리고 간식들을 계속 갖다주었다. 소왕 역시 흐뭇해했다.

등을 올릴 무렵 아주머니 아호가 술자리에 손님을 맞이하기 위해 남자 하인에게 요리를 주문하라고 했다. 박재는 급히 가서 모친 홍 씨에게 따로 고기 요리 네 가지, 주 요리 네 가지를 주문하여 집사를 대접하겠다고 전하자, 홍 씨는 그가 하자는 대로 따랐다. 이 층에서 술자리가 차려지고 나자, 회계실에서도 자리를 마련하여 소왕을 상석으로 모셨다. 박재는 그 아래에 앉아 시중을 들며 흥이 나서 먹고 마시니 빈 잔과 빈 접시만 어지러이 널렸다.

여기와 달리 이 층의 술자리는 화철미와 주애인 두 사람만 초대되어 분위기가 썰렁한 데다 사삼공자는 천성적으로 더운 열기를 싫어하여 오랫동안 앉아 있지 못했다. 기녀들이 모두 떠나가자 네 사람도 함께 자리에서 일어나며 모두들 가마꾼에게 등을 밝히라고 하였다. 소왕도 어쩔 수 없이 서둘러 밥을 먹고 쫓아 나와 서서 기다렸다. 삼공자는 세 사람을 먼저 배웅했다. 그런 다음 소왕은 삼공자가 가마에 오르는 것을 돕고, 자신도 말을 올라타고는 유유히 떠나갔다.

---

1 곤곡. 청대(清代) 홍승(洪昇)이 쓴 『장생전(長生殿)』의 곡목 중 하나이다. 『장생전』은 당 현종과 양귀비의 사랑 이야기를 담고 있다.

2 하늘은 맑고 구름은 한가롭다.

3 곤곡. 원대(元代) 고명(高明)이 쓴 『비파기(琵琶記)』의 곡목 중 하나이다. 『비파기』는 채백개(蔡伯喈)와 조오랑(趙五娘)의 사랑 이야기를 담고 있다.

4 '앉아 남풍을 맞으며'라는 뜻이다.

5 『비파기』 곡목 중 하나이다.

6 바다거북의 등딱지로, 공예품 · 장식품 등에 쓰인다.

7 절강 항주와 소흥 일대에서 생산되는 비단으로 날실은 생사로 하고 씨실은 숙실로 짠다. 질감이 얇고 가벼워 주로 여름옷을 만드는 데 사용된다. 옛날에는 조정에 올렸기 때문에 관사(官紗)라고 한다.

38

사공관에서는 어리석은 마음에 혼사가 맺어지기를 고대하고, 산가원에서는 고상한 연회를 만들어 길일을 축하하다

史公館癡心成好事 山家園雅集慶良辰

조박재는 소왕이 채찍질을 하며 골목을 빠져나가는 것을 확인하고 돌아서서 홍 씨를 보러 안으로 들어갔다. 사삼공자의 내력을 말해주니 홍 씨는 아주 기뻐하며 마음을 놓았다. 손님을 초대하러 간 그 일은 덮어두고 꺼내지도 않았다. 그러나 사흘 연이어 날씨가 이상할 정도로 무더웠고 사삼공자도 나타나지 않았다.

그가 떠나간 지 나흘째가 되는 유월 삼십 일, 조박재는 아주 일찍 일어났다. 그리고 몰래 모아두었던 십 원을 챙겨 신가로 가서 곽효파의 집 문을 두들겼다. 그리고 곽효파에게 전달해주며 대신 처리해 달라고 했다. 박재는 모친과 누이가 일어나기 전에 서둘러 돌아가 약점을 잡히지 않을 생각이었다. 다만 아교는 매사에 부지런했다. 박재가 문을 들어서니 아교가 응접실에서 헝클어진 머리로 하품을 하며 서 있었다. 박재가 멋쩍어하며 말했다.

"아직 이른데 다시 눈 좀 붙이지 그래."

"일 해야죠."

"내가 도와줄까?"

아교는 집적거리는 줄 알고 고개를 돌리고 무시했다. 그러나 박재는 그녀가 자신에게 관심을 가지고 있다고 생각했다.

정오가 가까이 다가오자 갑자기 서북쪽에서 먹구름이 몰려들더니 순식간에 하늘을 뒤덮었다. 뜨거운 태양을 가리고 번개와 천둥이 치며 하늘에서 물동이를 엎어놓은 듯 비가 쏟아지기 시작했다. 대략 두 시간이 흐른 뒤 비가 그치고 해가 나왔다. 조이보는 치장을 끝내고 옷섶을 열고 시원한 바람을 쐬려고 문을 열었다. 그런데 한 사람이 숨을 헐떡이며 걸어오고 있었다. 그는 얼굴에 땀을 뻘뻘 흘리며 국표를 들고 응접실로 들어왔다. 얼마 후 박재가 이층으로 올라와서 정중하게 알렸다. 발인즉, 삼공자가 조이보를 대교에 있는 사공관으로 부른다는 것이었다. 이보 역시 기뻐하며 가마를 타고 갔다.

이번 부름이 저녁까지 이어져서 결국 집으로 돌아오지 않게 되리라고 그 누가 알았을까. 박재는 걱정스럽고 초조해져서 마침내 직접 찾아가 보려고 했다. 그때 마침 아주머니 아호와 두 명의 가마꾼이 빈 가마로 돌아오고 있었다. 박재는 너무 놀라 눈을 동그랗게 뜨고 다급하게 물었다.

"이보는?"

아호는 오히려 웃음을 참으며 돌아서서 홍 씨에게 전해주었다.

"아가씨는 돌아오지 않을 거예요. 삼공자가 아가씨를 공관으로 초대하여 여름 동안 거기서 쉬라고 했어요. 하루에 열 번 부른 것으로 계산해서 말이죠. 머리 빗는 도구며 옷가지를 지금 가지고 오랍니다."

홍 씨는 달리 할 말이 없었다. 박재는 성을 내며 아호를 나무랐다.

"정말 간이 크네. 아가씨를 내버려두고 돌아와!"

"아가씨가 돌아가라고 했어요."

"다음부터는 조심해. 화를 자초했다간 아주머니 노릇을 계속 해나갈 수 없을 거야."

아호도 언짢은 표정을 지었다.

"너무 조급하게 굴지 말아요. 우리도 사백 원을 투자했다고요! 왜 조심하지 않겠어요! 어릴 때부터 지금까지 살벌한 이곳에서 아주머니로 살아온 사람인데, 가서 한 번 물어봐요. 무슨 화라도 생기냐고 말이죠!"

박재는 더 이상 대꾸하지 못하고 조용히 있다가 물러갔다. 홍 씨가 끼어들었다.

"저 애 말 듣지 말고 어서 짐 챙겨서 가."

아호는 구시렁거리며 이 층으로 올라가 서양 보자기를 찾아 두 개로 나누어 싸고는 홍 씨에게 인사하고 갔다.

박재는 마음이 불안하여 밤새 잠을 이루지 못하고 다시 모친과 상의한 끝에 달고 수분이 많은 복숭아와 신선한 여지를 가득 사서 광주리에 포장하여 살피러 가기로 했다. 인력거를 불러 대교 어귀를 지나 구불구불한 길을 물어가며 사공관 문 앞까지 갔다. 과연 아주 큰 서양식 저택이었다. 입구 양쪽으로 사각진 얼굴과 큰 귀에 가슴이 나오고 배가 불룩한 네다섯 명이 마치 군관들처럼 모두 검은 가죽옷을 입고 단화를 신고 등받이 없는 의자에 앉아 막고 있었다. 박재는 여기에 온 이유를 설명했다. 군관들은 기름 부채를 들고 부채질만 하고 전혀 반응을 보이지 않았다. 박재는 몸을 조아리고 나서 반듯이 서서 한참 동안 명을 기다리고 있는데, 갑자기 군관 한 명이 뒤돌아보며 소리쳤다.

"밖에서 기다리고 있으시오."

박재는 '예, 예' 하고 대답을 하며 담장 밖으로 물러났다. 거리에 내리쬐는 태양을 받고 있으니 얼굴이 벌겋게 달아오르고 입술이 바짝바짝 말라갔다. 다행히 어제 쪽지를 들고 찾아왔던 사람이 말을 천천히 몰고 돌아왔다. 박재가 그 사람에게 다가가서 두 손을 마주

史公館痴心成好事
海上花列傳
第三十八回
三十六

잡고 인사를 하며 소왕에게 알려달라고 부탁했으나 박재를 한 번 흘낏 훑어보고 가버릴 뿐이었다.

잠시 후 열서너 살 되는 아이가 뛰어나오며 큰 소리로 물었다.

"조 씨라는 사람 어디에 있어요?"

박재는 바로 대답하지 않고 조용히 안을 살펴보았다. 군관은 눈을 부릅뜨고 소리쳤다.

"부르잖아요!"

박재는 그제야 대답을 하고 광주리를 들고 가려고 했다. 아이가 붙잡으며 물었다.

"당신이 조 씨예요?"

박재는 그렇다고 대답했다. 그러자 아이가 '저를 따라 오세요.'라며 박재를 안내했다. 박재는 아이 곁에 바싹 따라붙어서 대문을 들어섰다. 그 안은 이 묘(畝)[1] 정도의 넓은 뜰로, 뜰 곳곳에는 아름다운 꽃들이 피어 있었다. 위쪽의 본채는 삼층이고, 양쪽 곁채는 단층이었다. 박재는 오색 자갈이 깔린 석로를 지나 곁채 복도를 지나가는데, 유리창 너머로 많은 사람들이 모자를 벗고 신발을 벗은 채 고담준론을 나누고 있는 모습이 어렴풋이 보였다.

아이는 박재를 데리고 본채 뒤쪽으로 돌아갔다. 그곳에는 단층 건물이 하나 더 있었다. 소왕은 주렴 아래에서 그를 맞이했다. 박재는 황급히 달려가 광주리를 내려놓고 인사를 했다. 소왕은 박재를 침대에 앉게 했다.

"지금 내려갈 게 아니니까 옷 벗고 아편 피우고 있게."

아이는 차를 내놓았다. 소왕이 아이에게 상황을 살펴보고 오라고 했다.

"내려가서 편지를 드려라."

아이는 대답을 하고 밖으로 나갔다. 소왕이 이어서 말했다.

"셋째 나리가 정말 자네 누이를 좋아하시네. 자네 누이가 양가집 사람 같다고 말이야. 만약 짝이 된다면 정말 자넨 운이 좋아!"

박재는 호응만 했다. 소왕은 만나면 갖추어야 할 예절에 대해 일러주었고, 박재는 모두 귀담아 들었다. 마침 아이가 창문 너머에서 불렀다. 소왕은 삼공자가 아래층으로 내려왔다는 것을 알고 박재에게 여기에 앉아 있으라고 하고 종종걸음으로 나갔다.

잠시 후, 그는 뛰어와서 주렴을 걷어 올리며 손짓했다. 박재는 광주리를 들고 소왕을 바짝 따라붙어서 본채 주렴 앞까지 돌아 나갔다. 소왕은 광주리를 받아 들고 박재를 데리고 가서 인사를 올리게 했다. 삼공자는 온돌 중간에 걸터앉아 만면에 웃음을 띠고 있었고 옆에는 까까머리 시동이 있었다. 박재가 '삼나리' 하고 부르며, 옆으로 걸어가 앞을 보며 머리를 조아리고 무릎을 꿇으며 인사했다. 삼공자는 고개만 까딱 끄덕일 뿐이었다. 소왕이 앞으로 가서 몇 마디 아뢰니 삼공자는 미간을 찌푸리며 박재에게 말했다.

"무슨 선물을 가지고 온다고!"

박재는 말없이 가만히 있었다. 삼공자는 소왕에게 눈짓을 했다. 소왕은 다리가 짧은 술상을 들고 와 아래쪽에 놓아두고 박재를 앉게 했다.

갑자기 뒤쪽 계단에서 작은 발소리가 나서 보니, 아호가 이보의 손을 잡고 침착하게 걸어와 중문으로 나왔다. 박재는 일어나 숨을 죽이며 감히 똑바로 쳐다볼 수 없었다. 이보가 '오빠' 하며 어머니의 안부 외에는 다른 말은 묻지 않았다. 아호가 끼어들었다.

"그런데 아가씨는 여기가 정말 좋은가 봐요?"

박재는 가만히 있을 수밖에 없었다. 삼공자는 소왕에게 분부했다.

"그와 함께 잠시 밖에 앉았다가 식사를 대접하고 보내도록 해라."

박재는 그 말을 듣고 옆으로 걸어 나와 소왕과 함께 뒤쪽 침실로 왔다. 소왕이 당부의 말을 했다.

"너무 예의 차리지 말고 필요한 게 있으면 말하게. 나는 일이 있어서 잠깐 나갔다 오겠네."

그리고 아이를 불러 방에서 시중을 들게 하고 소왕은 다시 뛰어나갔다.

박재는 혼자 왔다 갔다 했다. 벽에 걸린 시계가 한 시를 알리자 어느 하인이 술상을 가지고 바깥방 탁자 위에 놓았다. 아이는 박재를 그곳으로 청했고 박재는 독작을 했다. 박재는 입술만 살짝 적시고 더 이상 마시지 않았다. 아이는 정중히 술을 권했다. 박재는 차마 거절하지 못해 연거푸 세 잔을 마셨다. 마침 소왕이 뛰어들어 와 술을 남기면 안 된다며 꼭 술병을 비워야 한다고 했다. 그도 직접 한 잔을 부어 같이 마셨다. 박재는 마지못해 억지로 한 잔 마셨다.

마침 이야기를 하려는데 갑자기 까까머리 시동이 소왕을 불렀다. 소왕은 영문을 모른 채 시동과 함께 나갔다. 박재는 식사를 끝내고 얼굴을 씻었다. 소왕이 방으로 돌아오자 빈 광주리를 들며 작별인사를 했다. 소왕이 말했다.

"나리는 잠드셨지만 아가씨가 할 말이 있는 모양이네."

박재는 대답을 하고 소왕을 바짝 따라붙어 본채 주렴 앞으로 돌아 나왔다. 소왕은 그에게 잠시 기다리라고 하고는 말을 전하러 갔다. 잠시 후 시동이 주렴을 걷어 올렸다. 조이보는 아호 손의 부축을 받은 채 문턱에 서서 말했다.

"돌아가서 어머니께 초닷새에 간다고 말씀드려요. 날 부르는 국표가 오거든 소주(蘇州)로 돌아갔다고 해요."

박재는 그러겠다고 대답하고 나갔다. 소왕이 대문까지 바래다주며 말했다.

"며칠 뒤에 놀러 오게나."

박재는 인력거를 타고 정풍리로 돌아왔다. 그리고 그가 보았던 모든 일을 세세하게 어머니께 전해주었다. 홍 씨는 아주 기뻐했다.

초닷새가 되자 조박재는 먼저 취풍원으로 가서 정성을 다해 음식을 만들라고 한 뒤에 복리(福利) 양행으로 가서 외국 설탕과자와 과일들을 샀다. 오후가 되자 소왕이 말을 타고 오는데 그 뒤로 고급관료 가마 두 대와 중간 크기의 가마 한 대가 문 앞에서 멈추었다. 중간 가마에서 아호가 내려 이보를 부축하고 삼공자를 따라 들어왔다. 박재는 다리를 꿇어 인사를 했다. 삼공자는 여전히 고개만 끄덕였다. 이 층 방으로 가자 삼공자가 이보에게 말했다.

"당신 어머니 나오시라고 해."

이보는 아호에게 말했다. 홍 씨는 사실 만나고 싶지 않았지만 거절할 수 없어 특별히 원색 생사로 만든 옷으로 갈아입고 쭈뼛쭈뼛 이 층으로 올라왔다. 그녀는 '삼 나리' 석 자만 부르고도 얼굴이 벌써 붉어져 있었다. 삼공자도 연세와 차린 음식에 대해서만 물었다. 이보는 삼공자에게 말했다.

"잠시 앉아 계세요. 저는 어머니와 함께 내려갈게요."

"특별한 일 아니면 빨리 돌아와."

이보는 '예' 하고 대답하고, 홍 씨의 손을 잡고 함께 아래층 뒤쪽 작은 방으로 갔다. 홍 씨는 그제야 마음을 놓고 이보에게 물었다.

"또 어디 가야 하니?"

"그의 공관으로 돌아가야죠."

"이번에 가면 언제 돌아올 거냐?"

"모르겠어요. 초이레에 산가원 제대인께서 그를 초대했다는데, 나와 같이 가려고 해요. 화원에서 며칠 놀고 나서 다시 말할게요."

홍 씨가 그녀에게 단단히 일렀다.

"너 조심해야 해! 나리들 성질은 좋을 때는 목숨을 내놓을 듯이 좋아하지만 조금만 틀어지면 얼굴을 확 바꾸어버리니까!"

이보는 이 말을 듣고 바깥을 한 번 내다보고 문을 닫았다. 그리고 홍 씨 곁에 바짝 붙어 자세하게 말해주었다. 이야기인즉 삼공자는 자기 집 외에 큰집, 작은집의 상속자이며 본가에서는 아내를 얻었으나 아직 자식이 없고, 나머지 두 집의 양어머니가 각각 아내를 얻어 따로 분가시키기로 의논하였지만 삼공자는 맞이할 아내들이 모두 현숙할지 장담할 수 없어 미적거리고 결정을 내리지 못하고 있다는 것이었다.

홍 씨가 나직하지만 다급하게 물었다.

"그러면 너를 데려가겠대?"

"먼저 집에 가서 두 분의 양어머니와 상의해서 한 명이 정해지면 동시에 혼인을 하겠대요. 나더러 일하지 말고 삼 개월만 기다려주면 정리하는 대로 상해로 다시 오겠다고 했어요."

홍 씨는 너무 기뻐서 입을 다물지 못했다. 이보가 또 말을 했다.

"이번에는 오빠가 공관에 오지 않게 해요. 조금 있으면 처남이 되는데, 체면 깎는 일은 없어야죠. 과일도 사지 말아요. 그곳에 얼마든지 있으니까. 만약 꼭 선물을 하려면 반드시 저와 상의해서 해요."

홍 씨는 한 마디 한 마디에 고개를 끄덕이며 어떤 말도 덧붙이지 않았다. 이보는 해야 할 말들이 더 있었지만 순간 생각이 나지 않았다. 홍 씨가 재촉했다.

"너무 오래 있었어. 그 사람 혼자 있으니까 얼른 가봐."

이보는 뒤뚱거리며 작은 방을 천천히 나갔다. 계단 중간쯤 올라가는데, 창문으로 들여다보니 회계실에서 박재와 소왕은 탑상에 가로누워 아편을 피우고 있고 아교는 아편침대에 딱 붙어서 시끄럽게 수다를 떨고 있었다. 이보는 화가 치밀어 올랐지만 방으로 돌아갔다. 사삼공자는 이보가 가까이 다가오자 그녀의 옷섶을 당기며 조용히 말했다.

"돌아가자. 또 다른 일 있어?"

이보는 탁자 위에 올려놓은 고기만두를 보고 말했다.

"당신도 우리 음식을 좀 먹어봐요."

"네가 대신 먹어."

이보는 못 들은 척하며 공자의 손을 풀고 아호에게 소왕더러 가마를 준비하라고 했다.

삼공자는 떠나갈 때 마치 신부의 남편처럼 이보에게 대신 작별인사와 감사의 인사를 홍 씨에게 전하게 했다. 홍 씨는 긴장되고 부끄러워 나오지 못하고 사놓은 사탕과자와 과일들을 광주리 한가득 담아 아호에게 가져가라고 했다. 이보가 고개를 돌리며 미간을 찌푸리자 홍 씨가 귀에 대고 말했다.

"여기 둬도 먹을 사람이 없어. 네가 가져가서 아랫사람들에게 주면 되잖아?"

이보는 더 이상 말리지 않고 문을 나서서 삼공자와 함께 가마에 올라탔다. 소왕은 앞에서 몰고 아호는 뒤를 따르며 대교 북쪽 사공관으로 돌아갔다.

문지기 군관들이 정립한 채 맞이했다. 가마꾼들은 가마를 들고 마당으로 들어가 본채 계단 앞에서 멈추었다. 사삼공자와 조이보는 가마에서 내려 거실로 들어가 나란히 앉았다. 삼공자는 아호가 광주리를 들고 오는 것을 보고 물었다.

"무엇이냐?"

아호가 웃었다.

"외국산이에요. 상해 말고는 어디에도 없는 것이지요."

삼공자는 덮개를 열어보고 껄껄 웃었다. 이보는 잣 한 알을 골라내어 껍질을 벗겨 삼공자 입에 갖다 대고 웃었다.

"어쨌든 제 어머니의 작은 성의라고 여기시고 한번 맛보세요."

삼공자는 깜짝 놀라며 엄숙한 표정을 하고 두 손으로 받았다. 이런 삼공자의 모습에 이보와 아호는 웃었다.

삼공자는 까까머리 시동을 불러 자신의 책상 위에 놓인 향연[2] 분재 열 개를 치우고 대신 사탕과자와 과일을 두 접시로 가득 담아 올려놓으라고 했다. 이보는 삼공자가 이처럼 지극정성을 다하는 것을 보고 감격했다.

하루가 지나 칠월칠석이 되었다. 사삼공자는 일찌감치 소왕에게 필요한 모든 물건을 준비하도록 했다. 조이보는 곱게 화장을 하고 예쁜 옷을 차려입어 더욱 아름다웠다. 열 시가 되자 왕림을 재촉하는 초대장이 연이어 왔다. 삼공자와 이보는 본채 앞에서 가마를 타고 소왕과 아호가 동행했다. 그들은 대마로를 경유하여 니성교를 지나 산가원(山家園)[3] 제공관의 대문 앞에 이르렀다.

문 앞에 있던 사람이 화원으로 안내하는데 길 하나를 지나서야 화원의 정문에 도착했다. 문 위 편액에는 '일립원(一笠園)'이라는 세 글자가 전각으로 새겨져 있었다.

정원사의 안내에 따라 가마는 봉의수각(鳳儀水閣)에서 멈추었다. 고아백과 윤치원이 낭하에서 그들을 맞이했다. 사천연과 조이보는 계단을 올라가서 수각의 가운데에 잠시 앉았다. 이어 소관향, 요문군, 임취분이 나와 인사를 올렸다. 사천연은 의아스러워하며 일찍 온 이유를 물었다. 소관향이 말했다.

"우리 셋은 며칠 전에 와 있었어요."

윤치원이 말했다.

"운수 어른은 풍류계의 교주이시잖아. 며칠 전에 아백과 문군 두 사람을 위해서 합근배 자리를 마련했고, 오늘은 오직 자네와 자네 애인을 초대하여 걸교회(乞巧會)[4]를 마련하려는 거네."

다음 이야기를 하려고 할 때 제운수가 누각 오른쪽에서 시원한 발걸음으로 걸어 나왔다. 사천연은 '백부님'[5] 하고 예의를 갖추어 인사를 했다. 제운수는 겸손하게 두어 마디를 하고 조이보를 돌아보았다.

"자네 애인이신가?"

사천연은 '그렇습니다.'라고 대답했다. 조이보도 '제대인' 하고 인사를 올렸다. 제운수는 웃음을 머금고 가까이 와서 조이보의 손을 잡고 아래위로 훑어보았다. 그리고 고아백과 윤치원을 돌아보며 고개를 끄덕였다.

"과연 양가집 풍모로다!"

조이보는 제운수를 보니 예순을 넘긴 나이에 살짝 머리가 희끗희끗하고 천진하면서도 다정하여 자기도 모르게 친숙하게 느껴졌다.

이에 모두 자리에 앉아 편안하게 한담을 나누었다. 조이보는 아직 낯설어 많은 이야기는 하지 못했다. 제운수는 소관향에게 조이보를 데리고 구석구석 구경시키라고 했다. 요문군과 임취분 역시 반겼다. 네 사람은 무리를 지어 누각의 왼쪽 계단으로 내려갔다. 계단 아래에는 곧게 뻗은 대나무가 빽빽하여 녹음이 짙었다. 그 사이로 구불구불한 길이 하나 있었다. 대나무 숲에 난 좁다란 그 길을 돌아가면 개울 하나가 나왔다. 개울 너머에 나무 그림자가 은은하게 드리워져 있고, 들쭉날쭉 높이를 달리하는 아름다운 빛깔의 누각들이 있었다. 그들은 개울 너머로 감상만 하고 건너가지는 않았다.

네 사람은 개울을 따라 초승달 모양의 열두 개 회랑으로 들어갔다. 회랑의 양쪽 끝에는 초서로 '횡파함(橫波檻)'이라고 새겨진 석각이 있었다. 이 회랑을 지나면 구슬 주렴과 그림이 그려진 기둥, 푸른 기와와 무늬가 있는 유리창이 보였다. 선명한 비취는 구름 위를 오를 정도이고, 반질반질 광이 나는 붉은색은 태양에 비치는 것 같았다. 아래위로 서른두 개의 기둥이 있으나, 홈통을 마주 보고 용마루와 연결되어 있어 마치 수천수만 개의 문이 있는 것 같아 어디로 가야 할지 모를 정도였다. 그래서 이 누각을 '대관루(大觀樓)'라고 부르고 있었다.

누각 앞에는 깎아지른 듯한 기이한 봉우리가 솟아 있는데, '완연령(蜿蜒岭)'이라 하였고, 그 산 아래는 '천심정(天心亭)'이라는 팔각정이 있었다. 본채에서부터 완연령까지 종려나무 차양을 덮어 그 틈을 메웠다. 차양 아래는 말리화 화분 삼백 개가 놓여 있어 그야말로 '향

山家園雅集慶良辰

기 가득한 눈 바다, 향설해(香雪海)'를 이루고 있었다.

네 사람은 모두 반쯤 핀 말리화 봉우리를 꺾어 쪽진 머리끝에 꽂았다. 그런데 갑자기 위에서 누군가가 부르는 소리가 들려와서 고개를 들어보니 소관향의 어린 여자 하인 소청(小青)이 연꽃 한 송이를 손에 쥐고 정자 한가운데 서서 웃으며 손짓을 하고 있었다. 소관향은 내려오라고 했다. 그러나 소청은 멀리서 그 말이 들리지 않은 듯 계속 손짓을 했다. 요문군이 어떻게 참고만 있을까, 재빠르게 몸을 움직여 올라가자 금방 그 꼭대기에 닿았다. 무슨 일인지 요문군이 양손으로 더욱 다급하게 손짓을 했다. 임취분이 말했다.

"우리도 가봐요."

임취분은 옷을 걷어 올리고 성큼성큼 걸어가며 앞장서려고 했다. 소관향은 하는 수 없이 조이보의 손을 잡고 그 뒤를 따르며 올라가는데 가다 멈추다 하며 숨을 고르며 힘들어했다.

알고 보니 일립원이라는 이름은 일립호(一笠湖) 때문에 붙여진 것이었다. 호수의 모양이 하늘의 반구 같다 하여 '삿갓'을 뜻하는 '립(笠)'이라고 하고, 너비가 약 열 묘나 되기에 '호수'를 뜻하는 '호(湖)'라고 했다. 일립원은 정원의 중앙에 있는데, 서남쪽으로는 봉의수각의 뒤쪽이고, 서북쪽으로는 완연령의 남쪽이었다. 완연령 위에서 정원의 전체를 내려다볼 수 있다.

소관향과 조이보는 천심정에 올라서서 멀리 일립호의 동남쪽 끝에 있는 낚시터를 바라보았다. 화려하게 단장한 비취색의 소매들이 주위를 둘러싸고 있었다. 그래서 어린 여자 하인과 아주머니가 달려가 소청에게 물었다.

"무슨 일이야?"

"한 아주머니가 연꽃을 따다가 반두[6]가 보여서 그냥 한번 떠봤는데, 아주 커다란 금빛 잉어가 그 안에 있어서 모두 보고 있는 거예요"

소관향이 말했다.

"난 어디 좋은 거라도 있는 줄 알았네. 걸어온다고 다리가 아파 죽겠어."

조이보도 말했다.

"전 낮은 신발을 신어서 하마터면 넘어질 뻔했어요."

요문군은 그래도 성이 차지 않은지 직접 가서 한번 봐야겠다고 마음을 먹었다. 다른 사람들이 묻고 답하는 사이에 벌써 연기처럼 빠져나가고 없었다. 임취분은 그 뒤를 따라가려고 했으나 뒤쫓아 갈 수 없었다. 세 사람은 다시 잠시 앉았다가 천천히 완연령을 걸어 내려갔다. 임취분이 말했다.

"옷 갈아입으러 가야겠어요."

그렇게 대관루 앞에 있는 갈림길에서 헤어졌다.

소관향은 활짝 열려 있는 대관루의 창문을 보았다. 창문에는 휘장이 낮게 내려져 있고, 네댓 명 집사들이 바삐 움직여가며 탁자와 의자를 정리하고 있었다. 그들에게 물었다.

"이곳에서 술자리가 있을 건가요?"

"저녁에 있고, 지금은 봉의수각에서 식사를 할 예정입니다."

소관향은 별다른 말은 하지 않고 조이보의 손을 잡고 원래 왔던 길로 걸어 봉의수각으로 돌아왔다. 수각은 화려한 장식에 주변에서는 향기로운 바람이 불어왔다. 손님으로는 화철미, 갈중영, 도운보, 주애인 네 사람이 초대되었고 손소란, 오설향, 담여연, 임소분이 자리에 앉아 있었다. 오직 요문군만 외투를 벗고 짧은 소매의 비단옷을 입고 호수 쪽 창문에 기대 앉아 파초부채를 쉬지 않고 부치고 있었다. 소관향이 물었다.

"봤어요?"

문군은 가만히 입을 내밀며 가리켰다. 관향이 고개를 돌려보니 중간 크기의 연꽃 항아리가 얼음 상자 시렁 위에 놓여 있고 그 안에 황금 잉어 한 마리가 있었다. 정말 한 척 길이 이상 가는 황금 잉어였다. 조이보도 살짝 곁눈질로 보았다.

문군이 갑자기 손짓 발짓을 하며 말했다.

"한 마리 더 잡아서 짝을 만들어주면 좋을 텐데!"

관향이 웃으며 말했다.

"그러면 당신이 가서 잡아 오세요."

모두들 그 말에 깔깔 웃었다.

---

1 1묘(畝)는 약 66평이며, 2묘는 약 130평이다.

2 香櫞 : 레몬 종류

3 옛 지도를 보면 니성교의 서쪽에 삼가원(三家園)라는 곳이 기록되어 있는데, 이 곳을 가리키는 것이 아닌가 한다.[일]

4 중국 세시풍속 중 하나. 음력 7월 1일부터 7월 7일까지 7일 동안 어린 여자들은 직녀성에게 지혜를 달라고 비는데, 그래서 '걸교(乞巧)'라고 한다. '걸교회'는 칠월칠석 연회를 가리킨다.

5 원문은 연백(年伯)인데, 자기의 아버지나 백부와 같은 해에 과거에 급제한 사람 또는 자기와 같은 해에 과거에 급제한 사람의 아버지를 이르는 말이다.

6 원문은 '증(罾)'이다. 양쪽 끝에 가늘고 긴 막대로 손잡이를 대어 만든 그물로, 주로 얕은 개울 같은 데서 물고기를 몰아 잡는 데 쓴다.

39

탑을 쌓은 주령 산가지 수각에 날아오르고, 구석의 물고기를 흠모한 돛단배는 호숫가에서 다툰다

造浮屠酒籌飛水閣 羨陬隅漁艇鬪湖塘

봉의수각 네모난 탁자 두 개 위에는 열여섯 가지의 일반 요리들이 올라와 있었다. 늘 하던 대로 각자 애인과 짝을 지어 자리에 앉았다. 한쪽 자리에는 화철미, 갈중영, 도운보, 주애인이 앉고 또 다른 자리에는 사천연, 고아백, 윤치원, 제운수가 앉았다. 모두 잔을 들어 서로 권하지만 세속적인 예의는 차리지 않았다. 조이보는 여전히 부끄러워하며 손을 가지런히 내려놓고 음식을 들지 않았다. 제운수가 말했다.

"여기에서는 예의 차리지 말게. 술이든 밥이든 같이 먹어야 해. 저쪽을 봐."

그때, 요문군은 술에 담근 반쪽짜리 게를 집어 껍질을 벗겨 먹으면서 조이보에게 말했다.

"먹지 않는다고 어느 누구도 권하지 않지만 나중에 분명 배고플 거예요."

소관향이 웃으면서 젓가락을 들고 한 점을 조심스럽게 집어 조이보의 앞에다 놓았다. 이보도 그제야 먹기 시작했다. 고아백이 갑작스럽게 물었다.

"본인이 운영하긴 하지만, 왜 기녀가 되었나?"

사천연이 대신 대답했다.

"살아가려면 어쩔 수 없지요."

제운수가 길게 한숨을 쉬었다.

"상해 이곳은 함정이나 다름없어! 넘어져 빠져나오지 못한 사람들이 너무 많아!"

사천연이 이어서 말했다.

"이웃 한 명과 같이 상해에 왔는데, 지금 그 사람도 기녀입니다."

윤치원이 재빨리 물었다.

"이름이 뭔가? 어디에 있는가?"

조이보가 끼어들었다.

"장수영라고, 담여연과 같은 서공화리에 있어요."

윤치원은 특별히 옆 탁자에 앉아 있는 도운보에게 어떤지 물었다. 운보가 대답했다.

"괜찮아. 양가집 규수 같아. 부를까?"

"나중에. 지금은 술 마셔야지."

이에 제운수는 사천연에게 주령을 청했다. 그러자 천연이 말했다.

"재미있는 주령은 다 해봐서 낼 게 없습니다."

마침 집사가 첫 번째로 상어지느러미 요리를 올렸다. 천연은 먹으면서 곰곰이 생각했다. 저쪽 탁자에 앉아 있는 주애인과 도운보는 시문을 좋아하지 않으니, 이번 주령은 반드시 아속(雅俗)을 함께 즐길 수 있는 것으로 하는 게 좋겠다고 생각하고 주령을 내렸다.

"하나가 있긴 합니다. 자리의 물건을 하나 집어 『사서(四書)』의 문장을 이용하여 탑처럼 쌓아가는 겁니다. 어떻습니까?"

모두 '주령을 따르겠다.'고 말했다. 집사는 능숙하게 시중을 들어

海上花列傳
第三十九回
四十三
造浮屠酒籌飛水閣

찻상을 옮기고 자색 박달나무 문구를 가져와 비틀어 열었다. 그 속에는 붓, 먹, 산가지, 패 등 없는 게 없었다. 사천연은 먼저 주령주 한 잔을 마시고 말했다.

“어(魚) 자를 내겠습니다. 제비를 뽑아 순서를 정하고 마지막 사람이 다음 주령을 내는 겁니다.”

제운수가 말했다.

“『사서』에는 할 만한 게 몇 자 없을 텐데.”

“한번 해봅시다.”

자리에 있는 여덟 명은 상아 산가지를 하나씩 뽑아 각자가 뽑은 자수에 따라 『사서』의 구절을 뽑아 별호를 썼다. 집사는 모두 모아서 별도로 오색 종이에다 깨끗하게 옮겨 적어 펼쳐 보였다. 양쪽 자리 사람들은 자리에서 일어나 앞다투어 보았다. 그 종이에는 이렇게 적혀 있었다.

어 魚[1]:
사어(중) 史魚(仲)
오인어(애) 烏牣魚(藹)
자위백어(아) 子謂伯魚(亞)
효격거우어(운) 胶鬲擧于魚(韻)
석자유궤생어(철) 昔者有饋生魚(鐵)
수거불입오지어(천) 數罟不入洿池魚(天)
이자불가득겸사어(치) 二者不可得兼舍魚(痴)
왈태유심언연목구어(운) 曰殆有甚焉緣木求魚(雲)

모두들 일제히 서로의 것을 찬탄하며 앞에 놓인 술을 마시고 주령을 넘겼다. 도운보 차례가 되자 그는 계(鷄) 자를 내었다. 집사는 다시 상아대를 섞어 통에 넣고 차례대로 뽑았다. 모두 산대를 뽑고 나자 조용해졌다. 고개를 숙여 걷는 사람도 있고 손가락을 꼽아가며 숫자를 세는 사람도 있었다. 요문군은 이 주령을 보고 이미 싫증이 난 데다 어(魚) 자를 들었을 때, 갑자기 떠오르는 바가 있는 듯 두 잔을 급히 비우고 총총히 자리를 떠났다. 고아백은 그녀가 싫증이 났다는 것을 알지만 개의치 않았다. 모두 구절을 완성하고 산대를 내놓자 집사가 종이 위에 옮겨 적었다.

계 鷄[2]:
할계(천) 割鷄(天)
인유계(운) 人有鷄(韻)
월양일계(치) 月攘一鷄(痴)
순지도야계(애) 舜之徒也鷄(藹)
지자로숙살계(아) 止子路宿殺鷄(亞)
축마승불찰우계(중) 畜馬乘不察于鷄(仲)
가이의백의오모계(운) 可以衣帛矣五母鷄(雲)
금유인양기린지계(철) 今有人攘其隣之鷄(鐵)

화철미가 주령을 낼 차례가 되었다.

"계(鷄)와 어(魚)를 하고 나니까, 세 번째 제목이 어렵구만."

사천연이 말했다.

"못 내겠으면, 계항배 한 잔 마시고 다른 사람에게 넘기시죠. 누구든지 내면 계속 이어갑시다."

화철미는 말없이 눈만 멀뚱히 뜨고 있다가 갑자기 말했다.

"있네. 육(肉) 자 어떤가?"

모두들 좋다고 했다. 갈중영이 말했다.

"정말 갈수록 어려워지는군! 누가 마지막이 될지 모르겠네."

잠시 후 집사가 쪽지를 보여주었다.

육 肉[3]:

번육(철) 燔肉(鐵)

불숙육(운) 不宿肉(雲)

포육비육(천) 庖有肥育(天)

시역역지육(중) 是鶂鶂之肉(仲)

극문극궤정육(치) 亟問亟饋鼎肉(痴)

칠십자의백식육(운) 七十者衣帛食肉(韻)

문기성불인식기육(애) 聞其聲不忍食其肉(藹)

붕우궤수거마비제육(아) 朋友饋雖車馬非祭肉(亞)

고아백은 주령을 잊지 않고 직접 술잔에 술을 가득 따르고 천천히 마셨다. 윤치원이 말했다.

"술로 주령을 넘기려는 거야?"

"자네가 더 이상하구만. 술도 못 마시게 하나! 자네가 내려면 내."

치원이 웃으며 집사에게 먼저 상아 산가지를 돌리라고 했다. 아백은 술을 다 마시고, 큰 소리로 말했다.

"바로 주(酒)로 하겠네!"

제운수가 껄껄 웃으며 말했다.

"술을 마시고 있으면서 어떻게 '주' 자가 생각나지 않았을까!"

모두들 생각할 겨를도 없이 일필휘지했다.

주 酒[4]:

고주(아) 沽酒(亞)

불위주(중) 不爲酒(仲)

향인음주(철) 鄉人飲酒(鐵)

박혁호음주(천) 博奕好飲酒(天)

시운기취이주(애) 詩云既醉以酒(藹)

시유오취이강주(운) 是猶惡醉而强酒(雲)

증원양증자필유주(운) 曾元養曾子必有酒(韻)

유사제자복기노유주(치) 有事弟子服其勞有酒(痴)

고아백이 다 읽고 윤치원에게 말했다.

"내기 어려울 거야. 자네 차례야!"

치원은 잠깐 생각하더니 대답했다.

"자네가 벌주로 계항배 한 잔을 비우면 그때 낼게."

"왜 벌주를 마셔야 되지?"

모두들 영문을 모르는 듯했다. 사천연 역시 영문을 몰라 그 까닭을 물었다. 그러자 치원이 말해주었다.

"탑을 쌓으려면 뾰족해야지! '육수다(肉雖多)', '어약어연(魚躍于淵)', '계명구폐상문(鷄鳴狗吠相聞)', 이래야 뾰족한 탑이 되는 거야. 자네가 말한 '주' 자는 말이지, 『사서』 문장에서 '주' 자로 시작하는 문장이 있어?"

제운수가 먼저 손뼉을 쳤다.

"일리가 있어!"

사천연도 고개를 끄덕였다. 고아백은 하는 수 없이 벌을 받아들이면서도 윤치원에게 한마디 했다.

"자네 같은 사람을 '죄수'라고 하지. 남의 흠집 잡는 걸 제일 좋아하잖아!"

치원은 아랑곳없이 바로 주령을 내렸다.

"나는 속(粟) 자를 생각하고 있네. 『사서』에는 문장이 많을 것 같은데."

아백은 그 말을 듣고 소리를 질렀다.

"나도 자네에게 벌을 내리겠네! 지금 술을 마시게. 어디서 '속(粟)'

자를 내고 그래?"

아백은 술병을 들고 잔을 건네고, 치원은 끝까지 술을 마시려 하지 않고 모인 이들은 그곳이 떠날갈 듯 크게 웃었다.

한참을 서로 주거니 받거니 하고 있을 때, 갑자기 봉의수각 뒤편에서 서너 명의 아주머니들의 고함소리가 들려왔다. 모두들 깜짝 놀라며 호숫가 쪽 난간으로 가서 내다보았다. 낚시터에 매어둔 오이 모양같이 조그만 나룻배 위에 요문군이 올라타 그물을 들고 황금잉어를 잡으려고 하고 있었다. 아주머니들이 걱정이 되어 돌아오라고 부르고 있었다. 요문군은 아랑곳하지 않고 두 손으로 노를 저으며 호수 한가운데만을 바라보며 나아갈 뿐이었다.

고아백이 그 모습을 보자마자 급히 수각 오른쪽으로 내려와 낚시터로 갔다. 대나무를 집어 들고 언덕 위 한 지점에 대고 몸을 날려 다른 나룻배 위로 뛰어올랐다. 배를 묶어둔 말뚝의 줄을 풀고 재빨리 올랐다. 나룻배는 마치 화살이 활시위에서 튕겨나가듯 문군의 배를 향해 바짝 따라붙었다. 호수 한가운데에 이르자 아백은 문군이 타고 있는 나룻배 고물을 조준하여 대나무로 힘껏 밀었다. 그 나룻배는 마치 바퀴처럼 빙글빙글 계속 돌았다. 문군은 뜻대로 되지 않아 속에서 화가 치밀어 올랐지만 끝내 봐달라고 사정하지 않았다. 아백은 웃으며 물었다.

"고기를 잡겠다고? 그래도 잡겠다면 내가 네 배를 뒤집어버릴 테다. 물에 빠지고 나야 믿을 텐가?"

그 말에 문군은 얼굴이 붉어졌다. 더 이상 아무 말 못하고, 나룻배가 멈추자 직접 노를 저어 물살을 가르며 돌아왔다. 아백도 대나무를 내려놓고 뒤따랐다.

문군은 호숫가에 닿자마자 버들잎 눈초리로 쏘아보고 앵두 입술을 떼며, 일진광풍이 몰아치듯 아백에게 달려들었다. 아백은 재빨리 도망가고 문군도 필사적으로 그를 뒤쫓았다. 봉의수각까지 쫓아가

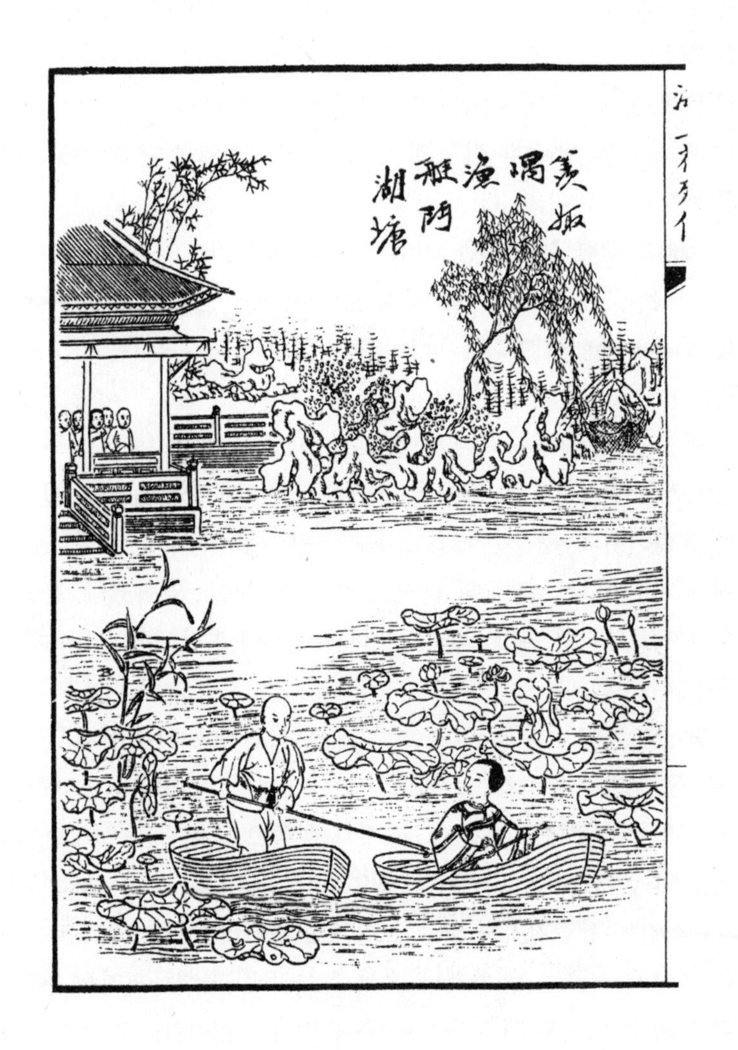

보았지만 사방은 조용하기만 하고 아백은 보이지 않았다. 다시 쫓아가려는데 제운수가 양 팔을 벌리며 길을 막아섰다. 문군이 겨드랑이 아래로 비집고 빠져나가려고 하자 제운수가 허리를 껴안으며 말렸다.

"됐어, 됐어. 내 얼굴을 봐서 그를 용서해줘."

"제 대인 안 됩니다! 저를 물속으로 빠뜨리려고 했단 말이에요. 그를 빠뜨리고 말 거예요!"

"아백이 괜한 소리를 한 거야. 그 말 듣지 마라."

문군은 그래도 그만두려 하지 않았다. 운수는 고아백이 수각 왼쪽 주렴 너머에서 머리를 내밀고 염탐하고 있는 것을 보고 그를 불렀다.

"어서 오게. 애인을 화나게 해놓고 도망을 가버려!"

아백은 주렴 안으로 들어와 문군에게 웃으며 반절을 하고 잘못했다고 사죄했다. 문군은 그래도 화가 나서 제운수의 팔을 뿌리치고 빠져나왔다. 아백은 황급히 다시 수각 오른편으로 달아났다. 문군은 쫓아가 보았지만 따라잡을 수 없다는 생각에 속상해하며 돌아왔다. 윤치원이 말했다.

"문군이 왔으니까 두 편으로 나누어 '장군 지명하기'[5] 할까."

문군이 가장 좋아하는 것이 '장군 지명하기' 주령이니, 그녀는 따를 수밖에 없었다. 양쪽 자리는 이내 합종으로 전쟁을 벌이듯 화권을 하니 한가로운 분위기가 한쪽으로 밀려났다.

순식간에 짤랑거리는 팔찌 소리와 반짝거리는 팔찌 빛깔로 어지러워졌다. 문군은 두 차례나 져서 옥산이 점점 허물어지듯 취해갔다. 모두들 아직도 채우지 못한 흥을 밤까지 이어가려고 했다. 제운수는 집사에게 고아백을 불러와 식사를 하라고 했다. 집사가 돌아와 아뢰었다.

"고 나리는 서재에서 마사부와 함께 먹었다고 합니다."

그 말을 듣고 운수는 미소를 지었다.

식사를 마친 후 모두 나와 삼삼오오 짝을 지어 산보를 했다. 학을 희롱하기도 하고 물고기를 감상하기도 하며, 차를 품평하기도 하고 풀잎 싸움을 하기도 하며. 그야말로 흐르는 물에 이를 닦고 돌베개를 하며 버들과 꽃을 찾아다니는 경지에 이르니, 더 이상 자세히 설명할 필요 없으리라. 오직 주인 제운수만은 혼자 방으로 들어가 오수를 즐겼다.

윤치원은 임취분과 소관향, 요문군을 데리고 한가롭게 호숫가를 거닐었다. 우연히 대관루 앞을 걸어가다 삼백 개의 말리화 화분이 복도 아래로 옮겨진 것을 보았다. 차양의 사방에는 오색 유리공이 층층이 빽빽하게 걸려 있고 종려나무 대들보 위에는 한 길 오 척 둘레나 되는 불꽃 상자가 아주 굵은 밧줄에 매달려 있었다. 소관향이 가리키며 말했다.

"듣자니 광동에서 온 전문가가 만든 거라고 하는데 아름다울지는 모르겠어요."

윤치원이 말했다.

"아름답긴! 불꽃일 뿐이야!"

임취분이 말했다.

"아름답지도 않은데 사람들은 왜 몇십 원씩 돈을 써가며 만들어요?"

요문군이 말했다.

"아직까지 불꽃을 본 적이 없는데 어떻게 생겼는지 봐야겠어요."

요문군은 계단을 내려가 자세히 살펴보았다.

그때 마침 고아백이 동북쪽에서 걸어오고 있었다. 그는 요문군을 보고 멀리서 웃으며 두 손을 마주 잡으며 인사를 했다. 그러나 문군은 모르는 척했다. 아백은 조용히 차양 쪽으로 다가갔지만 들어가지는 못했다. 임취분은 그 모습을 보고 깔깔거렸다. 윤치원이 돌아보며 말했다.

"자네 두 사람은 무슨 생각인가? 조금 있으면 손님이 올 텐데 부끄럽지도 않은가."

소관향이 손짓을 하며 말했다.

"고 나리, 오셔요. 저희들이 나리를 도와드릴게요."

고아백이 성큼성큼 올라오는데 누군가가 빠른 걸음으로 걸어오고 있었다. 바로 제부의 대총관 하여경(夏餘慶)이었다. 그는 총총걸음으로 다가와서 아뢰었다.

"손님이 오셨습니다."

아백은 즉시 걸음을 멈추고 몸을 돌리며 피했다. 윤치원은 소관향, 요문군, 임취분과 함께 떠들썩하게 동북쪽으로 걸어갔다. 구곡평교(九曲平橋)를 지나자 맞은편 석가산 산비탈에 세 칸으로 된 정자 유운사(留雲榭)가 있었다. 사천연과 화철미는 그곳에서 마주 앉아 바둑을 두고 있고 조이보와 손소란은 책상에 기대어 바둑판을 보고 있었다. 일행은 편히 자리에 앉았다.

갑자기 어디에선가 곤곡이 피리 가락에 실려 은은하게 바람을 타고 들려왔다. 임취분이 말했다.

"누가 노래를 하고 있지?"

소관향이 말했다.

"이화원 뜨락에서 곡보를 가르치고 있겠죠."

요문군이 말했다.

"아닐 거예요. 보고 올게요."

그리고 임취분과 함께 소리를 따라 북쪽으로 갔다. 대나무 울타리에서 노루 눈을 하고 들여다보니, 바로 활터 옆에 있는 서른세 개 돌계단 위에 갈중영과 오설향 두 사람이 앉아 노래를 부르고 도운보가 피리를 불고 담여연이 북과 판을 치고 있었다. 요문군은 눈 깜짝할 사이 연기처럼 활터를 지나 씩씩하게 올라갔다. 임취분은 그녀를 쫓아가느라 땀이 흐르고 숨이 찼다. 지정당(志正堂) 앞을 지나는데, 언니 임소분이 그녀를 불러 세우며 말했다.

"무슨 일로 뛰어가?"

취분은 대답을 못했다. 소분은 그녀더러 가까이 오라고 해서 대신 팔찌를 정리해주며 한두 마디 꾸짖었다.

취분은 지정당 중간 온돌 위를 보았다. 주애인이 가로 누워 아편을 피우고 있었다. 그녀는 '형부' 하며 온돌 위에 걸터앉아 언니와 한담을 나누었다. 이야기는 날이 저물 때까지 계속되었다. 곳곳에 담당 집사들이 불을 켰다. 지정당에는 가스등이 세 개가 있어 활터 구석까지 비추었다. 이어 장수가 와서 아뢰었다.

"마 사부님께서 오셨습니다."

주애인은 장수에게 아편 소반을 챙기라고 하고 임소분과 임취분을 데리고 술자리에 갔다. 등이 환하게 길을 비추었다. 대관루 가까이 오자 안개가 자욱하여 불빛이 더욱 밝은 것 같았다. 그런데 대관루 앞은 여자 배우 예닐곱이 그곳에서 분장을 하고 있을 뿐 조용했다. 알고 보니 이 술자리는 뒤쪽 중간 방에서 삼열로 줄지은 아홉 개의 탁자로 마련되어 있었던 것이었다.

모든 손님들이 속속 모여들어 자리에 앉았다. 정중앙 상좌에는 마사부가 앉고, 그 왼쪽 상좌에는 사천연, 오른쪽에는 화철미가 앉았다. 주애인이 뒤에 들어가니 윤치원이 앉은 자리에 빈 곳이 있어 그를 마주 보고 앉았다. 임소분과 임취분은 나란히 앉았다. 나중에 부른 다른 기녀들은 자리에 앉겠다는 사람, 굳이 사양하고 앉지 않겠다는 사람도 있었다. 물론 억지로 권하지는 않았다. 원래부터 정원 앞 천당(穿堂) 안쪽에는 무대가 설치되어 있었다. 가기(家伎)들이 잡극을 공연하기 위해 무대에 올랐다. 징과 북이 울리자 사람들은 하는 수 없이 술을 마시며 공연을 보았지만 한담을 나누기는 불편했다. 주인 제운수 역시 손님을 대접할 틈이 없어서 '결례를 범하오.'

하고 짧게 말할 뿐이었다.

잠시 후, 뒤에 부른 기녀들이 도착하여 방 안을 가득 메웠다. 두 명을 부른 손님도 있었는데, 윤치원은 장수영을 불렀다. 장수영은 조이보를 보자 고개를 끄덕이며 가볍게 인사를 했다. 조이보는 시서생이 한동안 발길을 끊어서 이전에 미워했던 마음을 잊고 수영과 이야기를 나누려고 하였다. 그러나 사람들의 목소리에 막혀서 시원하게 털어놓을 수 없었다.

간식이 올라올 즈음 경극 곡조 두 곡을 불렀다. 조이보는 사람들로 붐벼서 더위를 견디지 못하고 자리에서 일어났다. 그녀는 윤치원에게 손짓을 하고 장수영을 데리고 왼쪽 복도로 갔다. 구곡평교 쪽으로 난간을 따라 걸어가며 잠시 걸음을 멈추고 이야기를 나누었다. 조이보가 먼저 수영에게 물었다.

"장사는 잘 돼?"

수영이 고개를 저었다. 이보가 말했다.

"윤 씨라는 손님은 나쁘지 않으니까 조금 더 잘해봐."

수영은 고개를 끄덕였다. 이보가 시서생에 대해 묻자 수영이 말했다.

"너한테 몇 번 갔었어? 우리 집에는 한 번도 오지 않았어."

"이런 손님은 의지할 게 못 돼. 지금은 원삼보와 사귄다고 들었어."

수영은 조급한 마음에 더 자세히 알고 싶어서 물으려고 하는데 하필이면 동쪽에서 누군가 오고 있었다. 그래서 두 사람은 입을 다물었다. 가까이 다가와서 보니 그 사람은 소관향이었다. 소관향은 두 사람이 옷을 갈아입으러 나온 것으로 알고 조용히 이보에게 사정을 물어 의향을 맞췄다. 관향이 말했다.

"지금 기관(琪官)을 부르러 가는데 같이 가죠."

수영과 이보는 관향을 따라 다리를 건너 언덕을 따라 북쪽으로 갔다. 하얀 담벼락을 돌아 검은 칠을 한 측문을 열고 들어갔다. 한

노파가 한가운데 있는 기름등 아래에서 옷을 깁고 있었다. 소관향은 두 사람을 데리고 이 층 기관의 침실로 올라갔다. 기관은 침대에서 잠들어 있다가 사람 소리에 급히 일어났다. 그녀는 그 세 사람을 맞이하며 '선생님' 하고 인사를 했다. 관향은 기관에게 조용히 한마디 했다. 그러자 기관이 말했다.

"여기는 누추한 곳입니다."

관향이 말을 받았다.

"그렇더라도 너무 예의 차리지 마."

조이보는 자기도 모르게 웃음이 나와 침대 뒤쪽으로 갔다. 장수영은 바깥방으로 물러가 창가에 기대에 바람을 쐬었다. 관향이 계속 기관에게 물었다.

"어디 불편하니?"

"괜찮아요. 목소리가 나오지 않아서 그래요."

"대인께서 너를 불러오라고 했지만 목소리가 나오지 않으면 노래 부르지 마. 그래도 가겠니?"

기관이 웃으며 말했다.

"대인께서 부르시는데 어떻게 안 가겠어요. 선생님이 부르면 웃고 말겠지만."

"아니야. 대인께서는 네가 아픈 줄 알고 올 수 있는지 물어보라고 하셨어. 가지 않아도 괜찮아."

기관은 두말없이 기꺼이 가겠다고 했다.

마침 조이보가 볼일을 보고 손을 씻고 나오자 기관은 금방이라도 나갈 태세였다. 관향이 말했다.

"옷 갈아입어야지."

기관은 겸연쩍어 하며 옷을 갈아입었다. 장수영은 바깥방에서 갑자기 손짓을 했다.

"이리 와봐. 여기 재미있는 게 있어."

조이보가 창가로 가서 밖을 내다보았다. 서남쪽으로 대관루가 보였다. 대관루의 아래위 사방이 하나의 큰 불빛이 되어 일립호를 비추어 물결이 불빛에 따라 반짝이며 일렁이고 있었다. 구슬픈 피리와 노랫가락은 문득문득 가까이 들렸다 이내 멀어졌다. 마치 구름 속에 있는 것 같았다. 이보도 아름답다고 감탄하며 수영과 함께 넋을 잃고 바라보고 있었다. 기관이 옷을 다 갈아입자 나가자는 소관향의 목소리가 들렸다. 네 사람은 서로 양보하며 아래층으로 내려와 원래 왔던 길을 따라 돌아갔다. 돌아가는 길에서 다시 대총관 하여경을 만났다. 그는 등롱을 들고 어디론가 가고 있었다. 그는 네 사람을 보고 옆으로 길을 비켜서면서 웃으며 말했다.

"선생님들, 어서 가세요. 불꽃놀이가 시작됩니다."

소관향은 걸어가면서 물었다.

"그런데 무슨 일로 가세요?"

"불꽃 놓을 사람을 부르러 갑니다. 이 불꽃이라는 게 만든 사람들이 직접 놓아야 아름답다고 하네요."

그리고 곧장 어디론가 갔다.

네 사람은 대관루 뒤쪽 중당으로 갔다. 조이보와 장수영은 각자 자리로 돌아가고 소관향은 집사에게 제운수 옆으로 술상을 놓으라고 하고 기관을 앉혔다.

공연이 멈추자 뒤쪽 악사들은 악기를 들고 앞쪽 차양 아래로 가서 기다렸다. 초대된 사람들은 서로 고개를 맞대고 이야기를 나누고 있었다. 화장을 하지 않은 기관의 얼굴은 누렇게 뜬 데다 머리에는 머리핀 장식 하나 없었다. 그녀는 마치 깊은 원망을 이기지 못하는 듯 아무 말 없이 머리를 숙이고 있었다. 제운수는 자신의 경솔함을 후회하며 특별히 그녀를 위로해주었다.

"내가 너를 부른 것은 노래하라는 것이 아니고 불꽃 구경하라고 한 것이야. 보고 나면 바로 자러 가."

기관은 일어나며 대답했다.

잠시 후, 하총관이 아뢰었다.

"준비됐습니다."

제운수가 '자 그러면 볼까요.'라고 했다. 시중을 드는 집사 하나가 큰 소리로 마사부와 여러 나리들에게 대관루 앞으로 나와 불꽃을 구경하라고 청하였다. 일시에 손님과 기녀들은 자리에서 일어났다.

---

1 이 문장의 출처는 순서대로 『논어』「위령공」, 『맹자』「양혜왕 상」, 『논어』「양화」, 『맹자』「고자 하」, 『맹자』「만장 상」, 『맹자』「고자 상」, 『맹자』「양혜왕 상」이다. (중)은 갈중영을 말한다. 이하 괄호 속의 글자는 이름을 간략하게 줄여 표기한 것이다. '중(仲)'은 갈중영, '애(藹)'는 주애인, '아(亞)'는 고아백, '운(韻)'은 제운수, '철(鐵)'은 화철미, '천(天)'은 사천연, '치(痴)'는 유치원, '운(雲)'은 도운보를 가리킨다. 이 주령 아래 등장하는 다른 주령들은 대부분 『논어』와 『맹자』를 비롯한 『사서(四書)』의 문장이지만, 주령 놀이 특성상 글자 수에 맞게 발췌한 것이어서 문장의 뜻과는 아무런 관련이 없다. 이에 주령의 문장에 대해 출처만 밝히고 번역은 하지 않기로 한다.

2 문장의 출처는 순서대로 다음과 같다. 『논어』「양화」, 『맹자』「고자 상」, 『맹자』「등문공 하」, 『맹자』「진심 상」, 『논어』「미자」, 『대학』, 『맹자』「등문공 하」

3 『맹자』「고자 하」, 『논어』「향당」, 『맹자』「양혜왕 상」, 『맹자』「등문공 하」, 『맹자』「만장 하」, 『맹자』「양혜왕 상」, 『맹자』「양혜왕 상」, 『논어』「향당」

4 『논어』「향당」, 『논어』「자한」, 『논어』「향당」, 『맹자』「이루 하」, 『맹자』「고자 상」, 『맹자』「이루 상」, 『맹자』「이루 상」, 『논어』「위정」

5 임의의 사람을 지명하여 화권을 해서 지는 사람이 술을 마신다.

40

칠월 칠석 까치가 다리를 잇는 것을 감상하고, 화살 하나로 두 마리의 독수리를 명중시켰다는 농담을 하다

縱翫賞七夕鵲塡橋 善俳諧一言雕貫箭

마사야(馬師爺)의 별호는 용지(龍池)로, 전당(錢塘) 사람이다. 나이는 삼십 대로, 문장으로 이름이 알려져 있고 대대로 경학자 집안의 인물이다. 뛰어난 도의는 후학들의 모범이 되고 고매한 정신은 범속을 초월하는 듯하며, 풍모는 친근하고 언사는 흥미진진하여 위로는 어진 선비와 대부에서부터 아래로는 여자와 아이에 이르기까지 그와 함께 노는 걸 즐거워하지 않는 사람이 없었다. 제운수는 그를 초대하여 아침저녁으로 배움을 청하는데, 늘 사람들에게 이렇게 말하곤 하였다.

"용지의 한 마디는 내가 사흘 동안 생각하여도 다 하지 못한다."

용지는 제운수를 화려하지만 번잡하지 않고, 화목하게 어울리지만 타락하지 않으니, 주지화천(酒地花天)의 기둥이라고 평하고, 재미삼아 그에게 '풍류의 대교주'라는 이름을 붙여주었다. 매번 연회 때마다 용지는 새로운 놀이를 만들어 운수의 흥을 돋우었다. 칠석의 불꽃놀이 역시 용지가 생각해낸 것으로, 월공(粤工)[1]을 고용해서 직접 지시를 내리며 한 달 만에 완성했다.

한편 용지는 아내를 두려워하는 공처가로 비록 상해에 살고 있으면서도 함부로 나다니질 못하였다. 운수가 대신 기녀를 불러주면 마지못해 술자리에 응하는 정도였다. 처음에는 아무나 부르라고 했지만 위하선의 성격이 그의 아내와 비슷하다고 말한 이후로 계속 위하선을 불렀다.

그날 밤 위하선은 용지와 나란히 상석에 앉았다. 손님과 기녀들은 대관루 앞 복도로 나와 불꽃놀이를 구경하였다.

월공이 도화선에 불을 붙이자 악공들은 〈장군령(將軍令)〉을 연주하기 시작했다. 도화선이 타들어가서 상자 아래쪽이 터지며 땅에 쏟아졌다. 먼저 양쪽으로 백 개씩 꿰어 매단 폭죽이 굉음을 내며 뒤흔들 듯 날뛰었다. 그 뒤 금빛 별들이 비처럼 흩날리며 쏟아졌다. 갑자기 아주 밝은 불꽃이 상자 안에서 터져나왔는데, 아치 모양으로 퍼져 다섯 걸음 안에 있는 티끌같이 작은 것이 모두 보일 정도로 밝게 비췄다.

악공들이 세악(細樂)[2]으로 바꾸어 연주하자 견우와 직녀 두 사람이 좌우에서 천천히 아래로 내려왔다. 견우는 밭을 가는 소를 끌고, 직녀는 베틀에 비스듬히 기대어 서로를 애틋하게 응시하는 모습을 재현하였다.

세악이 그치자 북소리가 둥둥 울리기 시작했다. 이내 수백 개의 자웅구슬(雌雄球)[3]이 반짝반짝 돌아가며 청룡 한 마리를 비호하고 빙글빙글 춤을 추며 내려와 견우와 직녀 사이를 막아섰다. '두둥둥' 갑자기 갈고(羯鼓)[4]를 울리며 콩 튀기는 소리를 내고, 그 북소리에 맞추어 꽹가리가 울렸다. 용은 입에서 수십 개의 폭죽을 토해내는데, 큰 구슬 작은 구슬이 땅바닥에 가득 쏟아지는 것 같았다. 몸뚱이를 뒤덮고 있는 비늘 사이로 황색 연기가 뿜어져 나와 한참 자욱했다. 구경하는 사람들은 모두 환호성을 질렀다.

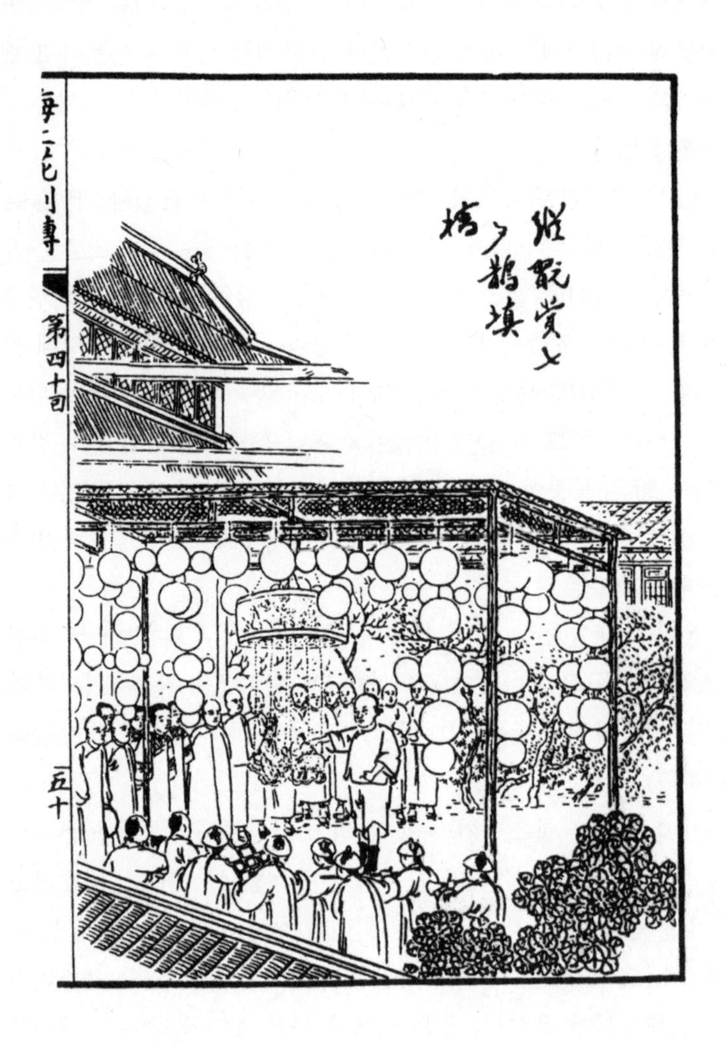
縱翫賞七
夕鵲填
橋
第四十回
五十

갑자기 징과 북의 장단이 고조되었다. 용은 위아래로 머리를 흔들고 꼬리를 치켜들며 몸을 비틀고 백 번을 넘게 곤두발질을 쳤다. 어디서 불꽃을 내뿜는지, 불꽃들이 용의 몸뚱아리를 감싸고 용은 제멋대로 날뛰고 날아올랐다. 마치 바다와 강을 휘젓는 힘을 가지고 있는 것 같았다. 관중들은 끊임없이 갈채를 보냈다.

불꽃이 잦아들자 징과 북도 조용해졌다. 용도 전혀 움직이지 않고 공중에 매달려 있었다. 머리부터 꼬리까지 환하여 비늘과 발톱 하나하나 셀 수 있을 정도였다. 용머리에는 한 척짜리 목판에 두루마리 한 폭이 걸려 있었고 '옥제유지, 우녀도하(玉帝有旨, 牛女渡河. 옥황상제가 명하노니, 견우와 직녀는 강을 건너라)' 여덟 자가 적혀 있었다. 양쪽에서 견우와 직녀는 절을 하며 조서를 받드는 장면을 연출했다. 악대는 견우와 직녀의 움직임에 따라 〈조천악(朝天樂)〉을 연주하며 박자를 맞추었다. 사람들이 가까이 다가가 자세히 보니 줄 하나에 수족이 묶여 있을 뿐이었다. 줄이 끊어지자 용은 땅으로 떨어졌다. 아래에서 하인과 집사가 급히 꺼내 들고 보니 사람 키보다 길었다. 아직도 터지지 않은 불꽃이 타닥타닥 타고 있었다.

그때 견우와 직녀는 옥황상제의 조서를 받아 들고 마술을 부리기 시작했다. 그러자 손바닥에서 유성이 날아올라 도화선을 따라 상자 속으로 들어 갔다. 종, 바라 등의 악기들이 팔음을 이루며 소리를 내자 순식간에 마흔아홉 마리의 까마귀와 까치가 곳곳에서 날아와 포진하여 아치 모양의 다리를 이으며 양쪽 날개를 활짝 펼쳤다. 그야말로 살아 있는 듯 생생하였다.

구경하던 사람들은 더욱 신기하여 갈채도 잊고 서로 다투어 앞으로 나갔다. 악공이 '삐릴리 삐릴리' 나발을 불기 시작하는데, 마치 혼례곡 같았다. 견우는 소를 남겨두고 오르고, 직녀 역시 베틀에서 일어나 올라 오작교 옆에서 만났다.

견우와 직녀, 마흔아홉 마리의 까마귀와 까치, 견우가 끌던 소, 직녀가 짜던 베틀이 일제히 불꽃을 쏟아냈다. 이 불꽃은 다른 불꽃과 달리 하나하나 난꽃과 대나뭇잎 모양을 만들며 사방으로 흩어졌다. 그야말로 '휘황찬란한 등불과 불꽃이 서로 어우러져, 칠성교의 자물쇠를 열었네.(火樹銀花合, 星橋鐵鎖開.)'[5]와 같은 광경이었다. 계단 아래 집사들조차도 흥이 나서 너도나도 춤을 추었다.

불꽃은 족히 일각 동안이나 계속 터졌다. 견우와 직녀, 마흔아홉 마리 까마귀와 까치, 견우가 끌던 소, 직녀가 짜던 베틀까지 환하게 비추었다. 견우와 직녀는 마주 보고 눈빛으로 사랑을 전하며 서로 기대어 헤어지기 아쉬워하는 모습을 연출하였다.

악공들이 〈장군령〉을 연주하며 마지막을 장식했다. 월공은 음악이 끝나자 줄을 느슨하게 풀었다. 모든 것들이 땅으로 우수수 떨어지며 꺼져갔다. 그러자 사방은 어둠으로 뒤덮였다. 모두들 이구동성으로 갈채를 보냈다.

"이런 불꽃은 정말 생전 처음 봅니다!"

제운수와 마용지 역시 흐뭇했다. 집사는 앞으로 가서 창문을 열고 다시 자리로 청했다. 뒤에 부른 기녀들도 이 틈에 한꺼번에 일어나 자리를 떠났다. 위하선과 장수영도 작별인사를 하고 기관도 방으로 돌아갔다. 모든 손님들도 주인이 피곤해질까 작별인사 없이 자리를 떠나고 십여 명 정도만 단출하게 남았다.

제운수는 악단에게 다시 연주하라고 명을 내렸지만 손님들은 모두 술에 취했다며 사양을 했다. 운수도 기관이 노래를 하지 못해 흥이 나지 않았다. 그래서 소관향에게 손님마다 세 잔씩을 올리라고 했다. 관향이 명을 받고 자리에서 일어나자 시중을 드는 집사가 여러 잔에 술을 따라주었다. 손님들은 서로 권하지 않고 잔을 비우고 각자 관향에게 잔을 주었다. 모두 식사를 하고 자리에서 일어났다.

제운수가 말했다.

"원래 그대들과 밤새 마시려고 했는데 오늘은 인간세상도 천상도 아름다운 밤을 저버리지 않으니 각자 편히 잠자리에 드시고 내일 다시 만나는 것이 어떻소?"

그러곤 껄껄 웃었다. 집사는 등을 들고 기다리고 있었다. 제운수는 손을 마주 잡고 양해를 구하고 떠나갔다. 마용지는 서재로 돌아갔다. 갈중영, 도운보, 주애인 그리고 몇 명의 친척은 침실이 따로 있어서 집사들이 각각 등롱을 들고 배웅했다. 사천연와 화철미의 침실은 대관루 위에 있는데, 고아백과 윤치원의 침실과 가까웠다. 집사는 앞에서 길을 인도하고 네 사람은 각자 기녀들을 데리고 천천히 올라갔다. 먼저 사천연의 방으로 가서 잠시 앉아 이야기를 나누었다. 방 한가운데 침대가 놓여 있고 주렴과 휘장이 모두 훌륭했다. 화장대와 옷걸이, 분통과 타구 등 없는 것 없이 다 갖추어져 있었다.

사천연은 사방을 둘러보았다. 화철미와 고아백은 모두 각자 애인들과 있었지만 윤치원만은 어린 기녀 임취분과 있었다. 임취분이 웃으며 말했다.

"치원 선생님은 외롭나 봐요."

치원이 취분의 어깨를 툭하고 치며 말했다.

"뭐가 외롭다는 거냐! 어린 선생이 모르는 게 없어!"

취분은 웃으며 달아났다. 치원은 조이보에게 장수영의 출신에 대해 자세히 물었다. 이보가 이야기하려는데, 요문군이 치원에게 달라붙어 불꽃을 어떻게 만드는지 꼬치꼬치 물었다.

"몰라."

"상자 안에 사람이 들어 있었던 건 아닐까요?"

"상자 안에 사람이 있었으면 떨어져 죽었을걸!"

"그러면 왜 살아 있는 것 같죠?"

모두들 웃음을 터뜨렸다. 화철미가 말했다.

"간단하게 말하면 줄로 꼭두각시를 움직이게 하는 방법이지."

문군은 여전히 납득이 되지 않아 한참을 생각해보다 더 이상 묻지 않았다.

집사가 여덟 가지 간식을 올리자 모두 편하게 앉아 먹었다. 삼경이 되자 처마 끝에 달린 비단등을 흔들어 불을 껐다. 화철미, 고아백, 윤치원 그리고 그 애인들은 인사를 하고 각자의 침실로 갔다. 아주머니 아호는 잠자리를 보고 사천연과 조이보가 침상에 오를 때까지 기다렸다가 물러났다.

천연은 단잠을 자고 일어났다. 숲속 참새가 무리를 이루어 짹짹거렸다. 그는 급히 이보를 흔들어 깨우고 함께 옷을 걸치고 일어났다. 아호를 방으로 불렀을 때, 아직 이른 시간이라는 걸 알고 있었지만 다시 잠들지 않고 세수를 하고 간단하게 식사를 했다. 아호는 화장상자를 열어놓고 이보의 머리 손질을 도와주었다. 천연은 특별히 할 일이 없어 산보하러 방을 나왔다. 우연히 고아백의 침실 앞을 지나다 안을 들여다보았다. 그러나 고아백과 요문군은 방에 없었다. 천연은 주렴을 걷어 올리며 들어갔다. 그 방에는 침대, 탑상, 탁자, 의자만 있고 서화 한 폭, 장식 하나 없이 휑했다. 벽에 칼 한 자루와 거문고 하나만 덩그러니 걸려 있었다. 하얀 비단 휘장에 촘촘하게 그려진 매화는 윤치원의 솜씨이고 푸른 비단 휘장에 연분으로 쓴 전각 문자는 화철미의 필치라는 것을 알 수 있었다. 천연이 그 글을 위에서 읽어 내려가 보니, 고아백이 직접 쓴 글이었다. 그 문장은 다음과 같았다.

> 신선의 고향, 술의 고향, 온유의 고향, 오직 화서향이 그것을 담당한다. 불국, 향국, 진방국, 오직 괴안국이 그것을 돕는다. 나는 그 사이 삼천대천, 땅에서 활발하게, 하늘에서 느긋하게 노니니, 오늘 저녁이 어느 해인지 모르겠구나!

천연은 배회하며 감상하느라 차마 나오지 못했다. 그런데 갑자기 누군가가 큰 소리로 불렀다.

"천연 형 여기로 와봐요."

천연이 고개를 돌려 보니 윤치원이 옆방에서 부르고 있었다. 방에서 나와 치원의 침실로 건너갔다. 치원은 마침 일어나 세수를 하려다 천연을 맞이하고 잠시 편히 앉아 있게 했다. 이 방은 다른 방들과 달랐다. 금박을 두른 가구와 장식들이 모두 이루 다 형언할 수 없을 정도로 휘황찬란하고 화려하였다. 그러나 천연에게는 이런 것들이 눈에 들어오지 않고, 창가 책상 위에 쌓여 있는 서적들이 눈에 들어와 무슨 책인지 물었다.

"작년 운수가 『일립원동인전집(一笠園同人全集)』이라는 시문 책 하나를 인쇄했는데, 문장으로 보기 어려워 함께 싣지 않은 대련, 편액, 인장, 기명(器銘), 등미[6], 주령 같은 것들을 버리기는 아깝고 해서 나보고 골라서 『외집』으로 만들라고 하시더군. 거의 다 골랐는데 아직 책으로 만들지는 못했네."

천연은 책을 집어 들고 책장을 펼쳐 보았다. '백전(白戰)'이라는 주령이 있었다.

"'백전(白戰)' 이 두 글자, 제목이 좋은데."

아래를 보니 작은 글씨로 주가 달려 있었다.

> 구양수는 소설(小雪)에 취성당에 모여 술을 마시며 시를 짓는데, '옥(玉)', '월(月)', '리(梨)', '매(梅)', '련(練)', '서(絮)', '백(白)', '무(舞)', '아(鵝)', '학(鶴)' 등의 글자를 사용하지 않기로 하였다. 후에 소동파는 이 방법을 예로 들며 마지막에 말하길 '그 당시에 호령을 내기를 백전(白戰)에서는 절대 작은 쇠꼬챙이도 지녀서는 안 됨을 그대는 명심하라'고 하였다. 이 주령은 이 뜻을 따른 것이다. 각자 제목 하나를 골라 시 두 구절을 짓고, 제목과 시구가 서로 맞아들어 가면 벌한다.

첫째 줄은 '도화(桃花)'가 제목이었다.

「한 번 웃으며, 작년 이날, 다시 돌아온 자 누구인가.(一笑去年曾此日, 再來前度復何人.)」[7]

천연은 오랫동안 읊조리다 고개를 끄덕이며 말했다.

"쉽지 않군!"

"이 두 구는 그저 그래. 계속 읽어 내려가게. 먼저 시를 보고 나서 제목을 맞춰보게. 제목을 맞추지 못하면 좋은 시라고 할 수 있지."

치원은 손을 닦고 탁자 옆으로 가서 책을 받아 들고 한 장을 넘겼다. 그리고는 제목을 가리고 시 두 구절을 천연에게 보여주었다.

「누가 이 주인에게 어떻게 묻겠는가, 나는 그대가 없어서는 안 된다고 생각하네.(誰歟是主何須問, 我以爲君不可無.)」[8]

천연이 말했다.

"아무 내용이 없는데, 무슨 제목이 있겠나."

치원은 웃으며 손을 뗐다. 천연은 제목이 '수죽(脩竹)'인 것을 보고, 갑자기 깨달았다는 듯 말했다.

"알겠네, 알겠어! 정말 잘 지었네!"

치원은 다시 보여주었다.

「묻노니, 그 해 누구와 닮았는가? 어여쁜 것이 이와 같으니 더 어찌 감당할 수 있겠는가!(借問當年誰得似 可憐如此更何堪!)」[9]

천연은 이마를 찡그리며 조용히 읊조렸다.

"앞의 구는 비연(飛燕)같은데, 다음 구와는 맞지 않는군."

한참을 꼼꼼하게 생각했지만 '잔류(殘柳)'라는 제목을 떠올리지 못했다. 제목을 보자 책상을 치며 탄복했다.

"아주 훌륭해!"

다시 시를 보았다.

「담백한 맛을 아는 이 종래로 드물고, 그 아래를 지휘하여도 남아 있지 않음을 아쉬워하네.(淡泊從來知者鮮, 指揮其下慎無遺.)」[10]

치원이 말했다.

"이 시는 '제갈채(諸葛菜)'라네. 전고를 어디에서 가져왔는지 알아맞춰 보게."

"난해함으로 인해 기묘함이 더욱 드러나는 것이, 뛰어난 대목은 떨어져나가지도 않고 달라붙지도 않은 데 있네."

이 두 구 뒤에 또 구절이 있었지만, 치원이 벌써 지워서 잘 보이지 않았다.

천연이 넘겨보니 모두 선별된 주령으로, 다양한 형식이 모여 있었다. 대략 훑어보고 나서 물었다.

"어제 냈던 주령을 고를 건가?"

"내가 생각해봤는데, '속(粟)' 외에 '양(羊)', '탕(湯)'도 괜찮고, '계(鷄)', '어(魚)', '주(酒)', '육(肉)' 이렇게 모두 일곱 자가 되겠지."

"'속', '양', '탕' 세 글자는 『사서』에 나오긴 하는가?"

"나는 『사서』의 문장에 있을 거라고 생각해."

그리고 치원은 읊었다.

속 粟[11]:

식속 食粟

수유속 雖有粟

소식지속 所食之粟

즉농유여속 則農有餘粟

기후늠인계속 其後廩人繼粟

염자위기모청속 冉子爲其母請粟

맹자왈허자필종속 孟子曰許子必種粟

성인치천하사유숙속 聖人治天下使有菽粟

양 羊[12]:

오양 五羊

유견양 猶犬羊

기부양양 其父攘羊

견우미견양 見牛未見羊

하가폐야이양 何可廢也以羊

이증자불인식양 而曾子不忍食羊

벌빙지가불출우양 伐冰之家不畜牛羊

자공욕거고삭지희양 子貢欲去告朔之餼羊

탕 湯[13]:

우탕 于湯

오취탕 五就湯

이윤상탕 伊尹相湯

동일즉음탕 冬日則飮湯

유요순지우탕 由堯舜至于湯

이윤이할팽요탕 伊尹以割烹要湯

효효연왈오하이탕 囂囂然曰吾何以湯

부지왕지불가이위탕 不識王之不可以爲湯

천연이 듣고 웃으며 말했다.

"어젯밤 잠은 안 자고 줄곧 이 생각만 하고 있었나?"

"내가 잠을 왜 안 자. 자네가 아마 못 잤겠지?"

그때, 조이보가 치장을 끝내고 천연의 목소리를 듣고 찾아왔다. 치원은 이보를 아래위로 훑어보고 웃으며 말했다.

"오늘 밤에는 정말 못 자겠는걸!"

이보는 치원의 말을 이해하지 못했지만 자기 때문에 나온 말이라는 것을 알고 다른 곳으로 고개를 돌리며 중얼거렸다.

"마음대로 말하시네요!"

치원은 황급히 변명을 했다. 이보는 전혀 들으려 하지 않았다. 천연은 껄껄 웃을 뿐이었다. 마침 집사가 오찬을 청해 세 사람은 자리에서 일어나 집사를 따라 내려갔다. 오찬은 대관루 아래층에 차려졌는데 중당으로 들어가니 탁자 세 개가 놓여 있었다. 아래 자리에는 이미 친척 몇 명이 자리를 잡고 있었다. 제운수와 소관향 등은 사천연, 윤치원, 조이보를 가운데 자리로 청했다. 곧이어 요문군이 관사로 만든 짧은 옷을 입고 허리에는 화살통을 차고 등에는 활을 진 채 앞장서서 왔다. 그 뒤로 화철미, 손소란, 갈중영, 오설향, 도운보, 담여연 그리고 주애인, 임소분, 임취분, 고아백 열 명이 꽃 무덤 속에서 구불구불 줄지어 올라오고 있었다. 요문군은 활과 화살통을 내려놓고 이들과 위쪽 자리에 앉았다. 임취분은 윤치원 옆에 앉았다. 술이 세 번 돌고 음식이 두 차례 올라왔다. 제운수가 주령을 청하였다. 고아백이 말했다.

"어제 주령이 아직 끝나지 않았습니다."

사천연이 말했다.

"제가 내겠습니다."

사천연은 방금 전 윤치원에게서 들은 '속', '양', '탕' 세 글자와 『사서』에서 발췌한 문장을 말해주었다. 제운수가 말했다.

"여덟 개 글자를 만들어볼 수 있을까?"

윤치원이 말했다.

"만약 서양 요리를 먹는다면 '우(牛)' 자도 괜찮지요."

고아백이 말했다.

"탕왕이 무슨 죄를 지었기에 짐승들 사이에 놓인단 말인가?"[14]

화철미가 웃으며 말했다.

"아백 선생이 정말 예리하시네. 문군의 화살보다 더 정확해."

善俳諧一言

치원이 손뼉을 치며 말했다.

"훌륭해. 그래서 '화살 하나로 두 마리의 독수리(雙雕)를 잡는다.' 고 하잖아!"

사천연이 말을 이었다.

"닭, 물고기, 소, 양 온갖 짐승들이 있는데 '독수리 조(雕)' 자도 넣는 건 어때요?"[15]

자리에 앉아 있는 사람들은 처음에 무슨 말인지 몰라 잠깐 생각하고 나서야 웃음을 참지 못하고 방이 떠나갈 듯 웃으며 말했다.

"오늘 아침 왜 그 두 사람을 가지고 즐거움을 찾으려고 했을까?"

제운수는 수염을 비틀면서 말했다.

"소위 '화살이 활시위에 있으면 쏠 수밖에 없다'라고 하지."

고아백은 고개를 끄덕이며 말했다.

"욕이라도 속되지 않군요! 여러분 아예 욕을 더 해주시면 술을 마실 수 있겠습니다."

그리고 술병을 잡아 큰 잔에 따르고 요문군에게 말했다.

"자네도 독수리니, 욕술을 한 잔 받게."

그 말에 자리에 있는 사람들은 다시 웃었다. 사천연과 화철미가 같이 말했다.

"자, 그러면 모두 한 잔씩 올리는 걸 벌주로 합시다."

집사가 그 말을 듣고 자리마다 큰 잔에 술을 따랐다.

윤치원은 천천히 마시며 조이보에게 물었다.

"장수영 주량은 어떤가?"

"사귀면 알게 되겠죠. 왜 물으세요!"

도운보가 말했다.

"수영 주량은 자네와 거의 비슷할 걸세, 한번 시험해보지 그러나?"

고아백이 말했다.

"치원은 장수영한테 마음이 있어서 나중에 꼭 갈 거야."

윤치원도 자신의 의중과 다르지 않아 더 이상 말을 덧붙이지 않았다. 대충 쉬운 주령 두 개를 내고 식사를 마쳤다. 잠시 후 날이 저물자, 윤치원은 다들 장수영의 집으로 가자고 제안했다. 제부의 친척 몇은 사양했다. 치원이 주인 제운수를 초대하자 운수가 말했다.

"지금은 사양하겠네. 만약 자네가 그녀와 짝이 되면 그녀와 함께 이곳으로 오게나."

치원은 대답을 하고 바로 마차 일곱 대를 불렀다. 모두 쌍쌍이 나누어 올라탔다. 임취분은 질투심을 숨기며 윤치원과 함께 마차에 올라타 일립원을 빠져나갔다. 니성교를 건너 황포탄 사마로로 돌아가서 서공화리에서 멈추었다. 도운보와 담여연은 먼저 마차에서 내려 사람들을 안으로 안내했다. 모두 이 층 장수영의 방으로 몰려갔다. 수영은 갑작스러운 방문에 어쩔 줄 몰라 허둥거렸다. 그러자 고아백이 그녀를 불러 세웠다.

"괜한 접대 하려 하지 말고 얼른 술자리 보라고 하게. 우리는 조금만 마시고 돌아갈 거야."

장수영은 대답을 하고 곧바로 바깥 하인에게 요리를 주문하고 자리를 마련하라고 했다. 그 사이 주애인은 도운보를 따라 담여연의 방으로 가서 아편을 피웠다. 임취분은 있기 싫어서 언니 임소분에게 졸라 자리를 떠나려고 했다. 조이보는 무료하게 조용히 앉아 있다가 옷장을 열어 어떤 물건 하나를 찾아내고는 사천연에게 와보라고 손짓을 했다. 그것은 바로 춘궁책자들이었다. 천연이 받아서 윤치원에게 건네주었다. 치원은 대충 훑어보고 책상에 내려놓았다.

"그림이 좋지 않아."

화철미는 그중에서 거의 다 떨어져 나간 화첩을 보았다. 비록 색깔은 바랬지만 사실감이 있을 정도로 생동적이었다. 그래서 감탄하며 말했다.

"아주 좋은데!"

갈중영이 옆에 있다가 말했다.

"그런대로 괜찮군!"

그러나 아쉽게도 대부분 떨어져나가고, 온전하지는 않지만 일곱 폭 정도만 남아 있었다. 그러나 낙인이 되어 있지 않아 누구의 그림인지 알 수 없었다. 고아백이 한번 검토를 해보니 첫 번째와 마지막 두 폭은 맞이하고 배웅해주는 그림 같고, 가운데 다섯 폭은 한 명의 남자와 세 명의 여자 그림으로, 생김새가 거의 비슷했다. 그래서 그는 중얼거리며 말했다.

"아마 소설 이야기를 그린 것 같군."

사천연이 웃으며 말했다.

"맞아."

그리고 그는 한 명을 손으로 가리키며 말했다.

"봐. 문군처럼 생겼잖아."

모두 웃고 내려놓았다. 남자 하인이 수건을 가져왔다. 윤치원은 응접실로 안내하며 자리에 앉았다.

---

1 광동 지역의 장인

2 관현악기로 내는 경쾌하고 맑은 소리의 음악

3 속이 비어 있는 쇠구슬로 안에 작은 철환과 음황이 들어 있어 움직일 때마다 맑으면서도 탁하고 높으면서 낮은 소리들이 난다.

4 어깨에 메고 앞으로 늘어뜨려 양손으로 북채를 가지고 치는 북이다. 갈족이 전했다고 한다.

5 당대(唐代) 시인 소미도(蘇味道)의 시 「정월십오야(正月十五夜)」의 첫 번째 구절로 정월대보름 장안의 야경을 묘사한 문장이다.

6 燈謎 : 음력 정월 보름이나 중추절 밤에 초롱에 수수께끼 문답을 써 넣어 하는 놀이

7 이 구절의 전고는 유우석(劉禹錫)의 시 「재유현도관(再遊玄都觀)」의 마지막 구절 '도화를 심는 도사는 어디로 돌아갔나, 떠나갔던 유랑이 오늘 돌아왔는데.(種桃道士歸何處,前度劉郎今又來.)'이다.

8 동진(東陳) 왕희지(王羲之)는 대나무를 좋아한 것으로 유명한데, “어찌 그대(대나무) 없이 하루를 보내랴.”라고 말하였다.

9 이 구절의 전고는 이백(李白)의 칠언악부시 『청평조(淸平調)』 중 두 번째 수의 마지막 구절로, ‘묻노니, 한나라 궁궐 그 누구와 닮았는가? 어여쁜 비연도 새로 단장해야 할 것을.(借問漢宮誰得似, 可憐飛燕倚新妝.)이다. 양귀비의 아름다움을 묘사한 시이다.

10 제갈량이 군사 중랑장 시절에 군량 문제를 해결하기 위해 당시 ‘만청(蔓菁)’이라고 하는 순무를 심어 군량으로 사용하였다. 그래서 후세에 이 채소를 ‘제갈채’라고 하였다.

11 『맹자』「고자 하」, 『논어』「안연」, 『맹자』「등문공 하」, 『맹자』「등문공 하」, 『맹자』「만장 하」, 『논어』「옹야」, 『맹자』「등문공 상」, 『맹자』「진심 상」

12 『맹자』「만장 상」, 『논어』「안연」, 『논어』「자로」, 『맹자』「양혜왕 상」, 『맹자』「양혜왕 상」, 『맹자』「진심 하」, 『대학』, 『논어』「팔일」

13 『맹자』「등문공 하」, 『맹자』「고자 하」, 『맹자』「만장 상」, 『맹자』「고자 상」, 『맹자』「진심 상」, 『맹자』「만장 상」, 『맹자』「만장 상」, 『맹자』「공손추 하」

14 탕(湯)은 ‘국’이라는 뜻 외에도, 하(夏)를 멸망시키고 상(商)을 세운 왕의 이름이기도 하다.

15 조(雕)는 사서삼경에 나오지 않는다. 그럼에도 사천연이 이렇게 말한 이유는 이 글자의 발음이 남성 생식기를 뜻하는 ‘초(屌)’와 비슷해서이다.

41

화려한 누각을 흠집 내는 악담은
삼획(소홍)을 끌어 잡아당기고,
아름다운 술잔을 돕는 진부한 말은 사성을 달리하다

衝繡閣惡語牽三畫 佐瑤觴陳言別四聲

일곱 명은 자리에 앉아 선을 깔고 화권을 하며 한바탕 떠들썩하게 놀았다. 고아백은 장수영이 비위를 잘 맞추는 모습을 눈여겨보았다. 간식이 오를 즈음 고아백은 사천연, 화철미, 갈중영, 그리고 그들을 따라온 애인들과 함께 작별인사 없이 떠나갔다. 주애인도 임소분과 임취분을 데리고 떠났다.

도운보와 윤치원 두 사람만 남게 되었다. 담여연은 서로 잘 알고 있으니 따로 할 이야기가 없지만 장수영은 조이보의 말대로 부드럽고 순종적인 모습으로 최선을 다하여 윤치원의 환심을 샀다.

초아흐레가 되자 제부(齊府)의 집사가 도운보와 윤치원의 기녀들을 일립원으로 초대한다는 초대장을 가져왔다. 도운보가 윤치원에게 말했다.

"자네가 대신 감사 인사를 전해주게. 오늘 저녁은 진소운이 날 초대했는데, 일립원보다 좀 가까워."

그래서 윤치원만이 장수영을 데리고 타고 왔던 가죽덮개 마차를 타고 일립원으로 돌아갔다.

저녁이 되자 도윤보는 가마를 타고 동안리 김교진의 집으로 갔다. 마침 왕연생도 동시에 도착했다. 그들은 가마에서 내려 인사를 하고 서로 양보를 하며 문을 들어섰다. 그런데 뜻밖에 아주의 아들이 골목 입구에서 다른 개구쟁이들과 놀고 있다가 왕연생을 보고 잽싸게 집으로 달려갔다. 그리고 곧장 이 층 심소홍의 방으로 뛰어들어가며 알렸다.

"왕 나리께서 김교진 집에서 술을 마셔요."

그런데 그때 무소생 소류아가 그 방에 있었다. 아주의 아들은 소류아와 심소홍이 서로 껴안고 있는 모습을 보고 깜짝 놀라 다리가 오그라들어 발이 떨어지지 않았다. 심소홍은 순간 부끄러웠지만 오히려 화를 내며 욕을 퍼부었다. 아주의 아들은 변명하지도 못하고 구시렁거리며 내려갔다. 아주는 무슨 일인지 묻고 아래층에서 고함을 쳤다.

"그 어린 것이 뭘 안다고 그래요. 저번에는 몇 번이나 왕 나리 보러 가라고 시켰잖아요. 왕 나리를 봤다고 알려주는데 그게 잘못이에요? 생각해봐요. 왕 나리가 왜 안 오시는지요? 무슨 낯짝으로 아이를 욕해요!"

소홍은 이 말을 듣고 참지 못하고 탁자를 치고 발을 동동거리며 소란을 피웠다. 그러나 아주는 냉소를 지으며 말했다.

"소란 피우지 말아요! 난 아주머니예요. 마음에 안 들면 일 안 하면 그만이에요!"

소홍은 화가 치밀어 올라 소리를 질렀다.

"나가고 싶으면 나가. 그게 뭐 대단한 거라고!"

아주는 '흥, 흥' 냉소를 지으며 더 이상 대꾸하지 않았다. 그러고는 보따리에 자질구레한 짐들을 싸서 아들 손을 잡고 사람들에게 작별인사를 하고 조용히 나갔다. 아주는 자신이 빌린 조그만 방에

海上花列傳
第四十一回
衝繡閣惡語牽三畫
曲徑

서 하룻밤을 보냈다. 날이 밝자, 아주는 아들에게 방을 지키고 있으라고 하고 직접 소개업자를 찾아갔다. 그리고 이불을 가지러 다시 심소홍의 집으로 가서 그 가족들에게 일하지 않겠다고 단호하게 말하고 나왔다.

점심을 먹고 아주는 오마로의 왕공관으로 갔다. 문을 두들기고 밀어보니 방울소리가 났다. 잠시 후 문이 열렸다. 아주는 문을 열어주는 이가 요리사인 것을 보고 인사하지 않고 바로 응접실로 들어갔다. 그런데 요리사가 불러 세웠다.

"나리는 안 계시는데 이 층으로 올라가서 뭐 하시게?"

아주는 대답도 못하고 그야말로 진퇴양난, 이러지도 저러지도 못했다. 다행히 왕연생의 조카가 소리를 듣고 계단을 뛰어 내려와 아주에게 물었다.

"무슨 할 말 있어요?"

아주는 대충 사정을 말해주었다. 그런데 이 층에서 장혜정이 그 이야기를 듣고 아주를 이 층으로 불러 올렸다. 아주는 '둘째마님' 하며 예의를 갖추어 인사했다.

혜정은 천으로 발을 싸면서 아주에게 앉으라고 하고 무소생 소류아의 이야기를 물었다. 아주는 마음속에 앙심을 품고 있어서 마치 광주리를 엎듯 이야기를 쏟아냈다. 혜정은 기분이 좋아져 웃어가며 이야기를 나누었다.

한참 이야기를 나누고 있을 때 왕연생이 가마를 타고 집으로 돌아왔다. 그는 아주를 보자 의아스러웠다. 왜 웃어가며 이야기를 나누고 있었는지 장혜정에게 물었다. 혜정은 웃으며 아주의 말을 그대로 전해주었다. 연생은 그래도 인정이 있는 사람이라 그냥 넘어갔다. 아주도 심소홍 이야기는 그만하고 자신의 사정을 구구절절하게 털어놓기 시작했다.

"공양리 주쌍주의 집에서 아주머니를 구한다고 하는데 왕 나리께서 저를 좀 추천해주시겠어요?"

연생은 처음에는 거절했다. 그러나 아주가 재삼 부탁하여 마지못해 명함을 주며 홍선경에게 대신 부탁해보라고 했다. 아주는 감사 인사를 하고 날이 아직 저물지 않아 공양리로 갔다. 주쌍주의 집 앞에 벌써 가마가 두 대나 있는 것을 보고 분명 장사가 잘되는 기루라고 생각했다. 아주는 아금을 찾아가서 물었다.

"홍 나리 계신가?"

아금은 왕연생의 심부름이라 여겨 태만하게 대하지 못하고 직접 술자리가 있는 이 층 주쌍옥의 방까지 안내했다. 그 자리에는 진소운, 탕소암, 홍선경, 주숙인 네 명이 있었다. 모두와 안면이 있는 아주는 손님에게 각각 인사를 하고 소매에서 왕연생의 명함을 꺼내어 홍선경에게 올렸다. 그간의 상황을 설명하고 간곡하게 부탁했다. 선경이 입을 열기도 전에 주쌍주가 말했다.

"이 방에서 일해요. 교건 혼자 일을 다 할 수 없어서 한 사람을 더 쓸까 하고 있는데, 한번 해보겠어요?"

아주는 기뻐하며 대답하고 당장 교건을 도와 접대를 하며 술주전자를 들고 술을 가지러 계단을 내려가려고 했다. 그런데 느닷없이 서양 천으로 만든 손수건이 응접실 겹문 밖으로 살랑거리다 아주의 얼굴을 덮었다. 아주는 깜짝 놀라 소리쳤다.

"누구야?"

그 사람은 황급히 사과를 했다. 다름 아닌 아주가 알고 있던 주숙인의 집사 장수였다. 그래서 아주는 손수건을 던져주며 화를 꾹 참았다. 아주가 술을 담아 오자 김교진과 임취분은 동시에 작별인사를 하고 나갔다. 주쌍주 역시 방으로 돌아가려고 아금을 불렀다. 그러나 대답이 없었다. 아주가 재빠르게 말했다.

"제가 할게요."

아주는 두구함을 들고 건넛방으로 따라 들어갔다. 아주는 쌍주가 외출 의상을 벗자 가지런히 접어서 옷장에 넣었다. 또 물수건을 가져오라는 교건의 소리에 술자리가 끝났다고 생각하고 황급히 가서 자리를 정리했다.

홍선경은 일이 있다며 진소운, 탕소암과 함께 나가고 주숙인 혼자만 남았다. 주쌍옥은 그와 함께 있으면서도 서로 웃음만 주고받고 한마디도 하지 않았다. 아주는 분위기를 눈치채고 교건과 함께 아래층으로 피했다. 교건은 아주를 데리고 주란에게 갔다. 주란은 명절 아래 해야 할 일을 먼저 일러주고 이전에 사이가 좋았던 왕연생과 심소홍의 일을 물었다.

"요즘에 왕 나리께서 우리 쌍옥을 열 차례 이상 불렀네."

아주가 길게 한숨을 쉬었다.

"심소홍을 욕하려는 게 아니라, 왕 나리께서 심소홍에게 아무리 잘해줘도 소용없어요!"

이때 갑자기 아금의 아들 아대가 대문 밖에서 울면서 들어오길래 교건이 급히 나가보았다. 아주는 입을 다물고 주란과 안에서 가만히 엿들었다. 아대는 울기만 하고, 옆집 하인이 와서 알려주었다.

"아덕보가 싸워요! 빨리 가서 말려봐요!"

이 말을 듣자마자 주란은 싸움 상대가 장수일 거라고 짐작했다. 그리고 아주에게 어서 사람을 불러 말리라고 했다. 뜻밖에 이 층에서 주숙인이 이 소식을 듣고 깜짝 놀라며 얼굴이 흙빛으로 바뀌었다. 그리고 재빨리 장삼을 걸치고 연기처럼 빠져나가 아래층으로 뛰어 내려갔다. 주쌍옥이 뒤에서 불러도 소용없었다.

숙인은 뛰어 내려가다가 마침 방에서 나오는 아주와 정면으로 부딪혀 하마터면 넘어질 뻔했다. 아주는 그를 붙잡고 다짜고짜 말했다.

"왜 그렇게 급히 가세요! 도련님, 가지 마세요!"

숙인은 조급하여 필사적으로 손을 뿌리치고 뛰쳐나갔다. 공양리를 남쪽으로 빠져나가려고 골목 어귀를 돌아가는데 입구가 구경꾼들로 막혀 있었다. 정말로 아덕보가 장수의 머리채를 잡아 담벼락에 내동댕이치며 서로 싸우고 있었다. 구경꾼들은 소리를 질렀다. 숙인은 몸을 돌려 서쪽으로 빠져나와 돌아서 사마로를 지나 중화리 집으로 돌아왔다. 심장이 아직도 쿵쿵 뛰고 있었다. 장수도 뒤따라왔다. 머리에는 상처가 있었지만 장수는 인력거에서 떨어져서 다친 거라고 둘러댔다. 숙인도 따지지 않았다. 장수는 틈을 봐서 숙인에게 비밀로 해달라고 간청했다. 숙인은 그러겠다고 하면서도 등에 대고 조심하라고 훈계를 했다. 이때부터 장수는 다시 공양리에 가지 못하고 주숙인도 주쌍옥을 찾아갈 엄두를 내지 못했다.

이레나 여드레가 지났을까. 주쌍옥이 홍선경에게 대신 초대를 해달라고 부탁하고 나서야 숙인은 이전처럼 왕래하기 시작했다. 장수는 그가 부러운 나머지 질투가 났다. 그래서 숙인이 쌍옥의 머리를 얹어준 이야기를 일부러 동네방네 소문내며 떠들고 다녔다. 이 이야기는 결국 주애인의 귀에까지 들어가게 되었고 주애인은 동생 숙인에게 꼬치꼬치 캐물었다.

"정말이냐?"

숙인은 얼굴을 붉히며 고개를 숙이고 대답을 못했다. 주애인은 완곡하게 타일렀다.

"기녀와 노는 게 어떻다는 게 아니야. 나도 놀라고 했잖아. 주쌍옥은 처음에 내가 널 위해 불러준 기녀였잖아. 그런데 왜 지금 나를 속이려는 거냐? 내가 놀라고 한 것은 다 이유가 있어서야. 노는 걸 속이려고 한다면 그건 안 된다."

주숙인은 여전히 대답이 없었다. 주애인도 더 이상 말하지 않았다. 그런데 누가 알았을까. 주숙인은 고집이 센 데다 수치스럽기까지 하여 서재에 틀어박혀 한 발짝도 나오지 않았다. 그러나 주쌍옥의 자태, 목소리, 웃는 얼굴이 매일 그의 마음속으로 드나들었다. 그가 쓴 시에도 나타나고 꿈에서도 보였다. 결국 병이 나고 말았다. 주애인은 그 이유를 알고 있어 걱정이 되었다. 그래서 홍선경, 진소운, 탕소암 세 사람을 청하러 갔다. 셋은 자신이 없다며 선뜻 나서지도 못했고 방법도 없었다. 그래서 윤치원을 만나는 자리에서 말을 꺼냈다. 윤치원은 깜짝 놀라며 말했다.

"이런 일이라면 제대인과 상의해보게."

주애인도 나쁘지 않다고 생각하여 바로 마차를 불렀다. 그리고 윤치원과 함께 타고 일립원으로 가서 제운수를 만났다. 윤치원이 먼저 정색을 하며 말했다.

"천하제일의 일거리를 찾아왔으니 저에게 감사해야 하지 않겠습니까?"

제운수는 그 말을 이해하지 못했다. 주애인은 동생 주숙인이 겁이 많고 부끄러움을 타는 성격 때문에 상사병이 났다고 세세하게 이유를 말해주며 좋은 방법이 없는지 물었다. 운수는 껄껄 웃었다.

"이게 무슨 큰일이라고! 주쌍옥과 함께 우리 집으로 불러서 한 며칠 놀고 나면 낫게 될 걸세."

치원이 말했다.

"일거리를 가져왔으니 제가 거간꾼이 된 것 같습니다!"

그러자 제운수가 말했다.

"무슨 거간꾼? 자네는 사기꾼이라고!"

이 말에 모두들 한바탕 웃었다.

운수는 이튿날 바로 주숙인을 불러서 일립원에서 요양하라고 하였다. 주애인은 대단히 고마워했다. 치원이 말했다.

"자네는 오지 마. 괜히 형님이 있으면 이것저것 신경 쓰느라 불편해하니까 안 돼."

제운수도 말했다.

"병이 낫는 대로 얼른 정혼시키게."

주애인은 제운수의 말에 동의하며 공수하고 인사를 하고 나서 혼자 마차를 타고 집으로 돌아왔다. 그리고 급히 주숙인의 방으로 들어갔다. 그는 주숙인에게 몸 상태를 묻고 말했다.

"고아백의 말에 의하면 이 병은 밖에 나가서 기분을 전환해야 한다고 하는구나. 제대인이 일립원으로 와서 한 며칠 놀다 가라고 초대했다. 내 생각에 진맥도 받아볼 수 있으면 더 좋을 것 같구나."

주숙인은 가고 싶지 않았지만 형의 호의를 저버릴 수 없어 마지못해 받아들였다. 주애인은 장수에게 필요한 물건들을 꾸리라고 했다.

다음 날 팔월 초닷새, 해가 서쪽으로 넘어갈 무렵 초대장을 받았다. 주애인은 주숙인을 부축하여 중당에서 가마에 태웠다. 일립원 입구에 도착하자 제부의 집사가 가마꾼을 인도하여 일립원의 동북쪽 끝 호수 근처 호방(湖房) 앞에서 멈추었다.

제운수가 친히 그를 맞이하러 나와 굳이 인사하지 않아도 된다고 말했다. 그러나 주숙인은 허둥대며 가마에서 내렸다. 운수는 직접 그의 손을 잡아 부축해서 침실로 가 침대에 뉘었다. 방에는 휘장, 약탕기, 향로, 사발, 인삼통 등이 제 위치에 가지런히 놓여 있었다. 숙인은 안절부절 어쩔 줄 몰라 했다. 운수가 말했다.

"예의 차릴 필요 없다. 잠을 좀 자도록 하게."

제운수는 집사에게 조심스럽게 시중을 들라 하고 수각을 나섰다.

숙인은 그제야 마음이 놓여 몽롱해져서 잠시 누웠다. 그런데 동쪽 창밖 호숫가 멀리서 한 여인의 모습이 아스라이 보였다. 은색 비단옷을 입고 대나무 그림자 안에서 한들한들 걸어왔다. 멀리서 바라보니 주쌍옥과 아주 비슷하였다. 아마도 눈이 침침해서 잘못 본 것이라고 의심하던 차에, 뜻밖에 그 미인이 한 바퀴 돌아 호방으로 들어왔다. 숙인은 앞으로 다가가서 자세히 보았다. 주쌍옥이 아니면 또 누구겠는가?

숙인은 처음에는 깜짝 놀랐고 이어서 당혹감을 감추지 못하다가

나중에야 정말 주쌍옥이라는 것을 알고 크게 기뻐하며 자기도 모르게 소리를 냈다.

"오!"

쌍옥은 침대 앞에 서서 애교가 흘러넘치는 눈빛으로 다정하게 바라보다 손수건으로 얼른 입을 가리고 웃었다. 숙인은 안간힘을 쓰며 일어나서 손을 잡으려고 하였다. 그러나 쌍옥은 오히려 물러나며 피했다. 숙인은 어쩔 수 없이 앉아서 물었다.

"내가 아픈 거 알았어?"

쌍옥은 웃음을 참으며 말했다.

"당신은 정말 이상한 사람이에요!"

숙인은 그 이유를 물었지만 쌍옥은 말하지 않았다.

숙인은 침대를 가리키며 쌍옥에게 가까이 오라고 애원하였다. 쌍옥은 집사 몇 명이 모두 바깥에 있는 것을 보고 입술을 내밀며 밖을 가리키며 다가가지 않으려 했다. 숙인이 손짓을 하다가 합장을 하고 고개를 숙이며 간절하게 애원했다. 쌍옥은 한참을 주저하다 탁자 쪽으로 다가가서 찻주전자를 들고 살구씨 차에 물을 반쯤 부어 숙인에게 올리고 침대 앞 술상 위에 앉았다. 이에 두 사람은 소곤거리며 한참을 마주 보고 이야기를 나누었다. 날이 어둑해질 무렵까지 이야기를 나누어도 숙인은 피곤한 기색 없이 병이 벌써 반은 나은 것 같았다. 집사가 방에 들어와 불을 켰지만 주인 제대인은 다시 찾아오지 않았고 다른 손님도 나타나지 않았다. 이날 밤 쌍옥이 직접 '십전대보탕'을 달여 숙인에게 먹이고 사랑을 나누며 땀을 흘리니 병마가 살며시 도망가버렸다. 다만 주숙인의 아랫도리가 약간 나른했다.

제운수는 집사가 전하는 소식을 듣고 아주 작은 남여(藍輿)[1]를 주숙인에게 보내었다. 주숙인은 봉의수각에서 감사 인사를 전했다. 운수는 인사를 말리지는 않았지만 다음부터는 이런 번다한 형식은 차리지 말라고 일렀다. 숙인은 마지못해 명을 받아들이고 고아백, 윤치원에게도 공수하여 예의를 갖추어 인사를 하고 서로 자리를 양보하며 앉았다.

한담을 나누려고 하는데 소관향과 주쌍옥이 손을 잡고 나왔다. 제운수는 갑자기 어떤 생각이 떠올라 소관향에게 말했다.

"요문군과 장수영도 불러서 쌍옥과 배석하라고 할까?"

관향은 당연히 좋다고 했다. 운수는 집사에게 하총관을 불러 오라고 했다. 그 자리에서 국표를 썼다. 하총관은 명을 받고 물러났다. 운수는 생각을 바꾸어 다시 그를 불러서 손님을 청하는 초대장도 주었다. 사천연, 화철미, 갈중영, 도운보 네 사람이 쓰여 있었다. 하총관은 명을 받고 물러났다.

주숙인은 특별히 고아백에게 금기시해야 하는 음식이 무엇인지 물었다.

"지금은 병이 다 나았으니 될 수 있는 대로 보약을 지어서 먹는 게 좋지만 특별히 삼가야 하는 음식은 없네."

윤치원이 끼어들었다.

"쌍옥에게 물어보면 돼. 쌍옥의 의술이 아백보다 나을 걸세!"

그 말을 듣고 주숙인은 순간 얼굴이 붉어지며 몸 둘 바를 몰라 했다. 제운수는 그가 부끄러워하는 걸 보고 재빨리 다른 말로 돌렸다. 잠시 후, 집사가 아뢰었다.

"도운보 도련님 오십니다."

곧이어 도운보와 담여연이 장수영을 데리고 들어오며 사람들에게 인사를 했다. 도운보가 주숙인에게 물었다.

"몸은 어떤가?"

숙인은 웃음거리가 될까 봐 얼버무렸다. 고아백은 도운보에게 말했다.

"자네 아우 애인 이수방의 병은 낫지 않을 거야."

운보가 놀라며 묻자 아백이 말했다.

"오늘 아침에 보고 왔는데 오늘내일 해."

운보는 자기도 모르게 탄식했지만, 수방이 죽으면 옥보를 가로막고 있던 장애가 도리어 사라질 수 있으니 나쁘지만은 않다고 생각했다. 그래서 더 이상 말을 꺼내지 않았다. 이어서 사천연, 화철미 그리고 갈중영이 각자 애인과 함께 속속히 모여들었다. 제운수는 주숙인의 병이 나아 신맛, 매운맛 등으로 위를 열게 하려고 특별히 요리의 대가를 불러들였다. 그리고 모든 사람들에게 각자 원하는 대로 요리를 주문하라고 하였다. 봉의수각에 네모난 탁자 세 개를 붙여 놓고 식탁보를 깔았다. 모두 둘러앉아 앞에 놓인 술병을 따르며 서로 권하지 않고 각자 양만큼 마셨다.

제운수가 조용한 것 같아 사천연에게 물었다.

"전날 자네가 낸 『사서』 탑 쌓기는 그런대로 괜찮았네. 『사서』에 또 어떤 주령이 있을지 다시 생각해보게."

천연은 선뜻 생각이 떠오르지 않았다. 화철미가 말했다.

"생각하고 있는 게 하나 있습니다. 네 개의 음이 있는 글자를 『사서』 문장에서 찾는 겁니다. 예를 들면 행(行)자처럼요. '행기유치(行己有恥)'에서 행(行)의 음은 형(衡)이고, '공항자(公行子)'에서는 항(杭)이고, '강강여야(行行如也)'에서는 강(羌), '이고기행(夷考其行)'에서는 하(下)와 맹(孟)의 반절이지요. 어떻습니까?"

고아백이 말했다.

"돈(敦)자는 음이 열세 개 정도 되는 것 같지만, 『사서』에서는 어려워. 나는 한 글자도 모르겠는걸."

주숙인이 말했다.

"사서 문장 중에서 사(射)자의 음이 네 개입니다. '사불주피(射不主皮)'에서는 신(神)과 야(夜)의 반절이고, '일불실숙(弋不射宿)'에서는 음이 실(實)이며, '신가약사(矧可射思)'에서는 약(約)이고, '재차무투

(在此無射)'에서는 투(妬)입니다."
사람들이 일제히 찬탄을 하며 말했다.
"찾을 글자가 하나 더 줄어들었군!"
갈중영이 말했다.
"음이 세 개인 글자는 『사서』에 많아. 제(齊)자, 화(華)자, 낙(樂)자, 수(數)자가 있지. 음이 세 개뿐이라는 게 아쉽지만."
윤치원이 갑자기 흥이 나서 말했다.
"또 두 자가 더 있네. 벽(辟)자, 종(從)자 말이야. '상유벽공(相維辟公)'에서는 벽(璧)이고, '방벽사치(放辟邪侈)'에서는 벽(僻)이며, '현자피세(賢者辟世)'에서는 피(避)이고, '비여등고(辟如登高)'에서는 비(譬)잖아. '종오소호(從吾所好)'에서는 음이 장(墻)과 용(容)의 반절이고, '종자견지(從者見之)'에서는 재(才)와 용(用)의 반절이며, '종용중도(從容中道)'에서는 칠(七)과 공(恭)의 반절이고, '종지순여야(從之純如也)'에서는 종(縱)이잖아. 그런데 『사서』에서 아무리 생각해봐도 음이 다섯 개인 글자는 없는 것 같은데."
제운수는 오히려 수염을 만지작거리며 말했다.
"나는 하나 알고 있는데. 그 글자를 말이야."
모두는 깜짝 놀라며 반신반의했다. 그러자 제운수가 말했다.
"다들 한 잔 비우고 나면 말해주지."
모두 술잔을 비우고 답을 기다렸다. 제운수는 먼저 웃으며 말했다.
"바로 치원이 말한 '벽(辟)'자. 벽(璧), 벽(僻), 피(避), 비(譬) 네 개 외에도 '욕벽토지(欲辟土地)' 문장의 주에는 음이 '벽(闢)과 같다'고 되어 있으니 당연히 별(別)과 역(亦)의 반절로 읽어야 하지. 그러면 음이 다섯 개 아닌가?"
"대단하십니다."
자리의 사람들이 일제히 말하자 고아백이 자세를 잡으며 말했다.
"『사서』 문장을 계속 생각해봤지만. '벽(辟)'자를 어떻게 찾아내셨습니까? 실로 놀랐습니다!"
윤치원이 말했다.
"어쨌든 말하지 않는 것보다는 낫지."
도운보는 사방을 둘러보고 웃음을 쪼개며 말했다.
"나에게도 말하지 않은 글자가 두 자 있는데…."
치원은 기세를 몰아 변명했다.
"말하지 않는 것은 그래도 괜찮아. 알고 있어도 말하지 않는다면야 열세 개짜리 음을 가진 글자가 어마어마하게 많아!"
그 말에 사람들은 박장대소하며 모두 치원이 말을 둘러대는 데는 타고났다고 했다. 화철미가 다시 말했다.
"또 다른 주령도 있습니다. 『사서』에서 앞 글자와 뒤 글자는 같으면서 음이 다른 것도 있어요. '조장시조(朝將視朝)'[2]라는 문장처럼, 그런 게 『사서』에 많이 있을 것 같습니다."
제운수가 말했다.
"'조장시조'라고 했으니, '왕지불왕(王之不王)'[3]으로 해보면 되겠군."
사천연이 말했다.
"치인불치(治人不治)[4]도 있습니다."
주숙인이 말했다.
"낙절예악(樂節禮樂)"[5]
갈중영이 말했다.
"행요지행(行堯之行)"[6]
고아백이 이어서 말했다.
"행걸지행(行桀之行)"[7]
윤치원이 말했다.
"자네는 다른 사람들 문장을 베끼고 있어. '낙교락(樂驕樂)', '낙안락(樂宴樂)',[8] 한번에 베껴 가려고?"

고아백이 웃으며 말했다.

"그러면 '제자입즉효출즉제(弟子入則孝出則弟)'[9]는 어떤가?"

"뭘 그렇게 중얼거리나! 난 '여사언지도여(與師言之道與)'[10]라고 하겠네."

도운보 차례가 되었다. 운보는 한참을 생각하다 사람들에게 넌지시 말했다.

"하나 있긴 한데, 좀 복잡하긴 하지만 말이야."

모두들 그 문장이 무엇인지 물었다. 운보가 대답을 하려는 그때, 누군가 옆에서 끼어들어 도운보의 말을 잘라버렸다.

---

1 의자 가마
2 아침에 조정에 나간다. 『맹자』「공손추 하」
3 왕이 왕노릇을 하지 못한다. 『맹자』「양혜왕 상」
4 다른 사람을 다스리는 것에도 다스려지지 아니하다. 『맹자』「이루 상」
5 예악을 절도에 맞게 행하는 것을 즐거워하다. 『논어』「계씨」
6 요임금의 행동을 하다. 『맹자』「고자 하」
7 걸왕의 행동을 하다. 『맹자』「고자 하」
8 교만함을 즐거워하고, 잔치를 여는 것을 즐거워하다. 『논어』「계씨」
9 나이 어린 사람은 집에 들어와서는 효를 행하며 집을 나서서는 공손하여야 한다. 『논어』「학이」
10 악사와 더불어 말씀하는 도입니까? 『논어』「위령공」

42

난새의 사귐이 갈라져 이수방은 세상을 떠나고, 할미새의 곤경에 조바심을 내며 도운보는 상례에 임하다

拆鸞交李漱芳棄世 急鴒難陶雲甫臨喪

도운보가 『사서』 주령을 말하려는데 갑자기 집사가 일꾼 한 명을 데리고 들어왔다. 운보는 그 일꾼이 도옥보의 가마꾼인 걸 보고 무슨 일인지 물었다. 가마꾼은 몸을 숙여 귀에 대고 조용히 알렸다. 운보는 간단하게 대답했다.

"알았으니 그만 가거라."

가마꾼이 물러나고, 고아백이 물었다.

"이수방에게 좋지 않은 소식이라도?"

"아니. 옥보의 병 때문이네."

아백이 의아해하며 말했다.

"옥보가 병이 난 게 아니잖은가."

운보가 미간을 찌푸리며 말했다.

"옥보 혼자 그곳에서 수발을 들고 있으니 병이 날 수밖에! 수방의 병이 도지고 나서부터 옥보는 옷 한 번 벗지 못하고 수방을 돌보느라 며칠 밤을 새는 바람에 지금은 열병이 났다고 하네. 수방 엄마가 옥보에게 자라고 해도 옥보는 말을 듣지 않으니까 지금 수방 어미가 나보고 옥보를 타일러보라고 가마꾼을 보낸 거야."

제운수가 고개를 끄덕였다.

"옥보, 수방 모두 안됐고, 수방 어미는 더 안됐구나!"

운보가 말했다.

"서로 사이가 좋아질수록 상황은 더욱 힘들어집니다! 옥보가 전생에 그들에게 빚을 많이 져서 이생에서 갚고 있나 봅니다."

사람들은 그 말을 듣고 모두 탄식했다.

운보는 담여연에게 따라 나서지 말고 계속 그곳에서 시중을 들고 있으라고 했다. 그러나 담여연은 그의 말을 듣지 않고 아주머니에게 은 물담뱃대와 두구함을 챙기라고 했다. 운보는 미안해하며 실례를 범하게 되었다고 사죄의 말을 올렸다. 제운수는 주렴 앞까지 배웅해 주었다.

도운보와 담여연이 계단을 내려가서 가마에 오르자 두 명의 집사가 각진 등롱을 들고 길을 밝히며 문 앞까지 인도했다. 담여연과 도운보의 가마는 일립원을 떠나 사마로로 돌아 들어갔다. 그리고 담여연의 가마는 성공화리로 돌아가고, 도운보의 가마는 동흥리 이수방의 집으로 갔다. 문 앞에 이르자 도운보는 가마에서 내려 오른편 이완방의 방으로 들어갔다. 대아금이 눈인사를 하고 찻잔을 가져온 뒤 아편을 채우려고 했다. 운보는 손을 저으며 물리쳤다. 그리고 대아금에게 둘째 도련님을 불러오라고 하였다. 대아금은 명을 받고 올라갔다.

잠시 후 도옥보가 왼쪽 편 이수방의 방에서 비틀거리며 나왔다. 뒤에는 이완방이 따라 나와 운보에게 인사를 하고 조용히 앉았다. 운보는 먼저 수방의 병세를 물었다. 옥보는 대답을 못하고 고개만 저었다. 그의 두 눈에는 실 끊어진 진주처럼 눈물이 뚝뚝 떨어지고 있었다. 손수건으로 닦을 새도 없이 소맷부리로 눈물을 훔쳤다. 완방은 옥보와 마루의 무릎 위에 올라 앉아 옥보의 손을 잡고 놀란 얼굴로 그를 뚫어지게 쳐다보고 있었다. 옥보가 눈물을 흘리자 완방은 '앙' 하고 울음을 터뜨렸다. 대아금은 미처 그녀를 말리지 못했다. 옥보가 달래자 완방은 애써 울음을 참으려고 했다.

운보는 이 광경을 보고 그 역시 참담하여 완곡하게 옥보에게 말했다.

"수방의 병이 가련하니 네가 이곳에서 시중을 들어도 괜찮아. 그렇지만 몸은 챙겨야지. 내가 듣기로 지금 열이 있다는데, 사실이냐?"

옥보는 얼빠진 표정으로 눈물만 흘리며 한 마디 하지 않았다. 운보가 다시 말을 꺼내려는데 이수저의 목소리가 들려왔다. 왼쪽 편주렴 아래에서 '둘째 도련님' 하고 불렀다. 옥보는 다급하여 운보를 내버려두고 얼른 나갔다. 완방도 곧바로 따라 나갔다. 운보도 왼쪽 방으로 건너가서 둥근 탁자를 사이에 두고 수방의 병세를 보았다. 이수방은 등에 몇 겹이나 되는 면 이불을 대고 침대에 앉아 있었다. 얼굴색은 백지장처럼 하얗고, 눈은 반쯤 감겨 있으며, 입으로는 거친 숨소리를 내고 있었다. 옥보는 침대 앞에 바짝 붙어 수방의 가슴을 누르고 천천히 쓸어내렸다. 아초는 침대 안쪽에 꿇어앉아 인삼탕을 담은 잔을 들고 있고, 수저는 침대 모서리에서 서양 수촉을 들고 서 있었다. 완방은 비집고 들어가려다 옥보 뒤에 숨어 몰래 지켜보고 있었다.

수저가 나가라고 해서 운보는 병세가 심하다고 생각하고 나가려고 하는데 갑자기 수방이 '그르렁' 소리를 내더니 짙은 가래를 뱉었다. 수저는 손수건으로 입에 갖다 대어 받아내고 살며시 닦아냈다. 이내 수방의 숨소리는 약간 진정되는 듯했다. 아초가 은수저로 인삼탕을 떠서 입술에 갖다 댔다. 수방은 입을 벌려 넘기려고 했으나 네댓 번을 떠 먹여도 겨우 반 정도만 삼킬 뿐이었다. 옥보가 부드럽게 물었다.

海上花列傳
第四十二回
拆鸞交李漱芳棄世

"좀 괜찮아?"

몇 번을 물은 뒤에야 수방은 겨우 눈꺼풀을 들어 올리고 잠시 쳐다보는듯 하더니 이내 눈동자를 돌리다 내리 깔았다. 옥보는 싫다는 뜻으로 알고 몸을 일으키며 물러났다. 수저는 돌아서서 수촉을 내려놓고 나서야 도운보가 앞에 있다는 것을 알았다. 수저가 황급히 말했다.

"아! 큰 도련님도 여기 계셨어요? 이곳은 불결합니다. 저쪽 방으로 건너가 계세요."

운보가 걸음을 돌려 방을 나가려고 하자 수저는 아초에게 침대에서 내려오라고 하고 옥보와 완방에게는 오른쪽 방으로 가라고 했다. 모두 자리에 앉지도 못하고 그곳에서 서서 멀뚱히 서로를 바라보았다. 완방은 놀라서 이 얼굴, 저 얼굴 보며 안절부절했다. 수저가 말을 이었다.

"수방의 병은 안 되겠어요! 처음에는 나아질 거라고 믿었는데 지금 보니 안 될 것 같아요. 그래도 어쩔 수 없지요. 그 애에게 안 좋은 일이 일어나도 우리들은 살아야죠. 그러니 그 애가 죽게 되어도 어쩔 수 없어요. 안 그래요, 큰 도련님?"

옆에서 이 말을 듣고 옥보는 단전에서부터 숨을 내쉬려다 말고 목구멍에서 막혀 끝내 울음을 터뜨리며 황급히 뒤쪽 방으로 물러났다. 운보는 모르는 척했다. 수저가 또 말했다.

"수방은 한 달 동안 앓고 있는데 아래위로 너무 많은 사람들이 힘들어요! 무엇보다 둘째 도련님이 한 달 동안 고생하고 계시죠. 하루 종일 잠도 자지 않고 그 애를 돌보고 있어요. 오늘 둘째 도련님 이마를 짚어보니 열이 나는데 큰 도련님이 타일러야 말을 들을 것 같았어요. 제가 둘째 도련님에게 '수방이 죽으면 둘째 도련님이 저를 돌봐줘야 합니다.'라고 말했어요. 저한테 둘째 도련님은 정말 제 자식이나 다름없으니까요! 지금 수방이 아픈데 둘째 도련님까지 아프면 어떡해요?"

운보는 이 말을 듣고 이마를 찌푸리며 깊은 생각에 잠겼다. 한참 뒤에 다시 대아금에게 둘째 도련님을 부르라고 했다. 대아금은 왼쪽 방으로 가서 그를 찾았지만 안에 없었다. 아초에게 물어봐도 없다고 했다. 누가 뒤쪽 수저의 방에서 옥보가 벽을 바라보고 앉아 흐느끼며 울고 있을 거라고 생각이나 했을까. 완방도 울면서 옷을 잡아당기며 말했다.

"형부, 울지 말아요!"

대아금이 그를 찾고 나서 말했다.

"큰 도련님께서 찾으세요."

옥보는 억지로 눈물을 거두며 잠시 조용히 있다가 완방을 데리고 왼쪽 방으로 나와 운보와 마주 보고 앉았다. 수저가 옆에서 시중을 들고 있었다. 운보가 남자는 따라 죽지 않는 법이며, 수방이 정실이라도 예의를 갖추어 슬퍼해야 하는데 하물며 지금 네 명분이 바르기는 한 것이냐며 한차례 훈계를 했다. 옥보는 말이 끝나기도 전에 대답했다.

"형님, 걱정 마십시오! 수방은 며칠 남지 않았습니다. 죽고 나서 뒷일이 제대로 정리되고 나면 집으로 돌아가서 절대 문밖을 나서지 않겠습니다. 형님께서는 다른 쓸데없는 이야기는 듣지 마십시오. 수방도 힘들어요. 가장 의지하는 사람이 수발을 들지 않으면 저 자신이 차마 견딜 수 없어서 이렇게 하고 있는 것입니다."

"너도 총명한 사람인데 설마 잘못 생각하겠니? 네 말대로라면 됐다. 열이 있다고 하는데 좀 자지 그러냐?"

옥보는 말했다.

"낮에 못 잤으니 지금 자야죠. 형님 걱정 마십시오."

운보는 할 말이 없어 가려고 했다. 그런데 수저가 말했다.

"또 상의할 게 있어요. 요사이 수방의 병세가 나빠져서 액막이 잔치[1]를 준비할까 하는데, 둘째 도련님은 나아질 거라고 못하게 해요. 지금부터 준비해야 하는데. 안 그러면 못할 것 같아요."

"그것은 해도 되고 안 해도 돼. 낫고 나서 해도 괜찮고."

운보는 이 말을 하고 일어났다. 옥보 역시 일어나 배웅하려고 했다. 완방은 옥보가 그와 함께 돌아갈까 봐 그를 놔주지 않았다. 운보도 옥보에게 있으라고 하고 바람 쐬지 말고 일찍 자라고 단단히 당부했다. 수저가 배웅하러 방에서 나왔다. 운보는 수저에게 말했다.

"옥보도 잘 모를 테니 만약 무슨 일이 있으면 사람을 서공화리로 보내 나에게 알려주게. 내가 와주겠네."

수저는 감사의 인사를 했다. 운보는 옥보의 가마꾼에게 꼭 통보하라고 당부했다. 수저는 대문 밖까지 배웅하며 가마에 올라타는 것을 보고 돌아왔다. 운보는 여전히 마음이 놓이지 않아 서공화리 담여연의 집으로 가서도 가마꾼을 보내 동흥리 둘째 나리가 잠을 자는지 알아보라고 했다. 잠시 후 가마꾼이 왔다.

"둘째 도련님은 잠자리에 드셨지만 열은 아직도 있다고 합니다."

운보는 가마꾼에게 말을 전하게 했다.

"한기가 들면 땀을 흘리는 게 좋으니 이불을 푹 덮고 땀을 내라고 일러라."

가마꾼은 명을 받고 다시 돌아갔다. 운보는 죽을 먹고 담여연과 함께 침실에 들었다.

다음 날 아침, 잠에서 깨어 소식을 물으려고 하는데 마침 옥보의 가마꾼이 아뢰었다.

"둘째 나리께서 많이 좋아지셨고 선생님도 조금 나아졌습니다."

그제야 운보는 마음을 조금 놓고 일어나 세수를 했다. 그 사이 장수영의 아주머니가 옷 등의 물건을 가지러 일립원에서 돌아오면서 제운수의 편지를 가지고 왔다. 저녁에 작은 술자리가 있어 운보를 초대한다는 것과 이수방의 병세를 묻는 것이었다. 운보는 답장을 써서 아주머니에게 주었다.

"특별한 일 없으면 간다고 전해 드려라."

열두 시가 되어도 운보는 아직 점심을 끝내지 않았는데 갑자기 옥보의 가마꾼이 허겁지겁 뛰어와 이수방이 세상을 떠났다고 전했다. 운보에게 중요한 사람은 옥보이기 때문에 젓가락을 내려놓고 속히 가마를 타고 동흥리로 갔다. 가는 도중 일을 도맡아 처리할 방도를 먼저 정해야겠다고 생각하고 문 앞에 이르러 가마꾼에게 진소운과 탕소암 두 사람을 모시고 오라고 했다.

운보는 발걸음을 떼며 문으로 들어갔다. 왼쪽 방에는 여섯 개 문짝의 유리 창문이 활짝 열려 있고 문 앞 주렴도 걷혀 있었다. 마당에는 이불이며 옷이며 지전과 은박을 태워 연기가 피어오르다 바람에 사방으로 흩어졌다. 방 안에서는 하늘을 진동하는 통곡소리와 정리하느라 시끄러운 소리들이 뒤섞여 옥보의 목소리를 분간하지 못했다.

마침 하인 계복이 침대 휘장을 걷어 대충 말아서 어깨에 메고 방에서 나오다 운보를 보고 안쪽을 향해 큰 소리로 말했다.

"큰 도련님이 오셨습니다."

운보는 오른쪽 방으로 가서 혼자 앉아 기다렸다. 갑자기 이수저의 다급한 목소리가 들렸다.

"둘째 나리, 안 돼요!"

아주머니와 어린 여자 하인들이 쫓아 들어갔다. 가마꾼들도 모두 창문으로 고개를 빼고 들여다보았지만 무슨 일인지 알 수 없었다.

이어 수저와 아주머니가 옥보를 둘러싸고 앞에서 당기고 뒤에서 밀며 끌고 나왔다. 옥보는 너무 울어 목소리가 나오지 않아 마른 목으로 울고 있었다. 발아래도 분간할 줄 몰라 넘어져가며 오른쪽 방으로 들어갔다. 운보는 침대 난간에 부딪혀 부어오른 옥보의 이마를 보고 속이 상해서 발을 구르며 말했다.

"이게 무슨 꼴이냐!"

옥보는 운보가 화내는 것을 보고 슬픔을 조금 누르는가 했더니 돌아서다 의자 위에 쓰러졌다. 수저는 장례식을 의논하려고 하는데, 아초가 응접실에서 불렀다.

"엄마, 와봐요. 완방이 아직도 언니를 부르고 있어요. 침대에 올라가 일으키려고 잡아당기고 있어요."

수저는 황급히 다시 들어가서 완방을 끌고 나왔다. 완방은 더 심하게 울어 눈물범벅이 되어 있었다. 수저는 몇 마디 나무라고는 옥보에게 달래보라고 했다. 마침 진소운이 도착했다. 운보가 그를 맞이했다. 소운이 먼저 말했다.

"소암은 주숙인의 혼인 때문에 항주에 갔다네. 무슨 일인가?"

운보가 장례를 부탁하는 뜻을 비치자 소운은 수락했다. 운보는 옥보에게 분명하게 말했다.

"지금 사람은 죽고 없고, 너는 일을 못하니 여기에 있을 필요가 없다. 내가 소운에게 대신 일을 봐달라고 부탁했으니 우리 두 사람은 돌아가자."

옥보가 다급히 말을 했다.

"그러면 형님, 초사흘과 초닷새에는 오게 해주실 거죠?"

이 한마디를 하다 말고 또 울음이 나와 말을 잇지 못했다. 운보가 말했다.

"아니, 지금 갔다가 나중에 다시 와도 돼. 나는 잠깐 바람 쐬라고 그러는 거야."

수저도 거들었다.

"큰 도련님과 함께 가서 그렇게 하세요. 둘째 도련님이 여기에 있으면 저도 마음이 놓이지 않아요."

소운도 끼어들며 말했다.

"그렇게 하는 게 좋아. 만약 무슨 일이 있으면 내가 부를게."

옥보는 그들의 말에 못 이겨 고개를 숙인 채 가만히 있었다. 운보는 가마를 불러 직접 옥보를 데리고 함께 갔다.

"우리는 맞은편 서공화리에 간다."

완방은 맞은편이라는 말을 듣고 그들이 수방을 보러 가는 줄로만 알고 먼저 왼쪽 방으로 뛰어갔다. 아초가 막아섰지만 말리지 못했다. 기다려도 아무도 오지 않자 완방은 망연자실하여 응접실로 뛰쳐나왔다. 옥보가 문 앞에서 가마를 타고 있는데, 완방이 앞뒤 가리지 않고 울며불며 대문 밖으로 뛰쳐나오다 가마에 정수리를 세게 박았다. 수저는 눈치가 빨라 얼른 따라 나와 완방의 허리를 잡았다. 완방은 여전히 고집을 부리며 버둥거렸다. 옥보가 말했다.

"같이 가."

그의 말에 수저는 완방을 놓아주었다. 완방은 바로 몸을 숙여 가마에 올랐다. 처음에는 옥보에게 토라져 있다가 옥보가 달래주자 금방 풀어졌다.

가마꾼은 서공화리 담여연의 집으로 갔다. 운보가 가마에서 내려 옥보와 완방을 데리고 이 층 방으로 들어갔다. 여연은 옥보와 완방의 눈물이 아직 다 마르지 않은 것을 보고 수방의 죽음을 짐작했다. 남자 하인이 물수건을 올리자 운보가 완방을 닦아주어야 한다며 물수건 두 개를 더 가져오라고 했다. 여연은 아예 아주머니에게 세숫물을 떠 오라고 해서 머리손질 도구를 가져와 완방의 머리를 빗어주고 화장을 해주었다. 완방은 거절할 수도 없었다. 옥보는 아편침대에 앉아 선잠이 들었다 깨기를 반복했다.

얼마 후 진소운이 찾아와 물었다.

"관은 무원[2]산도 괜찮고 조금 비싼 녹나무도 괜찮은데. 어느 걸 쓸까?"

옥보가 말했다.

"녹나무를 쓰죠."

운보는 아무 말 하지 않았다. 소운이 말했다.

"옷 비용은 여기에 있네. 그쪽에서는 봉관하피[3]를 하자고 하는데 어떤가?"

옥보는 대답하지 않고 운보를 바라보았다. 운보가 말했다.

"상관없지 뭐. 어쨌든 옥보는 이 원만 쓰면 되고 이 씨의 일은 우리 도 씨와 상관이 없잖아. 그들이 하고 싶은 대로 하고 직접 돈을 쓰라고 하면 돼."

소운이 또 말했다.

"음양 선생이 보니 초아흐레 오시에 입관하고 미시에 출상하고 초열흘 신시에 안장하자고 하네. 서가회[4]에 묘를 쓰기로 하고, 내일 당장 미장을 불러서 구덩이를 파는 게 더 중요해."

운보와 옥보가 동시에 알겠다고 말했다.

소운은 말을 끝내고 갔다.

날이 저물자 옥보는 해야 할 일이 생각났다며 가려고 했다. 운보는 만류했지만 말을 듣지 않아 하는 수 없이 그와 함께 동행을 하였다. 완방도 당연히 따라나서며 옥보와 함께 가마에 올라탔다. 동흥리 이수방의 집에 도착해보니 수방의 시신은 이미 응접실 중앙에 실려 나와 있고, 남색 상복을 입은 네 명의 비구니가 영구 앞에 앉아 염불을 하고 있었다. 왼쪽 방에는 가스등을 밝히고 예닐곱 명의 바느질꾼들이 자리를 펼쳐놓고 상복을 짓고 있었다. 진소운은 오른쪽 방에서 이수저와 수의를 점검하고 있었다.

이런 광경을 보자 도옥보는 마음이 찢어져 견딜 수가 없어 운보를 뒤로하고 뒷방 이수저의 방으로 가서 손으로 의자와 탁자를 치며 목 놓아 울었다. 이에 이완방은 화답이라도 하는 듯 밖에서 울었다. 이수저가 달래려고 다급히 들어가려는데 오히려 도운보가 붙잡았다.

"달래지 마. 우는 것도 괜찮아. 좀 울면 나아질 거야."

이수저는 대아금에게 차를 준비해 시중을 들게 했다. 수의를 점검하고 정리를 다해도 뒷방 울음소리는 그치지 않았다. 그러나 이제는 우는 소리가 아니라 고함지르는 소리 같았다. 도운보가 말했다.

"지금 가서 달래보게."

이수저가 들어가자마자 울음소리가 그쳤다. 옥보는 뒷방에서 나와 얼굴을 씻고 입을 헹구었다. 완방은 옥보에게 꼭 달라붙어 조금도 떨어지려고 하지 않았다. 도옥보는 조금 마음이 편안해져 이수저에게 입관할 때 갖출 머리장식에 대해 물었다.

"머리 장식은 많은데 옷이 조금 부족해요."

"진주문양과 진주가 상감된 것은 좋아하지 않았고 오히려 큰 진주를 좋아했으니 그것으로 모자를 만드는 게 좋을 거예요. 또 양지옥폐를 항상 단추 위에 달고 다녔으니 그것도 잊지 말고 넣어줘요."

"알겠습니다."

옥보는 마음속에는 할 말이 많았지만 순간 떠오르지 않았다. 운보가 말했다.

"울고 싶으면 언제든지 와서 울어도 괜찮아. 그런데 오늘밤에는 여기 있지 말고 나와 함께 서공화리로 가자. 서공화리는 바로 이웃집이니 할 말이 있으면 당장이라도 올 수 있어. 여기서도 너를 부르기 좋으니 모두 편해. 안 그러냐?"

옥보는 차마 거역할 수 없어 그의 뜻을 따랐다. 운보는 진소운에게 서공화리로 와서 식사를 하자고 했다. 그러나 수저는 완강하게 그를 붙잡았다. 운보가 말했다.

"우리는 손님이 아니어서 여기서 식사를 하면 불편하네."

"여기서 준비한 요리를 그곳에서 데워 드시면 되니까 보내드리겠습니다."

운보가 수락했다. 나오려고 하는데 또 완방이 옥보를 잡고 놔주지 않았다. 운보가 웃었다.

"그러면 같이 가자"

완방은 옥보의 옷자락을 잡아당기며 가마를 타려고 하지 않았다. 그래서 소운과 운보는 앞뒤에서 비호하듯 함께 걸어갔다. 담여연의 집에 도착하자 하인 계복이 대나무 광주리를 들고 뒤따라와서 이층 방에 올려놓았다. 깔끔하게 차려진 음식이었다. 운보는 여연과 완방에게 와서 같이 먹자고 했다. 옥보는 술 한 모금 마시지 않았다. 소운은 일이 아직 끝나지 않아 주흥이 나지 않았다. 그래서 세 잔만 돌리고 옥보, 완방과 함께 간단히 식사를 끝냈다. 여연만이 운보를 모시고 잔을 비웠다. 운보는 술로 슬프고 답답한 마음을 달래려고 했지만 약간 취기가 오르자 그만두었다. 소운도 식사 후 곧장 나갔다. 운보는 여연과 의논하여 정자간에 옥보의 잠자리를 봐주었다.

이날 밤 옥보는 너무나 절망적인지라 어찌할 바도 없고 해서 오히려 몸과 마음을 내려놓으니 코를 골 정도로 깊은 잠에 빠졌다. 다만 완방은 옥보 옆에 누워 선잠이 들어 꿈속에서 헤매다 수시로 놀라 깨어났다. 초여드레 아침, 완방은 꿈속에서 갑자기 울부짖었다.

"언니! 나도 갈래!"

옥보는 다급히 불러 깨우고 껴안았다. 완방은 멍한 얼굴로 흐느끼며 울었다. 옥보는 아무 말도 묻지 않고 옷을 입고 일어났다. 이 때문에 운보와 여연도 깜짝 놀라 보통 때보다 일찍 깨었다.

간식을 먹고 옥보는 홀로 동흥리로 가려고 했지만 운보는 마음이 놓이지 않아 같이 갔다. 완방 역시 따라다니며 떨어지지 않으려고 했다. 옥보는 아침부터 저녁까지 세 번을 왔다 갔다 했다. 그때마다 통곡을 하며 울어 운보의 속을 태웠다.

---

1 병이 위중할 때 혼례 등과 같은 경사스러운 일을 거행하여 액을 없애는 미신 행위의 하나로, 충희(沖喜)라고 한다. 병이 오랫동안 낫지 않는 환자와 정혼자 혹은 다

른 사람과 혼인을 한다.

2 婺源 : 강서성 무원현을 말한다.

3 鳳冠霞帔 : 고관대작 집안의 여자가 혼인할 때 입는 혼례복

4 徐家匯 : 상해 중심지역의 서남쪽에 위치하고 있다.

43

그 방에 들어가니 사람은 죽고 없으나 물건은 그대로여서 슬프고, 그 말을 믿고 사별하고도 살아 돌아오기를 바라다

入其室人亡悲物在 信斯言死別冀生還

팔월 초아흐레, 도운보는 단잠을 자다 폭죽소리에 깼다. 깨어나 보니 벌리서 북소리와 피리소리가 들려왔다. 그는 늦잠을 잔 줄 알고 급히 일어났다. 담여연도 놀라 일어나며 물었다.

"뭐 하세요?"

"늦었어."

"아직 일러요."

"더 자. 나는 먼저 일어날게."

이어 아주머니를 불러 물었다.

"둘째 도련님은 아직 일어나지 않았느냐?"

"도련님은 날이 밝자마자 가마도 타지 않고 바로 갔습니다."

운보는 세수를 하고 입을 헹구고 급히 갔다. 동흥리 입구에 이르자 이수방의 집 앞에는 두 개의 촉등[1]이 세워져 있었다. 아이들이 아주 시끌벅적하게 왔다 갔다 하며 뛰어다녔다.

운보는 가마에서 내려 응접실로 들어갔다. 응접실 한가운데 영구가 놓여 있고 그 앞 탁자 위에는 하얀 비단에 쓴 신위가 있었다. 양옆으로 찻잔이 八자 모양으로 배열되어 있고 그 위에 금칠을 한 긴 쟁반이 각각 올려져 있었다. 그중 한 쟁반에는 봉관하피를, 또 다른 쟁반에는 금주 머리장식을 올려놓았다. 고향에서 온 여자 손님 몇 명은 여기저기 구경하며 돌아다니다가 정말 부러워서 "복이 많아"라며 다들 감탄하고 재잘거렸다. 십여 명의 남자 손님들은 왼쪽 방에 앉아 이런저런 주제로 열띠게 이야기를 나누었다. 아마도 이수저의 친척인 모양이었다. 도운보는 분명 그곳에 옥보는 없을 거라고 생각했다. 운보는 오른쪽 방으로 들어갔다. 진소운이 하인들에게 일을 나눠주고 있고, 해야 할 일이 산더미처럼 쌓여 있는 것이 짬 내기가 어려워 보였다. 벽 쪽에 갖다 놓은 탁자에 흰 수염이 난 노인이 앉아 있었다. 그는 회계 선생으로, 상부(喪簿) 한 권을 펼쳐놓고 사람들이 보내온 부의 품목을 기록하고 있었다. 선생은 운보를 보자 손을 내리고 일어났지만 감히 인사를 올리지 못했다. 옥보가 어디에 있는지 묻자 그 선생은 손으로 가리키며 말했다.

"이쪽에 있습니다."

운보는 돌아서며 그를 찾아갔다. 도옥보는 둥근 탁자 위에 두 팔을 고리짝처럼 모아 머리를 파묻고 엎어져 있었다. 얼굴을 가린 채 숨소리조차 없었다. 그러나 때때로 갑자기 머리를 흔들며 어깨를 움찔거렸다. 운보는 그가 울음을 삼키며 흐느끼고 있다고 생각하고 내버려두었다. 그는 하인들이 다 나가고 난 뒤 소운을 만나 옥보를 보내야겠다는 뜻을 내비치었다. 그러자 진소운이 말했다.

"지금 가려고 하겠어? 나중에 장례식이 다 끝나는 거 봐서."

"언제까지 기다려야 하나?"

"곧. 밥 먹고 출발하면 끝나."

운보는 하는 수 없이 탑상에 누워 아편을 피웠다. 잠시 후 식사하라는 전갈이 왔다. 탁자 세 개가 놓인 왼쪽 방에는 본가 친척 및 예악인, 폭죽 터뜨리는 사람들이 가득 메우고 있었다. 오른쪽 방은 진소운, 도운보, 도옥보 세 사람이 탁자 하나를 사용했다.

자리에 앉으려는데 담여연의 집 하인이 방으로 들어왔다. 운보가 무슨 일인지 물었다. 하인은 부의를 보내왔다며 소매에서 문갑을 꺼내 탁자 위에 올렸다. 문갑 안에는 부의 봉투가 하나 있고 담여연의 명함이 끼워져 있었다. 운보는 우스웠지만 그냥 내버려두었다. 이어 또 부의를 보내오는 사람이 있었다. 그늘색 끈이 달린 여름 모자를 쓰고 쟁반을 들고 왔다.

바로 제운수의 집사였다. 그래서 운보는 황급히 일어나 쟁반을 받았다. 쟁반 안에는 지전과 장례식에 사용하는 담황색 천 세 묶음, 세 장의 하얀색 첩자가 있었다. 그 첩자에는 소관향, 요문군, 장수영의 이름이 적혀 있었다. 운보는 집사에게 웃으며 말했다.

"대인께서는 정말 세심하시네! 사실 굳이 이렇게까지 할 필요 있나?"

집사가 그렇다고 대답하고 다시 아뢰었다.

"대인께서 만약 둘째 나리 마음이 견디기 힘들면 놀러 오라고 하셨습니다."

"돌아가거든 대인께 감사 인사를 전하고, 며칠 후에 둘째 도련님이 인사드리러 간다고도 전하게."

집사는 대답을 하고 쟁반을 들고 나갔다. 세 사람은 그제야 자리에 앉았다. 소운은 아래 자리가 비어 있기에 회계 선생을 불렀다. 그러나 선생은 끝까지 오려고 하지 않았다. 그래서 이완방을 불러 아래에서 시중들라고 하였다. 옥보는 입에 술을 대지 않을 뿐 아니라 물 한 모금 마시지 않고 밥 한 톨 입에 넣지 않았다. 운보도 굳이 강권하지 않았다. 모두 죽을 먹고 자리에서 일어났다.

식사 후 소운은 바깥으로 나가 일을 감독했다. 옥보는 사람들의 비웃음이 두려워 한쪽으로 비껴 서 있었다. 운보는 하얀 옷을 입어

홍백이 더욱 선명하게 드러나 보이는 완방을 보니 그 모습이 가련하기도 하고 귀엽기도 하여 손을 잡고 탑상으로 가서 시시콜콜한 이야기를 했다. 평소 영민했던 완방은 멍한 눈빛을 하고 한마디 물으면 한마디만 대답했다.

그때 갑자기 한 사람이 응접실에서 소리를 내자, 마당에서 붉은색과 검은색 모자를 쓴 네 명이 소리를 질렀다. 곧이어 큰 폭죽을 세 번 터뜨리자 나발을 아홉 번 불었다. 완방은 놀라서 방 뒤쪽으로 뛰어나갔다. 옥보는 이미 어디로 갔는지 알 수 없었다. 운보는 살펴보려고 일어났지만 응접실에는 사람들로 빽빽하게 들어찼고, 울부짖는 소리에 입관을 했는지도 알 수 없었다. 잠시 후 또 소리를 내자 북소리, 나발소리, 폭죽소리가 연이어 났다. 상복을 입은 사람과 여자 손님이 일제히 슬피 울었다. 운보는 물러나 다시 드러눕고 조용히 기다렸다. 북소리와 나발소리가 나자 이어서 종소리와 염불소리가 들렸다. 아마도 염을 끝내고 물을 뿌리는 속례(俗例)[2]를 하는 것이라고 추측했다.

속례가 끝났는데도 한참 동안 움직임이 보이지 않았다. 운보가 다시 살펴보려고 하는데 소운이 사람들 속에서 비집고 불쑥 나와 방문 앞에서 손짓했다. 운보는 황급히 가서 보았다. 옥보가 두 손으로 관을 움켜잡고 허리를 숙이다 그만 상체가 관 속으로 빠지고 만 것이었다. 이수저가 온 힘을 다해 떼어내려고 했지만 꼼짝도 하지 않았다. 운보가 앞으로 가서 뒤에서 끌어안고 방으로 끌고 갔다. 이때 바깥에서는 나발과 폭죽소리가 일제히 울려 퍼지고 곡소리도 들렸다. 관을 닫자 구경꾼들은 점점 사라졌다.

나발과 북이 울리고 장의사가 제를 올렸다. 운보는 방문을 지키며 옥보가 밖에 나가지 못하게 했다. 양자로 들여온 형제, 완방, 아초 그리고 이 층의 기녀 두 명은 한 명씩 나와 절을 했다. 본가 친척과 손님들이 이어서 절을 했다. 소운이 대문을 나와 손짓하며 부역

한 명을 응접실로 불러 제사상을 치우게 하고 새끼줄을 묶었다. 폭죽소리가 나자 여러 명의 부역꾼들은 소리를 내며 어깨에 관을 멨다. 붉은색과 검은색 모자를 쓴 사람들은 나발과 북을 치고 갈도하며 스님의 행렬과 함께 먼저 나가 골목 입구에서 기다리고 있었다. 상여는 천천히 움직이기 시작했다. 수저는 식솔들을 이끌고 걸어가며 곡을 했다. 친척들 중에는 상여를 따라나서는 사람도 있고 그러지 않는 사람도 있었다. 모두 어수선하고 떠들썩하게 떠나갔다.

옥보는 시끌벅적하고 혼잡한 틈을 타 갑자기 운보의 겨드랑이 아래로 파고들어 가며 빠져나가려고 했다. 그러나 운보가 곧바로 붙들었다. 옥보는 어쩌지도 못하고 화를 내며 발을 동동거렸다. 그러자 운보가 말했다.

"지금 가서 어쩌겠다는 거냐? 내일 나와 같이 돌아서 서가회로 가는 게 맞아. 지금은 배로 보내는 것 외에 다른 일도 없는데 왜 그러느냐?"

옥보는 그 말을 듣고 보니 맞는 말이라고 생각되어 그만두었다. 운보는 즉시 서공화리로 끌고 가려고 하였으나 옥보는 장례식이 끝나면 돌아가겠다고 하였다. 운보는 마지못해 그의 생각을 따랐다. 그러자니 한참을 기다려야 했다.

옥보는 수방의 유물이 생각났다. 수저가 정리했는지 궁금하여 운보를 뒤로하고 살펴보러 왼쪽 방으로 갔다. 문지방을 들어서며 사방을 둘러보고 깜짝 놀랐다. 방 안은 텅 비어 있고, 상자들은 모두 자물쇠로 채워져 있었다. 침대 위에는 의자 두 개가 아무렇게나 올려져 있었다. 벽에 걸린 가스등은 부서져 금방이라도 떨어질 것 같았고, 그림도 떨어져 나가 있었다. 바닥에는 닭뼈와 생선뼈들이 어지러이 널려 있었다.

옥보는 이 모두가 수방이 죽고 사라져버렸기 때문이라는 생각이 들어 자기도 모르게 슬프게 울었다. 운보는 옥보가 실컷 울게 놔두

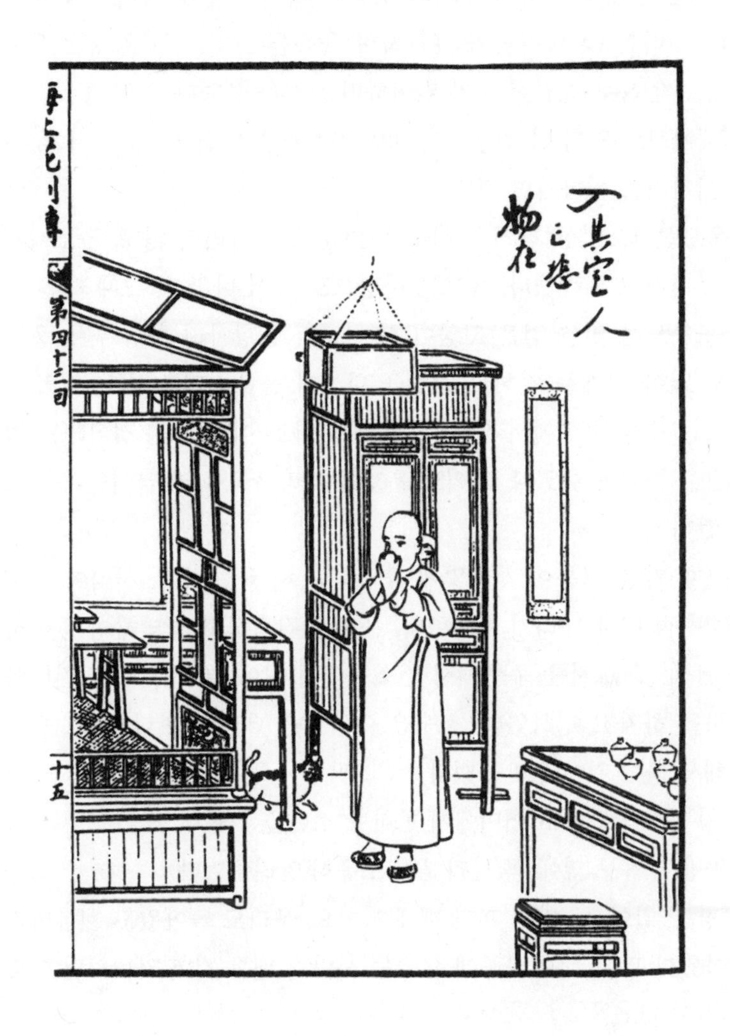
入其室人亡悲物在
海上花列傳
第四十三回
十五

었다. 옥보는 울면서 침대 앞으로 걸어갔다. 그런데 갑자기 검은 물체가 화장대 아래에서 나오더니 눈 깜짝할 사이에 사라졌다. 옥보는 순간 멍해져서 혹여 수방의 영혼이 지금 이렇게 나타나서 울지 말라고 하는 것은 아닌가 생각하며 울음을 그쳤다. 마침 진소운이 돌아오자 옥보는 급히 나가 맞이하며 소식을 물었다.

"배에서도 일이 잘 진행되어 내일이면 관을 내릴 수 있을 거야. 내일 서가회로 돌아가면 되네."

운보는 더 이상 참지 못하고 가마꾼도 기다리지 않고 옥보에게 빨리 가자고 재촉했다. 옥보는 마당으로 걸어 나왔다. 그때 하얀 털이 드문드문 있는 검은 고양이 한 마리가 물항아리 뚜껑 위에 웅크리고 앉아 고개를 젖히고 입맛을 다시며 울음소리를 내고 있었다. 옥보는 수방의 방에서 본 검은 물체가 바로 이 짐승인 것이라는 걸 깨닫고 한숨을 쉬었다. 그리고 운보를 따라 서공화리 담여연의 집으로 갔다.

그때 가을 구름이 시커멓게 뭉치더니 해를 가렸다. 저녁이 되자 추적추적 비가 내리기 시작했다. 운보는 갑갑하고 답답하여 좋아하는 음식 몇 가지를 주문해서 진소운에게 일이 끝나는 대로 건너와 식사를 하자고 청하였다. 소운은 이완방을 데리고 왔다. 옥보는 이상해서 무슨 일이냐고 물었다.

"형부를 찾는다고 어미에게 한바탕 소란을 피웠네."

완방은 옥보 옆에 꼭 달라붙어 조용히 알려주었다.

"형부, 알아요? 언니 혼자 배에 있어요. 우리도 돌아왔고 계복까지 돌아왔다 말이에요. 나중에 모르는 사람이 배를 저어 가버리면 어디서 가서 찾죠?"

소운과 운보는 그 말을 듣고 그만 웃음이 터져 나왔다. 옥보는 그녀를 듣기 좋은 말로 잘 달래주었다. 담여연이 옆에서 고개를 끄덕이며 탄식하며 말했다.

"언니가 없어 힘들지?"

운보가 화를 냈다.

"그 애를 울리려는 거야? 이제 겨우 그쳤는데 또 울리려고 해!"

여연은 물방울 같은 눈물을 그렁거리는 완방을 보고 웃으며 완방의 손을 잡고 가까이 오게 했다. 그러고는 나이가 몇이며 누가 노래를 가르쳐주었는지, 대곡은 몇 곡을 배웠는지 등을 물었다. 한참 멋쩍고 어색할 때 저녁식사가 올라왔다. 운보와 소운은 대작을 하고 여연은 조금씩 마셨다. 옥보와 완방은 먼저 식사를 끝냈다. 운보는 옥보가 하루에 반 그릇도 먹지 않았다는 걸 알고 있었지만 강권하지도 못했다. 대신 상냥한 어투로 말했다.

"오늘 일찍 일어났으니 좀 자야지? 먼저 자러 가도 된다."

옥보 역시 기분이 나지 않아 완방과 함께 인사를 하고 정자간으로 가서 자려고 방문을 잠갔다. 사실 옥보는 이때 정자간에 와서도 잠들지 못하고 등불을 끄고 답답한 마음으로 목석처럼 앉아 있었다. 완방은 가까이 붙어 앉아 무슨 생각에 골똘히 잠겼는지 한 곳을 주시하고 있었다. 잠시 후 완방이 갑자기 말했다.

"형부 들어봐요! 지금 비가 그쳤어요. 우리 언니 보러 배에 다녀와요. 네?"

옥보는 대답은 하지 않고 고개만 저을 뿐이었다. 완방이 말했다.

"괜찮아요. 다른 사람이 모르게 하면 되죠."

옥보는 아무것도 모르는 완방의 모습에 더욱 비참해져서 순간 주루룩 눈물이 흘러내렸다. 완방이 놀라며 물었다.

"형부, 왜 울어요?"

옥보는 손을 저으며 그녀에게 '소리 내지 마' 하고 말했다. 완방은 몸을 돌려 옥보를 껴안았다. 옥보가 눈물을 거두고 진정하자 완방은 다시 말했다.

"형부, 할 말이 있어요. 다른 사람한테 말하면 안 돼요. 알겠죠?"

"무슨 말?"

"어제 회계 선생이 나한테 언니는 한번에 가는 것이 아니고 이 주일이 지나면 다시 집으로 온다며, 음양 선생이 날을 보니 스무하룻날에 분명 돌아온다고 했어요. 회계 선생은 신실한 사람이잖아요. 이전에도 그가 한 말은 틀린 적이 없었어요. 그러면서 나보고 울지 말래요. 언니가 우는 소리를 들으면 돌아오지 않을 거래요. 그리고 나보고 다른 사람에게는 말하지 말래요. 말하면 언니가 올 수 없을 거라고 했어요. 형부, 그러니 울지 말아요. 언니가 돌아와야죠."

옥보는 이 말을 듣고 더 이상 참을 수 없어 구슬프게 오열했다. 완방은 마음이 다급해져 발을 동동거리며 사람들을 불렀다. 순간 소운과 운보도 놀라 문을 밀치고 들어왔다. 이 광경을 보고 소운은 껄껄 웃었지만 운보는 미간을 찌푸렸다.

"체통을 좀 지켜!"

옥보는 최선을 다해 울음을 참으려고 했다. 담여연은 아주머니에게 세숫물을 가져오라고 했다.

"둘째 도련님, 얼굴 씻고 주무세요. 오늘은 종일 힘들었잖아요."

그리고 모두 나갔다. 아주머니가 세숫물을 올리자 옥보는 세수를 하고 나서 다시 완방을 닦아주었다. 아주머니가 세숫대야를 가지고 나간 후 옥보는 완방의 옷을 벗겨주고 함께 침대에 올랐다. 두 사람은 머리를 맞대고 잠들었다. 처음에는 맑은 정신으로 깨어 있었지만 점점 가물가물해지더니 진소운의 인사 소리조차 듣지 못했다.

다음 날 아침, 일어나니 날이 개이고 해가 나왔다. 상쾌한 날씨가 아침을 맞이했다. 옥보는 혼자 양경빈(洋涇濱)[3]으로 가서 그 배를 찾아보려고 정자간에서 몰래 나오는데, 마침 아주머니가 그를 붙잡으며 말했다.

"큰 도련님께서 저희에게 도련님이 절대 밖으로 나가지 못하도록 지키라 하셨어요."

완방도 쫓아 나왔다. 옥보는 나가지 못하고 방으로 돌아갔다. 오시 즈음에 운보의 기침 소리가 들려왔다. 여연은 헝클어진 머리를 하고 아주머니를 부르러 방에서 나오다 옥보와 완방을 보고 불렀다.

"이제 일어났어요. 방으로 와요."

옥보는 완방을 데리고 앞쪽 방으로 갔다. 운보에게 인사를 하고 나서 마차를 불러야 하지 않겠냐고 물었다. 그러자 운보가 말했다.

"식사하고 나서 불러."

옥보가 요리를 주문하려고 하자 운보는 이미 준비했다고 말했다.

옥보는 침대 의자에 앉아 여연이 거울 앞에서 화장하는 것을 보았다. 여연이 완방에게 말했다.

"잔머리가 많이 삐져나왔구나. 빗을래? 아니, 내가 빗어줄게."

완방은 부끄러워하며 괜찮다고 했다. 운보가 말했다.

"왜 안 빗어? 가서 거울 봐봐, 잔머리 나왔잖아."

옥보도 옆에서 빗으라고 하니 완방은 더 움츠러들었다. 옥보가 말했다.

"익숙해졌을 텐데 그래도 부끄러워하는구나."

여연이 웃으며 말했다.

"괜찮아, 이리 와."

그녀는 완방을 끌어당겨 머리를 빗겨주며 이전에는 누가 머리를 손질해 주었는지 물었다.

"원래는 언니가 해줬는데 지금은 아무나 해줘요. 어제 아침에는 연녹색 머리 끈[4]으로 바꿔야 해서 엄마가 빗어줬어요."

운보는 이런 잡담을 나누다 혹여 옥보의 심사를 건드릴까 일부러 다른 이야기를 꺼냈다. 여연은 눈치를 채고 더 이상 많은 이야기를 하지 않았다. 옥보는 비록 멍한 얼굴로 가만히 앉아 있었지만 마음이 산란하여 잠시라도 안정되지 않았다. 이것을 운보가 어찌 모르겠는가. 마침 남자 하인이 아뢰었다.

"요리가 왔습니다."

운보가 이 층으로 올리라고 했다. 완방의 두 갈래 머리모양은 여연의 머리보다 쉬워 빨리 끝내고 같이 식사를 했다.

식사를 마친 후 옥보는 조금도 지체하지 않고 직접 가마꾼에게 일러 마차를 골목까지 불러오게 했다. 운보도 어쩔 수 없이 옥보, 완방과 함께 바로 움직였다. 마차는 서남쪽으로 내달렸다. 서가회 도로와 가까워지자 커다란 공동묘지가 보였다. 저 끝에 일고여덟 명의 일꾼들이 땀을 뻘뻘 흘리며 묘혈을 새로 파고 있었다. 그 묘혈 앞에는 벽돌들이 쌓여 있고 석탄이 깔려 있었다. 셋은 그곳이 바로 이수방의 묘임을 알고 마차에서 내렸다. 묘혈 파는 일을 감독하는 하인이 다가와서 알렸다.

"진 나리도 오셨습니다. 배에 타고 계십니다."

옥보가 돌아보니 가까운 곳에 배가 있었다. 그는 운보에게 완방을 데리고 앞서 먼저 가라고 부탁했다. 세 대의 무석(無錫)의 큰 배가 머리와 끝이 서로 연결되어 나란히 정박하고 있었다. 영구와 화상들은 제일 큰 배에, 진소운과 풍수 선생은 또 다른 배에, 그리고 이수저와 친척들은 나머지 배에 타고 있었다.

옥보는 완방을 수저에게 데려다주고 나서 운보와 같이 소운이 타고 있는 배에 올라탔다. 서로 인사를 하고 한담을 나누었다. 얼마 후 풍수 선생이 말했다.

"이제 시간이 되었습니다."

그러자 소운은 계복에게 지시를 내렸다. 먼저 그 지역 폭죽장이를 불러 속히 묘지로 보내고, 묘혈을 파고 있는 감독자에게 장례 행사를 준비하라 했다. 수저에게는 완방을 상복으로 갈아입히라 했다. 풍수 선생이 앞장서고 소운과 운보, 그리고 옥보는 그를 따라 묘지로 갔다.

얼마 후 폭죽소리가 터지자 관이 배에서 내려왔다. 화상이 '띵 띵

땅 땅' 법기를 치며 관을 이끌며 앞장섰다. 친척과 가족들은 곡을 하며 뒤따라 걸어갔다. 옥보는 그 광경을 보자 속이 울렁거렸다. 버티려고 했으나 하늘과 땅이 빙빙 돌고 눈앞이 순간 깜깜해지더니 더 이상 버티지 못하고 쓰러졌다. 소운과 운보는 깜짝 놀라서 그를 일으켜 세우며 소리를 쳤다. 수저가 더 당황하여 관은 내버려두고 달려와 사람들 틈을 비집고 들어 신에게 빌며 소란을 피웠다. 다행히 옥보가 점점 정신을 차리고 눈을 뜨자 사람들은 조금 마음을 놓았다.

풍수 선생은 왼편 서양 건물을 가리키며 외국 술집이라고 하면서 그곳에서 잠시 앉아 쉴 수 있을 거라고 했다. 수저와 운보는 그 말을 듣고 옥보를 부축하여 그곳으로 갔다. 그날은 가을 햇살이 강하게 내리쬐어 삼복더위와 다르지 않았다. 옥보는 열이 심하여 건물에 들어가자마자 옷을 벗고 열을 식히었다. 그리고 레몬수를 마셨더니 열이 완전히 내려갔다.

옥보는 운보가 복도에 나와 있는 것을 보고 그 틈에 빠져나가려고 했다. 그러나 수저가 가만히 있지 않았다. 옥보가 애원했다.

"보러 가게 해줘요. 난 괜찮으니 그만 놔줘요!"

수저는 계속해서 그를 달래었다.

"둘째 도련님, 이제 겨우 나았어요. 또 나가면 우리는 감당 못해요."

운보가 밖에서 그 소리를 듣고는 큰소리를 쳤다.

"놀라 죽는 꼴 보고 싶어서 그러냐? 좀 가만히 있어!"

옥보는 어쩌지 못하고 다시 자리로 돌아갔다. 그러나 이내 초조해져서 허리에 차고 있는 한옥(漢玉)[5]을 꺼내 들고 잘게 부술 기세로 손톱으로 긁어댔다. 수저는 부드러운 목소리로 의논하듯 말했다.

"그러면 둘째 도련님, 잠시 앉아 있어 봐요. 제가 먼저 보러 갈게요. 일이 마무리되면 계복에게 도련님을 모시고 오라고 할 테니까 그때 보는 게 더 좋잖아요?"

信斯言死
別冀生還

"그러면 빨리 가봐요."

수저는 운보에게 들어오라고 하고 옥보에게는 가만히 있으라고 하고 나갔다. 옥보는 유리창 너머로 묘지를 바라보았다. 가까운 거리여서 모두 눈에 들어왔다. 석고를 칠하여 신주를 묘지에 세우고 모든 일이 질서정연하게 진행되고 있었다. 그런데 완방이 무슨 이유에서인지 무덤 주위를 돌며 울고 있었다. 그때 마침 계복이 들어왔다. 운보는 옥보와 함께 외국 술집을 나와 무덤으로 다시 갔다. 완방은 여전히 울고 있었다. 그러다 옥보를 보자마자 달려들며 소리쳤다.

"형부, 큰일 났어요!"

"뭐가 큰일 났다는 거냐?"

"봐요! 언니가 저 사람들 때문에 안에 갇혀버렸는데 어떻게 나와요!"

모두들 그 말을 듣고 어안이 벙벙했다. 그러나 옥보는 그 말의 뜻을 알고 있었다. 완방은 또다시 옥보를 밀치며 울면서 말했다.

"형부가 가서 말해요. 어서 문을 열라고 해요!"

옥보는 달리 위로할 수가 없어 거짓말로 사실을 숨겼다. 완방은 그의 말을 듣지 않고 갑자기 빙글빙글 돌며 묘지 위로 엎어졌다. 그리고 양손으로 석고를 칠한 석탄을 죽기 살기로 파냈다. 석고장이들도 어쩌지 못하자 수저가 나서서 끌어내렸다. 수저는 완방을 옥보에게 맡기며 말했다.

"다 끝났으니 도련님은 먼저 돌아가세요. 여기는 우리가 있을게요."

옥보는 이 황량한 들판에서 할 일이 없다고 생각되어 바로 운보를 따라 나란히 마차에 올라 앉고, 완방을 그 사이에 앉혔다. 사마로 서공화리로 돌아가는 내내 완방은 그들을 난처하게 했다. 담여연의 집에 이르자 이 층에서 사람들 소리가 들렸다. 운보는 남자 하인에게 무슨 일이냐고 물었다. 윤치원이 직접 장수영을 데려다주러 왔으며 고아백과 요문군도 함께 있다는 것이었다. 운보는 아주 기뻐하며 옥보와 완방을 데리고 이 층으로 올라갔다. 먼저 담여연의 방으로 가서 잠시 앉았다가 장수영의 방으로 건너갔다.

1 촉등(矗燈) : 발이 높은 초롱불
2 버드나무 가지나 석류나무 가지로 깨끗한 물을 적셔 뿌리는 의식으로, 세정(洒淨)이라고 한다. 그 목적은 장소를 깨끗하게 하는 것일 뿐 아니라, 원혼 중생들이 불법의 보호를 받을 수 있게 하는 것에 있다.
3 양경빈은 원래 상해의 하천이었다. 공공 조계와 프랑스 조계 사이에 흘렀는데, 복개하여 도로로 만들었다. 지금의 연안동로(延安東路)이다.
4 중국에서 흰색과 파란색은 애도의 색을 의미한다. 일상에서는 일반적으로 여자들은 붉은 털실로 머리를 묶는다.[장]
5 한대(漢代)의 옥(玉)을 의미하며, 한대로부터 전해져오는 옥기, 옥장식 등을 가리키기도 한다.

44

난봉꾼을 속이려고 노래 한 곡으로 올가미를 걸고, 탐욕자를 징벌하려고 몸값 천금으로 약점을 잡다

賺勢豪牢籠歌一曲 懲貪黷挾制價千金

고아백과 윤치원은 도운보를 보자 이수방의 일을 물었다. 운보는 간단하게 이야기해주었다. 윤치원은 도옥보가 건넛방 담여연의 방에 있다는 것을 알고 아주머니에게 특별히 모셔오라고 했다. 도옥보는 이완방을 데리고 장수영의 방으로 건너와 인사를 했다. 그가 자리에 앉자 고아백은 도옥보에게 아무쪼록 식사를 거르지 말고 몸을 챙기라고 당부하고 윤치원은 담담하게 몇 마디로 위로하였다. 사실 옥보는 이런 말들이 나올까 가장 걱정했는데, 순간 자기도 모르게 정신이 아득해졌다. 도운보는 화제를 돌리려고 황급히 물었다.

"전날 밤『사서』주령은 계속 했었나?"

윤치원이 말했다.

"요 며칠 동안 주령이라는 주령은 다 했네. 자네가 하나 내보겠나?"

고아백이 말했다.

"어제는 용지 선생이 낸『사서』주령이 좋았어. 그 묘미가 말이야 어렵지도 쉽지도 않고, 적지도 많지도 않은 데 있었지. 여섯 개 탁자에 스물네 명의 손님이 둘러앉아 스물네 개의 산가지를 내었다네."

운보는 격식을 물었다. 그러자 아백이 치원을 가리키며 말했다.

"저 사람에게 물어보게. 원고를 가지고 있을 거야."

윤치원이 말했다.

"가지고 왔는지 모르겠군. 어디 찾아볼까."

치원은 가죽 책자를 가져와 열어보았다. 마침 안에 주령이 적힌 시전(詩箋)[1] 세 장이 있었다. 치원은 그것을 꺼내 운보에게 건네주었다. 운보는 시전에 적힌 주령을 보았다.

평상입거 천자일위 平上入去 天子一位
평거입상 은감불원 平去入上 殷鑑不遠
평입거상 희살기명 平入去上 牲殺器皿
평상거입 능자재직 平上去入 能者在職
평거상입 충신중록 平去上入 忠信重祿
평입상거 언필유중 平入上去 言必有中
상평거입 사민전율 上平去入 使民戰慄
상거평입 호표지곽 上去平入 虎豹之鞟
상입평거 오십이모 上入平去 五十而慕
상평입거 담이불염 上平入去 淡而不厭
상거입평 관중득군 上去入平 管仲得君
상입거평 미목반혜 上入去平 美目盼兮
거평상입 비제초목 去平上入 譬諸草木
거상평입 방음류철 去上平入 放飯流歠
거입평상 대학지도 去入平上 大學之道
거평입상 원무벌선 去平入上 願無伐善
거상입평 호용질빈 去上入平 好勇疾貧
거입상평 진불은현 去入上平 進不隱賢

입평상거 약시우강 入平上去 若時雨降
입상평거 소은행괴 入上平去 素隱行怪
입거평상 백세지하 入去平上 百世之下
입평거상 홀언재후 入平去上 忽焉在後
입상거평 혹감모요 入上去平 或敢侮予
입거상평 약성여인 入去上平 若聖與仁

다 읽고 난 운보는 한참 생각하다가 말했다.

"이렇게 스물네 구를 합쳐놓긴 했는데 『사서』에 나오는 문장인지는 모르겠는걸."

윤치원은 시전을 정리하면서 대답했다.

"있기야 있지. 하는 게 좀 번거로워서 그렇지."

고아백이 말했다.

"할 수만 있다면야 최고의 놀이지. 나 혼자서는 생각할 수도 없어. 문장을 많이 생각하고 있지만 틀릴 거야. 자네들도 틀린 문장이 많아. 그러니 자네 문장은 틀리고 내가 맞다고 누가 말한다면 내 문장이 어째서 맞는 것인지 자네가 어떻게 알겠나."

도운보는 고개를 끄덕이며 미소를 지었다.

주령을 비평하는 동안 도옥보는 이완방과 함께 슬그머니 일어나 다른 사람들을 피해 담여연의 방으로 가서 조용히 앉아 있었다. 여연은 아주머니에게 그들의 시중을 들라고 했다. 고아백은 나지막한 목소리로 도운보에게 말했다.

"자네 동생 얼굴이 까칠하니 잘 타일러서 몸을 챙기라고 하게."

윤치원이 이어서 말했다.

"일립원에 데리고 가서 한 며칠 쉬면서 기분전환 시켜주지 그래?"

운보가 말했다.

"그렇지 않아도 내일 가려고 했네. 요 며칠 나도 통 재미가 없었거든."

치원은 잠시 생각하더니 장수영에게 술자리를 마련하라고 한 뒤 다시 말했다.

"오늘은 내가 먼저 옥보를 초대하겠네. 이렇게 모이기도 쉽지 않고 다들 애인들도 함께 있으니. 딱 여덟 명, 탁자 하나야."

운보가 말리려고 하는데 수영이 벌써 명을 받들고 남자 하인에게 음식을 주문하라고 했다. 요문군이 일어서며 말했다.

"우리 집에 당희[2]가 있어서 잠깐 다녀오겠어요."

고아백은 빨리 돌아오라고 당부했다. 문군은 작별인사를 하지 않고 나갔다.

노을빛은 흩어지고 저녁색이 창연하였다. 요문군은 아래층으로 내려가 가마를 타고 곧장 사마로를 지나 동합흥리 집으로 돌아왔다. 대문을 들어서며 이 층 응접실을 올려다보니 등불에 비쳐 사람들의 그림자가 흔들거렸다. 방은 사람들로 가득 차 있고 악기 소리가 '쟁쟁' 울렸다. 문군은 뇌공자(賴公子)가 왔다는 것을 알고 깜짝 놀랐다. 먼저 뒤쪽 작은 방으로 가서 기생어미 대각요(大脚姚)를 만나 자라[3]를 초대했다고 원망했다. 대각요가 말했다.

"누가 불렀냐? 제 발로 찾아왔지. 술 마신다고 하는데, 어떻게 돌려보내?"

문군은 마지못해 술자리로 가서 임기응변으로 넘겨볼 작정이었다. 마침 계단을 올라가는데 아주머니가 미리 알렸다.

"문군 선생 오셨습니다."

순간 응접실 안에서 아첨꾼들이 바람이 파도를 밀듯이 쏟아져 나와 그녀를 둘러싸고 날뛰며 기뻐했다. 문군은 몸을 곧게 세우고 두 눈을 부릅떴다. 그러자 아첨꾼들은 함부로 말을 지껄이지 못하고 몇 마디만 했다.

"도련님이 한참 기다렸습니다. 어서 오십시오."

한 아첨꾼이 앞으로 나와 문군을 위해 길을 열어주었다. 다른 아첨꾼은 뇌공자 뒤에 의자를 놓으며 앉게 하였다.

그러나 뇌공자는 그가 부른 여덟아홉 명의 기녀들로 둘러싸여 있어서 들어갈 수 없었다. 그래서 문군은 의자를 아예 멀찍이 놓고 앉았다. 뇌공자는 두리번거리다 문군을 발견하고 위아래로 훑어보았다. 문군은 무릎과 발을 가지런히 모으고 손을 단정히 하고 앉아 꼼짝하지 않았다. 뇌공자 역시 어떻게 할 수 없었다. 문군은 뇌공자가 앉은 주인 자리의 상석에 두 명의 손님, 바로 나자부와 왕연생이 앉아 있는 것을 보고 조금 용기가 생겼다. 나머지 스무 명이 넘는 사람들은 부랑자 같은 사람들로, 모두 자리에 앉지 않고 여기저기 흩어져 서있었다. 그들은 뇌공자가 데려온 아첨꾼들이었다.

그때 한 아첨꾼이 문군에게 다가와 몸을 숙이고 어깨를 쫑긋 세우며 물었다.

"어떤 걸로 하시겠어요? 말씀하시죠."

문군은 속으로 공연이 끝나면 다른 술자리 핑계를 대고 빠져나갈 수 있을 거라 생각하고 〈문소관(文昭關)〉[4]을 하겠다고 했다. 그 아첨꾼은 옥구슬 같은 목소리를 고대하고 있었던 터라 얼른 뇌공자에게 가서 문군이 〈문소관〉을 한다고 전하며 줄거리도 이야기해주었다. 또 다른 아첨꾼 한 명이 문군을 재촉하자 문군은 무대 뒤로 가서 분장을 했다.

앞의 공연이 끝나자 문군이 의상을 갈아입고 무대에 올라왔다. 문군의 공연이 시작하기도 전에 아첨꾼 하나가 흥이 나서 '좋아' 하고 소리를 질렀다. 그러자 여기저기서 '좋아! 좋아!' 하는 바람에 하늘이 무너지고 땅이 꺼지고 바다와 강을 휘젓는 듯 시끄러워졌다. 왕연생은 조용한 분위기가 익숙한 사람이라 두통이 벌써 심해지고 나자부도 호쾌한 사람이지만 이런 난장판은 참기 힘들었다. 뇌공자만 배를 두드리며 크게 웃고 아주 만족스러워서 노래가 끝나기도 전에

第四十四回
二十二

심부름꾼에게 상금을 뿌리라고 했다. 심부름꾼은 은화를 광주리에 부어 담고 뇌공자에게 보여주고 나서 무대를 향해 뿌렸다. 반짝이는 은화가 짜랑짜랑 소리를 내며 무대 가득 어지러이 흩어졌다. 무대 아래에서 아첨꾼들이 또 일제히 환호했다.

문군은 뇌공자가 호심탐탐 자신의 욕심을 채우려 한다는 것을 알고 순간 조급해졌다. 그런데 오히려 그 조급함 때문에 묘책이 떠올랐다. 그 자리에서 문군은 최선을 다해 노래를 부르고 무대에서 내려와 아주머니를 무대 뒤 분장실로 불러 몰래 의논을 하였다. 그런 다음 분장을 지우고 나오며 웃음을 머금고 자리로 갔다. 느닷없이 뇌공자가 한 손으로 문군을 끌어당기며 안았다. 문군은 황급히 밀치고 일어서며 짐짓 화가 난 척하고 다시 뇌공자의 어깨에 매달려 조용히 속삭였다. 뇌공자는 연신 고개를 끄덕이며 말했다.
"알았어."

이어 문군은 술병을 들고 나자부와 왕연생에게 올리고 뇌공자의 입에 술잔을 갖다 댔다. 그러자 뇌공자는 한입에 홀짝 마셨다. 문군은 '짝을 만들어야죠.' 하며 또 한 잔을 올렸다. 뇌공자는 그 말에 또 잔을 비웠다. 문군은 그제야 물러나며 자리로 돌아가 앉았다.

뇌공자는 문군 때문에 발동이 걸려 공연은 보지 않고 엉덩이를 옮기며 문군 가까이 바짝 붙어 입을 벌리고 히죽거렸다. 그러나 함부로 수작은 피우지 못했다. 문군은 일부러 장난을 치며 친밀하게 굴었다. 나자부와 왕연생은 모두 의아해하고, 더욱이 아첨꾼은 전혀 눈치를 채지 못하고 진심으로 문군이 비위를 맞춘다고 생각했다. 잠시 후, 갑자기 남자 하인이 큰 소리로 말했다.

"술자리가 있습니다."

아주머니가 큰 소리로 물었다.

"어디야?"

"노기창입니다."

아주머니는 문군에게 말했다.

"잘됐네요! 술자리 세 군데도 아직 못 갔는데 노기창에서도 부르네요."

문군이 말했다.

"노기창 쪽은 밤새도록 마시니까 늦게 가도 괜찮아."

아주머니가 큰 소리로 알려주었다.

"간다고 전해라. 그런데 세 군데 먼저 돌고 간다고 해."

남자 하인이 대답하고 내려갔다. 뇌공자는 그들의 대화를 듣고 걱정이 되어 문군에게 물었다.

"정말 나갈 거냐?"

"가짜로 나가는 것도 있어요?"

뇌공자의 표정이 시무룩해지는 것 같았다. 그러나 문군은 모른 체하며 다시 뇌공자에게 조용히 속삭였다. 뇌공자는 또 연신 고개를 끄덕이고 나서 문군에게 재촉했다.

"그러면 어서 가봐."

"괜찮아요. 서두를 필요는 없어요."

잠시 후, 남자 하인이 등롱을 들고 주렴 아래에서 기다리고 있었다. 아주머니는 비파와 은으로 만든 물담뱃대를 남자 하인에게 건네주었다. 뇌공자가 다시 한 번 더 재촉하자 문군이 화를 냈다.

"괜찮다니까요. 제가 싫증난 거예요?"

뇌공자는 심장이 두근거렸다. 가까이 다가가서 만지고 싶었다. 그런데 괜히 그렇게 했다가 질타를 당하면 보기 좋지 않다고 생각되어 참았다. 문군은 떠나갈 때 뇌공자의 귀에 대고 소곤거렸다. 뇌공자는 연신 고개를 끄덕였다. 아첨꾼들은 눈을 휘둥그레 뜨고 요문군이 유유히 떠나가는 것을 바라보고만 있었다. 나자부와 왕연생은 그제야 문군이 꾀를 내어 빠져나간다는 것을 알고 속으로 탄복했다.

그러나 뇌공자는 개의치 않고 술을 마시며 공연을 보았다. 그래도 여흥이 가시지 않았다. 아첨꾼 몇 명이 모여 시시콜콜 죄다 따져보더니 그중 한 명을 밀며 뇌공자에게 요문군을 놓아준 이유를 물어보라고 했다. 뇌공자가 대답했다.

"내가 가라고 했으니 상관하지 마."

아첨꾼은 말없이 물러났다.

나자부와 왕연생은 네 번째 요리가 올라오자 다음 약속을 잡고 작별인사를 했다. 뇌공자는 손님을 맞이하는 것도 배웅하는 것도 할 줄 모르는 사람이라 가만히 있었다. 두 사람은 아래층으로 내려와 각자 가마에 올랐다.

왕연생은 오마로 공관으로 돌아가고 나자부는 혼자 상인리 황취봉의 집으로 갔다. 소아보가 나자부를 이 층 방으로 모셨다. 황취봉과 황금봉은 모두 술자리에 나가고 없었다. 황주봉이 살랑거리며 와서 시중을 들었다. 기생어미 황이저도 이 층으로 올라와 인사를 하고 나자부와 이야기를 나누었다. 그러다 보니 그다지 적적하지 않게 시간을 보내었다. 황이저가 자부에게 물었다.

"취봉이 속신해서 나간다고 하는데, 아무 말 하지 않던가요?"

"말이야 하긴 했는데 안 될 것 같다고 하던데."

"안 될 것 같은 게 아니지요. 그 애들은 속신하고 싶어도 말하지 않아요. 말을 했다 하면 항상 안 될 것 같다고 말하죠. 아니면 제가 놔주지 않는대요? 전 그 애가 일하는 걸 원하지, 그 애를 원하는 게 아니에요. 만약 그 애가 속신하려고 하다가 잘 안 되면 당연히 일하는 것도 흥이 나질 않을 텐데 차라리 속신해서 나가는 게 낫지 않겠어요?"

"그러면 왜 안 된다고 했을까?"

황이저가 한숨을 쉬었다.

"그 애를 나무라는 게 아니지만 취봉은 정말 사람을 잘 갖고 놀아요! 제가 기루를 열고 예닐곱 살도 안 되는 여자 아이들을 사들였죠. 그리고 열여섯 살까지 키우고 나서 일을 시켰어요. 먹고 입는 비용은 놔두더라도 이것저것 제대로 가르쳐야 할 게 많아요. 나 나리, 생각해보세요. 얼마나 많은 정성을 쏟아야겠어요? 장사는 말할 필요도 없지요. 장사를 못하면 본전이나 날리고 그렇다고 괜히 전전긍긍해봐야 방법이 없어요. 정말 운도 좋고 인물도 괜찮아야 그나마 장사가 잘 되지요. 열 명을 사들여 왔는데, 아홉이 제대로 못하고 한 명이 잘하면 지금까지 들어갔던 본전을 그 한 명에게서 뽑아내야 한다는 거죠. 나 나리, 안 그래요? 지금 취봉이 속신해서 나가겠다고 하면서 글쎄, 들어올 때 몸값이 백 원이었다고 열 배 쳐서 천 원을 주겠다고 하잖아요. 나 나리, 단순히 들어올 때 몸값에 비할 수 있다고 생각하세요?"

"천이라고 말했는데 자네는 얼마를 원하는가?"

"저도 양심이 있는 사람입니다. 찻집으로 가서 사람들에게 물어볼까요. 절기마다 그 애 장부만 해도 천은 되고, 손님들이 주는 물건이나 따로 그 애에게 주는 돈들은 계산하지 않아도 그 애 몸값으로 삼천은 겨우 일 년치 돈밖에 안 돼요. 그 애는 나가서도 장사를 잘하겠지요. 나 나리, 제 말이 맞잖아요?"

자부는 깊은 생각에 빠져 아무 말도 하지 않았다. 그때 주봉은 벽에 있는 교의에 앉아 꾸벅꾸벅 졸고 있었다. 황이저가 쏘아보며 달려가서 마구 때렸다. 주봉은 앞으로 꼬꾸라져도 깨지 않고 바닥에서 두 손을 허우적거리고 있었다. 그러자 자부가 웃으며 물었다.

"뭐하고 있어? 뭐 해?"

자부가 계속 묻자 주봉은 겨우 핑곗거리를 찾아 말을 뱉었다.

"뭘 잃어버렸어요!"

황이저가 손을 들어 올리더니 더 세게 다시 내려쳤다.

"네 정신을 잃어버렸겠지!"

그제야 주봉은 잠에서 깨어나 일어났다. 그리고 불퉁한 표정으로

戀
貪贓
損料
價千金

시중을 든답시고 한쪽으로 섰다. 황이저가 또 나자부에게 말했다.

"주봉처럼 허투루 먹이면 무슨 장사가 되겠어요! 누가 저 애를 원한답디까? 백 원을 준다고 해도 당장 보내버리고 싶어요. 그래도 취봉이 얼만데 주봉이라고 해서 그보다 적게 할 수는 없겠지요?"

"상해탄에서 기녀 몸값은 삼천도 있고, 천도 있고, 정해진 법이 있나. 자네가 아쉬운 대로 좀 봐주고 내가 조금 내고 그러면 될 거야. 어쨌든 좋은 일이잖아."

"나 나리, 말씀 잘하셨어요. 제가 꼭 삼천을 원하는 게 아니에요. 취봉이 말만 잘하면 내가 뭐라고 말하겠어요?"

자부는 속으로 따져보고 이번 참에 날짜를 정해 일을 성사시키려고 했다. 마침 황취봉과 황금봉이 같은 술자리에 나갔다가 돌아오자 자부는 입을 다물었다. 황이저도 멋쩍어하며 인사를 하고 내려갔다. 취봉이 방문을 열고 들어오며 주봉에게 물었다.

"졸고 있었어?"

"아뇨."

취봉은 주봉의 얼굴을 잡아당겨 불빛 아래에 갖다 대고 봤다.

"네 두 눈을 봐! 이래도 졸지 않았어?"

"계속 엄마가 하는 말을 듣고 있었는데 어떻게 자요?"

취봉은 그녀의 말을 믿지 못해 자부에게 물어보았다. 자부가 말했다.

"엄마가 때렸어. 그러니까 그냥 내버려둬. 뭐 하러 참견해?"

취봉은 주봉의 거짓말에 화가 나서 정색을 하고 때리려고 하다가 자부가 한 말도 있고 해서 순간 참았다. 자부는 큰소리로 주봉에게 얼른 나가라고 말했다. 취봉은 외출복을 벗고 집에서 입는 조끼로 갈아입었다. 금봉도 옷을 갈아입고 건너와 '형부' 하고 인사를 하고 앉았다. 자부는 황이저가 말한 몸값을 운운하며 매우 상세하게 말했다.

취봉은 '흥' 하고 콧방귀를 뀌며 대답했다.

"보세요! 기생어미라는 사람의 마음이 얼마나 악랄하기 짝이 없는지요! 엄마는 원래 아주머니였죠. 기루에 투자한 돈으로 나 같은 여자 애들 몇 명을 사들여 와놓고선 무슨 본전이 많이 들어갔다는 거예요! 나 혼자서 일해서 벌어들인 이만 원은 모두 자기가 가져갔잖아요. 의상이며 머리핀이며, 가구며, 지금 가지고 있는 만 원까지, 어디 제가 가져갈 수나 있겠어요? 그러면서도 삼천을 원해요!"

취봉은 말을 하다 말고 '흥, 흥' 냉소를 짓다가 다시 말을 이어갔다.

"삼천이 뭐 대단한 게 아니라고 생각하고 당신 능력이 된다면 갖다 줘요!"

자부는 또 자기가 황이저에게 한 말을 상세하게 전해주었다. 취봉은 그 말을 듣고 더 화를 냈다.

"누가 당신보고 도와달래요? 몸값은 다 내 생각이 있는데, 뭐 하러 쓸데없는 소리를 늘어놓고 그래요!"

자부는 예기치 않은 이런 타박에 멋쩍게 웃기만 했다. 금봉은 심각한 이야기를 듣고 감히 끼어들 수 없었다. 취봉은 다시 자부에게 당부했다.

"이 일로 더 이상 엄마와 쓸데없이 말하지 말아요. 엄마 말은 듣지 않는 게 좋아요."

자부는 그러겠다고 대답을 하고 요문군이 생각나서 취봉에게 웃으며 말했다.

"요문군이 너와 좀 닮았더구나."

"요문군이 어떻게 나와 닮았어요? 자라가 아무리 사람들을 위협해도, 문군도 그래요. 사귀지 않으면 그만인데 굳이 속 빈 강정을 그 사람한테 먹이고 그래요. 설사 노기창에서 돌아오지 않는다고 해도 내일이라고 뾰족한 수가 있어요?"

자부는 그 말이 일리가 있다고 생각하다 오히려 문군이 걱정되었다.

"맞아. 그러면 문군이 불리해지겠는걸!"

금봉이 옆에서 웃으며 말했다.

"형부, 뭐 하세요. 언니가 그만하라고 하는데 쓸데없이 말하고 그래요. 요문군이 불리해지든 말든 그 사람 일인데 왜 형부가 조급해져서 그래요!"

자부는 한 번 웃고 말았다. 하룻밤 일은 언급하지 않겠다.

십일 일 정오 무렵 취봉과 금봉은 중간 창 아래에서 나란히 머리를 빗고 있고 자부는 혼자 방에 있는데, 정신이 맑지 않아 아편을 피우려고 했다. 직접 생아편을 끓여 연포를 담뱃대에 넣다가 그만 흘리고 말았다. 마침 황이저가 들어와 그것을 보고 그에게 다가가 꼬챙이를 건네받았다. 자부에게 불을 붙여주려고 아편침대에 마주 누워 하나하나 조용히 의논했다. 황이저가 먼저 도와주겠다는 전날 밤의 약속을 묻자 자부는 취봉의 고집을 꺾을 수 없으니 보태줄 수도 없고 도와줄 수도 없다고 말했다. 황이저가 작은 목소리로 말했다.

"취봉은 항상 말은 잘하지! 그 애 말대로 하면 화가 치밀어 올라요. 속으로는 삼천도 그 애 몸값으로는 어림도 없다고 생각하고 있는데! 그러면 지금 말씀해보세요. 나리께서 기꺼이 도와주시겠다고 하면 그보다 좋은 일은 없지요. 나리, 한 마디만 해줘요. 얼마든 간에 나리 말을 따르겠어요."

자부는 참으로 난감하여 머뭇거리다 말했다.

"그렇게까지 하지 않아도 괜찮아. 취봉은 내게 도와줄 필요가 없다고 하는데, 난 오히려 난감해. 도무지 그녀의 뜻을 모르겠어."

"그건 취봉의 농간이에요! 도와주겠다는데 누가 싫어해요? 말로는 필요 없다고 하지만 속으로는 바라고 있는 거예요. 나리께서 몸값도 보태주고, 자기가 나간 뒤에 필요한 비용도 도와달라는 그런

뜻 아니겠어요?"

자부는 골똘히 생각해보니 이 말도 맞는 것 같아서 경솔하게도 황이저와 몰래 의논하여 몸값을 이천으로 정하고 그 반을 보태주겠다고 말하고 말았다. 황이저는 아주 기뻐하며 아편을 연달아 세 번을 채워주었다. 자부가 충분히 피우고 나자 황이저는 그 방에서 빠져나왔다.

---

1 시를 적은 종이

2 堂戲 : 경사가 있을 때 이를 축하하기 위해 집안에 배우를 초청하여 하는 연극. 지방 희곡의 종류로 호북성 파동(巴東) · 오봉(五峯) 등지에 널리 유행하였다.

3 원문은 나두원(癩頭黿)이다. 자라의 종류 중 가장 큰 자라인데, 머리 부분이 부스럼이 나 있는 것처럼 우둘투둘하여 붙여진 이름. 여기서는 뇌공자의 별명이다.

4 일명 〈일야수백(一夜須白)〉이라고도 한다. 『동주열국지』의 오자서(伍子胥)의 이야기를 취한 것이다. 초평왕은 오자서의 부친 오사(伍奢)을 참수하고, 그의 형 오상(伍尙)을 체포하였다. 오자서는 번성(樊城)을 도망쳐 오나라로 갔다. 초평왕은 각지에 오자서의 체표령을 내렸다. 오자서는 소관(昭關)에서 막히게 되었는데, 다행히 은자 동고공(東皐公)을 만나 그의 집에서 숨어 지내게 되었다. 며칠 동안 나갈 계책이 없었다. 오자서는 잠을 자지 못하고 전전반측하다 하룻밤 사이에 수염이 하얗게 새고 말았다. 동고공의 친구 황보눌(皇甫訥)이 오자서의 용모가 비슷하여 그를 초대하여 오자서와 옷을 바꿔 입게 하였다. 황보눌은 소관에서 문지기에게 잡혀 해명을 했으나, 문지기는 믿지 않았다. 그 사이 오자서는 소관을 탈출할 수 있었다.

45

기생어미는 다 된 일이 갑자기 뒤집혀서 실색하고, 어린 기녀는 방관하다 분을 이기지 못해 질투로 다투다

成局忽翻虔婆失色 旁觀不忿雛妓爭風

황이저는 나자부를 방에 내버려두고 중간 응접실로 건너갔다. 황취봉과 황금봉은 막 화장을 하고 귀밑머리를 빗으며 잠을 꽂고 있었다. 황이저가 기쁜 표정으로 자부가 천 원을 내줄 거라는 이야기를 취봉에게 했다. 취봉은 한 마디도 하지 않고 황급히 손을 씻고 방으로 들어가서 큰 소리로 자부에게 말했다.

"당신, 돈이 많은가 봐요. 나만 모르고 애를 태우고 있었네요. 지금 내가 몸값을 내고 나가도 옷이며, 머리핀이며, 가구를 마련하려면 삼천은 있어야 그나마 장사를 할 수 있는데, 당신이 돈이 있다고 하니 정말 잘 됐네요. 몸값 이천도 다 내주시려면, 아예 오천을 들고 와요!"

자부가 황급하게 말했다.

"내가 어디 돈이 많아?"

취봉이 냉소를 지었다.

"그런 겸손한 말씀은 지금 하실 필요 없어요! 엄마가 말 꺼내자마자 천을 내주겠다고 하고서 못 주겠다는 말이에요? 당신이 주지 않으면 나보고 속신하고 나가서 굶어죽으라는 거예요?"

자부는 마음을 가라앉히고 나서 역시 큰 소리로 물었다.

"그러면 네 뜻은 어쨌든 도와줄 필요가 없다는 거냐?"

"왜 도와줄 필요가 없다는 거겠어요! 당신이 옷이며, 머리장신구며, 가구까지 다 해주고 언제든지 자금을 지원해줘야죠!"

자부는 황이저를 돌아보며 말했다.

"방금 했던 말, 없던 걸로 하겠네. 속신을 하든 말든 내 알 바 아니야."

자부는 이 말을 뱉고 아편침대에 누워버렸다. 황이저는 예상치도 못하게 이렇게 끝나버리자 순식간에 얼굴색이 새파랗게 변하여 취봉에게 삿대질을 하며 사납게 몰아붙였다.

"너라는 인간이 양심이 있기는 한 거야! 네가 일곱 살 때 아버지 어머니도 잃고 집안도 몰락해서 가련하게 여겨 친딸처럼 머리도 빗기고 발도 싸매주며 여태껏 돌봐주었는데, 내가 무슨 죄를 지었다고 너는 나를 원수처럼 죽이려들어? 네가 양심이 있긴 있어? 넌 속신하고 나가면 자리가 올라가잖아. 나도 네가 그렇게 돼서 이 늙은이를 돌봐주기를 바란다고. 그래, 지금 잘 돌봐주고 있구나! 젊디젊은 사람이 이런 양심으로 무슨 좋은 일이 있겠냐!"

황이저는 이를 부득부득 갈며 말하면서 또 한편으로 눈물 콧물을 쏟아냈다. 취봉은 당황하여 웃으며 달래었다.

"엄마, 그만해요! 이게 뭐가 중요하다고 그래요? 나는 엄마가 사온 사람이에요. 속신을 하게 해주든 말든 엄마 마음대로 하면 되잖아요. 아직 속신하지도 않았는데, 나중에라도 옆집 사람들이 들으면 비웃겠어요!"

취봉의 말이 끝나기도 전에 황이저는 방을 나가 얼굴을 닦았다. 조가모가 화장대를 정리하면서 몇 마디 말로 달래주었다. 그러자

成局忽翻
虔婆失色
第四十五回
二十九

황이저는 조가모에게 말했다.

"기녀가 속신하고 나가려면 손님도 많이 도와주긴 해야 해! 만약 나 나리께서 도와주지 못하겠다고 하면, 쟤도 내 딸이나 마찬가지인데 날 좀 도와주라고 말해야지. 나 나리께서 도와주시겠다는데 왜 굳이 도움을 마다 해? 나 나리 돈을 혼자 챙기겠다는 거야?"

취봉은 방에서 물담배를 피우며 그 말을 듣고 웃으며 말렸다.

"엄마, 그만해요! 나 속신하지 않고, 엄마를 위해서 십 년은 더 장사할게요. 명절 한 번에 천 원을 벌어들이면, 십 년이면 얼마 되는 거야?"

취봉은 직접 손을 꼽으며 계산하고 깜짝 놀라는 체했다.

"우와, 삼만은 되겠네! 그러면 엄마는 좋아서 어쩔 줄 몰라서 몸값도 필요 없다며 '나가, 나가!'라고 하겠지!"

이 말에 자부도 그만 웃고 말았다. 황이저는 옆방에서 대답했다.

"교묘한 말로 날 놀리려고 하지 마! 네가 나와 원수가 되겠다면 그렇게 해. 무슨 좋은 꼴이 될지 지켜보겠어!"

이 말을 하고 황이저는 천천히 아래층으로 내려갔다. 조가모는 일을 끝내고 따라 나갔다. 주봉과 금봉은 방으로 들어오다 깜짝 놀라 멍하니 있었다.

취봉이 자부를 원망하기 시작했다.

"당신은 어쩜 그렇게 철이 없어요. 쓸데없이 뭐 하러 천 원을 준다고 했어요? 언제는 돈이 필요해서 말했더니 잘 주지도 않더니만. 지금은 꼭 쓸 필요 없는데도 천 원을 내놓는다고 해요!"

자부는 부끄러워 변명조차 하지 못했다. 이때부터 취봉의 몸값 이야기는 흐지부지되었다.

그다음 날 자부는 우연히 신문을 읽다 뒷면에 실린 기사 내용을 보게 되었다.

어제 저녁 광동사람 갑모 씨가 노기창에서 술자리를 가졌는데, 그 자리의 을모 씨가 동합홍리의 요문군을 불렀다. 요문군은 을모 씨와의 언쟁으로 을을 거슬리게 하여 결국 을모 씨는 소리를 치며 주먹을 휘두르며 때리고 욕을 퍼부었다. 갑모 씨의 중재로 겨우 해산되었다. 전하는 말에 의하면 을모 씨는 그래도 화가 가라앉지 않아 무뢰한들을 규합하여 수소문하여 호랑이 굴에 들어가 흑룡의 구슬[1]을 찾으려고 하나 요문군은 어디로 갔는지 종적을 감추었다.

자부는 기사를 읽고 깜짝 놀라며 취봉에게도 읽어주었다. 그러나 취봉은 내용을 곧이곧대로 믿지 않았다. 자부는 집사 고승을 불러 대각요 집으로 가서 문군이 어떻게 해서 그런 일을 당했으며, 혹시 자라의 소행이 아닌지 알아보라고 분부를 내렸다.

고승은 명을 받고 사마로를 걸어 나왔다. 멀리서 보니 동합홍리 입구에 가죽덮개 마차 한 대가 보였다. 그 마차에는 기녀가 한 명 앉아 있는데, 모습이 요문군과 비슷했다. 고승이 급히 앞으로 가서 보니 어린 기녀 담여연이었다. 이렇게 이른 시간에 마차를 타고 있는 게 의아했다. 눈으로 흘깃 보고 골목길을 돌아 대각요의 집 응접실로 가서 그곳 하인에게 소식을 물어보았다. 그 하인은 자라의 일과 관련이 없다고만 하고 뒷말은 얼버무렸다.

고승이 천천히 돌아 나와 가려고 하는데, 도운보가 응접실 뒤에서 나왔다. 기생어미 대각요가 뒤따라 나와 배웅했다. 고승이 한쪽에 서서 '도 나리' 하며 인사를 했다. 운보는 그에게 여기에 온 이유를 물었다.

"요문군의 일을 알아보려고 왔습니다."

운보가 고개를 숙이고 잠시 생각하더니 조용히 고승에게 말했다.

"사실 애초 그런 일은 없고 자라를 속이려고 한 것이네. 자라가 안 믿을까 하여 신문에다 올렸어. 지금 문군은 일립원에서 잘 지내고 있으니 자네 나리께 다른 사람들에게는 말하지 말라고 전하게."

고승은 '예, 예' 하며 대답했다.

운보는 대각요와 작별인사를 하고 골목을 나와 마차에 올랐다. 그리고 말을 몰아 일립원 입구로 들어가 멈추었다. 도운보와 담여연이 마차에서 내리자 집사는 앞장을 서며 길을 안내했다. 동쪽에서 북쪽으로 돌아가니 산을 뒤로하고 호수를 마주한 응접실과 방이 연결된 다섯 칸짜리, 배월방롱(拜月房櫳)이라는 가옥이 보였다. 주렴에는 꽃 그림자가 일렁이고, 처마 끝에는 차와 아편 연기가 모락모락 피어오르고 있었다. 그런데 웃음소리 하나, 말소리 하나 들리지 않고 조용했다.

도운보와 담여연이 안으로 들어가서 보니, 주애인은 탑상에 누워 아편을 피우고 있고 그 옆에는 도옥보와 이완방이 앉아 있고, 그 외에 아무도 없었다. 이유를 물으려고 하는데 집사가 아뢰었다.

"나리 몇 분은 활쏘기를 보러 가셨습니다. 곧 오실 겁니다."

말이 끝나기도 전에 화려한 치장을 한 무리가 뒷산 기슭에서 돌아오고 있었다. 앞장을 서서 오는 사람이 바로 요문군이었다. 그녀는 유난히 날쌔고 민첩해 보이는 복장을 하고 있었다. 주쌍옥, 장수영, 임소분, 소관향이 그 뒤를 따라오고 있었다. 또 그 뒤로 주숙인, 고아백, 윤치원, 제운수 그리고 아주머니와 집사들이 따라왔다. 모두 배월방롱에 들어와서 여기저기 흩어져 편히 앉았다. 도운보가 요문군에게 말했다.

"방금 내가 자네 집에 다녀왔네. 자네 엄마 말로는 자라가 어제도 왔길래, 말해주니까 자라는 믿어주는데, 그 부랑자들이 이러쿵저러쿵 따지더라는 거야. 그래도 괜찮다고 말해주었네."

제운수가 도운보에게 말했다.

"나도 자네에게 할 말이 있네. 자네 동생이 오늘 돌아가려고 해서 내가 '무슨 일이 있는가? 명절에는 시끌벅적해야 하는데, 무슨 일로 급히 돌아가려고 하느냐?'고 물었더니, 자네 동생이 '갔다가 다시 오겠습니다.'라고 대답하더군. 그제야 생각이 났어. 내일 열사흘 날은 이수방이 죽은 지 이레째 되는 날이어서 가려고 하는구나 싶었지. 이수방은 박명이나 정이 깊고 그래서 가련하기도 하고 또 존경스럽기도 하니, 우리 일곱 명이 내일 함께 가서 조문하고 제를 올리는 것도 풍류의 아름다운 이야기가 아니겠는가."

"그러면 먼저 서신을 보내는 게 좋겠습니다."

"필요 없네. 우리가 조문하고 나와서 자네 애인 집에서 술자리를 가지세. 나도 자네 애인과 장수영의 방도 구경하고, 모두 가서 시끌벅적 하루 보내는 거야."

그러자 담여연이 끼어들었다.

"제 대인께서 이렇게까지 배려해주시니 송구하기 그지없습니다. 우리가 사는 곳은 좁긴 하지만 대인께서 누추한 것을 싫어하지 않으신다면 잠깐 오셔서 앉아주시는 것도 저의 체면을 세워주는 거지요."

잠시 후 식사를 올린다는 전갈이 왔다. 집사는 배월방롱 중앙에 좌우로 두 개의 원탁을 놓았다. 서로 자리를 양보하고 권할 새도 없이 각자 가까운 자리로 가 왼쪽 원탁에 여덟 명, 오른쪽 원탁에 여섯 명이 앉았다. 제운수는 조심스레 손가락으로 세어보고 의아하여 물었다.

"취분이 어디로 갔지? 오늘 내내 보이지 않는구나."

임소분이 대답했다.

"일어났다가 다시 자고 있어요."

윤치원이 급히 물었다.

"어디가 아픈 거야?"

"모르겠어요. 괜찮은 것 같았는데."

운수는 아주머니에게 가서 데려오라고 했다. 그러나 가서는 한참 동안 돌아오지 않았다. 운수는 갑자기 한 가지 일이 생각났다.

"어제 내가 이화원락에서 들었는데, 요관과 취분 두 사람이 〈영상(迎像)〉[2]을 함께 부르고 있었네. 아주 훌륭했지."

임소분이 말했다.

"취분이 아닐 거예요. 그 애는 대곡(大曲)이라고는 두 곡 정도만 부를 수 있고, 〈영상〉은 아직 배우지 않았어요."

소관향이 말했다.

"취분이 부르고 있었어요. 그들에게 배워서 몇 곡은 부를 수 있어요."

도운보가 말했다.

"〈영상〉과 〈곡상(哭像)〉[3]을 이어서 부르는 건 대단한 거야!"

고아백이 말했다.

"『장생전』의 다른 배역은 골고루 안배되어 있지만 특히 정생(正生)[4]은 〈영상〉과 〈곡상〉 두 곡을 부르려면 공력이 많이 들어가야 해."

제운수는 이러한 대화를 들으니 갑자기 흥이 나서 아주머니에게 요관을 불러오라고 했다. 요관은 명을 받고 아주머니를 따라왔다. 요관은 전혀 화장을 하지 않았지만 하얗고 둥근 얼굴과 소박하게 땋아 늘어뜨린 긴 머리를 하고 있어 마치 먹구름 속에서 나온 하얀 달 같았다. 운수는 그녀를 한쪽에 앉게 하고 다른 한쪽 자리를 비워 두었다. 윤치원의 옆자리는 오직 임취분을 기다리고 있었다.

그때 작은 접시에 네 번째 요리가 올라왔다. 네 가지 간식이었다. 집사는 찻잔을 올리고 물담배, 마른 담배, 엽권련 등 여러 종류의 담배를 올렸다. 주애인은 혼자 자리에서 일어나 탑상으로 가서 아편을 피웠다. 도운보는 주령이 생각나서 의견을 내놓았다.

"용지 선생이 낸 사성[5] 주령을 내가 다시 해볼게."

윤치원이 손을 저으며 말했다.

"안 될 거야! 내가 『사서』 전체를 생각해보고, 다시 스물네 구를 맞추어보았지만 완성하지 못했네. '거상평입'은 오직 '방반류철(放飯流歠)' 하나뿐인데, 두 번째 구절로 삼을 게 없어."

운보가 그것을 믿지 못하고 말했다.

"자네가 놓친 게 있을지도 모르네."

그러자 치원이 말했다.

"그러면 자네가 다시 생각해보게. '거상평입'이 들어가는 구절이 있으면 그 나머지는 아주 쉬워. 가장 쉬운 것은 '평상입거'야. '시사박렴(時使薄斂)', '군자불기(君子不器)', '이후국치(而后國治)', '무소부지(無所不至)', '연후악정(然後樂正)', '위례불경(爲禮不敬)', '운자불변(芸者不變)', '언어필신(言語必信)', '금야불행(今也不幸)', '중사일위(中士一位)', '군자불량(君子不亮)', '래자불거(來者不拒)', '탕사호중(湯使毫衆)', '부기불의(夫豈不義)'… 이십여 구 이상은 있는 것 같은데. 나도 몇 개인지 기억 못 할 정도야."

운보가 한 글귀를 생각해냈다.

"'장유지절(長幼之節)'은 '상거평입' 아닌가?"

치원이 말했다.

"'거상평입'은 없다고 했는데, '상거평입'은 많아. '청문기일(請問其日)', '자로증석(子路曾晳)', '부소무락(父召無諾)', '오묘지택(五畝之宅)', '자재진왈(子在陳曰)', '개폐승묵(改廢繩墨)' 말고도 아주 많아."

모두들 그 말을 듣고 넋이 빠진 듯 멍해져 있다가 말했다.

"『사서』는 어렸을 때부터 너덜너덜해질 때까지 읽었고, 이렇게 고증까지 하면 나름 독창적이라고 할 수 있겠군. 경학자들도 연구하지 못했던 것이 아닐까."

술자리에서 주령 이야기를 한참 하고 있을 때, 임취분이 아주머니의 손에 끌려 꽃과 버들나무를 지나 낭창낭창 걸어와서 조용히 한참을 서 있었지만 모두들 눈치채지 못했다. 윤치원은 인기척을 느끼고 돌아보니 취분이 처량한 얼굴을 하고 기운 없이 서 있었다. 양쪽 귀 밑머리는 잔머리가 송송 삐져나와 있고 머리잠, 귀고리, 팔찌, 반지 역시 모두 반듯하지 않았다. 그녀는 한 손으로는 치원의 의자를 잡고 다른 한 손으로는 눈을 비비고 있었다. 치원은 웃으며 자리를 양보했다. 그러나 취분은 모르는 척했다. 치원은 일어나 두 손으로 취분을 잡았다. 취분은 소매를 뿌리치며 미간을 찌푸리고 말했다.

"싫어요!"

제운수가 먼저 '킄' 하고 웃자 모두 자리가 떠나갈 듯이 웃었다. 치원은 멋쩍어하며 자리에 앉았다. 이 웃음이 자기 때문인 줄 취분이 어찌 모르겠는가. 그래서 취분은 더 화가 나 얼굴을 다른 쪽으로 홱 돌렸다. 장수영은 그녀가 어린 기녀라서 마음에 담아 두지 않을 것이라고 생각하고 달래보려고 했지만 말을 붙일 엄두를 낼 수 없었다. 그래도 임소분이 손짓하며 부르자 취분은 천천히 언니 앞으로 다가갔다. 소분은 그녀의 머리를 만져주고 나서 귓속말로 몇 마디 했다. 취분은 못 들은 체하며 언니가 머리를 다 정리해주기만을 기다렸다. 그리고 아편침대에서 멀리 떨어진 맞은편 창가에 놓여 있는 교의로 천천히 가서 비스듬히 걸터앉아 손수건으로 얼굴을 가리고 그 작은 입을 벌리며 하품을 했다.

자리에 있는 사람들은 속으로는 웃고 있었지만 밖으로 웃음소리를 낼 수는 없었다. 윤치원이 슬며시 웃으며 말했다.

"어쩔 수 없이 내가 가서 악역을 해야겠군!"

그는 물담뱃대를 들고 탑상 쪽으로 걸어가서 불을 붙이고 다시 창가로 가서 취분과 작은 탁자를 사이에 두고 교의에 앉았다. 어린 기녀 취분의 질투는 분명 감추고 싶어 하는 것이기 때문에 달래서 풀어줄 수 있는 게 아니라는 것을 치원은 잘 알고 있었다. 그래서 온갖 방법을 동원하여 취분을 웃기려고 하였다. 취분은 몸을 돌려 창틀에 걸터앉아 일립호에 한 쌍의 오리가 물속으로 들어갔다 나왔다

하며 헤엄치는 것을 보며 치원의 과장된 목소리를 듣기만 하고 눈길 한 번 주지 않았다. 제운수는 금방 기분을 돌릴 수 없다고 생각하여 요관에게 〈영상〉을 부르라고 했다. 요관은 직접 북을 치고 소관향에게 피리를 불어달라고 했다. 사람들은 노래 듣느라 더 이상 취분과 치원에게 관심을 두지 않았다.

주애인은 혼자 탑상에서 내려와 취분에게 같이 술 마시러 가자고 꼬드겼다. 취분은 간절하게 말했다.

"몸이 안 좋아서 못 마셔요!"

애인은 어쩔 수 없이 혼자 갔다. 윤치원은 어찌할 바를 몰라 취분 곁에 바짝 다가가 앉아서 정색을 하며 아주 정중하면서도 친밀하게 '취분아' 하고 불렀다.

"몸이 안 좋다고 하니 술자리에 가서 잠시 앉아만 있어라. 술은 마시지 않아도 괜찮아. 그런데 네가 가지 않으면, 나야 네가 몸이 안 좋아서 그렇다는 것을 알지만 다른 사람들은 네가 질투가 나서 그렇다고 말할 거야. 너도 한번 생각해보렴."

취분은 치원이 이전처럼 대하는 모습을 보고 기분이 조금 풀어졌고 치원의 말을 듣고 보니 병을 도려내듯 시원해져서 속으로 수긍을 했다. 그러나 바로 표정을 바꿀 수 없으니, 아무 말 없이 고개만 숙이고 있었다. 치원은 그 속을 훤히 들여다보고 취분의 손을 잡으려고 했다. 그러나 취분은 손을 뿌리치며 화를 냈다.

"가셔요! 싫어요!"

치원이 애원했다.

"함께 가자꾸나."

"가셔요! 제가 뭐 하러 가겠어요?"

"잠시 앉았다가 여기로 다시 와도 돼."

"먼저 가셔요!"

치원은 지나치게 재촉하면 오히려 역효과가 날까 하여 재삼 취분

旁觀不忿雌雄爭風

에게 오라고 당부하고 먼저 자리로 돌아갔다. 요관이 가락의 고저와 꺾임을 살려가며 〈영상〉을 부르고 있을 때 모두들 숨을 죽이고 듣고 있었다. 치원은 잠시 기다렸다가 임소분에게 눈짓을 하였다. 소분은 다시 손짓으로 취분을 불렀다. 취분은 낭창낭창 걸어와서 물었다.

"언니, 왜요?"

소분은 교의 쪽으로 입술을 내밀었다. 치원도 일어나며 자리를 양보했다. 취분은 교의를 조금 당겨서 비스듬히 요관을 마주보고 앉았다.

치원은 요관의 노래가 끝나자, 취분의 귀에 대고 요관과 둘이서 부르는 노래를 듣고 싶어 하는 제운수의 의중을 살짝 알려주었다. 그러자 취분이 말했다.

"〈영상〉은 못 불러요."

치원은 운수가 이미 취분이 부르는 노래를 들었다는 이야기를 귓속말로 해주었다. 그러자 또 취분이 말했다.

"완전히 다 못 배웠어요."

두 번을 계속 거절당하여도 치원은 개의치 않고 취분에게 따뜻한 술로 목을 축이고 잘하는 노래를 하나 골라 부르라고 간절히 애원했다. 취분은 차마 더 이상 거절할 수 없어 못 들은 체하며 일부러 화제 하나를 생각해내어 요관에게 물었다. 요관은 마지못해 대답했다. 치원은 술병을 들고 계항배에 가득 따라 취분의 입가에 갖다 댔다. 취분은 화를 내며 큰 소리로 말했다.

"거기에다 놓으세요!"

치원은 황급히 취분의 입에서 술잔을 떼며 탁자 위에 내려놓았다. 취분은 멋쩍은 모양새로 요관과 대화를 나누면서 슬쩍 옆으로 손을 뻗어 그 잔을 들고 한번에 마시고 술잔을 내려놓았다. 그리고 손수건으로 입가를 닦았다. 요관이 물었다.

"시작할까?"

취분이 고개를 끄덕였다. 그러자 요관은 피리를 불고 취분이 〈곡상〉의 반을 불렀다. 모두들 한 마디씩 칭찬을 했다. 그런 후 식사를 하고 자리를 정리했다.

세 시가 가까이 되어 제운수가 오수를 위해 돌아가기 전에 모두들 속속 배월방롱을 나서며 삼삼오오 짝을 지어 화원의 곳곳 각자의 갈 곳으로 흩어졌다. 임취분은 다른 사람들의 눈을 피해 요관의 손을 잡아당기며 먼저 나섰다. 그리고 산허리를 돌아 서쪽에서 북쪽으로 가로질러 이화원락으로 갔다. 이화원락의 문은 활짝 열려 있었고, 그 안은 숲이 울창하고 제비들이 쌍쌍이 날아다녔다. 마침 양쪽 곁방에는 선생이 처음 노래를 배우는 여자 아이들에게 노래를 가르치고 있었다. 요관은 취분을 데리고 이 층 자기 방으로 갔다. 옆방의 기관이 그들이 오는 소리를 듣고 건너왔다. 기관은 취분이 얼굴에 바른 분과 눈썹 먹이 옅게 지워진 것을 보고 말했다.

"세수부터 해야겠어. 어디서 놀다가 이렇게 되었니?"

요관이 웃으며 말했다.

"놀다가 그런 게 아니고, 질투 때문에 그래."

취분이 화를 내며 말했다.

"난 질투가 뭔지 모르니까 네가 한번 가르쳐줘 봐!"

요관은 굳이 따지려고 하지 않고 대신 할머니를 불러 세숫물을 가져오라고 하고, 자신은 경대를 옮겨왔다. 취분은 앉아 다시 화장을 고쳤다. 기관은 꼬치꼬치 물었다. 취분이 말했다.

"왜 물어? 요관도 다른 사람들이 질투라고 하니까 그렇지. 배워서 알았겠어? 질투가 뭔지 어떻게 알아!"

요관은 뒤에서 기관에게 눈을 깜박이며 고개를 가로저었다. 기관은 그제야 말문을 닫았다. 취분은 거울로 그 모습들을 보고 재빨리 귀밑머리를 매만지고 얼굴에 분을 급히 문지르고 나갔다. 방문 앞에서 다시 몸을 돌리며 말했다.

"갈게! 이제 두 사람 내 이야기 마음껏 해도 돼!"

기관과 요관이 쫓아가 붙잡으려고 했다. 그러나 취분은 벌써 아래층으로 뛰어 내려갔다. 취분은 이화원락에서 빠져나오며 어디로 가야 할지 생각했다. 하얀 담벼락 아래로 돌아가니 세 갈래의 돌길이 나왔다. 고개를 들어보니 멀리 지정당 계단에 한 사람이 서 있었다. 등 뒤로 손을 끼고 있는 모습이 장수 같았다. 그래서 취분은 그곳에 형부와 언니가 있다는 것을 알고 그곳에서 한가하게 시간을 보내는 것이 좋겠다고 생각했다.

---

1 여주지계(驪珠之計)라고 한다. 여주(驪珠)는 흑룡(黑龍)의 턱 밑에 있는 구슬로 값이 비싼 아름다운 옥, 혹은 얻기 어려운 보물을 말한다.

2 영상(迎像) : 『장생전』의 한 장면. 안사의 난 이후 당 현종은 태자에게 자리를 넘기는 상황이 되었다. 양귀비에 대한 그리움에 성도부에 묘를 만들고 단향목으로 양귀비의 상을 조각하여 궁으로 맞이하고 다시 묘지로 보내는 내용이다.

3 곡상(哭像) : 『장생전』의 한 장면. 당 현종의 양귀비의 조각상을 마주하고 울음을 터뜨리며 슬픔에 잠기는 내용이다. 이 곡은 〈영상〉에 이어서 나온다.

4 중국 전통극에서 남자 주인공을 '정생'이라고 한다.

5 四聲 : 중고시대 중국어 성조는 네 가지로 음절의 고저 변화를 표시하였다. 평성(平聲), 상성(上聲), 거성(去聲), 그리고 입성(入聲)이 바로 그것이다.

46

아이들 놀이를 좇다 갑자기 새로운 짝을 알게 되고, 공제를 모시기 위해 다시 옛 집 문 앞의 정경을 보다

逐兒嬉乍聯新伴侶 陪公祭重睹舊門庭

임취분은 마음을 정하고 구불구불 이어진 길을 따라 지정당 앞까지 갔다. 장수가 주렴을 걷어주며 들여보내 주었다. 주애인은 방 가운데 탑상에 누워 아편을 피우고 임소분은 그 옆에 앉아 이야기를 하고 있었다. 취분이 비시시 웃으며 '형부' 하며 인사를 하고 언니의 무릎 위에 앉아 머리를 갸우뚱 기울여보았다. 소분은 조금 전 일이 생각나 다짜고짜 취분을 나무랐다.

"다음부터는 소란 피우지 마! 윤 나리께서는 너한테 잘해주시잖아. 너도 철 좀 들어. 즐겁게 이야기나 나누고 하면 얼마나 좋아. 그 사람들은 교분이 있으니 당연히 사이가 좋을 수밖에. 넌 어린 기녀가 욕심이 너무 많아."

취분은 한 마디 대꾸도 못하고 순간 얼굴이 붉어지며 눈물이 쏟아질 것 같았다. 주애인이 웃으며 말했다.

"더 혼냈다가는 취분이 정말로 화나겠어."

소분이 피식 웃으며 말했다.

"좋고 나쁜 것도 모르는데 무슨 화를 내겠어요!"

취분은 부끄러움과 후회가 교차하여 변명을 하려고 했으나 그럴 수도 없어 정말로 난감했다. 소분은 더 이상 따지지 않고 아까 하던 대로 주애인과 이야기를 나누었다.

한참 지나서 취분의 얼굴이 조금씩 밝아지자 애인이 놀러 가라고 부추겼다. 취분 본인도 이곳이 무료하다고 느끼고 있던 터라 천천히 걸어 나갔다. 소분은 그녀를 불러 세워 당부했다.

"영리하게 행동해. 알겠어? 또다시 얼굴을 빳빳하게 세웠다간 그 사람들이 비웃을 거야."

취분은 조용히 듣고 있다가 조금 축 늘어져서 고개를 숙이고 지정당 앞 활터를 걸어갔다. 이런저런 생각을 하며 걷다 자기도 모르게 모퉁이를 돌아 꽃들이 만발한 깊은 곳으로 걸어가게 되었다. 길을 따라 구곡 평교를 건너갔다. 다리를 지나 서북쪽으로 난 길은 대관루로 가는 큰길이었다. 이 길 외에 작은 오솔길도 있는데, 그 길을 따라 남쪽으로 가면 겹겹으로 된 석가산이 나온다. 그 산세가 굽이굽이 마치 용이 꿈틀거리며 노니는 것 같아 완연령(蜿蜒岭)이라고 하였다. 완연령의 꼭대기 용머리에 있는 천심정(天心亭)을 넘어가면 대관루와도 연결된다.

취분은 무심코 이 작은 길을 걸어갔다. 깎아지른 절벽이 있는가 하면 깊은 계곡도 있었다. 걸어 들어갈수록 은벽진 것 같았다. 그래서 나오려고 돌아서는데, 뜻밖에 어느 한 사람이 앞에 보였다. 그 사람은 최신식 옷을 입고 석가산 동굴 입구에서 웅크리고 있었다. 취분은 깜짝 놀라 소리를 질렀다.

"누구세요?"

그런데 그 사람은 돌아보지 않았다. 취분이 누군지 보려고 가까이 다가가서 보니, 바로 주숙인이었다. 그는 허리를 숙인 채 까치발을 하고 손에는 대나무 꼬챙이를 쥐고 이끼를 걷어내며 돌과 흙을 파내고 있었다. 취분이 물었다.

"물건 잃어버렸어요?"

그러나 숙인은 손만 내젓고 가만히 귀를 기울이고 쳐다보고 있다가 살금살금 석가산 동굴로 들어갔다. 취분이 말했다.

"옷이 더러워졌어요."

숙인은 그제야 나지막하게 말했다.

"조용히 해. 좋은 걸 보고 싶으면 저쪽으로 가봐."

취분은 좋은 게 뭔가 하고 가리키는 쪽으로 조용히 다가갔다. 산허리에는 깨끗하고 반들거리는 세 칸짜리 석실이 있었다. 주쌍옥 혼자 돌난간에 앉아 푸른 문양이 있는 하얀 자기단지를 두 손으로 받쳐 들고 얼굴을 가까이 갖다 대고 자기단지 뚜껑을 살짝 열어 그 안을 뚫어지게 들여다보고 있었다. 취분은 가까이 가기도 전에 소리부터 쳤다.

"무슨 물건이야? 보여줘 봐!"

쌍옥은 취분인 걸 알고 웃으며 말했다.

"아무것도 아니야."

쌍옥은 취분에게 자기단지를 건네주었다. 취분은 그것을 받아 들고 뚜껑을 열어 보았다. 그런데 그 속에는 귀뚜라미 한 마리가 더듬이를 세우고 움직이고 있었다. 쌍옥은 황급히 뚜껑을 덮고, 혹여 취분이 달라고 할까 봐 몸을 홱 돌렸다. 그런데 그 귀뚜라미가 갑자기 튀어나와 취분의 옷깃 위로 풀쩍 뛰어올랐다. 취분이 놀라 잡으려고 했지만 벌써 풀 위로 뛰어 내린 뒤였다. 취분은 다급해져 소리를 지르며 자기단지를 내던져버리고 쫓아갔다. 쌍옥이 그 뒤를 쫓아갔다. 귀뚜라미가 폴짝폴짝 뛰어올라 돌 틈으로 들어가려는 그 순간 취분은 잽싸게 손바닥으로 움켜잡았다. 그녀는 히히거리며 돌아왔다.

"잡았어. 하마터면 큰일 날 뻔했네!"

쌍옥은 풀밭으로 가서 자기단지를 줍고 취분은 움켜쥐고 있던 손을 펴 귀뚜라미를 그 단지 안에 넣고 뚜껑을 덮었다. 쌍옥이 다시 들여다보며 웃었다.

"이제 안 되겠어. 놓아주자."

취분이 황급히 말렸다.

"왜?"

"다리가 떨어졌잖아."

"다리 떨어져도 괜찮아."

쌍옥은 그녀가 계속 귀찮게 따질까 봐 웃기만 했다. 마침 주숙인이 만면에 웃음을 띠고 나타났다. 한 손은 흙이 묻어 있고 또 다른 한 손에는 뭔가를 움켜쥐고 석실 앞으로 왔다. 쌍옥이 다급히 물었다.

"잡았어요?"

숙인이 고개를 끄덕였다.

"괜찮은 것 같아, 봐봐."

쌍옥은 취분에게 말했다.

"그건 놓아주고, 이걸 넣자."

그러나 취분은 뚜껑을 누르며 놓아주지 않겠다고 소리쳤다.

"난 필요해!"

그래서 쌍옥은 자기단지를 취분에게 주고 숙인과 함께 석실 안으로 갔다. 취분은 그들 뒤를 따라 들어갔다. 안쪽에는 천연 마뇌석 탁자가 있고 그 탁자 위에는 물건들이 가득 쌓여 있었다. 또 색색의 자기단지들이 있었다. 쌍옥은 금색 그림이 새겨진 빈 백정요에다 숙인이 잡은 귀뚜라미를 넣고 들여다보았다. 정말로 '옥관금상(玉冠金翔)'으로 당당한 자태를 뽐내고 있었다. 쌍옥은 그 모습에 환호성을 질렀다.

"멋져! '해각청(蟹殼青)'보다 멋져!"

취분은 옆에서 쌍옥의 소매를 잡아당기며 보여달라고 했다. 쌍옥은 그녀에게 보는 법을 가르쳐주었다. 취분은 그녀가 시키는 대로 자기단지 안에 있는 귀뚜라미를 들여다보았지만, 특별해 보이지 않아 더는 관심을 갖지 않았다.

이때 쌍옥이 '해각청'의 다리가 부러진 이야기를 하자 숙인도 놓아주려고 했다. 그러나 취분은 순순히 내주지 않고 그 자기단지를 가슴 속에 품으며 말했다.

"나는 필요해!"

숙인이 웃었다.

"뭐 하려고 그래?"

취분은 잠시 멍하니 있다가 반문했다.

"딱히 뭘 해야 하지 모르겠으니까 말해줘요."

이 말에 숙인은 쌍옥을 보며 웃기만 했다. 쌍옥이 달래며 말했다.

"조용히 해봐. 그러면 내가 좋은 거 보여줄게."

취분은 그녀의 말을 듣고 조용히 기다렸다. 그들은 붉은색 호랑이 융단을 펼쳐 탁자 앞 석판 바닥에 깔고 상아를 상감한 화려한 조롱을 옮겨와 가운데에 놓았다. 그리고 그 바깥으로 색색의 자기단지들을 일자로 배열하였다. 숙인과 쌍옥은 무릎을 맞대고 앉고, 취분에게는 남쪽에서 중앙을 향해 앉으라고 했다. 먼저 방금 잡은 귀뚜라미를 조롱에 넣고 '나비', '사마귀', '딸랑이', '대추씨', '금비파', '향사자', '유리달' 등의 이름을 붙여준 각종 귀뚜라미들을 교대로 넣어가며 싸우게 했다.

처음에 이 '옥관금상'은 머리를 치켜들고 꼼짝하지 않고 있었다. 그러나 풀줄기로 건드리자 갑자기 사나워지더니 돌진했다. 앞이 막히자 두 마리는 엉겨 붙어 서로 잡아먹으려고 했다.

취분은 신이 나서 다리를 치며 자지러지게 웃다가 고개를 숙여 눈을 부릅뜨고 주시하고 있었다. 그런데 갑자기 조롱 속에서 난 '찌찍' 하는 긴 울음소리에 취분은 깜짝 놀랐다. 알고 보니 '향사자'가 결

海上花列傳
第四十六回
逐兔塘作聯新伴侶
三十六

국 '옥관금상'에게 잡아먹히고 말았던 것이다. '옥관금상'은 득의양양한 듯 몸을 곧추세우고 날개를 펼쳤다. 그렇게 연이어 대여섯 번을 싸웠지만 '옥관금상'을 이길 상대가 없었다. 마지막 '유리달'도 패주하고 말았다. 숙인도 갈채를 보냈다.

"진짜 장군이구나!"

쌍옥이 말했다.

"이름을 하나 지어줘요."

취분이 재빨리 말을 가로챘다.

"나에게 아주 좋은 이름이 있어요."

숙인과 쌍옥이 이구동성으로 가르쳐달라고 했다.

취분이 말을 꺼내려고 하는데 갑자기 아주가 웃으며 머리를 내밀었다.

"작은 선생이 여기에 있을 줄 알았어요. 화원 구석구석 찾아 다녔어요. 어서 가봐요."

취분이 화를 냈다.

"왜 찾아? 내가 도망갈까 봐?"

아주는 인상을 찌푸리며 말했다.

"윤 나리께서 찾고 계십니다! 우리가 작은 선생을 왜 찾아요!"

이때, 윤치원 목소리가 들렸다. 윤치원은 웃으며 들어왔다. 숙인은 급히 일어나 인사를 했다. 치원은 문 앞에서 발걸음을 멈추고 취분만을 바라보며 기분 좋게 웃으며 말했다.

"너도 동무가 있었구나!"

취분이 말했다.

"보실래요? 와봐요."

치원은 웃기만 했다. 그러자 쌍옥이 말했다.

"오늘은 이 애만 계속 싸웠으니까 더는 힘들게 하면 안 돼요. 내일 봐요."

아주는 그 말을 듣고 올라와 물건을 모두 정리했다. 숙인은 몸을 숙여 조롱을 들어 올려 '옥관금상 장군'을 직접 자기단지에 넣고 정중하게 표기했다. 취분과 쌍옥은 서로 부축하며 같이 자리에서 일어났다. 치원이 쌍옥에게 말했다.

"자네 차가운 돌 위에 앉아 있었나? 정말 대단해! 취분이야 괜찮지만, 자네는 아니지."

숙인이 물었다.

"그건 왜 그렇습니까?"

쌍옥은 눈을 흘기며 말했다.

"뭘 물어요! 무슨 좋은 말을 들을 거라고 묻는 거예요?"

치원은 껄껄 웃고 나서 취분에게 가자고 재촉했다. 취분은 돌 탁자로 가서 기대어 생각해봐도 다리가 부러진 그 귀뚜라미를 내버려둘 수 없었다. 쌍옥이 말했다.

"그렇게 가지고 싶으면 가져가."

취분은 신이 나서 단지를 들고 문을 나섰다. 치원이 숙인에게 물었다.

"모두들 대관루에 있는데 자네도 가지 그래?"

숙인은 그러겠다며 고개를 끄덕였다. 치원이 또 말했다.

"그런데 자네의 그 귀한 손은 좀 닦고 와야 하네!"

그 말을 하고 치원은 취분와 함께 나갔다.

아주는 정리를 대강 끝내고 혼자 중얼거렸다.

"어린애라도, 성질은 보통이 아니야!"

쌍옥이 말했다.

"자네도 잘못했어. '선생'이면 '선생'이지 무슨 '작은 선생'이야!"

"작은 선생이라고 해도 괜찮아요."

"이전에는 괜찮았겠지만, 지금은 '큰 선생'이 붙어 있잖아."

주숙인이 끼어들었다.

"맞아, 나도 조심해야 되겠어."

아주가 말했다.

"뭐 하러 조심해요? 신경 쓰지 말아요."

숙인과 쌍옥은 아주를 데리고 느긋하게 나란히 석실을 나섰다. 천심정을 넘어가지 않고 완연령 비탈길 아래로 내려갔다. 완영령 서쪽 용의 턱 사이에 출구인 동굴이 있는데, 구불구불하지만 삼오십 보를 걸어 그곳을 빠져나가면 바로 대관루의 서쪽으로 통했다. 조금 멀지만 봉우리를 끝까지 올라가는 것보다 힘이 덜 들었다. 그래서 세 사람은 모두 이 길을 따라 대관루 앞쪽으로 돌아 들어갔다. 그런데 차와 아편 연기만 남아 있을 뿐 한 사람도 보이지 않았다. 아마도 모두 대관루 근처에서 산보 중이라 생각하고 아주에게 세숫물을 가져오라고 하고 잠시 앉아 기다렸다. 집사가 올라와서 등불을 켜자 창연한 저녁 빛이 창가로 비쳐 들어왔다. 그제야 한 쌍씩 응접실로 모여들기 시작했다.

담소를 나누는 동안 저녁상이 차려졌지만 다들 흥이 나지 않아 일찍 헤어져 각자의 방으로 돌아가 쉬었다. 주숙인은 애초 요양하기 위해 주쌍옥과 호방에서 머물고 있었지만 병이 나아서 방을 옮기려고 했다. 주애인과 임소분이 때마침 입립원에 도착했고 호방이 널찍해서 좋다며 그곳에 짐을 풀었다. 숙인도 마음 편하게 그곳에서 계속 지내게 되었다. 주애인과 주숙인의 침실은 응접실로 쓰이는 방을 사이에 두고 있었다. 임취분은 대관루에서 윤치원의 방 뒤쪽에 침대 하나를 놓고 지냈다. 나중에 장수영이 오자 취분은 불편해서 호방으로 옮겨왔다. 응접실 뒤쪽 방을 침실로 만들어, 앞쪽을 막고 언니 방으로 출입했다.

이날 밤 주 씨 형제는 애인들과 같이 돌아와 응접실에서 각자 방으로 들어갔다. 주애인은 방으로 들어가 아편을 피우며 임소분과 이런저런 이야기를 나누다 다음 날 아침에 있을 공제(公祭) 이야기를 하며 일찍 잠자리에 들자고 했다. 소분은 취분이 아직 돌아오지 않은 것이 생각났다. 분명 윤치원과 있을 것이라고 생각하고 어린 여자 하인에게 분부를 내렸다.

"등롱을 들고 다녀와. 나중에 가스등이 꺼지면 혼자 어떻게 오겠어!"

"여기 마당에 있어요."

"그러면 들어오라고 해. 마당에서 뭐 하고 있어?"

여자 하인이 명을 받들고 나갔지만 한참 동안 감감 무소식이었다. 소분은 혼자 방문 앞으로 가서 큰 소리로 불렀다. 밖에서 작은 목소리로 대답했다.

"갈게요."

한참 뒤 애인은 아편을 흡족할 만큼 피우고 연등을 껐다. 그제야 취분은 총총히 들어와 형부와 언니에게 인사를 하고 가려고 몸을 돌렸다. 소분은 소맷자락에서 수판같이 생긴 물건을 보고 물었다.

"가지고 있는 게 뭐야?"

취분이 손을 들어 보이며 웃었다.

"다섯째 도련님 거예요."

그 말을 하고 취분은 휑하니 안쪽 방으로 들어가 방문을 걸어 잠갔다. 애인은 바깥방에서 옷을 벗고 소분보다 먼저 잠을 청했다. 소분은 침상에 오르며 다시 한 번 취분에게 당부했다.

"어서 자. 내일 일찍 일어나야 해."

취분은 대충 대답했다. 소분 또한 잠자리에 들었다. 늦게 일어나 다른 사람들의 웃음을 사지 않기 위해 특별히 신경을 썼다.

한참 단잠을 자고 있는데 애인이 꿈을 꾸다 갑자기 몸을 뒤척이고 다시 잠들었다. 그 바람에 소분은 잠이 깨고 말았다. 소분은 눈을 뜨고 곰곰이 생각해보아도 지금이 몇 시인지 알 수 없었다. 그래서 조용히 기지개를 켜고 휘장을 걷어 올려 등불을 켜고 탁상 위 자명종을 보았다. 두 시를 조금 넘기고 있었다. 다시 자려고 하는데 취분의 방에서 찍찍거리는 소리가 났다. 자세히 들어보니 쥐가 갉아먹는 소리는 아니었다. 그래서 '취분아' 하고 불러보았다. 취분은 안에서 물었다.

"언니, 왜요?"

"왜 안 자?"

"잘 거예요."

"두 시야. 뭘 하고 있길래 아직도 안 자고 있어?"

취분은 더 이상 대답하지 않고 급히 정리를 하고 잤다. 그러나 이번에는 소분이 잠이 오지 않았다. 사방에서 들려오는 개구리 울음소리는 귀가 먹먹할 정도였다. 멀리서 닭 울음소리와 개 짖는 소리, 아기 울음소리가 들려왔다. 화원에서 나는 소리는 분명 아니고 그렇다고 화원 밖 소리가 여기까지 들려오기도 만무했다. 이어서 야간 순찰대원이 곤봉을 두들기며 호방의 구불구불한 담벼락을 지나갔다. 소분은 무의식중에 그 곤봉소리에 박자를 맞추다가 자기도 모르게 흑첨향 속으로 빠져들어 돌아오는 것을 잊고 말았다.

다행히 다음 날 늦지 않게 일어났다. 막 세수를 끝냈는데, 집사의 전갈이 왔다. 아주머니에게 나리와 선생들을 봉의수각으로 모셔 간식을 드시게 하라는 내용이었다. 주애인은 그 말을 듣고 대답했다.

"곧 가겠네."

마침 건넛방 주숙인이 직접 와서 물었다.

"준비 다 되셨습니까?"

임소분이 말했다.

"예."

"그러면 우리 옷 입고 나면 함께 갑시다."

"좋아요."

취분은 안에서 숙인의 목소리를 듣고 급히 나와 불렀다.

"도련님."
숙인은 들어가서 물었다.
"무슨 일이야?"
취분은 조롱과 자기단지를 숙인에게 건네주며 말했다.
"가지고 가세요. 전 필요 없어요."
숙인이 보니, 조롱 안에 두 마리의 귀뚜라미가 있었다. 한 마리는 다리가 부러진 '해각청'이고, 또 한 마리는 '유호로'였다. 숙인은 웃으면서 물었다.
"어디서 가져온 거냐?"
취분이 '큭' 하고 소리를 내고 말했다.
"말도 마세요! 어젯밤에 정말 힘들게 한 마리를 잡아서 붙여보려고 했는데 이 못난 놈이 도망갈 줄만 알아서 빙글빙글 돌기만 하잖아요. 필사적으로 싸움을 붙여보려고 애를 썼는데도 필사적으로 도망가 버리니까, 화가 안 나겠어요?"
숙인이 웃으며 말했다.
"그러니까 쓸모가 없다고 말했었잖아. 기어이 믿지 않더니만. 정 그렇게 좋아하면 내가 한 쌍 줄게. 가져가서 놀아."
"고맙지만 괜찮아요. 보고 있으면 화만 나요."
숙인은 웃으며 조롱과 자기단지를 가지고 방으로 돌아갔다. 그리고 주쌍옥에게 옷을 빨리 갈아입으라고 재촉했다. 양쪽 방 손님들은 먼저랄 것도 없이 응접실 중간에서 만났다. 다섯 사람은 아주머니와 여자 하인을 데리고 호방을 나와 봉의수각으로 갔다. 다른 사람들은 벌써 모여 기다리고 있었다. 서로 인사를 나누고 자리에 앉아 간식을 먹었다. 총관 하여경이 급히 앞으로 와서 아뢰었다.
"모든 제례 물품은 준비를 해서 보내고 시중들 지객 두 사람도 보냈습니다. 진행자도 필요합니까?"
제운수가 중얼거리듯 말했다.

"진행자는 필요 없고, 소찬(小贊)을 부르도록 해."

하총관은 바깥으로 나가 명을 전했다.

잠시 후, 소찬이 깃털 달린 여름 모자를 쓰고 함께 나갈 집사들을 데리고 주렴 밖에 서 있었다. 운수가 물었다.

"마차는 준비 되었는가?"

집사가 대답했다.

"예."

운수는 다른 사람들에게 말했다.

"그러면 자, 갑시다."

사람들은 각자 애인의 손을 잡고 일어났다. 일곱 명의 손님과 여덟 명의 기녀가 하인들을 따라 봉의수각 계단을 내려와 석패루 아래에서 모였다. 그 패루 바깥에는 널찍한 도로가 있는데 별장 바깥의 대로와 직통한다. 열 대가 넘는 마차가 모두 그곳에서 기다리고 있었다. 일행들은 짝을 지어 마차에 올라 자리에 앉았다. 그들은 매미가 이어지듯 물고기가 꿰어지듯 줄을 지어 별장 밖으로 나갔다.

얼마 되지 않아 사마로 위를 달리고 있었다. 도옥보는 마차 안에서 금색으로 새겨진 문패 '동흥리' 석 자가 옛날처럼 반짝이고 있는 것을 보았다. 물건을 가득 진열해놓은 길 양쪽 상점들의 풍경 역시 여전했다. 골목 입구에 깔려 있는 문자점을 치는 선생의 가판대나 걸어놓은 관상그림도 골목을 드나들 때 늘 보았던 그대로였다. 옥보는 마음이 아려오고 눈가에 눈물이 고이는 것을 참지 못했다. 완방도 옥보 때문에 울음을 터뜨렸다.

마차는 순식간에 일제히 멈추었다. 지객이 골목 밖에서 기다리고 있었고 일행은 차례로 마차에서 내려 들어갔다. 도옥보는 사람들의 웃음을 살까 봐 도운보 뒤에서 얼굴을 가리고 따라 들어갔다. 문 앞에 이르자 옥보는 더욱 놀라고 말았다. 이수방의 간판도 보이지 않고, 이완방의 간판 역시 보이지 않았다. 맞은편 하얀 담벼락에 황색

陪公祭重覲
榜

종이가 붙어 있고, 여덟 명의 스님들이 응접실에서 무릎을 꿇고 『대비경참(大悲經懺)』[1]을 읽고 있었다. 향의 연기가 자욱했다. 지객은 일행을 잠시 오른쪽 이완방의 방으로 안내하였다. 뜻밖에 진소운이 그 방에 있다가 일행들과 맞닥뜨렸다. 제운수는 이상하게 생각했다. 도운보가 급히 앞으로 가서 대신 통성명하고, 장례를 도와준 일들을 설명했다. 그러자 운수는 두 손을 마주잡고 말했다.

"처음 뵙겠습니다."

그리고 모두 편히 앉았다. 잠시 후 지객이 예를 청하였다. 제운수가 직접 나서자 도운보가 황급히 말렸다. 운수가 말했다.

"나도 생각이 있네. 자네가 왜 나서는가?"

운보는 아무 말을 하지 못했다. 운수가 사방을 둘러보니 옥보가 보이지 않았다. 안팎으로 찾았지만 보이지 않았다. 도운보는 뒤쪽으로 가지 않았을까 하여 가보니, 아닌 게 아니라 이수저의 방에 그가 있었다. 운수는 옥보의 눈언저리가 마치 신선한 여지처럼 붉게 부어오른 것을 보았다. 뒤따라오는 이완방의 얼굴도 눈물자국으로 얼룩지고 새로 갈아입은 상복 역시 눈물로 젖어 있었다.

운수는 고개를 끄덕이며 탄식하고 아무 말도 꺼내지 못했다. 일행들과 함께 경을 외는 단 사이를 지나 건너편 왼쪽 방으로 갔다. 그 방은 앞의 방과 달랐다. 궤, 탑상, 가스등, 경대, 탁자 등이 모두 정리되어 어느 것 하나도 없었다. 뒤쪽 겹문에는 술 달린 월백색의 휘장이 펼쳐져 있고 중간에 네모난 탁자 세 개가 나란히 놓여 있었다. 탁자 위에는 오색실로 묶은 삼 척 높이의 영궁(靈宮)이 모셔져 위패를 가리고 있었다. 고급 제수용품은 층층이 쌓여 아래쪽에 배열되어 있고 용연향, 밤을 지키는 촛불, 밥을 올려놓은 정자가 모두 갖추어져 있었다.

이때 휘장 뒤에서 이수저가 곡을 했다. 이수저의 양아들은 무섭고 부끄러워서 나오지 않았고 영의 오른쪽에는 이완방이 엎드리고 있었다. 소찬은 은잔 세 개가 놓인 쟁반을 들고 몸을 숙이며 옆에 서서 주제자(主祭者)가 예식을 행하기를 기다리고 있었다.

---

1 대비경 기도문을 말한다. 대비경은 부처님이 열반 직전에 조화와 가섭, 아난 등에게 불도를 전파시킬 것을 부탁하면서 앞날을 예언한 것 등의 내용이 기록되어 있다.

47

진소운은 귀인을 만나는 행운이 찾아오고, 오설향은 남자아이라는 상서로운 점을 치다

陳小雲運遇貴人亨 吳雪香祥占男子吉

제운수는 평상복을 입고 이수방 영전 앞으로 가서 예를 갖추어 허리를 숙였다. 소찬이 옆에서 시중을 들며 향기로운 제주(祭酒)를 올리자 제운수는 또 허리를 숙이고 두어 걸음 물러났다. 그리고 소관향에게 대신 절하라고 했다. 관향은 명을 받들고 네 번 절을 했다. 나머지 사람들도 이와 같이 했다. 고아백의 차례가 되자 요문군이 대신 나섰다. 문군은 인사를 하고 다시 무릎을 꿇어 네 번 절했다. 고아백은 조용히 그 까닭을 물었다. 그러자 요문군이 대답했다.

"앞의 것은 당신 대신 한 것이고, 그리고 저도 절을 해야죠."

아백이 미소를 지었다. 윤치원은 임취분에게 대신하게 했지만 그녀는 거절했다.

"언니가 아직 안 했잖아요."

치원은 그 말에 웃으며 말했다.

"괜찮아."

그러나 못 이기는 척 장수영에게 대신 하라고 했다. 임소분이 주

陳小雲運遇貴人亨
第四十七回
四十三

애인 대신 절을 하자 취분이 불쑥 끼어들어 가 절을 했다. 나머지 사람들은 말할 필요가 없겠지만, 주숙인이 읍하고 나자 주쌍옥이 절을 하고, 도운보가 읍하고 나자 담여연이 절을 했다. 마지막으로 도옥보가 읍을 하자, 제운수가 큰 소리로 말했다.

"완방은 곤란하니, 옥보만 절하게."

옥보는 그 말을 듣고 한가운데 서서 마음을 가다듬고 읍 하고 절을 했다. 절을 하면서 축문을 올리는데 어떤 내용인지 알 수 없었다. 축문이 끝나자 한 번 더 절을 하고 눈물을 머금고 일어났다. 소찬은 책상 끝에서 두루마리 하나를 집어 들고 펼쳤다. 그것은 고아백이 지은 사언압운으로 된 제문으로, 화려하면서도 애절하였다. 소찬이 책상 옆에서 꿇어앉아 큰 소리로 낭랑하게 읊은 후에, 제운수가 절을 하고 태웠다.

이로써 제가 모두 끝났다. 도옥보는 시끄러운 틈을 타서 이완방을 데리고 먼저 밖으로 빠져나갔다. 일행들은 차례대로 다시 오른쪽 이완방의 방으로 갔다. 진소운은 옆에 서서 그들을 맞이했다. 밖에서 들려오는 종과 북소리가 시끄러워 사람들은 이야기를 제대로 나눌 수 없었다. 담여연과 장수영이 말했다.

"끝났으니, 자리를 옮기시죠."

제운수가 '좋아, 좋아' 하고 말하면서 진소운에게 함께 가자고 말했다. 소운은 머뭇거리며 그의 말에 감히 대답하지 못했다. 운수가 도운보에게 대신 부탁하라고 하자 소운은 그제야 명을 따랐다. 떠날 때 도옥보를 찾으려고 대아금을 뒤쪽 방으로 보냈지만 돌아오지 않았다. 제운수가 미간을 찌푸리며 말했다.

"이게 진정한 마음이야!"

도운보가 황급히 말했다.

"제가 가서 부르겠습니다."

그는 직접 뒤쪽 이수저의 방문 앞으로 갔다. 이완방은 혼자 문 옆에 기대고 있고, 수저와 옥보는 방에서 마주보고 서서 울고 있었다. 운보는 급히 그를 재촉했다.

"가자! 모두 너만 기다리고 있잖아!"

수저도 재촉했다.

"도련님, 어서 나가보세요. 다음에 또 이야기해도 됩니다."

옥보는 어쩔 수 없이 운보를 따라 앞으로 나왔다. 사람들이 '왔어요!'라고 말하자 제운수가 말했다.

"다 모였느냐?"

소관향이 말했다.

"아직 완방이 안 왔어요."

이 말이 끝나기 전에 아초가 완방의 손을 잡고 왔다. 완방은 제운수 앞으로 가서 머리를 조아렸다. 운수가 놀라며 그 까닭을 물었다. 아초가 대신 대답했다.

"엄마가 그녀에게 언니 대신 대인과 나리들 그리고 선생들께 감사 인사를 올리라고 했습니다."

운수가 손을 저으며 말했다.

"뭐라고? 인사하지 않아도 돼."

옆에서 관향이 완방의 손을 잡아당기며 옆으로 오라고 했다. 그녀는 완방의 허리띠를 풀어 상복을 벗겨주며 아초에게 가져가게 했다. 제운수는 자리에서 일어나 진소운에게 먼저 앞장을 서라고 했다. 소운은 감히 앞장서지 못하고 손을 가지런히 내리고 물러났다. 윤치원이 웃으며 말했다.

"사양할 필요 없네. 내가 안내하겠네."

그가 먼저 앞장서서 방을 나서자 다른 사람들도 차례대로 나섰다.

치원이 동홍리 입구에 도착할 즈음 갑자기 지객이 뒤에서 '윤나리' 하고 부르며 앞으로 와서 아뢰었다.

"마차가 남주금리에 있으니 제가 불러오겠습니다."

"안 타고 갈 거야. 대인께는 여쭤보아라."
지객이 몸을 돌려 여쭙자 제운수가 말했다.
"가까운 거리니 걸어서 가도 돼."
지객은 '예' 하고 대답했다. 운수는 지객에게 집사를 철수시키고, 수행원 두 명만 남아서 시중을 들라고 하였다. 지객은 또 '예' 하고 대답하고 한쪽으로 물러섰다.
일행은 거리로 나섰다. 왼쪽으로 가는 사람, 오른쪽으로 가는 사람, 앞으로 가는 사람, 뒤에서 따라오는 사람, 이렇게 제각기 흩어져서 갔다. 얼마 후 서공화리에 도착했다. 요문군이 앞장서서 담여연의 집으로 들어가 빠른 걸음으로 이 층으로 올라갔다. 윤치원은 먼저 도착했지만 안으로 들어가지 않고 문 앞에서 기다렸다. 제운수가 사람들을 데리고 모여들었다. 치원은 손짓하며 안으로 청했다. 그러자 제운수가 말했다.
"자네 집인가?"
치원은 웃기만 하고 그를 따라 응접실로 갔다. 남자 하인이 초대장을 들고 와서 도운보에게 보여주었다. 운보가 한 번 훑어보고 넣었다. 모두 모르는 체했다.
담여연이 곁문 안에서 기다리고 있다가 제운수를 부축하려고 하자 운수가 정색을 하며 말했다.
"내가 못 걸을까 그러느냐? 내가 늙긴 했지만 젊은이보다 그렇게 못 하진 않아."
제운수는 옷을 걷어 올리고 천천히 계단으로 올랐다. 아주머니가 주렴을 올리며 방으로 청했다. 운수는 사방을 둘러보고 칭찬의 말을 했다. 담여연은 대답했다.
"누추합니다. 대인님, 앉으십시오."
운수는 진소운에게 자리를 양보하고 자리에 앉았다. 모두 방으로 들어와 편히 앉았다. 마침 방은 사람들로 가득 메워졌다. 요문군은 얼굴에 땀이 나서 한쪽 옷깃을 열고 부채질을 했다. 고아백이 말했다.

"더위를 타면서 왜 이렇게 급하게 뛰어왔어?"

"뛰긴요! 자라 부랑자에게 걸릴까 봐 조금 빠르게 걸은 거죠."

제운수는 방 안에 사람이 많고 날이 더워서 넌지시 말했다.

"우리 장수영 방도 봐야지."

모두들 '좋습니다.'라고 말했다. 장수영은 일어나 시중을 들며 재촉했다.

"그러면 같이 건너가요."

진소운은 더 이상 예의를 차리지 않고 먼저 나서서 제운수와 함께 장수영 방으로 갔다. 나머지 사람들은 짝과 함께 가기도 하면서 각자 편하게 갔다. 주애인만 남아 아편을 피웠다.

도옥보와 이완방은 흥이 나지 않아 담여연의 방에 계속 있었다. 도운보는 아주머니에게 남자 하인에게 명해서 자리를 마련하라고 말했다. 그리고 건너가 한차례 대접하고 틈을 봐서 방으로 되돌아와 도옥보에게 물었다.

"이수저가 너에게 무슨 말을 하더냐?"

"완방 이야기였어요."

"완방 이야긴데, 왜 울었느냐?"

옥보는 아무 대답 없이 고개만 숙이고 있었다. 운보가 달래며 말했다.

"슬픔에만 빠져 있어서는 안 돼. 다른 것은 안중에도 없느냐? 오늘 이렇게 많은 사람들이 왜 왔겠니? 말이야 이수방 제를 올리기 위해서라고 하지만 사실 너 때문이잖아. 너 혼자서 수방 생각에 또 슬픔에 빠질까 봐 이렇게 많은 사람들이 함께 와서 네 기분도 전환시키고, 좀 잊게 해주려는 거잖아. 지금 잊지 못해도 이야기도 나누고 웃기도 하면서 얼굴 좀 밝게 해봐. 어쨌든 그래야 사람들도 네가 정성을 받아들인 것으로 생각할 것 아니냐. 너도 한 번 생각해봐, 안 그래?"

옥보는 여전히 말이 없었다. 마침 아주머니가 와서 말했다.

"자리 다 준비되었습니다."

운보는 제운수에게 물수건을 올리라고 해야 할지 물으려고 했다. 그러자 주애인이 말했다.

"묻긴 왜 물어, 물수건 가져오라고 하면 되지."

아주머니는 대답했다. 운보는 진소운 대신 국표를 써서 아주머니에게 건네주며 보내라고 했다.

남자 하인이 물수건을 올리자 양쪽 방의 손님과 기녀들은 응접실로 나와 자리를 나누어 앉았다. 함께 의논하여 제운수는 윗자리에, 고아백은 그다음 자리에, 진소운은 세 번째 자리에 앉았다. 나머지는 원래 자신들이 앉는 자리에 앉았다. 진소운은 맞장구를 치며 마음을 다해 비위를 맞추었다. 모두들 이야기를 나누며 아주 흡족해했다. 도옥보는 형의 뜻을 억지로 받들어 가끔 한두 마디 멋쩍게 거들곤 했다.

그때 김교진이 도착했다. 사람들은 진소운의 옆자리에 앉으라고 했다. 교진은 원만하고 융통성이 있는 사람이어서 모인 사람들이 편히 마시고 먹는 것을 보고 역시 그들과 편히 어울렸다. 제운수는 그런 그녀를 보고 칭찬을 했다. 교진은 더욱 자신만만하여 재미있는 이야기들을 쏟아내며 좌중을 사로잡았다. 이 때문에 자리는 적막하지 않았다.

제운수는 갑자기 생각이 떠올라 고아백에게 물었다.

"자네가 지은 제문에서 병에 대해 구구절절하게 말하고 있던데, 무슨 일인가?"

그 질문에 고아백은 이수방이 기녀여서 정실이 되기 힘들었고, 그로 인해 우울증이 생겨 큰 병을 얻은 원인을 세세하게 설명해주었다. 운수는 탄식을 했다.

"안타깝구나, 안타까워! 처음부터 나와 의논했더라면 나에게 방법이 있었는데 말이야."

아백이 물었다.

"어떤 방법입니까?"

"아주 쉽지. 수방이 나의 양녀가 되면 딸이 되는데, 누가 무슨 말을 하겠는가?"

모두 그 말을 듣고 조용히 있었다. 도옥보만은 이 방법이 절묘하다고 여겨 수방의 병중에 미리 알았더라면 살아날 수 있었겠다고 생각했다. 지금은 공허한 말일 뿐이니, 후회가 막급했다. 순간 눈물이 왈칵 쏟아지고 억누르지 못해 급히 일어나 담여연의 방으로 빠져나갔다. 고아백이 말했다.

"내가 잘못했어, 말하느라 옥보를 잊어버렸네."

요문군이 끼어들었다.

"이수방은 정말 좋은 사람이었죠! 기녀여도 괜찮았는데 왜 정실로 맞이하지 않았을까? 사람들이 쓸데없는 소리를 해서 그랬겠죠. 제가 이수방이라면 먼저 그런 사람들 뺨을 후려쳤을 거예요."

요문군의 말에 모두 웃었다. 제운수가 말을 끊으며 나섰다.

"그 이야기는 그만하고 다른 이야기나 하지."

고아백이 갑자기 생각이 나서 말했다.

"아주 좋은 물건이 있는데 보여드리겠습니다."

자리에서 벌떡 일어나 장수영의 방으로 가서 낡은 춘화 한 권을 가져와 운수에게 주었다. 운수는 자세히 보고 나서 말했다.

"작가의 의도는 좋은데 완전하지 않은 게 아쉽군."

춘화를 다른 사람들에게 건네주었다. 아백이 말했다.

"아무래도 옥호산인의 필적 같은데, 증거를 찾을 수 없어요."

운수가 말했다.

"명가가 이런 그림에 굳이 인장과 낙관을 찍겠나. 제목과 발문이 있었더라면 좋았을 텐데."

윤치원이 말했다.

"제목과 발문은 각 편의 문장보다는 못하지요. 일곱 폭을 순서대로 나눠 서사체로 쓰되 좀 과장되게 이야기를 엮으면 완벽한 작품이 될 겁니다. 그러면 제목과 발문보다는 낫지 않겠습니까?"

아백이 말했다.

"그러면 자네에게 부탁해야겠군."

윤치원이 말했다.

"자네가 노기창에서 나를 초대하면 들어주겠네."

"그러면 바로 자네를 초대하겠네. 만에 하나 자네가 쓴 문장에서 한 글자라도 전아하지 않으면 벌로 자네가 열 배로 술자리를 마련해야 하네."

윤치원은 탁자를 치며 큰 소리로 말했다.

"좋아, 결정했네. 여러분이 바로 증인이십니다!"

윤치원이 탁자를 치는 소리는 뜻밖에 도옥보를 놀라게 하였다. 그는 밖에서 쟁론이 벌어진 줄 알고 조용히 눈물을 훔치고 방에서 나와 술자리로 돌아왔다. 술자리에 있는 사람들은 천정을 보거나 고개를 흔들며 모두 이 문장을 실로 짓기 어렵다고 말했다. 고아백이 말했다.

"당당하게 큰소리를 쳤으니 분명 자신이 있겠지요. 어렵든 말든 우리가 알 바 아닙니다."

제운수가 말했다.

"나는 얼른 읽어보고 싶네. 내일 자네가 치원을 초대하고, 어서 지으라고 하게."

윤치원이 말했다.

"명절에는 짬이 없습니다. 열이레까지 문장을 짓고, 열여드레에 노기창에서 보여드리겠습니다. 벌을 줘야 할지 말지는 여러분들의 판단에 맡기겠습니다."

아백이 말했다.

"반드시 열여드레에 노기창에서 모두 모이는 것으로 하였으니 이 자리 일곱 분은 여기에서 초대하는 걸로 하겠습니다."

모두들 그러겠다고 대답했다.

도옥보는 조용히 진소운에게 무슨 문장을 짓는지 물었다. 소운은 춘화를 가져와 설명해주었다. 옥보는 무심히 넘기며 훑어보고 그냥 손에서 내려놓았다.

제운수는 옥보가 마지못해 밝은 얼굴을 하고 있는 것을 보고 흥이 나지 않았다. 날씨도 흐려서 곧 비가 내릴 것 같았다. 그래서 다음 날을 기약하고 조금 일찍 술자리를 파하자고 하자 모두들 그의 뜻을 따랐다. 김교진은 다른 기녀들이 돌아가지 않아 혼자 일어나기가 불편했다. 진소운이 조용히 그녀에게 말했다.

"돌아가."

그제야 교진이 떠나갔다. 자리가 파한 후, 도운보는 이런저런 자지구레한 일들을 정리하려고 성내의 집으로 돌아가려고 했고, 주애인은 탕소암이 외지로 출타하여 일을 거들어 주는 사람이 없는 데다 명절에는 특히 바빠서 제운수에게 양해를 구했다. 제운수는 진소운을 일립원으로 초대하였으나 소운 또한 일이 있다고 했다. 그러자 운수가 말했다.

"그러면 추석에는 꼭 와주십시오."

소운이 미처 대답을 하지 못하고 있는데 도운보가 대신 대답했다. 운수는 윤치원에게 말했다.

"돌아갈 건가?"

"먼저 돌아가십시오. 저도 바로 돌아갈 겁니다."

제운수는 고아백, 주숙인, 도옥보, 그리고 각자의 애인들에게 작별인사를 하고 마차를 타고 별장으로 돌아갔다. 담여연과 장수영은 대문까지 나와 배웅하고 들어갔다. 주애인도 작별인사를 하고 임취분, 임소분과 함께 가마를 타고 돌아갔다. 그제야 진소운은 도운보에게 중추절 일립원의 대연회에 대해 물어볼 수 있었다.

"무슨 대연회! 말이야 낮에는 계화 감상, 밤에는 달 감상이지만, 실제로는 기녀 불러서 술 마시는 거야."

"듣자니 술자리에서는 반드시 시를 지어야 한다고 하는데, 정말인가?"

운보가 손을 저으며 웃었다.

"그런 일 없어. 누가 시 짓고 싶겠어. 자네가 그러고 싶으면 그렇게 해. 어쨌든 그 사람들 앞에서는 하지 마. 자네 실력만 들통 나."

"처음 가는데, 첩자를 써서 찾아뵈어야 하나?"

운보가 손을 저었다.

"그럴 필요 없네. 그가 자네를 초대했으니 문지기에게 말해놓을 거야. 그러면 문지기가 장부에 자네 이름을 기입해. 자네는 평상복을 입고 문지기에게 말하면 집사가 자네를 안내할 거야. 운수를 만나면 모두 읍만 해. 절대로 고상하게 예의를 차려서 인사하지 말게. 자네는 사업가니까 사업가처럼 행동하면 돼."

소운이 다시 물어보려고 하는데 윤치원이 마침 맞은편 장수영의 방에서 건너와 일립원으로 돌아가려고 했다. 그러자 운보도 그를 따라 일어나며 물었다.

"자네가 이 문장을 엮어보겠다고 했지만 나는 아무리 생각해봐도 한 글자도 만들지 못하겠는데 자네 어쩔 셈인지 나에게 먼저 말해 보게."

치원이 웃으며 말했다.

"지금은 나도 어떻게 할지 몰라. 그렇게 어렵지는 않을 거야. 내가 만들고 나면 보게나."

운보는 하는 수 없이 더 이상 묻지 않았다.

윤치원이 떠나고 나자 소운도 일어나며 동합흥리로 가야 한다고 말했다. 운보가 말했다.

"혹시 갈중영이 자네를 초대하였나? 잠시 같이 술자리에 갔다가 나는 성내로 들어가 봐야 하네."

소운이 대답을 하고 잠시 머물렀다. 운보는 빠르게 숙라 옷을 입고 비단 마고자를 걸쳤다. 담여연은 배웅하지 않았지만 '곧바로 오세요.'라고 말했다.

운보는 진소운을 따라 아래층으로 내려가서 각각 가마꾼에게 동합흥리에 가서 기다리라고 했다. 두 사람은 나란히 문을 나서며 큰길을 따라 오설향의 집에 도착했다. 방에 들어가니 침대 앞 화장대에 한 쌍의 큰 초가 켜져 있었다. 그래서 무슨 일인지 물었다. 갈중영은 웃기만 했다. 오설향은 수박씨를 올리며 대답했다.

"아무것도 아니에요."

잠시 후 나자부, 왕연생, 홍선경 등 모두 잘 아는 친구들이 속속 모여들었다. 갈중영이 말했다.

"애인과 소암은 안 오기로 했으니 우리 여섯 명이 다야. 어서들 앉게."

소매저는 국표를 살펴보고 말했다.

"왕 나리 국표는 없네요."

중영이 왕연생에게 누구를 부를 것인지 물었다. 연생은 직접 황금봉이라고 썼다. 그런 다음 모두 자리에 앉았다.

홍선경은 소매저가 물담배를 채우고 있을 때 조용히 물었다.

"왜 큰 초를 켰나?"

소매저가 조용히 말했다.

"우리 선생에게 좋은 일 있잖아요. 그래서 삼신할머니께 공양드리는 거예요."

선경은 갈중영과 오설향에게 축하인사를 했다. 소식을 들은 사람들도 연신 축하인사를 했다.

吳雪香祥占男吉子

"축하하네! 축하해! 축하주로 세 잔을 올리겠네."
중영은 웃기만 했다. 그런데 설향은 언짢아했다.
"무슨 축하받을 일이에요! 소매저가 쓸데없는 말을 했어요!"
사람들은 그 뜻을 잘못 이해하고 모두 정색을 하며 말했다.
"이건 기쁜 소식이야. 부끄러워할 거 없다."
설향은 '휴' 하고 한숨을 쉬었다.
"부끄러워하는 게 아니에요. 아이를 키워놓아도 잘못 되는 경우가 얼마나 많아요. 이제 두 달인데, 이 아이가 사람이 될지 안 될지 어떻게 알아요. 축하받기에는 너무 일러요."
오설향이 이렇게까지 말하는 것을 보고 오히려 사람들은 농담할 수가 없었다. 설향은 한숨을 쉬며 말했다.
"뭐 키울 수 없다는 게 아니라, 잘못 크는 아이도 있잖아요. 처음 키울 때는 행복하지만, 좀 컸다 하면 화날 일이 많아지겠죠."
중영은 그녀의 말이 끝나기도 전에 웃으면서 소리쳤다.
"그만해, 사람들이 네 말 듣고 화나겠다."
설향은 중영의 허벅다리를 꼬집었다.
"당신이 화나게 하잖아요!"
중영이 '아!' 하고 소리를 지르자 사람들이 한바탕 크게 웃었다. 소매저와 막 도착한 기녀들도 깔깔 웃었다.
나자부는 황취봉과 황금봉이 일찍 와서 화권을 하려고 했다. 담여연이 도착했다. 그녀는 도운보에게 말했다.
"지금 비 내리는데, 당신 성안에 안 가면 안 돼요?"
운보는 중요한 용건이 있기 때문에 나자부에게 자신이 먼저 열 잔을 깔겠다고 통사정했다. 자부가 수락했다. 다른 손님들은 서로 앞다투어 손을 내밀며 도운보와 화권을 했다. 한쪽에서 황취봉은 기회를 엿보다 나자부에게 물었다.
"오늘 왜 안 왔어요?"

"또 네 엄마가 귀찮게 할까 그랬지."

"우리 엄마 괜찮아요. 몸값도 천으로 정해졌어요."

자부는 깜짝 놀라며 말했다.

"천이라고. 그런데 왜 처음에는 안 된다고 하다가 지금은 된다는 거야?"

취봉은 냉소를 지으며 한참 뒤에 대답했다.

"나중에 말씀드릴게요."

자부는 심장이 두근거려 더 이상 물어보지 못했다.

도운보는 자신이 깐 잔을 다 채우고, 더 이상 머물지 않고 서둘러 집으로 돌아가려고 담여연과 함께 작별인사를 하고 나갔다. 나자부는 술 마시는 데 목적이 있는 게 아니어서 계속 이어 술잔을 깔아놓은 화권에도 대충 응대할 뿐이었다. 기녀들이 다 떠나자 왕연생에게 다른 기루로 차를 마시러 가자고 했다. 진소운과 홍선경은 눈치를 채고 술잔을 치우고 식사를 가져오라고 했다. 갈중영도 술자리를 계속하자고 고집부리지 않았다. 그렇게 데면데면 술자리가 끝났다.

나자부는 가마꾼을 불러 등을 켜라고 하고 왕연생과 함께 응접실에서 가마에 올라탔다. 동합흥리를 빠져나오는데 비바람이 몰아쳐 가마 속으로 들어왔다. 고승과 내안은 옆에서 가마의 주렴을 내리고 가는 내내 가마 채를 붙잡고 상인리 황취봉의 집 응접실까지 갔다. 자부가 연생에게 먼저 자리를 내주었다.

이 층에 올라가니 취봉이 그들을 맞이하며 방으로 안내했다. 연생을 탑상으로 안내하고 조가모에게 먼저 연등에 불을 붙이고 나서 찻잔을 내오라고 했다. 황금봉은 건넛방에서 급히 달려와서 '형부' 하고 인사를 했다.

"왕 나리, 건너가셔서 아편 피우세요."

"여기서 피워도 똑같아."

"그쪽에 연포가 많아요."

취봉이 말했다.

"연포야 가져오면 되잖아."

금봉은 그런 생각을 아예 못하고 있었다. 그래서 얼른 다시 자기 방으로 돌아가 예닐곱 개의 아편 꼬챙이를 가져왔다. 꼬챙이 위에는 연포가 달려 있었다. 연생은 원래부터 금봉이 귀엽고 총명해서 좋아했는데, 오늘 이렇게 비위를 맞춰주니 머리 올린 기녀들보다 나은 것 같아 흐뭇한 마음으로 받아들였다.

"수고했다."

그리고 금봉을 잡아당기며 자기 옆에 앉혔다.

금봉은 반쯤 올라다서 연생이 아편 피우는 것을 보았다. 황주봉은 쭈뼛쭈뼛하며 나자부에게 물담배를 채워주었다. 그러나 자부는 그것을 물리고 몸값 이야기를 물었다. 취봉은 한숨을 섞어가며 웃다가 천천히 말을 꺼냈다.

48

실수 속에 실수하는 고관대작의 저택은 바다와 같이 깊고, 속이고 또 속이는 장삿길은 구름보다 얕다

誤中誤侯門深似海 欺復欺市道薄於雲

황취봉은 왕연생을 앞에 두고 나자부에게 말했다.

"우리 엄마 어쨌든, 좋은 사람이에요. 가만히 들어보면 엄마가 말은 잘하는 것 같지만 속은 꼭 그렇지도 않아요. 화가 나서 사흘 동안 밥도 안 먹는 거 당신도 보셨잖아요. 어제는 또 당신이 가고 나니까 혼자 방에서 한바탕 했어요. 오늘 아침에 조가모가 아래층에 내려갔더니 엄마가 조가모를 붙들고 내가 아주 못된 애라고 욕하면서 이런 말을 하더군요. '내가 그 애에게 사준 의상이며 머리장신구가 만 원은 족히 될 거야. 안 그래도 그 애가 속신하면 다 줄 생각이었어. 하지만 지금은 마음이 바뀌었어. 하나도 안 줄 거야!' 이 층에서 우연히 이 말을 듣고 보니 화가 나기도 하고 웃음이 나오기도 했죠. 그래서 엄마에게 분명하게 못 박았어요. '의상과 머리장신구는 내가 산 거잖아요. 내가 여기 있으니까 지금 내 물건은 어느 누구도 손을 댈 수 없지만, 그렇다고 내가 속신하고 나서 가져갈까 봐 그래요? 모두 엄마에게 주고 나갈 거예요. 엄마가 나에게 주겠다고 해도 예의상 엄마에게 양보하겠다는 게 아니에요. 하나도 원하지 않아요. 의상이나 머리장신구는 말할 것도 없고 머리띠, 신발 끈 하나, 내 몸에 걸치고 있는 것은 죄다 엄마에게 주고 이 문을 나갈 테니까 걱정하지 말아요. 하나도 원하지 않으니까요.'라고 말했죠. 엄마가 정말로 나에게 그 물건들 중에 몇 개라도 주려고 했다는 걸 어떻게 알았겠어요. 엄마는 말로는 내가 꼭 얼마를 내야 한다고 했잖아요. 내가 아무것도 원하지 않는다고 하니까 그때부터 기분이 좋아져서 속신하려면 해라, 몸값을 천으로 하려면 그렇게 해라, 게다가 길일도 받아주면서 열엿새에 문서를 작성하고 열이레에 이사하면 보기도 좋을 거라고 하더군요. 너무 빠르죠? 나도 이렇게 쉽게 될 거라고 예상 못했어요."

자부는 이 말을 듣고 취봉을 대신하여 기뻐해주었다. 연생도 탄복하며 취봉의 호기를 치켜세우며 말했다.

"'훌륭한 남자는 물려받은 재산으로 밥 먹고 살지 않고, 훌륭한 여자는 시집올 때 입은 옷은 입지 않는다.'라는 말이 자네를 두고 한 말이구나."

취봉이 말했다.

"기녀 노릇을 하려면 어쨌든 본인이 계산이 서 있어야 해요. 그래야지 말로 이길 수 있어요. 만약 제가 속신해서 나가면, 오륙천은 빚을 지고 시작해야 해요. 또 꼭 장사가 잘 된다는 보장이 없으면, 아무리 발버둥쳐도 버텨내지 못해요. 지금은 대본을 잘 써서 해낸 일이에요. 상해에 없는 손님들은 빼고, 상해에 있는 손님들만 보면 딱 두 명이에요. 이 손님들이 저를 잘 보살펴주면 괜찮아요. 그러면 오륙천 빚도 정말 아무것도 아니에요. 제 생각에도 그들에게 의상과 머리장신구는 달라고 할 만한 가치도 없어요. 왕 나리, 말씀 잘하셨어요. '시집올 때 입은 옷'은 부모가 딸에게 해주는 것이고 딸도 잘되면 입지 않는데, 제가 굳이 왜 기생어미 물건을 원하겠어요! 설령

원한다고 해도 천 정도밖에 되지 않을 텐데 뭐 하러 굳이 그러겠어요?"

연생은 연신 탄복했다. 그러나 자부는 속신 이후에 한 번은 큰돈이 들어가겠구나 싶어서 혼자 꼼꼼하게 생각하다가 예상 밖에 들어가는 돈이 많아서 한참 생각하다 물었다.

"어떻게 해서 오륙천 빚을 진다는 거야?"

"당신 말은 오륙천이 안 될 거라는 거죠. 계산해봐요. 몸값이 천 원이죠, 의상이며 머리장신구가 아무리 못해도 삼천이 들 테고 세 칸짜리 방을 꾸미려면 천은 들겠죠? 또 자잘하게 쓸 곳이 얼마나 많아요. 그러면 오륙천은 들지요. 지금 데리고 나갈 조가모와 남자 하인에게 먼저 이천 빌려서 몸값 갚고 꼭 필요한 물건을 몇 가지 사야죠. 이사 가는 것은 다시 이야기해요."

자부는 조용히 있었다. 연생은 너댓 번 아편을 피우고 일어나며 양반다리를 하고 앉았다. 금봉은 얼른 물담뱃대를 가져와 채워주었다. 연생은 그것을 받아 들고 피웠다.

한참 뒤에 자부는 그제야 이사와 관련된 모든 일들을 묻기 시작했다. 황취봉은 조부리의 세 칸짜리 집을 봐두었으며, 아래층 문군옥과 함께 전세를 내었고, 아주머니와 남자 하인을 데리고 간다는 것 외에도 경리 선생, 요리사, 여자 하인, 남자 하인 네 명을 더 쓸 것이며, 홍목 가구는 잠시 빌려 쓰기로 하고 협상한 가격이 얼마인지 대략 알려주었다. 그리고 또 말을 이어갔다.

"열엿새에 문서를 작성하고 물건들을 정리해서 엄마에게 주려면 시간이 없을 거예요. 그러니까 당신은 보름에 술자리를 마련해주세요."

자부는 바로 그 자리에서 연생과 약속을 하고 갈중영과 홍선경, 진소운 세 사람을 초대하는 초대장을 써서 고승에게 즉시 전달하라고 했다.

고승은 곧장 동합흥리 오설향의 집으로 갔다. 아니나 다를까 홍선경과 진소운도 비가 그치면 나가려고 그곳에 머물고 있었다. 초대장을 보자 갈중영이 먼저 말했다.

"나는 참석하지 못할 것 같네. 그날 일립원에 모임이 있어."

소운도 이 모임에 참석하기 어렵다고 했다. 선경만 갈 수 있다는 답장을 써서 고승에게 전했다. 창밖 빗소리가 점점 잦아들고 차양 덮개에서도 더 이상 물방울이 떨어지지 않았다. 그래서 홍선경은 곧장 발걸음을 옮겼다.

진소운은 차분한 어조로 갈중영에게 물었다.

"기녀들이 일립원에 불려 가면 며칠이나 머물고, 술자리는 몇 번이나 열리는가?"

"나름이지 뭐. 일립원에는 서너 명의 기녀가 항상 있고 각자 알아서 지불을 해. 또 기녀가 기루의 주인이고 놀기 좋아하면 손님과 약속을 해서 아예 일립원에서 여름을 보내기도 해. 물론 이러면 조금 편하긴 하지."

"그러면 자네는 설향을 데리고 함께 가는가?"

"가끔 함께 가기도 하고 일립원에 가서 부르기도 해."

소운은 혼자 수판을 튕겨보더니 더 이상 다른 말은 묻지 않고 중영과 작별하고 남주금리 상발 복권가게로 돌아갔다.

다음 날, 진소운은 직접 포구장 근처에 있는 잘 알고 있는 옷가게로 가서 유행하는 무늬와 색깔의 상의를 골랐다. 다시 동안리 김교진의 집으로 가서 편지를 보여주었다. 교진은 그 편지를 보자마자 물었다.

"어떻게 제대인을 알게 되었어요?"

"어젯밤에."

"당신과 친구라니까, 그곳에 놀러가고 싶어요."

"내일 자네와 함께 가볼까 하는데 어때?"

"갑자기 예의를 갖추고 그래요?"

"내일은 일립원 중추절 대연회라서 아주 시끌벅적할 거야. 나도 술자리에 가. 너도 가려면 일찍 준비하고 있다가 국표가 도착하는 대로 와."

교진은 아주 신이 났다. 그날 밤 소운과 교진은 흡족한 밤을 보내었다.

팔월 십오 일 중추절, 진소운은 일찍 일어나 옷을 잘 갖추어 입었다. 괘종시계가 여덟 시를 알리자 김교진을 깨워 몇 마디 당부를 했다. 소운은 가게로 돌아가 마차를 불러 산가원으로 출발했다.

제부 대문 앞에 이르러 소운의 마차는 입구 맞은편 조벽[1] 옆에 멈추었다. 소운이 마차에서 내려 대문 안을 보았다. 대문 안은 바로 본채 거실로 이어졌다. 웅장하고 깊고 층층이 널찍하게 뚫려 있었다. 그러나 난간이 있어 그 문으로 들어갈 수 없었다. 하는 수 없이 돌아나오며 양쪽을 두리번거렸지만 아무도 보이지 않았다. 장복이 손짓으로 왼쪽을 가리키는데, 협문이 있는 모양이었다. 소운은 그쪽으로 가보았다. 그 문 역시 크고 웅장했다. 문을 들어서자 점잖아 보이는 문지기 서너댓 명이 다리를 꼬고 한담을 나누고 있었다. 소운이 문 옆에서 통성명을 하려는데 한 사람이 손을 휘저으며 말했다.

"일이 있으면 장방으로 가시오."

소운은 대답을 하고, 다시 정문 옆 협문으로 들어섰다. 옆채는 세 칸짜리 집으로, 문설주 위에 '장방(賬房)'이라는 편액이 걸려 있었다. 소운은 그곳으로 들어갔다. 그러나 중간에 놓인 경리 책상들은 모두 비어 있고 첫 번째 책상에만 경리 선생이 있었다. 그 경리 선생은 옆에 놓인 교의에 앉아 있는 사람과 이야기를 나누고 있었다.

소운은 그 사람이 바로 장여보라는 알고, 얼른 다가가 인사를 했다. 경리 선생은 장여보의 지인이라 하여 소운에게 가볍게 고개를 끄덕이고, 장여보는 자리를 권했다. 소운은 좌우를 힐끔거리며 들여다보았다. 경리 선생들은 그 안에 있었다. 그들은 책상에 머리를 박고 계산을 하거나 장부를 쓰느라 어느 누구도 소운을 거들떠보지 않았다. 소운은 잘못 왔다는 생각이 들어 첫 번째 책상으로 다가가서 그 경리 선생에게 손을 모으고 웃음으로 인사하며 이곳에 온 이유를 설명했다. 경리 선생은 그 말을 듣고 급히 말했다.

"실례했습니다. 여기에 잠시 앉아 계십시오."

그리고 잡역 일꾼을 불러 지객에게 알리라고 했다.

소운은 그제야 안심하고 앉았다. 그러나 한참 지나도 소식이 없었다. 사람들은 협문을 끊임없이 드나들었지만 모두 집사들로, 연회에 참석하는 손님들은 아니었다. 소운은 속으로 너무 일찍 왔나 싶어 후회스러웠다.

갑자기 시끌벅적한 소리가 멀리서부터 점점 가까이 들려왔다. 그러자 장여보가 황급히 쫓아나갔다. 뒤이어 이삼십 명의 인부들이 큰 나무 상자 네 개를 앞에서 붙잡고 뒤에서 안아 들쳐 메고 들어왔다. 장여보는 종종걸음으로 왔다 갔다 하며 혹여 부딪힐까 신경을 썼다. 그리고 장방 복도에 조심스럽게 놓게 한 다음 상자 덮개를 열어 경리 선생에게 꺼내 살펴보라고 하였다.

소운은 창문 너머로 내다보았다. 그 나무 상자들 속에는 자남(紫楠)목과 황양(黃楊)목으로 만든 반신짜리 열여섯 폭의 병풍이 각각 나눠져 담겨 있었다. 병풍은 모두 『서상기(西廂記)』[2] 그림을 조각한 것으로, 누각, 남녀, 새, 동물, 꽃, 나무 등이 산호, 비취, 명주와 같은 보석으로 상감되어 있어 화려했다. 두세 폭은 보이지 않았다. 그때 잡역 일꾼이 총지객을 데리고 바쁜 걸음으로 뛰어들어 와 경리 선생에게 손님을 찾아 물었다. 경리 선생은 경리방에 있다고 대답했다.

총지객은 한 손으로 모자를 정리하며 몸을 낮추고 들어섰기 때문에 소운을 보고도 알아보지 못하였다. 다만 손을 다시 내리고 문 옆으로 서며 물었다.

海上花列傳
第四十八回
五十
誤中誤
侯門深似海

"나리 성함이 어떻게 되십니까?"

소운이 대답하자 또 물었다.

"나리 공관은 어디에 있습니까?"

소운이 또 대답했다. 총지객은 잠시 생각해보고 웃으며 물었다.

"진 나리, 언제 초대장을 받으셨습니까?"

소운은 전날 담여연의 집 술자리에서 약속했던 사실을 말했다. 총지객은 또 생각하더니 말했다.

"전날은 소찬이 따라갔지요."

"그렇습니다."

총지객은 고개를 돌려 잡역 일꾼에게 소찬을 즉시 불러오라고 하고 나서 이야기를 나누었다. 또 물었다.

"진 나리께서는 누구를 부르실 겁니까? 지금은 조금 이르지만 제일 먼저[3] 부르려고 합니다."

소운이 막 대답하려고 하는데 소찬이 숨을 헐떡이며 장방으로 뛰어들어 와 '진 나리' 하고 불렀다. 그러고는 손에 든 붉은 매화빛깔 쪽지를 총지객에게 건네주었다. 총지객이 꾸짖으며 말했다.

"네가 하는 일이 이렇지! 나는 전혀 몰랐잖아! 진 나리를 한참 기다리게 했으니 나중에 대인께 말씀드리겠다!"

"쪽지는 전달하지 않았지만 문지기에게 전했습니다. 게다가 대인께서 초대장은 더 이상 필요 없다고 하셔서 조금 늦게 보내도 괜찮을 거라고 생각했습니다. 그리고 진 나리께서 이쪽 문으로 오실 거라고는 전혀 예상하지 못했습니다."

"변명하지 마. 그러면 왜 어제 쪽지를 보내지 않았느냐?"

소찬은 그 물음에 대답을 못하고 물러나 옆으로 섰다. 총지객은 진소운이 타고 온 마차를 어디에 두었는지 묻고 소찬에게 마부를 챙기라고 하였다. 그리고 직접 진소운을 화원 안쪽으로 청했다.

그때 경리 선생은 병풍을 다 보고 나서 장여보와 나란히 앉아 이야기를 나누고 있었다. 진소운이 그들에게 작별인사를 하자 장여보는 총지객 옆으로 비켜서서 진소운의 길을 인도하는 것을 보고 연회 자리로 가는 것임을 알고 부러운 시선을 거두지 못했다.

경리 선생은 이야기를 하고 나서 오른쪽 장방으로 가서 덕대(德大) 수표 한 장을 장여보에게 건네주었다. 장여보는 그것을 옷 안에 잘 넣고 작별을 하고 제부의 협문을 나와 잠시 걸어가다 인력거를 불러 세웠다. 그는 인력거를 타고 먼저 뒷길 덕대(德大) 전장으로 갔다. 거기서 그 수표상의 팔백 원을 영국 은화[4]로 바꾸고 현금 반과 수표 반으로 만들어 다시 사마로로 갔다. 서양 요리집 호중천에 가서 혼자 식사를 하고 서기반가 취수당으로 갔다. 육수림은 그의 표정이 밝은 것을 보고 물었다.

"돈을 좀 만졌나 봐요?"

"사업이라는 게 정말 예측하기 어려워! 지난번 팔천짜리는 이백을 남기려고 그 고생을 했는데 오늘은 아주 쉽게 팔백에 팔아 사백을 남겼어."

"당신 재운이 왔나 봐요! 올해 중개업은 별로였는데 다른 사업을 해보는 것도 괜찮겠어요."

"재운이라면, 진소운에게 왔지."

그리고 그는 진소운이 연회 자리로 가는 모습을 자세히 설명해주었다.

"글쎄요, 좋을 것도 없어요. 술 마시고 기녀 부르려면 그도 돈을 써야 하고, 만약 할 일이 없으면 그만이잖아요. 당신 사업이 차라리 안정적이에요."

장여보는 아무 말 하지 않고 혼자 아편을 피우며 계획을 세웠다. 그리고 양가모에게 붓과 벼루를 가져오라고 해서 초대장을 써 바로 포구장 굉수서방의 포(包) 나리를 초대하라고 했다. 양가모는 즉시 전달했다. 장여보는 또 시서생과 홍선경, 장소촌, 오송교 네 사람에게 초대장을 썼다.

"진소운은 저녁에 가게로 돌아올지 모르니 초대장을 쓰는 것도 괜찮겠지?"

양가모에게 남자 하인을 보내어 손님을 초대하라고 하고 술자리를 준비하라고 했다.

간단하게 지시를 끝냈을 즈음, 아래층에서 시끌벅적 여자들의 웃음소리와 말소리가 들려왔다.

"기생어미가 왔다! 기생어미[5]가 왔어!"

그 소리가 이 층 응접실까지 들려왔다. 장여보는 굉수서방의 노포(老包)가 왔다는 것을 알고 급히 나와 그를 맞이했다. 그런데 노포는 여러 명의 기녀와 여자 하인들에게 둘러싸여 이리저리 밀리고 여기저기에서 끌어당겨 빠져나오지 못하고 있었다. 장여보가 손짓을 하며 '노포' 하고 불렀다. 노포는 일부러 화를 내는 척하며 빠져나왔다. 그래도 철없는 어린 기녀들은 그를 따라 방으로 들어가서 꼬집고 때렸다.

누군가가 말했다.

"노포, 오늘 마차 타러 가!"

또 누군가가 말했다.

"노포, 손수건은 가져왔어?"

사방에서 대답할 틈도 주지 않고 노포를 놀려댔다. 장여보가 성난 것처럼 노포에게 말했다.

"중요한 일이 있어서 자네를 불렀는데 왜 그렇게 바보같이 굴어?"

노포가 벌떡 일어나며 물었다.

"오, 무슨 일이야?"

그는 놀란 얼굴을 하고 장여보의 말을 기다렸다. 어린 기녀들은 그제야 우르르 흩어졌다. 장여보가 말을 꺼냈다.

"열여섯 폭 병풍을 제운수에게 팔백까지 올려 팔았네. 그런데 그

欺侮欺市道薄於雲

쪽에서 혹시나 싶어 먼저 육백만 지불하고 나머지 이백은 보름 후에 지불한대. 나는 일을 할 때 화통하잖아. 자잘한 거래에는 그렇게 신경을 쓰지 않아. 지금 자네에게 다 줄 테니, 나중에 받아 오는 돈은 자네와 상관없는 거야. 알겠어?"

"좋아, 좋아."

노포는 그렇게 하자고 했다.

장여보는 옷 안에서 육백 원짜리 수표를 노포에게 주고 다시 현금 백이십 원을 꺼내어 분명하게 셈을 했다.

"나에게는 사십 떨어지고, 자네 몫 사십은 나중에 줄게. 물건 값 칠백이십은 자네가 물건 주인에게 전해주고 다시 와."

노포는 대답을 하고 수건에 돈을 싸서 나가려고 했다. 그러자 육수림이 물었다.

"나중에 어디로 초대장을 보내면 되나요?"

"바로 올 거야. 보내지 마."

노포는 주렴 사이로 고개를 내밀고 밖에 아무도 없는 것을 보고 응접실을 빠져나갔다. 마침 양가모가 맞은편에서 걸어오다 정면으로 부딪히고 말았다. 양가모가 소리를 질렀다.

"노포! 어디 가?"

양가모의 소리에 사방에서 기녀와 여자 하인들이 몰려와서 잡아당기며 물었다.

"노포, 가지 마!"

노포는 아무 말도 하지 않고 계단을 뛰어 내려가 문을 박차고 빠져나왔다. 뒤에서 여자들은 쫓아가지 못하고 투덜거렸다. 노포는 못 들은 체하고 서기반가를 빠져나와 포구장의 생전양광화점(生全洋廣貨店)으로 가서 주인 수삼(殳三)을 찾았다.

수삼은 삼 층 서양 집에 살고 있었다. 그는 꽉 끼는 속옷을 입고 실내화를 신고 있었다. 바짓부리도 제대로 묶지 않은 채[6] 아편침대에 누워 있었다. 그 옆에서 사자(奢子)라고 하는 어린 남자 하인이 가까이 붙어서 아편을 채워주고 있었다. 그는 노포를 보자, '앉으세요.'라고만 하고 따로 시중들지 않았다.

노포는 그의 성격을 알고 있기 때문에 직접 손수건을 끄르며 병풍값 수표와 현금을 탁자 위에 올려놓고 수삼에게 직접 세어보라고 하였다.

"장여보 말이 이런 작은 거래에도 아주 고생이 많았다고 하네요. 며칠 동안 타협하고, 몇 번이나 뛰어다니고, 그 장방에도 돈이 들어갔다고 팔십 원을 원하더군요. 그래서 제가 '마음대로 해도 돼. 큰돈도 아닌데, 괜찮아.'라고 했습니다."

"자네도 없으면 안 되지."

그리고 수삼은 이십 원을 노포에게 주었다.

노포는 거절하며 받지 않으려고 했다.

"아닙니다. 절 챙겨주시려면 작은 일거리를 주십시오."

수삼도 더 이상 강요하지 않았다. 노포가 간다고 해도 수삼은 그냥 가만히 있었다.

노포는 다시 취수당으로 돌아왔다. 다행히 차 마시는 손님들이 와서 기녀며 여자 하인들은 한가할 틈이 없어 그를 놀리지 못했다. 육수림의 방에 도착하자 장여보는 십 원짜리 은행수표 네 장을 준비하고 있다가 노포의 말을 듣고 바로 건네주었다. 어린 기녀들은 육수림의 방에 술자리가 있다는 소리를 듣고 들어와 노포를 둘러쌌다.

"노포, 날 불러! 노포, 날 부르라고!"

노포가 히죽히죽거리기만 하고 무시하니 그들은 점점 더 조급해졌다. 한 기녀가 노포의 귀를 잡아당기며 큰 소리로 말했다.

"노포! 들었어?"

또 한 기녀는 노포를 흔들고 째려보며 말했다.

"노포! 말해봐!"

좀 더 나이가 많은 여자는 손은 가만히 있었지만 옆에서 말로 거들었다.

"당연히 다 불러야지! 여기서 술 마시면서 우리를 안 부르면 안 되지?"

"어디서 술을 마시는데?"

"장 도련님이 널 초대했잖아?"

노포가 말했다.

"장 도련님을 봐, 술자리가 어디 있어?"

한 기녀는 영문을 모르고 수림을 돌아보며 물었다.

"장 도련님 술자리 없어?"

수림은 대충 대답했다.

"누가 알아."

모두 그 말을 듣고 서로 눈짓을 하며 당황해했다. 마침 남자 하인이 장여보에게 알렸다.

"손님들이 모두 안 계셨습니다. 사마로 화연간이나 찻집 다 찾아봐도 안 계시고, 어디로 가서 모셔 와야 할지 몰라 그냥 왔습니다."

장여보가 계획을 잡기도 전에 어린 기녀들은 소리를 지르며 노포를 추궁하고 따졌다.

"그래! 우리를 속여? 지금 우리를 불러야 해!"

그들은 서로 앞다투어 먹에 붓을 적시고 쪽지를 찾아 노포에게 국표를 쓰라고 강요했다. 노포는 어쩔 줄 몰라 했다. 장여보는 더 이상 참지 못하고 그들에게 소리를 질렀다.

"어디서 이런 것들이 내 친구를 괴롭혀! 이 집 사람 올라오라고 해! 한번 물어봐야겠어! 기루를 하면서 규범을 알고는 있는 거야?"

남자 하인은 그의 의도를 알고 대답하는 체하며 몰래 입을 내밀며 어린 기녀들에게 얼른 나가라고 밀어냈다. 수림도 웃으며 그들을 달래며 말했다.

"어서 나가. 그만 달라붙어서 괴롭혀. 손님들도 다 모이지 않았는데 어떻게 먼저 불러."

어린 기녀들은 한순간 흥이 사라져서 타박타박 걸어 나갔다.

장여보가 노포에게 말했다.

"나에게 좋은 생각이 있어. 자네는 여기 기녀를 부르는데, 이전에 불렀던 기녀는 절대 부르지 마."

"여기 기녀라면 육수림만 부르지 않았어."

육수림은 말을 이었다.

"수보도 안 불렀죠."

장여보는 더 이상 설명하지 않고 노포에게는 육수보를 써주었다. 다시 초대장 세 장을 썼는데 그중 두 장은 반드시 올 동업자를 초대하는 것이고, 또 한 장은 호죽산을 청하는 것이었다. 남자 하인은 받아 들고 곧바로 초대하러 갔다.

---

1 照墻 : 밖에서 대문 안이 들여다보이지 않도록 대문을 가린 벽

2 원대(元代) 희극으로, 앵앵과 장생의 사랑 이야기를 담고 있다.

3 원문에는 두패(頭牌)라고 적혀 있다. 옛날 연주 공연을 할 때, 배우 이름을 패에 적어 걸어두었는데, 제일 앞에 걸린 패를 두패라고 한다.

4 멕시코에서 온 은화이나 영국인들이 주로 사용하여 영양(英洋), 혹은 응양(鷹洋)이라고 한다.

5 기생어미를 노보(老鴇)라고 하는데, 노포(老包)와 발음이 비슷하다.

6 당시 사진을 보면 아열대 지역인 광주(廣州)에서조차도 사람들은 바짓부리를 묶고 있다. 상해가 개방되기 전에는 대외 무역은 광주 상인이 도맡아 호화롭고 부유한 생활을 했다. 양광화점 주인 수삼이 진귀한 병풍을 파는 것을 보면 당시 광주 대상인의 후예임이 분명하다. 바짓부리를 묶지 않았다는 것은 파락호의 게으름을 보여주는 것이다.[장]

49

장물을 도둑질하려고 몰래 가지면서도 겉으로는 버리는 척하고, 저당물을 가지려고 속으로는 거리를 두면서 겉으로는 친밀하게 대하다

明棄暗取攘竊蒙贓 外親內疏圖謀挾質

취수당의 남자 하인은 손에 초대장을 들고 남주금리로 갔다. 상발 복권가게에는 젊은 점원 혼자 계산대에 앉아 있었다. 호죽산을 찾자 그가 말했다.

"없어. 상인리에 술 마시러 갔어."

남자 하인이 웃으며 말했다.

"오늘 정말 손님 초대하는 거 힘들어 죽겠어. 한 사람도 초대 못했어!"

젊은 점원은 초대장을 가져가 보더니 장복을 꼬드겨 밥값이나 벌어볼까 하는 생각이 갑자기 떠올랐다.

"여기다 두고 가. 내가 대신 전해줄게."

남자 하인은 좋아서 감사하다며 부탁하고 갔다. 그 젊은 점원은 주방장을 불러서 대신 가게를 보고 있으라고 하고 직접 상인리 황취봉의 집으로 갔다. 이 층 응접실로 올라가서 방을 둘러보니 막 자리에들 앉느라 시끌벅적했다. 점원은 들어서기가 머쓱하여 초대장을 여자 하인 소아보에게 건네주었다. 소아보는 나자부에게 올리고, 자부는 다시 호죽산에게 전해주었다. 호죽산은 읽고 나서 점원에게 대답했다.

"수고했네."

점원은 흥이 싹 사라져서 가게로 돌아갔다.

잠시 후, 기녀들이 하나둘씩 모여들었다. 주쌍주는 장여보가 초대하는 쪽지를 들고 와 홍선경에게 주었다. 홍선경은 가장 먼저 선을 깔아 열 잔을 마시고 작별인사를 했다. 나자부는 황취봉이 분명 먼저 해야 할 일이 있을 거라고 짐작하고 일찍 술자리를 끝내야겠다고 생각했다. 술자리 손님들은 호죽산과 비슷한 주량으로 평상시와 같이 술을 마셨다. 요계순은 시끌벅적한 술자리를 좋아했지만, 마침 다른 사람이 초대를 재촉하자 일찌감치 떠났다. 아쉽게도 이 화려한 명절 술자리는 결국 밤새도록 이어지지 못했다. 그래서 서술할 사건도 없고 서술할 말도 없다.

나자부는 손님이 떠나고 나자 공관으로 돌아가려고 했다. 황취봉이 물었다.

"무슨 일 있어요?"

"특별한 일은 없어. 여기 정리해야 하잖아. 내일 하루는 아마도 바쁠 거야."

취봉은 고개를 숙이며 '큭' 하고 웃었다.

"내 물건은 진작 정리했지요. 지금까지 기다리겠어요?"

그 말에 자부는 다시 자리에 앉았다. 황취봉이 말했다.

"내일은 바쁘지 않아요. 그렇지만 당신이 필요하니 가지 말아요."

자부는 그러겠다고 대답을 하고 고승과 가마꾼에게 돌아가라고 했다. 그러나 건너편 황금봉의 방에서 들려오는 화권하는 소리와 노랫소리가 귀에 거슬렸다. 황금봉의 방에서 술자리가 끝나가자 황취봉은 바깥에서 부르는 술자리에 나갔다. 자부는 적막함을 견디지 못하고 황금봉이 태워주는 아편을 세 번 피우고 기운을 차렸다.

황취봉은 한밤중에 돌아와서 남자 하인에게 두향(斗香)[1]과 연촉(椽燭)[2]을 잘 살피라는 분부를 내렸다. 남자 하인은 조가모와 소아보에게 돈을 걸고 '꽃따기(挖花, 마작의 일종)'를 하자고 꼬드겨서 밤을 샐 계획을 세웠다. 자부는 아래층에서 계속 조잘거리는 이야기소리에 취봉과 날이 새는 줄도 모르고 이야기를 나누었다. 그리고 곧바로 옷을 벗고 침대로 가서 잠깐 곯아떨어졌다. 그러나 해야 할 일이 있으니 늦게까지 자지 않고 정오 가까이 함께 일어나 식사를 했다.

아침 일찍 물건 한 상자가 배달되어 왔다. 취봉은 조가모에게 내일 쓸 물건이니 잠깐 황이저에게 맡겨두라고 시켰다. 또 황이저를 이 층으로 올라오라고 해서 이전에 자부가 맡겨두었던 문갑을 가져와 자부가 지니고 있는 열쇠로 그 자리에서 열었다. 상자 안에는 문서들만 있고 별 다른 물건은 없었다. 취봉은 자부에게 문서 몇 점을 황이저에게 보여주라고 했다. 그러자 황이저는 웃으며 말렸다.

"알았어! 너라는 애에게 어떻게 흠을 잡겠어! 안 봐도 돼!"

"엄마, 아니죠. 이건 그 사람 물건이니까 내가 가져가도 되는지 엄마도 보고, 그 사람도 봐야죠. 그래야 나중에 없어도 엄마가 상관하지 않을 거잖아요?"

황이저는 마지못해 문서들을 살펴보고 도로 넣은 다음 열쇠로 잠갔다. 취봉은 조가모에게 다시 상자를 주며 아침에 들어온 상자와 함께 한곳에 잘 챙겨놓으라고 하고, 경리 선생에게는 의상과 머리장신구, 장부책을 가지고 올라오라고 했다.

자부는 이 장부가 신기하여 옆에서 살펴보았다. 알고 보니 이 장부의 앞쪽 반은 장신구 이름이 열거되어 있고 뒤쪽 반은 의상 이름들이 열거되어 있었다. 만약 훼손되어 바꾸거나 고친 것이 있으면 그 아래에 작은 글씨로 설명을 덧붙여 한번 훑어봐도 알 수 있도록 해놓은 것이었다. 자부는 속으로 그 꼼꼼함에 탄복했다.

그때 소아보가 조가모와 함께 궤짝에서 머리장신구 세 상자를 들고 들어왔다. 취봉은 직접 상자 하나를 열어 상자 안에 있는 머리장신구를 탁자 위에 늘어놓고 경리 선생에게 처음부터 읽어 내려가라고 했다. 이쪽에서 경리 선생이 하나를 읽으면 저쪽에서는 취봉이 머리장신구 하나를 집어 황이저에게 주고 황이저는 직접 눈으로 확인하며 받았다. 황이저가 다시 조가모에게 건네주면 조가모는 상자에 넣었다. 모두 다 넣고 나면 황이저에게 자물쇠를 채우게 하였다. 금으로 만든 머리장신구 한 상자, 구슬로 만든 머리장신구 한 상자, 나머지 한 상자는 비취와 백옥으로 만든 것이었다. 세 상자는 장부대로 하나도 빠짐없이 온전하게 갖추어져 있었다.

조가모는 따로 남자 하인 두 명을 불러올려서 침대 뒤편과 정자간에서 붉은 가죽 상자 열 개를 들고 오라고 했다. 취봉은 직접 상자 하나를 열어 안에 있는 의상을 꺼내 탑상 위에 늘어놓고 경리 선생에게 처음부터 읽어 내려가라고 했다. 이쪽에서 경리 선생이 하나를 읽으면 저쪽에서 취봉은 옷 한 벌을 꺼내 들어 황이저에게 주고, 황이저는 직접 눈으로 확인하고 받아 들었다. 황이저가 다시 조가모에게 건네주면 조가모는 상자에 넣었다. 상자에 다 넣으면 황이저에게 자물쇠를 채우게 하였다. 열 개 상자는 털이 긴 모피 두 상자, 중간 길이의 모피 두 상자, 짧은 모피 두 상자, 솜옷 두 상자, 겹옷 한 상자, 홑겹과 능라 옷 한 상자였다. 열 개의 옷상자 역시 장부대로 하나도 빠짐없이 갖추어져 있었다.

취봉은 다시 경리 선생에게 장부 마지막 두 장에 있는 모든 항목을 읽으라고 했다. 배나무와 단향목 가구, 자명종, 은으로 만든 물담뱃대와 같은 것들이었다. 취봉은 하나하나 손으로 짚어가며 물건이 제자리에 있는지 확인시켜주었다. 황이저는 좋아서 입이 귀밑까지 찢어져서 대충대충 대답하고 사실 유심히 살피지는 않았다. 취봉은 계속 말을 이어나갔다.

"또 평소에 집에서 입는 옷과 자질구레한 놀이기구들은 장부에 기록하지 않고 관상(官箱)에 넣어두었으니 시간 나면 다시 확인해봐요."

황이저는 웃음을 터뜨렸다.

"너도 고생했어. 물담배 피우며 잠시 앉아서 쉬어."

아닌 게 아니라 취봉은 피곤하여 황이저와 마주 보고 앉았다. 황주봉은 얼른 물담배를 채워주고 황금봉은 자부 옆에서 웃으며 이야기하다가 멈추었다. 모두 서로 바라보며 말없이 조용히 있었다. 경리 선생은 그가 해야 할 일이 끝났다고 생각되어 장부를 가지고 하인을 데리고 내려갔다. 조가모와 소아보도 차례대로 나갔다. 취봉은 '엄마' 하고 부르며 정색하며 말했다.

"내 의상이나 머리장신구가 많다고는 할 수 없지만 그 정도 마련하는 것도 쉽지 않아요. 오늘 난 엄마에게 줬고, 엄마는 분명히 받았어요. 엄마도 생각이 있어야 해요! 또다시 애인에게 사기당했다간 정말 고생할 거예요! 엄마 애인들은 모두 조계지에서 소문난 망나니들뿐이고, 제대로 된 사람이라고는 없어요. 내가 눈으로 본 것만 해도 그들에게 속아 넘어간 게 얼마인지 모르겠어요! 내 물건은 다행히 내가 엄마 대신 지금까지 잘 간수해서 사기당하지 않았지, 만약 엄마 손에 있었다가는 하나도 남아나지 않았을 거예요! 내가 사오 년 일을 하면서 엄마 대신 물건들을 가지고 있다가 오늘 엄마에게 돌려줬다고 생각하면 돼요. 이 일은 끝났지만 오히려 생각 없는 엄마가 더 걱정이네요. 내가 가고 나면 누가 엄마한테 말해주겠어요! 애인 말만 듣다간 사오 년 못 넘기고 엄마 돈이며 물건이며 사기당하고 말 거예요. 빈털터리가 되어 고생해도 애인 때문이라면 누가 돌봐주겠어요? 엄마도 체면이 있으면 말해봐요!"

황취봉의 말에 황이저는 숨을 곳이 없어 고개를 숙이고 열쇠 꾸러미만 만지작거렸다. 자부는 조용히 웃고만 있었다. 취봉이 또 '엄마'

하고 불렀다.

"엄마, 내가 말이 많다고 탓하지 말아요. 엄마를 위한 말이니까. 내가 속신하고 나가면 내 친척이라곤 엄마뿐이에요. 난 어디를 가든 황이저의 딸이라고요. 엄마가 잘 지내야 내가 체면이 서요. 엄마가 잘 지내지 않으면 우리 집도 끝장이에요. 엄마는 잘해요. 손님에게도 비위를 잘 맞추고, 기루 일도 분명하게 잘하고, 문제는 애인 앞에만 있으면 사기를 당한다는 거예요. 내가 차마 보고만 있을 수 없어서 엄마한테 말했지만 지금부터는 나도 말하기 쉽지 않으니 엄마가 생각이 있어야 해요. 오십 넘은 나이에 이전처럼 했다간 어린애들에게 웃음을 사게 되고 나도 난처해져요!"

황이저가 이 말을 듣고 안절부절 앉아 있지도 못하고 서 있지도 못하며 점점 얼굴이 발갛게 달아올랐다. 취봉은 말을 멈추지 않고 더욱 정색하며 말했다.

"엄마, 지금 천 원에 어린 기녀를 사 오면, 의상이며 장신구는 여기에 있으니까 조금씩 일을 시키면 생활비는 충분히 나올 거예요. 또 몇 년 후에 금봉이 머리를 올리고 손님을 받기 시작하면 더 좋아질 것이고, 주봉은 원래 쓸모가 없으니까 누가 데려가겠다고 하면 괜찮은 곳에 보내버려요. 금봉은 더 이상 무슨 말이 필요해요. 손꼽힐 정도로 세련된 기녀가 될 게 분명하니까. 아니, 세련되지 않더라도 적어도 나만큼은 할 거예요. 엄마가 내 말대로만 하면 엄마는 복받은 거예요."

자부는 연신 고개를 끄덕이며 한 마디 끼어들었다.

"맞는 말이야. 조금도 틀리지 않아."

취봉이 말했다.

"그러면 이전에 한 말은 틀렸다는 거예요?"

황이저가 이어 말했다.

"틀리긴! 모두 맞는 말이야!"

황이저는 이 말을 해놓고 일어나 돌아다니며 혼잣말로 중얼거렸다.

"사람들이 올 때가 되었네. 나는 내려가서 기다리고 있어야지."

그리고 돌아서며 아래층 작은 방으로 내려갔다. 취봉은 돌아서서 나가는 황이저의 등에다 대고 작은 소리로 자부에게 말했다.

"봐요, 엄마는 충고를 들을수록 낯짝은 더 두꺼워진다니까! 지금부터는 더 이상 말하지 않을 거예요. 엄마가 고생하는 거니까 알아서 하겠지요 뭐."

"기생어미 노릇도 힘들구나. 너에게 한소리 들어도 말 한마디 못하는 것 보니 말이야."

"당신 말하는 것 좀 봐요. 칠자매 중에 좋은 사람이 누가 있어요! 내가 조금이라도 잘못 했다면 엄마한테 죽도록 맞았을걸요."

"설마."

"믿지 못하겠으면 제금화를 보세요. 칠자매 중에 세 사람을 봤어요. 제삼저는 우리 엄마보다 나아요. 기껏해야 두 차례 정도 때리고 말았으니까. 만약 우리 엄마가 사 온 아이라면 반쯤 죽여놨을 거예요. 한번 해보라고 하면 알아요."

자부는 웃기만 했다. 취봉은 한숨을 쉬며 말했다.

"우리 엄마만이 아니죠. 당신도 봐서 알잖아요. 상해에서 기루를 운영하는 기생어미 중에 착한 기생어미가 어디 있어요! 착하면 먹고 살 수 있겠어요? 곽효파까지, 당신도 좀 알죠? 지금 자기가 사들여 온 어린 기녀도 없으면서 제삼저를 도와 제금화를 때리기까지 하니. 정말 어이가 없어서."

취봉이 한참 말하고 있는데 갑자기 계단에서 발자국 소리가 들려왔다. 세 사람이 뛰어 올라오고 있었다. 황이저가 앞장을 서고 경리 선생이 그 뒤를 따르며 바로 금봉의 방으로 들어갔다. 자부는 의아해하며 물었다. 그러자 취봉은 손을 저으며 조용히 말했다.

"모두 부랑자들이에요. 그 부랑자들 보는 앞에서 내 속신 문서를 쓰려는 거잖아요."

자부는 그 말을 듣고 창문 주렴을 내렸다. 취봉은 주봉에게 건너가서 대접하고 절대 마음대로 자리를 뜨지 말라고 했다. 금봉은 자기 방으로 돌아가지 않고 한 마디도 없이 멍하니 앉아 있었다. 자부는 그녀의 얼굴을 보니 뭔가를 생각하고 있는 모습이어서 자기 쪽으로 잡아당기며 다정하게 물었다.

"언니가 가고 나면 적막하겠네?"

금봉은 미간을 찌푸리고 눈물을 그렁거리며 대답했다.

"적막한 거야 괜찮아요. 제가 지금 생각하는 것은 언니가 가버리면 저 혼자 일을 해야 한다는 거예요. 방값이며 세금이며 어마어마한 생활비를 감당해야 하는데, 아무리 제가 바삐 움직인다고 해도 술자리도 얼마 없을 것이고 부르는 곳도 없을 텐데. 엄마가 열 받아 성질을 부리면 그땐 죽는 거예요! 저는 어떡해요!"

취봉은 그 말에 '킥' 하고 웃었다.

"지금 일을 해서 생활비를 내면 엄마는 부자가 되겠네!"

자부도 웃으며 위로했다.

"걱정하지 마. 엄마가 왜 너를 야단치겠어. 야단을 쳐도 너보다 한 살 많은 주봉에게 하겠지."

금봉이 말했다.

"그 사람이야 원래부터 일 안 해도 괜찮잖아요. 저는 늘 엄마한테서 '좀 더 잘해'라는 말만 들어요. 언니도 그렇게 말하지만, 이번 명절 수입이 저번보다 적어요."

취봉이 말했다.

"너는 다른 생각들은 하지 말고 열심히 하기나 해."

자부도 말했다.

"언니 말 귀담아 들으면 엄마도 널 좋아할 거야."

황이저는 마침 건넛방에서 나오다가 '엄마'라는 말을 듣고 무슨 말을 하고 있었는지 물었다. 취봉은 금봉의 이야기를 해주었다. 황이저는 건성으로 칭찬을 했다.

"착하기도 해라, 이렇게까지 생각하다니!"

금봉은 쑥스러워서 얼굴을 자부 가슴에 파묻었다. 모두 웃고 내버려두었다.

황이저는 소매에서 금시계 하나와 금이쑤시개 하나를 꺼내 두 손으로 취봉에게 주었다.

"아무것도 가져가지 않겠다는 네 뜻을 잘 아니까 다른 걸 주진 않을게. 그래도 이 두 개는 늘 네가 착용하던 것이니까 없으면 불편할 거야. 이건 가지고 가. 작은 성의니까 특별한 거라고 생각하지 않아도 돼."

취봉은 물리지도 받지도 않으며 눈길 한 번 주지 않고 냉소를 지으며 말했다.

"엄마, 고마워요! 아무것도 원하지 않는다고 말했잖아요. 근데 엄마 이렇게 친절을 베푸시면 나만 우습게 되지요."

황이저는 내민 손을 거두지도 못하고 쭈뼛쭈뼛하며 난감해했다. 자부가 옆에서 중재했다.

"금봉에게 주면 되겠네."

황이저는 생각해보더니 마지못해 금봉에게 주었다. 취봉은 정색을 하며 말했다.

"이왕 이렇게 되었으니 내친 김에 또 한 마디 할게요. 내가 조부리에 가고 난 다음에 엄마가 나를 보러 오겠다면 와도 돼요. 그런데 만약 음식이라도 보내 오면, 그땐 화내지 말아요. 심부름 값도 없을 거예요."

황이저는 할 말도 제대로 못하고 우물거리며 난처해했다. 그때 조가모가 초대장을 올렸다. 황이저는 그 핑계로 말을 돌렸다.

"어디서 초대했대?"

자부가 초대장을 보니 태화관에서 보낸 것으로, 정기적인 술자리였다. 취봉은 거들떠보지도 않았다. 그녀는 잔뜩 화가 나 있고 엄숙한 얼굴을 하고 있어 건들지도 못하였다. 황이저는 자기가 생각해도 좋을 게 없다 싶어 잠시 머뭇거리다 다시 건넛방으로 갔다.

자부가 일어나자 취봉이 당부의 말을 했다.

"나중에 오셔야 해요. 속신 문서를 정확하게 썼는지 모르잖아요."

자부는 대답을 하고 응접실로 걸어 나와 건넛방을 보니 가스등은 환했지만 조용하니 숨소리조차 들리지 않았다. 자부는 주렴 사이로 살짝 들여다보았다. 경리 선생은 안경을 쓰고 책상에 앉아 글을 쓰고 있었고 부랑자 세 명은 황이저와 함께 고개를 맞대고 무슨 이야기를 하는지 소곤거리고 있고 주봉과 소아보는 좌우로 서서 시중을 들고 있었다.

자부는 그들을 방해하지 않으려고 혼자 술자리로 갔다. 태화관에 당도해보니, 술내기 화권을 하고 기녀들을 부르는 것으로 평상시처럼 시끌벅적했다. 자부는 취봉의 당부를 새기며 취하면 일을 그르칠까 술을 많이 마시지 못했다. 잠시 술을 주고받으며 자리를 지키다 기회를 엿보고 자리에서 나왔다.

그때 금봉의 방에서도 부랑자를 청한 술자리가 펼쳐지고 있었다. 그들은 쩝쩝 소리를 내며 게걸스럽게 음식을 먹으며 웃고 욕하고 소리 지르며 아주 소란스러웠다. 자부는 속신 문서가 다 완성된 걸로 짐작하고 황취봉을 만났다. 황취봉은 계약서와 영수증을 꺼내 보여주었다. 위쪽은 지렁이가 지나가고 갈가마귀를 그려놓은 듯 글씨가 엉망이었다. 그러나 문장은 뜻밖에 정확했다. 계속 전해져오는 비본을 초고로 삼았는지 틀리지는 않았다.

취봉은 그래도 마음을 놓지 못하였다. 그래서 자부가 문장을 읽고 설명해주면, 자기는 찬찬히 따져보고 나서야 소아보에게 문서를 주며 황이저에게 서명하고 날인하게 하였다. 나자부는 연월 아래에

明棄暗取懷滕竊贓
第四十九回

이름과 장소, 대필자 외에도 보증인 주소화, 서무영, 혼강룡(混江龍) 세 명의 이름이 나란히 있었던 것을 기억하고 혼강룡이라는 이름이 별명인지 물었다.

"이 사람이 우리 엄마 애인이잖아요. 무뚝뚝한 것 같아도 얼마나 교활한지. 지금도 술수를 부리고 있을 거예요. 내가 넘어가겠어요. 허탕 치는 거죠!"

자부는 속신 문서를 보고 나서 가려고 하는 듯 공연히 여기저기를 보며 안절부절못하였다. 취봉은 또다시 한사코 만류하며 말했다.

"내일 나와 같이 가세요."

자부는 하는 수 없이 그녀의 말을 따랐다. 세 명의 부랑자들이 돌아가자 잠자리에 들었다. 황취봉은 자면서도 신경을 곤두세우고 있었다.

날이 밝자마자 일어나 조가모를 불러 황이저에게 가서 맡겨놓은 상자를 가져오라고 하였다. 이 상자에는 의상이 색색별로 들어 있었다. 취봉은 침대 가장자리에 앉아 전족 천을 풀고 다시 새 천으로 바꾸었다. 자부는 잠이 덜 깨어 있다가 다시 잠들었다. 취봉은 머리를 빗고 세수를 하고 모든 것을 끝내고 나서 그를 깨웠다.

자부는 취봉을 보고 아래위로 훑어보다 경탄해 마지않았다. 취봉은 깨끗하고 말끔하게 차려입고 있었다. 담록색의 무명 저고리와 치마, 담황색의 머리끈, 적흑색의 신발, 비녀와 팔찌, 잠과 귀고리는 모두 백은색이었다. 마치 상복을 입은 것 같았다. 취봉은 그가 묻기도 전에 말했다.

"내가 여덟 살에 부모를 여의고 이곳 문을 들어섰을 때는 상복을 입지 못했어요. 오늘 나가면 삼 년 동안 상복을 입을 거예요."

자부는 감탄하고 또 감탄했다. 황취봉이 말했다.

"그만하고, 어서 가세요."

"그러면 갈까."

"당신 먼저 가세요. 나는 정리가 끝나면 갈게요."

그리고 소아보에게 자부와 함께 내려가 황이저에게 가서 그 문갑을 가져와 가마에 넣어두라고 분부하였다.

이에 자부는 가마를 타고 조부리로 갔다. 먼저 온 마차 한 대가 문 앞에 있었다. 자부는 가마에서 내려 문을 들어섰다. 새로 고용한 여자 하인이 그를 알아보고 바로 이 층 가운데 방으로 모셨다. 고승은 문갑을 올려다 주고 바로 물러났다. 자부는 방 안을 둘러보았다. 가구는 모두 갖추어져 있고 생활용품 또한 빠짐없이 준비되어 있었다. 자부는 '좋아, 좋아' 하며 흡족해했다. 그리고 맞은편 손님방을 보려고 하는데, 여자 하인이 손님이 있다며 말렸다.

잠시 후, 대문 밖에서 폭죽이 터지는 소리가 들렸다. 고승과 조가모는 제일 먼저 와서 신속하게 알렸다.

"오십니다."

여자 하인은 황급히 가운데 방으로 가서 납촉 한 쌍을 켰다.

취봉은 안식향을 들고 천천히 걸어 올라와 부모님을 생각하며 절을 했다. 자부는 살금살금 방에서 나와 뒤에 숨어서 보았다. 취봉은 금방 알아채고 고개를 돌려 손짓하며 불렀다.

"당신도 와서 절을 해요."

자부는 웃음을 터뜨리며 물러났다. 황취봉이 말했다.

"그러면 뭐 하러 빤히 보고 있어요. 방으로 돌아가요!"

취봉은 자부를 방으로 밀어 넣으면서 가슴에서 속신 문서를 꺼내 자부에게 주며 다시 한 번 살펴보라고 하였다. 잘못된 곳은 없었다.

취봉은 혼자 침대 뒤로 가서 붉은 가죽 상자 속에서 문갑을 꺼냈다. 자부의 문갑과 비교해보니 색상과 모양이 비슷했다. 문갑 안에는 새 장부 한 권과 열 장 조금 되는 영수증만 들어 있었다.

취봉은 그 자리에서 속신 문서를 넣고 원래대로 자물쇠로 잠갔다. 그리고 이 문갑을 자부의 문갑과 함께 침대 뒤에 있는 붉은 가죽 상

外親內疏
圖謀挾質

자 속에 넣었다. 모든 일이 대충 마무리되자 취봉은 자부에게 방에 있으라고 하고 맞은편 손님방으로 가서 전자강을 집으로 보냈다.

1 사원에서 사용하는 향으로, 향대 여러 다발을 묶어 탑 모양으로 쌓아 올린다. 불을 붙이면 위에서 아래까지 층층이 타 내려간다.

2 서까래같이 큰 양초

50

슬며시 치근덕거리다 일부러 트집을 잡고, 모질게 막으려다 이유 없이 독수를 맛보다

軟厮纏有意捉訛頭 惡打岔無端嘗毒手

황취봉이 새집으로 이사를 간 날, 나자부는 아침저녁으로 쌍대로 술자리를 마련하여 체면을 세워주었다. 열두 시 즈음, 전자강이 집으로 돌아가자 초대받은 손님들이 속속 도착했다. 제일 먼저 온 손님은 갈중영이었다. 갈중영은 우아하고 고급스럽게 장식된 세 칸짜리 기루를 보고 축하해주며 창문 쪽 마루로 나갔다. 이 창문 쪽 마루는 조귀리 손소란의 방과 마주하고 있었다. 중영은 그 너머 방의 유리창을 들여다보았다. 마침 화철미와 손소란이 대작하며 즐거운 시간을 보내고 있었다. 서로 고개를 끄덕이며 인사를 나누었다. 화철미가 갑자기 창문을 열며 말했다.

"자네 시간 있으면 건너오게나. 할 말이 있네."

갈중영은 술자리가 시작되기에 아직 이르다고 생각되어 나자부에게 말을 하고 가마 없이 걸어서 조귀리로 돌아갔다. 그런데 뜻밖에도 반질반질하고 짙은 비단 옷을 입은 불한당들이 누군가를 기다리고 있는 듯 문 입구에 모여 있었다.

갈중영이 문으로 들어서니 관교 한 대가 뒤이어 응접실로 들어왔다. 중영은 서둘러서 올라갔다. 손소란이 방에서 나와 그를 맞이하며 자리로 안내했다. 화철미는 그가 술을 좋아하지 않는 것을 알고 굳이 술을 권하지 않았다. 갈중영은 할 말이 뭔지를 물었다. 화철미가 말했다.

"자네 아백이 손님을 초대한다는 단찰, 봤는가? 도대체 얼마나 뛰어난 문장인지. 우리 같이 감상이나 하러 가세."

중영이 말했다.

"나도 막 소운에게 물어보고 알았네."

그리고 고아백과 윤치원이 내기한 이야기를 해주었다. 화철미는 그제야 이해가 되었다.

"지금 하는 말이지만, 요문군의 집에서는 자라 때문에 손님을 초대하기 힘들긴 해. 그래도 노기창에서 왜 방을 빌리려고 할까 했는데 치원이 좋아한 거였군."

이 말이 채 끝나기도 전에 아주머니 김저가 찻잔을 가져와서 소란의 귀에 대고 조용히 속삭였다. 소란은 깜짝 놀라며 바로 여자 하인에게 식사를 올리라고 했다. 화철미가 이상해서 물어보니 소란이 나지막한 목소리로 말했다.

"자라가 여기에 왔대요."

철미도 그만 혀를 내두르며 술상을 정리하고 식사를 했다. 식사를 하고 있는데, 갑자기 뒤쪽 정자간에서 쨍그랑 하고 소리가 났다. 찻잔 깨지는 소리 같았다. 이어서 질타하고 욕설을 퍼붓는 소리들과 말리고 해명하는 소리들이 왁자지껄하게 들려왔다. 벌써 서너 명의 불한당들이 응접실로 쳐들어와서 마치 명령을 받고 순찰하는 것처럼 소란의 방문까지 와서 안을 살펴보았다.

갈중영이 계속 앉아 있기 불편하여 가려고 하자 화철미가 잠시 있다가 같이 가자고 했다. 손소란은 붙잡지도 못하고 다급히 찻잔을 내려놓고 손수건으로 입술을 훔치며 쫓아 나갔다. 뇌공자는 흥분을 가라앉히지 못하고 소리를 지르며 소란의 방에 어떤 은애를 베푸는 손님이 있는지 보려고 했다. 그의 하수인들은 주먹을 만지작거리며 싸울 준비를 하고 있었다. 아주머니와 여자 하인은 해명할 틈도 없이 이 사람 저 사람을 잡아당겨 보았지만 그들을 막지 못했다. 소란은 마지못해 뇌공자에게 다가가서 그를 앉히고 웃으며 완곡하게 사과의 말을 올렸다. 뇌공자는 정리상 함부로 행동하지 못하고 한 번 웃고는 그만했다. 불한당들도 키를 돌리고 닻을 올리듯 아주머니와 여자 하인이 경거망동했다며 잘못을 그들에게 돌렸다.

그때 갈중영과 화철미는 서둘러 자리에서 일어나 방을 나왔다. 손소란 역시 배웅할 엄두를 내지 못하고 뇌공자를 안으로 모셨다.

"가시죠."

뇌공자는 짐짓 모르는 체하며 물었다.

"어디로 가?"

"저의 방이요."

뇌공자는 교의에 뻣뻣한 자세로 앉아서 큰소리를 쳤다.

"안 가. 나보고 빈자리를 채우라는 거야!"

불한당들도 그 말을 듣고 허세를 부리고 성질을 내며 꼼짝하지 않았다. 소란은 뇌공자의 두 손을 잡으며 마음을 가다듬고 나긋한 목소리로 애원했다. 그러자 뇌공자는 자기도 어쩌지 못하고 거들먹거리며 따라 들어갔다. 한쪽에서는 아주머니와 여자 하인이 불한당들을 달래어 모두 방으로 들어가게 하였다.

그런데 뇌공자는 자신의 발밑만 쳐다보며 들어가다 미처 머리 위를 보지 못하고 그만 위에 걸려 있던 가스등에 꽝하고 부딪히고 말았다. 그 바람에 피가 날 정도는 아니었으나 살갗이 살짝 벗겨졌다. 뇌공자는 그제야 머리를 들어 보며 소리를 질렀다.

"이 버릇없는 가스등도 나를 무시해!"

뇌공자는 손에 쥐고 있던 상아 손잡이 부채로 툭툭 치며 안팎의 유리를 죄다 부수었다. 소란은 잠자코 가만있었다. 불한당들은 이 말 저 말을 하며 뇌공자를 거들었다. 한 불한당이 말했다.

"가스등이 도련님을 몰라봤네요. 은애를 베푸는 손님이었다면 치지 않았겠지요! 가만히 보니, 영리한데요."

그러자 또 다른 한 불한당이 말했다.

"가스등은 말을 못하지만, 네 머리를 쳤으면 널 쫓아내려는 것과 같은 거야. 알겠어?"

그러자 또 다른 불한당이 말했다.

"우리는 이 방에 꼭 들어와야 하는 건 아니니까 괜히 가스등 탓하지 마."

뇌공자는 이들의 말을 무시하고 손소란을 돌아보며 말했다.

"속상해하지 마. 내가 배상해줄게."

소란은 빙그레 웃으며 말했다.

"농담 말아요. 우리가 잘못 걸어놓았는데 도련님이 배상하시다니요."

뇌공자는 금방 침울한 표정을 지으며 말했다.

"그래서 싫어?"

소란은 얼른 말투를 고치며 말했다.

"도련님이 주시는 상이라면 왜 마다하겠어요. 배상하신다고 하니 괜찮다고 한 거죠."

뇌공자는 또 기분이 좋아져서 입을 헤벌쭉거렸다. 그의 수하들은 감을 잡지 못해서 비난을 하다가도 과장되게 칭송하기도 하였다. 소란은 그들은 안중에 두지 않고 뇌공자에게만 신경을 썼다.

뇌공자는 심부름꾼을 불러 당장 생전양광화점의 경리에게 가서 각종 크기의 가스등들이 필요하니 보내달라고 했다. 잠시 후, 심부름꾼은 점원을 데리고 왔다. 뇌공자는 방 안에 있는 등을 모두 떼어

내고 새 가스등으로 바꾸라고 했다. 점원은 그의 명령대로 남포등 열 개를 촘촘히 걸었다. 소란은 뇌공자의 마음이 아직 풀리지 않은 것을 보고 가만히 하는 대로 두었다. 뇌공자는 소란이 조심스럽게 시중을 드는 것을 보고 친근하지도 않고 차갑지도 않은 게 무슨 의도인지 알 수 없었다.

뇌공자는 소란의 손을 잡고 침대 가장자리에 걸터앉아 이것저것 물어보았다. 소란은 정신을 바짝 차리고 묻는 말에만 대답하고 여러 말 하지 않았다. 이 방에 어떤 손님이 있었는지를 묻는 말에 소란은 대답하지 않으려다 뇌공자가 이것을 구실로 귀찮게 할까 봐 솔직하게 깨어 놓고 화철미였다고 말했다. 뇌공자는 갑자기 벌떡 일어나며 말했다.

"진작 화철미라는 걸 알았더라면, 같이 보았으면 좋았을 텐데!"

소란은 가만히 있었다. 그 불한당들은 우르르 모여들며 끼어들었다.

"화철미는 대마로 교공관에 살고 있으니까 초대하러 갈까요?"

뇌공자가 아주 기뻐하며 말했다.

"좋아! 좋아! 교노사도 같이 모셔와!"

그리고 그는 바로 초대장을 썼다. 이 초대장 외에도 함께할 몇 명의 손님들이 생각나서 한꺼번에 초대장을 썼다. 종용하지도 말리지도 않았으며 소란은 그냥 내버려두었다.

뇌공자는 혼자서 기분이 좋아져서 한참을 난리법석을 떨었다. 그런데 여전히 조용히 있는 소란을 보자 갑자기 화가 났다. 심부름꾼이 손님을 초대하러 갔다 와서 어떤 사람은 일이 있다고 말하고, 어떤 사람은 집에 없어 초대하지 못했다고 아뢰었다. 뇌공자는 그가 제대로 일을 하지 않아 '빌어먹을 놈'이라고 욕을 하며 물러가라고 소리쳤다. 그리고 다시 화가 치밀어 올랐다.

"모두들 못 온다고 하니까 우리끼리 마시지 뭐!"

第五十回

곧바로 국표를 썼다. 뇌공자는 열 명이 넘는 기녀를 불렀다. 날은 벌써 어둑해졌고 탁자 두 개를 붙여 술자리를 준비했다. 소란은 뇌공자가 공연히 트집을 잡을까 아주머니에게 가스등을 모두 켜라고 했다. 그런데 가스등의 불빛에 눈이 부시고 게다가 머리가 뜨거워져서 이마에 구슬땀이 맺혔다. 뇌공자는 오히려 만족스러워하며 손뼉을 치고 환호성을 질렀다. 게다가 불한당들도 방이 떠나갈 듯이 우레 같은 소리를 질렀다. 소란은 자리에 앉아 있다가 기녀들이 오면 기회를 봐서 빠져나가려고 했다. 그러나 뇌공자는 그가 부른 기녀들을 뒤로 물러나 앉게 하고 소란에게만 치근덕거렸다. 게다가 이날 밤 소란은 그녀를 부르는 술자리도 없어 피신할 곳도 없었다.

처음에 소란은 예를 갖추어 술을 따랐다. 그러나 뇌공자는 그 잔을 소란의 입술에 갖다 대고 대신 마시라고 명령했다. 소란이 얼굴을 돌리자 뇌공자는 잔을 탁자에 꽝하고 내려놓았다. 소란은 곁눈질을 하고 그 잔을 쥐고 웃으며 완곡하게 말했다.

"제가 술 마시기를 원하시면, 저에게 한 잔 주셔야죠. 제가 드린 술을 다시 저에게 마시라고 하시는 건 도련님이 주도를 모르시는 거지요."

그녀 역시 술잔을 탁하고 뇌공자 앞에 내려놓았다. 뇌공자는 웃으며 먼저 그 잔을 비웠다. 그리고 다시 한 잔을 채우고 소란에게 주었다. 소란이 잔을 비우자 모두들 갈채를 보내었다.

뇌공자는 신이 나서 계속 대작하려고 하였다. 그러자 소란은 미간을 찌푸리며 말했다.

"도련님, 부탁드려요. 제가 술이 약해요."

뇌공자는 깜짝 놀라며 말했다.

"네가 또 나를 무시하는구나! 술이 세다고 소문 났는데도 못 마신다는 거냐!"

소란이 냉소를 지으며 말했다.

"도련님은 저를 죽일 생각이시군요! 제가 술을 마시는 것도 배운 겁니다. 계항배 한 잔을 비우면, 조금 뒤에 도로 후벼 파서 술을 끄집어내는 거예요. 그래서 술을 마실 수 있는 거예요. 손님들은 우리가 한 잔을 비우는 것을 보고 주량이 세다고 하지만, 사실 돌아가서 토해야 속이 편안해진다는 걸 몰라요."

뇌공자도 냉소를 지으며 말했다.

"못 믿겠으니 계항배 한 잔 마시고 내 앞에서 후벼 파봐."

소란이 일부러 말을 돌렸다.

"뭘 후벼 파보라는 거예요? 도련님, 후벼 파서 다시 사람들에게 보이라는 거예요?"[1]

뇌공자는 전혀 희롱할 뜻 없이 한번 해본 말이었는데, 이 말을 듣고 보니 기분이 좋아져서 오른 팔을 벌리고 소란을 껴안으려고 했다. 소란은 눈치 빠르게 깜짝 놀라는 체하며 소리를 지르고 도망쳤다. 그때 아주머니 김저가 주렴을 사이에 두고 고갯짓을 했다. 소란은 방을 나와 이유를 물었다. 알고 보니 화철미의 하인 화충(華忠)이 주인의 명령에 따라 뇌공자가 어떻게 하고 있는지 알아보려고 왔던 것이었다. 소란은 대충 들려주었다.

"돌아가서 나리께 전해드려. 계속해서 소란을 피우며 날 트집 잡으려고 하니 무슨 좋은 방법이 없는지 여쭌다고 말이야."

화충이 대답하기도 전에 술자리에서 '선생' 하고 불렀다. 소란은 마지못해 방으로 돌아갔다. 화충은 숨소리와 발소리를 죽여가며 안을 살짝 들여다보았다. 주렴 사이로도 열기가 느껴졌다. 맨머리와 맨발, 웃통을 벗은 사람들이 한둘이 아니었다. 뇌공자가 있는 쪽은 열 명이 넘는 기녀들이 겹겹이 둘러앉아 그 열기를 더했다.

뇌공자는 소리를 쳐서 길을 비키게 하고 소란을 상석에 앉혀서 화권을 하려고 했다. 그러나 소란이 거절하며 말했다.

"할 줄 몰라요."

뇌공자는 탁자를 내리치며 소리쳤다.

"그것도 못 한다는 거야!"

"배우지 않았는데 어떻게 할 수 있겠어요. 도련님이 하신다면 내일 당장이라도 배울게요. 배우고 나면 그때 해요."

뇌공자는 눈을 부릅뜨고 거칠게 굴었다. 다행히 불한당들이 말렸다.

"선생입니다. 선생이 하는 일은 연주하고 노래 부르는 것이지, 화권이나 하는 게 아니에요. 그러니까 노래나 불러보라고 하지요."

소란은 더 이상 거절할 핑계가 없어 비파 줄을 골랐다.

화충은 이런 불한당들은 모두 파락호의 자제이거나 오송구에 주둔하고 있는 군함에서 일하는 사람들이라는 것을 눈치채고, 괜히 마주쳐서 그들이 캐물으면 대답하기도 곤란하니 얼른 나갔다. 그리고 곧바로 대마로의 교공관으로 돌아가 주인에게 전해주었다. 화철미는 한참을 생각해보아도 소란을 꺼내 올 방법이 없어서 그냥 내버려두었다.

다음 날 아침 식사를 끝내자 어느 남자 하인이 소란의 명함을 들고 찾아왔다. 화철미는 또 한 번 생각해보고, 먼저 화충에게 뇌공자가 오늘 어디에서 놀고 있는지 알아보라고 하였다. 자신은 상황을 보고 가마를 타고 조귀리의 손소란의 집으로 가서 기다리고 있겠다고 했다.

소란은 화철미를 보자마자 말할 수 없는 억울함에 '흑흑' 소리 내며 울었다. 화철미는 조용히 달래기만 했다. 소란은 뇌공자가 다시 올까 급히 상의하려고 했다. 그러나 화철미는 속수무책 길게 한숨만 내쉬었다. 소란이 말했다.

"일립원에서 한 며칠 지내는 건 어때요?"

화철미는 절대 안 된다며 고개를 가로저었다. 소란이 그 이유를 묻자 철미가 말했다.

"얼마나 불편한지 넌 몰라. 우선 제운수에게 말하기도 그래. 자라는 우리 집안과는 대대로 친분이 있는데, 제운수가 알게 되면 난처해질 것 같기도 하고 말이야."

"요문군이 일립원에 있는 것도 자라 때문인데, 왜 불편해요?"

철미는 할 말이 궁색하여 가만히 있었다.

오랜 침묵을 깨고 소란이 콧방귀를 끼며 말했다.

"흥, 당신이라는 사람 잘 알죠. 작은 일도 당신에게 부탁하면 늘 도와주지 않잖아요. 걱정 말아요. 그냥 당신에게 말해본 거니까. 제대인에게는 제가 직접 말할게요. 그러면 자라가 알아도 당신과는 상관없을 거예요."

화철미가 손뼉을 치며 말했다.

"그러면 되겠네. 나중에 노기창에 가서, 말하려면 하든지."

소란은 다시 '흥' 하고 콧방귀를 뀌고 더 이상 말하지 않았다.

두 사람은 원래 조용한 편인데, 지금 약간의 언쟁이 붙어 점점 서로 아무 말도 하지 않고 있었다. 화충이 돌아와서 아뢰었다.

"지금 도련님은 마차를 타고 여기로 오고 있다고 합니다."

화철미는 이 소식에 아주 당황해하며 그제야 입을 열고 대답했다.

"난 일어날게."

소란은 이 소식에 더욱 화가 나서 한참 있다가 겨우 입을 열고 대답했다.

"당신 마음대로 하세요."

이에 화철미는 화충에게 여기에 남아 있으라고 하고, 만약 뇌공자가 이곳에서 말썽을 부리면 속히 노기창으로 와서 알리라고 했다. 소란은 김저에게 뇌공자가 오면 잘 대접해주고, 노기창에서 불러서 나갔다고 사실대로 말하라고 분부했다.

두 사람은 아래층으로 내려가서 각자 가마에 올라탔다. 조귀리를 빠져나오는데 말발굽 소리와 마차바퀴 소리가 저 멀리서 들려왔다.

석로를 들어서더니 순식간에 바람과 번개를 쫓듯 가마 옆에 바짝 붙었다. 화철미는 뇌공자일 거라고 생각하고 고개를 내밀어 보았는데, 사천연이 조이보와 함께 마차 두 대에 나눠 타고 남쪽으로 가고 있었다. 아마도 고아백이 초대한 모양이었다. 마차가 지나간 후 가마는 천천히 앞으로 갔다. 타구교를 돌아 법대마로를 경유하여 노기창에 도착했다. 그 앞에는 여러 대의 빈 가마와 마차들이 있었다. 분명 사천연이 먼저 도착한 것이었다. 그 뒤로 계속해서 가마들이 왔다.

화철미와 손소란은 잠시 기다렸다. 가마들이 문 앞에서 일제히 멈추었다. 갈중영, 주애인, 도운보와 그들이 데려온 오설향, 임소분 그리고 담여연의 가마였다. 서로 인사를 나누고 차례대로 안으로 들어갔다.

고아백은 안에 있다가 그들을 보자마자 두 명의 광동 출신 기녀들과 함께 앞쪽 복도로 나와 크게 웃으며 맞이했다.

"재촉하는 초대장을 막 보냈는데 마침 모두들 오셨네. 천연 형은 벌써 도착했으니 모두 약속한 시간에 모인 것 같네."

일행은 계단을 오르며 홀에 들어갔다. 사천연과 조이보 외에 윤치원, 주숙인, 도옥보도 먼저 와 있었다. 모두 인사를 나누고 자리에 앉으려고 하는데 도운보가 입을 열었다.

"나야 약속한 것은 아니지만 치원 선생의 절세 기문 때문에 특별히 가르침을 청하러 왔네. 얼른 보여주게. 더 이상 못 기다리겠네."

윤치원이 말했다.

"손님이 모두 모이고 나면 보여줄 테니 너무 조바심 내지 말게."

갈중영이 말했다.

"언제까지 기다려야 하나?"

고아백이 말했다.

"곧. 진소운과 제운수만 모이면 돼."

모두 어쩔 수 없어 서로 자리를 권하며 앉았다. 그런 다음 이곳의

홀을 찬찬히 살펴보았다. 정말로 독특한 분위기에 색다른 디자인은 상해의 기루들과 달랐다. 병풍난간과 창문은 새기거나 상감한 것으로, 화리목, 은행나무, 황양목, 자단목이 층층이 정교하게 조각되어 있었다. 휘장과 주렴은 그림을 그렸거나 자수를 놓은 것으로, 호주산 주름 비단, 관사, 남경 주단, 항주 비단이 색색이 선명하게 염색되어 있었다. 대들보, 기둥, 벽, 문 등은 푸른색이 위로 타고 올라가고 붉은색이 아래로 타고 내려왔다. 책상, 의자, 탑상, 옷장 등과 같은 가구들은 광채가 나고 값비싼 것들이었다. 화분에 핀 이채로운 꽃이며, 벽에 걸린 서예와 명화들, 진열된 골동품과 장식품, 품평의 대상인 귀한 과일과 훌륭한 차는 더 이상 말할 필요 없었다.

모두들 광동 기녀들에게 시선을 옮겨 자세하게 살펴보았다. 나가고 들어오며 교대로 시중드는 기녀들이 대략 이삽십 명으로, 상해 기루의 기녀들과는 전혀 달랐다. 머리를 빳빳하게 말아 올렸거나 머리카락이 삐죽삐죽 튀어나오게 땋았거나, 양쪽 눈꼬리에 진녹색의 동글동글한 고약 같은 것을 붙이고 있거나, 머리 뒤쪽에 큼직한 붉은 털실 공을 달랑달랑 꽂고 있었다. 더 특이한 기녀들도 있었다. 복사꽃 같은 양쪽 볼은 마치 뺨을 맞아 퉁퉁 부은 것 같고, 수양버들 같은 허리는 마치 등골 근육을 꽉 눌러 세워놓은 것 같았다. 또한 나풀거리는 양쪽 소맷자락은 마치 돼지 귀 같고, 뚜벅뚜벅 걷는 신발은 마치 거북 등껍질 같았다. 체력을 말하자면 가히 놀라울 정도였다. 주애인이 가볍게 농담하기만 하면 창기들은 웃으며 욕설을 하고, 몸을 비비꼬며 겹옷 사이로 주애인의 팔을 살짝살짝 꼬집었다. 주애인은 아프다고 소리를 질렀다. 그가 얼른 팔을 걷어 보니 손톱자국이 세 군데나 나 있고, 자색 빛이 도는 푸른 멍은 잘 익은 우유포도[2] 같았다. 사람들은 그 광경을 보고 서로 돌아보며 경계하라며 어느 누구도 농담을 하거나 장난을 치지 않았다. 광동 기녀들은 한시도 조용히 있지 못하고 재잘거렸다.

惡打
忿無
端
曾
毒手

다행히 바깥에서 아뢰었다.

"제대인께서 오셨습니다."

모두들 그 틈을 타서 일어나 그를 맞이했다. 제운수는 이완방, 주쌍옥, 장수영, 임취분, 요문군, 소관향 여섯 명의 아리따운 기녀들을 데리고 왔다. 그제야 광동 기녀들은 낄 수 없어 더 이상 치근덕거리지 않았다.

제운수는 사람들을 쭉 세어보고 치원에게 말했다.

"손님들은 다 모였으니 자네의 기문을 보여주게."

고아백이 대신 대답했다.

"다 모인 것은 아니지만 다 모인 것과 같습니다. 진소운은 잘 모를 테니 굳이 기다릴 필요 없겠지요."

윤치원은 그 말을 따르지 않았다.

"진소운을 무시하면 안 되지. 조금 있다가 해도 괜찮아."

사천연이 끼어들며 물었다.

"손님이 다 모이지 않아도 괜찮은데 왜 기다리려고 하는가?"

화철미도 한 마디 끼어들었다.

"내 생각에, 치원 선생의 절세 기문이 아직 완성이 안 된 모양이네. 말로는 보여준다, 보여준다 하면서 어물쩍 넘어가려고 하는 것 같은데."

갈중영, 주애인, 도운보 모두 손뼉을 치며 말했다.

"맞아. 분명히 아직 완성이 안 된 거야."

모두 한 마디씩 서로 건넸지만 주숙인과 도옥보만은 한 마디도 하지 않았다. 윤치원은 빙긋이 웃기만 했다. 서로 담소를 나누는 사이 진소운도 김교진을 데리고 도착했다. 제운수가 말했다.

"자, 무슨 말이라도 해보게."

윤치원이 말했다.

"완성도 안 한 제가 무슨 말을 하겠습니까?"

제운수는 근엄한 표정을 짓고 목소리를 깔며 화가 난 듯 만 듯한 어조로 말했다.

"가지고 오게나!"

---

1 '후벼 파다'라는 의미의 '와(挖)'는 성적 의미를 나타내는 대명사이다. 나이든 여자와 교합하는 것을 '오래된 우물을 후벼 파다(挖古井)'라고 하는 것과 같다. 소란은 뇌공자가 그녀에게 실제 춘궁을 표현해달라고 하는 것으로 받아들였다.[장]

2 하북성(河北省) 장가구(張家口) 지역의 선화(宣化) 일대에서 재배하는 포도로 백포도 종류에 속한다. 포도 껍질은 황록색을 띠며 얇다.

51

〈예사〉는 가슴속 불만을 담아내고 소만은 눈앞의 총애를 다툰다

胸中塊〈穢史〉寄牢騷 眼下釘小蠻爭寵眷

윤치원은 박장대소를 하며 가슴 속에서 원고를 꺼내어 제운수에게 건네주었다. 모두들 서로 보려고 옆으로 모여들었다. 첫째 줄에 「예사외편(穢史外編)」[1]이라는 넉 자의 표제가 있었고 그 아래 문장이 줄을 이었다.

> 고당 씨에게는 두 명의 딸이 있었는데, 집안이 집단성교를 즐겨하여 사람들이 야합(野合)[2]하기를 원하였다. 등도자(登徒子)[3]와 같은 호색한들은 저잣거리 찾듯이 들락거렸다. 석(石)이라는 하녀는 '인온사(氤氳使)'[4] 역할을 하며, 문의 오른쪽에 옥척으로 조절하여 침상에서의 상하 등급을 따로 표시하였다.
> 동쪽 담벼락 너머에 사는 생(生)은 그 소식을 듣고 와서 말했다.
> "저의 것은 노애(嫪毐)[5]의 대음과 비할 수 있으며, 기술은 수레를 멈추게 할 정도로 뛰어납니다. 청컨대, 창종(昌宗)[6]의 독점 관직인 공학부(控鶴府)[7]를 관리하기를 바랍니다."

이에 불쑥 솟은 것을 석에게 보여주었다. 단(美石)의 날처럼 숫돌에 잘 갈려 기회를 기다리고, 모수의 송곳처럼 뾰족 튀어나와 있었다. 석이 흘깃 보고 웃으며 말했다.

"크기도 작을뿐더러, 모양은 갖추었으나 보잘것없군요. 사람들이 어찌 좋다고 하겠습니까. 더부살이하는 데릴사위 격이군요."

생이 말했다.

"그렇지 않습니다. 정액이 많은 자는 물건이 크고, 체격이 좋은 자는 종아리를 사용한다고 들었습니다. 소를 해부한 게 열두 마리나 되지만, 예리한 칼날이 멈추지 않는 것은 그 틈 사이를 깎아내고 구멍을 따라 칼날을 움직이기 때문이며,[8] 이 모두가 만물의 이치를 이해하였기 때문입니다. 그대는 겉모습만 보지 마시고, 제 몸을 경험해보십시오."

석이 말했다.

"저를 방으로 불러들이고, 그대가 만들어놓은 항아리 속에 드십시오."[9]

그리하여 두 여인을 만났다. 그들은 기뻐하며 그를 환대하였다. 술은 회수(淮水)만큼 풍성하고, 그 사람들은 옥처럼 아름답고 농염했다. 마치 측천무후를 위한 무차법회를 열게 하고, 유장(劉鋹)[10]마냥 대체쌍(大體雙)[11]을 구경하게 하였다.

한껏 술에 취하자 석이 들어와 아뢰었다.

"저희 주인님에게 비옥하지 못한 개울가의 수초가 있으니, 그대를 집사로 추천하고자 합니다."

생이 황공하여 자리를 피하며 대답했다.

"세 명의 여인은 아름다운데, 한 명의 남자가 관문을 지키다 혹여 실패하여 부끄러울까 두렵고, 무너질까 두렵습니다. 음주(淫籌)[12]를 하되 주령과 연회를 섞어 서희(徐熙)[13]의 화첩에 따르고 왕건(王建)[14]의 궁사(宮詞)를 연기하기를 청합니다. 삼주수[15]에 비취새 둥지 틀고, 십양화[16]에 아미의 곡보를 다투면 이 역시 충분하지 않겠습니까?"

모두가 "좋다"라고 말했다.

이리하여 네 개의 자리를 둘러치고, 육부(六簿)[17]를 펼쳤다. 고 씨가 격앙되어 외치니, 풍월은 셋으로 나뉘어도 하나로 어우러졌다. 생이 말했다.

"이것은 '추천희(鞦韆戲)'입니다."

고 씨는 스스로 비단을 찢어 정강이를 묶고, 양쪽 기둥에 매달렸다. 중문이 활짝 열리고, 삼엄하게 진을 쳐서 기다렸다. 생은 기운이 왕성할 때 진격하려고 갑옷도 입지 않고 달려들었다. 영고숙(潁考叔)이 끌채를 끼고,[18] 양유기(養由基)가 갑옷을 뚫는 기세였다.[19] 고 씨는 상대를 쉽게 다룰 줄 알았다. 강할 때는 약하게 하고, 가득 찰 때는 비우게 하고, 합쳤다가는 다시 풀고, 끌어당기곤 곧 밀어내었다. 채찍이 길어도 말의 배에는 닿지 않았고,[20] 피부가 붙어 있어도 털에는 전해지지 않았다.[21] 생이 놀라 세 차례나 물러났다. 고 씨가 미소를 지으며, 머리부터 발끝까지 어루만졌다.[22] 용은 이미 물속에 잠겨 쓰임을 잃었고, 자벌레 역시 말려 오그라져서 펴지질 않았다. 냄새도 없고 소리도 없는 것이 마치 비구가 입정(入定)에 들어간 듯하고, 밀고 당기고 하는 것이 마치 꼭두각시가 무대에 올라 놀음을 하는 듯하였다. 옆에서 구경하는 이들이 그것을 희롱하였다.

생은 내심 부끄러웠지만, 변명할 겨를도 없이 서신(胥臣)이 그의 말에 호피를 씌워 내달리고,[23] 후 씨가 그의 닭 발톱에 금발톱을 끼우며[24] 싸울 태세를 갖추었다. 화원(華元)이 갑옷을 버리고 다시 돌아오고,[25] 진근보가 천을 잡고 다시 올라가듯 했다.[26] 이에 활시위를 팽팽하게 당겼다가 다시 느슨하게 하고,[27]

싸우다가 다시 부리를 다듬었다.[28] 일곱 번 잡았다가 일곱 번 풀어주고,[29] 열 번을 돌격하여 열 번을 돌파하였다.[30] 왕발(王勃)이 마당(馬當)의 바람을 타고[31] 저 멀리 배를 타고 가며 멈출 곳을 알지 못하고, 육손(陸遜)이 어복(魚複)의 진에 현혹되어[32] 갈팡질팡 어떻게 해야 할지 알지 못하는 듯했다. 고 씨는 소리를 지르며 그만하라고 애원했다.

"됐어요. 오늘에야 죽는다는 게 무엇인지 알겠어요."

다음은 당 씨 차례로, 타고난 재기를 지녔다. 그녀가 얻은 상은 '후정화(後庭花)'[33]였다.

당 씨가 말했다.

"바른 길을 버리고 따르지 않고, 하류를 쫓아 근본을 잃는 짓[34]은 아니 됩니다."

생이 말했다.

"여포는 원문 밖 창끝을 화살로 쏴 맞히고,[35] 오(奡)는 육지에서도 배를 저을 수 있었습니다.[36] 하물며 다치겠습니까?"

생은 당 씨의 양손을 바닥에 짚게 하고, 자신은 그 뒤에 올라탔다. 월궁이 열렸다. 가로 보면 고개로 보이고 옆으로 보면 봉우리 같았다.[37] 하늘의 표주박[38]을 엎어 놓은 듯, 손을 뒤집으면 구름이 되고, 손을 엎으면 비가 되었다.[39]

고 씨가 제지하며 말했다.

"그만하세요. 암컷은 비록 엎드려 있더라도, 계곡은 비워둘 수 있나요?"[40]

생은 그제야 멈추었다. 당 씨는 성을 내었다.

"등에는 가시가 있고, 양탄자에는 바늘이 있어서 위험했어요."

생이 석에게 패를 펴라고 했다. 그러나 석은 응하지 않았다. 당 씨가 말했다.

"하하! 병 입구처럼 지키고, 해심에 꼭 싸여 있구나. 석아, 석아, 꼭 다른 사람 같구나!"

생은 믿기지 않아 솥 안으로 손가락으로 휘저어보니,[41] 풀은 무성하나 아직 다 자라지 않았고, 이제 막 샘은 졸졸 흐르기 시작했다.

잎 속에 묻힌 부용이 깊이 숨어 꽃을 드러내지 않고, 가지 끝 두구[42] 꽃잎은 터진 듯 다물고 있는 듯했다. 팔목을 움켜쥐며 감탄하였다.

"가장 흰 것은 염색을 해도 검게 되지 않는다지?[43] 뚫을수록 견고한 것이 탁월하도다![44] 힘센 장사가 아니고서야 새들이 넘나드는 험준한 길을 뚫을 수 있을 것이며,[45] 어찌 패왕이 홍구(鴻溝)[46]를 나누려 했겠는가?"

이에 고 씨 차례가 되었다.

고 씨가 패를 펼치며 깔깔 웃으며 말했다.

"애초 절굿공이는 원상단(元霜丹)[47]을 찧었는데, 어찌 감로 쟁반 금경(金莖)이 감로를 우러러 받을 수 있겠는가?"

생이 말했다.

"어떻게 '도수련(倒垂蓮)'[48]을 아니 할 수 있겠습니까? 기술이 있지요. 제가 배를 불룩하게 하면, 그대는 허리를 숙이십시오."

그리고 바로 전쟁에 돌입하여 서로를 어루만졌다. 생이 아주 여유로운 자세로 석에게 돌아보며 말했다.

"푸줏간에서 입맛만 다시고,[49] 생선가게에서 오래 냄새를 맡고 있으면[50] 어찌 정욕이 생기겠는가?"

석이 말했다.

"춘풍이 옥문관을 넘지 않은 것은[51] 나의 청춘이 길다는 것이겠지요. 황룡부에 이르러서야 그대와 통음하며 다시 하는 것은[52] 어떤지요?"

생은 공손하게 허락하며, 깃발을 뽑고 해자 속에서 우뚝 솟았다. 배수진을 치고 사기를 진작시키고, 진주를 찾아서 해저로 다시 돌아가 미려(尾閭)의 혈[53]을 쓸어낸다. 석은 마치 토끼가 도망가는 듯 극심한 고통을 느꼈다.[54]

고 씨가 말했다.

"항아가 달아난 격이네. 거사 역시 계수나무꽃 향을 맡으셨는지요?"[55]

생은 기뻐하며 박수를 쳤다.

당 씨 차례가 되자, '농옥소(弄玉簫)'[56]의 상이었다. 석이와 의논하였다.

"이미 짐승으로 대하지만 돼지로 사귈 수 없으며,[57] 하물며 닭부리가 될지언정 소 꼬리는 되지 말아야지. 너는 나를 위해 그것을 도모하라."

석은 명을 받들고 양손으로 받쳐 들고, 입으로 받아들였다. 쌍환이 격동되고, 기운이 말렸다 펼쳐졌다. 흐느껴 우는 것이 지렁이 구멍에서 파리 소리 같았다. 고 씨가 말했다.

"아프지도 않은데 신음을 하는구나. 비록 백설기만을 먹어도 취한다고 하는데,[58] 혼돈[59]인지, 도철[60]인지?"

당 씨가 말했다.

"양초를 만져야 그 형태를 알고, 솥 안의 음식을 맛보아야 그 맛을 알지. 여와씨가 신령스럽다는 걸 수긍 안 할 수 있는가?"

석 역시 자기도 모르게 웃음이 나왔다.

생은 이미 때를 닦고 광내고 털을 깎고 골수까지 말끔히 씻었다. 새로 간 칼의 예리함을 드러내고 숙련된 기술에 여유가 넘쳤다. 고 씨는 더 이상 대적하지 못하고 '궁만무(弓彎舞)'[61]를 얻어 당 씨에게 양보했다.

생은 싸움에 더욱 힘을 발휘하여 가운데는 강하고 밖으로는 빨랐다. 음과 합하니 양이 열렸다. 왼쪽으로 돌고 오른쪽으로 뽑아 크게 품고 섬세하게 들어갔다. 마치 맹호의 포효 같고, 신용의 꿈틀거림 같았으며, 소나기와 폭풍이 몰아치는 것 같고, 날쌘 수레와 준마가 서로 경주하는 것 같았다. 갑자기 감칠맛이 나며 빠르게 물이 흘렀다. 살과 골수에까지 스며들어 마치 뼈가 없는 듯 부드러워졌다. 배가 부를 정도로 한껏 받아들여[62] 어루만지니 모서리가 있는 것 같았다.[63] 그 얕음과 깊음을 다하여 단은 아홉 번 돌아 만들어지고, 함께 들어가고 함께 물러갔다.[64] 곡이 세 번 연주되고 끝이 났다. 그 아래의 수레바퀴 자국을 보니, 빨래 방망이가 뜰 정도로 죽은 자들의 피가 낭자했다.[65]

생이 말했다.

"춘약에 효험이 있기를 바라며, 음부(淫府)에 하명해달라고 청하십시오. 한낮에 세 번을 접할 수도 있는데, 남은 힘을 모아 성 아래에서 마지막 일전을 벌이는 것도 무방하겠지요?"[66]

고 씨와 당 씨가 함께 말했다.

"그만하세요 선생님! 다른 날에 해요!"

생은 관대를 착용하고 작별인사를 했다. 두 명의 여자는 〈채봉(采葑)〉[67]의 앞 소절을 부르며 배웅했다. 사자에게 세 번 숙배하고 물러났다.

모두 다 읽고 나서 멍하니 넋을 잃고 제운수만을 바라보았다. 그런데 뜻밖에도 제운수는 '좋아, 좋아!'라고 찬탄하였다. 사천연과 화철미는 그 문장을 손에서 내려놓지 못하고, 갈중영과 주애인 그리고 도운보는 끊임없이 칭찬을 하였다. 주숙인과 도옥보도 감탄했다. 모두 이구동성으로 말했다.

"가히 절세의 기문입니다!"

갈중영이 말했다.

海上花列傳
第五十一回
十五

"여기 전고는 모든 사람들이 알고 있지만 이렇게 사용하는 법은 일찍이 없었어."

화철미가 말했다.

"적절하게 사용했다는 게 훌륭해. 딱 들어맞으면서도 명확하기까지 하니까. 왕희지가 처음에 『난정(蘭亭)』을 썼을 때처럼 그 뜻을 그대로 따르고 있어."

주애인이 말했다.

"가장 뛰어난 것은 '편자계추(鞭刺鷄錐)'나 '마빈구찰(馬牝溝札)'과 같이 아주 상스러운 이야기를 아주 품위 있어 보이게 했다는 거야."

사천연이 말했다.

"'문지유릉(捫之有棱)'의 대구에서 감정과 풍경은 정말이지 문자로는 표현하기 어려운 것인데, 그가 써냈어!"

도운보가 말했다.

"나는 도대체 이해가 안 되네. 왜 갑자기 『사서오경』까지 생각했을까. 『사서오경』에 나오는 그 좋은 문장들을 왜 사용했을까? 정말이지 대단해!"

모두 그의 말에 웃었다. 윤치원이 말했다.

"기왕 칭찬을 받았으니, 평을 달아주심이 어떠신지?"

사천연과 화철미는 중얼거리며 말했다.

"평을 달자니 쉽지 않군."

갈중영이 갑자기 생각이 떠올랐다.

"내가 하겠네."

즉시 붓과 벼루를 가지고 와서 원고 아래쪽 여백에 행서로 두 줄을 써 내려갔다.

> 물어봅시다. 천지가 개벽하고 난 후부터 지금까지, 이처럼 명쾌하면서도 텅 비어 있는 기이한 문장이 있었던가? 천하의 재

자들이 읽으면 모두 눈이 휘둥그레져서 깜짝 놀라며 혀가 오그라들어 입을 다물고 머리를 바닥에 박으며 백배를 하지만, 왜 그러는지를 모르네!

사천연이 먼저 환호했다.
"아주 훌륭해!"
주애인이 말했다.
"이 문장은 김성탄의 『서상기』 평을 베껴 왔구만."
화철미가 말했다.
"베끼는 것도 괜찮지."
도운보가 머리를 끄덕이며 말했다.
"과연 잘 베껴 썼어. 이런 평 외에 더 이상 좋은 평도 없지."
갈중영은 고아백이 옆에 앉아 아무 말도 하지 않는 것을 보고 의아해서 물었다.
"아백 선생은 왜 한 마디도 하지 않나, 설마 윤치원 선생이 못 썼다는 건가?"
"좋아, 왜 좋지 않겠나. 성황묘가 한창 토목공사를 한다고 하던데, 염라왕전의 혀를 뽑아 먹는 지옥이 다 만들어지는 대로 치원 선생을 보내어 맛을 보라고 해야겠어!"
모두 다시 한 번 자리가 떠나갈 듯 웃었다. 윤치원도 웃으며 말했다.
"내기에 졌으니 지금 속이 아픈 거야. 달리 할 말이 없으니 욕지거리로 화풀이하는 거지."
제운수가 말했다.
"아백은 그냥 해본 말이지만 내가 자네에게 몇 마디 하겠네. 대체로 독서인은 보편적인 폐단이 있는데 말이야, 종종 잘 풀리지 않기 때문에 불평을 하지. 불평하기 때문에 허튼소리를 하게 되고, 허튼

소리를 하기 때문에 실패하고 결렬되고 마는 거야. 자네는 좀 더 언행을 절제하게. 군자는 모름지기 일을 그르치는 것을 미연에 막아야 하네."

윤치원은 정신이 번쩍 들어 얼굴색을 바꾸고 공수하며 감사의 인사를 올렸다.

그때 방 전체에 수많은 등불이 켜지고, 중앙에는 술자리가 마련되었다. 광동 기녀가 자리에 앉으라고 청했다. 모두 규례대로 데리고 온 기녀 외에 다시 그곳의 기녀들을 불렀다. 기녀들은 각각 북과 판, 비파를 들고 연주하며 광동 곡조로 노래를 불렀다. 광동의 규례는 자리에 앉기 전에 순서대로 끊어지지 않게 노래를 부르는 것이었다. 그러나 고아백은 노래가 귀에 거슬려 부르지 말라고 했다. 자리에 앉은 후 제운수도 더 이상 참지 못하고 한 곡이 끝나기도 전에 그만하라고 했다. 자리에 앉은 사람들은 그제야 평상시처럼 이야기를 나누며 주령놀이를 하였다.

잠시 후, 화철미의 하인 화충이 방으로 들어와서 화철미의 귀에 대고 보고했다.

"도련님은 청화방의 원삼보에게 갔고 조귀리에는 오지 않았습니다."

화철미는 가볍게 머리를 끄덕이고 손소란에게 살짝 알려주며 안심시켰다. 마침 제운수가 그것을 보고 물었다. 철미는 그 기회를 놓치지 않고 자라가 괴롭혔던 일을 말해주었다. 제운수가 말했다.

"그러면 우리 화원으로 오게. 문군과 짝이 되는 것도 좋지 않은가?"

소란이 말을 받았다.

"제가 대인 화원으로 가겠다고 이 사람에게 말했더니 불편할 거라고 하잖아요."

운수가 철미에게 말했다.

"불편하긴! 자네도 같이 오게."

화철미는 손을 꼽으며 말했다.

"오늘은 먼저 이 사람 혼자 가게 하고, 저는 일 때문에 스무날에 가겠습니다."

"그것도 괜찮지."

천연도 스무날에 가겠다고 말했다.

철미는 소란의 일이 해결되자 자신의 일이 생각나서 돌아가려고 했다. 고아백은 화철미의 성격상 따라나서며 친절하게 배웅하는 걸 싫어하는 걸 알기에 그냥 내버려두었다.

화철미가 가고 소란은 혼자 남게 되어 어정쩡하니 난처해졌다. 제운수는 그녀의 이런 모습을 슬그머니 엿보고 나서 말했다.

"이 자리는 원래 밤새도록 이어져야 하지만, 나는 이만 돌아가서 자야겠네."

고아백은 제운수가 마음 가는 대로 움직이는 사람이라는 것을 알기에 이 역시 그냥 하는 대로 내버려두었다.

제운수는 손소란과 소관향을 함께 데리고 사람들에게 작별인사를 하고 문을 나서 가마에 올랐다. 구불구불 이어진 길을 한 시간 남짓 가자 일립원에 도착했다. 화원의 달빛은 더욱 밝아서 땅에는 꽃과 대나무 그림자가 서로 겹겹이 엉겨 흔들거렸다. 운수는 배월방롱으로 가자고 했다. 일립호의 동북쪽 모퉁이를 돌아 석가산 뒤쪽을 돌아 나오는데, '깔깔깔 낄낄낄' 시끌벅적한 웃음소리가 들려왔다. 그러나 누구의 웃음소리인지 알 수 없었다.

배월방롱의 담벼락에 이르러 가마가 멈추자 운수가 내렸다. 관향은 소란의 손을 잡고 그 뒤를 따르며 대문을 들어섰다. 이화원락의 여자 아이들 십여 명이 이곳 뜰에서 닭싸움이며 재기차기, 술래잡기를 하느라 정신없이 놀고 있었다. 그러다 갑자기 고개를 들고 주인을 보자, 깜짝 놀라며 순식간에 사방으로 사라졌다. 그런데 누군가는 혼자 얼어붙어 꼼짝 못하고 한 손으로는 계수나무를 붙잡고 또 다른 손으로는 허리를 숙이며 신발을 주우며 투덜거렸다.

"도망은 왜 가? 어린 것들이 규율이 없어!"

운수가 달빛 속에서 보니 바로 기관이었다. 운수는 웃으며 앞으로 가서 손을 잡았다.

"우리는 안으로 들어가자."

기관은 두 발자국을 떼다 말고, 돌아서며 다른 계수나무 아래쪽을 보았다. 사람 그림자가 어른거리는데, 누군가가 고개를 빼꼼히 내밀고 있는 것 같았다. 기관이 화를 내며 소리쳤다.

"요관! 어서 나와!"

요관은 그제야 어둠 속에서 대답을 하며 나왔다. 기관은 여전히 그녀를 나무랐다.

"너도 따라 뛰었잖아. 근데 무슨 체면이야!"

요관은 어떤 말도 하지 못했다.

일행은 배월방롱으로 들어갔다. 운수는 조금 피곤하여 작은 탑상에 비스듬히 누워 소란과 편안하게 한담을 나누었다. 자라 이야기를 묻고 나서 위로해주었다. 운수는 소란이 어색하고 불편해 보여 관향에게 말했다.

"자네는 소란 선생과 대관루에 올라가서 방을 보고 없는 게 있으면 하인들에게 준비하라고 하게."

소란은 이 한 마디가 간절했던 터라 관향을 따라 손을 잡고 나섰다.

운수는 주렴 밖에 있는 집사를 불러 각 방 중앙의 가스등 다섯 개만 남겨두고 앞뒤 불은 모두 끄라고 했다. 집사는 일을 마치고 물러났다. 운수는 기관과 요관 두 사람에게 탑상 옆에 앉으라고 하고 자신은 몽롱해져 눈을 붙이고 졸다가 금방 코를 골았다. 기관은 조용히 자리에서 일어나 찻주전자를 옮기려고 잡아보니 뜨거워서 수건으로 쌌다. 요관도 뒤쪽 창문 주렴을 모두 내리고 조용히 물었다.

"담요를 덮어드려야 할까?"

기관은 생각해보더니 손을 저었다. 두 사람은 조용히 마주 보고 가만히 있었다. 기관은 앞쪽 유리창 너머로 호수에 비치는 달빛을 감상했다. 요관은 우연히 서랍을 열어 상아로 만든 골패를 찾아 가볍게 타오관[69]을 했다. 기관은 정색을 하며 말렸다. 요관은 못 본 척하며 몇 장의 골패를 쥐고 입에 갖다 대고 몇 마디 축문을 하고 다시 입김을 불어넣고 들었다. 기관은 요관이 자신의 말을 듣지 않아 화가 나서 패 하나를 가슴 속에 숨겼다. 요관은 다급해져 합장을 하고 절을 하며 웃음으로 애원했다. 그러나 기관은 고개를 돌리고 모르는 체했다. 요관은 달리 방법이 없어 뻔뻔한 얼굴로 기관의 옷 속에 손을 넣어 찾으려고 했다. 기관은 간지러움을 잘 타기 때문에 화난 얼굴을 하고 맞섰다.

두 사람이 손을 잡으려고 하는데, 갑자기 곁문에서 방울소리가 들려왔다. 급히 맞이하러 나가니 소관향과 여자 하인 소청이 들어왔다. 기관은 입을 다문 채 손으로 작은 탑상을 가리켰다. 관향은 그제야 운수가 잠이 들었고 다행히 아직 깨어나지 않았다는 것을 알고, 직접 한 번 돌보는가 싶더니 기관을 돌아보며 당부했다.

"언니[70]가 일이 있다고 나를 부르는데, 너희 둘이 대신 대인 시중을 들어주면 고맙겠어. 나중에 깨어나시면 소청에게 나를 불러오라고 하면 돼."

요관은 옆에서 대답했다. 관향은 말을 마치고 사뿐사뿐 걸어 나갔다. 기관이 소청에게 시중들 필요 없다고 하자 소청은 편안하게 나가 놀 수 있었다.

기관은 자리에 앉아 냉소를 지으며 요관에게 쏘아붙였다.

"너 같은 바보는 본 적이 없어. 아무 말이든 괜한 대답을 하니 말이야!"

요관은 금방 말한 것을 더듬어보고 당황하여 의아해했다.

"아무 말 안 했잖아?"

기관은 '흥' 하고 코웃음을 쳤다.

"너는 그 사람이 데리고 왔다 이거지? 그래서 대신 손님 시중을 들어야 한다는 거잖아. 근데 이게 아무 말이 아니야!"

"그럼 갈게."

기관은 눈을 부릅뜨며 화를 냈다.

"누가 가라고 했어! 대인께서 여기에 앉아 있으라고 하셨잖아. 시중을 들라 말라 그 사람이 할 말은 아니라는 거지."

요관은 그제야 뜻을 알아차렸다. 기관은 또 '흥' '흥' 하고 콧방귀를 뀌며 냉소를 지으며 말했다.

"꼭 대인이 자기만의 대인인 것처럼 말이야. 웃겨 정말!"

이 일장연설로 그만 탑상에서 자고 있는 운수를 까맣게 잊고 말았다. 달변의 혀는 쉼 없이 움직이며 갈수록 목소리가 커져갔다. 마침 운수가 몸을 뒤척이자, 그 둘은 황급히 입을 다물고 가만히 지켜보았다. 움직이는 기척이 없자 기관은 살금살금 탑상으로 다가가서 자고 있는 운수의 얼굴을 보았다. 가는 실처럼 두 눈을 살짝 뜨고 있어 깜짝 놀랐다. 기관은 앞뒤 옷자락과 좌우 소매를 들어 올리고 살금살금 물러났다. 요관도 타오관에 흥미를 잃어 골패를 정리하고 서랍에 도로 넣었다. 그런데 기관이 언제 넣었는지 모르지만 원래대로 모두 서른두 개였다. 두 사람은 조용히 마주 앉은 채 시간을 보냈다.

밤이 되자, 잠을 푹 잔 운수는 기지개를 켰다. 주렴 밖에서 집사가 일어나는 기척을 듣고 세숫물을 들고 들어왔다. 운수는 얼굴을 닦고 나서 요관이 올리는 양치물로 입을 헹구었다. 기관은 미리 준비한 찻주전자를 들고 먼저 살짝 마셔보았다. 미지근한 게 적당했다. 그래서 찻잔에 반쯤 따라 올렸다. 운수는 한 모금 마시고 돌아보며 물었다.

"관향은 어디 있느냐?"

기관이 못 들은 체했다. 그래서 요관이 대답했다.

"작은 마님께 간다고 했어요."

운수는 집사에게 관향을 불러오라고 했다. 기관은 찻잔을 들고 있다가 그 자리에서 내려놓고 한쪽으로 가서 앉아 바깥쪽으로 몸을 돌렸다. 운수는 차를 마시려고 여러 번 불렀다. 그러나 기관은 꼼짝하지 않고 냉랭하게 대답했다.

"관향이 오면 달라고 하세요. 우리는 서툴고 굼떠서 못 해요."

운수는 껄껄 웃으며 일어나 직접 찻잔을 잡으려고 했다. 요관은 웃음을 머금고 다가가서 대신 차를 따라 올렸다.

운수는 차를 마시고 기관 옆에 앉아 따뜻한 말로 한참을 위로해 주었다. 기관은 여전히 눈만 말똥히 뜨고 무표정하게 한 마디도 하지 않았다. 운수는 엄숙한 태도로 타일렀다.

"어리석게 굴지 말거라. 관향은 바깥사람이야. 내가 그 사람과 사이가 좋아도 너만 하겠느냐. 너는 계속 여기에 있을 것이고, 관향은 일 년이나 반년 후면 돌아갈 텐데 왜 질투를 하고 그러느냐?"

기관은 그 말을 듣고 큰 소리로 대답했다.

"나리, 왜 없는 것을 지어내세요? 저는 질투가 뭔지도 몰라요!"

운수는 비웃으며 말했다.

"질투를 몰라? 내가 가르쳐주지. 지금 이게 바로 질투라고 하는 거야."

기관은 힘껏 밀어내며 말했다.

"얼른 차 드세요! 관향 왔잖아요!"

운수가 고개를 돌리자 기관은 그 틈에 빠져나가며 요관을 불렀다.

"관향이 왔으니까, 우리는 가자."

운수가 고개를 갸웃하여 유리창 밖을 보니 정말 소관향이 살랑살랑 걸어오고 있었다. 이때다 싶어 내보내려고 말했다.

"모두 자러 가거라. 시간이 늦었다."

요관은 대답을 하며 기관을 쫓아서 계단을 내려가다 관향과 마주쳤다. 기관이 관향을 재촉했다.

"선생님, 이서 오세요. 대인께서 기다리고 계세요."

관향은 대답할 여유도 없이 성큼성큼 걸음을 빨리하며 들어갔다. 기관과 요관 두 사람은 천천히 달과 함께 돌아갔다.

---

1 원문은 천이백여 자로 된 사륙문으로, 윤치원의 '재능'을 드러내고 있다. 그러나 내용이 상당히 외설적이어서 인민문학출판사 판에서는 〈예사〉의 내용을 삭제하였다. 이하 내용은 악록출판사(2005년) 판에 실린 원문을 번역한 것이다.

2 예교에 맞지 않는 남녀의 만남을 말한다.

3 전국(戰國)시대 송옥(宋玉)이 쓴 「등도자호색부(登徒子好色賦)」에 나오는 호색한의 이름인데, 이후 호색한을 지칭하는 대명사가 되었다.

4 고대에 음양이 교합하는 상태를 인온(氤氳)이라고 하였다. 인온사는 인온대사라고도 하는데 혼인을 담당하는 신을 가리킨다.

5 진시황 시대의 인물로, 음경이 큰 것으로 이름나 있다. 여불위(呂不韋)가 그를 환관으로 분장시켜 진시황의 모친에게 바쳤다.

6 장창종(張昌宗, ?~705년)은 태평공주의 추천으로 궁에 들어가 측천무후를 시봉하였고, 그의 형 장역지(張易之)를 측천무후에게 추천하였다. 이 두 사람은 측천무후의 총애를 받았다.

7 699년 측천무후는 여황의 후궁에 해당하는 '공학부'라는 기구를 설치하여 장창종과 그의 형 장역지에게 관리하도록 하였다. 공학부의 관리들은 여황제에게 올리는 '남성의 위로(男性溫存)' 외에도 궁중의 연회를 담당하였다.

8 『장자』「양생주」

9 '청군입옹(請君入甕)'이란 문장을 직역하면 '그대는 항아리 안으로 들어가시지요.'이며, 자기가 정한 법에 자신이 당하게 되는 경우를 의미하는 말로 쓰인다. 이 고사성어는 『자치통감(資治通鑑)』「당기(唐紀)」와 『조야첨재(朝野僉載)』「주흥(周興)」에 나온다. 측천무후 시대에 악랄하고 잔인한 것으로 악명이 높은 혹리인 내준신(來俊臣)과 주흥(周興)의 이야기이다. 측천무후는 주흥이 구신훈(丘神勣)과 함께 모반을 꾀한다는 밀고를 받고, 내준신에게 조사를 하게 하였다. 그러나 주흥은 쉽게 다룰 수 있는 사람이 아니라는 것을 잘 아는 내준신은 어느 날 일을 핑계로 하여 함께 식사를 하며 주흥에게 "어떤 죄인이 자백하지 않는데, 어떤 방법으로 해야 할까요?"라고 묻자 "아주 쉽지! 큰 항아리를 가져와 불을 피워서 죄

인에게 들어가게 하면 왜 자백하지 않겠나."라고 말해주었다. 준신은 이에 큰 항아리를 가져와 주흥의 방법대로 불을 피우게 하고 일어나며 주흥에게 말했다. '누가 주 형을 고발했는데, 이 항아리로 들어가시지요.'라고 했다. 주흥은 두려움에 떨며 죄를 자백하였다고 한다.

10 오대(五代)시기 남한(南韓)의 황음무도한 군주로, 국정은 환관 공징추(龔澄樞)에게 맡겨놓고 주색을 즐겼다고 한다.

11 유장은 페르시아의 젊은 여자를 얻어 첩으로 삼았다. 그들은 다른 사람들의 성교를 구경하기를 즐겼는데, 예쁘고 준수한 용모의 사람들은 후원으로 보내어 나체로 성교하게 하였다. 유장은 이 페르시아 여자와 함께 돌며 이 광경들을 구경하였는데, 이를 '대체쌍'이라고 한다.

12 엄세번(嚴世蕃)이라고 하는 자는 첩이 많았는데, 매일 관계를 가진 후 하얀 비단으로 때를 닦아 숫자를 세었다고 한다. 이를 '음주'라고 한다.

13 오대(五代) 남당(南唐) 화가

14 당대(唐代) 시인으로 악부시에 뛰어났다. 그의 작품『궁사(宮詞)』일백 수는 제왕과 궁정의 사치스러운 생활을 묘사하고 있다.

15 삼주수 : 고대전설 속의 진목(珍木)

16 십양화 : 사패(詞牌) 명

17 육박(六博) 즉 고대의 도박놀이이다. 여섯 개의 흰 돌, 여섯 개의 검은 돌로 두 사람이 붙는다.

18 정(鄭)나라의 대부, 영곡(지금의 하남 등봉의 서쪽)을 관리하였다.『좌전(左傳)』은공(隱公)11년 기록에 '영고숙은 수레 끌채를 끼고 달려가다.'라는 기록이 있다.

19 생몰 미상. 춘추시기 초나라 장군으로, 명사수로 유명하다. 양유기는 백 보 밖에서 표시된 버들잎을 맞추고, 일곱 겹의 찰갑을 뚫었다고 한다.

20 편불급복(鞭不及腹)은 '채찍이 비록 길지만, 말의 배에 닿지 않는다'는 뜻으로 거리가 상당히 멀고 힘이 미칠 수 없음을 비유한다.

21 피지부존, 모장언부(皮之不存, 毛將焉付)는 '살갗이 없는데, 털이 어떻게 붙어 있겠느냐?'고 하여 사물이 생존할 수 있는 기초를 잃어 존재할 수 없음을 뜻한다.

22 마정방종(摩頂放踵)은 '머리부터 발까지 상처를 닦는다.'고 하여 원래는 수고로움을 마다하지 않고 남을 위한다는 의미이다.

23 서신(기원전 697~622)은 춘추시대 진(晉)나라 정치가이자 교육가이다. 기원전 632년 진나라와 초나라가 중원 패권을 다투어 성복(城濮)에서 전쟁하였는데, 초나라 군대가 우세하였다. 부장군이었던 서신은 초나라의 우군 진(陳)과 채(蔡)나라의 군대와 맞서야 했는데, 이 두 나라는 전투 말이 많았고, 그 위세가 대단했다. 이에 서신은 수상개화(樹上開花) 계책을 사용하여 호피를 말에 씌워 적의 말들을 위협하여 이 두 나라를 대파하였다고 한다.

24 춘추시대 노나라에 계 씨와 후 씨가 투계를 하는데, 후 씨는 닭의 발톱에 금발톱을 덮어씌웠다고 한다.

25 화원(?~기원전 573)은 춘추시대 송나라 대신이었다.

26 진근보(秦堇父)는 맹손씨의 가신이다. 노나라 명장 적사미, 숙양흘과 함께 노나라 삼대 장군으로 칭해진다. 공자 72 제자 중 한 명이기도 하다. 핍양의 전투에 진근보가 참가했는데, 핍양의 사람들이 성문을 닫았을 때, 성안의 사람들이 긴 천을 성 아래로 내려뜨렸고 진근보가 타고 올라가다 성곽에 도달하자 성안 사람들이 천을 끊어버렸다. 진근보가 땅에 떨어지자 성안 사람들이 다시 천을 내걸었고, 기어 올라갔다 떨어지기를 세 번까지 하자 성안 사람들은 더 이상 천을 내걸지 않았다고 한다.

27 일장일이(一張一弛). 관용과 엄격함을 두루 갖춘 것을 의미한다. 문왕과 무왕이 나라를 다스리는 방법이기도 하였다. 『예기(禮記)』「잡기(雜記) 하」

28 재접재려(再接再厲). 수탉이 싸움을 할 때 먼저 부리를 다듬는다는 뜻으로, 한층 더 분발하다, 더욱더 힘쓰다라는 의미이다. 당(唐) 한유(韓愈)의 『투계련구(鬪鷄聯句)』

29 칠종칠금(七縱七擒). 제갈공명이 적의 장수 맹획을 일곱 번 놓아주고 일곱 번 사로잡았다고 한 데서 유래한 것으로, 상대를 자유자재로 다루는 것을 의미한다. 『삼국지(三國志)』「촉지(蜀志)」

30 십탕십결(十蕩十決). 열 번 돌격하여 열 번 돌파하는 것으로, 백전백승을 의미한다. 『악부(樂府)』「농상가(隴上歌)」

31 왕발은 당대(唐代) 문학가이다. 양형(楊炯), 노조린(盧照鄰), 낙빈왕(駱賓王)과 함께 초당사걸(初唐四傑)로 칭해진다. 대표적인 시로는 「송두소부지임촉주(送杜少府之任蜀州)」 등이 있으며, 대표적인 변려문 작품으로는 『등왕각서(滕王閣序)』 등이 있다. '마당'은 산서성(山西省) 팽택현(彭澤縣) 동북쪽에 위치한 산이다. 배를 탄 왕발은 마당의 바람을 따라 하룻밤 사이에 남창(南昌)에 도착하였다.

32 육손은 삼국시대 오나라 대장이며 손책(孫策)의 사위이다. 일찍이 여봉을 보좌하여 관우(關羽)를 이겨 형주(荊州)를 점령한 바 있다. '어복'은 사천성(四川省) 봉절현(奉節縣) 동쪽에 위치한다. 삼국시대 유비가 오와 전쟁할 때, 여기에서 대패하였다.

33 사(詞)의 격식 명칭인 사패(詞牌) 이름이기도 하며, '맨드라미' 꽃의 다른 이름이기도 하다.

34 바른 길을 버리고 따르지 않다(舍正路而不由)는 『맹자』「이루 상」에 나오는 문장이다. 이후 청대(淸代) 『요재지이(聊齋志異)』「황구랑(黃九郎)」에 '하류를 좇아 돌아오는 것을 잊고, 바른 길을 버리고 따르지 않는다(從下流而忘返, 舍正路而不由)'라는 문장이 있는데, 동성 성행위를 위해서 추잡하게 행동하며 뉘우침이 없다는 의미이다. 여기서는 비정상적인 성행위를 말한다.

35 삼국시대 대장 여포. '원문 밖 화극을 쏴 맞추다(轅門射戟)'라는 고사이다.

36 하(夏)나라 때 사람으로, 육지에서도 능히 배를 저을 수 있었다고 한다.

37 송대(宋代) 소식(蘇軾)의 시 「제서림벽(題西林壁)」의 '가로 보면 고개로 보이고, 옆으로 보면 봉우리로 보인다(橫看成嶺側成峰).'라는 첫 구절을 그대로 인용하였다.

38 천표(天瓢)는 천신이 비를 내릴 때 사용하는 표주박을 말한다.

39 '번수위운, 복수위우(翻手爲雲,覆手爲雨)'는 변덕이 심하거나 권모술수(權謀術數)를 잘 부리는 것을 비유할 때 사용한다. 그러나 여기서는 운우지정(雲雨之情)을 묘사한 것이라고 할 수 있다.

40 허빈(虛牝)은 빈 계곡, 혹은 쓸모없는 땅을 비유하거나 쓸데없이 낭비하는 것을 의미한다. 빈(牝)은 암컷, 계곡을 의미하고, 모(牡)는 수컷, 구릉을 의미한다.

41 염지우정(染指于鼎)은 원래 솥에 담긴 국에 손가락을 담그는 것을 말하는데, 부당한 이익을 취하는 것을 의미한다. 『좌전(左傳)』과 『사기(史記)』「정세가(鄭世家)」에 나오는 정나라 대부 공자송(公子宋)과 자가(子家)의 이야기이다. 정령공은 대부들과 함께 자라탕을 먹기 위해 대부들을 불러 모았다. 그런데 공자송만 자라탕을 주지 않았다. 자기만 빼놓고 모두들 맛있는 탕을 먹고 있는 모습을 본 공자송은 화가 나서 자라탕을 담은 솥으로 가서 손가락으로 휘젓고, 침을 뱉고 떠나버렸다.

42 육두구과에 속한 활엽교목으로, 잎은 두껍고, 꽃은 황백색으로 꽃잎이 없다.

43 열이부치(涅而不緇)는 염색을 해도 검게 되지 않는다고 하여 열악한 환경의 영향을 받지 않는다는 의미로 사용된다. 『논어(論語)』「양화(陽貨)」에 "단단하다고 말하지 않겠는가, 갈아도 얇아지지 않으니! 희다고 말하지 않겠는가, 물들여도 검어지지 않으니.(不曰堅乎, 磨而不磷. 不曰白乎, 涅而不緇.)"라는 구절이 있다.

44 찬지미견(鑽之彌堅)은 '뚫을수록 더 견고하다.'라는 의미로, 안연이 스승 공자의 학문을 찬탄하는 내용이다. 『논어(論語)』「자한(子罕)」편에 나온다. '안연이 크게 경탄하며 말했다. 우러러볼수록 더욱 높고 뚫을수록 더욱 견고하며, 앞에 있는 것을 보았는데, 홀연히 뒤에 있구나.(顔淵喟然歎曰 仰之彌高, 鑽之彌堅, 瞻之在前, 忽焉在後.)'

45 이 문장의 전고는 이백(李白)의 「촉도난(蜀道難)」이지만, 더욱 직접적인 전고는 청대(清代) 포송령의 『요재지이(聊齋志异)』「황구랑(黃九郎)」이다. 이 작품에 '역사만이 새들이 넘나드는 길을 열 수 있다.(人必力士, 鳥道可以生開.)'는 문장이 나오는데, 남성 간의 성관계를 의미한다.

46 고대의 운하로, 지금의 하남성(河南省) 형양시(滎陽市)에 위치한다. 고대에는 황하와 회하(淮河)의 통로였다. 『사기(史記)』「항우본기(項羽本紀)」에 '항우와 유방은 천하를 나누기로 약속하였다. 홍구를 경계로 하여 서쪽은 한(漢)의 땅이 되고 동쪽은 초(楚)의 땅이 되어, 홍구는 초한의 경계가 되었다.'라고 기록하고 있다.

47 온병 치료제이다.

48 나리꽃을 가리킨다.

49 도문대작(屠門大嚼)의 전고는 한(漢) 환담(桓譚) 『신론(新論)』「금도(琴道)」로, '장안의 음악을 들은 사람은 문밖을 나오면 서쪽(장안)을 향해 웃고, 고기의 맛을 아는 사람은 푸줏간을 마주하고 입맛을 다신다.(人聞長安樂, 則出門向西而笑. 知肉味美, 則對屠門而大嚼.)'라고 하였다. 실제 고기를 먹지 않아도, 즉 실현하지 못하더라도 상상만으로도 유쾌하다라는 의미이다.

50 전고는 『공자가어(孔子家語)』「육본(六本)」으로, '착한 사람과 더불어 살면 난초와 지초가 있는 방에 들어가는 것과 같아서 오래 있다 보면 그 향을 맡지 못하고, 악한 사람과 더불어 살면 생선가게에 들어가는 것과 같아서 오래 있다 보면 그 냄새를 맡지 못한다.(與善人居，如入蘭芷之室，久而不聞其香. 與惡人居，如入鮑魚之肆，久而不聞其臭.)'는 말이다.

51 당대(唐代) 시인 왕지환(王之渙)의 시 「涼州詞」 마지막 구절이 '春風不度玉門關'이라 하여 '봄바람이 옥문관을 넘지 못하네.'라고 한다. '옥문관'은 한(漢) 무제가 설치한 관문으로, 지금 감숙성 돈황 서북쪽에 위치하고 있다. 고대의 서역으로 가는 주요 관문이었다.

52 전고는 『송사(宋史)』「악비전(嶽飛傳)」에 나오는 악비의 시구이다. '황룡부에 도달하면 그대들과 흠뻑 마시리라(直抵黃龍府，與諸君痛飮爾).' 황룡부는 지금 길림성 장춘(長春) 농안현(農安縣) 농안고성을 말한다.

53 미려혈은 등마루 뼈끝에 있는 혈로, 미골 끝과 항문 사이에 있다.

54 『손자(孫子)』「구지(九地)」에 "시작할 때는 처녀처럼 조용하고 유약해 보여야 적들은 경계를 풀고 전투를 한다. 나중에 도망갈 때는 토끼처럼 신속하게 달아나야 적들은 저항할 수 없다.(是故始如處女, 敵人開戶. 後如脫兔, 敵不及拒.)"라는 기록이 있다.

55 '계수나무꽃 향을 맡았는지(聞木樨香否)'는 북송 황정견(黃庭堅)의 이야기에서 나온 것이다. 황정견이 법을 얻고자 회당선사(晦堂禪師)를 찾아갔을 때, 회당선사가 황정견에게 "그대는 계수나무 향을 맡았는지?"라고 묻자, 황정견이 맡았다고 대답하는 순간 깨달았다고 한다.

56 옥피리를 가지고 놀다.

57 『맹자(孟子)』「진심 상」에 '먹여주기만 하고 사랑을 주지 않으면 돼지로 사귀는 것이고, 사랑만하고 공경하지 않으면 짐승으로 대하는 것이다.(食而弗愛, 豕交之也, 愛而不敬, 獸畜之也.)'라는 문장이 있다.

58 수퇴역취(雖槌亦醉)에서 퇴(槌)는 흰색가루 떡을 말한다. 애령흠(崖令欽)의 『교방기(教坊記)』에 소오노(蘇五奴)의 아내 장삼랑(張三娘)은 가무에 뛰어나 그녀를 초대하는 자가 있었다. 소오노도 앞서 따라 갔다. 사람들은 그가 빨리 취하기를 바라며 술을 많이 권하였다. 그러자 소오노가 말했다. "저에게 돈만 많이 주십시오. 떡만 먹어도 취하니, 번거로이 술을 마실 필요 없습니다."라는 기록이 있다. 이후에 '떡만 먹어도 취하는' 사람은 돈에 욕심이 많고 부끄러움을 모르는 사람을 의미한다.

59 혼돈(混沌)을 말한다. 하늘과 땅이 나누어지지 않은 태초의 상태를 말하기도 하며, 중국신화에 등장하는 존재로, 얼굴에 눈, 코, 입, 귀가 없었다. 북해의 천제 홀(忽), 남해의 왕 숙(熟)이 매일 혼돈에게 구멍을 하나씩 뚫었는데, 7일 만에 혼돈이 죽어버렸다고 한다. 『장자』「내편 응제왕」

60 중국신화에 등장하는 전설의 동물로 몸은 소나, 양이고 뿔은 굽어 있으며 호랑이 이빨을 지녔고, 사람의 얼굴과 손톱을 가지고 있다고 한다. 야만적인 성격에다 엄

청난 식욕을 가지고 있어 닥치는 대로 먹어치운다고 한다.

61 궁만은 활모양으로, 허리를 뒤로 젖히는 모양을 말한다.

62 탱장주복(撑腸拄腹). '배가 매우 부르다, 많이 수용하다, 배불리 먹다.'라는 뜻이 있다.

63 청대(淸代) 운생(韻笙)은 강소 상숙 수재이다. 게를 잘 그렸는데, 마치 만지면 모서리가 있는 것 같았다.(號韻笙, 江蘇常熟諸生. 畫善蟹, 恍若捫之有棱). 『서화사휘전(書畫史彙傳)』

64 여진여퇴(旅進旅退) '모두 함께 진격하고 물러난다.'라는 의미로 자기 주장 없이 대세를 따르는 것을 형용한다. 『국어(國語)』「월어 상(越語 上)」에 "나는 필부의 용기를 원하지 않는다. 그들은 함께 진격하고 함께 물러나려고 한다.(吾不欲匹夫之勇也, 欲其旅進旅退也.)"라는 말이 있다.

65 유혈표저(血流漂杵)는 『상서(尙書)』에 나온다. 주 무왕과 상 걸왕이 목야에서 전쟁을 벌였다. 걸왕의 앞 부대가 무기를 떨어뜨리고 뒤에 따라오는 부대를 공격하였기에 상나라의 군대는 대패하고 말았다. 죽은 자들의 피가 흘러 강을 이루었고, 옷을 빠는 방망이를 띄울 수 있을 정도였다. 죽은 사람들이 많다는 것을 뜻한다.

66 『좌전(左傳)』「성공2년(成公二年)」에 "여력을 수습하여 성 아래에서 적과 결전하다.(請收合餘燼, 背城借一.)"라는 기록이 있다.

67 『시경(詩經)』「북풍(邶風)」「곡풍(谷風)」에 "순무를 캐고 무를 캐지만 밑뿌리가 다는 아니라오.(采葑采菲, 無以下體)"라는 구절이 있다. 표면에 드러나지 않는 고유한 장점을 치켜세운다는 의미가 있다.

68 동진의 서예가 왕희지가 쓴 「난정집서(蘭亭集序)」를 말한다. 왕희지는 난정이라는 정자에 스물네 명의 문인을 불러 모아 시를 짓는 연회를 열었는데, 이때 지은 시들로 『난정집』이라는 시집을 묶고 그 서문 「난정집서」를 썼다. 또한 「난정집서」의 서체는 행서의 모범으로 알려져 있다.

69 제12회 참고

70 제운수의 첩인 소췌향(蘇萃香)을 말한다.

52

어린 여자 아이는 혼자 빈방에서 지내기가 무섭고, 어진 주인과 손님은 밤새 이야기 나누려고 침상으로 초대하다

小兒女獨宿怯空房 賢主賓長談邀共榻

기관과 요관 두 사람은 배월방롱에서 나와 달빛을 따라 이야기를 나누며 갔다. 요관이 말했다.

"오늘 밤 달이 어젯밤보다 밝네. 어젯밤은 밤새도록 사람들로 북적이더니 오늘 밤에는 한 사람도 없어."

"그 사람들이 달을 감상했다고 할 수 있겠어? 지금 우리처럼 해야 진짜 달 감상이지!"

"우리 내친김에 완연령으로 가서 천심정에 앉아 화원 전체를 구경할까. 그곳에서 달 감상하는 게 제일 좋잖아."

"정말로 달을 보려면 어디로 가야 하는지 알아? 지정당 앞쪽 높은 곳이야. 달과 별을 보는 기구들이 많이 있거든. 어떤 기구는 태양도 볼 수 있어. 보고 나면 많은 걸 알게 될걸. 듣기로 황궁에 있는 관상대와 같은 거라고 하는데 크기가 조금 작을 뿐이래."

"그러면 거기로 가봐. 기구는 사용할 수 없어도 그냥 눈으로 보는 것도 괜찮지."

"손님을 만나도 불편해하지 마."
"손님은 없을걸."
"안 그러면 손소란이 자는지 보러 대관루에 갈까, 그게 좋을 것 같은데."
요관은 좋아하며 '그래, 그래' 하고 동의했다.
두 사람은 이화원락으로 돌아가지 않고 곧장 구곡평교를 건너며 대관루의 유리와 푸른 기와를 비추는 달빛을 바라보았다. 밝은 달빛은 사방으로 차가운 빛을 뿜어내어 희미한 안개를 감싸고 있었다.
누각에 도착했지만 조용했다. 위아래 창문이 모두 잠겨 있고 안은 어두컴컴했다. 다만 서남쪽 모퉁이, 바로 소란이 머물고 있는 방 창문으로 이중 비단 휘장 안에 희미한 등불이 켜져 있는 것처럼 불빛이 새어 나왔다. 두 사람은 사방을 둘러보고 배회하며 안으로는 들어가지 않았다. 기관이 말했다.
"자는 것 같은데."
"우리 불러볼까."
기관은 가만히 있고, 요관이 '소란 선생님' 하고 크게 불렀다. 그러나 이 층에서는 아무런 대답이 없었다. 그런데 비단 휘장에 사람 그림자가 비쳤다. 마치 귀를 기울이고 몰래 엿듣는 모습 같았다. 요관이 다시 한 번 불렀다. 그제야 그 사람은 휘장을 말아 올리며 창문을 열고 아래쪽을 보며 물었다.
"누구세요?"
기관은 그 소리에 바로 손소란인 것을 알고 말을 했다.
"잠깐 보러 왔어요. 잘 거예요?"
소란은 누군지 뚜렷하게 보이자 아주 좋아했다.
"얼른 올라와요. 안 잘 거예요."
요관이 말했다.
"그런데 문이 모두 잠겨 있어요."

小兒女獨宿怯空房
第五十二回

"열어줄게요, 잠깐 기다려 봐요."

기관이 말했다.

"괜찮아요. 우리도 자러 가야죠."

소란은 다급하게 손을 내저으며 말했다.

"가지 말아요. 열어줄게요."

요관은 그런 그녀를 보고 기관에게 잠시 기다리자고 했다. 소란과 함께 온 여자 하인이 층마다 문을 열어주며 서양전등으로 두 사람이 올라갈 수 있도록 계단을 비춰주었다. 소란이 그들을 맞이하며 말했다.

"상의할 게 있는데, 두 사람 돌아가지 말고 여기서 자고 가면 안 돼요?"

기관이 의아해하며 그 이유를 묻자 소란이 말했다.

"생각해봐요. 이 대관루에 앞뒤로 방이 얼마나 많아요. 그런데 나와 여자 하인만 덩그러니 있으니 음기가 강해 무서워서 잠을 잘 수가 없어요. 이화원락으로 갈까 생각하고 있었는데, 고맙게도 마침 찾아줬네요. 오늘 밤은 나와 같이 있고 내일 가도 괜찮을 거예요."

요관은 마음대로 할 수 없어 기관에게 어떻게 할 건지 물었다. 기관이 한참 생각해보더니 대답했다.

"우리 두 사람이 여기서 자는 것은 원래라면 괜찮지만 지금은 이전과 달라서 조금 곤란해요. 차라리 우리 쪽으로 가서 이야기 나눠요. 그런데 대접은 조금 소홀할 거예요."

"그쪽으로 가는 게 제일 좋죠. 손님처럼 대하지 말아요."

여자 하인은 등을 입으로 불어 끄고 촛대를 들어 세 사람이 내려가는 길을 비춰주면서 다른 손으로는 층층의 문을 닫고 열쇠고리를 걸어 잠갔다. 기관과 요관은 더 이상 풍경에 눈을 돌리지 않고 소란과 여자 하인을 이끌고 이화원락으로 돌아갔다. 그런데 이화원락의 문이 꼭 잠겨 있었다. 여러 번 두드리자, 할멈이 잠결에 꼬꾸라져가며 겨우 문을 열어주었다. 요관이 다급하게 물었다.

"끓인 물 있어?"

"끓인 물이 있긴요. 지금이 몇 신데요. 화롯불 끈 지 한참 됐어요."

기관이 말했다.

"문을 걸어 잠그고 잠이나 자고 있었으면서 무슨 말이 이렇게 많아!"

할멈은 그제야 입을 다물었다.

네 사람은 어둠 속을 손으로 더듬어가며 이 층 기관의 방으로 갔다. 요관은 성냥을 그어 여자 하인이 들고 온 촛대에 불을 붙이고 소란에게 자리를 안내했다. 기관은 이부자리를 옮겨 침대를 소란에게 내주려고 했다. 소란은 옮기지 말라며 기관과 함께 자자고 했다. 기관은 하는 수 없이 그녀의 말을 따랐다. 요관은 여자 하인을 불러 잠시 바깥쪽 방 탑상에서 좀 쉬라고 했다. 기관은 또 자색 동으로 만든 신선로를 찾아 직접 물을 부어 차를 끓였다. 요관도 여러 가지 광동 간식을 가져와 큰 접시에 담고 소란을 불렀다. 소란은 안절부절 몸 둘 바를 몰라 했다.

세 사람은 등불 아래에서 무릎을 맞대고 둘러앉아 마음속 이야기를 나누다 보니 서로 뜻이 잘 맞았다. 가족관계를 서로 묻는데, 공교롭게도 모두 부모가 없다는 사실에 더욱 동병상련을 느끼게 되었다. 기관이 말했다.

"어릴 때, 아버지 어머니가 안 계셔서 정말 고생했어요! 오빠와 올케는 믿을 수 없으니 어떻게 의지할 수 있었겠어요. 겉으로는 친절하지만 속마음은 완전히 다르잖아요. 아이들이 뭘 알겠어요. 속아도 전혀 모르죠. 아버지 어머니가 살아 계신다면 내가 왜 여기에 왔겠어요!"

소란이 말했다.

"맞는 말이에요. 난 부모님이 돌아가시고 석 달이 지나자, 큰아버지가 나를 속여 백 원에 다른 집 하녀로 팔아버렸어요. 다행히 내가 그 사실을 알고 외삼촌에게 말했더니 외삼촌이 관을 살 돈으로 큰아버지에게 갚고, 난 이 일을 하게 되었어요. 그런데 외삼촌도 아주 나쁜 사람이었어요. 이 일이 조금 잘 되니까 나를 속여 오백을 들고 도망가버렸어요!"

요관은 옆에서 잠잠히 듣고 있다가 눈물을 그렁거렸다. 소란이 그녀를 보며 물었다.

"여기에 온 지 몇 년 됐어요?"

기관이 대신 대답했다.

"이 애는 더 짜증나요! 여기에 왔을 때, 이 애 아버지와 함께 왔었는데, 얘도 그 사람을 '아버지'라고 불렀죠. 그런데 나중에 물어보니까 아버지는 무슨, 뒤에 내가 무슨 아버지냐고 물었더니 계모 애인이었던 거 있죠!"

소란이 말했다.

"그래도 두 사람은 운이 좋아요. 여기에 왔잖아요. 난 팔자가 원래부터 사나운지, 날 도와주는 사람이 아무도 없어요. 큰일이 생겨도 혼자 전전긍긍하고 어느 누구도 나와 상의해주지 않아요. 기분이 안 좋고 가슴이 답답해도 어디 가서 속을 털어놓을 때도 없어요. 마음 맞는 아주머니나 여자 하인 찾는 것도 정말 어려워요."

기관이 말했다.

"그래도 우리들보다 훨씬 좋은 거예요. 우리처럼 둘이서만 말하면 무슨 소용이 있나요? 스스로 먼저 결정할 수 있는 게 아무것도 없는데, 다른 사람을 도와주는 건 애초 말이 안 되죠. 몇 년 뒤에도 우리 두 사람이 여기에 계속 함께 있을지도 모르는 일이기도 하고요."

소란이 말했다.

"이후의 일이야 아무도 모르는데 어떤 결과가 있을지 어떻게 알 수 있겠어요. 별 방법이 없는 것 같아요. 그냥 하루하루 보내며 그때 그때 지켜보는 거지요."

요관이 끼어들었다.

"우리들이야 하루하루 지낸다고 하지만, 언니 뒷날은 어느 정도 정해져 있잖아요. 화 나리와도 사이가 아주 좋고, 시집가서 얌전히 복이나 누리면 되는데, 뭐가 아무도 몰라요!"

소란이 크게 웃었다.

"정말 쉽게 말하네요. 사실대로 말하자면 제 대인께서도 잘해주시잖아요. 그런데 두 사람은 왜 제 대인에게 시집가지 않나요?"

요관이 말했다.

"진지하게 말해요. 삐딱하게 말하지 말아요!"

기관이 고개를 끄덕이며 말했다.

"말이야 바른 말이죠. 어쨌든 여자로 산다는 건, 다들 말 못할 사정들이 있잖아요. 남들은 몰라요. 자신만 알고 있죠. 그쪽 화 나리도 좋은 분이시겠지만, 완벽하게 마음에 들진 않잖아요. 안 그래요?"

그러자 소란이 맞장구를 쳤다.

"맞는 말이에요. 여기서 오랫동안 지내지 못하는 게 아쉽네요. 여기서 지내면서 같이 이야기 나누면 정말 좋은 텐데 말이죠."

요관이 말했다.

"그것도 알 수 없지요. 내가 나가는 것도 알 수 없고, 당신이 들어오는 것도 알 수 없어요. 당신이 말한 것처럼 '그때그때 지켜보는 거죠.'"

기관이 말했다.

"모두 다 맞는 말이에요. 함께 있든 없든 어쨌든 마음은 한결 좋아진 것 같아요."

소란이 그 말을 듣고 기뻐하며 말했다.

"우리 세 사람 아예 의자매 맺는 것 어때요?"

요관이 한 마디 덧붙였다.

"좋아요. 자매가 되면 서로 보살펴주기예요."

기관도 말을 하려는데, 바깥에서 무슨 소리인지 모르겠지만 딸각딸각거리는 소리가 들렸다. 기관은 겁이 많아 손전등을 들고 요관과 함께 밖으로 나가 살펴보았다. 달은 벌써 곁채 지붕 너머로 넘어가고, 별빛은 희미해졌다. 사방에서 닭 울음소리가 들려왔지만 이화원락은 조용했다.

두 사람은 각자 한 바퀴 돌고 나서 탑상에서 자고 있는 여자 하인을 흔들어 깨웠다. 그러자 게슴츠레 눈을 뜨며 물었다.

"무슨 일이에요?"

두 사람이 밖에서 소리가 난다고 하자, 여자 하인이 말했다.

"아래층에서 나는 소리네요."

또다시 딸각거리는 소리가 들렸다. 자세히 들어보니 이화원락의 여자 아이가 아래층에서 자다 일어나 소변을 보는 소리였다.

두 사람은 그 아이를 불러 확인하고 나서 그제야 안심하고 방으로 돌아갔다. 그들은 얼른 방문을 잠그고 소란에게 말했다.

"날이 새려고 해요. 자야겠어요."

소란이 그러자고 했다. 요관은 다시 소란에게 차를 대접하고 방을 깨끗하게 치우고 나서 옆방인 자기 방으로 가서 잤다. 기관은 침대에 올라가 다시 얇은 이불 두 개를 폈다. 소란에게 옷을 벗으라고 하고 각자 잠을 잤다.

소란은 잠자리가 바뀌어 이리저리 뒤척이며 잠을 자지 못했다. 기관은 미동도 없이 조용한데 옆방에서는 요관이 새근새근 코 고는 소리가 희미하게 들려왔다. 바로 그때 까마귀 한 마리가 깍깍 울며 지붕 위로 날아갔다. 소란이 휘장을 걷어 슬쩍 내다보니 사방의 유리 창문으로 여명의 빛이 어슴푸레하게 들어오고 있었다. 소란은 기관을 조용히 불렀지만 대답이 없어서 옷을 걸치고 일어나 앉았다. 뜻밖에 기관은 자고 있지 않았다. 눈을 감고 자려고 집중하느라 대답하지 않고 있다가 소란이 일어나는 기척을 듣고 함께 일어나 마주 보고 이야기를 나누었다.

소란이 말했다.

"의자매 맺는 것 좋아요?"

"의자매가 아니어도 잘 챙겨주면 굳이 의자매를 맺을 필요가 없겠지만, 맺으려면 오늘 해요."

"좋아요. 그러면 오늘 해요. 그러면 어떻게 하지요?"

"의자매를 맺는 것은 마음을 맺는 거잖아요. 굳이 술자리를 만들어서 선물을 주는 그런 쓸데없는 형식은 필요 없어요. 향초를 사서 밤에 우리 세 사람만 모여 몇 번 절하면 되죠."

"좋아요. 나도 간단하게 하는 게 좋아요."

날이 밝자, 기관은 대충 머리를 매만지고 침대 가장자리에 걸터앉아 실내화를 신고 침대 뒤로 갔다. 잠시 후 나와 손을 씻고 화장대의 기름등을 껐다. 다시 침대에 올라가서 이불을 밀어내고 앉아 진지한 표정을 하고 소란에게 물었다.

"의자매를 맺으면 식구나 다름없어요. 그러니까 무슨 말이든 해도 돼요. 그러면 먼저 물어볼게요. 내가 볼 때, 화 나리는 괜찮은데 왜 마음에 들지 않아요?"

소란은 한숨부터 쉬었다.

"말도 말아요. 정말 화가 치밀어 올라요! 그 사람에게 무슨 불만이 있는 건 아니에요. 대부분은 그 사람과 잘 맞아요. 그런데 단 하나가 문제예요. 그 사람은 백 가지 일을 하면 꼭 아흔아홉 가지는 실패해요. 조금이라도 책임져야 하는 일은 아예 하려고도 하지 않죠. 그 사람에게 작은 일을 하나 부탁해도 각 방면 전체를 고려하려고 하니까, 중요하지 않은 것도 그렇게 해요. 만약 누구 한 사람이라도 안 좋다고 한 마디 하면, 안 해요. 이런 성격인데 어떻게 나를 데려갈 수 있겠어요? 그 사람이 나를 데려가려고 해도 안 될 일이죠."

"나는 여태까지 선생이 시집가려고 한다면 아주 쉬울 거라고만 생각했어요. 좋아하는 사람이 있으면 그 사람에게 시집가면 된다고, 그것도 본인이 선택해서 말이죠. 지금 화 나리 이야기를 들어보니 정말 어렵네요."

이제는 소란이 물었다.

"나도 물어볼 게 있어요. 두 사람 생각에 시집갈 수 있을 것 같아요, 못 갈 것 같아요?"

기관도 한숨부터 쉬었다.

"우리보다 딱한 경우가 있을까요? 지금 여기에 사람이 없으니 이야기해도 괜찮겠죠. 어렸을 때부터 여기에 있었고 당연히 대인에게 의지하고 있지만 이것도 정말 난감해요. 대인 연세가 예순이 넘었고, 만약 일이라도 생기면 오갈 데 없는 우리 같은 사람은 어떻게 되겠어요? 그때 시집가려고 생각하면 이미 늦은 거죠!"

"아까 요관이 나가는 것도 알 수 없다고 한 말이 이 뜻이었어요?"

"그 애는 속으로는 훤해요. 그런데 좀 분별력이 없어요. 열네 살이나 먹고도 경중을 전혀 모르니까, 해야 할 말 못 할 말 가리지 않아요. 우리가 어디 가서 이런 말을 하겠어요? 언니니까 다행이죠. 다른 사람이었다면 대인에게 일러줬을 거예요."

기관은 그 말을 하면서 하품을 했다. 소란이 말했다.

"조금 더 잘까요."

"당연히 자야죠."

소란도 침대 뒤로 잠시 갔다가 유리창으로 비춰 들어오는 햇살을 보았다. 아래층에서는 할멈이 일어나 문을 열고 마당을 쓸고 있었다. 일곱 시쯤 되었겠다고 생각했다. 두 사람은 얼른 잠자리에 들었다. 소란이 말했다.

"일어나면 나도 깨워줘요."

"늦게 일어나도 괜찮아요."

賢主家長
譚
邀共楊

두 사람은 피곤하여 어느 새 잠에 빠져들었다.

오후 한 시에 두 사람은 일어났다. 요관은 일어나는 기척을 듣고 들어와 웃으며 말했다.

"오늘 아주 재미있는 이야기를 들었어. 화원의 기녀 두 사람이 도망을 갔다는 거야. 사람들이 떠들고 있다가 나한테까지 말해줬어."

소란은 자기도 모르게 싱긋 웃었다.

기관은 할멈에게 돈을 주며 장부에 올리지 말고 큰 초 한 쌍을 사오라고 시켰다. 소란도 여자 하인에게 분부했다.

"밥 먹고 나서 집에 한번 다녀와. 돌아오는 길에 또 교공관에 들러서 나리께 무슨 일이 없는지 물어봐."

여자 하인은 할멈과 함께 나갔다. 요관이 다급하게 물었다.

"오늘 의자매 맺을 거예요?"

소란이 고개를 끄덕였다. 기관이 말했다.

"너 말할 때 조심해! 무슨 기녀들이 도망갔다는 거야! 만약 관향이 여기 있었으면 조심하지 않았겠어? 의자매 맺는 것도 관향에게 절대 말하지 마. 관향이 알아 봐. 분명 우리와 같이 의자매를 맺으려고 할걸. 그렇게 되면 재미없어."

요관이 기관의 말을 듣고 그렇다고 대답했다. 그러면서 말했다.

"난 아직 아무 말 안 했어."

소란이 말했다.

"아직 의자매를 맺지 않았으니 말하지 말고, 맺고 나면 괜찮아요. 이건 분명히 바른 일이니까 부끄러울 게 전혀 없어요."

요관은 또 그렇다고 대답했다.

바로 그때, 소관향이 와서 아래층 할멈에게 물었다. 기관은 그 소리를 듣고 얼른 창가로 가서 '선생님' 하고 불렀다. 관향은 올라와서 인사를 하고 소란에게 제대인의 명이라며 점심식사를 청했다. 소란은 곧바로 기관과 요관에게 인사를 하고 관향을 따라 이화원락에서 배월방롱으로 갔다.

제운수는 손소란을 보자 말했다.

“어젯밤에는 그 아이들이 없어져도 전혀 생각을 못했네. 오늘은 관향에게 함께 있으라고 했으니 하룻밤만 지내면 철미가 올 걸세.”

소란이 당황해하며 말했다.

“전 괜찮아요. 이화원락이 편해요. 오늘 밤 괜찮으면 다시 그곳에 갈까 합니다.”

“그러면 관향과 함께 이화원락으로 가서 말벗이 되는 것도 좋지.”

“괜찮아요. 저를 관향 선생과 같이 대해주세요. 대인께서 저를 손님으로 대하시면 여기 있기 미안해서 돌아갈 거예요.”

소관향은 이 말을 듣고 운수의 소매를 잡아당겼다.

“당신은 아무것도 모르면서 자꾸 귀찮게 해요! 이화원락은 시끌벅적한데 제가 뭐 하러 가겠어요?”

운수는 웃고 내버려두었다.

잠시 후, 도옥보, 이완방, 주숙인, 주쌍옥 모두 식사를 하지 않겠다는 말을 전해왔다. 고아백, 요문군, 윤치원이 속속 도착했다. 모두 자리에 앉아 간단하게 술을 마셨다. 고아백과 요문군은 숙취 때문에 술을 자제했다. 윤치원은 너무 피곤하여 눈을 비비고 기지개를 켜며 제대로 식사를 하지 못했다. 제운수는 손소란이 술을 한다는 것을 알고 있어서 소관향에게 술을 권하게 했다. 소란은 입술에 적시는 정도만 마시고 잔을 엎으며 사양했다.

식사를 마치자 모두들 물러났다. 윤치원은 방으로 돌아가 쉬고 고아백과 요문군은 발길 닿는 대로 산보를 했다. 손소란도 뜰로 나갔다. 소관향이 유심히 그녀를 보니 이화원락으로 가고 있었다. 관향이 웃으며 제운수에게 말을 할까 하려다 생각을 바꾸어 그냥 입을 다물었다. 운수가 눈치를 채고 물었다.

“할 말 있으면 말해봐.”

관향은 임기응변으로 넘기려고 했다. 마침 소청이 관향을 부르러 왔다. 둘째 부인이 수놓을 문양을 그리려고 한다는 것이었다. 관향은 운수를 흘깃 보며 그의 뜻을 살폈다. 운수는 오수를 하려는 참이었다며 관향에게 가도 좋다고 했다.

"기관을 불러올까요?"

운수가 잠시 생각하더니 말했다.

"됐다."

관향은 바깥에 있는 당직 집사에게 주의해서 모시라고 당부하고 소청을 데리고 내원으로 들어갔다.

운수는 오수를 충분히 즐기고 일어나 보니 네 시였다. 그런데 관향이 아직도 돌아오지 않았다. 그래서 어디에 가서 시간을 보낼까 생각하며 혼자 발길 닿는 대로 걷다가 자기도 모르게 일립원의 요문(腰門)을 넘었다. 이 요문은 주택으로 이어져 있었다. 운수는 내원으로 가서 관향을 찾으려고 했으나 갑자기 마용지가 생각이 나서 발길을 서재로 옮겼다. 그곳에서 용지를 만나 청담을 나누며 지루하지 않게 보냈다. 등불을 올릴 때까지 이야기를 나누다 직접 용지와 함께 저녁을 먹고 난 후 작별인사를 하고 내원으로 돌아가려고 하였다. 서재문을 나서는데, 총총히 걸어오는 소관향과 부딪혔다. 그녀는 운수를 보자 큰 소리로 말했다.

"왜 혼자서 이곳까지 오셨어요? 전 당신 찾느라 화원을 몇 바퀴나 돌았는지 몰라요. 숨바꼭질하는 줄 알았어요."

운수는 두어 마디 위로의 말을 하고 관향의 손을 잡고 천천히 걸었다.

요문의 갈림길에서 관향이 대관루로 가자고 운수를 부추겼다. 운수는 그 청을 마지못해 들어주며 다시 화원으로 들어갔다. 도 씨 형제와 주 씨 형제가 머물고 있는 호방을 지나갔다. 담 너머로 보기만 하고 들어가지는 않았다. 구곡평교 가까이 이르자, 관향은 일부러 고개를 돌리며 깜짝 놀라며 말했다.

"달빛인가?"

운수가 보니 이화원락의 창으로 불빛이 새어나와 맞은편 담벼락을 비추어 뜰이 온통 붉었다. 관향이 말했다.

"여기서 뭐 하고들 있는지 모르겠네?"

"마작을 하고 있겠지. 안 그래?"

"우리 가봐요."

"싫어할 텐데 괜히 가서 분위기 흐리지 말게."

관향은 어쩔 수 없이 운수를 따라 대관루로 돌아갔다.

53

강제로 자매화를 연결하여 한데 묶고,
갑자기 비익조를 놀라게 하여 날아가게 하다

強扭合連枝姊妹花 乍驚飛比翼雌雄鳥

제운수는 소관향의 손을 잡고 함께 대관루에 올랐다. 마침 고아백과 요문군이 윤치원의 방에 함께 있어서 인사를 나누었다. 고아백은 가철한 얇은 책을 손에 들고 보려던 참이었다. 제운수는 그 책의 겉표지에 있는 서명을 보고 소찬이 직접 지은 시문(時文)[1] 시첩(試帖)으로 소찬이 특별히 윤치원에게 가르침을 청했던 것이었음을 알았다. 제운수는 이에 윤치원에게 물었다.

"최근에 문장이 나아졌던가?"

"괜찮은 편입니다. 내심[2]이 있어요."

아백이 말했다.

"자네가 「예사외편」으로 그를 가르쳐놓고선 내심이 있다고 하는가. 외심[3]도 있잖아."

고아백의 말에 모두 웃었다. 윤치원이 갑자기 제운수에게 말했다.

"어제 제게 충고해주신 말씀, 감개무량입니다. 다른 사람들은 교묘한 말로 지적하니 신을 신고 발바닥 긁기 식이지만, 대인께서는 증상을 보고 약을 처방하니 오장육부를 한꺼번에 대인께 꺼내 보여드린 것 같습니다."

운수가 말했다.

"난 오히려 자네 「예사」에서 교묘한 말은 느끼지 못했네. 돌무더기가 떨어져 막힌 것같이 답답한 기운이 행간에 막혀 있어서 한 마디 했었네."

아백이 말했다.

"치원의 문장에 있는 교묘한 말이 각고의 공을 들인 것인데, 그를 헤집어놓은 겁니다. 교묘한 말로 지적하는 것은 그 사람이 치원을 모르는 것이며, 게다가 교묘한 말을 모르는 것이라고 할 수 있습니다."

그의 말에 모두들 웃었다.

이쪽에서 웃고 떠들고 있다면, 저쪽에서도 요문군이 눈썹을 추켜올리고 얼굴을 붉혀가며 신이 나서 떠들고 있었다. 소관향은 넋을 놓고 들으며 가끔 맞장구를 칠 뿐이었다. 운수는 마작 이야기를 듣고 문군을 불렀다.

"소란이 마작하고 있을 텐데, 그렇게 좋아하면 한번 가보게."

"마작은 아닐 거예요. 마작이라면 저를 부르지 않을 리가 없죠."

"마작을 잘하는가?"

문군은 입을 실룩이며 웃기만 했다. 그러자 관향이 대답을 했다.

"정말 대단해요. 기관만큼이나 잘해요. 그래서 저는 늘 져요."

아백이 말했다.

"정말 대단하다고 말은 하지만, 난 아직 보지 못했는걸."

문군이 말했다.

"제가 대단하긴요! 대단한 사람은 패를 잘못 두는 걸 안타까워하는 사람이에요."

아백이 말했다.

"그저께 패는 내가 잘못 한 게 아니야. 패가 좋지 않아서 그렇지."
문군이 벌떡 일어나며 소리쳤다.
"잘못 한 게 아니라고요. 패를 가져와서 모두에게 보여줘 봐요."
문군은 그러고는 치원에게 물었다.
"패 어디 있어요?"
치원이 황급히 말리며 말했다.
"됐어, 찾지 마. 어쨌든 자네는 잘못 둔 적 없잖은가."
문군은 그 말을 순순히 듣지 않고 직접 장롱을 열어 마작 상자를 찾으려고 했다. 치원은 거짓말로 둘러댔다.
"장롱에는 패가 없어. 기관에게 빌려주고 아직 돌려받지 못했어."
문군은 하는 수 없이 돌아서며 그 앞에 버티고 서서 하나하나 예를 들어가며 설명했다. 아백이 들고 있는 패 중에 어떤 패가 잘못 됐다면, 어떤 패를 내야 한다며 하나하나 짚어가며 말했다. 그러고 나서 사람들에게 판단을 해달라고 했다. 운수와 관향은 웃고만 있고, 치원은 미간을 찌푸리며 말했다.
"체면 좀 생각하게. 자네들은 늘 싸우기만 하는가. 난 운도 없어. 하필이면 맞은편에 머물고 있으니 자네 두 사람 때문에 시끄러워 죽겠네."
아백도 웃기만 했다. 그런데 문군은 냉랭하게 대답했다.
"당신도 기분 나쁜 걸 알아요? 했던 말 또 하고, 모두들 다 들었던 거잖아요. 좀 신선한 이야기 좀 들려줘 봐요!"
이 말에 치원은 입을 다물고 대답을 하지 못했다. 그러자 아백은 박장대소했다. 운수는 다른 이야기로 어색한 분위기를 없애려고 했다. 문군 또한 더 이상 말을 꺼내지 않았다.
잠시 후 달이 동산 위에 떠올라 나뭇가지 끝에 걸렸다. 모두들 약간 피곤한 기색이어서 운수와 관향은 자리에서 일어나며 작별인사를 했다. 치원은 방문을 나서며 그들을 배웅하고 아백과 문군은 방으로 돌아가는 길에 누각 입구까지 그들을 배웅하였다. 운수는 관향의 손을 잡고 천천히 대관루를 걸어 내려가며 다시 구곡평교를 건너갔다. 저 멀리 등불을 환히 켜놓은 이화원락이 보였다. 다만 바깥의 달빛 때문에 옅고 붉지 않은 불빛이었다.

관향은 다시 운수를 부추겼다.

"마작을 하고 있는지 우리 가봐요."

"그게 뭐가 중요하다고 그러느냐. 내일 소란에게 물어보면 되지."

관향은 더 이상 고집을 피우지 못하고 화원에서 나와 내원으로 돌아가 잠자리에 들었다.

다음 날 아침, 운수가 일어났을 때 바깥에서 화 나리가 왔다는 소식을 전했다. 운수는 화원을 지나 화철미를 배월방롱으로 초대하여 인사를 나누었다. 운수가 먼저 놀리듯 웃으며 말했다.

"오늘 내가 맞춰볼까. 자네가 가장 먼저 도착했을 거야."

화철미는 그 말에 쑥스러워하는 것 같았다. 운수는 집사에게 얼른 손소란 선생을 불러오라고 했다. 잠시 후 도옥보, 주숙인, 고아백, 윤치원과 이완방, 주쌍옥, 요문군, 소관향, 손소란 모두 모였다. 화철미는 인사를 하며 그들을 맞이했다. 손소란은 조용히 '화 나리' 하고 불렀다.

"어제는 바빴어요? 몸은 괜찮아요?"

"괜찮아, 좋아. 어제는 일이 끝나는 대로 널 보러 오려고 했는데 자네 큰언니를 우연히 만나는 바람에 오지 못했다. 샴페인 전해달라고 했는데 받았어?"

"고마워요. 한 번에 다 마실 수 없어서 반은 다른 사람에게 보냈어요."

윤치원은 뒤에서 주숙인에게 손짓을 하며 조용히 웃으며 말했다.

"저 두 사람 예의가 지나친 것 아냐? 아주 오랫동안 못 만난 것처럼 말이야."

고아백이 그 말을 듣고 조용히 웃으며 말했다.

"그건 말과 글로 다 표현하지 못하는 것이지, 예의가 아니라네."

모두 입을 가리고 웃었다.

화철미와 손소란은 비록 떨어져 있었지만 자신들 때문에 웃는 것을 알고 급히 입을 닫았다. 제운수는 안타까워하며 말했다.

"막 흥이 나려는데 다들 웃는 바람에 조용해졌잖아!"

그 말에 모두 웃었다. 화철미는 애써 모르는 척하며 말을 돌렸다.

"치원 선생, 자네 애인은?"

윤치원은 웃으며 말했다.

"아직 안 왔어."

이 말을 끝내기도 전에 도운보가 담여연과 장수영을 데리고 오고, 주애인은 임취분과 임소분을 데리고 왔다. 모두 그들을 맞이하고 따로 인사를 나누지는 않았다. 주애인은 소매 안에서 편지 한 통을 꺼내어 펼치며 제운수에게 올렸다.

운수는 편지 겉봉투를 보고 탕소암이 항주에서 주애인에게 보낸 편지라는 것을 알았다. 편지에는 대략 이런 내용이었다.

> 여전홍은 이미 혼사를 허락하였으며, 특별히 이학정과 우노덕에게 중매를 부탁하였습니다. 스무날 저녁에 기선을 함께 타고 가기로 했으며 하루 뒤에 상해에 도착할 수 있으니, 모든 것은 만나서 의논하기로 합시다. 다만 신랑 측에서도 중매를 한 명 더 청해야 합니다.

운수는 읽고 나서 내려놓으며 물었다.

"누구를 청했나?"

주애인이 말했다.

"도운보를 청했습니다."

"내가 가장 좋아하는 것이 중매인 노릇인데 왜 나를 청하지 않았는가?"

도운보가 말했다.

"저번에 중매를 해주셔서 이번에는 부탁할 수 없었을 겁니다."

이 말에 모두들 웃었다.

주숙인 혼자 넋이 나가 있다가 머뭇거리며 책상 가까이 다가가서 옆에서 그 편지를 살짝 훔쳐보려고 하는데 주애인이 가져가버렸다. 숙인은 심장이 쿵쿵 뛰었지만 내색은 하지 않았다. 그리고 다시 머뭇머뭇 원래 자리로 돌아가 다시 슬쩍 곁눈질로 주쌍옥을 쳐다보았다. 다행히 주쌍옥이 눈치를 채지 못한 것 같아 마음을 놓았다.

이어 집사가 또 아뢰었다.

"갈중영 도련님이 오셨습니다."

갈중영은 오설향과 위하선을 데리고 들어왔다. 제운수가 이상하게 여겼다.

"그런데 자네가 하선을 데려온 건가?"

"아닙니다. 입구에서 하선을 만났습니다."

운수는 순간 오해를 했다는 것을 알고 바로 집사에게 얼른 마용지를 모셔오라고 했다. 윤치원이 운수에게 말했다.

"중매하시는 것을 좋아하시면서 그 애들이 다 컸는데도 왜 중매를 하지 않으십니까?"

도운보가 얼른 끼어들었다.

"중매는 필요 없지. 소리 없이 방에서 큰 초를 켜놓고 절만 하면 되고, 우리는 혼인주만 마시면 되잖아."

모두들 이 말에 방이 떠나갈 듯이 웃었다. 소관향이 앞으로 와서 제운수를 잡아당기며 물었다.

"어제 저녁 소란 선생이 마작 말고 뭘 했는지 아세요?"

"아직 물어보지 않았다."

"제가 물어봤어요. 방에서 큰 초에 불을 켜고 절했다고 하던걸요."

운수는 깜짝 놀랐다. 손소란은 세 사람이 의자매 맺은 일을 자세하게 말해주었다. 운수가 말했다.

"의자매를 맺는 것은 좋은 일인데, 왜 세 사람만 했을까? 하려면 모두 같이 해야지. 그러면 내가 맹주가 되었을 텐데. 어제저녁은 없던 걸로 하고, 오늘 선생과 아가씨들이 모두 모였으니 다시 의자매 의식을 하는 게 어떤가?"

손소란은 가만히 있었다. 소관향은 손톱을 물며 웃음을 참고 있었다. 다른 사람들은 모두 관심이 없었다.

운수는 곧장 소청에게 기관과 요관을 불러오라고 했다. 고아백이 운수에게 말했다.

"드디어 할 일이 생겼으니 기운이 나시겠습니다. 중매를 할 필요도 없겠어요."

"내가 일이 생겼으니까 자네가 일을 해야지. 자네는 대신 의자매를 맺는 것에 대해 사륙문으로 서문을 짓게. 서문 뒤에 함께 맹세를 하는 의자매 이름을 나란히 적고 한 사람마다 소전(小傳)을 만들어 나이와 외모, 관적, 부모, 누구의 애인인지 애인 이름도 상세히 기록하게. 소관향과 기관, 요관 세 사람은 내 이름을 적으면 돼. 그렇게 해서 '해상군방보(海上群芳譜)'라고 이름을 붙이지. 모두들 어떤가?"

모두들 따르지 않을 이유가 없었다.

운수는 소찬에게 문방사우를 모두 준비하라고 명령했다. 아백은 곧바로 구상에 들어갔다. 마침 일립원 밖에서 사천연이 조이보의 손을 잡고 들어오고, 일립원 안에서는 마용지와 기관, 요관이 나왔다. 그래서 배월롱방에 모두 모이게 되었다. 사람들은 어떻게 의자매를 맺는지, 또 어떻게 소전을 짓는지 서로 알려주기 바빴다. 이에 사천연과 마용지는 '최선을 다해 만들어보겠습니다.'라고 말했다.

모두들 각자 붓과 먹을 쥐고 일필휘지로 적어 내려갔다. 한 시간을 넘기지 않고 소전이 모두 완성되었고 고아백도 사륙문 서문을 탈고했다.

제운수는 윤치원에게 대충 훑어보게 한 다음 소찬에게 주며 해서체로 옮겨 쓰라고 했다. 윤치원이 사람들에게 말했다.

“제법입니다! 아백의 서문이 고아하고 심오하며 화려하다는 것은 말할 필요도 없고, 특히 소전이 읽어볼 만해요. 기관, 요관, 소란, 황취봉은 합전체이고, 조이보와 장수영의 두 소전은 서로 섞어서 지은 글이고, 이완방전은 이수방이 중심이며, 소관향전은 비록 모든 자매를 언급하지는 않았지만 모든 자매가 자연스럽게 드러납니다. 나머지는 말을 기록하였거나 사건을 서술하였거나 혹은 의론을 드러내고 있는데 정말 다양하고 모두 훌륭합니다!”

모두 그 말을 듣고 아주 기뻐했다. 제운수는 더욱 흐뭇했다.

그때는 이미 정오를 알리는 오패(午牌)를 올렸을 때여서, 집사가 탁자와 의자를 정리하였다. 요관은 그 틈에 살짝 기관을 잡아당기며 복도로 나와 물었다.

“대인께서 우리에게 함께 의자매를 맺으라고 하시는데, 그렇게 할 거야?”

“대인께서 말씀하셨으니 당연히 따라야지. 함께 식을 하는 것도 괜찮잖아.”

“그러면 우리 세 사람만 한 건 없던 걸로 하는 거야?”

“너 정말 이럴 거야! 뭐가 없던 걸로 하는 거야? 우리 세 사람이 한 건 서로 잘 지내고 챙겨주기 위해 의자매를 맺은 거야. 그냥 좀 더 사이가 좋다는 정도야. 지금 대인께서 우리에게 의자매를 맺으라고 하시지만, 사이가 좋아지든 아니든 모두 우리한테 달렸어. 대인께서는 그런 것에는 관심도 없으셔.”

요관은 그제야 얼음이 녹듯 이해를 하고 말없이 고개를 끄덕였다. 방 안에서 자리에 앉는 소리가 들렸다. 두 사람은 다시 몸을 바짝 붙여 슬그머니 주렴 안으로 들어갔다. 제운수는 기관과 요관에게 소관향 옆에 나란히 앉으라고 하였다. 기관과 요관은 여러 사람들 앞에서 손을 무릎에 올리고 고개를 푹 숙이고 움츠리고 있었다.

술이 세 번씩 모두 돌아가고 요리가 두 번씩 새로이 올라왔다. 제운수가 사천연에게 말했다.

"자네 이번에 상해에 올 때 물건을 많이 가져왔지만 하나도 쓸모가 없었네. 자네에게 좋은 물건을 달라고 했는데도 절대 주지 않더군. 지금 자네 송별회를 열어줄 테니 더 이상 예의 차리지 말고 나에게도 좀 줄 수 있겠나?"

천연은 깜짝 놀라며 물었다.

"무슨 물건을 말하십니까?"

운수가 껄껄 웃으며 말했다.

"자네 속에 있는 건 말이야. 조이보한테는 대련을 주고 나에게는 대련을 주지 않고 말이야. 속이는 게 너무 심하지 않은가?"

사천연은 그제야 알아듣고 말했다.

"사방의 벽이 아름다운 물건이어서 붓을 잡을 수 없었습니다. 이번 백부께서 저의 부끄러운 솜씨를 보여달라고 하셔도 어쩔 수 없습니다. 다른 날을 기약하겠습니다."

운수는 공수를 하며 감사의 인사를 했다. 화철미가 송별연에 대해 묻자 사천연이 말했다.

"집에서 보낸 서신을 받아서 월말에 한 번 가봐야 하네."

"그러면 나도 송별연을 열어주겠네."

운수가 말했다.

"자네가 송별연을 열겠다면 갈중영과 함께 아예 스무이레날에 날을 잡고 여기서 하는 게 어떤가?"

"조금 더 일찍 해도 괜찮습니다."

"그건 좀 힘들어. 내일부터 스무나흗날까지 다들 일이 있고, 스무

닷새날은 고아백과 윤치원이 송별회를 열고, 스무엿새날에는 도운보와 주애인이 송별회를 열기 때문에 자네와 중영은 어쩔 수 없이 스무이렛날에 해야 하네."

화칠미는 갈중영과 그렇게 하자고 정했다. 사천연도 공수를 하며 감사의 인사를 했다.

마침 소찬이 해서체로 옮겨 쓴 『해상군방보』를 제운수에게 올렸다. 운수는 집사에게 지정당에 향안(香案)을 놓도록 분부하였다. 그리고 다시 소찬에게 『해상군방보』를 모두에게 돌리라고 하였다. 갈중영은 『영비경(靈飛經)』[4]의 소해체가 빼어나서 소찬을 한 번 훑어보았다. 고아백이 빙긋이 웃으며 말했다.

"자네 그 사람을 무시하지 말게! 그의 관함이 '찬례(贊禮)의 훌륭한 아들'[5]이고, '무재(茂才)의 뛰어난 제자'[6]라네."

윤치원이 끼어들었다.

"자네는 상대방을 참 잘 비꼬아. 왜 하필이면 나를 끌어들여?"

소찬은 옆에서 피식하고 웃었다. 중영은 전혀 이해를 못했다. 치원이 설명해주었다.

"소찬은 찬례의 아들이어서 사람들이 그를 '소찬'이라고 불러. 항상 시문(詩文)을 지어 나에게 가르침을 청한다네. 아백은 그를 놀리려고 '찬례의 훌륭한 아들'이라는 문장을 내며 대구 문장을 만들라고 했었어. 소찬이 만들지 못하니까 고아백이 '내가 자네 대신 만들어주겠네. 무재의 뛰어난 제자. 어떤가, 잘 맞아떨어지지 않는가?'라고 했다네."

중영은 한 번 소리 내어 읊조리고 나서 말했다.

"정말 잘 맞아떨어지는데!"

소찬은 『해상군방보』를 받아 들고 다른 탁자로 갔다. 윤치원은 조용히 갈중영의 귀에 대고 말했다.

"자네도 봐, 나이가 어려도 아주 건방져! 그의 아버지가 그에게 물었다지. '고 나리께서 낸 문장에 왜 대구를 만들지 않았느냐?' '만들었어요. 윤 나리와 함께 있어서 말하지 않았습니다.' '뭐라고 만들었느냐?' '상서(尙書)의 우아한 문님'[7]이라고 만들었습니다.'라고 했다는군."

중영이 큰 소리로 웃었다.

"왜 '오입쟁이'[8]라고 하지? 아예 대놓고 욕을 했어야지!"

고아백과 윤치원 모두 웃었다.

네 번째 요리가 올라오자 집사는 계항배로 바꾸어 준비했다. 모두 잠시 멈추고 주량을 봐가며 저녁 무렵까지 마음껏 마셨다. 제운수는 강권하지 않았다. 모두들 식사를 하고 자리에 앉아 편히 쉬었다.

이에 제운수는 모든 기녀들에게는 절을 하라 하고, 남자들에게는 맹세를 지켜보라고 하였다. 모두 웃으며 그의 명을 따랐다. 각자 애인의 손을 잡고 배월방롱에서 지정당으로 갔다. 지정당은 상죽으로 엮은 주렴이 높이 말려 올라가 있었다. 지정당 가운데는 양쪽으로 촛불이 타오르고 있고, 향이 피어오르고 있었다. 바닥은 붉은 양탄자가 깔려 있었다. 모두 양쪽으로 서서 의식을 지켜보았다. 소찬은 그 아래에서 이름을 불렀다. 자매들은 나이 순서대로 기러기 행렬로 양쪽으로 서서 일제히 앞을 향해 절을 네 배 하고 다시 돌아서며 서로 마주 보고 절을 네 배 했다. 절을 하고 나자 나이 순대로 호칭을 정하였다. 위하선이 스물셋으로 가장 나이가 많아 '큰언니'가 되었다. 이완방은 열두 살로 가장 어리기 때문에 '열네 번째 동생'이 되었다. 나머지는 다 적을 수 없고 누구 언니, 누구 동생이라 부르며 이름을 붙였다.

제운수는 흐뭇하여 자매가 된 기녀들에게 앞으로 서로 잘 지내며 오늘의 맹세를 잊지 말라고 당부했다. 모든 기녀들은 웃음을 머금고 대답하며 사람들을 따라 지정당에서 내려왔다. 마침 털빛이 붉고 갈기가 검은 월따말이 안장을 얹은 채로 그 아래에서 여물을 씹고 있었다. 요문군은 기예를 뽐내려고 뛰어가서 직접 말안장을 잡고 올라 앉아 활터를 한 바퀴 달렸다. 모두 삼삼오오 흩어져 말을 타고 달리는 그녀를 구경했다.

기관은 그 모습을 보다가 뒤를 돌아보았다. 그런데 제운수가 보이지 않았다. 사방을 둘러보았다. 기관은 제운수가 혼자 서쪽으로 천천히 걸어가는 것이 보여 요관을 살짝 잡아당기며 다른 사람들 몰래 쫓아갔다.

운수는 전혀 눈치를 못 채고 배월방롱 쪽으로 천천히 걸어갔다. 산허리 아래를 넘어가다가 무심코 비껴 내려다보는데 어떤 사람이 쓱 하고 지나갔다. 그도 살금살금 대나무 숲속으로 들어갔다. 제운수는 주숙인이 귀뚜라미를 잡는 줄 알고 다시 살금살금 따라붙어 놀라게 해줄 참이었다. 가까이 다가가서 보니 뒷모습이 뚜렷하게 보였다. 그런데 알고 보니 소찬이 그곳에서 누구에게 애원하는 것처럼 빌고 있었다. 제운수는 걸음을 멈추고 헛기침을 했다. 소찬은 깜짝 놀라 얼굴색이 흙빛으로 바뀌며 손을 가지런히 하고 옆으로 물러나 섰다. 그런데 한 마디도 하지 못했다. 운수가 물었다.

"다른 사람이 있느냐?"

소찬은 더듬거리며 대답했다.

"아, 아무도 없습니다."

요관이 뒤에서 손짓으로 가리켰다.

"무, 무슨!"

운수는 그들이 있을 거라고 예상하지 못하고 깜짝 놀랐다. 기관이 급하게 요관에게 눈짓을 하며 입을 닫으라고 표시했다. 그러나 제운수는 요관에게 꼬치꼬치 물었다.

"무슨 말이냐?"

요관은 어쩔 수 없이 손을 가리켰다. 제운수가 다시 고개를 돌려 앞을 보니 정말 그림자가 일렁이는데, 사람 하나가 꽃과 버드나무 속으로 사라졌다.

強扭合連枝
姊妹花
第五十三回
二十九

제운수는 소찬에게 물러가라고 호통을 쳤다. 그리고 기관과 요관을 데리고 돌계단을 올라갔다. 이곳은 바로 배월방롱의 뒤쪽으로, 산 전체가 계수나무로 울창한 숲을 이루고 있었다. 한가운데에 작은 배 모양 지붕의 세 칸짜리 집이 있는데, '면향오(眠香塢)'라고 하였다. 운수는 안쪽 선실로 들어가 접이의자에 걸터앉았다. 그리고 다시 요관에게 꼬치꼬치 캐물었다.

"누구를 봤느냐?"

요관은 대답하지 않고 기관만 보았다. 운수가 기관에게 물었다. 기관이 대답했다.

"저도 잘 보지는 못했어요."

운수는 기침을 한 번 하고 말했다.

"내가 묻는데, 못할 말이 뭐가 있느냐?"

"우리 화원 사람이 아니니 그냥 내버려두세요."

운수는 잠시 생각해보더니 더 이상 알려고 하지 않고 다시 웃으며 물었다.

"내가 올 때 모두들 말 타는 것을 보고 있어서 몰랐을 텐데 너희 둘은 언제부터 따라왔느냐?"

요관이 말했다.

"모르셨어요? 우리는 계속 따라왔었어요."

기관이 말했다.

"앞만 보고 가시니 뒤에서 대인을 보고 있는 걸 어떻게 아시겠어요."

"네 뒤에서 누가 따라오지는 않더냐?"

요관이 말했다.

"아무도 없었어요."

기관이 말했다.

"있다면 관향이겠죠."

요관이 그 말을 듣고 밖으로 나가 보았다. 운수 역시 일어나 웃으

며 기관의 손을 잡고 말했다.

"배월방롱으로 가자."

막 나가려고 걸음을 옮기려는데 갑자기 문밖에서 요관이 큰 소리로 말했다.

"주 도련님이 오셨습니다."

운수는 의아해서 고개를 들고 밖을 내다보았다. 정말로 주숙인 혼자 사뿐사뿐 걸어오고 있었다. 운수는 그를 탑상으로 안내하고 서로 마주보고 앉아 한참을 가만히 있었다. 운수가 말을 붙였다.

"듣기로 전날 '무적장군' 한 마리를 잡았다고 하던데, 정말인가?"

숙인은 얼버무리듯 대충 대답을 하고 더 이상 말을 하지 않았다.

또 한참 지났을까, 숙인은 얼굴색이 약간 붉어지며 그를 흘깃 쳐다보았다. 마치 말을 꺼낼까 말까 고민하는 것 같았다. 제운수는 무슨 영문인지 알 수 없어 기관에게 차를 올리라고 하였다. 기관은 제운수의 뜻을 헤아리고 요관을 데리고 나갔다. 면향오에는 제운수와 주숙인만 남게 되었다.

---

1 당시 유행하는 문체를 뜻하며, 과거 문체의 통칭이기도 하다. 청대에는 팔고문을 가리켰다.

2 內心 : 내면에 잠재되어 있는 마음

3 外心 : 외부로 일탈하는 마음, 터무니없는 생각이다.

4 도교경의 이름이다. 이 책의 소해체가 유명하여 소해체의 교과서로 알려져 있다.

5 찬례(贊禮)는 의식을 진행하는 관직을 가진 사람을 말하며, 그래서 소찬을 찬례의 훌륭한 아들이라고 한 것이다.

6 무재(茂才)는 부현(府縣)에서 치르는 과거시험에 합격한 사람을 말한다. 수재(秀才)라고도 한다. 여기에서는 윤치원을 가리킨다. 그래서 소찬을 윤치원의 뛰어난 제자라고 한 것이다.[일]

7 여기서 상서(尙書)는 각성의 고관을 지칭하는 것으로, 제운수를 가리킨다.[일]

8 기루에 놀러 다니는 유객을 더욱 모욕적으로 지칭하는 말로, 압객(押客)이라고 한다.

54

마음을 저버린 낭군은 애매한 태도로 약혼을 맹세하고, 행동을 잘못한 아녀자는 채찍질로 삼강오륜을 바로잡다

負心郎模稜聯眷屬 失足婦鞭箠整綱常

주숙인은 면향오 안에 아무도 없는 것을 알고 제운수에게 우물쭈물거리며 말을 건넸다.

"형님이 내일 돌아가자고 하는데 무슨 일인지 모르십니까?"

운수가 미소를 지으며 말했다.

"자네 형이 자네 혼사를 정했는데, 몰랐나?"

숙인은 고개를 숙이고 미간을 찌푸리며 대답했다.

"형님은 늘 이런 식입니다!"

운수가 그 말을 듣고 짐짓 놀라며 물었다.

"자네, 정혼한 게 싫으냐?"

"싫은 건 아니지만 지금 당장 급하지 않아서 그렇습니다. 형님께 정혼을 없는 걸로 해달라고 해야겠습니다."

운수는 그의 표정을 살펴보며 마음을 헤아려보고 십중팔구 그 이유를 알았지만 일부러 한번 떠보았다.

"그러면 자네는 어떻게 할 생각인가?"

제운수가 재차 물어보아도 주숙인은 입을 열지 않았다. 운수는 엄정한 말투로 그를 타일렀다.

"이런 이야기는 자네 형에게 하지 말게. 자네 나이에는 당연히 정혼해야 하고, 부모님도 안 계시니 마땅히 자네 형이 혼주 역할을 해야지. 여전홍의 여식과 정혼하게 되었으니 이보다 더 좋을 순 없지 않나. 지금 형에게 고맙다는 말은커녕, 정혼하지 않겠다고 말하려는 모양인데, 괜히 형의 노여움을 사지 말게. 자네도 생각해보게. 중매인도 정해졌고 예물도 갖추어졌는데 형에게 다시 그쪽에 알리라고 할 건가?"

숙인은 아무 말도 하지 않았다. 제운수가 계속 말했다.

"비록 정혼이지만 모두가 만족하면 좋겠지. 불만이 있으면 차라리 털어놓는 것도 괜찮아. 나도 자네를 위해 생각해보겠네. 가장 중요한 것은 정혼이네. 일찍 정혼해서 일찍 맞이하고, 그래서 주쌍옥도 함께 맞이하면 얼마나 좋아?"

숙인은 이 말에 침을 한 번 꿀꺽 삼키고 한참 꾸물대다 또 우물쭈물거리며 말했다.

"주쌍옥은 처음에 형님이 몇 번 불러준 기녀였습니다. 나중에 형님과 함께 술자리에 갔을 때, 쌍옥이 저에게 자신을 아내로 삼겠냐고 물었습니다. 쌍옥의 말이 자신은 좋은 집안 출신에다 올해 기루에 왔고, 아직 어린 기녀라고 했습니다. 자신을 아내로 맞이하겠다고 약속해준다면 두 번째 손님은 없을 거라고 해서 그만 그러겠다고 대답해버렸습니다."

"자네가 주쌍옥을 맞이하는 건 아주 간단해. 그러나 정실부인으로 맞이하는 건 안 될 거야. 도옥보가 이수방을 정실부인으로 맞이하려고 하다가 결국 못한 것처럼 말이야. 자네는 그러지 말게."

숙인은 또 고개를 숙이고 미간을 찌푸리며 말했다.

"지금 조금 난처합니다. 쌍옥의 성격이 너무 강해요. 속신하게 해달라고 하고, 다른 사람과 혼인을 하면 생아편을 먹겠다고 합니다."

운수는 자기도 모르게 껄껄 소리 내며 웃었다.

"괜찮아, 어느 기녀나 다 그렇게 말해. 쌍옥이 하는 말은 들을 필요 없네."

숙인은 부끄러움을 무릅쓰고 마음이 조급해져서 어쩌지 못하고 다시 말했다.

"저도 처음에는 믿지 않았습니다. 그런데 쌍옥은 다른 사람과 비교할 수 없을 정도로, 하는 행동을 보면 그냥 해보는 소리가 아닌 것 같습니다. 만약 잘못 되기라도 하면 좋을 게 없겠지요."

운수는 손사래를 치며 말했다.

"무슨 일이든 내가 보장하겠으니 안심하게."

숙인은 말이 통하지 않아 더 이상 이야기해보아도 도움이 될 게 없다고 생각되었다. 마침 차방의 집사가 차를 올리자 제운수는 찻잔을 건네주었다. 숙인은 한 모금 마시고 작별인사를 했다. 제운수는 그를 배웅하면서 당부를 했다.

"자네 지금 가서 쌍옥에게 알려주게. 형님이 나의 혼사를 정했다고 말이야. 쌍옥이 무슨 말을 하면 형님 핑계를 대게."

숙인은 그냥 되는 대로 대충 대답을 했다.

두 사람은 면향오를 나와 문밖에서 기다리고 있던 기관, 요관과 함께 산을 따라 내려와 헤어졌다. 제운수는 기관과 요관을 데리고 서쪽 배월롱방으로 가고, 주숙인은 혼자 동쪽을 향했다. 그는 속으로 생각했다.

"'풍류의 대교주'로 이름난 대인이 자신과 쌍옥의 일을 성사시키려 하지 않으니 어떻게 하면 좋지? 만약 쌍옥이 알기라도 하면 얼마나 난리를 피울까!"

아무리 생각해봐도 좀처럼 묘안이 떠오르지 않았다. 그렇게 이런 저런 생각을 하면서 활터까지 갔다. 말 타는 요문군을 구경하는 사람들은 이미 가고 없고, 지정당에는 두 명의 집사가 향촉을 들고 있었다.

숙인은 다시 되돌아가려고 돌아서는 순간 소관향을 만났다. 소관향은 싱글싱글 웃으며 숙인에게 말했다.

"우리 대인께서는 어디로 가셨을까요. 도련님, 혹시 보셨어요?"

"배월방롱에 계실 겁니다."

"배월방롱에는 안 계셨어요."

"방금 가셨습니다."

관향은 그 말을 듣고 바로 그곳으로 가려고 했다. 숙인은 그녀를 불러 세워 물었다.

"혹시 쌍옥 봤습니까?"

관향은 손짓으로 대답했다.

숙인은 분명하게 들리지 않았지만 손이 가리키는 방향인 호방으로 찾아갔다. 호방의 문을 들어서자 아편냄새가 났다. 그래서 주애인이 그 안에서 아편을 피우고 있는 걸 알았다. 그는 괜히 주애인을 방해하지 않으려고 자신의 침실로 바로 갔다. 정말로 주쌍옥이 그 방에 있었다. 탁자 위에는 여러 개의 자기단지들이 흩어져 있었다. 주쌍옥은 직접 연밥 가루를 귀뚜라미에게 먹이고 있다가 숙인을 보자 신이 나서 내일 어떻게 귀뚜라미들을 집으로 가져갈 것인지를 상의했다.

그러나 숙인은 귀찮고 나른한 기색을 드러냈다. 쌍옥은 잠시 동안 떨어져 있었다는 것이 마음에 걸려 그러는 줄 알고 사랑의 말로 그를 위로해주었다. 숙인은 몇 번이나 그녀에게 그의 정혼 소식을 말하려고 했으나, 번번이 입을 다물고 말을 꺼내지 못했다. 또 만에 하나 여기에서 쌍옥이 소란을 피우면 보기 좋지 않으니 집으로 돌아가서 알려도 늦지 않을 거라는 생각이 들었다. 그래서 원래 하던 대로 억지로 웃으며 이야기를 나누었다.

負心郎
模棱聯眷屬
第五十四回
三十六

저녁이 되자 등불을 켜고 연회를 열었다. 악기들 소리가 방을 메우자 제운수는 열렬하게 갈채를 보내고 술잔을 돌리며 흥을 돋우었다. 그리고 『해상군방보』를 꺼내어 여러 자매들에게 찬사를 보내고 나서 소전 뒤에 제목을 달았다. 사람들이 모두 찬사를 했다. 주숙인도 대충 응대를 하고 그럭저럭 그 밤을 넘겼다.

다음 날 오후 마차와 가마가 준비되었다. 마용지, 고아백, 윤치원과 요문군은 그대로 일립원에 머물고, 화철미와 손소란도 남았다. 나머지 사천연, 갈중영, 도운보, 도옥보, 주애인, 주숙인과 조이보, 오설향, 담여연, 이완방, 임소분, 주쌍옥, 위하선, 장수영, 임취분은 작별인사를 했다.

제운수는 도옥보에게 말했다.

"자네는 이수방의 혼을 맞이하기 위해 가는 것이니 내일 끝나는 대로 오게."

"내일은 집에 돌아가고 스무닷새날에 올 생각입니다."

운수는 집에 돌아간다는 말에 더 이상 강요하지 않고 주숙인을 돌아보며 말했다.

"자네는 내일 와야 해."

숙인은 정혼 이야기를 꺼낼까 봐 얼버무리며 대답했다.

모두 일립원을 나서자 각자 흩어져 돌아갔다. 주숙인과 주쌍옥의 마차는 사마로 공양리 입구까지 달렸다. 쌍옥은 숙인에게 말했다.

"시간 되면 오세요."

숙인은 '응, 응' 대답을 하고 아주가 쌍옥을 부축해서 골목으로 들어가는 것을 보고 나서 중화리로 돌아왔다. 주애인은 먼저 집에 도착해서 거실에서 잡무를 안배하고 있었다. 숙인은 할 일이 없어 서재로 가서 답답한 마음으로 앉아 곰곰이 생각했다. 이 일은 쌍옥에게 절대 알리지 말고 숨기다가 나중에 천천히 말해도 되겠다고 생각하였다.

저녁 여섯 시 즈음, 남자 하인이 알렸다.

"탕 나리께서 오셨습니다."

숙인은 밖으로 나가 인사를 했다. 탕소암은 다른 말을 꺼낼 것 없이 먼저 주애인에게 말했다.

"이실부는 우리와 함께 왔네. 아직 배 위에 있어."

주애인은 급히 초대장 세 장과 가마 세 대를 부둣가로 보내어 우노덕, 이실부, 이학정을 초청하고 서공화리의 도운보에게 다시 한 번 더 초대장을 보냈다. 그런데 도운보는 담여연의 집에 있지 않았고, 게다가 어디에 있는지도 알 수 없었다.

주애인은 조급해졌다. 마침 도운보가 찾아와 탕소암을 보고 인사를 했다.

"오랜만이네."

애인은 다급하게 물었다.

"자네 초대하러 갔었는데, 도대체 어디 갔었나?"

운보가 웃으며 말했다.

"동흥리에 있었네."

"동흥리에는 왜?"

운보가 웃으면서 미간을 찌푸리며 말했다.

"옥보 때문이네. 이수방이 가고 나니 이제는 이완방이 왔어. 좀 난처하게 됐어."

"무슨 일인가?"

운보는 한숨부터 쉬었다.

"이수방이 생전에 자기가 죽고 나면 완방을 아내로 맞이하라고 했다는 거야. 지금 이수저가 옥보에게 완방을 보내면서 완방이 좀 더 크면 합방을 하라고 말하더군."

"그것도 좋지."

"누가 알았겠나, 옥보가 원하지 않아. 옥보는 '난 이미 한 번 죄를 지었어요. 다시는 죄를 짓지 않을 겁니다. 만약 완방을 데리고 가면 딸로 삼아 다른 집으로 시집보낼 겁니다.'라고 말하더군."

"그것도 좋지."

"그런데 이수저는 완방이 반드시 옥보의 아내가 되어야 한다는 거야! 수방이 박복하여 옥보에게 시집도 못 가고 죽었으니까 완방은 수방 대신이라는 거지. 만약 완방이 복이 있어서 아들을 낳기만 하면 결국 수방에서부터 시작된 거니까 수방을 생각해주는 사람이 생긴다는 거야."

애인은 그 말을 듣고 고개를 끄덕였다. 탕소암이 끼어들었다.

"모두 맞는 말이지만 정말로 난처하겠네."

도운보가 말했다.

"그래도 다 방법이 있으니까 전혀 걱정할 건 없네."

그런데 이때 갑자기 장수가 붉은 초대장 두 장을 들고 뛰어 들어오며 알렸다. 주애인과 주숙인은 황급히 의관을 갖추고 함께 나가 그들을 맞이했다. 우노덕, 이학정 두 사람은 가마에서 내려 거실로 들어왔다. 서로 인사를 나누고 자리를 안내하며 차를 올렸다. 주애인이 이학정에게 물었다.

"자네 숙부는 왜 안 오셨나?"

"숙부님은 약간 편찮으셔서 이번에 치료하러 상해에 오신 겁니다. 초대는 감사히 받았다며 대신 인사를 전해달라고 하셨습니다."

주애인은 우노덕에게 인사를 하고 거실 옆 객실로 안내하며 편히 앉으라고 하였다. 또 도운보와 탕소암 두 사람을 나오라고 하여 인사를 나누고 옆자리에 앉게 했다. 모두 이런저런 이야기를 나누는데 주숙인은 아무 말을 하지 않았다.

잠시 후, 우노덕이 먼저 말을 꺼내어 여전홍의 뜻을 전하고 혼사에 관련된 모든 예법을 상의했다. 주숙인은 그곳에서 조용히 빠져나왔다. 장수는 틈을 타 서재로 와서 특별히 숙인에게 축하인사를 했다. 숙인은 번잡한 일들에 질려서 노기를 띤 눈으로 쳐다보았다. 장수는 흥이 싹 사라져서 멋쩍어하며 나갔다.

저녁에 장수는 술자리 대접을 위해 다시 숙인에게 왔다. 숙인은 하는 수 없이 객실로 가서 주애인을 따라 손님들을 대접했다. 혼사는 이미 상의가 끝난 때라 그 자리에서는 더는 말하지 않았다. 술자리가 끝나자 우노덕, 이학정, 도운보는 축하 인사를 하고 작별했다. 주애인과 주숙인은 가마를 타는 데까지 배웅했다. 혼자 남은 탕소암은 본래 절친한 친구이니 융숭한 대접은 필요치 않았다. 숙인은 서재로 돌아와 아무 말 없이 있었다.

이십이 일, 주애인은 택일하느라 바빴다. 숙인은 비록 한가했지만 외출할 엄두를 내지 못했다. 저녁이 되자 누군가가 주애인을 술자리에 초대했다. 숙인은 그제야 공양리 주쌍옥의 집으로 갈 수 있었다.

마침 홍선경이 주쌍주의 방에 있어서 숙인은 인사하러 건너갔다. 숙인은 홍선경에게 조용히 정혼 이야기를 하며 쌍옥에게 알리지 말라고 부탁했다. 선경은 그의 뜻을 헤아려서 숙인이 나가자 쌍주에게 말해주었다. 쌍주는 다시 주란에게 알려서 모든 식구들이 발설하지 않도록 주의하라고 분부했다.

다른 사람은 말을 들었지만, 주쌍보만은 속으로 쾌재를 부르고 소문을 퍼뜨리며 쌍옥을 조롱했다. 마침 쌍주가 그 사실을 알고 방으로 그녀를 불러서 질책했다.

"그래도 말조심 안 해? 요전에 은 물담뱃대 사건 까맣게 잊었어? 쌍옥이 난리를 피우면 너에게도 좋을 게 없잖아!"

쌍보는 감히 대꾸도 못하고 입을 꾹 다물고 일 층으로 내려갔다.

또 하루가 지나갔다. 주란은 쌍보의 방으로 와서 침대 뒤에 있는 가죽 상자를 열고 옷을 꺼내어 살펴보고 열쇠를 그냥 두고 와버렸다. 우연히 아주를 만나 찾아오라고 했다. 아주가 열쇠를 찾고 돌아서는데 쌍보가 붙잡고 조용히 물었다.

"왜 주 도련님께 축하인사 하러 가지 않아?"
아주는 얼른 대답했다.
"쓸데없는 소리 말아요."
"주 도련님의 성혼, 몰라?"
아주는 쌍보가 입이 싸다는 것을 알고 더는 엮이지 않으려고 큰 소리로 말했다.
"얼른 놔요, 엄마 부를 거예요!"
쌍보는 그래도 손을 놓지 않았다. 객실에서 아덕보가 부르는 소리가 들렸다.
"아주, 누가 찾아왔어."
아주가 대답을 하며 물었다.
"누구?"
그 핑계로 쌍보의 손을 뿌리치고 방을 나왔다. 이전에 같이 일했던 여자 하인 대아금이었다. 아주는 잠깐 넋이 나가 있다가 물었다.
"무슨 일이야?"
"그냥, 아주머니 보러 왔어요."
아주는 바삐 뛰어가서 주란에게 열쇠를 건네주고 나왔다. 그리고 대아금의 손을 잡고 기루 모퉁이로 가서 회백색 담장을 마주 보고 이야기를 나누었다. 대아금이 말했다.
"지금은 아예 글렀어요! 왕 나리는 말할 필요 없고, 단골손님 두 분도 오지 않아요. 새로 찾아오는 손님도 없어요. 명절 아래 주는 상여금이 고작 사 원이에요. 나는 조급해 죽겠는데, 선생은 마차 타러 다니고, 공연 보러 다닌다고 아주 신이 났어요!"
"소류아가 잘나가고 있으니까 신이 안 나겠어? 쉬어서 좋아할걸."
"지금이야 쉬어야지요! 작은 집을 세낸다고 하면서 나보고 한 달에 일 원 줄 테니 따라오라고 하는데 절대 안 갈 거예요."
"내가 홍 나리 말씀을 들어보니 왕 나리 댁에 여자 하인이 없다고 하던데, 한번 가볼래?"

"좋아요. 대신 말 좀 해줘요."

"네가 가겠다면 나중에 홍 나리께 다시 여쭤볼게. 내일은 시간이 없으니까, 스무엿새날 두 시에 같이 가봐."

대아금은 약속을 하고 돌아가고 아주도 돌아왔다. 이십오 일 이른 아침, 일립원에서 보내온 국표를 받았다. 아주는 주쌍옥을 따라 나갔다.

다음 날, 아주는 집으로 와서 말을 전했다.

"작은 선생님은 스무여드레날에 돌아온다고 합니다."

주란은 아무 말 하지 않았다. 점심을 먹고 난 잠시 후 대아금이 찾아왔다. 아주와 함께 오마로 왕연생의 공관으로 갔다.

두 사람이 막 대문에 도착했는데 한 젊은이가 허둥지둥 대문을 나와 머리를 숙이고 뛰어갔다. 분명 왕연생의 조카였지만 무슨 일인지 영문을 알 수 없었다. 두 사람은 대문 한쪽만 열고 숨어들어 갔다. 그런데 안은 쥐죽은 듯 조용했다. 응접실에 들어가자 내안이 뒤쪽에서 나왔다. 내안은 두 사람을 보자마자 손을 흔들었다. 마치 들어오지 말라는 뜻 같았다. 두 사람은 하는 수 없이 밖에 서 있었다. 아주가 조용히 물었다.

"왕 나리 계세요?"

내안은 고개를 끄덕였다. 아주가 물었다.

"그런데 무슨 일이에요?"

내안은 바짝 다가와 귀에 대고 이야기해주었다. 바로 그때, 이 층에서 퍽퍽 소리가 나더니 비명소리와 울부짖는 소리로 소란스러워졌다. 두 사람은 비명소리와 울음소리의 주인이 장혜정이라는 것을 알 수 있었다. 그러나 왕연생의 소리는 전혀 들리지 않았다. 우당탕탕 발소리가 들리더니 중간 방으로 뛰어나가는 것 같았다. 퍽퍽, 마치 콩을 흩뿌리는 것 같은 소리가 갈수록 크게 들리고 장혜정은 살려달라고 비명을 질렀다.

아주는 더 이상 보고만 있을 수 없어 내안을 부추기며 말했다.

"어서 말려봐요."

그러나 내안은 겁이 나서 선뜻 나서지 못했다. 갑자기 쿵하고 이 층 바닥이 흔들리고 바닥 틈 사이로 먼지가 떨어졌다. 장혜정이 바닥에 넘어지는 소리였다. 그러나 왕연생은 소리 한 번 내지 않고 두들겨 팼다. 장혜정은 바닥에 이리 뒹굴고 저리 뒹굴었다. 아주는 직접 나서보려고 했지만 조금 불편한 곳이라 그녀 역시 선뜻 이 층으로 올라가지 못했다. 이 층에도 다른 사람이 없어 왕연생은 흠씬 장혜정을 두들겨 팼다. 시간이 지날수록 장혜정은 기력이 점점 달리고 소리도 점점 잦아들었다. 더 이상 피하지도 않고 살려달라고 소리치지도 않았다. 그제야 왕연생은 길게 한숨을 쉬고 손을 멈추고 안쪽 방으로 들어가 버렸다.

아주는 방해가 될까 조용히 내안에게 인사를 하고 나가려고 했다. 대아금은 두 눈을 동그랗게 뜨고 멍하니 있다가 아주가 가는 걸 보고 정신을 차렸다. 두 사람은 손을 잡고 숨어서 대문을 나왔다. 또 이 층에서 장혜정의 핏대 선 목소리가 들려왔다. 그 목소리는 참으로 비참했다. 대아금은 자신도 모르게 한숨을 쉬며 물었다.

"도대체 어떻게 된 거예요?"

"무슨 일이든 상관할 거 없고 우리는 차나 마시러 가."

대아금은 그 말을 듣고 기뻐했다. 그들은 골목을 나와 모퉁이를 돌아 좁은 길을 따라 사마로 화중회에 도착하여 이 층으로 바로 올라갔다. 마침 장이 서는 때라, 차 마시러 왕래하는 무리들로 아주 시끌벅적했다. 두 사람은 길가 쪽 탁자를 골라 앉았다. 차를 시켜놓고 천천히 마시며 이야기를 나누었다. 아주가 웃으며 말했다.

"왕 나리가 좋은 사람이라고 평들을 하지만 지금 보니 작은 마누라를 패기까지 하고 말이야. 정말 이상해!"

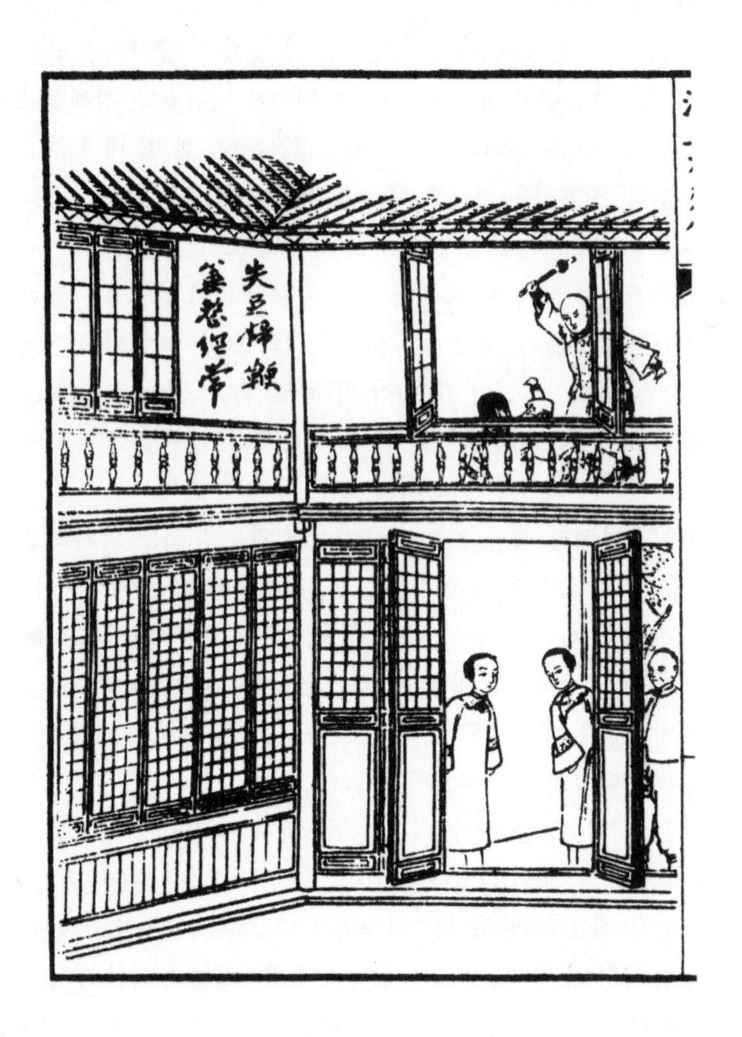

"우리 선생은 왕 나리와 사이가 좋을 때 시집갔으면 좋았을 텐데. 만약 그랬다면 왕 나리가 때리기야 했겠어요?"

"심소홍이 여염집 사람처럼 하면 좀 더 잘 놀 수 있을 텐데 말이야!

대아금이 크게 한숨을 쉬며 말했다.

"우리 선생은 정말이지 잘못했어요. 오죽하면 왕 나리가 장혜정을 데려갔겠어요. 상해에서 첫째, 둘째로 손꼽히는 최고의 기녀가 지금은 이렇게 되어버렸으니!"

아주가 냉소를 지으며 말했다.

"그렇다고 지금 영 끝난 건 아니지."

이때, 종업원이 와서 뜨거운 물을 부어주었다. 손에는 동전 일 각을 쥐고서 안쪽 탁자를 가리키며 말했다.

"찻값은 됐어요. 저쪽에서 지불했어요."

두 사람은 목을 빼고 보았다. 탁자에는 네 사람이 앉아 있었다. 대아금은 전혀 모르는 사람들이었다. 아주는 안면이 조금 있다 싶었는데 일립원에서 두어 번 본 적이 있는 것 같았다. 그 사람들 중 젊은 사람이 조이보의 오빠 조박재였다. 박재는 널찍한 마고자를 입고 있고 그 기개가 범상치 않아 보였다. 그래서 아주는 부르지 못하고 웃음을 띠고 고개를 끄덕였다.

잠시 후, 조박재는 웃으며 그쪽 탁자 옆으로 건너왔다. 아주는 그에게 자리를 내주고 물담뱃대를 건네주었다. 박재는 대아금을 한 번 훑어보고 아주에게 말을 붙였다.

"선생은 산가원에 있을 텐데 어떻게 돌아왔어요?"

"지금 곧 갈 거예요."

박재는 대아금에게 말문을 돌렸다.

"누구 따라다녀요?"

대아금은 심소홍이라고 말했다. 그러자 아주가 끼어들었다.

"지금 일자리를 찾고 있어요. 혹시 여자 하인이 필요한 집 없을까요? 추천 좀 해줘요."

박재는 깜짝 놀라며 말했다.

"서공화리에 있는 장수영이 여자 하인 한 명을 더 쓰려고 하던데, 돌아오면 대신 한 번 물어볼게요."

아주가 말했다.

"아주 잘 됐네요. 고마워요."

박재는 대아금의 이름을 정확하게 묻고 이십구 일에 소식을 전해주겠다고 약속했다. 아주는 대아금에게 말했다.

"그러면 너는 며칠만 기다리고 있어. 장수영 쪽에서 필요하지 않으면 다시 왕 나리께 가보자."

잠시 후 날이 어둑해지려고 하자 아주와 대아금은 나가려고 안쪽으로 가서 박재에게 인사를 했다. 박재도 세 친구와 일어나려는 참이어서 같이 화중회 차루에서 내려와 각자의 길로 갔다.

55

바로 그 자리에서 혼인 약조를 하였으나 마음은 방황하고, 같은 방에서 사사로운 정을 감추고 있으나 표정은 멋쩍어하다

訂婚約即席意徬徨 掩私情同房顏忸怩

조박재는 혼자 정풍리로 돌아왔다. 그는 이십팔 일에 사삼공자를 위해 정성스럽고 거한 전별회를 마련해야 한다는 여동생 조이보의 말을 모친 홍 씨에게 전해주었다.

그리고 박재는 밖으로 나가 혼자 아교를 찾아갔다. 조이보가 집에 없을 때 박재는 아교와 스스럼없이 짓궂은 장난을 쳤다. 아교는 요즘 박재의 옷차림이 깔끔하고 씀씀이도 커서 엄연한 도련님의 행색이라 온 정성을 다해 비위를 맞춰주었다. 그래서 박재는 왕아이와 왕래하지 않고, 알고 지내던 친구들과도 점점 왕래를 끊었다. 다만 소왕과 형제처럼 친밀하게 지내고 화충과 하여경을 알고부터 이렇게 네 사람은 한데 어울려 놀았다.

조박재는 이날, 팔월 이십팔 일에 소왕도 그의 주인을 따라갈 거라는 것을 알고 있었다. 그래서 화충과 하여경을 불러서 소왕을 전별하는 의미로 함께 정성껏 대접할 생각이었다.

해가 서쪽으로 기울자, 문 밖에서 말방울 소리가 들려왔다. 홍 씨는 박재와 황급히 나가 맞이했다. 사삼공자와 조이보는 벌써 가마에서 내려 응접실로 들어오고 있었다. 박재는 한쪽으로 물러섰다. 사삼공자는 홍 씨에게 옅은 미소를 띠고 나서 성큼성큼 이 층으로 올라갔다.

이보는 '어머니' 하고 부르며 홍 씨를 끌고 뒤쪽 작은 방으로 갔다. 문을 잠그고 조용히 당부했다.

"어머니, 다음부터는 이러지 마세요! 어머니는 지금 그 사람 장모란 말이에요. 그 사람이 어머니를 모시지도 않았는데, 먼저 뛰쳐나오면 정말 난처해요!"

홍 씨는 입가에 미소를 짓고 고개를 계속 끄덕였다. 이보는 그 방을 나서면서 다시 당부했다.

"먼저 올라갈게요. 조금 있다가 그 사람이 어머니를 찾으면 내가 아호에게 일러 어머니를 여쭈라고 할게요. 그리고 그 사람 만나면, '셋째 나리' 하고 인사만 해요. 다른 쓸데없는 말을 하진 말란 말이에요. 잘못 말했다가 비웃음 사기 십상이에요."

홍 씨는 그 말을 새겨들었다. 이보는 문을 열고 방을 나갔다. 계단을 올라가려는데 박재가 소왕을 도와 보자기들을 옮기고 있었다. 이보가 조용한 목소리로 나무랐다.

"내버려둬. 쓸데없이 아부하고 그래!"

그러자 박재는 얼른 아호에게 물건을 건네주고 이 층으로 올라가 버렸다. 이보는 이 층 방으로 가서 옷을 벗었다. 삼공자와 마주 앉아 즐겁게 이야기를 나누었다. 그러나 홍 씨 이야기는 꺼내지 않았다.

순식간에 건넛방 서재에 연회자리가 마련되어 아호가 모시러 왔다. 이보는 다정하게 이야기 나누려고 다른 손님들은 청하지 않았다. 삼공자가 말했다.

"어머니와 오빠를 청해서 같이 먹지."

"됐어요. 저하고만 있어요."

그리고 이보는 삼공자를 남쪽을 향해 앉게 하고 술병을 들고 세 잔 가득 따랐다. 이보 자신은 작은 잔에 술을 붓고 그 옆에 앉았다. 사삼공자가 세 잔을 다 마시자 이보는 정색을 하며 말했다.

"내일 돌아가신다니, 여쭤볼게요. 지금까지 한 말 지킬 수 있어요? 지금은 쉽게 말하지만, 집에 돌아가서 허락하지 않으면 난처해질 테니 차라리 솔직하게 말해주셔요. 그래도 괜찮아요."

사삼공자는 황급하게 일어서며 말했다.

"나를 못 믿는 거니?"

이보는 그를 앉히고 웃으며 말했다.

"못 믿어서가 아니에요. 저는 우리 오빠가 무능하여 하는 수 없이 기녀가 되었죠. 혼자 생각해봐도 이보다 더 이상 어떻게 좋은 결과가 있겠어요? 당신이 저를 정실부인으로 삼으려고 한다면 정말이지 꿈에서도 생각하지 못할 정도로 좋아요. 그런데 정실부인이 있으면서 또 정실부인을 데리고 가는 것은 제대로 된 집안에서는 있을 수 없는 일이고, 나중에 너무 힘이 들어서 오히려 허사로 돌아갈 수 있어요."

사삼공자는 그녀를 위로해주었다.

"걱정하지 마. 만약 내가 아내 셋을 둘 생각이었다면 아마 불가능하겠지. 지금 아내 둘을 맞이하라고 하는 것은 양어머니의 생각이니 누가 무슨 말을 하겠어? 솔직하게 말할게. 양어머니는 이미 점 찍어 둔 사람이 있어. 다만 내 마음이 내키지 않아 대답은 하지 않았어. 이번에 돌아가면 중매인을 청해서 혼사를 이야기하고 정해지면 다시 상해로 와서 너를 데리고 가서 함께 식을 올릴 거야. 한 달 정도야. 시월에 꼭 돌아올 테니, 걱정하지 마!"

이보는 그의 말에 기쁨을 감추지 못하면서도 신신당부를 했다.

"그러면 시월에 꼭 돌아오셔야 해요. 당신이 가고 나면 전 여기서 대문 밖을 나서지 않고 손님도 만나지 않을 거예요. 당신이 돌아오셔야 마음을 놓을 수 있을 테니 무슨 일이 있더라도 늦으면 안 돼요. 만약 당신 부인이 저를 정실부인으로 인정하지 않겠다면, 첩으로 맞이해도 저는 괜찮아요."

이보는 이 말을 하다 갑자기 눈물을 흘렸다. 그녀는 사삼공자의 어깨를 껴안고 얼굴을 가까이 마주하고 말했다.

"이번 생은 당신과 꼭 함께할 거예요. 정실부인과 첩을 여러 명을 맞이해도 절대로 절 버리면 안 돼요. 만약 버리시면, 전…."

이 말을 끝까지 하지 못하고 목이 메어 흐느껴 울기 시작했다. 사삼공자는 깜짝 놀라며 두 손으로 그녀를 꼭 껴안았다. 그리고 자신의 손수건으로 눈물을 살짝살짝 닦아주며 달래주었다.

"무슨 쓸데없는 소리냐. 지금은 기뻐해야지. 이것저것 일도 처리하고 정리해야 하는데 이렇게 울면 정말 잘못될지도 몰라."

이보는 사삼공자의 품을 파고들며 울음을 그치고 구구절절하게 말했다.

"당신은 저의 고충을 몰라요. 고향 사람들에게 괜한 말들을 해서 지금 당신이 절 부인으로 맞이한다고 말해도 믿지 않고 비웃기만 해요. 만일 잘못되기라도 하면, 전 얼굴을 들지 못할 거예요!"

"잘못되긴. 내가 죽지 않는 이상 잘못될 리 없어."

이보는 벌떡 몸을 일으키며 사삼공자의 입을 막았다.

"당신 어물쩍 넘어가면 더 이상 말하지 않을 거예요."

사삼공자는 웃고 넘어갔다.

이보는 술잔에 따뜻한 술을 부어 직접 사삼공자에게 올렸다. 사삼공자는 잔을 비우고 일부러 고향의 풍경을 물으며 어색한 분위기를 없애려고 하였다. 이보는 그 뜻을 진작 알아채고 슬픈 기색을 거두고 사삼공자와 즐겁게 농담을 나누었다. 이보가 말했다.

"우리 고향에는 관제묘가 있는데, 구월이면 그곳에서 연극을 공연해요. 연극을 구경하는 사람들이 너무 많아서 담장이며 나무 위며 모두 사람들이었죠. 저와 장수영도 한 번 보러 갔는데 무대를 잘 보려고 담장에 올라갔다가 햇빛 때문에 더워 죽는 줄 알았어요! 그래도 사람들은 잘 봤다고 이야기하죠. 대관원처럼 쾌적하고 칸막이 좌석에 앉아서 볼 수 있어도 저를 초대한들 누가 좋아서 가려고 하겠어요."

사삼공자는 고개를 끄덕였다. 이보는 다시 두 잔을 올리며 말했다.

"또 재미있는 이야기 해드릴게요. 관제묘 옆에 왕 씨 성을 가진 장님이 살았는데, 점을 잘 쳤어요. 재작년에 제 어머니가 그 사람을 집으로 불러서 우리들 점을 봐달라고 했었죠. 그 사람이 제 점을 보고, 고관대작의 부인이 될 운명이라는 거예요. 몇 부분이 안 좋은 게 아쉽다면서 안 그랬으면 황후가 될 운명이라고까지 했어요. 그때는 그 사람에게 거짓말하지 말라고 했는데, 지금 보니 점괘가 아주 틀리지는 않았어요."

사삼공자는 웃으며 고개를 끄덕였다.

두 사람은 술을 마시며 깊은 대화를 나누었다. 흥겨움이 사그라지자, 사삼공자는 건넛방으로 건너가서 창문을 내다보며 '소왕' 하고 불렀다. 이보가 뒤에서 말렸다.

"제가 여기 있는데, 뭐 하러 불러요?"

"소왕은 어디에 있어?"

"우리 오빠가 술집에서 송별회를 해주고 있어요. 무슨 일로 부르셔요?"

"별건 아니고, 돌아가서 짐들을 정리해서 내일 아침 일찍 오라고 말이야."

"그건 나중에 말해요."

사삼공자는 다른 말 없이 한참 동안 조용히 있었다. 잠자리 이야기는 하지 않겠다.

다음 날, 이보는 아주 일찍 일어나 중간 방에서 머리를 빗었다. 화장도 하지 않고 장신구도 착용하지 않고 깨끗한 흰옷으로 갈아입고 사삼공자가 일어나기를 기다렸다가 물었다.

"당신이 보시기에 여염집 여자 같아요?"

"더 세련된걸."

"오늘부터 저는 계속 이렇게 하고 있을 거예요."

이보는 이 말을 하면서 사삼공자가 간식을 먹는 것을 도왔다.

사삼공자는 아호에게 홍 씨를 이 층으로 올라오게 하여 만났다. 삼공자는 지갑에서 수표를 한 장 꺼내 홍 씨에게 주며 말했다.

"저는 돌아가 봐야 합니다. 한 달 정도 기다려 주시고, 의상과 머리장신구는 제가 집에서 준비할 겁니다. 먼저 천 원으로 이 사람에게 소소한 물건들 사주시고, 혼수품은 제가 오면 다시 준비하도록 하겠습니다."

홍 씨는 어떻게 대답해야 할지 몰라 이보를 흘낏 쳐다보고만 있었다. 이보는 수표를 가로채며 사삼공자에게 물었다.

"당신 이 돈 무슨 의미예요? 장부 계산이라면 사양하겠어요. 저를 아내로 맞이한다면서 돈은 무슨 돈이에요? 소소한 물건이라고 하셨는데, 아무리 저희가 가난해도 이 원쯤은 있으니까 괜한 마음 쓰지 말아요."

사삼공자는 이보가 이렇게 말하자 고개를 숙이고 망설였다. 홍 씨는 그제야 말을 이었다.

"사삼 나리, 예의 차릴 것 없으세요. 지금은 한 가족 아닙니까. 그런데 무슨 예의를 차리십니까."

이보는 황급히 눈짓을 하며 말을 못 하게 하였다. 홍 씨는 인사를 하고 내려갔다.

사삼공자는 하는 수 없이 수표를 도로 받아 들고 소왕에게 가마를 부르라고 하였다. 이보도 사삼공자를 배웅해주려고 가마에 올라탔다. 먼저 공관에 도착해서 짐을 꾸리고 점심을 먹었다. 그래도 배웅하는 사람들이 끊이지 않았다. 사삼공자는 손님들을 접견하느라 바빴다. 네 시를 넘겨서야 사삼공자는 정리를 끝내고 배에 오를 수 있었다.

이보도 배에 올라탔다. 그때, 조박재가 선창에서 소왕을 도와 짐을 지키고 있었다. 이보가 조용히 물었다.

"가시면서 드실 요리, 아직 안 왔어요?"

"왔어."

이보는 꼼꼼하게 생각해보더니, 특별한 일이 없어 돌아가겠다고 하며 사삼공자의 손을 꼭 잡으며 당부했다.

"도착하시면 편지 주세요. 몸은 상해에 있지만, 마음은 당신과 함께할 거예요. 다른 곳에서 지체하지 말아요."

사삼공자는 그러겠다고 대답을 했다. 이보가 또 말했다.

"시월 언제 오실 거예요? 날이 잡히면 다시 편지 주세요. 일찍 오면 올수록 좋겠지요. 하루라도 일찍 돌아오시면, 저희들은 하루라도 일찍 마음을 놓을 수 있을 거예요."

사삼공자는 또 그러겠다고 대답했다.

이보가 또 말하려고 하는데, 선주가 배를 출발시키려고 재촉하는 바람에 하는 수 없이 손을 놓고 부두에 올랐다. 사천연은 뱃머리에 서고, 조이보는 가마에 앉아 모두 눈물을 머금은 채 바라보며 한없이 깊은 사랑을 드러냈다. 배 그림자가 보이지 않자 조박재는 가마꾼에게 집으로 가자고 했다.

원래 조이보는 자존심이 센 사람이라, 부인 셋을 맞이한다는 사천연의 말을 듣고부터 오로지 사천연에게 시집가겠다는 마음을 먹었다. 또한 사천연이 무시할까 봐 체면을 세우려고 애를 썼다. 이보는 '당신이 이미 나를 부인이라고 여기고, 나 역시 자신을 기녀로 여기지 않는다.'는 생각에서 사천연이 장부 결제하는 것도 막았다. 그리고 사천연의 사람이라는 의미로 추석이 지난 후 간판을 내리고 문

第五十五回
四十三

을 걸어 잠그고 손님을 들이지 않을 생각이었다. 이보는 사천연이 가면서 시월 중에 직접 맞이하러 온다고 약속했으니, 현재 가지고 있는 은화 사백 원으로 생활비를 충당하면 크게 걱정할 게 없다고 생각했다.

배웅을 하고 돌아온 이날, 조박재는 대아금의 일로 장수영의 집으로 가고, 조이보는 모친 홍 씨와 의논했다.

"혼수품은 그가 돌아오면 다시 처리하자고 말했지만, 우리가 준비해야 하는 게 옳다고 생각해요. 그가 장만하면 아래 사람들에게서 말이 많이 나올 거예요. 그렇게 되면 그 사람 체면도 깎이게 되고 말이죠."

"혼수품을 장만하기에는 돈이 부족해. 지금 겨우 사백 원만 남아 있잖아."

이보는 '깩' 하고 소리 질렀다.

"어머니는 늘 이렇다니까요! 사백 원으로 어떻게 혼수품을 장만해요! 먼저 빌려서 장만하고, 나중에 그가 예물을 가져오면 그때 갚아야죠."

"그것도 괜찮겠네."

이보는 아호를 돌아보며 상의했다.

"어디에서 돈을 빌릴 수 있을까?"

"돈을 빌리는 것도 한계가 있으니 차라리 외상으로 장만하는 것이 나을 겁니다. 비단가게, 양장점, 가구점 모두 아는 사람들이 있으니 연말에 계산하면 되지요."

이보는 기뻐하며 매일 아호에게 각 가게에 들러 혼수품을 장만하라고 했다. 이보는 아주 분주하게 움직이며 직접 고르고 평을 달고 가장 좋은 품질에 유행하는 물건만을 원했다.

조박재는 집에서 할 일이 없으니 아교와 엿가락 늘어지듯 붙어 사랑을 나누며 떨어지지 않았다. 아교는 박재가 사삼공자 적자의 큰 외삼촌이 될 것이라는 것을 알고 더욱 잘 대해주었다. 박재는 몰래 아교와 부부가 되기로 맹세하면서 장래에 시집만 오면 외숙모가 될 것이라고 말해주었다. 이보는 그들을 신경 쓸 틈이 없으니, 다른 사람들도 자연히 그 일에 상관하지 않았다.

하루는 갑자기 제운수의 집사가 서신을 가져왔다. 바로 사삼공자가 보내온 것이었다. 박재가 읽어보고 자세하게 말해주었다. 앞의 내용은 무사히 집에 도착했으며 이미 혼사 문제를 알렸고 아직 답변이 없는 상황이라는 것이었다. 뒤의 내용은 지금 구월의 가을 풍경은 사람의 마음을 쉽게 흔들리게 하니, 답답할 때면 일립원으로 가서 소일하라는 것이었다. 이보는 이 서신을 받고 빠른 시일 내에 혼수를 장만해서 정리하고 사삼공자가 오기만 기다리며 이 아름다운 인연이 이루지기를 고대했다.

박재는 연일 하총관이 보이지 않아 그 집사에게 물어보니, 지금 화중회에서 차를 마시고 있다고 했다. 박재는 그 길로 바로 찾아갔다. 정말로 하여경과 화충 두 사람은 그곳에서 차를 마시고 있었다.

화충이 박재를 보자 물었다.

"자네 왜 통 나오지 않았나?"

하여경이 끼어들었다.

"그 집에 좋은 일이 있는데, 몰라?"

화충이 놀랐다.

"무슨 좋은 일?"

"나도 잘 몰라. 소왕에게 물어봐."

박재는 멋쩍게 웃으며 자리에 앉았다. 종업원이 찻잔을 하나 더 올렸다.

"차 드실 거죠?"

박재가 손을 저었다. 화충이 말했다.

"그러면 우리는 나갈까?"

하여경이 말했다.

"좋아, 우리 좀 걷지."

그리고 세 사람은 함께 화중회 차루에서 나와 사마로에서 보선가로 돌아 걸어갔다. 잠깐 기녀들이 타고 가는 마차를 보고 나서, 덕흥에 있는 술집에 들어가 경장주(京莊酒)[1] 세 병을 데우라고 하고 작은 요리 세 접시를 주문하여 저녁을 먹었다. 하여경은 아편을 피우러 가자며 거안리 반삼의 집 문 앞까지 그들을 끌고 가서 문을 두드렸다. 안에서 아주머니는 바로 대답을 하면서도 한참 동안 문을 열어주지 않았다. 하여경이 다시 두드렸다. 그러자 아주머니가 말했다.

"나갑니다! 나가요!"

아주머니는 꾸물거리며 나와 문을 열어주었다.

세 사람이 들어가니 방에서 자박자박 발소리들이 들려왔다. 마치 두 사람이 한데 뒤엉겨 밀치고 끌어당기는 것 같았다. 하여경은 손님이 있다는 것을 알고 문 입구에서 발끝으로 서서 들여다보았다. 아주머니가 대문을 닫으며 말했다.

"방으로 가세요."

하여경은 주렴을 걷어 올리며 두 사람을 먼저 방으로 안내했다. 그 손님이 뒷문을 열고 우당탕탕 계단을 뛰어 내려가는 소리가 들렸다. 방 안은 어두컴컴하고 침대 앞 화장대에 기름등 하나만 켜져 있었다. 반삼은 뒷문을 잠그고 웃으며 다가와서 '하 도련님' 하고 인사를 했다. 아주머니는 바쁘게 움직여가며 가스등을 켜고 연등을 켜고 나서 다시 찻잔을 가지러 갔다.

하여경은 조용히 그 손님이 누구였는지 물었다. 반삼이 말했다.

"손님 아니에요. 손님들의 친구죠."

"손님들 친구가 어째 손님이 아니야?"

그리고 하여경은 화충과 조박재를 가리키며 말했다.

"그러면 저 사람들도 손님이 아니야?"

"당신 또 쓸데없이 말꼬리 물고 늘어지려고 해요. 아편이나 피워요."

하여경은 탑상에 누웠다. 한 모금 빨아 당기고 있는데, 갑자기 문 두드리는 소리가 났다. 아주머니는 응접실에서 큰소리로 물었다.

"누구세요?"

그 사람이 대답했다.

"나야."

아주머니는 바로 문을 열어주고 안으로 들였다. 그 사람은 방으로 들어오지 않고 바로 이 층으로 갔다. 하여경은 이 층에 있는 손님과 일행이라는 것을 알고 신경 쓰지 않았다.

하여경은 아편만으로 흡족하지 않아 두 모금 더 피우고 조박재에게 주고, 자신은 아래쪽에 앉아 물담배를 피웠다. 화충과 반삼은 창가에 놓인 교의에 나란히 앉아 잡담을 나누었다. 갑자기 또 누가 문을 두드렸다. 하여경이 '야' 하고 말했다.

"장사가 아주 잘되구나!"

그는 물담뱃대를 내려놓고 일어나 창가로 가서 흘깃 내다보았다. 반삼은 앞으로 와서 잡아당기며 말했다.

"뭘 봐요? 앉아요!"

하여경은 아주머니가 문을 열고 그 사람과 이야기하는 소리를 들었다. 목소리가 낯설지 않았다. 그래서 하여경은 반삼을 밀어젖히고 방을 나와 누구인지 보았다. 그 사람은 하여경을 보자 황급히 도망갔다. 하여경은 골목을 쫓아 나와 문머리에 걸려 있는 유리 기름등으로 비춰 보았다. 그 사람이 서무영이라는 것을 알고 그를 불렀다.

서무영은 하는 수 없이 몸을 돌리며 일부러 큰 소리로 물었다.

"여경 형님 아니십니까?"

여경이 대답했다. 무영은 그제야 만면에 웃음을 띠고 연신 인사를

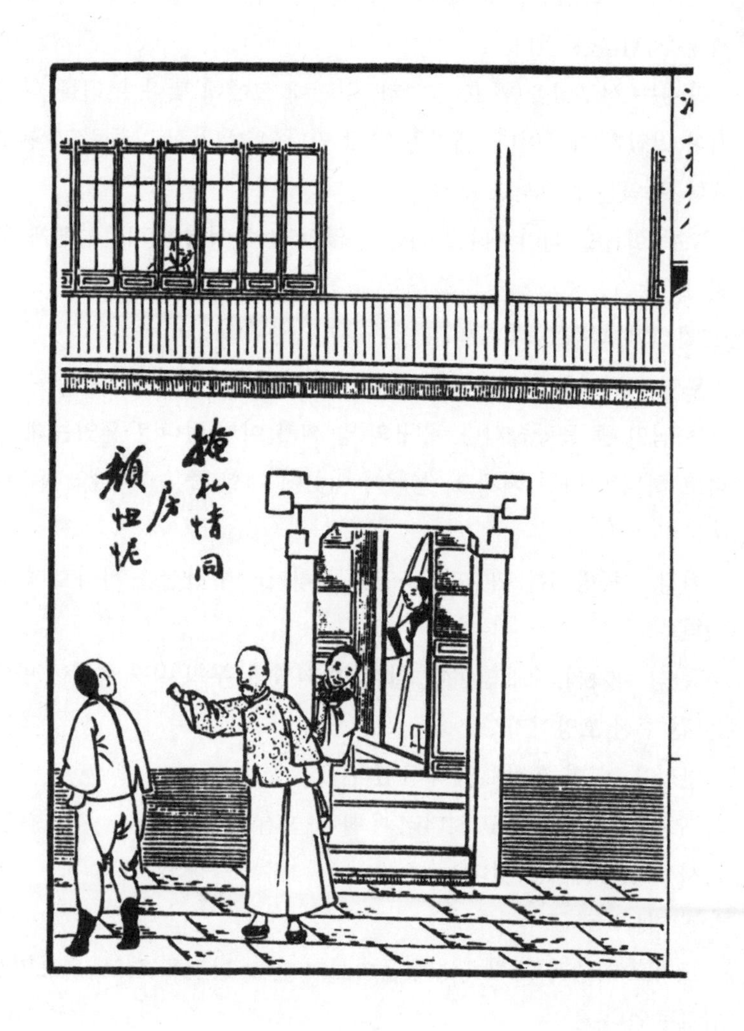
撞私情同房頳忸怩

했다.

"형님이 이곳에 있을 거라고 전혀 생각하지 못했습니다!"

그러면서 하여경을 따라 방으로 들어갔다. 하여경은 화충과 조박재 두 사람을 불렀다.

박재는 서무영을 알고 있었다. 일전에 그에게 맞아 머리를 다친 적이 있었기 때문이다. 예기치 않게 만나고 보니 실로 놀랍고 황당했다. 무영은 알면서도 모르는 체했다.

모두 이름을 이야기하고 자리에 앉았다. 하여경이 서무영에게 물었다.

"자네 왜 나를 보자마자 도망갔나?"

무영은 변명할 거리가 없었다.

"형님인 줄 몰랐습니다. 홍구의 양 씨가 여기 있냐고 물었는데 없다고 하니까 나간 거지요. 형님이 이곳에 계실 줄 누가 알았겠습니까!"

여경은 콧방귀를 뀌었다. 무영은 히히거리며 반삼을 바라보며 말했다.

"반삼 아가씨, 오랜만이야. 살이 좀 찌셨네. 우리 여경 형님이 맛있는 걸 주신 모양이지?"

반삼은 한 번 흘겨보며 대답했다.

"오랫동안 못 봤다고 저더러 욕하라는 거죠?"

서무영은 손뼉을 쳤다.

"맞아! 바로 그거야!"

그리고 화충과 조박재에게 돌아보며 손짓 발짓을 하고, 웃으면서 말해주었다.

"일전에 우리 여경 형님이 상해에 와서 반삼을 사귀게 된 게 우리 같은 사람들과 함께 이곳에 왔기 때문이지. 하루에도 몇 번이나 왔는지, 마치 화중회 같았다니까. 그래서 반삼 아가씨에게 욕을 엄청 먹었지. 요즘 여경 형님이 여기에 안 오시니까 우리 같은 사람들도 못 온 거야."

화충과 조박재는 한 마디도 거들지 않았다. 서무영은 오히려 반삼에게 물었다.

"왜 우리 여경 형님이 오지 않으셨을까? 혹시 형님한테 잘못한 일이라도 있는 거야?"

반삼이 대답하기도 전에 하여경이 소리쳤다.

"쓸데없는 소리 그만해! 난 여기에 공적인 일이 있어서 온 거야!"

---

1 소홍주의 일종이다.

56

반삼은 사창노릇으로 도둑질을 하고, 요계순은 처음으로 기루에서 보내다

私窩子潘三謀胠篋 破題兒姚二宿勾欄

반삼은 하여경이 공적인 일이 있다는 말에 이 층 손님을 접대하러 방을 나갔다. 서무영은 정색을 하고 무슨 일인지 물었다.

"무슨 공적인 일입니까?"

"우리 같은 사람이 무슨 공적인 일을 관리하겠는가. 산가원 일대로 조사하러 갔었잖아?"

무영은 깜짝 놀라며 말했다.

"산가원에 무슨 일이 있습니까?"

여경이 냉소를 지었다.

"나도 몰라! 오늘 우리 대인께서 내리신 분부야. 산가원의 도박장이 너무 번창해서 밤낮없이 도박을 하고, 한 번 흔들고 나면 삼사만을 따기도 하고 잃으니 볼썽사납다고 말이야! 자네는 몰랐어?"

무영이 껄껄 웃었다.

"산가원의 도박장이야 하루라도 잠잠할 날이 있습니까. 산가원에 강도가 출몰했다가 한바탕 했었죠. 내일 도박하지 말라고 말하러 가야겠어요."

"자네 어물쩍 넘어가지 마. 나중에 사건이 터지면 다들 재미없어!"

무영은 의자를 바짝 당기며 말했다.

"여경 형님, 저는 산가원의 도박장에서 일 원도 써본 적이 없습니다만 형님도 도박하는 사람들이 어떤 사람들인지 알고 있잖아요. 대부분은 나리들이고, 우리 아문에서도 도박을 하고 있는 마당에 우리가 뛰어들어 가서 무슨 말을 하겠습니까? 이럴 때는 제대인께서 처리하신다고 하면 아주 쉽죠. 바로 사람들을 불러서 일망타진하면 되지 않습니까?"

여경은 중얼거리듯 말했다.

"그 사람들이 도박하지 않아 봐, 우리 대인께서도 꼭 그 사람들을 처리하려고 하는 게 아니라니깐. 자네가 먼저 알려줘. 그런데도 또 도박을 하면 당연히 잡으러 가야지."

무영은 허벅지를 치며 말했다.

"제 말은, 도박꾼 몇 명은 대인 친구이십니다. 신아문과는 비교도 되지 않을 정도로 어려운 점이 많습니다."

여경이 얼굴을 붉히며 버럭 화를 냈다.

"대인의 친구라면 바로 이 도련님이 도박한 적이 있겠지만 우리와 상관없어. 우리 중에 누가 도박을 해? 어서 말해봐."

무영은 황급히 변명을 했다.

"저는 형님 쪽 사람이라고 말하지 않았습니다. 만약 형님 쪽 사람이 갔다면 제가 어떻게 말하겠습니까?"

여하경은 그제야 더 이상 따지지 않고 내버려두었다. 서무영은 웃으며 이번에는 화충과 조박재에게 말했다.

"우리 여경 형님이야말로 정말로 능력이 대단하시죠. 여경 형님은 백 명이 넘는 제부(齊府) 사람들을 혼자서 관리하고 있는데 아직까지 아무 탈이 없었어요."

화충은 가볍게 맞장구를 쳐주고 조박재는 탑상에서 일어나 서무영에게 아편을 건네주었다. 서무영은 다시 화충에게 건네주었다.

서로 양보하고 있을 때 갑자기 뒷방에서 문이 열리는 소리가 났다. 그리고 누군가가 살금살금 들어와 탑상으로 다가왔다. 그가 누군가 하고 보았더니 바로 장수여서 모두 의아스러워했다.

"자네 언제 왔었나?"

장수는 한 마디 대답도 없이 몸을 숙이며 지그시 눈을 뜨고 웃었다. 화충은 장수에게 아편을 권했다. 하여경은 조용히 장수에게 물었다.

"이 층에 누가 있어?"

장수는 '광이'라고 나지막한 목소리로 대답했다.

"그러면 내려와 이야기나 하자고 그래."

장수는 다급하게 손을 내저으며 말렸다.

"그는 창녀 같은 놈이야. 부르지 마."

여경이 '흥' 하고 콧방귀를 뀌고 말했다.

"요즘, 사람들이 왜 이렇게 이상해!"

그는 서무영을 가리키며 말했다.

"방금 혼자 뛰어들어 와서 아주머니와 이야기하고 있길래 내가 부르니까 도망가질 않나. 정말 이상해."

서무영은 장수를 바라보며 깔깔 웃었다.

"여경 형님은 내가 형님을 무시한다고 아직까지도 나를 원망하고 계셔. 자네가 말해봐, 그래?"

장수는 웃기만 했다. 하여경이 말했다.

"어쨌든 기루는 노는 곳이니까 당연히 모든 사람들이 드나들 수 있어. 광이 형님은 내가 질투한다고 생각하나 본데, 형님이 잘못 생각한 거야."

장수가 말했다.

"자네 때문에 그러는 게 아니야. 주인이 알게 되면 혼 날까 봐 그런 거겠지."

"참, 자네가 광이 형님에게 말해주게. 주인에게 잘 이야기해서 산가원 도박장에는 가지 말라고 말이야."

그리고 방금 나누었던 이야기를 해주었다. 장수는 그러겠다고 대답을 하고, 아편을 한 모금 피우고 나서 네 사람과 작별인사를 하고 이 층으로 올라갔다. 광이와 반삼이 탑상에서 서로 엉겨 뒹굴고 있었다. 반삼은 장수를 보고 천천히 일어나 앉으며 광이에게 말했다.

"내려가 볼게요. 당신에게 할 말 있으니까 가지 말아요."

장수에게도 당부했다.

"당신도 가지 말고, 잠시 앉아 있어요."

반삼은 아래층으로 내려갔다.

이 층에서 장수는 조용히 광이와 이야기를 나누었다. 삼십 분이 지났을 무렵 네 사람이 작별인사하는 소리, 반삼이 그들을 붙잡는 소리, 아주머니가 배웅하고 문 닫는 소리들이 아래층에서 들려왔다. 이어서 반삼이 그들을 불렀다.

"내려들 와요."

광이는 장수에게 같이 아래층 방으로 가자고 했다. 장수는 일이 있어서 가겠다고 하는데도 광이는 굳이 같이 가자고 하였다. 반삼 쪽에서도 그냥 있지 않고, 장수를 청하며 말했다.

"아편 한 대 더 피워요."

그리고 반삼은 광이를 탑상 앞 등나무 의자로 잡아끌며 앉히고 한참을 속닥거렸다. 장수는 기다릴 수밖에 없었다. 반삼이 한참 이야기하는 동안 광이는 연신 고개만 끄덕였다. 반삼이 이야기를 끝내고 광이 곁에서 떨어지자, 광이는 넋이 나간 채로 어정쩡하게 서 있었다. 그래서 장수가 물었다.

"안 가?"

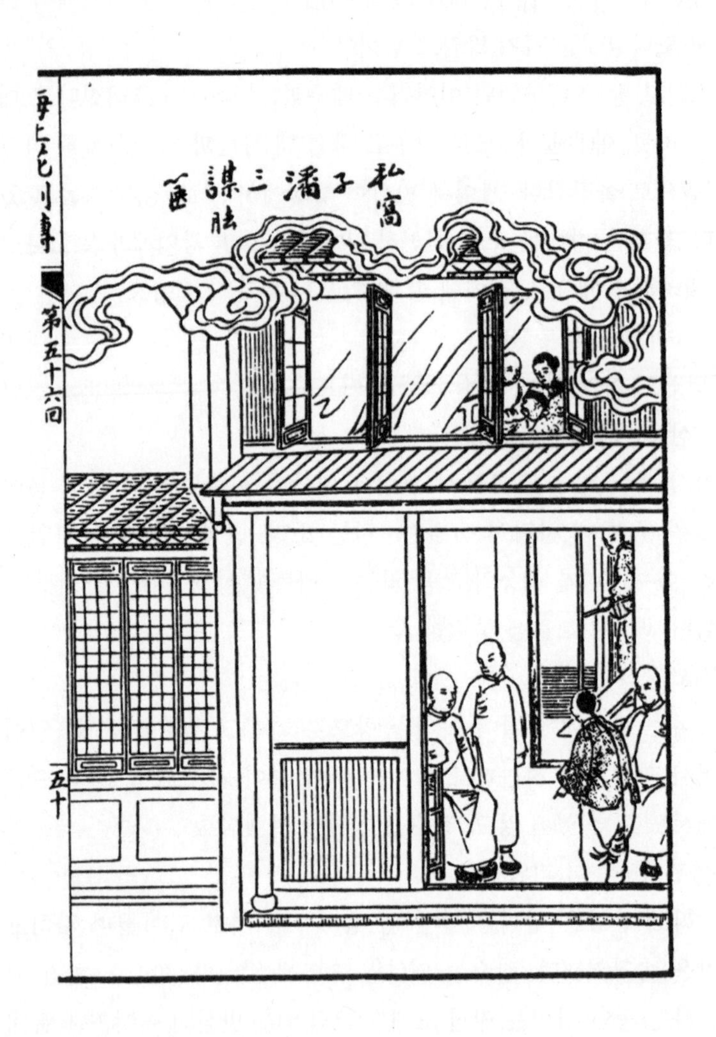
私窩子潘三謀胠篋
海上花列傳
第五十六回
五十

광이는 그제야 정신이 들었다. 문을 나서는데, 반삼이 다시 귀에 대고 서서 소곤거렸다. 광이는 다시 고개를 끄덕이고, 장수와 함께 거안리를 나섰다. 장수가 걸어가며 물었다.

"반삼이 무슨 말을 했어?"

"쓸데없는 말이지! 빚을 갚아주면 시집을 오겠다는 거야."

"그러면 자네가 아내로 맞이해."

"내가 그런 돈이 어디 있어."

갈림길에서 광이는 상인리 양원원의 집으로 향하고 장수는 조귀리 황취봉의 집으로 갔다. 장수가 멀리서 보니 황취봉의 집 앞 양쪽으로 기녀들이 타고 온 가마 일고여덟 대가 서 있었다. 아직 술자리가 끝나지 않은 모양이었다. 문을 들어서는데, 우연히 내안을 만나게 되었다. 장수가 물었다.

"아직 끝나지 않았나?"

"곧 끝날 거야."

"왕 나리께선 누구를 불렀어?"

"심소홍, 주쌍옥 두 사람 불렀어."

"홍 나리는 여기에 계신가?"

"응."

장수는 그 말을 듣고 주쌍주가 왔다면 분명 아금도 따라왔겠구나 하고 속으로 생각했다. 잠시 기회를 봐서 슬며시 이 층으로 올라가 주렴 사이로 살짝 엿보았다. 그때 술자리는 화권으로 왁자지껄하고 술기운이 한창 무르익고 있었다. 나자부와 요계순 두 사람은 자칭 '바닥 없는 구멍'이라고, 술잔의 수에 제한을 두지 않고 내기를 하고 있었다. 그러나 모두들 굴복하지 않았다. 왕연생, 홍선경, 주애인, 갈중영, 탕소암, 진소운 여섯 사람도 육국의 합종연횡처럼 격렬하게 싸워나갔다. 모두 애인이나 아주머니, 어린 하녀들이 대신 술 마시는 것을 허용하지 않았으며 기세등등하게 서로 지지 않으려고 하니

평상시보다 더욱 시끌벅적하였다.

장수는 주쌍주를 따라온 아금이 한가하게 옆에 서 있는 것을 보고 몸에 지니고 있는 호루라기를 꺼내 그쪽을 향해 '쉬' 하고 불었다. 그 자리의 사람들은 전혀 듣지 못했지만 아금은 그 소리를 듣고 주렴 밖으로 슬며시 빠져나와 이틀 뒤에 만나자고 장수와 조용히 약속을 했다. 장수는 아주 기뻐하며 시중을 들기 위해 아래층으로 내려가고 아금은 다시 슬그머니 방 안으로 숨어들어 갔다. 사람들은 화권을 하고 술을 마시느라 그들을 신경 쓸 틈이 없었다.

이 술자리는 열두 시까지 떠들썩하게 이어졌고, 거나하게 취한 손님들은 그제야 조금씩 쉬기 시작했다. 기녀들은 그들의 기분을 맞추기 위해 한 명도 떠나지 않았다.

자리가 끝나가려고 하자 요계순은 왕연생과 사람들에게 인사를 했다.

"내일 자리를 마련하고자 하니 모두 함께해주시게."

그리고 그는 그가 부른 기녀를 돌아보며 말했다.

"바로 이 사람의 집인 경운리에서 자리를 마련하겠습니다."

모두 그렇게 하겠다고 대답을 하며 물었다.

"마계생이라고 했던가? 오늘 처음 봤네만."

"나도 만난 지 얼마 되지 않네. 처음에는 친구가 불렀는데, 그때 친구가 소개해줘서 몇 번 불렀지."

그러자 모두 '좋아'라고 했다.

이야기가 끝나자 손님들과 기녀들은 일제히 작별을 고하고, 속속 아래층으로 내려갔다. 아주머니와 어린 하인들은 술 취한 그들이 넘어지지 않도록 앞뒤에서 부축하였다. 나자부는 손님을 보내고 방으로 돌아왔다. 황취봉이 그의 얼굴색을 보니 많이 취하지는 않은 것 같아 그를 마주하고 앉았다. 취봉이 물었다.

"무슨 일로 모두 왕 나리를 초대해서 술자리를 마련하려는 거예요?”

“강서로 부임을 가잖아. 그래서 우리 친구들이 송별회 자리를 마련하는 거야.”

취봉이 자기도 모르게 한숨을 내쉬었다.

“심소홍 이제 고생하겠네! 왕 나리가 있으면 한번 잘해서 다시 사귀는 것도 괜찮은데. 이번에 가버리면, 끝이네요!”

“요즘 왕 나리 말이야, 무슨 이유인지는 모르지만 심소홍과 사이가 좀 좋아진 것 같아.”

“지금 사이가 좀 좋아지면 뭐 해요. 애초 심소홍이 머리를 잘못 썼지. 왕 나리에게 시집을 갔다면, 지금 괜찮지요. 따라가도 좋고 다시 기녀생활 해도 좋잖아요.”

“심소홍은 자기가 재미를 찾고 싶어서 광대랑 사귀는데, 어떻게 시집을 가나!”

취봉은 또 한숨을 쉬었다.

“기녀가 광대와 사귀는 것은 흔하지만, 문제는 기녀가 손해를 본다는 거죠!”

두 사람은 서로 이야기를 나누다 정리를 하고 잠자리에 들었다.

다음 날 일요일 오후, 나자부는 명원으로 바람 쐬러 갈 생각에 고승에게 마차 두 대를 부르라고 했다. 마침 황이저가 놀러 와서 방으로 들어오며 ‘나 나리’, ‘큰 선생님’ 하고 불렀다. 황취봉은 ‘엄마’ 하며 자리로 청했다. 잠시 인사를 나누고 취봉은 장사가 어떤지 물었다. 황이저는 미간을 찌푸리고 고개를 내저으며 말했다.

“말도 마! 네가 있을 때는 정말 시끌벅적했지. 지금은 아니야. 금봉을 찾는 자리도 많이 없어. 기녀를 새로 들일까도 하는데, 제금화처럼 안 좋으면 어쩌나 싶기도 하고. 계속 이러다간 안 되겠다 싶어서 의논하려고 왔어. 무슨 수가 없을까?”

“그건 엄마가 생각해야죠. 내가 무슨 말을 해요. 기녀를 들여오는 것도 어려워요. 사람이 좋아도 장사가 잘 된다고 어떻게 확신하겠어요? 나도 요즘 장사가 시원찮아요."

황이저는 생각하느라 한참 아무 말 하지 않았다. 취봉도 그냥 내버려두었다.

잠시 후, 고승이 아뢰었다.

"마차가 왔습니다."

황이저는 마지못해 작별을 고하고 머뭇거리며 나갔다. 나자부는 고승을 데리고, 황취봉은 조가모를 데리고 각자 마차에 올라타고 명원까지 달렸다. 차를 마시려고 중앙 건물로 들어가 자리를 잡았다.

자부는 황이저의 이야기를 꺼냈다.

"자네 엄마는 무능한 사람이야. 너한테 돌봐달라고 하니 말이야."

"뭐 하러 엄마를 돌봐주겠어요! 나야 엄마에게 팔려 온 기녀잖아요. 그런데 엄마는 돈을 아쉬워하면서도 내 말은 듣지 않다가 지금에 와서 장사가 안 되니까 나에게 방법이 있냐고 묻고 있잖아요. 다시는 돈을 주나 봐요."

자부가 웃었다. 취봉은 또 심소홍의 이야기를 꺼냈다.

"심소홍도 쓸모없는 인간이야. 왕 나리가 장혜정과 사귄 건 아주 잘한 거예요. 당신 괜히 왕 나리에게 이르지 말아요. 뒤에서 몰래 왕 나리를 들쑤시면 나빠요."

이때, 심소홍이 혼자 천천히 걸어왔다. 취봉은 더 이상 말하지 않고 입을 다물었다. 자부는 멀찍이서 심소홍을 바라보니, 심소홍의 얼굴색이 아편으로 거무죽죽해져 있고 많이 수척해졌다는 것을 한눈에 알 수 있었다. 소홍 또한 멀리서 보고도 못 본 체하고 사선으로 가로질러 서양관으로 올라갔다. 그 뒤로 대관원의 무소생인 소류아가 왔다. 그는 최신 유행의 비단옷을 입고 있어 더욱 날렵해 보였다. 신발 바닥이 두툼한 경혜를 신고 있어 '따각 따각' 소리가 났다. 반지르르하게 땋은 머리를 뒤로 늘어뜨리고 있었다. 그는 그곳에 들어와 일부러 몇 바퀴 돌며 나자부가 앉은 탁자 쪽으로 다가와 황취봉을 자세히 훑어보았다. 황취봉은 아래위로 아주 깔끔하게 모두 흰색 옷을 입고 있었고, 머리 장식도 거의 하지 않고 있었다. 손목에 끼고 있는 백금 팔찌는 일본 보석 전람회에서 구입한 것이었다. 소류아는 일찍이 들은 바가 있어 특별히 안목을 넓히려고 그것에 눈길을 주었다.

황취봉은 그의 의도를 오해하고 소매를 털고 일어나며 나자부에게 말했다.

"이제 가요."

자부는 그 말을 따르며 명원의 곳곳을 둘러보고 명원 입구로 가서 마차에 올라탔다.

조부리 입구에서 내려 대문을 들어서니, 곁채에서 문군옥이 혼자 창가에 앉아 고개를 탁자에 파묻고 열심히 뭔가를 보고 있었다.

나자부는 창가로 가서 까치발을 하고 보았다. 탁자 위에는 『천가시(千家詩)』[1] 라는 책 한 권이 펼쳐져 있었다. 문군옥은 책에 눈을 바짝 갖다 대고 있어서 창문 밖에서 누가 자신을 보고 있는지도 눈치채지 못했다. 황취봉은 나자부의 뒤에서 몰래 자부의 옷자락을 잡아당기며 그만 가자고 했다. 나자부는 웃음을 꾹 참고 이 층으로 올라가 방으로 들어갔다. 그는 조용히 황취봉에게 물었다.

"문군옥은 좀 이름이 나 있는 것 같던데, 왜 그런 거야?"

황취봉은 삐죽거리기만 하고 대답은 하지 않았다. 조가모는 옆에서 조용히 웃으며 말했다.

"나 나리, 왜요, 사귀시게요? 저는 가끔 부딪히기도 하는데 그 사람과 말을 나누면 정말이지 웃음이 나와요. 그 사람 말이 지금 상해는 이름뿐인 것 같다고, 조계지에는 진정한 기녀 한 사람 없지만, 다행히 자기가 상해에 왔기에 사람들에게 기녀의 체면을 살린다고 말이에요."

조가모는 이 말을 하다가도 또 웃었다. 자부도 따라 웃었다. 조가모가 계속 말을 이었다.

"제가 물었어요. '그러면 당신은 체면을 세웠나요?' 그러니까 '지금 이렇게 유지하고 있잖아요. 상해에 손님이 없다는 게 안타까워요. 손님이 있어도 언제나 한 사람하고만 사귀니까.'라고 말하더군요."

자부가 그 말에 껄껄 웃었다. 취봉이 입을 뾰족 내밀며 눈치를 주자 조가모는 그제야 입을 닫았다.

저녁이 되자, 고승이 초대장을 올렸다. 자부는 요계순의 초대장인 것을 보고 바로 아래층으로 내려갔다. 마침 문군옥의 방문을 지나가는데 뭔가를 읊조리고 있는 소리가 들렸다. 자부는 속으로 상해에 이런 기녀만 있다면 어느 누가 사귀려 할까 하고 생각했다. 고승은 자부가 가마에 올라타는 것을 시중들고 경운리 마계생의 집으로 향했다. 요계순은 손님들이 모두 모이자 자리로 청했다.

요계순이 술자리의 주인인 이상 그냥 설렁설렁 보낼 리가 없었다. 모두들 한껏 즐겼고 왕연생은 속이 울렁거려 자리에 엎어졌다. 심소홍이 물었다.

"왜 그러세요?"

왕연생은 손을 내젓기만 하다 갑자기 '욱' 하더니 바닥에 토해냈다. 주애인은 너무 많이 마신 것 같아 자리에서 빠져나와 탑상에 드러누웠다. 임소분은 그에게 아편을 피우도록 시중들어주었다. 그런데 그 역시 몇 모금 피우지도 못하고 금세 곯아떨어졌다. 갈중영은 처음에는 사양하며 많이 마시지 않다가 뒤늦게 취하고 술잔을 빼앗으며 술을 마시려고 하였다. 오설향은 그를 말렸지만 중영이 아예 귓등으로 듣는 바람에 하마터면 싸움까지 할 뻔했다. 나자부는 갈중영이 신이 난 것을 보고 소리쳤다.

"좋아, 좋아! 우리 화권이나 하세."

그리고 갈중영과 큰 잔으로 열 잔을 내걸었다. 갈중영은 세 번을

破題兒
姚二
宿勾欄

지고 억지로 마셨다. 자부는 자신의 주량을 믿고 이미 많이 마셨는데도 이 일곱 잔을 마시자 비틀거리며 도저히 몸을 가누지 못했다. 홍선경과 탕소암, 진소운 세 사람은 바로 앞에 술이 놓여 있어도 특별히 조심하며 한 모금씩 마셔서 정신도 말짱하고 취기도 전혀 없었다. 그들은 이 네 사람이 많이 취한 것을 보고 주인 요계순에게 술자리를 정리하자고 말하고 네 사람을 가마에 태워주고 헤어졌다.

요계순은 주량도 세서 술자리에서는 아무렇지도 않았는데 손님을 배웅해주려고 일어나자 순간 현기증이 나서 몸을 가누지 못하였다. 다행히 마계생이 뒤에서 받쳐주어서 넘어지지는 않았다. 마계생은 손님이 모두 떠나자 아주머니와 함께 요계순을 부축하여 침대로 가서 뉘었다. 그리고 옷을 벗기고 얇은 이불을 덮어주었다. 요계순은 아무것도 모르고 잠이 들었다. 날이 밝자 눈을 뜨고 보니, 자기 침대가 아니고 게다가 옆에서 누군가 자신의 시중을 들고 있었다. 정신을 가다듬고 자세히 생각해보니 마계생의 집이었다.

그런데 요계순의 둘째 부인은 단속이 아주 엄해서 매일 밤 열 시에 귀가해야 하고, 조금이라도 늦으면 바로 견책을 가했다. 만약에 관장에 공무가 잔뜩 쌓여 밤을 새야 할 때는 반드시 사람을 보내어 둘째 부인에게 알려야 했다. 둘째 부인은 몰래 알아보고 사실이라고 하면 그제야 안심하고 넘어갔다. 이전에 요계순이 위하선과 만날 때도, 아무리 그 두 사람이 정이 통해도 밤새도록 즐기지는 못했다. '추태를 보인 그날'부터 둘째 부인은 몇 차례 난리를 피우고 다시는 위하선을 만나는 것을 허락하지 않았다. 요계순도 어쩌지 못해 모진 마음을 먹고 관계를 끊었다.

그러나 요계순은 아부를 하며 사업을 하려면 몇 차례 체면치레로 기루에 드나들 수밖에 없었다. 둘째 부인도 그 이유를 누구보다 잘 알고 있었다. 그때 마침 집에서 부리고 있는 마 씨 성을 가진 아주머니가 마계생과 같은 성씨라고 둘째 부인 앞에서 마계생의 좋은 점들을 늘어놓았다. 그래서 둘째 부인은 요계순에게 마계생을 만나라고 부추기며, 귀가 시간도 열두 시로 조금 늦춰주었다.

그런데 요계순은 술에 취해서 그만 마계생의 집에서 하룻밤을 지내고 말았다. 이는 살아오면서 처음으로 경험하는 첫날밤이지만 집에 있는 둘째 부인이 이번 일로 난리를 피우면 분명 단속이 배로 심해질 것이고, 거짓말로 적당히 넘어가다 만에 하나 가마꾼이 발설하면 오히려 상황은 악화될 것 같고, 이래저래 생각해보아도 도무지 묘안이 떠오르지 않았다.

마계생은 노곤하여 잠이 쏟아졌다. 요계순은 아쉽게도 잠을 자지 못하고 눈을 뜬 채 정오까지 있었다. 그때 응접실에서 남자 하인이 소리쳤다.

“계생 아가씨, 출탑니다.”

아주머니가 옆방에서 대답하며 물었다.

“누가 부르는 거야?”

남자 하인이 대답했다.

“요 씨예요.”

요계순은 ‘요’자를 듣고 아기 사슴이 벌벌 떨며 이리저리 날뛰는 마냥 가슴이 벌렁거려 일어나 앉으며 귀를 갖다 대고 들었다. 아주머니가 다시 말했다

“둘째 도련님이 바로 요 씨야, 이분 말고는 없어.”

남자 하인이 다시 ‘킥’ 하고 웃었다. 이어서 갑자기 시끄러워지더니 다시 조용해져서 도무지 무슨 말인지 분명치 않았다.

요계순은 마계생을 흔들어 깨우고 급하게 옷을 입고 침대에서 내려왔다. 그리고 아주머니를 방으로 불러 자세히 물었다. 아주머니는 손에 든 국표를 요계순에게 올리며 히히거렸다.

“둘째 마님께서 호중천에서 우리 아가씨를 불렀어요. 그래서 둘째 도련님 가마꾼이 이걸 보내왔어요.”

요계순은 청천벽력 같은 소리에 깜짝 놀라서 눈을 휘둥그레 뜨고 입을 헉 벌린 채 어떻게 해야 할지 몰랐다. 그런데 마계생은 그 의도를 눈치채고 미소를 지으며 '갈게'라고 대답하고 가마꾼을 먼저 보냈다. 마계생은 아주머니에게 세숫물을 가져오라고 하고 얼른 세수를 하고 머리를 빗었다.

요계순이 마음을 대충 정하고 마계생을 말렸다.

"내가 갈 테니 너는 가지 마. 나는 어쨌든 괜찮아. 무슨 수를 써도, 설마 날 죽이기야 하겠어?"

마계생은 멍한 표정을 지으며 물었다.

"날 불렀는데, 왜 가지 말라는 거예요?"

요계순이 미간을 찌푸리며 말했다.

"네가 가면 서양식당에서 조만간 난리가 날 텐데, 그게 무슨 꼴이야?"

마계생은 실소를 하며 말했다.

"그래서 절 여기에 있으라고 하는 거군요. 소란이야 어딘들 못하겠어요. 왜 하필 서양식당으로 오라는 걸까요? 당신 부인이 정신이 나갔어요?"

요계순은 더 이상 말을 꺼내지 못하고 계생이 화장하고 옷을 갈아입고 혼자 문을 나서서 가마에 오르는 것을 보고만 있었다. 요계순은 아주머니에게 무슨 일이 생기면 가마꾼에게 즉시 알리라고 당부했다. 아주머니는 그러겠다고 대답하고 마계생을 쫓아갔다.

---

1 송대(宋代) 사방득(謝枋得)의 『중정천가시(重訂千家詩)』와 명대(明代) 왕상(王相)의 『오언천가시(五言千家詩)』를 합친 것. 모두 22권에 1,281수가 수록되어 있다. 모두 당송 시가의 율시와 절구이다.

57

달콤한 말로 질투심을 속이고, 집요하게 뚝배기 바닥을 긁듯 캐묻다

甜蜜蜜騙過醋瓶頭 狠巴巴問到沙鍋底

마계생의 가마는 사마로 호중천 식당 문 앞에서 멈추었다. 계생은 아주머니의 손을 잡고 이 층으로 올라갔다. 종업원은 첫 번째 방으로 안내했다. 둘째 부인 요 씨는 만면에 웃음을 띠고 일어나며 그녀를 맞이했다. 계생은 잰걸음으로 앞으로 가서 '둘째 마님' 하며 인사를 하고 마 씨 아주머니에게도 인사를 했다. 둘째 부인은 계생의 손을 잡고 가죽 의자로 가서 나란히 앉았다. 요씨 부인이 말문을 열었다.

"자네를 청하려는데, 아래층 회계방에서 귀찮게 하길래 아예 국표를 썼네. 뭘 드시고 싶은가? 주문하게."

계생은 사양했다.

"전 먹었어요. 둘째 마님께서 주문하셔요."

계속 권해도 사양을 하자 둘째 부인은 몇 가지 요리를 대신 종업원에게 주문하고 차를 한 잔 건네주며 한담을 나누었다. 그러나 요계순의 이야기는 하지 않았다. 계생은 속으로 말을 해야겠다고 마음을 먹고 먼저 어젯밤 일을 꺼냈다. 둘째 도련님이 어떻게 술자리를 마련해서 손님을 청했고, 술내기 화권놀이를 어떻게 했으며, 술을 많이 마셔서 얼마나 취했는지 그리고 어떻게 곯아떨어져서 꼼짝하지 못했으며, 자기와 아주머니 두 사람이 어떻게 옮겨 와 침대에 눕혔는지, 또 오늘 아침 둘째 도련님이 잠에서 깨어나 얼마나 놀라며 이상해했는지, 지난 밤 일을 기억하지 못하더라고 말하며 애매하거나 숨기거나 하는 것 없이 세세하게 둘째 부인에게 말해주었다.

둘째 부인은 계생이 다른 사람들과 확연히 다르게 정직한 사람이라고 들어왔는데 오늘 그녀가 하는 말을 듣고 보니 틀리지 않아 속으로 아주 기뻤다. 마침 종업원이 탕병[1]을 들고 왔다. 둘째 부인은 억지로 계생에게 권했지만 계생은 계속 사양했다. 둘째 부인은 마 씨 아주머니에게 권해보라고 다그쳤다. 계생은 하는 수 없이 그녀의 권유를 못 이기고 탕병을 먹었다. 그리고 생선요리가 올라왔다.

둘째 부인은 요리를 먹으면서 물었다.

"지금 둘째 도련님은 일어나셨나?"

"제가 나오려고 할 때 일어나셨어요. 둘째 마님께서 부르신다고 했더니 아주 조급해져서 혹시 한마디 할까 걱정하셨어요. 그래서 제가 '괜찮아요. 둘째 마님은 기본을 갖춘 분이세요. 당신이 바깥에서 돈을 함부로 쓰고 또 몸을 상하게 할까 봐 걱정하시는 거예요. 당신이 잘 해봐요, 마님도 당신을 나무라지 않아요.'라고 말했어요."

둘째 부인은 한숨을 쉬었다.

"그 사람을 말하면 정말 화가 나! 자기 잘못은 탓하지 않고 나만 잔소리가 많다고 생각하는 것 같아. 외출하면 어디에서 누구를 만나든지 간에 내가 아주 나쁘다는 둥, 내가 사납다는 둥, 남편을 간섭하려고 한다는 둥, 내가 외출을 못하게 한다는 둥 이런 말들을 하고 다녀. 자네를 여러 번 불렀을 텐데, 자네한테도 이런 말 하지 않았어?"

甜蜜〻
騙過醋瓶
頭
第五十七回

"지금은 아니에요. 철없이 말하는 것 같지만 속으로는 분명하게 아셔요. 둘째 마님께서는 다 도련님 잘되라고 하는 말씀이잖아요. 저도 가끔씩 도련님께 타이르곤 해요. '둘째 마님은 우리 같은 기녀들과 비교할 수 없어요. 당신이 기루에 오면 손님이에요. 손님이 철이 있든 없든 우리가 상관할 바 아니니까 당연히 당신에게 아무 말 하지 않는 거예요. 둘째 마님은 당신 가족이에요. 당신이 잘해야 둘째 마님에게도 좋잖아요. 그러면 당신을 간섭하지도 않을 거고 또 외출 금지도 하지 않겠지요. 어쨌든 당신이 잘해야죠. 만약 저도 남편이 있어서 밖에서 철없는 행동을 한다면 똑같이 잔소리할걸요.'라고 말이죠."

둘째 부인이 말했다.

"지금은 그 사람에게 아무 말 하지 않아. 그 사람이 그만둘 때까지 보고 있을 참이야. 내가 말해도 안 듣고 그 기루만 도와주니까. 위하선 그 죽일 년이 나에게 욕을 퍼부었는데도 그 모자란 사람은 그 죽일 년에게 향초를 피워주러 가서[2] 내가 잘못했다고 말했다는 거야! 내가 무슨 낯으로 그 사람을 나무라겠어?"

둘째 부인은 여기까지 말하고는 점점 숨이 거칠어지고 얼굴이 부어올라 핏줄들이 다 터져버릴 것 같았다. 계생은 더 이상 말을 하지 못했다. 바로 그때 다섯 번째 요리가 올라왔다. 계생은 매번 올라오는 요리의 맛을 보고 마 씨 아주머니에게 주었다. 손수건으로 입가를 닦고 자리에 편히 앉았다.

계생은 다시 천천히 말을 꺼냈다.

"저도 사실 말하기가 그래요. 둘째 도련님은 사실 방탕하긴 하죠. 마님께서 늘 해오셨듯이 단속하셔야 합니다. 그냥 내버려두었다간 상해 기녀들이 죄다 그와 사귀고 싶어할 텐데, 마님께서 단속해주셔야 그나마 괜찮지요. 둘째 마님, 안 그렇습니까?"

대답은 하지 않았지만 둘째 부인의 얼굴에 미소가 번졌다. 잠시 후, 둘째 부인은 다시 계생의 손을 잡고 회랑으로 나가 걸으며 난간에 나란히 기댔다. 그리고 계생에게 나이가 몇이며, 부모님은 있는지, 정혼은 했었는지를 물었다. 계생은 열아홉 살이며, 양친 모두 돌아가신 뒤에 빚을 감당할 수 없어 이 길에 들어서게 되었다며, 누가 불구덩이에서 꺼내주면 삼생에 걸쳐 그 은덕을 잊지 않을 거라고 대답하였다. 둘째 부인이 길게 한숨을 쉬었다. 이번에는 계생이 둘째 부인에게 물었다.

"한 곡 들어보시겠어요? 제가 들려 드릴게요."

둘째 부인이 말렸다.

"괜찮아. 이제 가야 해."

그리고 다시 계생과 함께 방으로 돌아와 마 씨 아주머니에게 계산하라고 했다.

둘째 부인은 다시 한숨을 쉬었다.

"내가 위하선 그 죽일 년 때문에 몇 번 싸우는 바람에 소문이 안 좋게 났어. 누가 내 억울한 심정을 알아주겠나. 지금처럼 너와 만났었다면 안심했을 텐데. 질투라면 왜 싸우지 않겠어?"

계생은 미소를 지으며 말했다.

"위하선 같은 서우들은 속일 줄 알아요. 저처럼 고지식한 사람은 손님도 몇 명 없어요. 둘째 도련님을 알고부터 마음속으로 둘째 도련님 사업이 잘되고 건강하기만을 바라며 여태껏 지내오고 있어요."

"내가 자네에게 할 말이 또 있네. 기왕 둘째 도련님이 자네 집에 있으니, 자네에게 둘째 도련님을 넘겨주겠네. 둘째 도련님이 조계지로 오면 절대 기녀들을 부르게 놔두지 말게. 만약 꼭 불러야 한다면 자네가 아주머니 편으로 나에게 서신을 보내 알려주게."

계생은 그러겠다고 대답했다. 둘째 부인은 계생의 손을 잡고 천천히 내려가 서양식당 문을 나섰다. 계생은 마 씨 아주머니가 둘째 부인의 가마 뒤를 따라 가는 것을 보고 나서야 가마에 올라타고 경운리로 돌아왔다.

요계순은 탑상에 누워 아편을 피우고 있었다. 계생은 짐짓 성난 표정으로 말했다.

"당신은 괜찮으시네요. 마님이 당신을 가만두지 않았을 텐데요! 좀 조심해요, 아시겠어요?"

계순은 이미 염탐꾼을 보내 소식을 전해 들었기 때문에 전혀 개의치 않고 실룩실룩 웃기만 했다. 계생은 외출복을 벗고 둘째 부인이 한 말들을 자세하게 이야기해주었다. 계순은 더 이상 휘둘리지 않아도 되니 좋아서 어쩔 줄 몰랐다. 그러나 계생은 오히려 계순에게 훈계를 했다.

"당신 나중에 술자리에 가서 조금 일찍 집으로 돌아가세요. 둘째 마님이 저에게 물어보더군요. 당신이 아무리 부인을 싫어해도 위하선과 비교할 수 있나요."

계순은 말이 끝나기도 전에 소리를 질렀다.

"다시 위하선 이야기를 꺼냈다간 정말 마누라에게 맞아!"

"그럼, 당신 말은 요이에게 흥미가 없다는 거네요. 둘째 마님이 당신에게 계속 만날 건지 물어보면 지금은 마음에 드는 기녀가 없어서 만나고 있다고 하세요. 그러면 둘째 마님은 당신을 좋아할 거예요."

계순은 그러겠다고 순순히 대답했다. 또 잠시 의논을 하고 계순은 마계생의 집을 나서서 가마를 타고 일을 처리하러 갔다. 저녁에 일을 끝내고 다시 술자리로 갔다.

이날 저녁은 갈중영이 동합리 오설향의 집에서 왕연생을 위해 송별회를 마련한 것이었다. 이전처럼 일곱 명이 참석했다. 요계순은 일찍 돌아갈 생각에 자리가 끝나기도 전에 먼저 떠나갔다. 다른 사람들도 밤새도록 술을 마셔도 주흥이 날 것 같지 않아 잠시 앉아 있다가 헤어졌다.

왕연생은 일찍 술자리가 끝나자 홍선경과 함께 걸어서 공양리 주쌍옥의 집에 차를 마시러 갔다. 두 사람은 쌍옥의 방으로 갔다. 주쌍주가 그 방으로 건너와 인사를 하며 말했다.

"오늘은 괜찮으시네요. 어제 저녁처럼 술을 마시면 사람 잡죠!"

아주는 연생에게 아편 담뱃불을 붙여주며 말을 이었다.

"왕 나리, 다음부터는 술을 조금 마셔요. 술도 많이 마시고 게다가 아편까지 피우시면 몸이 견뎌나질 못해요. 맞잖아요?"

연생은 웃으며 끄덕였다. 아주가 아편을 채우자 연생이 입으로 빨아 당겼다. 담뱃대 안의 아편 기름을 빨아 당기다 말고 벌떡 일어나더니 탑상 앞에 놓인 타구에 토했다. 아주는 황급히 담뱃대를 뚫었다. 쌍옥은 멀찍이 앉아 있다가 교건에게 눈짓을 했다. 교건은 바로 화장대 서랍 안에서 유리단지 하나를 꺼냈다. 그 안에는 산사포(山査脯)[3]가 반쯤 담겨 있었다. 교건은 왕 나리와 홍 나리에게 조금 먹어보라고 권했다. 연생은 갑자기 숨이 트였다.

아주는 담뱃대를 뚫고 나서 연생에게 불을 붙여주며 말했다.

"지금 소홍 선생은 그 엄마가 술자리에 따라다녀요?"

연생은 고개를 끄덕였다.

"그러면 대아금이 나가고 난 후에 여자 하인도 쓰지 않아요?"

연생은 또 고개를 끄덕였다.

"작은 집으로 이사 가야 한다고 하던데, 정말입니까?"

"몰라."

아주는 아편을 다시 채워주었지만 연생은 바로 피우지 않고 갑자기 일어나 다리를 꼬고 앉았다. 물담배를 피우려는 것이었다. 교건이 물담배를 올리자 연생이 받아 들고 직접 한 모금 피우다 말고 까닭 없이 눈물을 흘렸다. 아주는 이유를 물을 수도 없었다. 쌍주와 쌍옥은 서로 쳐다보며 가만히 있었다. 방 안은 아주 조용했다. 다만 사방에서 들려오는 귀뚜라미 소리만 귓가에 울렸다.

선경은 연생의 마음을 알고 가만히 내버려두고 쌍주와 몇 마디 나누었다. 그때 방문의 주렴을 올리며 머리 하나가 쑥 들어오더니 두리번거렸다. 어린아이 같았다. 쌍주가 소리치며 물었다.

"누구야?"

바깥에서는 대답이 없었다. 쌍주가 다시 소리쳤다.

"들어와!"

그제야 삐죽거리며 쌍주 앞으로 걸어왔다. 알고 보니 아금의 아들 아대였다. 그는 중얼거리며 쌍주에게 말을 하였지만 무슨 말을 하는지 알 수 없었다. 쌍주는 콧방귀를 뀌고, 아대는 도로 순순히 물러났다. 이어서 아래층에서 따각따각 발소리가 들려왔다. 이 층 방으로 뛰어올라 오는 소리였다. 쌍주는 아금인 것을 보고 화가 나서 무시해버렸다. 아금은 부끄러워하며 중간 방을 빠져나가 아대와 세세하게 의논하였다. 선경은 자기도 모르게 웃음이 나왔다.

연생은 다시 드러누워 아편을 피웠다. 그리고 아주에게 내안을 불러 가마를 대령하라고 하였다. 선경과 쌍주 그리고 쌍옥 모두 문 입구까지 나와 그를 배웅해주었다.

왕연생이 가고 난 후 선경은 쌍주의 방으로 갔다. 아주는 정리를 하고 나서 일부러 건너와서 선경에게 물었다.

"왕 나리께서는 왜 화가 나셨나요?"

"괜히 왕 나리겠나!"

"관리가 되신 건데 기분이 좋아야지, 왜 화가 나요?"

"처음에는 왕 나리가 심소홍만 좋아하지 않았더냐? 심소홍이 실망시켜서 장혜정과 혼인했었고. 그런데 장혜정도 그럴 거라 누가 알았겠나! 이번에는 장혜정이 실망을 시켜서 다시 심소홍과 만났지. 만나기는 하지만 속으로는 화가 나 있지!"

"장혜정이 어떻게 실망시켰다는 거예요?"

"그냥 뭘 했다고 말하긴 그렇고."

아주는 지난번에 왕연생의 공관으로 갔다가 장혜정이 얻어맞는 소리를 들었다고 말해주었다. 선경도 말했다.

"심했지! 왕 나리가 두들겨 패고 나서는 내치려고 했어. 장혜정이 생아편을 먹어서 우리 몇 명 친구들이 가서 말렸는데, 조카를 내쫓는 것으로 이 일은 일단락됐어."

아주도 한숨을 쉬었다.

"장혜정도 그렇게 노력하지는 않는군요! 심소홍이 알면 좋아서 깔깔 넘어가겠어요!"

한참 이야기를 신나게 하고 있는데 남자 하인이 아뢰었다.

"작은 선생 출탑니다."

아주는 건넛방으로 돌아가 주쌍옥의 출타에 따라나섰다. 선경이 쌍주에게 말했다.

"아쉽게도 왕 나리가 다른 곳으로 가네. 안 그러면 쌍옥을 소개해 주면 좋을 텐데 말이야."

"쌍옥 말을 하니 생각이 나네요. 우리 엄마가 상의하려고 했는데 제가 말한다는 걸 깜빡하고 있었어요."

"무슨 이야기?"

"우리 쌍옥이 산가원에서 돌아온 후 계속 손님을 받지 않으려고 해요. 저와 엄마가 몇 번을 말해봤지만, 다섯째 도련님이 꼭 데려가기로 이야기가 다 됐다는 말만 하네요. 제가 속사정을 대놓고 말해 주려니 좀 그래요. 그러니까 당신이 도련님에게 어떻게 할 생각인지 물어봐 줘요. 데려갈 거면 데려가고, 그게 아니라면 도련님이 쌍옥에게 직접 말해줘서 일을 하게 하는 게 맞지 않나요?"

"쌍옥이 겉보기와 다르구만. 수작이 보통이 아니야."

"그 두 사람 모두 허무맹랑한 거죠. 도련님이 정혼했다는 건 말할 것도 없고, 안 했다고 해도 쌍옥을 큰 마님으로 데려가겠어요!"

선경이 대답하려는데, 예상치도 못하게 주쌍보가 한동안 선경을 뵙지 못했다며 들어와서 일부러 어리둥절한 표정을 지으며 물었다.

"큰 마님이 어디 있어요? 보여줘요."

쌍주는 입 싼 쌍보가 얄미워 눈을 부릅뜨고 그녀를 째려봤다. 쌍보는 얼른 입을 다물고 한쪽으로 물러나 앉았다. 아금은 방으로 들어오자마자 쌍보에게 귓속말을 했고, 쌍보도 귓속말로 대답했다. 아금은 가볍게 한 마디 욕을 하고 돌아앉아 골패를 꺼내 가지고 놀았다. 선경은 쌍보에게 요즘 어떻게 지내는지 몇 마디 물었다.

잠시 후 쌍옥이 돌아왔다. 쌍보는 쌍옥이 돌아오는 기척을 듣고 아래층으로 피했다. 쌍옥은 쌍주의 방으로 건너와서 잠시 이야기를 나누었다. 열두 시를 알리는 종소리와 함께 교건이 죽을 들고 올라왔다. 아금은 골패를 내려놓고 선경과 쌍주, 쌍옥 세 사람의 식사를 도왔다. 교건이 그릇과 젓가락을 정리하자 아금은 다시 골패를 가지고 놀았다. 선경은 아대가 어둑한 방문 앞에 숨어 있는 것을 보고 불렀다.

"뭐 하고 있어?"

아대는 살금살금 도망을 갔다가 순간 다시 문 앞에서 머뭇거렸다. 쌍주는 마음에 들지 않았지만 아예 그냥 내버려두었다.

남자 하인이 등을 내리고 대문을 닫는 소리가 들렸다. 쌍옥은 인사를 하고 자러 방으로 돌아갔다. 교건이 다시 세숫물을 가져오자 아금은 골패를 상자 속에 넣고 쌍주가 얼굴을 닦고 화장을 지우는 것을 도왔다. 남포등을 끄고 화장대 위 다리가 긴 등을 켰다. 침상에 오색 이불을 걷어내고 가장 얇은 요만 깔았다. 교건은 돌아가고 아금은 원래 자리에 우두커니 앉아 고개를 숙였다. 아대는 방으로 들어와 아금 옆으로 갔다. 선경은 속으로 생각만 하고 그가 어떻게 하는지 가만히 보았다.

잠시 후, 아덕보가 손에 물주전자를 들고 와서 차를 따랐다. 그리고 아금을 돌아보며 냉랭하게 물었다.

"돌아갈 거야?"

아금은 우물쭈물 대답은 않고 아대를 데리고 먼저 나갔다. 아덕보는 바로 쫓아 나갔다. 갑자기 계단 아래쪽이 왁자지껄하게 소란스러웠다. 아덕보가 욕하고 때리는 소리, 아금이 울고 고함치는 소리, 아대가 소리치고 동동 발을 구르는 소리, 그 사이사이 아주와 교건이 말리는 소리, 하인들이 끌어내며 말리는 소리, 주란이 꾸짖는 소리 등 여러 소리들이 섞여 들려왔다.

선경은 난리법석에 놀라 이 층에서 내려다보았지만 보이지 않았다. 아덕보가 때리고 욕을 퍼부으며 소리쳤다.

"대마로 어디에 가? 내가 묻잖아! 대마로 어디에 가냐고? 어서 말해!"

다른 말은 묻지 않고 이 말만 되풀이했다. 아금은 대답하지도 않고, 용서해달라고 하지도 않고, 악을 쓰며 울고불며 소리만 질러댔다. 아주와 교건 그리고 남자 하인은 이리저리 말려보았지만 서로 떼어내지도 막지도 못했다. 주란이 화가 치밀어 올라 소리를 질렀다.

"죽일 생각이야?"

이 고함소리에 아덕보가 잠시 손을 풀자 아주와 교건이 아금을 끌고 나와 얼른 주란의 방으로 밀어 넣었다. 아덕보는 화가 식지 않아 닥치는 대로 아대를 붙잡고 물었다.

"엄마랑 대마로에 가서 뭐 했어? 네가 아들 새끼야? 돼지 새끼지!"

그는 욕을 하며 아대를 때렸다. 아대는 울며불며 소리 지르고 발을 동동거렸다. 정말이지 돼지 새끼를 잡아 죽이는 것 같았다. 남자 하인이 아대를 빼내려 하자 아덕보는 아대의 변발을 틀어쥐고 죽기살기로 놓아주지 않았다.

쌍주는 이제 더 이상 참지 못하고 머리를 풀어헤친 채로 나와 아덕보를 불렀다.

"아덕보, 정말 여기서 이럴 거야? 저 어린 게 뭘 알아?"

남자 하인은 쌍주의 말에 아덕보에게 달려들어 그의 손을 풀어 아

狠巴巴鬧到沙鍋底

대를 데리고 나와 주란의 방으로 들여보냈다. 아덕보는 하는 수 없이 성큼성큼 대문을 뛰쳐나갔다.

선경과 쌍주가 자려고 돌아서는데, 쌍옥도 머리를 풀어헤치고 자기 방문 앞에 서서 아금이 두들겨 맞는 소리를 듣고 있었다. 선경이 웃으며 말했다.

"아금도 끝났어. 저렇게 심하게 맞았는데 일을 할 수 있겠어?"

모두 잠자리에 들었다. 아금과 아대도 주란의 방에서 하룻밤을 묵었다.

다음 날, 선경은 조금 일찍 일어났다. 아금은 마침 허리를 숙여 방바닥을 쓸고 있었다. 울어서 눈이 퉁퉁 부어 있고 수심이 가득한 얼굴을 하고 있었다. 선경은 몇 마디 위로의 말을 하고 싶었으나 말하기가 머쓱했다. 점심을 먹고 나서 선경이 나가며 쌍주가 깨지 않도록 아금에게 당부의 말을 했다.

"중화리로 가니까 선생 일어나거든 말해줘라."

아금이 그러겠다고 대답을 했다.

선경은 주쌍주의 집을 나와 골목을 두 번 돌아 주공관의 문 앞에 도착했다. 장수가 그를 보자 무슨 일이 난 걸로 알고 깜짝 놀라며 허둥거리며 물었다.

"홍 나리, 무슨 일이십니까?"

선경은 잠시 멍해졌다가 이내 대답했다.

"무슨 일이긴, 다섯째 도련님 보러 온 거네."

장수는 그제야 안심을 하고 선경을 서재로 부리나케 모셨다. 주숙인에게 인사를 하고 자리에 앉아 이야기를 나누었다. 천천히 주쌍옥의 뜻을 치켜세우며 지금까지 손님을 받지 않으려고 하고 있으며 그녀를 아내로 맞이하면 그야말로 풍류의 아름다운 이야기가 될 것이라고 했다. 그러지 않을 거면 주란도 장사를 해야 하니까, 쌍옥이 더 이상 바보처럼 기다리다 일생을 허비하지 않도록 직접 쌍옥에게 말해주기를 바란다고 일러주었다. 숙인이 알겠다고만 대답하자 선경은 분명하게 대답을 해달라고 했다. 그러나 숙인은 다음에 결정해서 말해주겠다고 했다. 선경은 하는 수 없이 인사를 하고 돌아가 주란에게 전해주었다.

숙인은 홍선경을 배웅하고 서재로 돌아왔다. 그는 주쌍옥을 아내로 맞이하려면 제운수와 의논해야 한다고 생각했다. 게다가 제운수는 일전에 손쉬운 일이라고만 말했던 터였다. 그러나 쌍옥의 의중은 정실로 들어가는 것이지 첩으로 내려앉는 것이 아니었다. 그러니 차라리 속일 수 있을 때까지 속였다가 그때 가서 털어놓고 쌍옥에게 용서를 구하는 것도 괜찮을 것 같았다.

오후에 숙인은 주애인이 외출했다는 이야기를 듣고, 혼자 가마를 타고 일립원으로 갔다. 일립원의 집사는 그를 알아보고 바로 가마를 일립원 안으로 안내하며 돌아 대관루 앞에서 멈추었다. 집사는 대인이 아직 오수 중이라며 집사의 방으로 가서 잠깐 있으라고 청했다. 숙인은 고개를 끄덕였다. 집사가 계단을 오르도록 안내하는데, 중간 방 안에서 골패 소리가 들려왔다. 숙인은 마작 하는 걸 알고 잠시 걸음을 멈추고 머뭇거렸다. 그러나 집사는 벌써 나와 주렴을 걷어 올리며 숙인을 안으로 청했다.

---

1 湯餠 : 밀가루 반죽을 손으로 뜯어 넣어 끓인 탕

2 집안에 불운을 없애기 위해 액막이를 하는 것을 말한다.

3 산사나무 열매를 말린 것으로, 식욕을 증진시키고 심장기능을 강화시키는 효능이 있다.

58

이학정은 집안 대대로 내려오던 재산을 쏟아붓고, 제삼저는 온 천하를 거짓말로 잘도 속이다

李少爺全傾積世資 諸三姐善撒瞞天謊

주숙인은 대관루의 중간 방으로 들어갔다. 이학정, 고아백, 윤치원, 소관향 네 명이 마작을 하고 있었다. 그들은 자리에서 일어나 인사를 했다. 소관향이 말했다.

"저는 대인 대신 하다가 많이 잃었어요. 도련님이 하셔요."

주숙인은 못한다며 사양했다. 고아백이 말했다.

"못해도 괜찮아. 관향이 있잖아."

윤치원이 말했다.

"저 사람 말은 쓸데없는 소리이니 듣지 말게. 지난 번 봉의수각에서 주쌍옥이랑 마작을 한 사람이 누구였더라?"

주숙인은 그제야 겸연쩍어하며 자리에 앉았다. 마작을 한 번 돌리고 나자 마침 제운수가 오수를 즐기고 천천히 들어왔다. 주숙인은 그를 보고 일어나며 자리를 양보하였다. 제운수가 말했다.

"그냥 계속하게."

주숙인은 고집스럽게 하지 않겠다고 하였다. 제운수도 더 이상 강권하지 않고 소관향에게 대신 하라고 하고 자신은 숙인과 한담을 나누었다. 그러나 숙인은 사람들 앞에서 상의해야 할 이야기를 꺼내지 못했다.

잠시 후, 제운수는 직접 마작을 하려고 자리에 앉으면서 주숙인에게 당부의 말을 했다.

"자네 여기에 머물게. 나중에 주쌍옥을 불러서 함께 며칠 놀다가 국화 감상하고 돌아가게."

숙인은 그러겠다고 대답했다. 날이 저물자 마작을 끝내고 모두 대관루를 나섰다. 구불구불한 남쪽 길을 따라 가다 횡파감으로 들어섰다. 제운수는 호수 너머를 가리키며 말했다.

"국화산은 다 만들어졌는데 천막이 아직 안 만들어졌어."

이학정과 주숙인은 고개를 쭉 내밀고 보았다. 서남쪽 멀리 국화산은 보이지 않고, 지붕 위에 서너 명의 장인들이 꿇어앉아 일하고 있는 모습이 보였다. 그 주위를 살펴보았으나 대나무 숲 사이로 주홍색 난간 귀퉁이만 보일 뿐이었다. 고아백이 말했다.

"여기는 국화산 뒤쪽이니까 당연히 안 보이지."

윤치원이 말했다.

"조급하긴. 내일이면 다 완성될 텐데."

그리고 그들은 횡파감을 나와 봉의수각을 지나 낚시터로 갔다. 위에는 세 칸짜리 큰 누각이 있는데, 정면의 현판에 '연상헌(延爽軒)'이라는 글자가 초서로 쓰여 있었다. 필치가 마치 바람을 타고 날아갈 듯하였다.

그때 해는 서산으로 지고 있었다. 구름은 노을에 붉게 타오르고 석양은 창가의 탁자를 선명하게 비추었다. 모두 감상을 하며 거닐다 연상헌으로 들어갔다. 집사가 일찌감치 연회 자리를 마련해두고 있었다. 양원원, 주쌍옥, 요문군, 장수영이 모두 도착하자 제운수는 바로 그들을 자리에 청하였다.

양원원은 소매 속에서 초대장을 하나 꺼내 조용히 이학정에게 주었다. 학정은 읽고 나서 전대 안에 넣었다. 나갈 생각에 자리에 편히 앉아 있지도 못하고 더구나 술 마실 엄두도 내지 못했다. 주숙인도 상의할 일이 있어 나른하니 그다지 흥이 나지 않았다. 그래서 술자리는 아주 조용했다.

점심을 먹고 나자 안주가 올라왔다. 이학정은 핑계를 대며 작별인사를 했다. 제운수는 냉소를 지으며 말했다.

"자네 또 나를 속이려고 하는군. 자네에게 중요한 사업이 있다는 거 잘 알고 있네. 지금이 바로 그 일이잖아."

학정은 얼굴에 부끄러운 기색을 드러내며 아무 말도 하지 못했다.

잠시 후, 술자리가 끝나자 다들 편히 앉았다. 이학정과 양원원은 작별인사를 하고 연상헌 앞에서 가마에 올랐다.

일립원 밖으로 나가자 가마 두 대는 서로 다른 길로 갔다. 양원원은 상인리로 돌아가고 이학정은 모퉁이를 돌아 북쪽으로 갔다. 잠시 후 대문 앞에서 멈추었다. 광이가 앞으로 가서 곁문을 열어주었다. 안에서는 사람이 등을 들고 나와 그를 맞이해주었다.

"도련님, 오늘은 조금 늦으셨네요."

학정이 보니 서무영이었다. 학정은 서무영에게 고개를 끄덕이고 그를 따라 문을 들어섰다. 의문(儀門)[1] 위에는 마구철 유리등이 벽에 박혀 있었다. 서무영은 걸음을 멈추고 학정과 광이를 들여보냈다. 안으로 들어서자 구불구불한 복도가 나타났다. 복도에는 벽에 걸린 등이 길을 밝히고 있었다. 복도 끝이 바로 중앙 응접실이었다. 그곳에는 육칠십 명의 사람들이 빽빽하게 모여 있었다. 그 사이사이에 간식이나 과일을 파는 잡상인들이 다니고 있었다. 그러나 그들은 까마귀와 참새 지저귀는 소리조차 들리지 않을 정도로 구석구석을 조용히 다녔다. 다만 도박을 진행하는 사람들이 '청룡', '백호'라고 외치는 소리만 들려왔다. 이곳은 은화만 사용하는 '현원대(現圓臺)'

라는 곳이었다.

학정은 까치발로 한번 둘러보았다. 끗발을 한참 올리고 있는 사람은 혼강룡이었다. 학정은 바로 사람들 사이로 빠져나와 중앙 응접실 뒤로 돌아 나갔다. 문지기는 멀리서 그를 보고 쫓아와 문을 열며 학정과 광이를 안으로 들였다. 이 문은 객실로 통했다. 객실을 담당하는 사람들이 황급히 뛰어 나왔다. 한 사람은 광이를 데리고 다른 곳으로 가서 모시고, 또 한 사람은 학정을 객실로 안내했다. 위쪽에는 길고 높은 계산대가 있는데 주소화가 그 안에 앉아 계산을 하고 있었다. 이곳은 산대를 교환해주는 곳이었다.

학정은 이천 원짜리 수표 한 장을 꺼내 소화에게 주었다. 소화는 액수만큼 산대를 교환해주며 말했다.

"많이 버십시오!"

학정은 웃으며 고개를 끄덕였다. 그런 다음 그 사람은 학정을 옆방의 이 층으로 안내하였다. 이 층에는 방 세 칸이 연결되어 있는데, 높고 널찍한 방은 등불들로 대낮처럼 밝았다. 중앙에는 같은 색깔의 죽포 탁자보를 덮은 탁자 하나가 있었다. 탁자의 사면으로 십여 명만 앉아 있어서 더욱 조용했다.

이때는 수삼이 한참 끗발을 올려서 한 무더기 산대를 땄다. 이학정은 그가 아주 부러웠다. 수삼이 내려오고 교노사가 이어서 올라가 패를 흔들었다. 학정은 사방을 둘러보고 물었다.

"자라는 왜 안 왔어?"

수삼이 말했다.

"돌아갔네. 자라가 가는 바람에 패를 흔들 사람이 부족하다고 말하고 있던 참이었어."

학정이 말했다.

"재미없겠는데!"

교노사가 마작의 세 가지 보물인 그릇, 뚜껑, 골패를 보여주었다.

李少
爺
全傾積
世資
第五十八回

학정은 연필과 외국산 종이를 가져와 탄보(攤譜)[2]를 그렸다. 탄보를 따라 세심하게 신경을 써가며 돈을 걸었으나 맞추지는 못했다. 학정은 더 이상 돈을 걸지 않고 벽쪽 아편침대로 가서 아편을 피웠다. 교노사가 그 뒤를 이었다. 그러나 양류당과 여걸신 두 사람에게 연달아 지는 바람에 하는 수 없이 골패를 도로 집어넣었다.

이학정은 뇌공자를 제외하고 더 큰 판돈을 가진 도박꾼이 없다는 생각이 들자 갑자기 아편침대에서 일어나 태연하고도 대담하게 제일 높은 용머리에 앉아 '장군'을 꺼내라고 하고 그릇에 담고 흔들었다. 처음에는 따는 게 많고 잃는 게 적어서 이천 정도 땄다고 생각했다. 그러나 갑자기 돈주머니가 열리더니 아무리 메꾸어도 역부족이었다.

학정은 속으로 후회가 밀려와 그만둘까 했지만 특별히 이기고 진 것도 없었다고 생각했다. 그런데 갑자기 형세가 바뀌어 골패가 말을 듣지 않아 또 두 번을 졌다.

다른 쪽 도박꾼들은 아무도 잃지 않았고 학정만 오륙천을 잃었다.

학정은 본전을 찾을 생각에 다급해져서 앞뒤도 살피지 않고 흔들어 던졌으나 이번에도 크게 낭패를 보게 되었다. 제일 먼저 교노사가 한곳에 천을 모두 걸고, 수삼이 그를 따라 역시 천을 걸고 두 곳에다 오백을 걸었다. 그다음부터는 삼사백, 칠팔백을 한곳에 몽땅 걸기도 하고 나누어서 걸어 천차만별이었다. 어쨌든 '진보(進寶)'에 대부분 다 걸었다.

학정은 속으로 보이는 게 꼭 '진보'만이겠는가라고 생각하고 웃었다. 뚜껑을 들어 올리자 사람들은 시선을 집중했다. '요(幺)', '이(二)', '사(四)', '육(六)' 이렇게 네 개의 골패가 반듯하게 펼쳐져 있었다. 학정은 눈이 뒤집힐 만큼 화가 치밀어 올라 말조차 나오지 않았다. 옆 사람이 학정 대신 계산을 해보니 모두 만 육천여 원이 필요했다. 학정은 가지고 있는 수표와 열 개 남짓 되는 금덩어리를 합쳐도

만이 조금 더 될 뿐이어서 아주 초조해지고, 어떻게 해야 할지도 감감했다. 교노사가 웃으며 말했다.

"무슨 걱정이야? 지금 빌려서 갚고 내일 돌려주면 되지."

교노사의 한 마디 말에 학정은 정신이 번쩍 뜨였다. 그는 양류당과 여결신 두 사람에게 담보를 서달라고 부탁하고 수삼에게서 오천을 빌렸다. 바로 그 자리에서 차용증을 써서 사흘 내에 모든 돈을 말끔하게 갚겠다고 했다.

이학정은 아편침대로 가서 누웠다. 생각하면 할수록 화가 났다. 날이 밝기를 기다리지 않고 아래층의 광이를 불러 등불을 켜라고 했다. 그리고 원래 왔던 복도를 지나 옆문을 나와 가마에 올라타고 석로의 장안객잔으로 돌아갔다. 객잔 문을 열고 방으로 들어가 숙부 이실부가 어디에 있는지도 묻지 않고 잠자리에 누웠다. 이튿날 식사를 하고 나서야 광이에게 물었다.

"나리는 어디에 계시냐?"

광이가 웃으며 말했다.

"대흥리에 계시겠죠."

학정은 계획을 짰다. 일전에 실부와 함께 우장유[3]를 담은 광주리 천 개를 사고 실부가 그 보관증을 가지고 있으니 오늘 보관증을 가져가 담보로 하면 급한 불은 끌 수 있을 것이었다. 그래서 광이에게 방을 지키라고 하고 혼자 사마로 대흥리 제십전의 집으로 걸어서 갔다. 문 앞에 빈 가마 한 대가 놓여 있고 가마꾼 세 명이 뜰에 서 있었다. 학정은 조금 당혹스러웠다. 다행히 제삼저가 학정을 알아보고 응접실에서 황급히 그를 맞이하러 나왔다.

"도련님, 오셨어요? 넷째 나리는 여기에 계셔요."

학정은 방으로 들어가며 물었다.

"나리의 가마 아닌가?"

"아니에요. 나리께서 청하신 의사 선생의 가마예요. 두소산이라고

諸三姐喜撒瞞天謊

하는데, 이 층에 계셔요. 도련님, 이 층으로 올라가시죠.”

학정은 이 층 계단을 올라갔다. 이실부는 아편침대에 비스듬히 누워 있다가 몸을 일으키고 인사를 했다. 제십전은 부끄러워하며 ‘도련님’ 하고 인사를 했다. 두소산 선생은 책상에 고개를 숙이고 처방전을 쓰는 데 여념이 없었다.

학정은 대충 자리에 앉았다. 실부의 뺨 언저리와 이마 모서리에는 부스럼이 많이 나 있고, 아편 소반에 대나무 종이를 쌓아두고 고름을 계속 닦아내고 있었다. 그런데 제십전은 여전히 얼굴이 붉고, 눈주위가 가뭇하였다. 그러나 부스럼은 없었다.

잠시 후, 두소산은 처방전을 다 쓰고 나서 작별인사를 하고 나갔다. 학정은 그제야 실부에게 보관증이 필요하다고 말했다. 실부는 의아해하며 물었다.

“뭐 하려고 그러냐?”

학정은 당황해하며 대답했다.

“어제 노적이 올해 면화가 재미있다고 해서 좀 살까 합니다.”

실부는 그 말을 듣고 냉소를 지었다. 그리고 학정에게 되물으려고 하는데, 이 층으로 올라오는 제삼저의 발소리가 들려왔다. 제삼저가 먹을 걸 잔뜩 쌓은 쟁반을 양손으로 들고 들어왔다. 그녀는 제십전을 불러 받아 내려놓으라고 하였다. 제삼저는 먼저 쟁반에서 찻잔을 꺼내 학정에게 올리고 그다음 단만두 한 접시, 짠만두 한 접시, 케이크 한 접시를 옮기고 다시 빈 접시 하나를 내어 수박씨를 한 움큼 쥐고 담았다. 이렇게 갖추어진 네 가지 간식을 탁자 중간에 가지런히 배치하고 상아 젓가락 두 벌을 각각 마주 놓았다.

실부가 말했다.

“한 마디 상의도 없이 사 왔어?”

제삼저는 대답은 하지 않고 비시시 웃음만 쪼개며 제십전을 힘껏 앞으로 밀었다. 제십전은 마지못해 두어 발자국을 떼며 말했다.

"도련님, 좀 드셔요."

그녀의 목소리가 너무 작아서 학정은 잘 알아듣지 못했다. 제삼저는 더 이상 참지 못하고 직접 다가와서 말했다.

"도련님, 좀 드세요."

그리고 상아 젓가락을 들어 학정의 앞 접시에 간식을 하나하나 덜어 담았다. 학정은 계속 사양했지만 제삼저는 벌써 간식을 담고 수박씨도 올렸다. 실부는 웃으며 학정에게 권했다.

"그냥 편히 들어."

학정은 그들의 정성에 케이크 한쪽을 잘라 먹고 차로 입을 헹궜다. 제삼저는 옆에 있다가 갑자기 무슨 생각이 떠올랐는지 황급히 서랍에서 종이담배 반 갑을 찾아서 한 개피를 꺼내었다. 담배에 불을 붙여 학정에게 올리며 말했다.

"도련님, 피워보셔요."

학정은 손에는 찻잔이 들려 있고 입에는 케이크가 들어 있어 받지도 못하고 피우지도 못해 자기도 모르게 웃음이 나왔다. 제십전은 창피하여 제삼저의 옷깃을 살짝 잡아당겼다. 제삼저는 그제야 물러났다.

실부가 처방전을 제삼저에게 건네주자 제삼저가 물었다.

"다른 말은 없었어요?"

"지금 나아지고 있으니 조심하라는 말뿐이었어."

제삼저는 '아미타불' 하고 염불을 외며 말했다.

"나아졌으니 다행이에요. 제가 얼마나 마음을 졸였는지 몰라요!"

제삼저는 이 말을 하며 학정을 돌아보며 '도련님' 하고 부르고 천천히 말을 꺼내기 시작했다.

"넷째 나리께서 아편을 피우시지만 시골은 상해와 달라서 어느 아편관을 가더라도 불결하답니다. 아마 나리께서 아편을 피우러 가셨다가 자기도 모르게 잠이 들어 독에 오른 모양이에요. 나리께서 막

오셨을 때 얼마나 끔찍하던지, 글쎄 얼굴이 온통 엉망이었어요! 그래서 제가 '넷째 나리, 도대체 어디에 가셨던 거예요?'라고 물어도, 넷째 나리께서는 대수롭지 않게 여기셨던지 자신이 어디에 갔는지도 모르시더군요. 저와 십전은 밤낮으로 넷째 나리 병간호하느라 잠도 자지 못했어요. 다행히도 의사 선생이 약을 몇 첩 지어줘서 조금 나아졌어요. 안 그랬으면 더 심해졌을 것이고 저와 십전이 계속 병간호하다 만에 하나 우리들도 한꺼번에 옮았으면 아휴, 정말이지 죽었을 거예요. 도련님도 그렇게 생각하시지요?"

학정은 그녀가 이 말을 잘도 입 밖에 낸다고 속으로 생각하며 제십전을 넌지시 훑어보았다. 제삼저가 또 말했다.

"큰도련님, 아시겠어요? 남들은 잘 모르면서 우리에게 누명을 씌우는 말을 하니까 정말 화가 나요! 글쎄, 넷째 나리의 이 부스럼을 우리가 옮겼다는 겁니다. 여기는 십전과 저뿐이고, 우리 두 사람은 청결하고 깔끔해요. 어디 부스럼이 났나요? 십전에게 났다면, 넷째 나리 두 눈은 삐었답니까?"

이 말을 하며 제십전을 학정의 눈앞으로 끌고 와서 얼굴을 가리키며 말했다.

"자, 보세요. 넷째 나리 얼굴이 우리 십전과 비슷하기라도 하나요?"

그리고 또 제십전의 양쪽 어깨를 잡고 학정에게 앞뒤로 보여주며 말했다.

"요만큼의 흔적도 없어요."

제십전은 부끄러워서 빠져나와 한쪽으로 피했다.

학정은 한마디도 하지 않았으나, 이 제삼저는 정말이지 늙은 여우여서 만약 실부가 우둔하게 행동했다간 앞으로 손실이 막대하겠다고 속으로 생각했다. 그때 실부가 제삼저에게 성을 냈다.

"다른 사람들 말을 왜 듣고 있어. 내가 아무 말 하지 않았으면 그만이야."

제삼저가 웃으며 말했다.

"넷째 나리께서야 당연히 탓하지 않으셨죠. 넷째 나리께서 만약에 우리를 탓하시면 우리는 어떻게…."

제삼저는 말을 꺼내다 말고 웃으며 아래층으로 내려갔다. 실부는 학정에게 웃으며 말했다.

"너도 괜한 생각 짜내지 말거라. 네 돈 가져가서 잃는 거야 내가 상관할 바 아니야. 지금 나한테서 보관증을 가져갔다가 만에 하나 다 잃기라도 하면 내가 집으로 돌아가서 어떻게 설명하겠어?"

학정은 불쾌하여 가만히 있었다. 실부가 말했다.

"보관증은 작은 가죽 가방에 있다. 원하면 네가 직접 가지고 가. 내가 건네주고 싶지는 않구나."

학정은 잠시 중얼거리다 일어났다. 실부가 물었다.

"열쇠가 필요하지?"

학성은 울컥하여 필요 없다고 했다. 아래층에서 제삼저가 붙잡았다.

"큰도련님, 잠깐만요."

학정은 무시하고 대흥리를 얼른 빠져나와 장안객잔으로 돌아갔다. 그는 속으로 생각했다.

'숙부는 아무리 해명하기 싫어도 그렇지 나에게 직접 가져가라고 하다니, 내가 훔쳐갔다고 말할 작정인가? 꽉 막히고 인색한 자린고비 같으니까 제삼저에게 농간당하고 노리개로 이용되지. 지금부터는 더 이상 간여하지 않을 테다. 그런데 수삼에게 진 빚은 어떻게 한담?'

이런저런 궁리를 찾다가 하는 수 없이 방 계약서 두 장을 가지고 가마를 타고 중화리 주공관으로 가서 탕소암을 만났다. 학정은 계약서를 저당 잡혀 탕소암에게 만 원을 빌려달라고 부탁했다. 탕소암은 알겠다며 저녁에 양원원의 집에서 만나자고 약속했다. 이학정은 먼저 가마를 타고 가서 기다렸다.

탕소암은 그를 보내고 나서 주애인이 갖고 있는 것으로는 한계가 있으니 필시 나자부와 의논해야겠다고 생각했다. 그래서 즉시 조부리 황취봉의 집을 방문하였다. 나자부는 이 층 방에서 그를 맞이했다. 마침 황이저가 자리에 앉아 있다가 '탕 나리' 하며 인사를 했다. 탕소암은 고개를 끄덕이며 황이저에게 말했다.

"오랜만이네. 장사는 잘 되는가?"

"아니요. 이전과 비교하면 영 시원찮아요."

황취봉은 냉소를 지으며 말을 끊었다.

"그러면 장사를 하지 말아야지. 무슨 장사를 한다고 그래요!"

탕소암은 그 말의 의미를 몰라 그냥 제쳐두고, 소매 속에서 방 계약서를 꺼내 나자부에 보여주었다. 그리고 이학정이 이 계약서로 돈을 빌리려고 한다고 이야기해주었다. 자부는 탕소암이 신용이 있는 사람이라 흔쾌히 승낙을 하고 탕소암과 함께 환어음을 만들려고 전장(錢莊)으로 갔다.

황이저는 나자부와 탕소암이 나가고 방 안에 아무도 없자 황취봉에게 말했다.

"그저께 사람을 하나 봤는데, 괜찮아. 그래서 데려올까 생각했어. 근데 처음이어서 일을 못할 거야. 연말 명절 동안 적어도 삼사백은 있어야 하는데, 정말이지 걱정이야."

취봉은 고개를 숙이고 아무 말도 하지 않았다. 황이저가 말했다.

"네가 생각 좀 해줘 봐. 동업자를 들일까? 아니면 이 층 방을 세줄까?"

취봉은 여전히 고개를 숙이고 생각에 잠긴 듯했다. 황이저는 그녀의 표정을 살피고, 염치도 없이 애원했다.

"고마워. 무슨 말이든 나는 네 말대로 할게. 만약에 기루가 조금이라도 잘되면 나도 잊지 않을 거야. 은혜 갚을 테니까 대신 묘안을 좀 생각해줘 봐."

취봉이 입을 열었다.

"엄마는 정말 욕심이 끝이 없어요. 지금 묘안이 없다고 말할 건 아니지만, 설령 엄마에게 묘안을 알려줘서 삼사백을 벌어들인다고 해도 엄마는 그래도 적다고 불평할걸요!"

황이저는 변명거리가 없어 대충 둘러댔다.

"그럴 일은 없을 거야. 벌 수만 있으면 더 이상 좋을 수 없지. 적게 벌었다고 불평할 그런 사람이 어디에 있어!"

취봉은 또 고개를 숙이고 한참 말 없이 가만히 있었다. 황이저도 현명하게 옆에서 조용히 기다렸다. 취봉은 갑자기 눈을 번쩍 뜨며 황이저를 보고 가까이 오라고 손짓하며 귀에 대고 속삭였다. 황이저는 허리를 숙여 집중해서 들었다. 한참 지나서야 취봉은 말을 끝냈다. 황이저도 모두 알아들었다.

상의가 끝나자 그때 마침 나자부가 돌아왔다. 손에는 저당 계약서를 들고서 황취봉에게 보관하라고 주었다. 황이저는 침대 뒤쪽으로 따라가 취봉을 도와 가죽 상자 덮개를 들고 있었다. 그런데 의아스러워하며 물었다.

"나 나리 문갑이 두 개였어?"

취봉이 말했다.

"하나는 내 거예요. 속신 문서를 넣어뒀어요."

자부는 겹겹이 열쇠로 잠그는 소리를 들었다. 황이저는 작별인사를 하고 갔다.

취봉은 '흥' 콧방귀를 뀌며 자부에게 말했다.

"내가 진작 알아챘지. 나에게 돈 빌리려고 온 거잖아요."

자부는 의심스러운 듯이 말했다.

"황이저가 또 돈을 빌리려고 했어?"

"그 사람이야 상식이 있긴 한가요. 두 달이 못 돼서 천 원을 다 썼잖아요."

자부는 귀에 부는 바람마냥 그냥 흘려 넘겼다.

이틀 뒤, 황이저가 다시 와서 계속 취봉에게 애원했다. 취봉은 이를 악물고 한 푼도 주지도 않았다. 황이저가 닷새 동안 내리 찾아와서 귀찮게 했지만 취봉은 아예 무시했다. 그러자 황이저는 소란을 피웠다.

자부는 차마 가만히 보고 있을 수만 없어 그들 사이를 중재하려고 나섰다. 그런데 뜻밖에 황이저는 한번에 오백을 빌려달라고 했다. 자부가 액수를 조금 낮추자고 하자 황이저는 취봉에게 잘 해주었던 지난 일들을 하나하나 늘어놓으며 말했다.

"지금 기루가 잘되고 있으니까 저를 완전히 잊은 거지요! 저는 절대 그렇게 하지 않아요. 속신을 해도 제 딸이에요. 설마 외국으로 도망가기야 하겠어요!"

자부는 더 이상 그녀를 당해낼 수 없어 이 말을 취봉에게 전해주었다. 취봉은 웃으며 말했다.

"나한테 속신 문서가 있는데, 왜 엄마를 무서워하겠어. 마음대로 하라고 그래."

---

1 저택의 두 번째 정문

2 도박판 그림

3 牛莊油 : 동북지역 콩기름

59

문서를 쥐고서 연환계를 차용하고, 이름을 떨치려고 화답시를 구걸하다

攫文書借用連環計 掙名氣央題和韻詩

초하루 오후, 황이저는 황취봉의 집으로 와서 소란을 피우려고 하였다. 그러나 황취봉은 남자 하인에게 가죽덮개 마차 두 대를 부르게 하고 황이저를 방 안에 혼자 내버려두고 나자부와 명원으로 나들이를 나가버렸다. 취봉은 명원에서 차를 마시면서도 여전히 냉소를 지으며 말했다.

"속신 문서가 내 손안에 있는데, 더 이상 어쩌겠어요!"

"자네 여자 하인에게 엄마를 모시라고 했어야 했어."

취봉이 목을 획 돌리며 말했다.

"기다리라고 해요! 뭘 모셔요!"

"그러면 안 돼."

"뭐가 안 돼요? 설마 가구를 훔쳐가겠어요?"

"가구야 아니겠지만, 속신 문서가 가죽 상자에 있는 걸 알고 있으니까 훔쳐갈 수도 있잖아."

취봉은 이 말에, 순간 눈이 휘둥그레지며 소리를 질렀다.

"아! 안 되지!"

옆에 있던 조가모도 순간 멍해져서 말을 이었다.

"그건 절대 안 되죠! 얼른 돌아가요."

자부는 취봉을 먼저 보내려고 하였다. 그러자 취봉이 말했다.

"당신도 함께 돌아가야죠! 만약에 훔쳐갔다면 저를 위해서라도 어떻게 해야 하는지 의견을 주셔야죠."

세 사람은 각각 원래 타고 왔던 마차를 타고 부리나케 집으로 돌아왔다. 집 안에 들어서자마자 취봉이 먼저 물었다.

"엄마 이 층에 계셔?"

남자 하인이 말했다.

"방금 전에 돌아갔습니다."

취봉은 허둥지둥 이 층 방으로 뛰어올라 가 가구와 장식품들을 훑어보았다. 다행히 그대로였다. 다시 침대 뒤쪽으로 가서 보았다. 그러자 정말 깜짝 놀라고 말았다. 취봉은 발을 동동 구르며 소리를 질렀다.

"이젠 끝났어!"

자부가 뒤따라 뛰어와서 보니, 가죽 상자의 돌쩌귀가 땅에 떨어져 있었다. 덮개를 열어보니, 상자 안에는 딸랑 문갑 하나만 있었다. 취봉은 속이 타 들어가서 발을 구르며 통곡하고 또 욕을 퍼부으며, 죽기 살기로 황이저에게 달려가려고 했다. 자부와 조가모는 취봉을 말리며 자리에 앉히고 천천히 상의를 하였다. 취봉이 말했다.

"상의는 무슨 상의! 엄마는 내 목숨을 원한다구요! 내가 죽어버리면 좋겠지!"

자부가 말했다.

"우선 내 문갑이나 안전한 곳에 두고 나서 말하자."

취봉은 다시 가죽 상자 속의 그 문갑을 꺼내 와 다른 곳에 넣다가 깜짝 놀라며 소리를 질렀다.

"아, 내 문갑이야!"

이제야 상황을 파악하고 말했다.

"휴, 잘못 가져갔어. 나리 문갑을 가져갔네."

그리고 깔깔 웃었다. 자부는 그 말을 듣고 당황해하며 물었다.

"그럼, 내 문갑은 어디에 있어?"

취봉은 그 문갑을 들고 자부에게 보여주고 낄낄 소리 내며 웃었다.

"엄마가 잘못 가져갔어요. 당신 문갑을 가져가고, 내 문갑은 여기에 있어요!"

자부의 얼굴색이 흙빛으로 변하였다. 그리고 그는 다리를 치며 말했다.

"정말 이건 안 되지!"

"당신 문갑은 괜찮아요. 가져가서 쓸 데도 없어요. 설마 돈으로 바꾸기야 하겠어요? 그러려고 해도 어디서 바꾸는지도 몰라요."

자부는 멍하게 앉아 생각만 했다. 취봉은 조가모를 불러 분부를 내렸다.

"엄마한테 가서 그건 나 나리 문갑인데, 뭐 하러 가져갔는지 물어봐. 그리고 지금 나 나리께서 필요해서 기다리니까 도로 갖다놓으라고 해."

조가모는 대답을 하고 나갔다. 자부는 계속 불안하고 마음이 놓이지 않았다. 그런데 취봉은 황이저가 그것을 가지고 있을 이유가 없다고 확신했다.

잠시 후, 조가모가 돌아왔다. 그녀는 자부를 보며 손뼉을 치고 웃고 나서 다시 말했다.

"정말 웃겨요, 글쎄 잘못 가져갔다는 걸 모르고 죽어라 좋아하고 있더군요. 제가 나 나리 문갑이라고 하니까 그때서야 알아채고 넋이 나간 듯 한 마디도 못하는 거예요. 제가 깔깔 웃고 있으니 저더러 가져가라고 하길래 저와는 상관없다고 그냥 왔어요."

자부는 하마터면 자빠질 뻔했다.
"아니, 왜 안 가져왔어?"
"그쪽에서 가져갔으니, 직접 가져와야죠."
취봉이 끼어들었다.
"괜찮아요, 조금 있으면 분명 가져올 거예요."
자부는 마치 뜨거운 솥 위의 개미마냥 앉지도 서지도 못하고 조마조마했다. 취봉은 이렇게 마음을 졸이는 자부를 보고, 조가모에게 얼른 가져오라고 재촉하려 하였다. 자부는 말리며 고승을 불러서 황이저에게서 문갑을 가져오라고 하며 이 말을 덧붙였다.
"다른 말은 하지 말고, 내가 일이 있어서 문갑이 필요하니 빨리 돌려달라고 전해."
고승은 명령을 받들고 상인리 황이저의 집으로 갔다. 황이저는 고승이 온 것을 보고 만면에 웃음을 띠고 뒤쪽 작은 방으로 청했다. 고승은 주인의 말을 그대로 전하고 당장 그 문갑을 달라고 했다. 그러자 황이저가 말했다.
"문갑은 여기에 있네. 그런데 나 나리께 할 말이 있어. 너무 조급하게 굴지 말고, 잠깐 앉으시게나."
고승은 하는 수 없이 자리에 앉았다. 황이저는 차를 내오라고 하고 정색을 하며 말했다.
"자네 마침 잘 왔어. 나 할 말이 많으니까 나 나리께 잘 전해줘. 취봉이 여기에 있을 땐 장사가 정말 잘됐지. 그런데 내가 지출을 많이 하다 보니까 돈이 많이 남진 않았어. 취봉이 속신하고 나서 사정이 더 나빠졌어. 장사가 전혀 안 돼. 그런데 지출을 줄일 수 없다 보니 몸값 천 원은 어느새 다 쓰고 없어. 지금 뾰족한 수가 없어서 취봉과 상의해서 몇백 원이라도 빌리려고 찾아갔었어. 그런데 취봉이 안 빌려줄지 어떻게 알았겠나. 몇 번을 찾아가서 부탁했지만, 나에게 절대 줄 수 없다는 거야. 이런 생각이 들더라고. '취봉이, 네가 어렸을 때 머리를 빗겨주고 발을 싸매준 사람도 나였고, 지금까지 화장도 내가 해줬어. 항상 너를 내 친딸로 여겼는데 네가 이렇게까지 양심이 없어! 내가 처음으로 부탁했는데, 넌 요만큼도 인정머리라곤 없이.' 그러니 내가 화가 안 나겠어! 그럼 나도 오늘은 말하지 말고 작심하고 속신 문서를 가져와 괴롭혀주려고 생각했지. 속신 문서로 그 애에게 나와 함께 일하자고 하는 거야. 만약에 다시 속신하려고 하면, 그때는 꼭 만 원은 받으려고 했지. 그런데 잘못 가져와 버렸어. 속신 문서가 아니라, 나 나리 문갑을 가져와 버린 거야. 나 나리는 정말 좋은 분이셔. 장사도 많이 도와주셨고 소소하게 십 원이면 십 원, 이십 원이면 이십 원 나에게 빌려도 주셨지. 나는 취봉처럼 양심이 없진 않아. 늘 나 나리 은혜를 생각하고 있거든. 방금 나 나리 문갑이라는 걸 알고 얼른 돌려주려고 했어. 그런데 다시 곰곰이 생각해보니, 취봉과 나 나리는 한 사람이나 마찬가지잖아. 나 나리 문갑이 취봉의 문갑이라는 거지. 나는 취봉에게 정말 화가 났고 그래서 나리의 문갑 값으로 취봉에게 만 원을 가져오라고 할 거야. 취봉이 돈을 가져오면 나리에게 돌려줄 생각이야. 자네는 나리께 걱정하지 말라고 전해줘."

고승은 일장연설을 듣고 혀를 내두르며 한 마디 대꾸도 못하고 조부리로 돌아가서 세세하게 전했다. 취봉은 이 말을 듣다 말고 벌떡 일어나며 소리를 질렀다.

"무슨 말이야! 방귀도 이렇게 뀌지는 않지!"

자부도 화가 나서 손발이 벌벌 떨려 탑상에 널브러져서 아무 말도 하지 못했다.

취봉은 멍하니 있다가 갑자기 일어나며 '내가 갈게' 하고 아래층으로 내려가려고 했다. 그런데 자부가 붙잡으며 물었다.

"네가 왜 가?"

"내 목숨을 원하고 있는지 물어봐야죠!"

자부는 얼른 몸을 일으키며 말렸다.

"천천히 해. 네가 가서 무슨 말을 한다고 그래. 내가 가서 무슨 말을 하는지 들어볼게. 그쪽 뜻대로 해도 몇백 원 빌려주는 것밖에 더 하겠어."

취봉은 이를 부득부득 갈며 나무랐다.

"당신은 제가 열 받아 죽는 걸 보고 싶어서 또 돈을 빌려주겠다는 거예요?"

자부는 바로 고승에게 가마를 대령하라고 했다. 소아보는 그를 맞이하며 이전에 취봉이 지내던 이 층 방으로 청했다. 황금봉과 황주봉은 동시에 '형부' 하며 인사를 올렸다.

"형부, 정말 오랜만이셔요."

"엄마는?"

소아보가 말했다.

"곧 오실 거예요."

이 말을 마치기도 전에 황이저는 히죽거리며 주렴을 걷어 올리며 방으로 들어왔다. 그녀는 자부 가까이 다가와서 넙죽 몸을 굽히고 고개를 숙이며 말했다.

"나 나리, 화내지 마셔요. 제가 나리께 이렇게 고개 숙여 여러 가지로 사과를 드립니다. 나리의 문갑은 취봉이 가지고 있을 때처럼 그대로 잘 있어요. 나리께서 지금까지 저에게 얼마나 잘 해줬는데 문갑에 든 중요한 물건을 함부로 만져서 나리를 난처하게 하겠어요. 나 나리, 아예 신경 끄세요. 설마 취봉이 되찾을 게 없는 건 아니겠죠. 취봉이 열이 받을 대로 받아서 찾아오면 그때 이야기를 잘 해야죠. 취봉은요, 웬만큼 열 받지 않으면 만 원은 어림도 없어요."

자부는 이런 엉터리 같은 말을 듣고 화가 났지만 참으며 물었다.

"쓸데없는 말은 집어치우게. 도대체 얼마를 빌리려는지 말해보게."

황이저가 웃으며 말했다.

"나 나리, 쓸데없는 말이 아니에요. 처음에는 몇백 만 빌리려고 했는데, 지금은 몇백 때문에 하는 말이 아니지요. 취봉은 양심이 없어요. 나중에 다시 돈이 떨어지면 취봉은 빌려주지도 않을 거고, 저도 다시 취봉에게 빌릴 낯짝도 없어요. 지금 나리의 문갑이 여기에 있으니 그 애에게 뜯어낼 수 있을 만큼 뜯어내야죠! 만 원이 많다고는 할 수 없죠. 그저께 탕 나리가 가져온 계약서도 만 원은 되잖아요?"

"그러면 나한테서 뜯어내는 것이지! 취봉한테서가 아니라!"

황이저는 황급히 말했다.

"아닙니다. 취봉한테 만 원이 어디 있어요? 당연히 나리께 빌리겠죠. 나리의 명절 장부가 천이 넘을 것이고, 그러면 삼 년 못 돼서 깨끗하게 청산이 되잖아요. 안 그래요, 나리?"

자부는 뭐라고 대답할 수도 없어 냉소만 짓고 나갔다. 황이저는 배웅해주며 또 말했다.

"여러 가지로 나리께 면목이 없어요. 모두 상사가 안 되고, 돈을 다 써버렸으니 어쩔 수 없어요. 이러나저러나 굶어 죽는데 난처할 게 뭐가 있어요? 만약 취봉이 다시 저에게 매몰차게 나오면 아예 불을 질러버릴 겁니다. 그 애가 나리께 낯짝을 들 수 있을지 보세요!"

자부는 못 들은 체하고 가마를 타고 돌아갔다. 취봉은 그를 맞으며 어떻게 됐는지 물었다. 자부는 한숨을 짓고 고개를 저었다. 다그치며 묻자 자부는 그제야 대충 말해주었다. 취봉은 천둥이 내리치는 것처럼 팔짝 뛰어오르며 가위를 집어 들고 황이저 앞에서 죽겠다고 했다. 자부는 묘안이 없어 그냥 내버려두었다.

취봉은 아래층으로 뛰어 내려갔다. 그때 조가모와 마주치는 바람에 가위를 빼앗기고, 조가모가 그녀를 말리며 이 층으로 안고 올라왔다. 취봉은 발버둥을 치며 말했다.

"내가 죽겠다는데 왜 다들 그 사람 도와주려고 하고, 날 못 가게

攫文書
借用連環計
第五十九回
十五

해?"

조가모는 취봉을 교의에 앉히며 완곡하게 타일렀다.

"선생님, 선생이 죽는다고 해도 소용없잖아요. 선생이 죽을 생각하면, 그쪽에서도 죽으려고 달려들어요. 정말 문갑을 불태워버리면 그때 나리께서 보는 손해는 몇 만은 될 겁니다."

자부는 이 말을 듣고 취봉을 말렸다. 취봉은 저녁도 먹지 않고 화가 풀리지 않은 채로 밤을 지새웠다. 자부도 밤새도록 화가 나서 뜬눈으로 지새웠다. 이른 아침 중화리 주공관으로 가서 탕소암을 찾아 이 일을 어떻게 할지 상의했다. 소암이 말했다.

"취봉의 몸값이 천인데, 지금 만을 빌리겠다는 것은 명백한 사기야. 그렇다고 고소를 하는 것도 마땅치 않아. 첫째는 자네가 기녀와 놀아난 것이 우선 잘못이고, 둘째는 훔쳐갔다는 증거를 찾을 수 없는데 어떻게 그 죄를 증명하겠나? 셋째는 발뺌하려고 문갑을 다 태워 증거를 없애는 일은 막아야지. 문갑 속에 있는 공문서나 개인 문서들을 다시 만들어 넣으려면 비용도 만만치 않지만 아주 번거롭기 짝이 없어."

자부는 아무리 생각해보아도 묘안이 나오지 않아 탕소암에게 중간에서 말을 해달라고 부탁하자, 소암이 그러겠다고 대답했다. 자부는 사무를 보러 관청으로 갔다. 저녁 즈음에서야 공무를 끝내고 조부리 황취봉의 집에 도착했다.

가마에서 내려 문을 들어서자 객실에 혼자 앉아 있는 문군옥이 보였다. 문군옥은 '나 나리' 하며 인사를 했다. 자부는 걸음을 멈추고 웃음을 띠며 고개를 끄덕였다. 군옥이 말했다.

"혹시 신문 보셨어요?"

자부는 깜짝 놀라며 급히 물었다.

"신문에 뭐가 실렸나?"

"손님 친구라고 하던데, 이름이 뭐였더라? 발음하기가 정말 어려웠어요!"

그리고 생각에 잠겼다. 그러자 자부가 말했다.

"이름은 됐고, 손님 친구가 왜?"

"아무것도 아니에요. 시 두 수를 지어서 저에게 보내줬는데, 신문에 실렸대요."

자부는 '큭' 하고 웃으며 말했다.

"나는 몰라."

그리고 고개도 돌리지 않고 이 층으로 올라갔다. 문군옥은 멋쩍어하며 하인에게 고개를 돌리며 말했다.

"내가 방금 너에게 말한 '상해의 속인(俗人)'[1]은 바로 나 나리처럼 저속한 사람을 말하는 거야. 이름만 손님이지, 시를 짓는 것도 이해하지 못하니, 참 정말!"

하인이 말했다.

"이제야 알겠어요! 선생이 말한 상해 손님이 바로 '숙인(熟人)'[2]이어서 깜짝 놀랐어요. 선생 일이 너무 많아서 하루 종일 나가고 들어오고. 그렇게 바쁘면 대문 문턱이 닳아 없어질걸요. 낯선 사람을 잘 아는 사람이라고 말할 줄은 몰랐어요."

군옥이 말했다.

"쓸데없이 말을 걸고넘어지는구나. 내가 말한 속인은 그게 아니고, 시를 지을 수 있으면 속되지 않다는 거야."

하인이 말했다.

"선생님, 그만하셔요. 상해에서 사(絲)와 차(茶)[3]는 큰 사업이에요. 쓰레기 다리[4]를 넘어가면 호주 비단 객잔이 많아요. 비단 장사를 해야 최고 손님이에요. 선생이 잘 알고 있으니 아시겠죠."

군옥은 웃으면서 한숨을 지었다. 다시 말을 하려는데 하인이 말했다.

"지금 정말로 숙인이 오십니다."

군옥이 고개를 들고 보니, 방봉호였다. 그를 보자마자 일렀다.

"당신을 '속인'이라고 하니까 정말 화나요!"

봉래는 오른쪽 서재로 들어가며 말했다.

"화가 나는 것은 괜찮아. 그들과 말을 섞다가 그들 속기에 물들지 말게."

군옥은 손뼉을 치며 깨우친 듯이 말했다.

"아, 맞는 말씀이세요. 다행히 당신이 절 깨우쳐주셨군요!"

봉호는 자리에 앉아 소매에서 신문을 한 장 꺼내 들며 말했다.

"홍두사인(紅豆詞人)이 자네에게 보낸 시인데, 감상해봤는가?"

"아직요, 보여줘 봐요."

봉호는 신문을 펼치고 군옥에게 손으로 짚어가며 보여주었다. 군옥이 말했다.

"뭐라고 하는 거예요? 설명해줘요."

봉호는 안경을 쓰며 그 시를 읽어주고 해석해주었다. 그러자 군옥은 아주 기뻐했다. 봉호가 말했다.

"자네가 그 사람에게 화답시를 보내줘야 하네. 대신 수정해줄게. 제목은 '답홍두사인즉용원운(答紅豆詞人卽用原韻, 홍두사인의 시 '원'운을 이용하여 화답하며)' 아홉 자 어때?"

"칠언율시 가운데 네 구는 제가 못 하니까 당신이 대신 해줘요."

"그건 시간이 많이 걸려! 내일은 상해 시단에 모임이 있는 날인데 어디 시간이 나야 말이야."

"부탁할게요. 마음대로 짓고 싶은 대로 해줘요."

봉호는 정색을 하며 말했다.

"자네 무슨 말을 하는가! 시를 짓는 것은 중요한 일인데 마음대로 지으라니."

군옥은 황급히 사죄를 했다. 봉호가 또 말했다.

"그러나 내가 대신 짓는다면 좀 쉽게 지어야 할 거야. 너무 고심해

婢名
氣大題
和韻詩

서 짓는다면 자네가 지은 시 같지 않아서 그들도 자네가 쓴 시라고 믿지 않겠지."

군옥 역시 동의했다. 봉호는 눈을 감고 고개를 움직였다. 입으로는 쉴 새 없이 중얼거렸다. 그러다 갑자기 손가락을 하나 들어 올려 대리석 탁자 위를 몇 번이나 적어보고 그려보며 미간을 찌푸리며 말했다.

"그가 사용한 운은 생각보다 쉽지 않아. 금방 나올 수 없겠는걸. 가지고 갔다가 잘된 시구를 줄게."

"저녁은 여기서 드세요."

"됐네."

군옥은 다시 반드시 비밀로 해야 한다며 당부하고 작별인사를 했다.

봉호는 조부리를 걸어 나오며 내내 혼자 중얼중얼 시구를 다듬고 있는데, 갑자기 저쪽에서 비껴 걸어오는 한 아주머니와 마주쳤다. 그 아주머니가 봉호의 팔을 잡으며 물었다.

"방 나리, 어디 가십니까?"

봉호가 깜짝 놀라 눈을 끔뻑이며 자세히 보았다. 어렴풋하게 조계림의 아주머니로 보였다. 계림이 그녀를 '외할머니'라고 불러서 봉호도 대충 그녀 따라 '외할머니'라고 불렀다. 외할머니가 말했다.

"방 나리, 저희 집에는 왜 오지 않으셔요? 같이 가셔요."

"지금은 시간이 없어. 내일 가겠네."

"내일은 무슨! 우리 아가씨가 나리를 얼마나 그리워하는데, 몇 번을 초대해도 안 오셨잖아요!"

그녀는 다짜고짜 봉호를 동경리 쪽으로 끌고 들어가서 상인리 조계림의 집으로 데리고 갔다. 조계림은 그를 맞이하고 방으로 안내하며 '방 나리' 하며 인사를 올리고 말했다.

"그런데 저희가 나리께 소홀했나요? 그래서 한 번도 안 오셨어요?"

봉호는 미소를 지으며 자리에 앉았다. 외할머니는 히죽이며 말을 걸었다.

"방 나리, 지난 명절에 호중천에서 불러주시고 나서는 오지 않으셨어요. 두 달을 넘긴 건 너무하세요."

계림이 말을 이어받았다.

"문군옥에게 푹 빠졌는데, 여기까지 생각하겠어."

봉호는 황급하게 호통을 치며 말을 막았다.

"쓸데없는 소리! 문군옥은 여제자야. 얼마나 예의 바른 사람인데, 모욕하려고 그래. 어떻게 이럴 수 있느냐!"

계림은 '흥' 콧방귀를 뀌며 더 이상 말하지 않았다. 외할머니는 물담배를 채워주면서 작은 소리로 말했다.

"우리 아가씨 일, 방 나리께는 속일 수가 없군요. 지난 명절은 나리께서 돌봐주셔서 그럭저럭 지냈지만 요즘은 나리께서도 안 오시고, 요 며칠은 아예 외출도 없었어요. 아래층 양원원 쪽에서는 마작에 술자리에 시끌벅적한데, 우리 이 층은 냉수를 끼얹은 듯 썰렁하니 체면이 말이 아니에요."

봉호는 말을 중간에서 자르며 말했다.

"마작과 술자리만 있다는 것은 아주 속된 거야! 내가 지난 번 계림을 위해 신문에 글을 실었었지. 천하의 열여덟 개 성에 사는 사람들 중에 안 본 사람이 없을걸? 그래야 상해에 조계림이 있다는 걸 알게 되니, 마작이나 술자리와는 비교할 수 없지."

외할머니는 그의 말투를 따라 말을 이었다.

"방 나리, 이전처럼 우리 아가씨 보살펴주세요. 계속 문군옥에게 가시면서 우리 쪽에 오셔도 좋잖아요? 양쪽에서 술자리를 가지고 마작을 하셔도 저희가 최선을 다해서 마음 맞춰드릴게요."

봉호가 말했다.

"마작이나 술자리가 뭐 그리 대단하다고? 모레까지 다시 그쪽에 시 지어줘야 돼."

외할머니가 말했다.

"방 나리, 나리께는 대단한 게 아니지만 저희들에게는 마작과 술자리가 좋아요. 나리께서 고생스럽게 뭘 지어줘도 그쪽에게는 쓸모없어요. 마작이나 술자리 아니면 술접대가 있어서 불러주는 게 좋지요."

봉호는 '허허' 하고 냉소를 지으며 말했다.

"아주 속되구나!"

외할머니는 꽉 막혀 있는 봉호에 더는 본론에 들어가지도 못하고 조계림을 보며 그들만 알아듣는 속어로 한마디 했다. 계림은 가만히 고개만 끄덕이고 봉호는 전혀 이해하지 못했다. 외할머니가 물담배를 채우자 계림은 봉호에게 요리를 주문해서 식사를 하자고 했다. 봉호는 극구 사양하였으나 뜻대로 되지 않아 요리를 주문하지 말고 훈제품 몇 가지만 사 오라고 했다. 외할머니는 남자하인에게 사 오라고 하고 직접 준비한 요리를 올렸다.

---

1 속인(俗人) : 저속한 사람. 속된 사람

2 숙인(熟人) : 잘 아는 사람. 오어(吳語)로 숙(熟)과 속(俗)의 발음이 같다.[장]

3 시(絲)와 시(詩)가 오어로 동음이다. 호주산 비단은 상해로 운반되는데, 비단 상인은 퇴잔(堆棧)에서 지냈고 당시 객잔보다 안락했다.[장]

4 현재 상해의 서장로교(西藏路桥)에 해당된다. 1897년도에 만들어졌다. 당시 조계지의 생활 쓰레기가 다리 근처 항구에서 외부로 수송되었기 때문에 붙여진 이름이다.

60

늙은이는 아내를 얻어 아편 놀에 빠지고, 간수하는 자신이 도적질하여 구름 속으로 종적을 감추다

老夫得妻煙霞有癖 監守自盜雲水無蹤

방봉호와 조계림 두 사람이 저녁을 끝내자, 외할머니는 정리를 하고 내려갔다. 잠시 후, 봉호는 작별인사를 하고 가려고 하였다. 계림이 그를 붙잡았지만 헛수고였다. 그녀는 문 입구까지 배웅하며 큰 소리로 '외할머니, 방 나리 가셔요.'라고 소리쳤다.

외할머니는 그 소리를 듣고 급히 쫓아 올라와서 붙잡았다.

"방 나리, 천천히 가셔요. 긴히 드릴 말씀이 있어요."

봉호는 걸음을 멈추고 물었다.

"무슨 말을?"

외할머니는 귀에 대고 말했다.

"방 나리, 문군옥에게 가지 말아요. 이곳도 똑같아요. 제가 중매를 서려고 하는데, 어때요?"

봉호는 갑작스런 그 말에 놀라면서도 한편 기쁘기도 하였다. 심장이 두근거리고 몸이 거의 마비되어 움직일 수 없었다. 외할머니는 봉호가 결정하지 못하고 주저하는 것을 보고 다시 귀에 대고 속삭였다.

"방 나리, 나리께서는 단골손님이시니 문제될 게 없어요. 한 번 부르는 비용만 주시면 되고 지출도 많지 않을 테니 안심하세요."

봉호는 입가에 웃음을 머금고 아무 말 하지 않았다. 외할머니는 그의 속을 헤아리고 다시 이 층 방으로 끌고 데려갔다. 계림은 일부러 묻는 척했다.

"왜 그렇게 급히 서둘러서 가려고 하셨어요? 문군옥이 생각났던 거예요?"

외할머니가 말을 가로채서 대답했다.

"그러셨겠죠. 그런데 지금은 못 가셔요!"

계림이 말했다.

"문군옥이 부르면 조심하셔요! 내일 가시면 분명 얻어맞을걸요."

"설마 그럴까! 설마!"

봉호는 연달아 말했다. 외할머니는 아무 일이 없어 나갔다. 계림이 아편을 채워 건네주자 봉호는 고개를 저으며 말했다.

"못 해."

그러자 계림이 피웠다. 봉호가 물었다.

"얼마나 중독된 거야?"

"재미삼아 피워요. 한두 번으로 중독되나요."

"아편하는 사람들이야 재미로 피우다 중독되지. 어쨌든 아편은 피우지 않는 게 좋아."

"중독되면 장사는 어떻게 해요?"

봉호가 계림의 처지를 물어보자 계림도 봉호에게 처지를 물었다. 공교롭게도 한쪽은 부모, 형제자매가 없고, 한쪽은 처자식이 없었다. 오래 함께한 부부처럼 두 사람은 서로의 처지를 동정하게 되었다.

"우리 아버지도 기루를 하셨어요. 제가 어린 기녀일 때는 의상이며 장신구, 가구가 적지 않았어요. 모두 우리 엄마가 사용하던 거였어요. 손님에게 사기를 당해 천이 좀 넘는 빚을 갚지 못해 기루도 접게 되었고, 아버지 어머니도 돌아가시고 저만 이렇게 나와서 전세방을 구하다 보니 공연히 삼백을 빚지게 되었죠."

"상해에는 경박하고 교활하며 속 빈 나리들이 너무 많아서 일하려면 정말 힘들 거야. 나 같은 사람들이야 몇십 년 동안 상해에 머물면서 기녀를 부르거나 차를 마신다고 장사에 크게 도움이 되지 않지만 그렇다고 체면을 깎은 적도 없지. 기루에서는 나를 예의 바른 사람이라며 아주 잘해줘."

"이젠 저도 기대하지 않아요. 기루를 해서 밥 먹기 쉽지 않은데 어디 장사가 잘 되기나 하나요. 누구라도 대신 빚을 갚아주기만 하면 그 사람과 살 거예요."

"그러는 게 제일 좋지. 다만 조심해야 할 거야. 또다시 사기라도 당하면 평생 고생하게 돼."

"이젠 아니에요. 이전에는 어리고 철이 없다 보니 잘생기고 젊은 사람만 좋아해서 그 사람들 허풍에 속았지만 지금은 성실한 손님을 고를 건데 잘못될 게 있겠어요?"

"잘못되건 아니건 어디 같이 살 만한 성실한 손님이 있어야 말이지?"

대화를 나누는 동안 봉호는 연거푸 하품을 했다. 계림은 그가 일찍 잠자리에 든다는 것을 알고 열 시를 알리는 괘종소리에 맞춰 외할머니에게 죽을 가져오라고 하고 정리하고 잠자리에 들었다.

그런데 이날 밤, 봉호는 한기가 들어 머리가 어지럽고 코가 꽉 막혀 일어나지 못했다. 계림은 이번 기회에 며칠 쉬면 나을 거라고 일어나지 못하게 했다. 봉호는 붓과 먹을 달라고 해서 베개 머리맡에서 시단의 주인에게 병가를 내는 쪽지를 썼다. 그러자 시단의 친구들이 병문안을 왔다. 그들은 정성스럽게 병간호하는 계림의 모습이 이상스러울 정도로 친밀하여 뜻밖의 인연이라고 놀라워했다.

계림은 한참 잘나가는 의사 두소산을 청하여 진찰을 받게 하였다. 그리고 처방전도 받아서 직접 약을 달여 봉호에게 먹였다. 계림은 낮에는 식사를 하고 차 마실 마음도 내지 않았고, 밤에는 옷을 입은 채 바깥 침대에서 잠들며 사흘 내내 그의 곁을 잠시도 떠나지 않았다. 그러니 봉호가 감동하지 않을 수 있겠는가. 나흘째가 되자 열이 내렸다. 외할머니는 그때를 놓치지 않고 봉호에게 계림을 데려가라고 부추겼다.

봉호 자신도 여관에서 혼자 외롭게 지내는 게 상책이 아니다 싶었다. 지금 계림은 가난도 마다하지 않고 나이 든 것도 싫어하지 않는데, 어찌 이 좋은 인연을 놓치겠는가. 그는 이미 마음속으로 결정했다. 봉호는 완쾌될 때까지 조리를 한 후 정중하게 감사의 뜻을 전하고 문을 나섰다. 포구장의 굉수서방으로 가서 노포에게 알려주었다. 노포는 혼사를 축하해주었다. 봉호는 기뻐하며 노포에게 중매를 부탁했다. 그래서 그 자리에서 상의하기 위해 상인리 조계림의 집으로 함께 갔다.

노포가 대문을 들어서자 양쪽 곁채의 기녀와 아주머니, 여자 하인들이 일제히 소리쳤다.

"어! 노포가 왔네!"

이학정은 마침 양원원의 방에 있다가 그 소리를 듣고 유리창으로 내다보았다. 노포인 것을 보고 그를 부르려고 하다가 방봉호를 보고 입을 다물고, 대신 조가모에게 이 층으로 올라와서 잠시 이야기 나누자는 말을 전하라고 했다.

두어 끼 밥을 먹었을 시간이 지나서야 노포가 내려왔다. 이학정은 그를 맞이하며 자리를 안내했다. 노포가 물었다.

"하실 말씀이 뭡니까?"

"수삼을 술자리에 초대했는데 거절했어. 마침 자네 잘 왔네."

노포가 큰 소리로 말했다.

老夫得妻煙霞有癖
海上花列傳
第六十四
二十二

"나를 뭘로 봅니까? 수삼의 빈자리나 메워서 거저 술을 얻어 마시라고 나를 초대하겠다는 겁니까! 안 마셔요!"

학정은 황급히 웃으며 그를 붙잡았다. 노포는 허세를 부리며 가려고 했다. 양원원이 노포를 붙잡으며 조용히 말했다.

"조계림이 시집을 간다며?"

노포가 고개를 끄덕였다.

"내가 중매자로 나섰지. 빚 청산으로 삼백, 비용으로 이백 주기로 했어."

학정이 말했다.

"조계림을 데려갈 손님이 있었나?"

그러자 양원원이 말했다.

"당신 무시하지 말아요. 이전에는 잘나가던 기녀였어요."

이때 손님을 초대하러 갔던 하인이 돌아와 말했다.

"다른 두 분도 못 오신답니다. 위하선 쪽에서는 요 도련님이 한동안 오시지 않았다고 말하고, 주쌍주 쪽에서는 왕 나리가 강서로 가신 이후로 홍 나리께서도 드문드문 오신다고 하셨습니다."

그러자 학정이 말했다.

"지금 노포도 가버리면 기분 잡치겠는데."

양원원이 말했다.

"노포가 농담한 거예요. 가긴 어딜 가겠어요."

그때 마침 갑자기 초대 손님 주애인, 도운보, 탕소암, 주소운 네 명이 속속 모여들었다. 이학정은 술자리를 준비하고 물수건을 올리라고 했다. 모두 자리에 앉아 술을 마시며 이야기를 나누었다. 주애인이 말했다.

"자네 숙부님은 돌아가셨나? 한 번도 뵌 적이 없어."

"아니, 노덕만 돌아갔어."

도운보가 말했다.

"오늘 사람도 적은데 왜 자네 숙부님을 초대하지 않았나?"
"숙부님이 기루에서 술 마시려고 하시겠나! 지난번에는 여전홍에게 붙잡혀서 마지못해 몇 번 기녀를 불렀던 거야."
노포가 말했다.
"숙부님 능력이 대단하십니다! 상해에서는 오랫동안 놀면서도 돈을 거의 쓰지 않으시고 돈을 모으는 대로 집으로 가져가잖아요."
학정이 말했다.
"놀려면 돈을 좀 써도 괜찮아. 지금 숙부가 즐기고 있는 것 같아 보여?"
진소운이 말했다.
"자네 이번에 와서 돈 좀 벌었나?"
"이번에는 저번보다 더 많이 잃었네. 수삼에게 오천을 빚지고 있다가 어제 겨우 갚았어. 나자부에게 빌린 만 원은 기름 다 팔고 나면 갚으려고."
탕소암이 말했다.
"자네 여관방 계약서가 위험하다는 거 알고 있나?"
그는 황이저가 어떻게 그것을 훔쳐갔고 얼마나 애를 먹였는지, 나중에 자신이 중재자로 나서서 나자부가 오천을 주고 문갑을 돌려받고 나서야 잠잠해졌다는 것까지 자세하게 말해주었다. 모든 사람들은 고개를 저으며 혀를 빼물고 한결같이 황이저가 대단한 사기꾼이라고 말했다. 양원원은 피식 웃으며 말했다.
"조계지에서는 기생어미가 죄다 사기꾼이죠."
노포는 갑자기 벌떡 일어나 양원원의 말에 반박하려고 했다.[1] 양원원은 그가 소란을 피울까 응접실로 뛰쳐나갔다. 노포는 바로 문 앞 주렴까지 쫓아갔다. 그때 마침 손님들이 부른 기녀들이 잇달아 들어왔다. 육수보는 무심결에 주렴을 걷어 올리고 방으로 들어서는데, 노포와 그만 머리가 부딪히고 말았다. 그 장면에 안팎에 있는 사람들 모두 방이 떠나갈 듯 웃었다.

노포는 이마 언저리를 만지며 자리로 돌아왔다. 이학정은 웃으며 화해를 시키고 양원원을 불러 방으로 들어오라고 해서 벌주 한 잔을 내렸다. 그러나 양원원은 불공평하다며 그 벌을 따르지 않았다. 다른 사람들의 의견을 모아 육수보에게도 벌주 한 잔을 내렸다. 그러자 노포가 먼저 나서서 화권을 제안하며 먼저 선을 잡고 술잔을 깔았다. 모두 돌아가며 화권을 하며 기분 좋게 술을 실컷 마셨다. 열한 시까지 술을 마시고 나서야 술자리가 끝났다.

이학정은 손님을 보낸 뒤, 가져올 물건이 생각나서 광이를 불러오라고 했다. 아주머니와 성저가 대답했다.

"여기에 없어요. 술자리가 한창일 때 잠시 들렀다가 갔어요."

"오면, 내가 일이 있다고 전해라."

성저가 그러겠다고 대답했다. 학정은 또 가마꾼에게 말했다.

"광이를 만나거든 오라고 해."

가마꾼도 대답하고 갔다. 그렇게 하룻밤을 보냈다.

다음 날 학정은 일어나자마자 물었다.

"광이는?"

성저가 말했다.

"가마꾼은 있는데 광이는 아직 오지 않았습니다."

학정은 이상해서 가마꾼을 불렀다.

"객잔에 가서 불러와!"

가마꾼이 갔다가 돌아와서 말했다.

"객잔 사환 말이 어젯밤에 오지 않았다고 합니다."

학정은 광이가 창녀 집에 푹 빠져 돌아오는 것을 깜빡했다면 얼른 찾을 수 없다고 생각했다. 그렇다고 마냥 기다리고 있을 수만은 없어 직접 가마를 타고 석로 장안객잔으로 돌아갔다. 그는 방문을 열고 들어가서 물건을 꺼내려고 상자를 열었다. 그런데 가득 채워져 있던 상자가 아무것도 없이 깨끗하게 텅 비어 있었다.

학정은 초조해졌다. 멍하니 넋이 나가 뭘 해야 할지 몰랐다. 또 다른 상자를 열어보았다. 그것도 텅 비어 있었다. 학정은 급히 사환을 불렀다. 사환도 당황해서 회계 선생을 모시고 올라왔다. 회계 선생이 한 번 훑어보고 미간을 찌푸리며 말했다.

"우리 객잔은 깨끗합니다. 어떻게 이런 도둑이 있겠습니까?"

학정은 필시 광이의 짓임이 틀림없다고 생각하고 발을 동동거리며 뼈아프게 후회했다. 회계 선생은 몇 마디 위로를 하고 순포방으로 신고하러 갔다. 학정은 가마꾼에게 대흥리 제십전의 집으로 얼른 가서 이실부를 모시고 오라고 했다.

실부는 그 전갈을 받자마자 객잔으로 돌아와 자신의 물건을 점검했다. 뜻밖에도 자신의 물건은 그대로 있었다. 오직 학정의 이름으로 된 가죽 상자 여덟 개, 대나무 상자 두 개, 침구 상자 가운데 귀중한 물건만 죄다 훔쳐가고 없었다. 탁자 서랍에서 전당포 영수증들을 찾아냈다. 이것은 광이가 주인에게 원래의 물건을 보상해준다는 의미였다. 학정은 조금이나마 마음을 놓았다.

한창 어수선할 때, 외국 순포가 현장을 조사하기 위해 탐정 두 명을 데리고 왔다. 지붕과 문, 창문 모두 잘 잠겨 있고 더구나 드나든 흔적이 전혀 없다는 것을 확인했다. 분명 내부 소행이었다. 학정이 전날 밤에 광이가 돌아오지 않았다고 말하자, 탐정은 광이의 나이와 생김새, 말투 등을 자세히 묻고 갔다. 사환이 또 다른 말을 했다.

"지난주에 광이가 큰 보따리를 지고 나가는 것을 몇 번 보긴 했지만 묻지는 않았어요. 훔쳐가는 것인 줄 누가 알았겠습니까."

이실부가 웃으며 말했다.

"재미있는 놈이군! 너는 부자 나리라고 좀 잃어도 괜찮다는 거지. 그래서 네 물건만 훔쳐갔구만. 안 그러면 내 물건은 왜 그대로겠어?"

학정은 화가 나서 거들떠보지 않고 아예 무시했다. 그는 낯선 곳

監守
自盜雲
水無
蹤

에서 경솔하게 해서는 안 된다고 생각했다. 한참 곰곰이 생각한 끝에 유일하게 상의할 수 있는 사람이 제운수라고 답을 내리고, 당장 가마를 타고 일립원으로 갔다. 일립원 입구에서 집사는 학정을 알아보고 재빨리 쫓아와 가마를 들고 대문으로 들어가서 두 번째 정원 입구 문 앞에서 멈추었다.

학정은 문이 짐승 문양의 고리가 달린 큼직한 자물쇠로 잠겨 있고, 옆에 나 있는 중문으로 출입하게 하는 것을 보고 무슨 이유인지 알 수 없었다. 집사는 학정이 가마에서 내리자 공수를 하며 아뢰었다.

"저희 대인께서는 전보를 받으시고 돌아가셨습니다. 지금은 고 나리만 계십니다. 대관루에서 편히 쉬시지요."

학정이 생각했다.

'제운수께서 집으로 돌아가셨다고 하니 고아백과 상의하는 것도 괜찮겠네.'

이에 집사를 따라 화원으로 들어서며 곧장 대관루로 가서 고아백을 만났다. 학정이 말했다.

"혼자 적막하지 않으신가?"

"조금 적막한 거야 괜찮지만 아쉬운 게 국화산이야. 용지 선생이 심사숙고하여 만들었는데 지금 이렇게 한산하니 말이야."

"그러면 우리를 초대하면 되지."

"좋아. 내일 초대하겠네."

"내일은 시간이 없으니 며칠 뒤에 다시 말하세."

"무슨 중요한 일이길래?"

학정이 물건을 훔쳐 달아난 광이의 이야기를 대충 말해주자, 아백은 깜짝 놀랐다. 학정이 물었다.

"신고해야 할까?"

"신고야 하면 되지만 도둑을 붙잡아 물건들을 돌려받으려면 어려울 거야."

"그러면 신고하지 않아도 괜찮을까?"

"그것도 아니야. 만약에 다른 곳에서 또 나쁜 짓을 하고 주인이 자네라며 책임을 물으면 시끄러워져."

"맞아. 맞는 말이야."

학정은 그의 말에 동감하며 자리에서 일어나 작별인사를 했다. 아백이 말했다.

"그렇다고 그렇게 서두를 필요 있는가."

"지금은 정말이지 흥이 나질 않네. 조금이라도 일찍 가서 해결을 본 다음 잔을 부딪치는 게 어떤가?"

아백이 웃으며 말했다.

"기다리고 있겠네."

그 길로 이 층 화원 문 앞까지 배웅해주었다. 학정은 공수를 하고 가마에 올라 작별인사를 했다.

아백은 그제야 돌아서서 가려고 하는데 갑자기 한 젊은이가 '고나리' 하며 옆에서 인 사를 했다. 아백은 알아보지 못하고 이름을 물어보았다. 그는 다름 아닌 조이보의 오빠 조박재였다. 그는 사삼공자에게서 온 서신이 있는지 물었다. 아백이 대답했다.

"없었네."

박재는 더 이상 물어보지 못하고 한쪽으로 물러나 공손하게 가만히 있었다.

아백은 화원으로 돌아와 횡파감을 지나 서쪽으로 발걸음을 옮겼다. 원래 이 국화산은 앵무루 앞에 펼쳐져 있었는데 그 앵무루는 八자형의 다섯 칸 누각으로, 앞쪽 면적이 아주 널찍했다. 그래서 국화산도 八자형으로 빙빙 돌려가며 한 아름 크기로 만들었는데, 그 높이가 처마와 나란하고 아래로 여러 개의 길이 사방으로 나 있었다. 구경꾼들은 그 사이로 다니는데, 마치 '팔진도(八陣圖)'로 들어가는 것과 같이 종종 '꽃 무덤에서 길을 잃어 나오기 어려워라(迷路出花

難)'[2]는 시구를 읊을 정도였다.

아백은 익숙한 곳이어서 남쪽에서 가장 가까운 길로 돌아가서 돌길을 지나 죽교를 건너가니 벌써 국화산 뒤쪽이었다. 들어가 보니 작은 모자를 쓰고 청색 옷을 입은 누군가가 꽃 아래에 등지고 서서 이리저리 거닐며 머리를 갸웃거렸다가 손톱을 물어뜯었다가 하며 마치 혼이 빠져 있는 것 같았다. 아백은 뒷모습에서 소찬임을 알고 굳이 부르지 않고 뭘 하는지 가만히 보았다. 소찬은 한참을 그렇게 하고 있더니 갑자기 앵무루로 달려갔다. 아백도 조용히 따라갔다. 소찬은 탁자에 걸터앉아 묵을 갈고 몇 줄을 갈기며 써 내려갔다. 아백은 웃음을 머금고 다가가서 소찬의 어깨를 가볍게 톡톡 두들겼다. 소찬은 깜짝 놀라며 돌아보았다. 아백을 보자, 황망히 붓을 놓고 한쪽으로 섰다. 아백이 웃으며 말했다

"국화에 대한 시를 짓고 있었느냐?"

"아닙니다. 윤 나리께서 숙제로 시제를 내주셨습니다."

아백이 그 원고를 묻자, 소찬은 못내 부끄러워하며 보여주었다. 위쪽에는 "부득안화낙정수저면, 득면자, 오언팔운(賦得眼花落井水底眠, 得眠字, 五言八韻)."[3]이라고 쓰여 있었다. 그 아래의 시를 보려는데, 덧칠이 되어 있어 알아보기 어려웠다. 그중에서도 넷째, 다섯째, 여섯째 구의 운만 알아볼 수 있었다.

> 취향의 봄은 끝없고, 신령한 동굴의 밤은 끊이지 않는다.(醉鄕春蕩蕩, 靈窟夜綿綿)
> 허무의 땅에 발을 디디고, 소유천[4]에 머리를 묻는다.(插脚虛無地, 埋頭小有天)
> 어리석은 용은 차가운 달 밖에 있고, 눈 먼 말은 황량한 안개 속에서 운다.(痴龍外冷月, 瞎馬嘯荒煙)

아백은 시를 읽고 나서 훌륭하다며 칭찬을 아끼지 않았다. 소찬은 웃음을 보이며 말했다.

"윤 나리 덕분입니다. 그러나 여전히 부족합니다. 고 나리께서 보시고 조금이라도 나아질 수 있다면, '가르침에는 차별이 없다(有教無類)'는 말을 빌려 한두 자라도 바로잡아주시겠습니까?"

아백이 주저하며 말했다.

"원래 하던 대로 윤 나리가 오거든 가르침을 받게. 그 사람이 나보다 교정을 잘해. 원하면 내가 틈틈이 자네와 이야기 나누는 것도 무익하진 않겠지."

소찬은 대답을 하고 물러났다.

아백은 몇 마디 한 말에 전혀 마음을 두지 않고 혼자 국화를 감상하고 방으로 돌아갔다. 소찬은 오히려 기분이 아주 좋아서 그날 밤에 올해에 쓴 과제 시첩 중에 마음에 드는 이십 수를 골라 날이 밝자마자 대관루로 보냈다.

아백은 배움을 향한 간절한 그의 뜻을 살펴서 한번 쭉 훑어보고 나서 차분한 어조로 말했다.

"자네 시는 더 이상 좋을 수 없을 정도로, 내가 오히려 자네에게 요구할 게 없는 것 같네. 다만 전체적으로 자네 마음속에 이미 '어불경인사불휴(語不驚人死不休, 시어가 사람을 놀라게 하지 않는다면 죽어서도 쉬지 않을 것이다)'[5]라는 편견이 있어서 온유돈후(溫柔敦厚)의 의도와는 좀 떨어졌네. 시를 지을 때 첫 번째 원칙은 상제행사(相題行事)라고 제목과 내용이 맞아떨어져야 하네. 어제 '안화낙정(眼花落井)'이라는 제목이 자네 글과 맞아떨어지는 것처럼 말이야. 일률적으로 이런 작법으로 한다면 그것도 크게 맞지는 않지만."

고아백은 '춘초벽색(春草碧色)' 시 중에 여섯째 운을 가리키며 읽었다.

"장숙의 피는 변하여 남아 있고(化餘萇叔血),[6] 사공의 수염으로까지 싸운다(鬪到謝公須)."[7]

"아주 잘 지었네. 아름답고 참신해. 온 힘을 다 쏟아부었다고 할 수 있지. 그런데 사실 '벽초(碧草)' 두 자 때문에 큰 의미가 없네."

또 '춘일재양(春日載陽)'[8] 시 가운데 여섯째 운을 가리키며 읽었다.

"진은 누를 머리가 없고(秦無頭可壓), 송은 걸을 수 있는 다리가 있다.(宋有脚能行)."

"이 두 구절은 할 말이 또 있는데, 읊어보면 마치 돌 깨지는 소리에 하늘이 놀라고 드리워진 높은 구름 바다 위에 깎아지른 듯 거칠고 위태로우면서도 환상적이야. 제목 넉 자와도 꼭 들어맞아. 다만 이치를 논하자면 제목과 어떤 관련이 있는지 의아하다네. 두 개의 제목은 조금 담담하게 써 내려가서 농가의 즐거움과 나그네의 사색이 돋보이게 할 줄 알았다면 그야말로 훌륭한 작품이라고 할 수 있지. 굳이 심사숙고하여 기교를 들이면 오히려 순수한 의미를 잃어버리게 돼. 소위 제목과 내용이 맞는다는 '상제행사'란 바로 이를 두고 말하는 것이네."

소찬은 그다지 만족스럽지 않는 표정으로 가만히 듣고만 있었다. 아백은 다시 주저하다 웃으며 말했다.

"내 말이 믿기지 않는가? 나에게 시제가 있으니 가져가서 보게. 일정한 격식에 맞게 짓다 보면 그 속의 달고 쓴 맛을 알게 될 거야."

소찬은 제목이 무엇인지 알려달라고 했다. 아백은 '돌아와 국화 가까이 다가가리라'는 뜻의 '환래취국화(還來就菊花)'[9]라는 제목을 주었다. 소찬은 속으로 이런 종류의 제목이라면 어떤 어려움이 있을까, 백 편을 지으라고 해도 그 자리에서 지을 수 있겠다고 생각하고 미소를 지었다. 인사를 하고 물러나 방으로 돌아와 시를 짓기 시작했다. 순간 청묘한 정감이 끊임없이 흘러넘쳐 한 수로는 다하지 못해 연이어 다섯 수를 짓고 다른 종이에 옮겼다. 읽어보니 내용이 없고 진실되지 않아 마음에 걸리고 제목의 의미와도 다른 것 같아서 다시 각고의 노력을 들여 필요 없는 문장을 없애고 수정하여 한 수를 만들어냈다. 자신이 봐도 완벽하다고 생각되어 아주 만족스러웠다. 그래서 아주 기쁜 마음으로 고아백에게 가르침을 받기 위해 대관루로 갔다.

---

1 기생어미를 뜻하는 노보(老鴇)와 노포(老包)의 발음이 같다. 그래서 노포는 자기를 욕하는 줄 오해하고 발끈하였다.

2 초당(初唐) 시기의 송지문(宋之問)의 시 「춘일연송주부산정(春日宴宋主簿山亭)」의 한 구절이다.

3 과거시대의 시첩시의 제목 형식이다. '賦得'은 옛 시인의 시 구절을 취하여 제목으로 삼을 때 그 시구 앞에다 붙이는 문구이다. 주로 옛 시인의 시 구절을 제목으로 삼았기 때문에, 제목 앞에 '賦得'을 붙였다. "眼花落井水底眠"은 두보(杜甫)의 「음중팔선가(飮中八仙歌)」의 한 구절로, '술에 취해 우물에 빠져 잠을 잔다'라는 의미이다. "득면자(得眠字)"는 면(眠) 운을 사용한다는 의미이다. "오언팔운(五言八韻)"은 한 구절이 다섯 자이며, 압운이 여덟 곳에 있으니 모두 열여섯 구 형식을 말한다.[일]

4 도가(道家)에서 전해지는 동부(洞府)의 이름. 하남성(河南省) 제원현(齊原縣) 서쪽 왕옥산(王屋山)에 있다. 『태평어람(太平御覽)』 권40 「모군내전(茅君內傳)」에 '왕옥산의 동굴은 둘레가 만 리나 된다. 소유청허지천(小有淸虛之天)이라고 한다.'라는 기록이 있다.

5 당대(唐代) 두보(杜甫) 시 「강상치수여해세료단술(江上値水與海勢聊短述)」의 한 구절이다.

6 장숙(萇叔, BC 582?~492) : 장홍(萇弘)을 말한다. 자가 숙(叔)이다. 『장자』 「외물편」에 '장홍은 촉나라 사람으로, 살해당한 후 피가 그치지 않고 흘렀다. 촉나라 사람이 그 피를 보관했는데 3년 후에 푸른 옥돌로 변하였다'라는 내용이 실려 있다.

7 이 시구의 전고는 찾기 어렵다. 다만 풀싸움 놀이를 의미하는 것이 아닌가 하고 짐작할 뿐이다.[일]

8 『시경(詩經)』의 「국풍(國風)」 「칠월(七月)」에 나오는 한 구절이다.

9 당대(唐代) 맹호연(孟浩然)의 시 「과고인장(過故人莊)」의 한 구절로, '다시 찾아와 국화를 감상하겠다'는 의미이다.

61

근골을 펴고 버들잎을 뚫으려고 잠시 기술을 시도하고, 머리를 써가며 국화를 마주하고 괴롭게 시를 짓다

舒筋骨穿楊聊試技 困聰明對菊苦吟詩

소찬은 대관루에 이르자마자 '환래취국화(還來就菊花)'라는 제목의 시첩시(試帖詩)를 올렸다. 고아백은 한번 읽어보고는 딱히 평가를 하지 않고 오히려 웃으며 물었다.

"자네가 말해보게. 이 시는 어떻게 지었나?"

소찬은 미간을 찌푸리며 말했다.

"제목에 비추어보면, 공허합니다만, 이렇게 지었습니다. 왜 써 내려가면 언제나 두루뭉술한 말들인지, 제목을 바꾸면 쓸 만할 것 같기도 합니다."

아백은 껄껄 웃었다. 그리고 서가에서 수진본(袖珍本)[1] 한 권을 꺼내어 넘기다 한 면을 펼치고 소찬에게 직접 읽어보라며 주었다. 소찬이 그 책을 보니 『수원시화(隨園詩話)』[2]였다. 그 문장은 대략 다음과 같았다.

요화주인(瑤華主人) 담준세자(樿樽世子)의 "부득한매저화미(賦

> 得寒梅著花未)"[3]라는 시 뒤에 자신이 쓴 발문에서 이렇게 말하고 있다. "이것은 나동보(那東甫)라는 선비에게 낸 제목인데, 친구 노약림(盧藥林)이 부탁한 것이다. 이 제목으로 여러 유생들이 쓴 시를 보니, 매화시일 뿐, 『수원시화』에서 말하는 '제목에 맞게 글을 써 내려간(上題行事)' 시는 한 편도 없었다. 그래서 이에 대해 창산거사(倉山居士)[4]에게 질문한 것이다."

소찬은 다 읽고 나서도 조용히 생각에 잠겨 있었다. 아백이 말했다.

"'환래취국화'는 '동지섣달 매화는 꽃을 피웠는지'라는 뜻의 '한매저화미(寒梅著花未)'와 다르지 않네. 자네는 국화시를 지었기 때문에, 두루뭉술한 말들이 되었네. '한매저화미'라는 제목의 이 시를 보게. 딱 맞아떨어지는지? 이대로 다시 지으면 '환(돌아)', '래(와)', '취(가까이 다가가다)' 이 세 개의 허자에서 착상해야 사방의 윤곽이 선명해지면서 그 속에서 정묘한 이치를 취하게 되네. '국화' 두 자는 그냥 가볍게 가져가면 돼."

소찬은 연신 고개를 끄덕이며 이치를 깨달은 듯이 밖으로 나갔다. 아백은 그가 밖에서 멍한 표정으로 한참을 서 있다가 또 한참을 서성이다 가는 것을 보았다.

아백은 별 다른 일이 없어서 사람들이 부탁한 글과 그림들을 위해 서가에 쌓여 있는 화선지, 부채, 큰 족자, 작은 족자를 점검하고 기분 내키는 대로 휘갈기며 써 내려갔다.

그런데 저녁이 되어도 소찬이 오지 않자, 아백은 분명 어려워 스스로 포기한 것이라고 생각했다.

다음 날도 아백은 여전히 글과 그림으로 소일하였다. 정오가 지나자 조금 피곤해졌지만 화원을 산책할 생각에 오수는 대충 넘기고 붓을 내려놓고 대관루를 나왔다.

하늘에는 옅은 구름들이 흩어져 있었다. 마음과 눈이 확 트일 정도로 높고 맑은 하늘이었다. 대관루 앞쪽 회랑을 나오니, 마침 한 하인이 오 척 길이의 대나무 비를 들고 정원의 낙엽을 쓸려고 하던 참이었다.

아백은 그제야 지난밤 오경 즈음에 꿈속에서 들었던 비바람 소리가 어렴풋이 떠올랐다. 아마도 그 비바람에 잎이 떨어진 모양이었다. 그러고 보니 앵무루 앞 국화산도 비바람에 이 낙엽처럼 떨어져 망가졌다면 더 이상 감상할 수 없을 것이고 이학정의 흥취도 사라질 텐데, 이를 어쩌나 하는 생각이 들었다. 그래서 그는 동북쪽으로 향했다. 먼저 부용당 일대를 보면 예측할 수 있을 것이라고 생각하고 구곡평교에 이르러 개울을 따라 바라보니 이화원락은 검은 빛깔의 양쪽 문이 잠겨 있고 그 문 앞의 부용화는 하얀 담장과 대조를 이루며 더욱 농염한 색으로 발하고 있었다.

아백은 부용화를 보자 조금 마음이 놓였다. 그리고 다시 배월방롱의 계화를 보러 갔다. 계화는 수북하게 빈틈없이 땅에 떨어져 있었다. 아백이 그 위를 밟고 지나가는데, 푹신푹신하고 신발에 꽃술이 달라붙었다. 아백은 배월방롱에 들어갔다. 그곳의 위쪽 창문은 모두 잠겨 있었고 낭하의 주렴은 높이 말려 있었다. 집사는 어디로 갔는지 보이지 않고, 마치 한동안 사람들의 흔적이 없었던 풍경 같았다. 아백은 손으로 햇빛을 가리며 유리창에 얼굴을 갖다 대고 안을 들여다보았다. 그 안에는 장식품 하나 없고, 탁자와 의자들은 엎어져 쌓여 있었다.

아백은 그제야 몸을 돌렸다. 그런데 갑자기 갈까마귀 일고여덟 마리가 머리 위로 빙빙 돌며 '꽥꽥' 시끄럽게 울어댔다. 아백은 누군가가 오나 보다 하고 배월방롱을 돌아 동산 쪽으로 찾아갔다.

하인 몇 명과 집사가 커다란 회나무 아래에 모여 있었다. 그들은 의자 하나를 펼쳐 놓고 나무 위의 갈까마귀 둥지를 쳐 내려고 하고 있었다. 그러나 의자는 낮고 둥지는 높이 있어서 아무리 발돋움을 해봐도 닿지 않았다. 서로 의견을 내놓아보지만 뚜렷한 해결책이 나오지 않았다.

아백은 둥지를 올려다보았다. 세 갈래로 난 가지 위에 있는 수박 크기만 한 둥지는 아직 완전하지 않았다. 아백은 집사에게 지정당으로 가서 활을 가져오라고 하여 거리를 가늠해보고 두 발자국 물러서서 활을 구부려 화살을 올렸다. 그리고 둥지를 조준하여 몸을 펴며 활시위를 당겼다. 사람들은 '슝' 하는 소리만 듣고 활이 날아가는 것을 보지 못했다. 그런데 둥지를 보니, 세 갈래 가지 위에 대롱대롱 위태롭게 매달려 있었다. 사람들이 환호를 하려는데, 또다시 '슝' 하고 날아가는 활 소리가 들렸다. 동시에 둥지는 땅으로 데구루루 떨어졌다. 사람들은 기뻐하며 갈채를 보내고, 집사는 얼른 달려가서 둥지를 주웠다. 활 두 개가 꽂혀 있는 둥지를 아백에게 올렸다.

아백은 고개를 끄덕이며 미소를 지었다. 그리고 발걸음 닿는 대로 동남쪽 호수둑을 돌아 봉의수각을 지나갔다. 마침 수각의 집사가 그를 보고 쫓아 나와 아백을 청했다. 아백은 손을 내젓고 앵무대로 갔다. 국화산에 들어가려고 하는데, 차방에서 웃음소리와 말소리가 들려왔다. 아마도 집사들이 마작을 하며 놀고 있는 모양이었다. 아백은 그들을 방해하지 않고 국화산을 바라보았다. 다행히 차양은 멀쩡했지만 광채는 조금 사그라들어 얼마 지나지 않아 꽃들이 다 시들어버릴 것 같았다. 그래서 조금이라도 일찍 손님들을 청해서 국화 감상을 해야겠다고 생각했다.

아백은 여기까지 생각이 이르자 서둘러 돌아갔다. 횡파감에 이를 즈음에 소찬과 마주쳤다. 소찬의 손에는 '환래취국화'라는 시첩시가 들려 있었다. 아백에게 가르침을 청할 참이었다. 아백은 걸음을 멈추고 시를 받아 들고 읽어보았다. 또 웃으며 소찬에게 물었다.

"자네가 말해보게, 이 시는 어떻게 지었나?"

소찬은 또 미간을 찌푸리며 말했다.

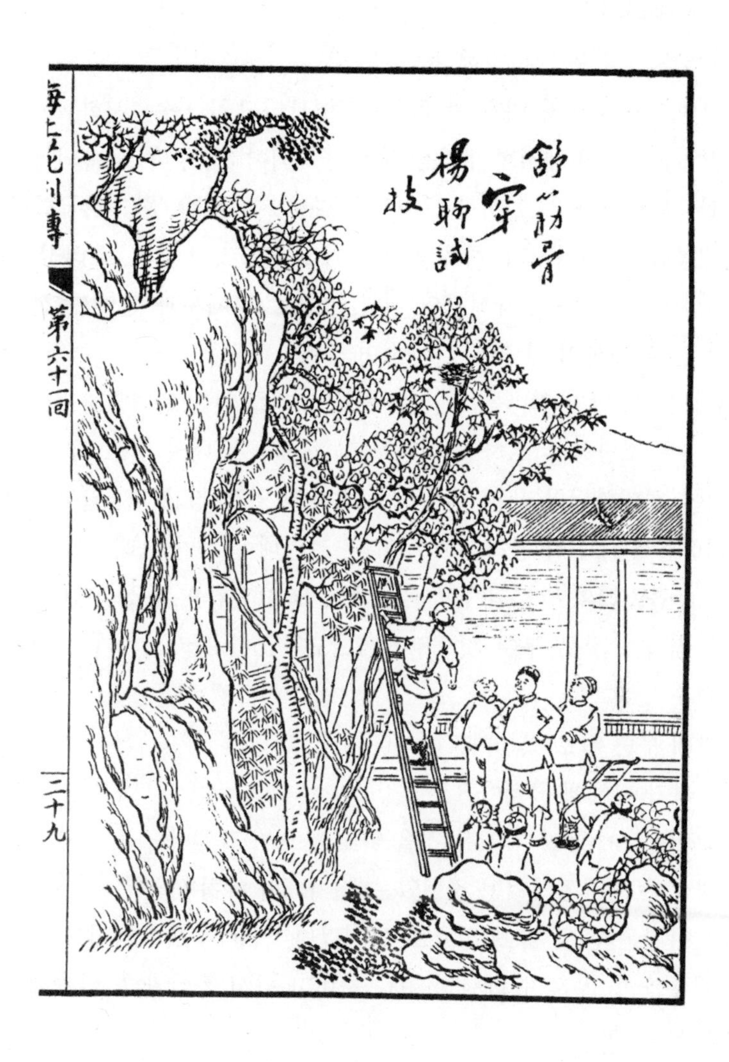
舒筋骨穿楊聊試技
海上花列傳
第六十一回
二十九

"이 시는 제목과 맞아떨어지는 것 같긴 한데, '환래취국화'라는 이 구절을 말하자면 중언부언하는 폐단을 면하지 못해서 좋은 시를 짓지 못했습니다."

아백은 껄껄 웃으며 말했다.

"그렇다면 오히려 내가 자네에게 읽어보라고 준 『수원시화』가 좋지 않았군. 그 '한매저화미'라는 시에 구속되어버렸구나. 구속되어서는 안 되네. 차라리 그 시를 무시하고 다시 지어보게. '환래취국화라는 제목을 잘 펼쳐놓되, 제목 안으로 파고들며 짓지 말고, 오히려 제목 밖으로 뛰쳐나와 자신만의 시를 지어보게. 제목과 달라도 신경 쓰지 말고, 제목이 내 시로 다가오면 좋아."

소찬은 그 말의 의미를 깨달은 듯 또 고개를 연신 끄덕였다.

아백은 소찬을 뒤로하고 대관루로 돌아와서 '내일 정오 국화 전별회에 초대합니다'라는 내용의 초대장을 일곱 장 썼다. 집사에게 초대장을 건네주며 전하라고 하였다. 그런데 갑자기 아래에서 시끌벅적 웃음소리와 말소리가 들려왔다. 분명 요문군의 목소리였다. 아백은 집사가 잘못 부른 것으로 알고, 요문군이 올라오자마자 급히 물었다.

"자네 무슨 일로 왔는가?"

"자라가 상해에 왔잖아요."

아백은 그제야 자라가 온 것을 알고 웃으며 말했다.

"내일 손님을 청하려던 참이었는데, 자네가 마침 왔군."

두 사람은 손을 잡고 방으로 들어갔다. 문군은 활동적이어서 얼른 외투를 벗고 혼자 화원 곳곳을 누비고 나서 돌아왔다. 아백에게 말했다.

"제 대인이 가시고 나니 많이 안 좋아졌네요! 국화산도 꼭대기가 무너져서 지탱하기 어려워 보였어요."

아백이 손뼉을 치며 말했다.

"자네가 '환래취국화'라는 시를 짓는다면 잘하겠는걸!"

문군은 무슨 말인지 자세히 캐물었다. 아백은 대충 그의 이야기를 해주었다.

그날 밤 두 사람은 방에서 편안하게 소일하며 하룻밤을 보냈다.

이날은 시월 기망이었다. 갈중영과 오설향이 가장 먼저 도착했다. 그들은 고아백의 방에 앉아 요문군의 단장이 끝나기를 기다렸다가 함께 앵무루대로 갔다. 갈중영은 도 씨와 주 씨 형제들은 일이 있어서 오지 못한다고 전했다. 고아백이 무슨 일인지 묻자 갈중영이 말했다.

"나도 잘 몰라."

이어 화철미가 손소란과 함께 도착했다. 서로 인사를 나누고 자리에 앉았다. 고아백이 말했다.

"소란 선생은 한 며칠 머물게. 듣자니 자라가 왔다는데."

갈중영이 말했다.

"자라는 돌아간 지 얼마 안 됐는데, 왜 또 왔을까?"

화철미가 말했다.

"교노사 말에 의하면 이번에는 도박 건 몇 가지를 처리하러 온 거라는데. 지난번에 자라, 이학정, 교노사 세 사람이 도박하러 왔다가 도박꾼과 함께 붙어서 완전히 졌는데, 세 사람이 십몇만 원을 잃었어. 다행히 도박꾼 두 사람이 돈을 나눌 수 없다고 계속 싸우고 있다고 해. 자라가 분명 처리해야 할 거야."

고아백과 갈중영이 말했다.

"요즘 상해 도박은 정말 문제가 많아. 어떻게든 반드시 처리해야 해."

화철미가 말했다.

"쉽지 않을 거야. 내가 체포장을 봤는데, 우두머리는 이품인데 대단하더군! 수하에 백 명이 넘고, 아문의 심부름꾼, 기루의 기녀들도

困聰明對菊苦吟詩

그의 조력자들이었어."
손소란, 오설향, 요문군이 말했다.
"기녀는 누구예요?"
화철미가 말했다.
"양원원이었던 걸로 기억해."
모두들 그 이름을 듣고 서로 깜짝 놀라며 쳐다보고 그 이유를 물으려고 하는데, 마침 그때 집사가 손님이 도착했다고 통보를 했다. 바로 이학정과 양원원이었다. 모두 입을 닫고 그들을 맞이하며 더 이상 말을 꺼내지 않았다.
고아백이 이학정에게 말했다.
"자네 잃어버린 물건 신고했나?"
"했네."
양원원이 두 눈을 둥그렇게 뜨고 물었다.
"신고하러 가셨어요?"
학정이 웃으며 말했다.
"자네와 관련 없는 일이야."
"당연히 저와 관련 없는 일이지만, 신고하러 가셨다는 거잖아요."
"귀찮게 굴 거야! 광이 일이야!"
양원원은 그제야 가만히 있었다.
정오가 되자 고아백은 집사에게 술자리를 준비하라고 했다. 손님이 적어 탁자 두 개를 붙여서 손님과 기녀 각각 네 명은 삼면에 둘러앉고 아래 자리를 비워두었다. 그렇게 꽃을 마주하고 술을 마시게 되었다.
순간, 또다시 자라 이야기가 나왔다. 양원원은 냉소를 짓고 끼어들었다.
"어제 자라가 저희 집으로 와서 주소화를 처리할 거라고 하더군요. 주소화는 상해 조계에서 유명한 도박꾼이에요. 그러니 어느 기루가 그를 몰라보겠어요! 지난번 나리께서 주소화와 마작 할 때 그가 속임수를 쓰는 걸 알았지만, 저도 기루에서 밥 먹고 살고 있고 장사를 해야 하는데 도박꾼에게 어떻게 잘못할 수 있겠어요? 그들이 속임수를 써도 저 역시 모르는 척할 수밖에요. 지금 자라는 제가 주소화와 짜고 속임수를 부렸다고 하는데, 이런 일은 있을 수 없지요!"

양원원은 만면에 분노를 띠고 있고 두 눈에는 눈물이 그렁거렸다. 이학정은 한 번 웃고는 또다시 한숨을 쉬었다. 화철미와 갈중영이 달래며 말했다.

"자라 말을 누가 믿겠나. 그냥 내버려두게."

고아백은 분위기를 전환하려고 돌아보다가 소찬이 시중을 들기 위해 한쪽에 서 있는 것을 보고 국화시를 지었는지 물었다. 소찬이 말했다.

"짓긴 했습니다만 맞는지 모르겠습니다."

"가서 가져와 보게."

소찬은 '예' 하고 대답했다. 그러나 움직이지 않고 서 있었다. 고아백은 이상하게 여겨 물었다. 그러자 소찬이 말했다.

"정풍리 조이보 쪽에서 사람을 보내와 고 나리를 뵙고자 합니다."

소찬의 말이 끝나기도 전에 소찬 뒤에서 한 젊은 남자가 나왔다. 그는 공수하며 '고 나리' 하고 인사를 했다. 아백은 그가 전날 화원 입구에서 만난 조박재임을 알고 여기에 온 이유를 물었다. 알고 보니 사삼공자로부터 서신이 왔는지를 알아보기 위해서였다. 아백이 말했다.

"여기는 아직까지 서신이 없었네. 다른 곳에 가서 알아보게나."

조박재는 더 이상 묻지 못하고 소찬과 함께 낭하로 물러났다. 소찬은 집무실로 가서 새로 지은 시 원고를 가져와 고아백에게 올렸다. 아백이 펼쳐서 보니 아래와 같이 적혀 있었다.

부득환래취국화, 득래자, 오언팔운
(賦得還來就菊花, 得來字, 五言八韻)

국화를 떠나기만 하면, 새로운 시를 몇 번이나 찾았는가.
(只有離離菊, 新詩索幾回.)
지팡이를 짚을 새도 없이, 꽃을 보러 돌아온다네.
(不須扶杖待, 還爲看花來.)
산과 물을 건너니, 바람과 비가 재촉하고,
(山山水水度, 風風雨雨催.)
아름다운 명절 중양절이 되면, 은자의 화원을 연다네.
(重陽嘉節到, 三徑主人開.)
동리의 약속을 지켜주기를 청하고, 외람되게 북해의 동반을 따르고, (請踐東籬約, 叨從北海陪.)
나그네의 슬픔 서로 위로하며, 가을 그림자 함께 배회한다네.
(客愁相慰藉, 秋影共徘徊.)
나의 정신은 가버리고, 수고로이 그대의 손을 움직이게 하고,
(令我神俱往, 勞君手自栽.)
상마는 옛말을 뒤집고, 질항아리를 들고 빚은 술을 기억하라.
(桑麻翻舊話, 記取瓦缸醅.)

고아백은 시를 읽고 껄껄 웃기만 하고 이학정, 갈중영, 화철미에게 건네주었다. 모두 다 읽고 나자, 고아백은 여전히 웃으며 물었다.
"이 시가 어떤지 한 수 가르쳐들 주시게나."
모두들 그 질문에 서로 쳐다보았다. 이학정이 먼저 말했다.
"내가 볼 때 특별히 좋은 것 같지 않네."
갈중영이 고개를 끄덕이며 말했다.

“좋은 시로 말하자면, 특별히 좋은 건 아니지만, 그렇다고 특별히 나쁘지도 않아.”

화철미가 말했다.

“한참을 생각해보았네. 좋은 시를 지으려면 작법을 어떻게 해야 하는지 생각나지 않는데, 이 시는 그 자체로 장점을 가지고 있어.”

고아백은 여전히 웃으며 소찬을 돌아보며 필묵을 가져오라고 해서 세 명에게 각자의 의견을 평점으로 써달라고 했다. 이학정은 그것을 받아 들며 적어 내려갔다.

> 가볍고 원만하며 유창함이 마치 구슬을 굴리는 것 같다. 압운은 특히 아주 정확하다.

그는 붓을 내려놓으며 다시 말했다.

“더 이상 좋은 점을 말하자면, 없네.”

갈중영이 잠시 생각하더니 써 내려갔다.

> 하나의 기운이 만들어져, 면면이 치닫음이 백번 쇠를 단련하여 부드러운 반지를 만드는 것과 같다.[5]

화철미가 웃으며 말했다.

“나는 문장 작법으로 이 시를 비평하려네.”

그리고 붓을 잡고 써 내려갔다.

> 제목 속에서는 하나의 의미가 새어나가도록 남겨두지 않고, 제목 밖에서는 하나의 뜻이 들어오는 것을 막지 않는다. 신리의 전달은 바로 여기에 있다.

이학정이 말했다.

"자네 두 사람의 비평은 정말 좋은데."

갈중영이 말했다.

"시 전체에서 가을 그림자 구절은 제목과 중복되니까, 그 나머지 구절이 좋아."

화철미가 말했다.

"좋은 점은 실을 허에 운용한 것에 있네. 얼핏 봐서는 뜻을 담지 않는 것 같지. 사실 여든 글자는 견고한 만리장성과 같아. 한 글자라도 바꿀 수 없네."

이학정이 말했다.

"아백에게 비평을 달라고 하지. 그의 비평이 어떤지 보자구."

고아백은 잠시 멍하니 생각을 하다 말했다.

"달리 비평할 게 없네."

갈중영이 말했다.

"아백은 필시 다른 견해가 있을 거야."

화철미가 말했다.

"아마 아백의 견해는 비평할 수 없다는 것일 거야."

고아백은 껄껄 크게 웃고 일필휘지 써 내려갔다. 모두 뒷면에 쓴 문장을 보며 읽었다.

> 이 눈의 눈물, 이 심장의 피는 쉬운 것 같지만 고생 끝에 만들어진다.

모두들 웃으며 말했다.

"이것이 바로 비평할 게 없는 비평이구나."

고아백은 웃으며 소찬에게 말했다.

"공연히 자네를 난처하게 했구나."

소찬은 속으로 만족스러워하며 시원고와 필묵을 받아 들고 밖으로 빠져나와 자세히 네 줄의 평점을 읽었다. 그런데 뜻밖에 조박재가 낭하에 계속 있다가 소찬을 붙잡고 간절히 물었다.

"고맙습니다! 또 한 가지 여쭤볼 게 있어요. 듣기로 어제 삼공자가 상해에 왔다고 하던데, 사실입니까?"

소찬은 마지못해 고아백에게 아뢰었다. 고아백이 말했다.

"그가 잘못 들었네. 상해에 온 사람은 뇌(賴) 공자고, 사(史) 공자가 아니야."[6]

조박재는 창문을 사이에 두고 그 말을 듣고 자신이 잘못 알아들었다는 것을 알았다. 소찬이 나오자 작별인사를 했다. 소찬은 그 길로 그를 화원 입구까지 배웅해주었다.

조박재는 오는 내내 마음이 답답했다. 정풍리 집으로 돌아가서 모친 홍 씨에게 삼공자의 서신은 없었으며 잘못 알아들은 이유를 말해주었다. 마침 누이 조이보가 옆에서 시중들며 앉아 있다가 그 소식에 화가 나서 눈을 흘기며 한참 동안 말하지 않았다.

홍 씨는 길게 한숨을 쉬며 말했다.

"삼공자가 오지 않을 건가 봐. 이제는 정말로 끝났어!"

박재가 말했다.

"지금 안 왔다는 거지, 삼공자는 그럴 사람이 아닙니다."

홍 씨가 또 한숨을 쉬었다.

"꼭 그렇다고 말하기 어려워. 처음에 아예 따라갔으면 괜찮았을 텐데. 지금은 따라갈 수도 없고 헤어질 수도 없고, 이 무슨 끝이!"

이보는 싸해져서 고개를 돌리며 소리쳤다.

"어머니, 무슨 쓸데없는 말씀을 하세요!"

그 말에 홍 씨는 입을 닫고 고개를 숙이고 가만히 있었다. 박재는 어떻게 수습할 수 없다고 생각하고 방을 슬그머니 빠져나왔다. 아주머니 아호는 밖에서 다 듣고 도무지 참고 있을 수 없어 방으로 들어가 말했다.

"아가씨, 아가씨는 어려서 기루 장사가 얼마나 어려운지 몰라서 그러는데, 손님들 이야기라면 잘 들어야죠! 애초 삼공자와 아가씨가 한 말, 나하고는 한 번도 상의한 적 없지요. 그러니 내가 전혀 모르고 있었잖아요. 지금 한 달 넘게 서신이 없는 건 아무래도 아니지 싶습니다. 만약 삼공자가 오지 않으면 생각해봐요. 은루며, 비단가게며, 양화점이며, 삼사천은 되는데, 어떻게 갚을 거예요? 내가 잔소리하는 게 아니라, 일찌감치 계획을 잡아서 해야죠. 완전히 망하는 날은 오지 않게 해야 하잖아요."

이보의 얼굴이 붉게 부어올랐다. 그러나 아무런 대꾸를 하지 못했다. 갑자기 아래층 중간방에서 재봉사 장 씨가 소리를 쳤다. 각종 옷감 실을 사야 한다며 당장 필요하다고 하였다. 아호는 더 이상 상관하지 않고 아무렇지도 않은 듯 방을 나왔다. 홍 씨는 아교에게 사오라고 했다. 아교는 어떤 색인지 모른다며 장 씨에게 치근거렸다. 박재가 황급히 말했다.

"내가 갈게."

이보는 이런 꼴을 보고 속에서 울화통이 치밀어 올라 힘없이 이층 방으로 올라갔다. 그러나 침대에 누워 이리저리 생각을 해보아도 도무지 뾰족한 수가 없었다.

날이 저물자, 장 씨는 새로 만든 옷 한 벌을 보내왔다. 은서(銀鼠) 모피를 덧댄 청색 비단 망토와 홍색 비단 치마였다. 장 씨는 이보에게 직접 살펴보라고 했다. 세 번을 청해도 이보는 일어나지 않고 말했다.

"그냥 거기에 둬요."

장 씨는 내려놓으며 다시 물었다.

"아직 호피도 있는데, 만들어요?"

"만들기로 했는데, 왜 안 만들어요?"

"그러면 단에 가선을 두를 송강산 공단과 가선을 내일 한꺼번에 살게요."

이보는 나직하게 '네'라고 대답했다. 장 씨가 나간 후 이 층은 조용해졌다.

아홉 시를 넘기자, 아교와 아호가 저녁을 들고 들어와 먹으라고 했다.

"안 먹어!"

아교는 눈치없이 계속 끌어당기며 일으켰다. 이보는 신경질을 냈다. 아교는 마지못해 아호와 마주 앉아 식사를 하고 사람들을 보냈다. 아호는 혼자 자기 얼굴을 닦고 이보에게는 화장을 할 건지 묻지도 않았다. 아교는 그래도 이보에게 차를 따라주었다.

아호는 가죽상자를 열고 새 옷을 넣었다. 아교는 촛대를 들고 침이 마르듯 찬탄을 했다.

"이 은서는 정말 좋네요. 얼마예요?"

아호는 '흥' 하고 콧방귀를 뀌고 냉소를 지으며 말했다.

"이 옷을 입으려면 자고로 복이 있어야 해! 돈이 있어도 복이 없는데, 어떻게 입어봐."

이보는 침대에 누워서 못 들은 척했지만 속으로 화가 났다. 아교와 아호는 그래도 모르는 체했다. 자정이 되자 각자 방으로 자러 갔다. 이보는 밤새도록 눈을 붙이지 못했다.

---

1 소형 책자

2 청대(淸代) 원매(袁枚)가 쓴 책으로, 시인의 재능과 자질, 독서 및 사회 실천에서부터 시의 장르, 시의 표현기법, 예술적 풍격, 감상, 선별, 시화 작성 등에 이르기까지 시와 관련된 다방면을 다루고 있다.

3 '한매저화미(寒梅著花未)'는 당대(唐代) 왕유(王維)의 시 「잡시 삼(雜詩 三)」의 한 구절이다.

4 원매의 호이다.

5 서진(西晉) 유곤(劉琨)의 시 「중증노심(重贈盧諶)」 "백 번을 단련한 강철이 지금은 손가락에 감겨 있는 부드러운 실로 변할 줄을 어찌 생각했겠느냐(何意百煉鋼, 化爲繞指柔)"의 문장 중 하나이다.

6 오어(吳語)의 '삼(三)'의 발음은 '새(賽)'와 같고, '사(史)'는 '사(斯)'이다. '새(賽)'는 '뇌(賴)'의 압운이다. 그래서 조박재는 뇌공자(賴公子)를 삼공자(三公子)로 잘못 알아들은 것이다.[장]

62

침대에서 여자 하인을 몰래 만나다 단꿈에서 깨어나고, 부인이 되겠다는 사담이 벽 뒤로 새어나가다

偷大姐牀頭驚好夢 做老婆壁後洩私談

조이보는 밤새 생각을 하다 날이 밝자마자 헝클어진 머리로 아래층으로 살금살금 내려가 모친 홍 씨의 방문을 밀고 들어갔다. 홍 씨는 침대에서 코를 골며 자고 있었다. 그 옆 조박재의 작은 침대는 비어 있었다. 이보는 홍 씨를 부르며 물었다.

"오빠는요?"

"몰라."

이보는 틀림없이 그곳에 있을 것이라고 확신하고, 돌아서서 이 층으로 올라갔다. 이 층 정자간을 밀치고 들어가 아교의 침상으로 갔다. 휘장을 걷어 올리고 들여다보니 정말로 박재와 아교 두 사람은 머리를 맞대고 달달한 잠에 푹 빠져 있었다. 이보는 속에서 화가 치밀어 올라 사납게 두 사람을 밀치고 때리며 깨웠다. 박재는 홑이불을 잡아끌어 가리며 벌거벗은 몸으로 내려와 도망갔다. 아교는 부끄러워서 이불 속을 파고들며 얼굴을 내밀지 못했다.

이보는 욕을 퍼부으며 한바탕 야단을 치고 아래층 홍 씨의 방으

偷大姐
林頭
驚好夢
第六十二回
三十六

로 돌아왔다. 홍 씨는 이미 옷을 입고 앉아 있었다. 이보는 눈을 부라리고 입술을 부르르 떨며 침대에 걸터앉았다. 홍 씨가 물었다.

"위층에 누가 있었어?"

이보는 대답은 하지 않았다. 이 일은 떠벌리지 않고 장계취계하기로 하고, 박재를 남경으로 보내 사삼공자 집을 찾아가서 확답을 받자고 홍 씨와 상의를 하였다. 홍 씨도 그 말을 따랐다. 이보는 큰 소리로 불렀다.

"오빠"

박재는 재빨리 와서 긴장하는 모습으로 한쪽에 섰다.

이보는 홍 씨에게 먼저 말을 꺼내라고 하였다. 홍 씨는 대충 말하고, 즉시 출발하라고 하였다. 박재는 따르지 않을 수 없었다. 이보는 다시 당부했다.

"오빠, 남경에 도착해서 사삼공자를 만나게 되면 그 자리에서 왜 서신이 없었는지, 언제 상해에 올 건지 반드시 물어야 해요. 잊지 마세요!"

박재는 그러겠다고 대답했다. 이보는 그제야 머리를 빗으러 올라갔다. 이 층 자신의 방으로 돌아오니, 아교가 허리를 숙이고 눈물 콧물을 훔치며 바닥을 쓸고 있었다. 그러나 이보는 아예 신경 쓰지 않았다.

마침 이날 장강의 기선이 한밤중에 운행하여 박재는 저녁을 먹고 짐을 챙겨 홍 씨에게 여비를 받았다. 홍 씨는 지체하지 말고 다녀오라고 당부하였다. 그때 아호가 끼어들었다.

"나는 훤히 보이는데, 남경엔 뭐 하러 가요? 가더라도 절대로 사삼공자를 못 만나요. 사삼공자가 오지 않으려고 작심했다면, 만나봐도 소용없어요."

홍 씨가 말했다.

"저 사람은 믿지 않지만, 남경에 가서 소식을 듣고 나면 믿을 거야."

아호가 말했다.

"아가씨가 안 믿으면, 당신은 어머니 아니십니까, 깨우쳐줘야죠. 아가씨는 사삼공자가 올 거라고 알고 있으니까 꼭 소식을 들으려고 하는 거잖아요. 도대체 누구에게 물어볼 생각이세요? 사삼공자를 만났다고 칩시다. 물어보면, 안 올 거면서도 어떻게 입으로 안 간다고 말해요. 마지못해 간다고 하겠죠. 아가씨가 또다시 그 사람에게 속아서 계속 기다려 봐요. 연말까지 기다렸다간 정말이지 끝장이에요!"

홍 씨가 말했다.

"말이야 맞지만, 남경에 갔다 와서 다시 의논해."

아호가 말했다.

"그렇게 안 해도 나와는 상관이 없어요. 나야 삼사천이나 되는 빚이 걱정돼서 그러죠. 만약에 좀 못한 아가씨라면 난 그렇게 많이 챙겨주지도 않았어요. 내가 봤잖아요. 아가씨는 오월 한 달 동안 마작이다 술자리다 정말이지 시끌벅적했잖아요. 그러니 하루라도 빨리 사삼공자를 포기하고 조금만 더 장사에 정성을 쏟아서 연말에 조금씩 갚고 조금씩 빌리면 삼사천은 아무것도 아니에요. 그렇지만 계속 질질 끌면 손쓸 수 없게 돼요!"

홍 씨는 가만히 있고, 박재가 말했다.

"내가 소식 알아보러 갈게요. 만약 사삼공자가 오지 않으면 다시 장사를 하는 거죠 뭐."

아호는 냉소를 지으며 가버렸다. 박재는 여비를 챙겨 넣고 봇짐을 지고 작별인사를 하고 문을 나섰다.

하룻밤을 보내고 이보는 아호에게 동합홍리의 오설향의 집으로 가서 소매저를 불러오라고 했다. 아호는 일이 탄로 날 것을 알았지만 대답을 하고 나갔다. 이보는 할 말을 생각했다가 홍 씨에게 여러 말 할 것 없이 일러준 대로만 말하라고 하였다.

잠시 후, 아호는 소매저를 데리고 와서 홍 씨에게 인사를 시켰다. 이보는 웃음을 머금고 자리를 권했다. 홍 씨가 말했다.

"이번 달 말, 우리 가족 모두 사삼공자를 찾아 남경에 가려고 하네. 아교에게 다른 일 찾으라고 하게. 연말까지는 한 달에 일 원씩 주겠네."

소매저는 그 말을 듣고 잠시 멍하니 있다가 말했다.

"그러면 그때 나가라고 하면 되잖아요."

이보가 끼어들었다.

"이제 장사는 안 해요. 일이 전혀 없으니까 아교가 여기서 할 일도 없어요. 일찍 나갈수록 더 일찍 일을 찾을 거 아니에요?"

소매저는 할 말이 없어 아교에게 짐을 싸라고 했다. 이보는 홍 씨에게는 소매저에게 삼 원을 주라고 하고, 또 하인에게는 짐을 들어주라고 했다. 소매저는 아교를 데리고 작별인사를 하고 떠났다.

잠시 후 재봉사 장 씨가 바느질삯을 지불해달라고 왔다. 이보는 또다시 홍 씨에게 십 원을 지불하라고 했다. 아호는 이보를 등지고 조용히 홍 씨에게 말했다.

"일일이 아가씨 말을 들어주니까 아가씨가 현실감이 없지요. 지금 돈이 얼마나 있다고 또 옷을 만들어요! 이런 옷은 시집가게 되면 그때 만들면 되지 뭐가 그리 급해요!"

홍 씨가 말했다.

"나도 이야기했지. 그 애가 호피 옷만 만들면 그만한대."

아호는 크게 한숨을 쉬고 그냥 내버려두었다.

그런데 뜻밖에 다음 날 아침, 소매저가 다시 아교를 데리고 홍 씨의 방으로 찾아왔다. 소매저는 아교를 손으로 가리키며 홍 씨에게 말했다.

"저 애는 내 외질녀예요. 그래서 저 애 부모가 일거리를 찾아달라고 나에게 부탁했었죠. 그런데 저 애는 노력하지도 않고, 게다가 부끄러운 짓까지 저질러서 나도 저 애 부모들 볼 낯이 없어요. 내가 편지를 써서 그들을 불러 올렸으니, 직접 저 애를 부모에게 넘기세요. 난 상관하지 않을 거예요."

홍 씨는 어리둥절하여 물었다.

"무슨 말을 하는지 도무지 모르겠네."

소매저는 나가면서 말했다.

"몰라요. 아교에게 물어보세요. 그 애가 말해줄 거예요."

이보는 이 층에서 막 일어났다가 소리를 듣고 곧장 쫓아 내려왔다. 소매저는 이미 가버리고, 아교만 벽을 향해 얼굴을 묻고 훌쩍이고 있었다. 이보는 속이 부글부글 끓어올라 한참을 뚫어져라 쳐다보았지만 어찌 할 방법이 없었다. 홍 씨는 아교에게 물어보려고 다그쳤다. 이보가 말했다.

"뭐 하러 물어봐요!"

이틀 전의 일을 직접 말해주었다. 그제야 홍 씨는 초조해져서 박재가 철없이 행동해서 괜히 화를 불러왔다고 욕을 퍼부었다.

이보는 아호를 불러 소매저에게 약간의 위자료를 주겠으니 아교를 데려가라고 전하라 했다. 아호가 말했다.

"소매저는 됐고, 먼저 아교에게 물어볼게요."

아교를 한쪽으로 잡아끌고 가서 시시콜콜하게 한참을 물었다. 아호는 웃으며 말했다.

"그럴 줄 알았어. 두 사람은 벌써 말이 오고 갔어요. 혼인을 시켜주면 돈도 필요 없고, 아교 부모가 오는 대로 혼례를 올리면 되겠어요."

홍 씨는 기뻐하며 말했다.

"그러면 자네가 중매인이 되어주게."

이보는 펄쩍 뛰며 소리를 질렀다.

"말도 안 돼요! 저 수치심도 모르는 어린 계집애를 내 올케로 삼으란 거예요."

홍 씨는 멀뚱히 보기만 하고 결정을 내리지 못했다. 아호가 나서며 말했다.

"기루를 운영하는 사장이 하인을 데려가 마누라로 삼는 게 안 될 것도 없지요."

이보는 큰 소리를 쳤다.

"난 싫어!"

홍 씨는 하는 수 없이 오십 원을 내주며 아호에게 소매저와 대화를 해보라고 했다. 이보는 부득부득 이를 갈며 원망했다.

"오빠라는 사람은 원래부터가 부랑자야! 삼공자는 총관의 딸을 오빠에게 주려고 했는데, 체면을 차려야지. 뭘 그렇게 기다리지도 못하고 냄새나는 하녀와 부부가 되겠다는 거야!"

홍 씨는 그 말을 듣고 비록 좋았지만, 소매저가 괜한 참견을 할까 걱정이었다. 아호가 돌아오기를 기다렸다가 어떻게 되었는지 다급하게 물었다. 아호는 고개를 흔들며 말했다.

"안 됐어요! 소매저가 '그 집 딸은 얼굴이 반반하게 생겨서 기루 아가씨 노릇을 하고, 아교도 마찬가지로 누군가의 딸이지만 얼굴이 못나서 하녀가 됐을 뿐이에요. 아가씨는 머리 얹을 때나 하룻밤 잘 때 얼마를 요구하잖아요. 하녀도 마찬가지예요. 그 집 아들에게 몇 달을 시달렸는데, 지금 오십 원이라고 했어요? 거저 먹겠다는 거예요?'라고 하더군요."

홍 씨는 정말로 겁이 나서 이보를 쳐다보며 묘안을 기다렸다. 이보가 말했다.

"그 부모들 오면 그때 봐요."

홍 씨는 소심한 사람이라, 전전긍긍 불안해했다.

순식간에 사흘이 지나가자, 박재가 남경에서 돌아왔다. 홍 씨는 그를 보자 원망을 쏟아냈다. 이보는 발을 동동거리며 말했다.

"어머니, 먼저 오빠 말 좀 들어봐요!"

박재는 짐을 내려놓으며 말했다.

"사삼공자는 오지 않아. 내가 취보문(聚寶門)[1]을 들어가 사삼공자 관사를 찾아갔는데, 문 앞에 일고여덟 명의 집사들이 있었지만 모두 모르는 사람들이어서 처음에 소왕을 찾으러 왔다고 하니까 아예 무시하더군. 그래서 내가 제 대인이 보낸 심부름꾼이라며 삼공자를 만나야 한다고 하니까, 그때서야 나를 방으로 안내하며 삼공자는 상해에서 돌아오자마자 정혼하고, 지금은 양주로 갔고 소왕도 따라갔다고 하는 거야. 십일월 이십 일에 양주에서 혼례를 올리고 한 달 지나야 돌아온다고 말해줬어. 그러니까 오지 않는다는 거지."

이보가 듣지 않으면 좋았을 것을 그만 듣고 말았다. 눈앞이 칠흑같이 캄캄해지고 정수리에서 '왕' 하는 소리가 나더니, 몸을 가누지 못하고 흔들거리다 풀썩 쓰러졌다. 사람들이 깜짝 놀라 소리를 지르며 그녀를 부축했다. 이보는 입안에 거품을 물고 정신을 잃었다. 마침 소매저가 아교의 부모를 데리고 문을 들어서다 이런 광경을 보고, 입을 열 틈도 없이 달려가서 도왔다.

홍 씨는 눈물을 줄줄 흘리며 울부짖었다. 박재와 아호는 이보의 양쪽에서 인중을 누르고 생강탕을 먹인다고 난리법석도 이만저만이 아니었다.

잠시 후, 이보는 입에서 가래를 뱉고 의식을 되찾았다. 사람들이 왁자지껄 떠들썩거리며 이보를 들어 올리려고 하자, 아호가 소매를 걷어올리고 허리를 끌어안고 한걸음 한걸음 옮기며 계단을 올라갔다. 사람들도 떼를 지어 방으로 따라와 침대에 눕히고 이불을 꺼내어 덮어주었다. 그리고 사람들은 하나둘씩 나가고 홍 씨만 혼자 남아 시중들었다.

이보는 점점 기운을 회복하였다. 눈을 뜨고 물었다.

"엄마, 뭐하고 있어요?"

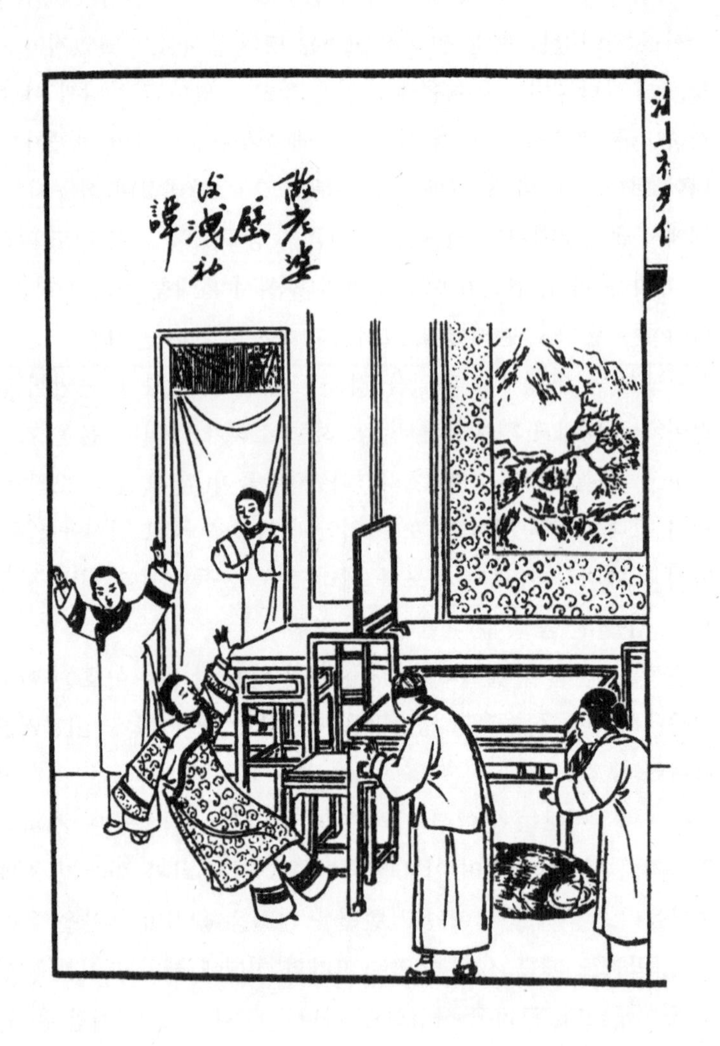

홍 씨는 이보가 깨어난 것을 보고 약간 마음을 놓으며 '이보야' 하고 부르며 말했다.

"놀래켜 죽일 셈이냐, 정말 왜 이래?"

이보는 그제야 방금 전 박재가 한 말을 한마디도 빠짐없이 생생하게 기억해냈다. 마음은 비통하지만, 어머니가 걱정할까 봐 있는 힘을 다해 견뎠다. 홍 씨가 물었다.

"힘들지?"

"지금은 괜찮아요. 어머니는 내려가세요."

"아니야. 아교 부모가 아래층에 있잖아."

이보는 미간을 찌푸리고 고심하다 한숨을 쉬며 말했다.

"지금은 오빠가 아교와 혼인해야죠. 그쪽 부모도 여기에 있으니 엄마가 아호에게 혼인 이야기를 해달라고 해요."

홍 씨는 그러겠다고 하고 바로 아호를 불러올려서 아교의 부모에게 혼례 이야기를 하라고 했다. 아호가 말했다.

"말이야 할 수 있지만, 그쪽에서 어떻게 나올지 모르겠어요."

이보가 말했다.

"부탁할게요. 잘 좀 말해줘요."

아호는 등을 떠밀려 마지못해 하는 듯 일단 이야기하러 내려갔다. 그런데 아교의 부모는 선량하고 유약한 시골 사람들이라 전혀 속일 뜻이 없었다. 아호의 말을 듣자마자 흔쾌히 허락하였고, 더욱이 전혀 까다롭게 굴지도 않았다. 그러니 소매저도 중간에서 훼방 놓을 수도 없었다. 홍 씨와 박재는 당연히 기분이 좋았고 이보만 더욱 비참해졌다.

그때 아호가 홍 씨를 부르러 왔다.

"이제 사돈이 되었으니, 대접을 해야지요."

"사위가 대접하고 있을 텐데, 난 안 가."

이보가 설득에 나섰다.

"어머니, 대접을 하러 가셔야죠. 전 많이 좋아졌어요."
홍 씨는 그래도 주저했다. 이보가 말했다.
"안 가신다면 제가 갈게요."
그리고 억지로 일어나 앉으며 머리를 말아 올리고, 침대에서 내려오려고 하였다. 홍 씨는 재빨리 말리며 말했다.
"내가 갈게. 넌 계속 자."
이보는 웃으며 다시 누웠다. 홍 씨는 아호에게 방에서 시중을 잘 들라고 당부하며 아래층으로 가서 아교의 부모를 대접했다.
이보는 아호에게 손짓으로 가까이 오라고 해서 침대에 바짝 붙어 앉아 가게 빚을 어떻게 갚을지 의논했다. 아호는 이보의 마음이 바뀐 것을 보고 세세하게 계획을 짰다. 물릴 것은 물리고, 물리지 못하는 것은 팔거나 저당 잡히더라도 그렇게 손해를 보지 않을 수 있었다. 다만 의상은 손해가 많고 처리하기가 제일 곤란했다. 그래서 이보는 의상은 남겨두고 나머지는 모두 아호가 하자는 대로 빚을 갚을 생각이었다. 이렇게 합해보니 그래도 천 원 조금 넘는 돈이 비었다. 아호가 말했다.
"오월같이 장사가 되면 천 원 버는 것은 아무것도 아니에요. 연말까지 하면 싹 갚을 수 있을 거예요."
"호피 망토 한 벌이 오늘 만들어진다고 하던데, 장 씨에게 내일은 안 된다고 알려줘요."
"아가씨는 뭘 해도 정말 급하게 해요. 옷 만드는 것 봐요. 꼭 망토를 만들려고 하지 않아도 되죠. 호피 양말을 만드는 것도 괜찮잖아요?"
"그만해요."
아호는 머쓱해서 중간 방으로 가서 장 씨에게 전달해주었다. 장 씨는 알았다고 말은 했지만 다른 재봉사들은 재미삼아 일부러 놀렸다. 이보는 안에서 그 말들을 못 들을 리가 없었지만 이것을 문제 삼을 기운이 없었다.

저녁이 되자, 식사를 하고 홍 씨는 그래도 마음을 놓지 못해서 직접 이보를 보러 왔다. 아교 부모들은 원래 타고 온 배를 타고 고향으로 갔고, 아교는 남아서 시중을 들며 봄에 혼례를 올리기로 약속했다고 말해주었다. 이보는 알았다고만 했다. 홍 씨는 이것저것 물어보며 세심하게 위로해주고 나서 자러 갔다. 이보는 아호도 자러 가라고 보내고 문을 닫고 혼자 남아 침대에 누웠다.

이제야 처음부터 생각을 떠올릴 수 있었다. 사삼공자를 처음 만났을 때 어떻게 서로 눈빛을 주고받으며 마음을 허락했는지, 혼인을 약속한 순간 어떻게 의기투합하였는지, 그 이후 순간순간 서로를 대할 때 얼마나 정답고 자상했는지, 평상시의 태도와 행동은 또한 얼마나 온화하고 관대하며 온순했는지. 고귀함은 상해 조계의 기루에 만연한 경박하고 방탕한 악습을 일소하고도 남았다. 그런데 그런 그가 맹세와 신의를 저버리는 것은 화류계의 자제보다 더욱 심한 것이었다. 여기까지 생각이 미치자 비통하고 처참하여 원망이 목구멍으로 차올라 더 이상 감정을 누를 수도 감출 수도 없었다. 흐느끼는 소리는 울음소리와 비할 바가 아니었다. 울음이 갑자기 터져 나왔다가 갑자기 잦아들었고, 또 갑자기 끊겼다가 갑자기 이어지고, 참으로 말로 형언할 수 없을 정도였다.

이보는 밤새도록 울었다. 그러나 아무도 그 울음소리를 듣지 못했다. 아호는 문을 열고 방으로 들어와서 이보가 침대에 앉아 있는 모습을 보았다. 이보의 눈이 호두알처럼 퉁퉁 부어 있었다. 아호는 말을 붙이려고 물었다.

"잠은 좀 잤어요?"

이보는 대답은 하지 않고 아호에게 세숫물을 준비하라고 했다. 이보는 자리에서 일어나 세수를 하고 아교는 탁자와 의자를 닦았다. 아호는 머리 빗는 도구를 가져와 이보의 머리를 빗겨주었다.

이보는 분을 바르고 연지를 바르며 새롭게 화장을 하고 홍 씨를 만나러 아래층으로 갔다. 홍 씨는 잠에서는 깨어났으나 침대 안쪽을 향해 누워 있었다. 신음소리가 들리는 것 같았다. 이보는 조용히 '어머니' 하고 불렀다. 홍 씨는 몸을 돌려 보고 말했다.

"왜 일어났어? 몸이 안 좋으면 더 자."

"괜찮아요."

이보는 거절하며 일을 하겠다고 말했다.

"그래도 며칠 더 쉬는 것도 좋아. 이제 조금 나아졌을 뿐이야. 무리하면 안 돼. 만약에 밤에 나갔다가 또다시 감기라도 들면 안 되잖아."

"어머니, 저만 생각할 수는 없어요. 지금 가게 빚만 삼사천이에요. 일하지 않으면, 갚을 돈이 어디서 생겨요? 저는 상해에 꼼짝없이 잡혀버린 것 같아요!"

이 말을 하다 말고 순간 목이 메여 더 이상 이어가지 못했다. 홍 씨는 괴로우면서도 다급하여 떨리는 목소리로 물었다.

"일을 한다고 해도, 삼사천을 어떻게 하루아침에 갚아?"

이보는 긴 한숨을 쉬고 현금을 만들기 위해 아호와 의논을 했다고 말해주었다.

"어머니는 더 이상 상관 말아요. 제가 있는 한 어쨌든 괜찮아요. 어머니 마음이 나아져야 제 마음도 그나마 낫죠. 저 때문에 힘들어하지 말아요."

홍 씨는 알겠다고만 대답했다. 이보가 그제야 물었다.

"어머니, 왜 못 일어나세요?"

홍 씨는 머리가 아프다고 했다. 이보는 이불 속에 손을 넣어 홍 씨의 몸을 만져보았다. 약간 열이 있는 것 같았다. 이보가 말했다.

"한열인 것 같아요."

"나도 조금 열이 있는 것 같아."

"선생 불러다 약 좀 지을까요?"

"무슨 선생을 불러! 잘 좀 덮어줘. 땀내고 나면 나아질 거야."

이보는 솜이불을 꺼내어 머리를 돌돌 싸서 덮어주고, 이불 모서리를 꼭꼭 눌러서 홍 씨가 안심하고 자도록 해주었다. 이보는 이 층 방으로 돌아와 다시 아호와 상의를 했다. 정오가 되어 아호는 가게 빚을 정리하러 가서 그 길로 손님을 청했다.

이 소식은 순식간에 퍼져 모르는 사람이 없을 정도였다. 사흘이 되기도 전에 진소운의 귀에 들어갔다. 그는 깜짝 놀랐다. 사삼공자가 이보를 가볍게 대하지 않고 부인으로 삼으려는 것은 좋은 일이라고 생각했는데, 이렇게 이보가 다시 기루 생활을 하려는 것이 도무지 이해가 되지 않았다. 그 연유를 자세히 알아보고자 삼마로를 지나는데, 마침 우연히 홍선경을 만났다. 소운이 찻집으로 가서 이야기를 나누자고 하니 선경이 말했다.

"그러면 차라리 쌍주 집으로 가서 잠시 앉아."

그래서 두 사람은 공양리 남쪽으로 들어가 주쌍주의 집으로 갔다. 마침 이 층의 모든 방에는 차 마시는 손님들이 있어서 아덕보는 아래층 주쌍보의 방으로 그들을 모셨다. 쌍보가 나와 그들을 맞이하며 자리를 안내했다. 소운은 조이보가 다시 일을 하게 된 소식을 선경에게 말해주었다. 선경은 박장대소하며 말했다.

"자네처럼 총명한 사람이 그 사람에게 속았구만! 난 처음부터 믿지 않았어. 사삼공자가 어디 혼처가 없어서 기녀를 부인으로 삼겠나."

쌍보도 옆에서 박장대소를 하며 말했다.

"왜 다들 아가씨들이 부인이 되려고 안달이죠? 처음에는 이수방이 부인이 되려다가 죽었고, 지금은 조이보도 성공 못했잖아요. 우리 쪽에서 부인이 되려고 하면 세 번째네요."

소운은 무슨 말인지 몰라서 세 번째가 누구인지 물었다. 쌍보는 입을 쫑긋하며 말했다.

"우리 쪽의 쌍옥이 주 도련님의 부인이 되려고 하잖아요."

소운이 말했다.

"주 도련님은 정혼했잖아."

쌍보는 일부러 웃기만 하고 말을 잇지 않았다. 선경이 다급하게 손을 내저으며 그만하라고 했다. 고개를 들어보니, 주쌍옥이 눈앞에 있었다. 쌍보는 깜짝 놀라서 웃음을 거두고 뒷걸음쳤다. 선경은 상황이 심상치 않다는 걸 알았으나 순간 다른 말이 생각나지 않았다. 소운은 분위기 파악을 못했다. 모두들 멍해져서 두 눈만 동그랗게 뜨고 서로를 멀뚱멀뚱 쳐다만 보았다.

1 聚寶門 : 남경 중화문으로, 명대(明代) 주원장이 남경의 정남쪽에 세운 문이다.

63

여우겨드랑이 털을 모아 모피를 만들 듯 좋은 인연을 맺고, 꽃을 옮겨 심고 나무를 접붙이듯 묘한 계획을 안배하다

集腋成裘良緣湊合 移花接木妙計安排

주쌍주, 주쌍옥의 방에서 차를 마시는 손님들은 뇌공자, 화철미, 교노사, 교노칠(喬老七) 네 사람이었다. 교노사는 원래 주쌍주의 손님이어서 동생 교노칠을 위해 주쌍옥을 몇 번 불렀었다. 그래서 네 사람은 비록 같이 왔지만 두 방으로 나누어 들어갔다. 홍선경과 진소운이 왔을 때, 뇌공자는 주쌍주와 이야기를 하고 있었다. 쌍주는 선경이 단골손님이어서 굳이 급하게 내려와 접대하지 않았다. 그래서 계속 손짓 발짓까지 해가며 입에서 나오는 대로 이야기를 이어갔다.

주쌍옥은 주숙인에게 보낼 서신을 선경에게 부탁하려고 혼자 먼저 내려갔다. 쌍옥은 주쌍보의 뒷방으로 들어가다 진소운과 주쌍보의 대화를 듣게 되었고, 홍선경이 손을 내젓는 모습을 보게 되었다. 쌍옥은 순간 깜짝 놀라며 자초지종을 따지려고 했으나 다시 한번 생각을 해보았다. 아마도 주숙인의 정혼은 비밀로 되어 있을 테니 당장 물어볼 수는 없다고 생각했다. 그래서 천천히 걸어가서 휘장을 걷어 올리며 진소운과 홍선경에게 인사를 하고 옆에 앉아 전혀 내색하지 않고 시중을 들었다.

잠시 후, 주쌍주가 방으로 들어왔다. 쌍옥은 그 틈에 이 층으로 올라갔다. 저녁에 손님들이 나가고 문을 잠그고 나서야 주쌍옥은 혼자 주란에게 가서 '엄마' 하고 불렀다. 주란은 온화한 얼굴로 쌍옥에게 앉으라고 했다. 쌍옥은 완곡하게 돌려 말했다.

"엄마에게 기녀로 팔려 온 이후로 엄마를 위해서 일했어요. 엄마 말고 친척이라곤 아무도 없으니 일하는 것 외에는 다른 생각은 아예 안 했죠. 이제 주 도련님이 정혼을 했으니, 엄마 일이 생겼네요. 엄마가 도련님을 초대해주시면, 제가 면전에서 그 사람에게 물어볼게요. 그 사람이 엄마에게 돈을 안 줄까 봐 저를 속인 거예요? 아님 돈을 많이 주면 사양하려고 하셨어요?"

"속인 게 아니야. 주 도련님 말 때문이었어. 혹시 네가 정혼 사실을 알게 되면 기분이 나빠질 테니 말하지 말라고 했었어."

"엄마, 지금 농담하세요! 제 손님이 얼마나 많은데, 주 도련님보다 사이좋은 손님도 많아요. 근데 제가 시집갈 데 없을까 봐요? 제가 왜 기분이 나빠져요?"

주란은 이 말을 듣고 자기도 모르게 실소를 하고 그제야 팔월 말 주숙인이 여전홍의 딸과 정혼을 결정한 사실을 빠짐없이 말해주었다. 쌍옥은 두 달 동안 늘 쌍보가 큰 마누라가 어쩌고저쩌고 했던 말들이 생각났다. 그 모든 게 자기를 조롱하는 것임을 알게 되었다. 속에서 분노가 쌓이고 쌓여 눈물을 참지 못하고 울음을 터뜨리고 말았다.

주란은 순간 자기가 실언했음을 후회했지만, 쌍옥의 말을 듣고만 있어야 했다.

"저와 언니는 일을 하면서 엄마에게 효도했고 엄마도 저한테 싫은 소리 한 마디 한 적 없었어요. 근데 쌍보에게 화가 나서 견딜 수 없어요. 쌍보는 일은 전혀 하지 않으면서 우리 두 사람이 엄마에게 효도한 돈을 가져다가 밥 사 먹고, 옷 사 입고, 아무 하는 일 없이 앉아서 나에게 쓸데없는 말을 하거나 나를 조롱하거나 욕할 생각만 하고 있잖아요!"

쌍옥은 이 말을 하다 말고 얼굴을 가리고 흐느껴 울었다. 주란이 말했다.

"쌍보가 어디 감히 너를 욕해."

쌍옥은 쌍보가 근거 없는 소문들을 계속 퍼뜨리고 있다는 이야기를, 사실인 양 자극적인 말을 덧붙여서 세세하게 말해주었다. 주란은 화가 나서 '쌍보' 하고 큰 소리로 불렀다. 쌍보는 벌벌 떨며 달려왔다. 주란은 물어보지도 않고 담뱃대를 움켜쥐고 때렸다. 그러자 오히려 쌍옥이 한 손으로 붙잡으며 말렸다.

"엄마, 그만해요. 지금 쌍보를 때리면, 나중에 쌍보에게 또 욕먹어요. 엄마는 아무것도 몰라요! 엄마가 쌍보를 좋아하면, 아주 쉽잖아요. 쌍보를 원래대로 이 층 방으로 보내고, 저는 그냥 요이 기루에나 보내서 일 시키면 그만이에요. 그러면 제게 말하는 사람도, 욕하는 사람도 없으니 마음은 좀 편안할 거고, 열심히 일해서 엄마에게 효도할 수 있어요."

주란은 더 화가 나서 담뱃대를 내려놓고 물었다.

"내가 왜 쌍보를 좋아해? 네 언니가, 일이 바쁘면 쌍보가 대신 술자리에 가는 것도 괜찮다고 해서 그런 거지. 안 그랬으면 쌍보는 진작 쫓겨났어. 내가 쌍보를 왜 좋아해?"

쌍옥은 냉소를 지으며 말했다.

"엄마, 말로는 쌍보를 쫓아낸다고 하지만 지금까지 쌍보는 쫓겨나지 않았잖아요. 이게 쌍보를 좋아하는 게 아니에요?"

주란은 화를 내며 말했다.

"그건 문제도 아니야. 더 이상 너한테 쓸데없는 말 하지 못하도록 내일 당장 쌍보를 내보낼게."

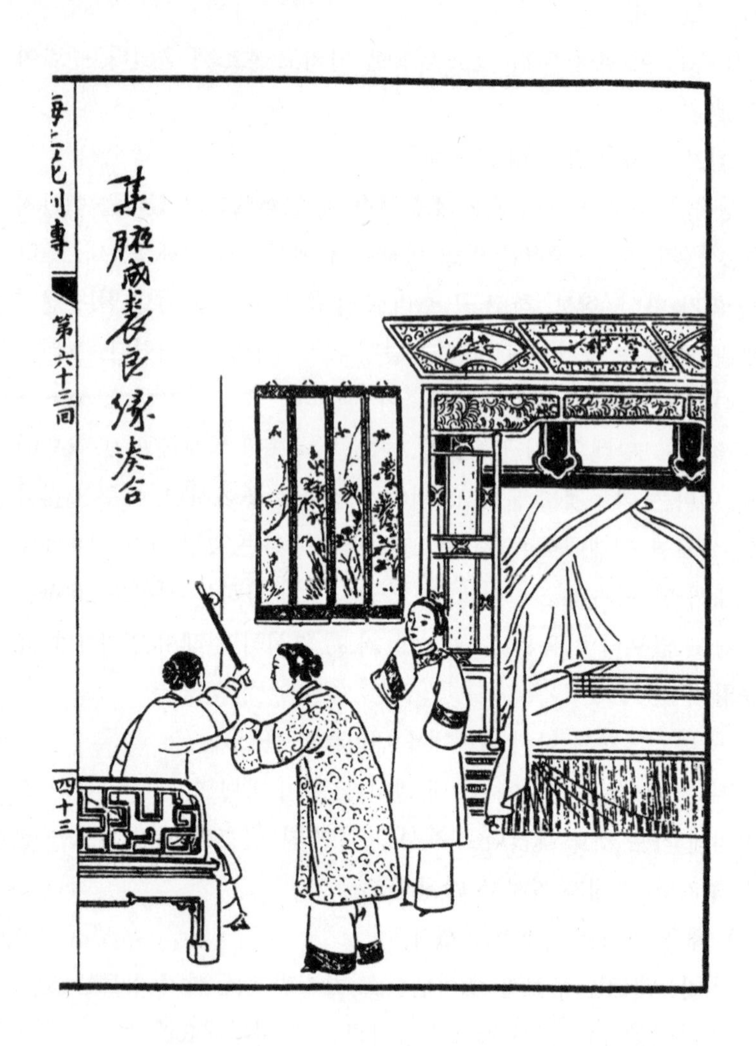
集腋成裘良緣湊合
第六十三回
四十三

"엄마, 화내지 말아요. 저나 쌍보나 모두 엄마가 사 온 사람들이고, 좋아하든 싫어하든 나가야 한다면 상의를 해서 보내면 돼요. 급할 건 없잖아요?"

주란은 잠시 생각해보더니, 노기를 조금 가라앉히고 쌍보에게 썩 나가라고 소리쳤다. 쌍옥에게는 어떻게 할지 조용히 물었다. 쌍옥이 말했다.

"엄마도 직접 계산해보세요. 쌍보가 들어올 때 몸값 삼백 원을 까먹었다고 생각하시잖아요. 지금 쌍보는 여기서 아무 일도 없이 방에 가만히 앉아 저랑 똑같이 돈을 쓰고 있어요. 이렇게 몇 년을 보낸다고 해봐요. 꽤 많은 돈을 까먹는 거 아닌가요? 제 계산으로는 차라리 쌍보를 내보내는 게 좋아요."

주란은 고개를 끄덕였다. 쌍옥이 또 말했다.

"언니가 바쁠 때면 쌍보가 대신 나갔지만, 제 일도 고만고만하잖아요. 쌍보가 나가고 나면 제가 대신 하면 돼요."

주란은 또 고개를 끄덕였다. 그리고 주란은 쌍옥과 의논한 끝에 쌍주 모르게 쌍보를 황이저의 집으로 팔아넘기기로 했다.

다음 날, 주란이 아주에게 황이저의 집으로 가서 이야기를 해보라고 했다. 쌍주가 이상하게 여겨 무슨 일인지 물었다. 그 이유를 알게 되자 쌍주가 말렸다.

"엄마, 엄마도 좋은 일 좀 해요! 황이저라는 사람은 엄마와 비교도 안 돼요. 쌍보가 그 집에 갔다간 죽어요! 엄마가 정말 쌍보를 데리고 있지 않겠다면 다시 상의해요. 남화점의 예(倪) 씨라는 손님, 쌍보에게 잘하잖아요. 내가 그 사람 초대할 테니 물어봐요. 원하면 그 사람에게 시집보내요. 시집도 가고, 몸값도 손해 보지 않고. 안 그래요, 엄마?"

주란은 일리가 있다고 생각하고 아주를 도로 불러들이고, 아덕보에게 쌍보 명함을 주며 남시 광형남화점의 주인 아들 예 씨를 초대하라고 했다. 쌍옥은 이런 방법이 오히려 쌍보에게 좋은 인연을 만들어준다는 생각에 억울했지만, 쌍주가 낸 의견이라 거스를 수 없었다.

잠시 후, 그 예 씨라는 손님이 아덕보를 따라 들어와 쌍보의 방에 앉았다. 주란은 나가 그를 맞이하며 그 자리에서 혼담 이야기를 바로 꺼냈다. 예 씨는 진심으로 기뻐하며 두말없이 승낙했다. 잠시 후 몸값 삼백 외에 혼례비 이백이 있어야 하는데, 순간 어떻게 변통해야 할지 생각하니 다시 망설여졌다. 쌍보는 혼사가 이루어지지 않을까 아주 조급해졌다. 그래서 몰래 쌍주에게 도움을 청하러 갔다. 쌍주는 유난히 그녀를 가엾게 여겨 도와주려고 특별히 홍선경과 교노사 등 몇 명의 단골손님을 청하여 이 사실을 알리며, 조금씩 힘을 합쳐 쌍보를 도와주자고 했다. 모두들 흔쾌히 선행에 참가했다. 홍선경은 다시 주숙인에게 알렸다. 주숙인도 쌍옥은 모르게 해달라고 부탁하며 조금 보태었다.

얼마 지나지 않아 혼례를 올리는 날이 되었다. 예 씨는 군악대를 고용하고 등롱과 꽃가마를 들고 와서 신부를 맞이했다. 여염집 혼례식과 똑같이 웃어른과 가족들에게 절을 하고, 조상에게 고하며, 합근하고, 신방에 들어가는 등 정실을 맞이하는 예를 갖추었다. 그리고 사흘 후 쌍보는 친정으로 돌아왔다. 예 씨도 함께 주란의 앞에 서서 '장모님' 하며 큰절을 하였다. 주란은 당황하여 서둘러 신발과 모자를 사서 선물로 주고 잔치상을 성대하게 준비하여 대접하였다. 두 사람은 저녁에 돌아갔다.

쌍보가 출가한 후부터 쌍옥은 적이 없어졌으니 당연히 무사평안하였다. 주란은 쌍옥에게 손님을 받으라고 하고 싶었으나 아직 말을 꺼내지 못했다. 쌍옥은 이미 눈치를 챘지만 속으로 계획을 하나 세우고 있었다. 먼저 부엌의 부뚜막으로 가서 속을 파낸 배(梨) 안에 키우고 있던 귀뚜라미를 풀어주었다. 그리고 아덕보에게 소주 한 병을 사 오라고 했다.[1] 말인즉 옷에 낀 아편 연기 때를 씻으려고 한다는 것이었다. 그런 다음 아주에게 주 도련님을 초대해 오라고 했다.

주숙인은 정혼한 일이 이미 새어 나갔다는 사실을 들었던 터라, 이번에는 당연히 한바탕 소란이 일어날 것이라고 생각했다. 그러나 마냥 피할 수만은 없었다. 마지못해 불안한 마음으로 쌍옥을 만났다. 숨을 곳이 없을 정도로 부끄럽고 미안했다. 그러나 쌍옥은 의연하게 웃으며 그를 맞이하며 손을 잡고 자리에 앉혔다. 얼굴빛은 평상시처럼 도도했다. 숙인은 쌍옥이 어떤 생각을 하고 있는지 도무지 알 수가 없어서 말 한마디 없이 조용히 있었다. 등을 올릴 때가 되자, 숙인은 작별인사를 고하고 돌아가겠다고 했다. 쌍옥은 옷자락을 잡아끌며 부드러운 말투로 하룻밤 자고 가라고 붙잡았다. 숙인은 쌍옥의 뜻을 거절할 수 없어 그러겠다고 고개를 끄덕였다.

잠시 후 술자리에서 부르는 국표가 속속 올라왔다. 쌍옥은 옷을 갈아입고 나갔다. 교건만 방에 남아 숙인의 저녁 시중을 들어주었다. 쌍옥이 돌아오자 이제는 차 마시는 손님들이 찾아왔다. 한 팀, 한 팀 접대하느라 분주했다. 열두 시가 되자 손님들이 뜸해졌다. 아주는 정리를 하고 숙인에게 방으로 들어오라고 하고 나갔다.

쌍옥은 직접 앞 뒤 방문을 닫고 빗장을 걸어 잠그고 돌아보았다. 숙인은 신발을 벗고 침대에 올라가고 있었다. 쌍옥이 웃으며 말했다.

"조금 있다 주무셔요. 할 일이 있어요."

숙인은 의아해하며 무슨 일인지 물었다. 쌍옥은 숙인 가까이 다가와 침대 가장자리에 나란히 걸터앉았다. 쌍옥은 살짝 하품을 하고 두 손으로 숙인의 어깨를 감쌌다. 그리고 숙인의 오른손으로는 자신의 목을 감게 하고, 왼손을 자신의 가슴에 얹으라고 했다. 쌍옥은 숙인의 얼굴을 마주하고 물었다.

"제가 칠 월에 일립원에서 지금처럼 앉아서 한 이야기, 기억나세요?"

숙인은 그것이 부부의 인연을 맺어 생사를 함께하겠다는 맹세라는 것을 알고 있었지만 눈을 멀뚱히 뜨고 입을 헤 벌린 채로 대답을 하지 못했다. 쌍옥은 계속 캐물었다. 숙인은 하는 수 없이 '기억나' 라고 얼버무리듯 대답했다. 쌍옥은 웃으며 말했다.

"당신도 잊지 않았을 거라고 생각했어요. 저한테 좋은 게 있는데, 마실래요?"

그리고 옷장 서랍에서 찻잔 두 개를 꺼내어 까만 즙을 가득 채웠다. 숙인은 깜짝 놀라며 물었다.

"뭐야?"

쌍옥이 웃으며 말했다.

"당신이 마시면 저도 당신 따라 마실게요."

숙인은 고개를 숙여 냄새를 맡아보았다. 소주에서 톡 쏘는 냄새가 확 올라와서 당황하며 물었다.

"술에 뭘 넣은 거야?"

쌍옥은 잔을 들어 숙인의 입술에 갖다 대고 웃으며 말했다.

"마셔요."

숙인은 혀끝으로 조금 맛을 보았다. 맛이 아주 쓴 게 아편연 같아서 얼른 손으로 밀쳤다. 쌍옥은 숙인이 마시려고 하지 않자 숙인의 코를 막고 입을 벌려 억지로 반 정도를 부었다. 숙인은 목 뒤로 넘기다가 그만 침대로 넘어졌다. 맛이 쓰고 매웠다. 그래서 필사적으로 뱉었다. 그러자 마치 붉은 비처럼 이불에 점점이 흩뿌려졌다. 숙인은 겨우 몸을 일으켜 세워 다시 토하려고 하는데, 쌍옥이 그 잔을 들어 작은 입을 벌려 꿀꺽꿀꺽 힘겹게 삼키는 것을 보았다. 숙인은 소리칠 틈도 없이 몸을 날려 잔을 빼앗아 바닥에 내동댕이쳤다. 쨍그랑 소리와 함께 깨졌다. 쌍옥은 다시 숙인이 남겨 놓은 잔을 낚아채려다 그만 숙인에게 빼앗기고 말았다. 숙인은 그 잔을 쏟으며 소리를 질렀다.

移花接木
妙計安排

아래층에서 주란은 잔이 깨지는 소리를 들었지만 개의치 않다가 숙인의 고함소리를 듣고 이상해서 촛불을 들고 이 층으로 올라와 살폈다. 숙인은 얼른 빗장을 풀고 주란을 방으로 들였다. 주란은 숙인의 양손과 입가며 옷깃이며 소매 위에 아편연이 묻은 것을 보고 깜짝 놀랐다. 또 쌍옥이 가죽 의자에 뻣뻣하게 앉아 숨을 몰아쉬고 있고 얼굴은 온통 아편연이어서 황급히 물었다.

"무슨 일이야?"

숙인은 더듬거리며 말을 제대고 못 하고 발만 동동거렸다. 다행히 그때 쌍주와 교건, 아주는 모두 자지 않고 있었는데, 소리를 듣고 들어와 이 상황을 보고 십중팔구 무슨 일인지 짐작할 수 있었다. 쌍주가 먼저 물었다.

"마셨어요?"

숙인은 손으로 급히 쌍옥을 가리켰다. 쌍주는 사태를 파악하고 남자 하인을 불러 속히 인제의원으로 가서 해독약을 사 오라고 하였다.

교건은 따뜻한 물을 가져와 숙인과 쌍옥의 얼굴과 입을 헹구게 하였다. 숙인은 손과 얼굴을 깨끗이 닦고 입안에 남아 있는 아편을 다 토했다. 쌍옥은 그 모습을 보고 분노하며 벌떡 일어났다. 그리고 눈썹을 치켜세우고 눈을 부릅뜨고 째려보며 부득부득 이를 갈며 말했다.

"당신은 양심도 없는 날강도 같은 사람이야! 함께 죽자며! 지금 왜 안 죽으려고 해! 내가 염라대왕전에 가면 반드시 당신을 잡아 죽일 거야! 어디 도망가 봐!"

주란은 아직도 얼이 빠져 있었다. 쌍주가 '쌍옥아' 하고 부르며 그들 사이를 중재했다.

"도련님이 잘못했어. 정혼하면 안 되지. 그래도 너도 그래, 아직 어려서 철이 없어. 손님은 그냥 하는 말이야. 지금 도련님이 정혼을 하지 않았다고 쳐. 그렇다고 너를 부인으로 맞이하겠어?"

쌍옥은 말이 끝나기도 전에 소리를 질렀다.

"무슨 부인이고 첩이에요! 저 사람에게 물어봐요. 누가 함께 죽자고 했는지!"

숙인은 다리를 치고 소리를 내며 울었다.

"내가 아니야! 형님이 정혼시킨 거지. 나에겐 한 마디도 안 하셨어!"

쌍옥은 갑자기 숙인의 얼굴을 향해 달려들며 사납게 삿대질을 하며 욕을 퍼부었다.

"썩어 죽을 돼지 같은 놈! 당신 형님이 정혼을 시켰다는 걸 알았으면서 왜 안 죽어?"

숙인은 깜짝 놀라며 계속 뒷걸음쳤다.

한참 소란스러울 때, 남자 하인이 약병을 가져왔다. 아주는 황급히 유리잔 두 개를 가져와 반반 나누어 부었다. 숙인은 아직 다 토해내지 못한 것 같아 먼저 마셨다. 쌍옥은 더욱 분노하며 그 잔을 빼앗아 숙인의 얼굴에다 던졌다. 숙인의 얼굴은 약으로 뒤범벅되었다. 다행히 유리잔은 숙인의 귀 옆으로 살짝 비껴나갔다. 숙인은 멀리 서서 애원했다.

"너도 좀 마셔. 마시면 네가 하라는 대로 따를게. 응?"

쌍옥은 소리를 지르며 말했다.

"내가 뭘 원하는지는 알아? 난 당신이 죽는 걸 원해!"

주란과 쌍주는 같은 말로 말렸다.

"죽든 말든 그건 나중에 말하고, 지금은 마셔."

아주와 교건도 백방으로 쌍옥에게 약을 먹이려고 설득했다. 쌍옥은 '흥' 하고 웃으며 말했다.

"뭐하는 거야? 내려놔. 내가 직접 마실 거야! 저 사람이 안 죽는데, 내가 왜 저 사람 보는 앞에서 죽겠어. 저 사람이 죽으면 나도 죽을 거야!"

그리고 유리잔을 들고 한 모금씩 천천히 마셨다. 교건은 수건을 가져와 닦아주었다. 잠시 후, 배가 뒤틀리고 목에서 '끅끅' 소리가 나더니 물을 쏟아냈다. 주란과 쌍주는 양쪽에서 어깨를 붙잡고 쌍옥이 토하도록 했다. 쌍옥은 토하면서도 끊임없이 욕을 퍼부었다. 날이 밝아오자 토하는 것도 조금씩 진정되었다. 그제야 모두들 돌을 땅에 내려놓은 듯 마음을 놓았다. 그러나 다시 자러 가기도 그래서 부엌 화로를 피우고 죽을 끓여 조금씩 먹었다. 숙인은 쌍옥이 그래도 멈추지 않으려는 것을 알고, 몰래 쌍주에게 가서 계책을 찾아달라고 부탁했다. 쌍주가 미간을 찌푸리며 말했다.

"쌍옥의 성질은 도련님도 잘 알잖아요. 그 애가 어디 남의 말을 들으려 하나요. 저는 가족이니까 말하기가 그래요. 말한다고 해도 소용없을 거고. 차라리 친구 분에게 설득해달라고 부탁해봐요. 그러면 말을 들을지도 몰라요."

이 말에 숙인은 당장 쪽지를 써서 남자 하인에게 주며 남시 함과가 영창삼점의 홍 나리를 모시고 오라고 했다. 다른 사람들은 쌍옥을 부축해서 침대에 눕히고 나갔다. 숙인은 눈을 멀뚱히 뜨고 혼자 정오가 될 때까지 지켰다. 홍선경은 흔쾌히 와주었다. 숙인은 쫓아나가 그를 맞이하며 쌍주의 방으로 모셨다. 지난밤의 사건을 자세히 말해주며 선경이 쌍옥을 설득해달라고 간곡하게 부탁했다.

선경은 승낙을 하고 쌍옥의 방으로 건너갔다. 쌍옥이 침대에 비스듬히 누워 머리를 묻고 잠깐 눈을 감고 쉬고 있는 것을 보았다. 선경이 가까이 다가가서 나직하게 '쌍옥아' 하고 불렀다. 쌍옥이 눈을 뜨고 그를 보자 일어나 자리를 권했다. 선경은 나오는 대로 물었다.

"몸은 괜찮니?"

쌍옥은 냉소를 짓고 대답했다.

"홍 나리, 모르는 체하지 말아요! 도련님이 나리에게 저를 설득해달라고 부탁한 거잖아요. 저는 다른 할 말이 없어요. 지금 그 사람과 함께 죽고 말 거예요! 그 사람이 어딜 가든 따라가서 같이 죽는 걸로 끝낼 겁니다. 다른 할 말은 없어요."

선경은 완곡하게 말을 했다.

"쌍옥아, 그러지 마라. 지금까지 도련님이 너한테 잘했잖니. 정혼이야 그의 형이 결정한 거잖아. 너무 그 사람 탓하지 마라. 같은 사람이라면 부인이든 첩이든 상관없잖아. 내가 중매를 해서 도련님에게 시집가게 해줄게, 어때?"

쌍옥은 악을 쓰며 분노를 토했다.

"퉤! 그런 양심도 없는 죽일 놈에게 시집을 가라는 거예요!"

이 말을 하고, 도로 드러누워 눈을 감고 자는 척했다.

선경은 달리 방법이 없어 숙인에게 이 상황을 전해주었다. 숙인은 더욱 조급해지고 답답하여 한숨만 쉬었다. 그러나 어떻게 할 방법이 없었다. 선경은 쌍옥이 무슨 생각을 하고 있는지 쌍주는 알고 있을 거라고 생각하고 물어보았다. 그러나 쌍주 역시 모르고 있었다. 선경이 말했다.

"그러면 누가 지시했어?"

"쌍옥에게 누가 지시해요! 제가 지시하는 거라곤 장사하는 것이지, 소란피우라고 한 적은 없어요."

선경은 심사숙고하듯 생각해보아도 도무지 이해가 되지 않았다. 쌍주가 말했다.

"아마 쌍옥의 의도의 반은 도련님 때문이고, 나머지 반은 쌍보 때문이지 않을까 싶어요."

선경이 껄껄 웃으며 손뼉을 치며 말했다.

"맞아. 일리가 있어."

숙인은 공수를 하고 지시를 기다렸다. 선경은 다시 한참을 생각해보다 껄껄 웃으며 손뼉을 치며 말했다.

"알았다. 알았어!"

숙인이 그 방법을 물었다. 선경이 말했다.

"자네는 관여하지 말게. 자네, 쌍옥이 원하는 대로 따르겠다고 말했는가?"

"예."

"내가 자네 원한을 풀어줄 수 있어. 많으면 일만, 적으면 칠팔천 정도. 그렇게 할 수 있겠나?"

"예."

"그러면 됐어."

숙인은 어떤 방법인지 물어보았다. 선경이 말했다.

"지금 자네에게 말해주지 않아도 일이 다 해결되면 그때 자네도 알게 될 거야."

숙인은 단서를 찾지 못해 답답한 심정으로 선경과 식사를 하려고 아주에게 요리를 준비하라고 했다.

선경은 손짓하여 쌍주를 불러 교의에 나란히 앉아 귓속말로 한참을 비밀스럽게 이야기를 나누었다. 쌍주는 처음부터 끝까지 무슨 의미인지 알아들었다. 잠시 후 이야기가 끝나자 쌍주는 잠시 머리를 굴리더니 뜸을 들이며 대답을 했다.

"말이야 해보겠지만, 성공할지는 모르겠어요."

"반드시 성공해. 그 사람들한테는 이건 아무것도 아니야."

이에 쌍주는 쌍옥의 방으로 건너가 유세객이 되어 대신 뜻을 전달했다. 마침 아주가 식사를 들고 오자, 선경은 아주를 불러 세우며 쌍주의 방에 놓으라고 했다. 선경과 숙인은 술잔을 기울였다. 곧 쌍주가 방으로 돌아와 말해주었다.

"조금 관심을 보이긴 해요. 근데 성공 못하면 사람들에게 웃음거리가 될까 봐 걱정하네요."

"가서 말해 봐. 만약 정말로 성공하지 못하면 내가 도련님을 쌍옥에게 넘겨준다고 말해."

쌍주는 다시 갔다가 돌아와서 말해주었다.

"됐어요. 지금 도련님을 당신에게 넘기겠대요."
선경은 껄껄 웃으며 손뼉을 쳤다.

---

1 귀뚜라미에게 먹였던 배를 삶으면 검은 색의 즙이 만들어지는데, 태우면 쓴맛이 난다. 여기다 소주를 부으면 모양이나 맛이 생아편을 섞은 술처럼 보인다.[장]

64

답답함에 화가 나서 팔찌를 저당 잡히고, 명치를 세차게 걷어차여 다치다

喫悶氣怒拼纏臂金 中暗傷猛踢窩心脚

주숙인과 홍선경은 주쌍주의 방에서 점심을 먹었다. 선경은 숙인의 손을 잡고 주쌍옥의 방으로 건너가서 쌍옥과 그 자리에서 매듭을 지었다. 선경은 보증인이 되겠다고 자처하고 숙인을 이끌고 문을 나섰다. 쌍옥은 만면에 노기를 띠고 숙인을 한참을 흘겨보고 말했다.

"만 원으로 당신 목숨을 살린 거니까 싸게 한 줄 알아!"

숙인은 선경의 뒤에 숨으며 아무 말도 못했다. 선경은 멋쩍게 웃으며 함께 나왔다.

숙인은 길을 가며 만 원이 어떻게 쓰이는 비용인지 물었다.

"오천은 그 애 몸값이고, 또 오천은 혼수품을 장만해서 시집보내는 비용이지."

"누구에게 시집간다는 겁니까?"

"시집가는 건 어렵지. 자네는 관여하지 말고 돈이나 준비하게. 그러면 내가 처리해줄 테니."

숙인은 선경에게 같이 집으로 가서 형 주애인과 상의해달라고 했다. 선경은 하는 수 없이 중화리의 주공관으로 가서 바깥 서재에서 주애인을 만났다. 숙인은 슬쩍 자리를 피했다. 선경은 쌍옥이 자살을 시도한 이유와 숙인이 돈으로 해결하려고 한 뜻을 찬찬히 말해주며, 옳고 그른지를 판단해달라고 했다. 애인은 처음에는 깜짝 놀라다가 점점 후회하더니 마지막에는 절망스럽고 처참한 심정이었다. 일이 이 지경까지 왔으니 어떻게 할 수도 없었다. 그는 개탄스러워 한숨을 쉬며 말했다.

"돈을 잃더라도 나중에 얽히지만 않으면 괜찮지. 아무리 그래도 만 원은 너무 센 것 같은데."

선경은 '그래, 그렇지'라고만 말할 뿐이었다. 애인이 다시 말했다.

"지금은 전적으로 노형에게 맡기겠네. 그 사이 돈을 아낄 만한 곳이 있다면 모두 노형이 알아서 해주게."

선경은 겸연쩍은 표정을 지으며 그러겠다고 대답하고 갔다. 애인은 문 앞까지 배웅하며 공수하고 작별인사를 했다.

선경은 혼자 중화리 골목입구를 빠져나와 인력거를 탈까 하고 주변을 두리번거렸으나, 빈 인력거는 한 대도 보이지 않았다. 그런데 한 젊은이가 북쪽에서 팔랑팔랑거리며 걸어왔다.

선경은 처음에는 눈여겨보지 않았다. 가까이 오자 다른 사람이 아니라 외조카 조박재였다. 비교적 세련된 새끼양가죽을 댄 남경 주단 도포와 마고자를 입고 있어 옛날보다 훨씬 나아 보였다. 박재는 걸음을 멈추고 '외삼촌' 하며 인사를 했다. 선경도 고개를 끄덕였다.

"어머니께서 며칠 편찮으셨는데, 어제는 더 심해졌습니다. 늘 외삼촌 생각을 하십니다. 외삼촌, 한번 오셔서 어머니와 말씀 나눠주시겠습니까?"

선경은 한참을 머뭇거리다 긴 한숨을 쉬고 돌아보지 않고 가버렸다. 박재는 가는 뒷모습만 바라보며 마음을 접고 정풍리 집으로 돌아와 누이 조이보에게 말해주었다.

"의사 선생은 나중에 오신다고 했어."

그리고 도중에 선경을 만났던 이야기도 해주었다. 이보는 냉소를 지으며 말했다.

"외삼촌이 나를 무시하면 나도 외삼촌 무시할 거야! 외삼촌 가게가 우리 기루보다 크게 나을 것도 없어."

그때, 두소산 선생이 와서 홍 씨의 맥을 짚고 말했다.

"노인이 체력이 많이 약해졌으니 길림산 인삼 두 첩 정도는 복용해야 합니다."

그리고 그는 처방전을 적어주고 갔다. 이보는 인삼을 사려고 직접 홍 씨의 침상으로 가서 작은 보석함을 열어보았다. 뜻밖에 그 보석함 안에는 이 원밖에 없어서 황급히 박재에게 물었다. 돌아오는 박재의 대답이 이랬다.

"아침에 방값 냈으니까, 그게 다야!"

이보는 홍 씨가 알면 조급해할까 봐 아예 보석함을 들고 이 층 방으로 돌아가서 아호와 상의를 했다. 주피(珠皮)[1], 은서, 회서, 자모, 호감(狐嵌)[2]으로 만든 망토와 치마를 저당 잡혀 임시 변통하려고 하였다. 아호가 말했다.

"아가씨 물건을 전당포에 맡기는 것도 괜찮지만, 지금은 비단가게 빚도 한 푼도 갚지 못했는데 옷을 다 저당 잡히는 건, 내가 나쁘게 하는 말이 아니라, 아닌 것 같아요."

"모두 털어서 천 조금 남아 있는데, 내가 못 갚을까 봐 그래요?"

"아가씨는 지금 아무것도 아니라고 여기시나 본데, 못 갚는다면 천 조금 넘는 건 말할 것도 없고, 일 원도 갚기 어려워요!"

이보는 성을 참지 못하고, 팔목의 금팔찌를 빼서 주며 박재에게 전당포로 가라고 했다. 박재가 말했다.

"길림산 인삼이야 외삼촌 가게에서 좀 얻으면 되잖아."

海上花列傳
第六十四回
喫悶氣怒
拚纏
臂金
五十

이 말에 이보는 오빠 얼굴 정면에 침을 뱉었다.
"잘 해요! 다시 외삼촌 이야기 해봐요!"
박재는 얼굴을 가리고 얼른 나가버렸다. 이보는 홍 씨를 보러 아래층으로 갔다. 홍 씨는 기력이 없고 정신이 혼미하여 잠이 든 듯 만 듯했다. 이보가 '어머니' 하고 불렀다. 홍 씨는 겨우 대답했다. 이보가 물었다.
"차 마시겠어요?"
한참이 지나도 대답이 없었다. 이보는 초조해졌다. 갑자기 아가 웃으면서 부르는 소리가 들렸다.
"아! 도련님 오셨어요! 도련님 얼마만이에요? 이 층으로 가시지요."
이어 자박자박 신발소리가 나더니 일제히 이 층으로 올라갔다. 이보는 황급히 물러 나와 바깥 응접실 쪽을 보았다. 붉은 털이 달린 관모와 전의를 입은 사람들이 무리를 지어 서 있었다. 분명 사삼공자라고 생각하고 나는 듯이 빠른 걸음으로 이 층으로 쫓아 올라가다 정면으로 아호와 부딪혔다. 이보가 바로 물었다.
"방에 누구예요?"
"뇌삼공자예요, 사삼이 아니구요."
이보는 순간 싸늘하게 식은 재처럼 마음이 허탈해지고 다리가 풀려서 기둥에 기대어 숨을 몰아쉬었다. 아호가 조용히 말했다.
"뇌삼공자는 자라라고 알려져 있지만, 정말 좋은 손님이에요. 사삼처럼 속 빈 강정은 아니라구요. 지금 한 달 동안 일도 없었잖아요. 노력해야 해요. 자라와 사귀면 연말에는 비용은 문제없을 거예요."
말을 미처 다 하기도 전에 방에서 외치는 소리가 들려왔다.
"얼른 부인 불러와. 어디 좀 보자, 정말 부인같이 생겼는지 봐야겠어!"
아호는 재빨리 이보를 끌고 방으로 들어갔다. 이보는 위쪽에 앉아 있는 두 사람을 보았다. 한 사람은 알고 있는 화철미이고, 다른 한 사람이 아마도 뇌삼공자인 듯했다.

사실 뇌공자는 저번에 도박으로 손해를 봐서 이번에 상해에 와서는 그런 부랑자들과 일절 만나지 않고 몇 명의 착실한 친구들과 기분 좋게 한가로이 노닐고 있었다. 주쌍옥이 세 번째로 부인이 되려고 했던 이야기를 듣고 조이보가 어떤 인물인지 알고 싶어서 특별히 화철미에게 데려가 달라고 해서 같이 온 것이었다.

이보가 가까이 오자 뇌공자는 아예 잡아끌고 와서 아래위로 훑어보며 껄껄 웃으며 말했다.

"네가 사삼의 부인이야? 좋아, 좋아, 좋아!"

이보는 무슨 말을 하는지 알 수 없었지만 자기를 조롱한다는 것은 알았다. 그래서 그를 무시하고 화철미에게만 물었다.

"사공자에게서 서신이 왔었나요?"

"없었네."

이보는 당초 사공자와 백년가약을 맺었지만 지금은 새 사람을 얻고 옛 사람을 잊어서 양주에서 혼례를 올렸다는 이야기를 해주었다.

"그러면 사공자 장부는 정리했는가?"

"그가 갈 때 천 원을 줬는데, 제가 '당신이 오실 때, 한꺼번에 정리해도 괜찮아요.'라고 말했었어요. 그런데 사람도 오지 않고 서신도 없을 거라곤 전혀 생각지도 못했지요."

뇌공자는 그 말을 듣자마자 펄쩍 뛰며 소리쳤다.

"사삼이 장부를 떼먹었다고? 농담이겠지!"

화철미가 웃으며 말했다.

"필시 사연이 있었을 거라고 생각되네. 한쪽 말만 어떻게 믿을 수 있겠나."

이보는 그 말에 입을 다물고 더 이상 꺼내지 않았다.

아호는 정성을 다해 비위를 맞춰주며 이보가 정성스럽게, 마음에 들게 접대하도록 옆에서 도왔다. 이보는 여전히 도도했다. 하필이면 뇌공자가 이보에게 마음이 빼앗겨 이보만을 뚫어져라 쳐다보았다. 이보는 더는 참지 못하여 고개를 숙이고 손수건을 만지작거렸다. 뇌공자는 살짝 손을 뻗어 손수건의 한쪽 끝을 잡고 힘껏 잡아당겼다. 순간 '뚝' 하는 소리가 들렸다. 이보의 왼손에 기르고 있는 두 마디 길이의 손톱 두 개가 부러지고 말았다. 이보는 놀라면서도 아프기도 하고, 화가 나면서도 아까웠다. 원래 성격대로라면 한 마디 했을 텐데 장사를 위해서 하는 수 없이 참았다. 뇌공자는 손수건을 빼앗았다는 것에 혼자 득의양양했다. 아호는 손톱 깎기를 이보에게 주었다. 이보는 손톱을 깎고 나서 버리지 않고 몸에 지녔다.

이보가 자리를 빠져나가려고 하는데, 마침 박재가 주렴 안으로 고개를 내밀고 살피고 있었다. 이보가 중간 방으로 가자 박재는 사 온 인삼과 저당 잡혀 마련한 돈을 주었다. 이보는 박재에게 바로 가서 인삼을 달이라고 하고, 자신은 돈을 세어보고 옷장에 넣어두었다. 뇌공자는 일부러 의아해하며 말했다.

"어디서 온 놈이냐? 잘 생겼네!"

"오빠예요."

"나는 자네 서방인 줄 알았어."

아호가 말했다.

"무슨 그런 말씀을 하세요."

아호는 고개를 돌려 아교를 가리키며 말했다.

"어디요, 이 애 서방이지요."

아교는 화철미에게 물담배를 채워주다 부끄러워서 고개를 다른 쪽으로 돌렸다.

이보는 정말이지 너무 혐오스러워 손님을 내버려두고 아래층 홍씨의 방으로 도망가버렸다. 화철미는 눈치를 채고 일어나 옷을 털며 떠날 준비를 했다. 섭섭한 뇌공자는 아호에게 종용하여 남자 하인에게 술자리를 차리라고 했다. 철미는 그를 말릴 수 없었다. 뇌공자는 이보가 어디로 갔는지 물었다. 아호가 말했다.

"엄마 보러 아래층에 갔어요. 엄마가 아프거든요."

병세가 어떤지 조금 과장을 해서 뇌공자에게 들려주었다.

한참 지나도 이보가 돌아오지 않자 아호는 아교에게 불러오라고 했다. 이보는 은근히 불만을 드러내는 뜻으로 일부러 천천히 올라갔다. 뇌공자는 초조하게 기다리고 있다가 이보를 보자 와락 달려들어 양팔을 벌려 껴안으려고 했다. 이보는 깜짝 놀라 오히려 뒷걸음치고, 다급해진 뇌공자는 손을 허우적거렸다. 이보가 멀찍이 서서 더 이상 가까이 오려고 하지 않아 뇌공자는 서서히 화가 났다. 화철미는 짐짓 관심을 보이는 척하며 이보에게 물었다.

"자네 어머니는 어디가 편찮으신가?"

이보는 그의 의도를 알고 슬픈 표정을 지으며 화철미와 계속 말을 했다. 이로써 뇌공자의 호기로운 흥취를 끊어버렸다.

이어서 남자 하인이 탁자와 의자를 배치하고 수저를 놓았다. 이보는 그 틈을 타서 다시 나가버렸다. 뇌공자는 손님은 초대하지 않고 일고여덟 명의 기녀들만 불렀고 화철미를 위해서는 세 명을 불렀다. 그중에 손소란은 없었다. 국표를 보내고, 수건이 올라오기도 전에 뇌공자는 화철미를 끌고 와서 맞은편에 앉혔다. 남자 하인은 급히 술병을 올렸으나 술을 따를 이보가 또 자리에 없었다.

아호는 이건 아니다 싶어 직접 홍 씨의 방으로 내려갔다. 박재는 구석에서 촛불을 들고 있고 이보는 약사발을 들고 숟가락으로 홍 씨에게 약을 먹이고 있었다. 아호는 발을 동동거리며 말했다.

"아가씨, 가야죠. 술자리가 있잖아요! 좀 비위를 맞추라고 했잖아요. 그런데 그렇게 무시하면 어떡해요!"

이보는 목소리를 깔고 소리쳤다.

"네가 비위를 맞추든가! 불쾌한 손님은 내가 싫어."

아호가 다그치듯 물었다.

"뇌삼공자 같은 손님을 당신이 접대하지 않고서야 어떻게 장사를 하겠다는 거예요?"

이보의 얼굴이 붉어졌다. 아호가 말했다.

"당신은 아가씨고 나는 아주머니예요. 하든 말든 마음대로 해요! 가게 빚과 분담금만 해결하면 내가 상관할 일 아니죠!"

이보는 입 밖으로 내지 않았지만 속으로 비명을 질렀다. 아호도 혼자 울컥해서 술자리를 내팽개치고 부엌으로 가서 퍼지고 앉아버렸다. 술자리에는 아교 한 사람만 남아 두서없이 농담하며 이야기를 나누었다.

뇌공자는 화를 숨기고 있었지만 얼굴색이 눈에 띄게 바뀌었다. 화철미가 해명에 나섰다.

"내가 듣기로 이보가 효녀라고 하더니, 정말이구나. 지금도 어머니 곁에서 시중들고 있는 모양인가 본데, 정말 갸륵해!"

그리고 연이어 탄복했다. 뇌공자는 화천미의 말에 자기도 모르게 얼굴색이 누그러졌다.

이보는 약을 먹이고 홍 씨를 부축하여 눕혔다. 그리고 방으로 돌아와 접대하였다. 마침 기녀들이 줄줄이 도착했다. 뇌공자는 노발대발 소리를 질렀다.

"나는 조이보를 부른 적이 없는데, 왜 왔대?"

이보는 못 들은 척했다. 화철미는 계항배를 가져와 뇌공자에게 화권을 청하면서 이 상황을 대충 넘겼다.

뇌공자는 또 기분이 좋아져서 단숨에 대결에 응했다. 하필이면 뇌공자가 열 번 이상을 졌다. 뇌공자는 혼자 석 잔을 마시고 나머지는 기녀와 아주머니들이 대신 마셨다. 아호도 대신 한 잔을 마셨다.

뇌공자는 졌다는 것을 수긍하지 못하고 계속 하려고 했다. 그러나 또 지고 말았다. 뇌공자는 주위를 둘러보고 조이보만 아직 마시지 않아 이번 잔을 그녀에게 주었다. 이보는 한숨에 들이켰다. 뇌공자는 그 잔을 돌려받으려고 손을 뻗다가 이보의 손등을 만지게 되었다. 이보는 그 경박한 행동에 화를 내며 손을 뺐다.

순간 뇌공자는 앞에서 일어난 일들이 떠올라 잔을 내려놓고 이보의 옷깃을 비틀어 쥐며 소리를 질렀다. 이보는 필사적으로 뒤쪽으로 달아났다. 그러자 뇌공자는 더욱 화가 나 모전으로 바닥을 댄 검은색 신발로 이보의 가슴을 걷어차서 이보를 바닥에 쓰러뜨렸다. 아호와 아교가 달려갔지만 이미 늦은 뒤였다.

이보는 순간 일어나지도 못하고 울부짖으며 욕을 퍼부었다. 뇌공자는 더욱 화가 나서 작심을 하고 다가가서 아예 발로 마구 걷어찼다. 이보는 그 바람에 바닥을 이리 뒹굴고 저리 뒹굴며 걷어차였다. 숨을 곳도 없고, 울며불며 또 욕을 퍼부었다. 아호는 뇌공자의 허리를 붙잡고 외쳤다. 옆에서 말리던 아교도 뇌공자에게 걷어차였다. 다행히 화철미가 대신 간절하게 용서를 빌었다. 그제야 뇌공자는 발길질을 멈추었다. 아호와 아교는 이보를 일으켜 세웠다. 머리가 산발이 되고 화장은 지워져서 마치 귀신 같았다.

이보는 너무 억울하여 살 생각을 접고 이 척 높이 정도 되는 곳에 올라서서 울며불며 죽으려고 했다. 뇌공자가 이런 소란을 어찌 참고 있겠는가, 발끈하여 성질을 누르지 못하고 '다들 들어와' 하고 소리쳤다. 그때 네 명의 가마꾼과 네 명의 심부름꾼이 일제히 문 앞에서 수수방관하고 있다가 그 소리를 듣고 대답을 하며 지시를 기다렸다. 뇌공자는 소매를 흔들며, '부숴!' 하고 소리쳤다. 이 말이 떨어지자 가마꾼과 심부름꾼들은 옷깃을 걷어붙이고 일제히 주먹을 휘두르고 발로 차며 가스등을 제외하고 방 안의 물건들을 모조리 부쉈다.

화철미는 더 이상 말리지 못한다는 것을 알고 살짝 빠져나와 가마를 타고 먼저 갔다. 기녀들은 작별인사도 없이 도망치듯 나가버렸다. 아호와 아교는 이보를 사람들 틈에서 데리고 나왔다. 이보는

中暗傷猛
踢窩心腳

이리 넘어지고 저리 엎어지며 땅에 발을 딛지 못했다. 그러는 순간 너무 놀란 나머지 눈물 콧물은 오히려 말라버렸다.

뇌공자는 방 안의 물건 부수는 것을 가장 좋아하는데, 그가 부수는 방식은 아주 대단했다. 만에 하나 온전하게 남은 물건이 하나라도 있으면 하수인을 문책하고 절대 용서하지 않았다. 조이보는 전생에 무슨 업보로 무단히 이 '원흉'을 만나게 되었을까. 방 안에 있는 것들은 크고 작고, 비싸고 싸고 할 것 없이 바람에 날리고 번개를 맞은 듯 모조리 부서졌다. 이 집의 조박재는 겁만 많고 아무 쓸모가 없어 어디로 사라졌는지 그림자도 보이지 않았다. 비록 남자 하인이 있었으나 어느 누가 나서서 용서해달라고 애원하겠는가? 홍씨는 병으로 침대에 누워서 소리를 듣고 힘을 내어 '무슨 일이냐?'라고 물었다.

조이보는 건넛방 서재로 도망 와서 탑상에 비스듬히 누워 숨을 몰아쉬었다. 아교는 바로 따라 들어와 지키고 나가지 않았다. 아호는 사태가 심각한 것을 보고, 혼자 뒤쪽 정자간으로 가서 멍하니 앉아 머리를 굴렸다. 뇌공자는 자신이 그만하고 싶을 때까지 때려 부수고 나서 그 패거리들을 데리고 시끌벅적 사라졌다. 남자 하인은 그제야 박재를 찾아 같이 살피러 갔다. 방 안은 발 디딜 틈도 없이 어지럽게 널려 있었다. 침대, 탑상, 옷장 등의 가구도 여기저기 엎어지고 뒤집어져 있었다. 오직 두 개의 가스등만 빛을 내며 중앙에 덩그러니 걸려 있었다.

박재는 어떻게 해야 할지 막막하여 이보를 찾았으나 보이지 않았다. 그런데 건넛방 서재에서 아교가 부르는 소리를 들었다.

"아가씨는 여기에 있어요."

박재는 쫓아 들어갔다. 여기도 어두컴컴했다. 남자 하인이 등을 들고 오자 이보가 뻣뻣하게 누워 꼼짝하지 않고 있는 게 보였다. 박재가 황급히 물었다.

"어디 맞았어?"

아교가 말했다.

"아가씨는 괜찮아요. 방은 어때요?"

박재는 고개를 젓고 아무 말을 하지 못했다.

이보는 갑자기 벌떡 일어나 양손으로 아교의 어깨를 붙잡고, 한 발짝 한 발짝 어렵게 발을 떼며 방문까지 갔다. 고개를 들어 보고 고통스러운 마음을 어쩌지 못하고 통곡을 했다. 아호는 그 소리를 듣고 정자간에서 나왔다. 모두들 이보를 달래고 나서 탑상에 앉히고 의논을 했다. 박재가 고소를 하려고 하자 아호가 말했다.

"자라를 고소한다고? 현이든 도든 어디에도 고소하지 말아요. 외국인들도 자라를 보면 겁을 먹는데, 어디에 가서 고소한다는 거예요?"

이보가 말했다.

"그 사람 하는 꼴 보니까 좋은 사람이 아닌 것 같아! 자네가 그 사람 비위를 맞췄어야 했어!"

아호는 손을 내저으며 단호한 어조로 말했다.

"자라는 본인이 알아서 여기 온 거예요. 난 중매인도 아니고, 아가씨가 그 사람에게 잘못해서 손해 본 건데 나한테 잘못했다고 하면 안 되죠! 내일 찻집으로 가서 결판을 지어봅시다. 내가 잘못했다면 내가 배상하지요."

이 말을 하고 아호는 쌩하니 돌아서서 자러 갔다. 이보는 더 화가 치밀어오르고 고통스러웠다. 박재에게 남자 하인과 함께 방을 정리하라고 하고, 아교에게는 자기를 잡으라 하고 온 힘을 다해 천천히 아래층으로 내려갔다. 홍 씨를 보자 눈물을 흘리며 '엄마' 하고 불렀다. 그리고 아무 말 하지 않았다. 홍 씨는 영문을 모른 채 말했다.

"이 층 손님 접대하러 가거라. 나는 괜찮아."

이보는 이 사건을 도저히 말할 수 없어서 아교에게 약을 재탕하라고 해서 홍 씨에게 먹였다. 홍 씨는 또다시 재촉했다.

"지금은 괜찮아, 어서 올라가 봐."

이보는 '조심해요.'라고 당부하고 휘장을 내렸다. 아교에게 방에 남아 지켜보라고 하고, 혼자 계단을 한 발짝 한 발짝 올라갔다. 방은 먼지가 자욱하고 어수선하여 있을 곳이 없어 도로 서재로 왔다. 박재는 서랍 하나를 들고 뒤따라 들어왔다. 서랍 안에는 자질구레한 머리장신구와 돈주머니가 있었다. 박재가 말했다.

"돈과 전표가 바닥에 다 흩어져서 얼마가 빠졌는지 모르겠어."

이보는 차마 들여다보지 못하고 한쪽으로 밀쳤다. 박재가 가고 나자 조용해졌다. 이보는 아무리 생각해보아도 살아갈 길이 안 보여 혼자 한참을 조용히 울었다. 그러다 가슴이 빼근하게 아프고 다리도 쑤셔 아편침대로 돌아가 털썩 드러누웠다.

갑자기 골목에서 사람들 소리가 웅성웅성 들려왔다. 대문을 두들기는 소리는 하늘을 진동할 듯 울렸다. 박재가 달려와 알렸다.

"큰일 났어, 자라가 왔어!"

이보는 더 이상 놀라지 않고 일어나 천천히 걸어 나갔다. 일고여덟 명의 집사들이 이 층으로 몰려왔다. 그들은 이보를 보자 절을 하고 웃으며 아뢰었다.

"사삼공자께서 양주의 지부가 되셨습니다. 아가씨를 어서 모시고 오라십니다."

이보는 이 소식을 듣고 아주 기뻐서 얼른 방으로 돌아가 아호를 불러 머리를 손질하게 하였다. 홍 씨는 머리에 봉황관을 쓰고, 황금색 이무기가 수놓인 예복을 입고 웃으며 '이보야' 하고 불렀다.

"내가 삼공자는 약속을 어길 사람이 아니라고 말했잖니. 지금, 아니나 다를까 너를 부르러 왔잖아."

"어머니, 제가 삼공자 집에 가더라도 요전 일은 절대 말하면 안 돼요."

홍 씨는 고개를 끄덕였다. 아교가 또 아래층에서 '아가씨' 하고 부르며 아뢰었다.

"수영 아가씨가 축하하러 왔어요."

이보는 의아해하며 말했다.

"누가 알렸지? 전보보다 더 빠르잖아?"

이보가 막 그녀를 맞이하러 나가려는데 장수영이 벌써 눈앞에 와 있었다. 이보는 웃으며 앉으라고 했다. 그런데 수영이 갑자기 물었다.

"너 잘 차려입고 마차 타러 가니?"

"아니, 사삼공자가 날 데리러 왔어."

"무슨 소리야! 사삼공자는 한참 전에 죽었잖아. 너, 설마 몰랐던 거야?"

이보는 잠시 생각해보더니, 사삼공자가 정말 죽은 것 같았다. 그래서 집사들에게 물어보려고 하는데, 그 일고여덟 명은 귀신으로 변해 앞으로 달려들어 왔다. 이보는 깜짝 놀라 비명을 지르며 깨어났다. 온몸은 땀으로 젖어 있고, 계속 심장이 두근거렸다.

---

1 몽글몽글 말린 털이 있는 새끼양가죽

2 여러 장의 여우 가죽을 합쳐 만든 가죽

후기*

어떤 객이 화야련농(花也憐儂)이 살고 있는 방으로 와서 64회 이후의 원고를 찾았다. 화야련농은 웃으며 자신의 배를 가리키며 말했다.

"원고는 여기에 있소."

객은 그 대략적인 내용을 청했다. 화야련농은 깜짝 놀라며 말했다.

"저의 책에서 얻은 게 있습니까 없습니까? 저의 책은 64회로 모두 갖춰져 있고 끝이 있는데, 또 무엇을 말하겠습니까?

그대와 대행산(大行山), 왕옥산(王屋山), 천태산(天台山), 안탕산(雁蕩山), 곤륜산(崑崙山), 적석산(積石山)과 같은 명산 여행을 해봅시다. 그 여행의 시작은 등나무 줄기를 잡고 칡나무를 당기며 거의 기어가기에, 처음에는 산이 어떤 모양새인지 모릅니다. 샘물 소리와 새 지저귀는 소리, 구름 그림자와 햇빛이 선연하게 다르다는 것을 점점 느끼며 한가로이 거닐며 즐깁니다. 얼마 후, 숲에서 돌계단을 돌아오르면, 기이한 봉우리들이 겹쳐 눈앞에 펼쳐집니다. 백조처럼 서 있는 봉우리, 사자처럼 누워 있는 봉우리, 두 사람이 공수하여 읍하는 듯 마주 보고 있는 봉우리, 연잎 지붕처럼 우뚝 솟은 봉우리, 송곳처럼 붓처럼 부도처럼 튀어나온 봉우리, 날아가는 듯, 걸어가는 듯, 낚

---

* '화야련농(花也憐儂)'은 작가 한방경(韓邦慶)의 필명이면서 동시에 소설의 서두에 등장하였다가 사라진 인물이기도 하다. 그는 꽃바다에서 노니다가 갑자기 그 속에 빠져 상해 현성과 조계지의 경계인 육가석교에 떨어진 후 조박재를 불러놓고 유유히 사라져서는 64회가 끝나도록 등장하지 않는다. 그런 그가 후기에서 작가로 등장하여 갑자기 끝난 결말에 당황하는 독자들을 위해 독서의 즐거움이 어디에 있는지 피력하면서 인물들의 결말을 이야기해준다.

아채는 듯, 뛰어오르다 넘어지는 듯 가물가물하게 형태를 드러낸 봉우리들이 보입니다. 이 문장들은 정말로 보통사람들이라면 생각해낼 수 없는 것이라고 그대는 감탄할 것입니다. 그러나 군이 그 정상에 오르지 않고, 이에 다리와 몸이 피곤하여 돌에 잠시 걸터앉아 쉬며, 조용히 지나왔던 경치를 떠올려보고, 그리고 아직 가지 못한 곳은 구불구불한 기복을 이루는 기세를 추측하고, 울퉁불퉁한 앞뒤의 형세를 살피고, 구불하고 깊숙하여 빙빙 도는 흥취를 상상하며 보지 않아도 본 듯하고, 듣지 않아도 들은 듯할 것이며, 하나를 들어 세 가지를 추리하니 즐거워서 스스로 만족하여 노래하고 춤을 추니 그 즐거움이 클 것입니다.

아! 그 즐거움은 한가롭게 거닐면서 얻어지는 것인데, 어찌 유독 저의 책에서 잃어버릴 수 있겠습니까. 저의 책 역시 제64회에 와서야 쉴 수 있습니다. 64회 속의 다양한 이야기들은 이후에 어떤 인물은 어떻게 결론이 나고, 어떤 사건은 어떻게 매듭이 지어지며, 결국 어떤 상황은 그렇게 마무리가 됩니다. 모두 변하지 않는 이치가 그 사이에 존재하고 있습니다. 그러니 그대는 왜 책을 덮고 책상을 만지며 한가롭게 거닐며 얻어지는 즐거움으로 저의 책을 즐기려 하지 않으십니까?"

객이 또 심소홍, 황취봉의 이야기가 어떻게 되었는지 묻자, 화야련농은 다음과 같이 말해주었다.

"왕연생, 심소홍, 나자부, 황취봉은 전반부에서 이미 충분하게 자세히 다루어 후반부에서는 더 이상 부연하지 않았습니다. 그런데 요계순과 마계생은 합쳤다가 헤어졌고, 주애인과 임소분은 헤어졌다 합쳤습니다. 홍선경과 주쌍주, 마사야와 위하선은 시종 헤어지지도 합쳐지지도 않았습니다. 또 오설향은 남편을 돕고 자녀를 가르쳤고, 장월금은 사업으로 일가를 이루었으며, 제금화는 음탕하고 천하여 하류 인생을 살게 되었고, 문군옥은 고달픈 인생을 살았습니다. 소찬과 소청은 자금을 끼고 멀리 도망갔으며, 반삼과 광이는 금의환향하였습니다. 황금봉이 과부로 지낸 것은 황주봉이 엄연히 한 남자의 부인으로 사는 것만 못하였고, 주쌍옥이 첩으로 가게 된 것은 주쌍보가 혼인한 것만 못하였습니다. 김교진은 남편을 배신하고 돈을 가지고 도망가버렸으나 김애진은 하염없이 그리워하여 떠나지를 못했습니다. 육수보는 남편이 죽어 개가하였으나 육수림은 독신으로 지냈습니다. 이 예들을 손으로 꼽기에는 그 수고로움을 견디질 못할 것입니다. 소설이 완성될 때까지 기다려주시어 출판되면 가르침을 주시기 바랍니다. 문장의 조리가 분명하고 가지런한 눈썹처럼 찬란한데, 무엇하러 쓸데없는 말들로 논쟁을 하겠습니까?"

객은 여전히 멍한 표정으로 세 번 숙배(肅拜)를 하고 물러났다.

화야련농 씀

작품 해설

김영옥

1. 소설 『해상화열전』

『해상화열전』은 작가 한방경이 1892년 2월, 상해에서 간행한 중국 최초의 소설잡지 『해상기서(海上奇書)』에 연재한 중국 최초의 창작 연재소설이다. 다만 『해상기서』가 같은 해 10월에 정간됨에 따라 『해상화열전』은 30회까지 연재된 뒤 중단되고 만다. 이 소설이 64회 단행본으로 출판된 것은 그로부터 2년이 지난 1894년의 봄이었다.

이 소설이 출판된 1894년 봄은 갑오전쟁(청일전쟁, 1894년 7월 25일 발발)이 일어나기 바로 직전이었다. 갑오전쟁은 중국 역사의 큰 전환점으로, 이후 서양의 사상과 문화에 대한 진면적인 학습이 필요하다는 중국 지식인들의 각성을 불러오게 된다. 이러한 과정에서 당시 유신파를 대표했던 량치차오(梁啓超)는 1902년에 잡지 『신소설(新小說)』을 창간하여 '신소설'론을 제창하게 되고, 이러한 분위기에서 소설은 문학의 중심으로 자리 잡게 되었다.

그동안 학계에서는 량치차오가 1902년에 창간한 『신소설』의 영향을 받아 발표된 소설들에 대해 주목하여온 반면 『신소설』보다 10년 일찍 창간된 중국 최초의 소설잡지 『해상기서』에 대해서는 이렇다 할 관심을 두지 않았고, 『해상화열전』도 단순히 만청소설로 분류하였을 뿐 전통소설과 다른 이 소설만의 차별성에 관심을 두지 않았다.

최근 중국의 근대 문학이 외래의 영향을 받은 것인가 아니면 내적 풍토에서 자생한 것인가라는 논의들이 천핑위엔(陳平原), 위엔진(遠進), 왕더웨이(王德威) 등의 학자들에 의해 제기되면서 만청소설이 주목받게 되었다.

이러한 과정에서 『해상화열전』이 시기상 중국에 번역 소개된 외국소설의 영향에 의해 촉발되었다고 보기도 어렵고 또한 『신소설』보다 앞서면서도 고전소설의 틀에서 벗어나 변화의 징후를 보여주고 있는 독특한 소설이라는 점을 주목하여 중국 근대소설의 기점을 『해상화열전』으로 잡아야 한다는 주장들이 제기되었다. 말하자면 『해상화열전』은 고전소설과 신소설의 어느 범주에도 속하지 않는 전환기 소설로 규정할 수 있고, 전통과 근대를 연결하는 교량적 역할을 한 소설이라 할 수 있다. 전통성과 근대성이 복잡하게 교차되고 있는 교량적 역할로서 근대적 특징은 소설의 형식과 내용의 측면에서 전반적으로 확인된다.

작품의 제재에서 보면, 『해상화열전』은 19세기 말 상해의 고급기녀에서 창녀에 이르기까지 다양한 기녀들의 이야기를 다루고 있다. 전통사회에서 최하층 신분으로 주변부에 머물러 있던 기녀들의 일상을 중심 제재로 삼아 사실적으로 묘사하고 있어 재자가인 식의 기녀 이야기와 구별된다는 점에서 중국고전소설사에 있어서도 새로운 변화일 뿐 아니라, 근대성을 구현하고 있다는 충분한 근거가 된다.

언어의 운용에 있어서 『해상화열전』은 인물의 대화에는 소주(蘇州) 방언, 즉 오어(吳語)를 사용하였다. 소주 방언은 19세기 말 상해 기녀들, 특히 고급기녀들이 일상적으로 사용하였던 언어로, 인물들의 대화에 소주 방언을 사용함으로써 리얼리티를 구현할 수 있었다. 그런데 『해상화열전』은 인물의 대화에 소주 방언을 사용하면서도 서술문에는 통속백화를 사용하였다는 특징을 갖는다는 점에서 중국 장회소설의 전통을 계승하면서도 방언을 운영하는 새로운 시도를 한 소설이라고 볼 수 있다.

『해상화열전』은 형식적인 측면에서도 근대적 특징이 뚜렷하게 나타나고 있다. 소설은 8개월이라는 짧은 시간과 상해 조계지라는 한

정된 공간 아래에서 30여 명의 기녀와 기타 인물들의 이야기를 유기적으로 엮어가고 있다. 한방경은 '천삽과 장섬'이라는 서사법을 창안하여 운용하였는데, 이로써 『해상화열전』은 시간 중심의 중국고전소설의 서사구조에서 벗어나 공간 중심의 새로운 서사구조를 구현하였다.

또한 『해상화열전』은 중국고전소설의 대단원(大團圓) 방식과 전혀 다른 결말 방식을 취하고 있는데, 소설가 장아이링(張愛玲)은 이렇게 '갑자기 끝을 맺는' 결말을 중시하면서 여기에서 근대성을 발견할 수 있다고 보았다. 결과적으로 『해상화열전』에는 중국고전소설의 가장 중요한 특징인 전기(傳奇)적 색채가 사라지고 일상의 이야기가 대신하게 됨으로써 이른바 일상을 조명하여 근대성을 설명해 주는 근거가 된다.

이와 같이 『해상화열전』은 제재와 언어, 서사기법, 그리고 형식에 있어서 중국고전소설의 전통을 계승하면서도 새로운 세계를 개척하여 전통과 근대가 공존하는 교량적 역할을 행한 근대적 특징을 가지고 있는 소설로 규정할 수 있다.

2. 작가 한방경

한방경(1856~1894)의 자는 자운(子雲)이며, 별호는 태선(太仙)이다. 혹은 태선을 파자한 대일산인(大一山人)으로 자서하기도 하였다. 이 밖에 중국의 지식인이 그렇듯 그 삶의 지향을 암시하는 필명들이 여럿 남아 있는데 태치(太痴), 화야련농(花也憐儂) 등이 그것이다.

한방경에 대한 자료는 『담영실필기(譚瀛室筆記)』에 처음으로 보인다.

> 『해상화』 작가는 송강(松江)의 한자운(韓子雲)이다. 한자운의 사람됨은 풍류가 있고 다정다감하였으며, 바둑을 잘 두었다.

또한 아편벽이 있었다. 오랫동안 상해에 머물면서 신문사 편집을 맡기도 하였다. 글을 써서 번 돈은 모두 기루에 쏟아부었다.

다음으로 1922년에 상해청화서국(上海淸華書局)에서 출판된 『해상화열전』의 허근보(許堇父)가 쓴 서문에 한방경의 인생이 개괄적으로 기술되어 있다. 여기에는 한방경의 또 다른 이름이 한태치라는 것, 막료생활을 했다는 것, 과거시험에서 낙방한 후 상해에서 지내며 시와 술로 위안을 삼았다는 점, 『해상화열전』을 쓰게 된 이유 등이 소개되어 있다. 그러나 이들 자료에는 보다 구체적인 내용들이 전혀 제시되지 않고 있다.

한방경의 생애에 대한 보다 자세하고 구체적인 자료는 1926년에 아동도서관(亞東圖書館)에서 출판된 『해상화열전』에 수록된 후스(胡適)의 「『해상화열전』서」에 잘 제시되어 있다.

한방경의 가계는 그가 『신보(申報)』에 게재한 사설 「극설(極說)」에 당숙 한응폐(韓應陛, 1815~1860)에 대한 존경심을 드러내고 있는 대목에서 짐작해볼 수 있다. 한응폐는 서양의 자연과학 영역에 업적을 남긴 학자로, 서양의 학문에 적극적이고 개방적인 태도를 지니고 있었다. 또한 그는 같은 고향사람 요춘(姚椿)의 문하생으로 청초(淸初)의 동성파(桐城派)의 문풍을 계승한 문인이면서 장서가로도 이름이나 있었다. 특히 그는 송대(宋代) 과학기술을 다방면으로 응축한 저작 『신의상법찬(新儀象法簒)』을 젊은 시절에 직접 베껴 수집하였다. 이를 통해 그가 젊은 시절부터 중국의 자연과학에 대해 깊은 관심을 가지고 있었고, 자연스럽게 서양의 자연과학에 대해서도 개방적인 태도를 지니게 되었음을 알 수 있다. 이러한 한응폐의 업적을 기술하였다는 것은 한방경이 한편 서양의 학문에 대해 선망하고 있었음을 보여준다.

한방경의 부친 한종문(韓宗文, 1819~?)은 함풍(咸豐) 무오(戊午

1858)에 순천향시(順天鄕試)에서 급제하여 거인(擧人)이 되었으며, 평소 문장으로 명성을 누렸고 형부주사(刑部主事)를 지냈다고 한다. 『송강부속지(松江府屬志)』에는 그에 대해 '강직하고 우의가 돈독하였다(伉直敦氣誼)'고 짧게 평가하고 있는 반면 그의 동생 즉 한방경의 숙부 한승은(韓丞恩)의 업적을 더 자세하게 다루고 있다. 여기에 기록된 내용에 의하면 한승은은 청백리의 전형적인 삶을 산 관리였다. 이는 그가 태평군을 소탕하는 과정에서 억울한 누명을 쓰고 관직에서 물러났을 때, 백성들이 그를 위해 변호하고, 그가 죽은 이후에는 그를 위한 사당을 짓고 제사를 지내길 청원했다는 일화에서 잘 드러난다. 이와 같은 청백리로서의 한승은의 삶은 한방경에게도 많은 영향을 주었을 것이다. 한방경은 이와 같이 학문에 조예가 깊고, 청렴한 관리의 집안에서 성장하였다.

한방경의 생애는 30세를 전후로 전통교육을 통해 입신하려고 했던 시기와 편집인으로서 생활한 시기로 나눌 수 있다.

한방경은 어릴 때 벼슬살이를 떠나는 아버지를 따라 북경으로 가서 유년기를 보낸 뒤, 고향 누현(婁縣)으로 돌아와 20세 무렵에 동시(童試)에 응시하여 수재(秀才)가 되어 늠희(廩餼, 나라에서 학생에게 주는 일종의 생활보조금)를 받았지만, 그 후로 향시에 계속 낙방하였다. 이 시기에 한방경은 문장실력이 뛰어나 그의 시첩이 회자되고, 그의 문장을 보는 이들은 모두 놀랄 정도였다고 한다. 다만 그의 문장은 격식에 맞지 않아 우려하는 이들이 더러 있었다고 하나 시험 감독관이 그 재능을 아껴 늠희를 받을 수 있게 해주었다고 한다. 이는 팔고문(八股文)의 격식에 얽매이지 않으려는 한방경의 자유로운 의식을 보여주는 대목이기도 하다. 한방경은 향시에 낙방한 뒤, 잡지의 편집자, 혹은 부친의 친구에게 가 막료로 1년 남짓 생계를 꾸려갔다.

한방경은 1887년부터 1890년까지 4년 동안 『신보(申報)』에 기녀에게 바치는 시사(詩詞), 서정적인 산문, 논설, 희곡, 평론 등을 실었다. 위의 예문에서도 구속을 싫어하는 한방경의 성격이 잘 나타나 있다. 한방경의 이러한 성격과 삶에 대해 장서조(蔣瑞藻)는 '풍류가 있고, 다정다감한 인물이었다'고 했고, 송강 전공은 '소탈하고 속되지 않으며, 살림살이는 어려웠지만 돈을 중시하지 않았고, 거문고를 연주하고 시를 지으며 즐겼다'고 평하였고, 『해상번화몽(海上繁華夢)』의 작가 손옥성(孫玉聲)은 '주변 사람들의 가문이나 지위를 하찮게 여겼다'고 하였다. 그는 성격이 이러했으므로 『신보』의 편집을 맡기는 했지만, 간혹 논설을 쓰는 것 외에 잡다하고 번잡한 편집 작업을 외면하였던 것이다. 특히 그는 한 고급기녀와 가깝게 지내며 기루에서 대부분의 시간을 보냈는데, 『해상화열전』은 당시의 경험을 토대로 한 것으로 보인다.

한방경은 『신보』에 글을 써서 번 돈을 기루에서 탕진했고, 겨우 하녀 한 명만을 두고 생활을 할 정도로 가난하였다고 한다. 그러나 그의 삶은 가난에 찌들었다기보다는 안빈낙도의 관점에서 이해하는 편이 더 타당할 듯한데, 그의 사설 「낙설(樂說)」에 의하면 한방경은 인생의 고통을 받아들이는 태도에 따라 그것이 고통이 되기도 하고 즐거움이 되기도 하며, 인생의 즐거움(樂)은 부귀공명에 있는 것이 아니라 지족(知足)과 지지(知止)에 있고, 가난한 삶 속에서도 발견된다고 강조하고 있다.

한방경은 1891년 마지막 과거시험에 낙방하고 나서 더 이상 공명에 뜻을 두지 않게 된다. 그래서 다시 상해로 돌아와 1892년에 『해상기서』를 간행하고, 1894년 봄 『해상화열전』을 출판하였다. 같은 해 39세의 일기로 짧은 생을 마감한다.

이렇듯 한방경은 전통사회의 교육을 받았지만 입신양명의 꿈을 실현하지 못하였고, 직업 작가라는 근대적 직업을 가졌지만 뜻을 이루기에는 생이 짧았다. 한방경의 생애는 전통에서 근대로의 전환기에서 어느 쪽으로도 귀속되지 못했던 당시 지식인들의 한 전형으로 이해할 만하다.

3. 『해상화열전』의 출판과 번역

『해상화열전』은 1894년에 출판되어 현재에 이르기까지 독자들에게 상반된 평가를 받았는데, 그 이유에 대해서는 두 가지 관점이 제기되어왔다. 첫째, 손옥성이 가장 먼저 제기한 의견으로 『해상화열전』이 소주 방언의 사용으로 인하여 독자층을 널리 확보하는 데 한계를 가지게 되었다고 보는 견해이다. 둘째, 후스의 의견으로 '평담하면서도 자연스러운(平淡而近自然)' 최고의 문학적 풍격이자 경계로 말미암아 일반 독자들의 흥미를 불러일으키기 어려웠다고 보는 견해이다. 장아이링도 비슷한 관점을 제시한 바 있는데, 『해상화열전』에 전기성(傳奇性)이 결여되어 있고 감상(感傷)적이지 않아 독자를 끌어들이지 못했다고 지적하고 있다. 당시 상해 기루의 안내서라고까지 얘기된 『구미귀(九尾龜)』의 자극적 내용에 익숙한 독자들이 평담한 『해상화열전』에 흥미를 느끼지 못했다는 것이다.

그런데 바로 이 '평담하고 자연스러운' 풍격 때문에 역대 비평가들은 『해상화열전』을 높이 평가하게 된다. 이와 같이 『해상화열전』은 비평가의 칭송과 일반 독자들의 외면이라는 상반된 결과를 얻었고, 그로 인하여 부침의 과정을 겪게 되었다. 그 과정을 구체적으로 살펴보면 다음과 같다.

『해상화열전』은 1894년에 석인본으로 최초 간행된 후, 1903년에 『해상백화취락연의(海上百花趣樂演義)』라는 제목으로 정식 출판되었다. 이후 1922년에 상해청화서국에서 64회본 『해상화열전』을 6冊으로 출판하기까지 10여 년 동안 제목을 달리하여 출판되었다. 상해청화서국에서 출판한 『해상화열전』의 허근보의 서(序)에는 1894년 석인본이 절판된 이유가 기술되어 있다. 허근보에 의하면 소설에 등장하는 조박재(趙朴齋)는 실존인물로서, 그는 자신이 소설에서 어리석은 인물로 묘사되었다는 사실에 분노하여 거금을 들여 『해상화열전』을 몽땅 사들여 불태워버렸다고 한다.

『해상화열전』이 세상의 주목을 받게 된 것은 1926년 아동서국(亞東書局)에서 출판된 표점본 『해상화열전』에 힘입은 바 크다. 이 책에는 후스와 류반농(劉半農)의 서문이 있는데, 그들은 모두 『해상화열전』의 가치에 대해 높이 평가하고 있다. 1930년대는 『해상화열전』이 판을 거듭하고 중복 출판될 정도로 출판계의 관심을 가장 많이 받았던 시기였다. 그러나 1936년 이후 정치적 상황과 출판계의 동향으로 인해 『해상화열전』은 한동안 출판되지 않았다.

이후 장아이링의 표준어 번역본 『해상화』가 출판되면서 『해상화열전』이 일반 대중에게 널리 알려지게 되었다.

장아이링은 1954년 후스에게 쓴 편지에서 자신이 13세부터 읽기 시작하여 이후 다양한 판본으로 반복해서 수십 번 읽었으며, 영어로 번역하고자 한다는 뜻을 여러 차례 드러내었다. 이 작품이 중국에서뿐만 아니라 세계적으로도 크게 인정받을 수 있을 것으로 보았던 것이다. 결국 장아이링에 의한 『해상화열전』의 표준어 번역본은 1981년, 대만에서 총 60회본 『해상화』로 출판되었고, 이후 1995년 상해 고적출판사에서 이 책을 두 권으로 나누어 『해상화가 피다(海上花開)』와 『해상화가 지다(海上花落)』로 출판하였다. 영역본 『The Sing-song Girls of Shanghai』은 장아이링이 1967년에 『해상화열전』의 영역 작업을 마친 후, 1981년에 번역 후기, 제1회와 제2회를 홍콩 중문대학 번역연구중심 『역총(譯叢)』에 실었다. 나머지 번역 원고는 우여곡절을 겪다가 홍콩 중문대학의 콩후이이(孔慧怡) 교수가 정리하여 『The Sing-song Girls of Shanghai』라는 제목으로 2005년에 컬럼비아대학 출판사에서 출판하였다.

장아이링에 의한 『해상화열전』의 번역 출판은 큰 반향을 불러일으켰는데, 대만의 영화감독 허우샤오시엔(侯孝賢)의 〈해상화Flowers of Shanghai〉(1998) 역시 장아이링의 번역본에 영향을 받은 작품이라고 할 수 있다. 그래서 장아이링은 『해상화열전』의 제2의 작가로 보아도 큰 무리가 없다.

한편 1969년, 일본의 헤이본샤(平凡社)에서는 중국문학 전공자 오오타 타츠오(太田辰夫訳)의 『해상화열전』 번역본을 중국고전문학대계(中国古典文学大系 第49巻)에 포함시켜 출판하였다. 이를 통해서도 이 작품의 가치와 위상을 짐작할 수 있을 것이다.

이와 같이 『해상화열전』은 후스에서 장아이링으로 다시 허우샤오시엔에 이르기까지 다양한 방식으로 평가되고 번역되고 재해석되면서 현재에 이르게 되는데, 그 과정에서 텍스트의 가치가 충분히 재확인되었다.

4. 언어: 통속백화와 소주(蘇州) 방언

『해상화열전』은 통속백화와 소주 방언이라는 두 개의 언어, 즉 인물의 행동과 사건의 서술에는 통속백화를, 인물의 대화에는 소주 방언을 사용하고 있다.

아편전쟁 이후 상해는 중국의 대표적인 도시로 급부상하였고, 특기 태평천국의 난으로 인구가 대량 유입되면서 그에 따라 유흥업 역시 번성하게 되었다. 상해 조계지의 북쪽 거리에는 기루가 즐비하였고, 그곳에는 각 지역 출신의 기녀들이 영업을 하였다. 그런데 1870년대 이후 소주 출신의 기녀들이 고급기녀로서 우위를 점하게 되면서 다른 지역 출신의 기녀들도 고급기녀로 성공하기 위해서 소주 방언을 배워야 했고, 이러한 상황이다 보니 조계지의 고급기녀들은 대부분 소주 방언을 사용하게 되었다.

『해상화열전』에서 인물들의 대화에 소주 방언을 운용하게 된 것 역시 이러한 점에서 자연스러운 문학적 선택일지 모른다. 그러나 당시 『해상화열전』과 같은 시기를 배경으로 같은 제재를 다루고 있는 손옥성(孫玉聲)의 『해상번화몽』이 통속백화만으로 쓰였다는 점을 감안하면 『해상화열전』의 소주 방언 운용은 작가의 의식적 선택이었다는 것을 알 수 있다. 실제 한방경은 '조설근은 『석두기』를 모두 북경어로 지었는데, 나의 소설이라고 왜 오어(吳語, 소주 방언)로 쓰면 안 된다는 건가?'라고 하여 소주 방언의 운용에 대해 신념을 갖고 이를 집필에 적용하였다. 이뿐 아니라, 그는 문자가 없는 일부 소주 방언을 표현하기 위해 직접 문자를 만들기도 하였는데, 그는 스스로 자신의 이러한 노력을 '창힐의 문자 창조'에 비견하기까지 하였다.

그런데 단순히 방언을 사용했다고 해서 방언문학이라고 할 수 없다. 방언문학은 방언을 통해 지역성과 현장성을 살려 그 문학성을 확보한 작품을 가리킨다. 이런 점에서 『해상화열전』은 소주 방언 운용을 통해 기녀 사회의 현장성을 살리고 있으며 그 문학적 효과를 거둔 '오어(吳語) 문학의 걸작'으로 평가된다.

한방경이 소주 방언을 사용하였던 것은 『해상화열전』의 시대적·공간적 배경이 상해 조계지 기루 사회였다는 점을 고려한 것이지만, 한편으로는 소주 방언과 상해 지역 문화에 대한 자부심의 발로였다고 할 수 있다.

19세기 말 소주 방언은 북경어를 제외하고 가장 중심에 위치하고 있는 방언이었다. 언어는 그 지역의 경제적·정치적 역할에 따라 그 지위가 달라지기 마련인데, 이 작품의 배경이 되는 상해는 19세기 중엽 이후 줄곧 경제와 문화의 중심지로 자리 잡고 있었고, 이에 따라 소주 방언 또한 주요한 지위를 차지하고 있었다. 한방경은 이러한 소주 방언의 언어적 지위에 기반하여 그 지역의 오래된 문화와 전통, 역사, 그리고 그 지역 사람들의 독특한 정서에 부합되도록 소주 방언을 운용하였다.

당시 소주 방언은 상해 기루의 주류 언어로서 기녀의 경쟁력을 높이는 수단이기도 하였고, 고급기녀의 징표로 이해되기도 하였다. 상해가 상업의 중심지가 되면서 과거 오랑캐의 말이라 천시되던 오어(吳語)가 남성들을 매혹시키는 언어로 승격되었고, 기루와 사교계의 특별한 언어로 자리 잡게 되어 기녀의 언어이자 욕망의 언어로 상징되었다. 따라서 상해 기루의 리얼리티를 구현하는 데 소주 방언은 필수적인 요소였다고 할 수 있고, 한방경은 소주 방언의 적극적인 운용을 통해 리얼리티를 구현할 수 있었다.

5. 『해상화열전』의 창작원칙과 서사기법

1) 창작원칙: 무뇌동, 무모순, 무괘루

『해상화열전』은 여러 기녀들(海上花)의 삶을 기술한 것(列傳)으로 합전체 소설로 분류될 수 있다. 『해상화열전』에는 30여 명의 기녀가 등장하지만 특정한 주인공이 없다. 넓게 보자면 30여 명의 기녀 모두가 이 소설의 주인공이라고 할 수 있다. 30여 명의 기녀들의 이야기를 합전의 형식으로 묶어 하나의 작품으로 구성한 것이 바로 『해상화열전』이다.

『해상화열전』에는 합전의 형식을 통해 다양한 인물들이 등장하고, 또 각 인물의 성격과 개성이 상호 대비되어 뚜렷하게 드러나는 특징을 갖고 있다. 특히 『해상화열전』은 약 8개월이라는 짧은 시간 동안 상해라는 한정된 공간에서 다양한 인물들의 이야기를 기술하고 있다. 한정된 시공간에서 30여 명의 기녀들과 그 밖의 다양한 표객들의 이야기를 담자면 자연히 서사 구조에 있어서나 인물 형상의 구축에 있어서 복잡할 수밖에 없기에 한방경은 「서(序)」에서 합전체 창작의 어려움에 대해 토로하면서, 이를 해소할 수 있는 방안으로 '무뇌동(無雷同)', '무모순(無矛盾)', '무괘루(無掛漏)'의 원칙을 제시하였다. 이 세 가지 가운데 '무뇌동'과 '무모순'은 인물의 개성과 성격의 일관성에 대한 원칙이고, '무괘루'는 각 인물의 결말에 대한 원칙이다. 사실 이보다 앞선 중국고전소설의 창작에 있어서도 대체적으로 이 세 가지 원칙이 적용되어왔다. 그럼에도 불구하고 한방경의 원칙과 실천은 그것을 의식적이고 철저하게 추구하였다는 점에서 고전소설의 그것과 질적으로 차원을 달리한다. 한방경은 작가인 동시에 소설 이론가로서 인물 형상의 창작에 대한 원칙을 제시하고 이를 실천하고자 하였던 것이다.

무뇌동(無雷同)

'무뇌동'은 인물 형상의 창조에 있어서 유형화에 빠지지 않고 인물 각각의 개성이 있어야 한다는 뜻이다.

『해상화열전』에는 고급기녀 장삼서우(長三書寓), 2급 기녀 요이(幺二), 창녀(野鷄), 기생어미, 기녀의 일을 돕는 아주머니와 어린 여자 하인, 기루의 바깥일을 담당하는 남자 하인, 세력가, 시골에서 올라온 젊은 표객, 표객들의 하인 등 100여 명의 인물이 등장하고 있다. 한방경의 '무뇌동' 원칙은 작품의 전체 디테일에 철저하게 적용되고 있을 뿐만 아니라, 다음과 같이 한 마디로 인물의 성격을 묘사하는 데 있어서도 효과적으로 적용되고 있다. 예컨대 후스는 '매서운' 황취봉, '평범한' 장혜정, '철없는' 오설향, '오만한' 주쌍옥, '방자한' 육수보, '치정의' 이수방, '입담의' 위하선 등의 방식으로 인물의 개성을 요약하였다.

그 밖에 요문군은 씩씩하고 호방한 인물로, 이수방은 사랑에 집착하는 신경증적인 여성으로, 심소홍은 욕망과 감정을 절제하지 않는 인물로 형상화되어 있다.

표객의 인물 형상 역시 뚜렷한 개성화가 발견된다. 기녀와 표객 사이의 갈등을 중재하고 조율하는 역할의 홍선경, 단순한 성격으로 기녀들과 음탕한 수작을 부리는 뚱보 나자부, 장삼서우와 사귀는 돈이 아까워 어린 창녀를 찾는 인색한 이실부, 내성적인 동시에 폭력적인 왕연생, 한 여자를 위해 헌신하며 사회성이 부족한 도옥보, 기분에 따라 기녀들에게 폭력을 휘두르는 무례하고 잔인한 뇌공자 등은 기루 혹은 전체 사회의 남성들이 갖는 특징을 효과적으로 드러내 보여주고 있다. 이들 역시 상호 간에 동질성과 차별성을 나누어 가지면서 서로 뒤섞이지 않고 다양한 삶의 모습을 보여주고 있다.

그런데 『해상화열전』의 여성 형상은 외모에 대한 묘사를 통해 인물의 성격과 역할을 드러내던 전통 소설의 방법을 따르지 않고, 미묘한 심리적 흐름을 통해 형상화되고 있다.

전체적으로 볼 때, '무뇌동'은 작가가 제시한 소설의 인물 형상 창조에 대한 이론이며, 작품 내에 효과적으로 구현되어 『해상화열전』의 문학적 가치를 높이는 데 공헌하고 있다. 무엇보다도 작가가 이러한 개성화의 원칙을 일관되게 적용하고자 노력하였다는 점을 특히 주목할 필요가 있다. 이야기의 전개에 의지하던 고전소설과 달리 인물의 형상화를 통해 소설이 전개될 수 있었기 때문이다.

무모순(無矛盾)

'무모순'은 '무뇌동'과 마찬가지로 인물 형상화의 기준으로서, 인물의 성격과 태도 등에 있어서 일정한 자기 동일성과 개성이 드러나야 한다는 것이다.

『해상화열전』은 각 인물의 이야기가 한 회에서 완결되지 않고, 등장과 퇴장을 반복하면서 다른 인물들과 뒤섞여 큰 이야기를 형성해 나간다. 예컨대 황취봉의 경우 제4회에서 제59회에 이르기까지 총 17회에 걸쳐 등장과 퇴장을 반복하면서 개인의 성격과 삶의 이야기를 완성해나간다. 그 사이에 다른 인물들 또한 같은 방식으로 각자의 이야기를 완성해나간다. 각 인물들의 묘사에 있어서 동일성이 유지되지 않으면 독자는 혼동에 빠지게 될 것이다. 인물의 개성은 소설 전체에 걸쳐 앞과 뒤가 부합되도록 주의해야 하는 것이다. 이것이 바로 한방경이 말하는 '무모순'이다.

한방경은 이 '무모순'을 중시하여 「서」에서 '제22회의 경우 예컨대 황취봉, 장혜정, 오설향 모두 두 번째 묘사에 해당함'을 밝혀둔다. 그곳에 실린 사건과 언어는 당연히 앞과 뒤가 서로 호응하고 있다. 성격, 기질, 태도, 행동에 있어서 어느 것 하나라도 일치되지 않는 게 있는가?'라고 하며 구체적인 설명을 더하면서 자부하는 어투를 감추지 않고 있다.

더 뚜렷한 예로 조박재의 경우를 들 수 있다. 그는 제1회에 등장한 뒤 마지막 제64회에 이르기까지 총 21회에 걸쳐 등장하고 퇴장한다. 소설의 시작과 끝에 등장하는 인물이라는 점, 등장 횟수가 가장 많은 인물이라는 점 등을 고려할 때, 이 인물에 적용되는 '무모순'의 원칙을 살펴보는 일은 의미 있는 일이라 할 수 있다.

조박재는 화야련농이 '화해(花海)'의 꿈에서 깨어나 현실세계에서 만난 첫 인물로서, 제1회에 등장한다. 조박재는 어리석은 인물 형상의 전형이다. 제1회에 등장한 조박재는 다리 아래에서 불쑥 튀어나오고, 부딪히고, 벌렁 넘어지고, 흙탕물을 뒤집어쓰고, 마구 욕을 하는 경솔하고, 우스꽝스럽고, 교양 없는 광대 같은 인물이다. 다른 장에서도 그는 수시로 다른 사람들과 부딪히고, 허둥대고, 넋을 잃고 바닥만을 쳐다보며 걸어가는 모습으로 형상화된다. 그는 무엇보다 여동생 조이보가 기녀가 되려고 할 때 한 마디의 반대 의견을 내놓을 수 없을 정도로 무능한 인물이다.

주관 없이 여동생의 결정에 따르고, 계획 없이 살아가는 무능력한 조박재의 모습이 나타나 있다. 그는 더구나 자신의 문제를 직면하지 못하고, 도피를 거듭하는 비겁한 인물이기도 하다. 제64회에서 동생 조이보가 뇌공자에게 무참하게 폭행을 당하고, 그녀의 방이 뇌공자의 하인들에 의해 남김없이 부수어질 때, 조박재는 어디론가 숨어버리고 보이지 않는다.

이와 같이 조박재는 제1회부터 마지막 제64회에 이르기까지 등장과 퇴장을 반복하는 동안 경솔하고, 우스꽝스럽고, 어리석고, 무능하며, 비겁한 인물로 일관되게 묘사되고 있다.

이상으로 살펴본 바와 같이 '무모순'의 원칙은 합전체 형식, 특히 인물의 등장과 퇴장이 반복되고 있는 『해상화열전』과 같은 소설에 효과적인 창작 원칙이었던 것으로 보인다. 사실 그것은 소설 창작에 있어서 다양한 인물들이 그 각각의 장면에서 독특한 개성과 자기 동일성을 유지하도록 하고자 했던 작가적 고민의 결집이었다고 볼 수 있다.

무괘루(無掛漏)

'무괘루'는 인물과 사건의 결말을 반드시 빠뜨리지 말아야 한다는 것으로, 결말의 중요성에 관한 소설 창작의 원칙이다. 회를 달리하며 한 인물 혹은 한 사건에 대해 기술할 때, 자칫 그 이야기를 완결하지 못할 위험성이 있기 때문이다. 요컨대 인물과 사건의 결말이 분명해야 한다는 것이다. 그런데 『해상화열전』의 각 인물과 사건에 대한 결말은 중국고전소설의 그것과 전혀 달라 보인다. 장아이링이 지적한 것처럼 이 소설의 결말이 갑자기 끝나는 특징을 지니고 있기 때문이다. '무괘루'는 '무뇌동'이나 '무모순'의 원칙에 비해 연구자들의 주목을 덜 받고 있는 원칙이기도 하다. 그러나 '무괘루'야말로 『해상화열전』의 근대적 특징이 드러난 중요한 서사 전략이었다고 할 수 있다. '갑자기 끝나는' 방식은 작품에 특별한 효과를 가져왔으며, 장아이링은 이 점을 중시하여 그것을 근대적 특징으로 규정하였다.

『해상화열전』은 불선불악의 인물과 사건을 다루고 있으므로, 일정한 가치관이나 태도에 의해 분명한 결말을 지을 수 없는 구조를 취하고 있다. 더구나 8개월이라는 기간은 한 인물이나 사건의 시작과 끝을 완전하게 보여주는 데 충분하지 않다.

그렇다면 작가는 왜 8개월이라는 짧은 기간에 한정하여 기녀와 표객들의 이야기를 다루고 여기에 '무괘루'의 원칙을 적용하고자 하였던 것일까?

작가가 이들 불선불악의 인물들이 살아가는 시간과 공간을 사실적으로 보여주는 데 중점을 두고 있었기 때문이다. 그것은 또한 그 시대상의 단면을 보여주려는 의도에서 비롯된 것이라 이해된다. 불선불악의 인물들에 대한 중립적 태도, 시대적 단면을 있는 그대로 보여주려는 의도를 관철하는 데에는 '갑자기 끝나는' 것만큼 효과적인 방식은 없을 것이다.

『해상화열전』의 조이보의 이야기는 '갑자기 끝나는' 것의 결말을 보여주는 대표적인 예라고 할 수 있다. 조이보는 오빠 조박재를 찾기 위해 상해에 와서 기녀의 길을 걷게 되고 표객과의 혼인을 꿈꾸다가 여의치 못하여 다시 기루를 열게 된다. 이때 난봉꾼 뇌공자를 고객으로 만나게 된다. 그녀는 처음 만난 뇌공자에게 무참하게 구타를 당하고, 그녀의 방까지 참혹하게 파괴되고 만다. 이처럼 암담한 현실에서 조이보는 다음과 같은 꿈을 꾸게 된다.

> 이보는 아무리 생각해보아도 길이 없어서 혼자서 한참을 울었다. 그러다 가슴이 은근히 아프고, 다리도 쑤셔 침상으로 돌아가 털썩 엎어져 누웠다. 칠팔 명의 집사들이 이 층으로 몰려 올라와서 이보를 보자 인사를 올리고 웃으며 아뢰었다. 그 칠팔 명의 집사들은 요괴로 변해 앞으로 달려들었다. 조이보는 무서워 비명을 지르고, 놀라 깨어났다. 온몸에는 식은땀이 흐르고, 계속 심장이 두근거렸다.(제64회)

조이보의 이야기는 이것으로 결말이 지어진다. 조이보가 막 악몽에서 깨어나 아직 가쁜 숨조차 가누지 못한 상태에서 갑작스럽게 소설을 끝내고 있는 것이다. 조이보가 오빠 조박재를 찾아 상해에 오게 된 사연, 기녀로서의 삶을 택하게 된 사연, 그리고 표객 사천연(史天然)과의 혼인이 물거품으로 돌아가게 된 사연 등이 자세하게 기술되었다는 점을 고려하면, 이 결말은 너무나 갑작스럽다.

그런데 '계속 심장이 두근거렸다(心跳不止)'라는 마지막 문장은 깊은 여운을 남긴다. 원래 그녀는 상해에 오면서 가족과의 재회를 기대하였고, 기녀로서의 화려한 삶을 누리고자 했으며, 사랑하는 남자와의 결혼을 꿈꾸었다. 그러나 기녀로서의 삶이란 애초 안정적일 수도 없고, 화려하기만 할 수도 없고, 낭만적일 수도 없다. 조이보는 제운수(齊韻叟)가 말하는 것처럼 '상해의 함정에 빠졌을 뿐'으로, 기녀의 삶은 그녀가 꾼 악몽의 연속일 수밖에 없는 것이다. 그러므로 위의 예문은 조이보가 살게 될 기녀로서의 삶에 대한 빠뜨림 없는 결말이 되는 것이다. 이렇게 볼 때, '갑자기 끝나는' 서술 전략은 '무괘루'의 원칙과 모순되지 않는 새로운 글쓰기를 향한 작가의 의도적 실험이었다고 보아도 무리가 없다.

이러한 결말은 인물의 개성을 마지막으로 드러내는 한편, 그 이야기가 전하는 의의를 총괄하며, 인물과 그 이야기의 미래를 암시한다. 그러므로 갑자기 끝나는 서사 전략은 인물 형상의 입체감을 확보하는 데 효과적인 방법이라고 할 수 있다. 한방경은 이 점을 특히 중시하여 거의 모든 인물들의 이야기를 이렇게 '갑자기 끝나는' 방식으로 결말짓고 있다. 그래서 독자들이 그 이야기가 끝났다는 사실을 쉽게 눈치 챌 수 없도록 되어 있다. 작품 전체를 읽고 나서야 그것이 해당인물의 결말이었다는 점을 알 수 있는 것이다. '모두 일립원(一笠園)을 나서자 각자 흩어져 돌아갔다.'는 문장을 읽고 도옥보의 이야기가 완결되었다고 생각하기는 어려울 것이다. 또한 다음과 같은 문장을 읽고 해당인물의 이야기가 완결되었다고 생각할 수 있겠는가?

취봉은 저녁도 먹지 않고 화가 나서 잠이 들었다.

(제59회, 황취봉)

더 이상 고개를 돌리지 않고 곧장 이 층으로 갔다.

(제59회, 나자부)

"은냥 일만 원이 당신 목숨을 살렸어, 싸게 했지."

(제64회, 주쌍옥)

숙인은 숨어버렸다.

(제64회, 주숙인)

도옥보의 경우처럼 위의 문장들은 그 뒤의 행동이나 이야기가 계속될 것으로 기대되는 열린 구조를 취하고 있다. 그런 점에서 한방경은 소위 '대단원'의 결말을 의식적으로 거부했던 것으로 보인다. 사실 위의 인용문들은 갑작스럽게 끝났다는 점 외에 또 하나의 공통점을 가지고 있다. 이들의 이야기가 이러한 방식으로 계속 반복될 것이라는 암시가 바로 그것이다. 황취봉은 끝없이 현실적 이해득실을 따지며 밤을 새울 것이고, 나자부는 자신을 이용하는 황취봉에게서 완전히 벗어나지 못할 것이고, 주숙인은 언제나 형 주애인의 등 뒤에 숨어 살 것이다.

지금과 크게 다르지 않을 미래의 오늘, 그것이 바로 기녀들의 운명이며 한 인물의 생애가 갑작스런 질적 전변을 이룰 수 없다는 현실 인식하에 그것을 있는 그대로 표현하고자 한 것이 바로 한방경의 주제의식이었던 것으로 이해된다. 이것이야말로 자생적으로 나타난 사실주의적 창작 방법이었다는 점에서 중요하게 다루어질 필요가 있는 것이다.

2) 서사기법: 천삽장섬(穿插藏閃)

본래 전기는 한 인물이 겪는 삶의 전 과정에 대한 서술을 통해 그 업적과 언행, 그리고 사상을 드러내 보여주는 데 주된 목적이 있다. 전통적으로 볼 때, 그것은 대체적으로 시간의 순서를 따르는 방식을 취하였다. 그런데 한방경의 『해상화열전』은 같은 공간에서 짧은 시간 동안 일어난 여러 인물들의 이야기를 함께 엮어놓은 합전체 소설이다. 그러므로 한방경은 한정된 시공간을 배경으로 기승전결이 없는 보통 사람들의 이야기, 관계없이 평행선을 달리는 다양한 인물들의 이야기를 어떻게 전개해나가고 연결시킬 것인가에 대해 고민하지 않을 수 없었을 것이다. 이러한 고민을 거친 끝에 그는 '천삽장섬'법을 창안하여 소설의 독립된 이야기들을 연결하였다고 밝히며, 고전소설에서 볼 수 없는 새로운 서사법이라고 확언하고 있다.

천삽(穿插)

'천삽'은 회를 달리하여 흩어져 있는 여러 개의 사건들(삽, 插)을 유기적으로 연결하는(천, 穿) 서사기법이다. 『해상화열전』에는 대략 30여 개의 독립된 사건들이 전편에 걸쳐 파편화되어 흩어져 있다. 이 파편화된 이야기들을 하나의 이야기로 연결하는 것이 바로 천과 삽의 서사기법인 것이다.

하나의 물결이 일어나 퍼져나가듯 하나의 사건 혹은 한 인물의 이야기가 전개되는 동안(천), 다른 인물의 이야기가 하나 혹은 여럿 끼어드는 것이다(삽). 그것은 날줄과 씨줄의 관계에 비유될 수 있다. 예컨대 소설의 전체적인 구조에서 조박재 남매의 이야기는 날줄에 해당하며, 다양한 인물들의 이야기는 씨줄에 해당한다고 할 수 있다. 그런데 다시 씨줄에 해당하는 각 인물들의 이야기는 그 자체로 날줄이 되고, 거기에 끼어드는 다른 인물들의 이야기가 씨줄이 되는 것이다. 그것은 서로 교차하면서 전체적으로 다양한 무늬를 갖는 하나의 천을 형성한다고 할 수 있다.

그런데 소설의 전체 구조에 있어서나 각 인물의 이야기 전개에 있어서 '삽'을 찾아내는 것은 어렵지 않은 반면, '천'은 숨어 있는 다양한 장치들에 의해 내적으로 흐르는 일종의 연결성이기 때문에 명확하게 그것을 밝혀내기가 쉽지 않다. 그래서 작가도 이를 행간에 숨어 있는 문자, 깨달음에 의해 밝혀지는 숨은 맥락 등과 같은 말로 추상적으로 설명하였던 것이다. 이야기 전개와 무관해 보이는 잡담, 사실 묘사 및 언어 표현의 전후 상응성, 성격, 태도, 행위의 일관성, 공간의 이동, 시간의 흐름 등이 그러한 연결성을 확보하는 역할을 하고 있다고 할 수 있다.

우선 공간의 이동, 즉 표객의 이동과 기녀의 출입이라는 장치를 통해 파편적 이야기들이 유기적으로 연결된다. 이야기는 조박재의 출현으로 본격적으로 시작된다. 조박재는 조계지와 현성을 잇는 다리 육가석교-함과가-열래객잔-기루 취수당(제1회 끝)-(제2회 시작) 술집 보합루-창녀 왕아이의 집-열래객잔-상인리-열래객잔-취수당의 공간을 이동하면서 홍선경, 장소촌, 육수보, 육수림, 나자부, 왕아이, 아교 등과 만난다. 조박재가 각 인물들을 만날 때 소설은 그들의 외모, 어투, 직업, 행위 등을 묘사한다. 결국 이렇게 다양한 인물들의 작은 이야기들은 조박재의 공간이동을 통해 자연스럽게 하나의 큰 이야기로 연결된다. 이것이 바로 '천'의 역할을 하는 공간이동의 예로서, 소설이 끝나기까지 일관되게 나타난다.

다음으로 시간의 흐름을 통해 형성되는 연결성을 보자. 전통적 이야기에서는 인과관계에 의한 사건의 전개를 통해 시간이 생성된다. 시간의 표기는 대체적인 배경으로 처리될 뿐이다. 그런데 『해상화열전』에서는 물리적 시간의 흐름이 이야기를 끌어간다. 예컨대 심소홍과 관련된 15개의 에피소드들에서 앞 이야기의 끝은 뒷이야기의 처음으로 연결되지 않는다. 소설에는 묘사되지 않았지만 사건의 전개

속에서는 시간의 흐름이 적용되고 있기 때문이다. 이로 인해 표면적으로 서로 연결되지 않는 에피소드들이 하나로 꿰어지게 된다. 이때 시간의 흐름이 '천'의 역할을 하게 되는 것이다. 바로 이러한 시간의 역할에 주목하여 작가는 각 장면마다 시간을 정확하게 표기하고 있다. 다시 말해『해상화열전』은 시간의 흐름을 명시함으로써 이야기의 전개를 암시하고 있다.

예를 들어 심소홍은 제4회(2월 14일)에 등장했다가 제5, 6, 7, 8회를 건너뛰어 제9회(2월 16일)에 다시 등장한다. 제4회에서 심소홍은 왕연생의 변심을 의심하면서 그와 헤어지고, 제9회에서는 화가 나서 왕연생을 찾아온다. 그 사이에 심소홍과 관련된 어떤 이야기도 언급된 바 없고, 장혜정의 존재를 알게 된 것에 대한 어떤 정보도 기술되어 있지 않다. 심소홍이 등장하지 않는 제5회에서 제8회까지에는 반삼, 장혜정, 오설향, 황취봉 등의 이야기가 전개되고 있을 뿐이다. 그러나 제9회에서 화를 내며 왕연생을 찾아와 다짜고짜 장혜정을 구타하는 심소홍의 행동을 통해 그녀가 이틀 사이에 무엇을 알게 되었는지 밝혀지는 것이다.

사실 심소홍이 등장하지 않는 장면에서 독자들은 이미 왕연생이 장혜정의 집을 옮겨준 사실을 잘 알고 있다. 그러나 심소홍이 그 사실을 알게 되었다는 것은 암시조차 되어 있지 않다. 그럼에도 불구하고 제9회의 심소홍은 이미 이 사실을 분명히 알고 있다. 독자들에게 제시된 그 장면의 뒤에 심소홍이 장혜정과 관련된 사실을 알게 되는 별도의 이야기가 전개되고 있었던 것이다. 제4회와 제9회 사이의 이틀이라는 시간 동안 반삼, 장혜정, 오설향, 황취봉의 이야기만 전개된 것이 아니라, 심소홍의 이야기도 계속 전개되고 있었다는 것이다.

마지막으로 소설의 인물들이 나누는 여담이나 잡담이 파편화된 이야기들을 연결시켜주는 '천'의 역할을 하고 있다. 심소홍이 등장하기 전부터 표객들은 그녀의 사나운 성격을 이야깃거리로 삼는다. 이렇게 수차례 반복되는 심소홍에 대한 잡담이 아니었다면 제9회에 장혜정을 구타하는 심소홍의 폭력적인 행동은 돌발적인 것으로 이해될 수밖에 없다. 결국 그녀의 과격한 행동은 일관성이 없는 비약이 되었을 것이며, 독자들 역시 이에 공감하기 어려웠을 것이다. 왕연생 주위의 표객들이 나누는 잡담과 농담을 통해 독자들은 이미 심소홍의 성격을 짐작하게 되고, 그 반응을 궁금해하게 되는 것이다. 이렇게 표객들의 극히 사소해 보이는 잡담을 통해 성격의 동일성이 구현되고 있다.

다음으로 '천삽'의 '삽'에 대해 살펴보기로 하자. 원래 한방경은 천삽을 둘로 나누어서 설명하지는 않았다. 그러나 한방경이 설명한 바, 물결 하나가 다 끝나기도 전에 일어나는 다른 물결, 동에서 일어났다 서에서 일어나는 물결 등의 형상적 표현을 통해 삽의 원리를 이해할 수 있다. 그러니까 전체 소설, 혹은 각 인물의 이야기를 구성하는 다양한 에피소드들을 배치하는 한방경 특유의 방식이 바로 삽인 것이다. 그것은 한마디로 '끼어들기'의 기법이라 할 수 있는데, 『해상화열전』의 모든 이야기는 '삽'의 방식으로 처리되어 있다고 할 수 있다. 소설의 도입부에서 화야련농이 화해에서 노닐다 갑자기 그 속에 빠져 상해의 조계지와 현성을 연결하는 육가석교로 떨어진다는 설정에서부터 '삽'의 형식을 취하고 있다. 그것은 꿈속의 인물이 현실세계에 끼어든 것이기 때문이다. 현실세계에 떨어진 화야련농이 조박재와 부딪치게 된 것 역시 전체 조박재의 이야기로 보자면 '삽'에 해당한다. 이후 각각의 독립된 인물의 이야기들은 서로 끼어드는 형식을 취하고 있다. 그것은 『해상화열전』의 각 회에 중심 이야기를 배치하는 형식만 보아도 분명하게 드러난다.

제1회에서 제64회까지 각 인물의 에피소드가 '삽'의 형식을 취하고 있음을 알 수 있다. 기승전결의 구조를 가지고 있는 중국고전소설의 등장인물들은 주인공의 이야기를 위해 부수적이고 종속적인 위치를 점하게 된다. 그러나 '삽'의 방식을 취하면 모든 등장인물들은 각각의 이야기를 형성하게 되고, 그 속에서 각 인물들은 부수적인 인물이 아니라 스스로 주인공이 된다.

그래서 각 인물들에 초점을 맞추면 하나의 통일성을 갖는 이야기가 전개되고 있지만, 표면적으로 볼 때는 다양한 인물들의 이야기가 동시에 전개되는 것처럼 보인다. 각 회를 중심으로 살펴볼 때도 한 회에 한 인물의 이야기만을 전개하고 있는 경우, 두 명의 인물 이야기가 전개되는 경우, 혹은 여러 인물들의 이야기가 동시에 전개되는 경우가 있다. 예를 들면 제7회와 제8회는 오직 황취봉의 이야기만 전개되고 있고, 제19회, 제20회, 제36회는 이수방의 이야기가, 제30회, 제31회는 조이보의 이야기만이 집중적으로 그려지고 있다. 또 제15회는 도명주와 제십전의 이야기가 전개되고, 제24회는 장혜정과 심소홍의 이야기가 전개된다. 제3회는 다양한 인물들이 대거 등장하고 있는데, 다섯 명의 인물—육수보, 심소홍, 주쌍옥, 아금, 주쌍주—의 이야기가 동시에 전개된다. 그러므로 『해상화열전』의 독서에는 연이어 일어나는 여러 개의 물결들이 각기 그 자체로 기승전결을 이루고 있다는 점에 유념할 필요가 있는 것이다.

장섬(藏閃)

'장섬'은 사건의 실체를 숨기고 있다가(장, 藏) 서서히 드러내는(섬, 閃) 서사기법이다.

『해상화열전』은 중국고전소설 가운데 서술자의 역할이 가장 약화되어 있는 소설이라고 할 수 있다. 서술자는 전지적 입장에서 사건의 전말을 서술하는 대신 카메라의 렌즈처럼 사건의 전개를 따라다니며 보여주는 역할을 할 뿐이다. 그래서 이 소설의 서술자는 인물의 소개와 외모에 대한 묘사, 사건의 전말 등에 대해 설명을 자제

한다. 그렇기 때문에 독자는 오로지 인물의 말투, 행동 그리고 태도 등을 통하여 그 인물의 개성을 파악할 수 있고, 사건의 전개에 있어서도 여러 회를 거치고 난 후에야 그 전모를 알 수 있게 된다. 더구나 작가는 사건의 전말을 조급하게 알고 싶어 하는 독자들의 마음을 좀처럼 만족시켜주지 않는다. 오히려 사건의 전말에 대한 궁금증이 증폭되어가는 시점에 다른 이야기를 끼워 넣음으로써 그것을 은폐하기까지 한다. 그 은폐된 진실은 회를 거듭하면서 조금씩 드러나다가 사건의 결말에 이르러 완전히 드러나게 된다. 그러므로 사건은 갑자기 던져지듯이 시작되어 조금씩 실마리가 풀리는 방식으로 전개된다. 독자는 이를 접하면서 막연함 → 암시 → 드러남의 단계를 거쳐 완전한 이해에 도달하게 되는 것이다.

이러한 '장섬'법의 대표적인 예로 제3회의 아덕보와 아금의 부부 싸움 이야기를 들 수 있다. 홍선경의 입장에서 보면 아덕보와 아금의 싸움은 그야말로 '갑자기 허공을 가르고 온' 사건이다. 그들이 싸우는 이유에 대해 아무런 설명도 없다. 다만 아덕보와의 싸움에서 아금이 별다른 변명을 하지 못하는 것을 통해 그녀가 어떤 일을 숨기고 있다는 것이 암시되어 있다. 이것이 '장'이다. 주쌍주는 그 비밀을 알고 있는 것이 분명하고, 홍선경 역시 눈치를 채고 있는 듯하지만, 독자는 궁금증에 싸이게 된다. 그래서 그 전말을 알고 싶어 하는데, 그 순간 작가는 다른 이야기를 삽입하여 독자의 관심을 다른 쪽으로 돌려놓는다.

아금의 비밀은 제3회 이후 언급되지 않고 있다가 제17회에 와서야 그 실마리가 드러나기 시작한다. 주애인의 하인 장수는 주쌍주의 집에 보내는 초대장을 냉큼 가로채서 자신이 대신 가겠다고 자청한다. 그런데 그가 주쌍주의 집에 들어서 아덕보의 모습을 보고 주저하는 행동은 초대장을 가로채던 때와 다르다. 이 장면에는 두 개의 사실이 암시되어 있다. 하나는 아덕보의 퉁명스러운 말투, 냉소, 성난 목소리의 뒤에 아덕보가 무엇인가 알고 있다는 사실이 암시되어 있다. 다른 하나는 이러한 아덕보의 태도에 아무런 반응을 보이지 않고 재빨리 빠져나오는 장수의 모습에서 그가 무엇인가 두려워하고 있다는 사실이 암시되어 있다. 제3회에서는 아덕보 부부의 싸움과 관련하여 궁금증을 불러일으켰고, 제17회에서는 그 싸움이 장수와 관련된 것이라는 암시가 제시되어 있는 것이다. 그것은 다시 제28회에 이르러 분명하게 드러나게 된다.

> 쌍주는 다시 아금을 불렀다. 그래도 대답이 없었다. 큰 소리로 급하게 부르자, 아금은 정자간에서 슬그머니 빠져나와 고개를 숙이고 아무 말 없이 곧장 내려왔다. 쌍주는 정자간 안이 촛불 하나 없이 어두컴컴한 것을 보고 크게 화를 내었다. "무슨 꼴이야! 정말 상식 밖이구나!" 아금은 당연히 아무 말도 할 수 없었다. 쌍주가 뒤돌아서자, 장수도 연기처럼 빠져나와 내려갔다. (제28회)

이처럼 막연하게 제시되었던 궁금증(제3회)이 암시의 단계(제17회)를 거쳐 분명하게 드러나게(제28회) 되는 것이다. 이것이 바로 '섬'이다. 독자에게 '장섬'법은 하나의 수수께끼 놀이와도 같다. 그것은 서술자의 역할이 절제되어 있는 필법과 관련이 깊다. 이로 인해 소설의 전반부에 등장하는 수많은 인물들의 이야기는 독자들의 궁금증을 불러일으키게 된다. 그리고는 새로운 이야기를 통해 잠시 뒤로 물러나기를 반복하다가 소설의 후반부에 이르면서 서서히 그 숨어 있던 내용들이 하나씩 드러나게 되는 것이다. 그래서 '장섬'은 『해상화열전』에 전반적으로 적용되고 있는 서사법이라 할 수 있다.

한방경은 '드러난 문장'과 '드러나지 않은 문장'을 적절하게 운용하여 '장섬'의 서사법을 설명하고 있다. 심소홍에게 있어 왕연생은 드러난 인물(正面)이고, 소류아는 드러나지 않은 인물(反面)이라고 할 수 있고, 황취봉에게 있어 나자부는 드러난 인물이고, 전자강은 드러나지 않은 인물이라는 것이다.

구체적으로 심소홍의 경우를 보면 제3회에서 홍선경이 심소홍의 집을 방문하였을 때, 아주머니가 심소홍은 마차 타러 나갔다고만 하면서 구체적인 이유를 밝히지 않다가(장), 제33회에서 왕연생이 심소홍과 소류아가 같이 있는 장면을 목격하게 되는 순간 그 마차 타기의 전모가 드러나게 된다(섬). 이렇게 볼 때, '장섬'의 '장'은 복선 역할을 한다. 그러나 독자는 처음에는 그것을 복선으로 인식하지 못하고 한필 정도로 여겨 주의를 기울이지 않는다. 그러다가 이러한 복선이 여러 차례 깔리면서 마치 숨어 있는 것 같기도 하고 드러나는 것 같기도 하다가 이야기의 결말 부분에 이르러서야 비로소 앞의 문장에 한필인 곳이 하나도 없음을 알게 되는 것이다.

『해상화열전』의 '장섬' 서사법은 곳곳에서 운용되고 있어 그 예를 일일이 열거할 수 없을 정도이다. 장섬법은 독자의 호기심을 극대화시키다가 다시 다른 이야기에서 잠시 잊게 하는 과정을 반복하면서 인물의 이야기 혹은 사건의 결말을 보여주고 있다. 그런 점에서 한방경은 연재소설의 특징을 잘 파악하고 있었던 것으로 보인다.

천삽장섬과 근대성

전술한 바와 같이 '천삽'은 흩어져 있는 여러 개의 사건들을 유기적으로 연결하는 서사기법이고, '장섬'은 사건의 실체를 숨기고 있다가 서서히 드러내는 서사기법이다. 그런데 실제 소설에서 천삽과 장섬은 독립적으로 운용되지 않는다. 천삽의 삽은 장섬의 장 혹은 섬이 되기도 하며, 장섬의 장은 천삽의 삽이 되며, 또 장에서 섬으로 연결되는 전체 과정은 천삽의 천이 되기도 한다. 이와 같이 천삽과 장섬은 유기적으로 연결되어 소설의 다양한 인물들의 이야기를 엮어간다.

예를 들면 제3회에 홍선경이 주쌍주와 이야기를 나누고 있을 때 갑자기 아덕보와 아금이 싸우는 소리가 들려오는 장면은 장섬의 장에 해당한다. 그런데 홍선경과 주쌍주의 입장에서 보면 이들의 사건은 천삽의 '삽'에 해당된다. 그러다가 제28회에 와서야 아덕보와 아금이 싸우게 된 이유가 밝혀지는데, 이것은 장섬의 '섬'에 해당되지만, 한편 아덕보와 아금의 이야기가 제3회, 제17회, 제28회에 연결되고 있으므로 천삽의 '천'에 해당된다고 볼 수 있다.

한방경 또한 『해상화열전』이 중국의 고전 산문이나 소설의 주된 창작 의도의 하나였던 재도(載道)의 목적을 계승하고 있다고 하였다. 다만, 한방경은 그 도덕적 가치관을 직접적으로 독자에게 전달하는 대신 실제 사회의 일상을 생동적이고 사실적으로 묘사함으로써 독자가 그것을 통해 삶의 실상을 깨닫기를 기대하였다.

그런데 이러한 창작 목적(주제의식의 전달)과 창작 방법(객관적 묘사) 간에는 일정한 괴리가 존재한다. 철저할 정도의 객관적 묘사를 통해 도덕적 가치관을 전달한다는 것이 쉽게 성취될 수 있는 것이 아니기 때문이다. 그런 점에서 천삽과 장섬은 이러한 주관적 의도와 객관적 방법 사이에 존재하는 간극을 메워주는 효과적인 역할을 하고 있는 것으로 보인다.

사실 천삽장섬법은 『해상화열전』의 문학적 성취에 있어서 결정적 역할을 수행하였다고 볼 수 있다. 이를 통해 한정된 시간과 한정된 공간에서 이루어지는 인물들의 단편적 이야기가 그 전체성을 확보하게 되었기 때문이다. 천삽장섬법을 통해 인물의 반복적인 등장과 퇴장을 유기적으로 연결하여 당시 상해 기루 사회의 일상을 효과적으로 보여줄 수 있었고, 기승전결식 중국고전소설과의 차별성을 확보할 수 있었다.

반복되는 술자리, 기녀들의 노래, 화권 놀이, 아편, 술, 도박 등으로 이루어지는 기루의 일상들은 『해상화열전』에서 산만하게 흩어져 있는 것처럼 보인다. 표객들은 하룻밤 사이 술자리를 옮겨 다니며 때로는 분위기에 젖어 만취하기도 하고, 때로는 무료하게 자리를 파하기도 한다. 그리고 때로는 그들이 주고받는 일상의 대화가 한 장의 이야기를 구성하기도 한다. 그래서 특별한 사건이라 할 것도 없고, 이야기의 전개도 뚜렷하게 드러나지 않으며, 밋밋하고 지루해 보이는 사건들이 단절되다가 이어지기를 반복한다. 이러한 단순한 나열들을 유기적으로 연결하는 것이 천삽장섬법인 것이다. 이러한 서사의 운용 과정에서 공간 중심의 서사구조를 형성하게 된다.

『해상화열전』의 모든 장소—기루, 찻집, 아편관, 공원, 매음굴—는 하나의 연극무대이며, 소설의 매 장면은 넓지 않은 제한적 공간에서 이루어지며, 시간의 흐름에 따라 전개되는 대신 공간의 이동을 통해 장면의 전환이 이루어진다. 결국 인물의 이동에 따라 새로운 장면이 펼쳐지는 특징을 갖게 된다.

또한 『해상화열전』은 고사성과 전기성을 해체함으로써 특별한 인물을 다루거나 이야기의 자초지종을 기술하는 대신 일상생활을 조명한다. 해체된 이야기들에 전체적인 느낌과 메시지를 부여하는 것이 천삽장섬법인 것이다.

결과적으로 『해상화열전』은 천삽장섬법을 통해 다양한 인물과 사건, 그리고 평범한 일상을 유기적으로 결합하여 생활의 가치를 재발견하고 사실성을 확보하게 된다. 이를 통해 특별하거나 위대한 인물이 아닌 일상적인 삶에 대한 리얼리티를 구현할 수 있었다. 이것이 바로 『해상화열전』이 중국고전소설에서 유례를 찾아볼 수 없는 근대적 서사형식과 내용을 갖추게 된 이유라고 할 수 있다.